MIRA®

Der Preis dieses Bandes versteht sich einschließlich
der gesetzlichen Mehrwertsteuer.

Umwelthinweis:
Dieses Buch wurde auf chlor- und säurefreiem Papier gedruckt.

Sandra Henke

Opfer der Lust

Erotischer Roman

MIRA®

MIRA® TASCHENBUCH
Band 35021
1. Auflage: September 2008

MIRA® TASCHENBÜCHER
erscheinen in der Cora Verlag GmbH & Co. KG,
Valentinskamp 24, 20350 Hamburg
Originalausgabe

Konzeption/Reihengestaltung: fredebold&partner gmbh, Köln
Umschlaggestaltung: pecher und soiron, Köln
Redaktion: Ivonne Senn
Titelabbildung: Mauritius GmbH, Mittenwald; pecher und soiron, Köln
Satz: Buch-Werkstatt GmbH, Bad Aibling
Druck und Bindearbeiten: CPI – Ebner & Spiegel, Ulm
Printed in Germany
ISBN 978-3-89941-504-9

www.mira-taschenbuch.de

1. KAPITEL

Vergangenheit

Eine verhängnisvolle Nacht

Aaron Catlaw wusste, dass er etwas Verbotenes tat. Nicht nur, dass er seinen Nebenjob als Wachmann in der Jamaica Plain Shopping-Mall aufs Spiel setzte und möglicherweise sogar sein Studium an der Polizei-Akademie, sondern er machte sich auch strafbar, weil Beth erst 17 und er schon 21 Jahre alt war. Vor dem Gesetz hatte er Sex mit einer Minderjährigen.

Aber wer konnte diesen kleinen, festen Brüsten, über die sich der Nickistoff ihres engen Shirts spannte, schon widerstehen? Das fragte er sich, als er das Schlüsselbund aus der Hosentasche seiner Uniform herausholte. Außerdem würde Beth in zwei Monaten ohnehin volljährig werden.

Die Alarmanlage der Tierbedarfhandlung hatte er zu Beginn seiner Nachtschicht bereits ausgeschaltet, wodurch er den Generalschlüssel ins Türschloss des Zoogeschäfts stecken und die Tür aufschließen konnte – ohne unmittelbare Konsequenzen. Zumindest fast. Die einzige Konsequenz war, dass seine Hose vor Vorfreude noch ein Stück enger wurde, weil sein bester Freund es kaum erwarten konnte, endlich zum Einsatz zu kommen.

Ganz Gentleman ließ Aaron Beth den Vortritt, nicht ohne Hintergedanken, denn er genoss den Anblick ihres knackigen Hinterns, der in Hotpants steckte. Aber es war nicht so, dass er sie nur wegen ihres Körpers begehrte.

Er liebte sie. Er liebte sie wirklich!

Bethany Hart war eins der unkompliziertesten Mädchen, die er kannte. Für sie war Sex nichts Schmutziges, sondern etwas Natürliches, das zu einer Partnerschaft dazugehört, genauso wie Kuschelabende vor dem Fernseher und Freundschaftsringe.

Aaron ging nun seit einem halben Jahr mit ihr und hatte schon so manche leidenschaftliche Stunde mit ihr verbracht, aber er ahnte, dass diese Nachtschicht außergewöhnlich werden würde.

Alle Geschäfte hatten längst geschlossen und die JP Shopping-Mall war verwaist. Sie waren die einzigen beiden Menschen im ganzen Einkaufscenter.

Aaron schaltete das Deckenlicht an. Eine grelle Neonlampe flackerte auf.

Beth drehte sich um die eigene Achse. Sie räkelte sich lasziv und dennoch mit mädchenhaftem Charme. „Hier gibt es so viel Spielzeug und wir sind völlig unbeobachtet."

Unweigerlich spähte Aaron zur Überwachungskamera, die vor dem Zoogeschäft hing und auf das Schaufenster gerichtet war.

Bethanys Blick verfinsterte sich. Ihre Augen funkelten giftgrün. „Du hast die Kamera doch ausgestellt, oder?"

„Natürlich, zusammen mit der Alarmanlage."

Rasch hockte er sich vor den Käfig, in dem zwei braune Hauskaninchen eng aneinandergekuschelt saßen, damit Beth ihm die Lüge nicht im Gesicht ablesen konnte. Durch die Gitterstäbe hindurch streichelte er ihre Hängeohren, denn Tierfreunde konnten bei Frauen immer punkten, und las nebenbei auf dem Preisschild, dass die Kaninchen zur Rasse der Zwergwidder gehörten.

„Dann ist es ja gut", sagte Beth. Gedankenversunken kaute sie auf dem Ende ihres geflochtenen Zopfs herum und schlenderte durch den Verkaufsraum.

Aaron erhob sich und folgte ihr.

Im Laden gab es nur wenige Tiere: ein Paar Wellensittiche, die leise beim Schnäbeln zwitscherten, einen Leguan, der in einem Terrarium döste, die Widder-Kaninchen – und einen Beo. Sein großer Käfig stand in der Raummitte auf einem Stapel Tierfutter-Kartons. Futterdosen waren in Holzregalen aufgereiht, in durchsichtiger Folie eingeschweißte Heuballen stapelten sich in einer Ecke, aber Beth blieb vor der Wand mit den Haken stehen, an denen unter anderem diverse Hundehalsbänder hingen.

Aaron umschlang von hinten ihre Hüften und schmiegte sich eng an ihren Rücken, damit sie seine Erektion spürte. „Möchtest du eins anprobieren?"

„Ich?", entfuhr es ihr alarmiert. „Ich habe mir das rote Band nur angeschaut, weil es gut zu Lazys schwarzem Fell passen würde."

Lazy war ihr Neufundländer. Aaron mochte ihn gut leiden, weil er nicht einer dieser kläffenden Tölen war, sondern trotz jungen Alters meist nur faul in der Ecke lag und ihn mit treuseligem Blick anschaute. Er erinnerte sich nicht daran, den schwarz-weißen Rüden jemals bellen gehört zu haben. Lazy winselte höchstens, wenn er hungrig war.

Aber Aaron sah Lazy ohnehin selten, denn er vermied es, Beth zu Hause zu besuchen. Meist wartete er auf der Straße vor dem Hochhaus, bis sie fertig war und herauskam. Irgendwie ließ ihn das Gefühl nicht los, dass ihr Vater Mantis Hart ihn nicht leiden konnte. Mantis mochte überhaupt keine Cops! Mit seiner Meinung hatte er von Anfang an nicht hinter dem Berg gehalten.

Doch so leicht ließ Aaron sich nicht vertreiben, nicht von einer Frau wie Bethany Hart. Sie befand sich in einer wundervollen Lebensphase – ein Mädchen, das zur Frau erblühte – und er war dankbar, dass er an dieser Phase teilhaben durfte. Allerdings war es nicht so, dass er sie in die

Kunst der Erotik einführte. Beth hatte selbst genug verrückte und frivole Gedanken, Ideen und Fantasien. Sie stachelten sich beide gegenseitig an und experimentierten gerne.

„Dir würde das Hundehalsband auch gut stehen, Bethy, wegen deiner natürlichen Bräune", sagte er mit vor Erregung rauer Stimme.

Er legte ihren braunen Haarzopf über ihre Schulter nach vorne und leckte über ihren Nacken. Zärtlich knabberte er an ihrer Schulter, zupfte mit den Lippen an den Härchen an ihrem Haaransatz und biss in ihren Hals, als wäre er ein Vampir.

Anders als andere heranreifende Mädchen kicherte Beth nicht verschämt und kindisch, sondern neigte den Kopf mal zur Seite und mal nach vorne, damit er besser an ihren Hals kommen und sie verwöhnen konnte.

Sie war eine leidenschaftliche junge Frau!

Beiläufig rieb sie ihr Gesäß gegen Aarons Lenden. Sie machte ihn wahnsinnig mit solchen Gesten! Seine Exfreundinnen hatten ihn am Anfang einer Liebesnacht immer schamhaft weggestoßen, dabei wollten sie den Sex genauso wie er. Bethany dagegen heizte ihm von Anfang an kräftig ein. Sie genoss die körperliche Liebe und gab sich ihm hin. Und trotz aller Frivolität behielt sie diese Aura mädchenhafter Unschuld, die sein Herz genauso erwärmte wie seinen Schoß.

Aaron rollte Beths Oberteil hoch und sie streckte bereitwillig die Arme in die Höhe, damit er es ihr ausziehen konnte. Fasziniert betrachtete er das erwartungsvolle Strahlen auf ihrem Gesicht, das er durch die Spiegelung in der Schaufensterscheibe sehen konnte. Sie knabberte an ihrer Unterlippe. Wie süß sie war!

Zärtlich küsste er ihre Schulterblätter, als er ihren weißen

Spitzen-BH öffnete, die Träger von ihren Schultern streifte und ihn ihr auszog. Er legte den Büstenhalter auf die Abdeckung eines Aquariums, das bis zur Hälfte mit Wasser gefüllt war, in dem ein Plastik-Anemonenfisch schwamm, und nahm das rote Lederhalsband vom Wandhaken.

Vor ihren Augen öffnete er langsam den Verschluss und spürte, wie sie unruhig ihr Gewicht von einem Fuß auf den anderen verlagerte. Aber sie wehrte ihn nicht ab, als er ihr das Halsband anlegte und den Verschluss in ihrem Nacken schloss.

Die Leine, die mit einem Karabinerhaken an der Öse des Halsbandes befestigt war, hing zwischen Beths Brüsten herab. Oh, wie er ihren Busen liebte! Er bezeichnete ihn als jungfräulich, weil die Brustspitzen frivol abstanden und er nicht sonderlich groß war, aber eine Brust seine Handfläche perfekt ausfüllte.

Aaron wurde magisch von diesen bezaubernden Brüsten angezogen. Er nahm sie in die Hände und massierte sie sachte. Dann legte er die Handflächen unter den Busen und strich mit seinen Daumen immer wieder über die Spitzen, bis sie hart und dunkelrot waren.

Seufzend lehnte Beth den Hinterkopf gegen Aarons Schulter.

„Du hast eine samtweiche Haut“, säuselte er und war froh, dass seine Freunde nicht anwesend waren, weil er sich wie ein verliebter Gockel anhörte. Die Videoaufzeichnung würde er ihnen nicht zeigen. Wahrscheinlich.

„Von wem hast du diese zarte Bräune? Deine Eltern sind doch beide hellhäutig.“

Beth zuckte mit den Achseln. „Von meiner Grandma, sagt meine Mom, aber Granny ist vor meiner Geburt gestorben, daher habe ich sie nie kennengelernt. Auf den alten Schwarz-Weiß-Fotos sieht man den Teint nicht richtig.“

„Lass uns jetzt nicht von verstorbenen Verwandten reden. Erzähl mir lieber, was du jetzt tun möchtest." Behutsam drückte er ihren Busen zusammen, sodass die Hundeleine zwischen ihren Brüsten verschwand.

Er spürte, wie Beth seinen Schritt ertastete und ihren Handballen gegen seine Wölbung rieb.

„Ich möchte von dir genommen werden", hauchte sie.

Aaron stöhnte. Zu gerne hätte er seiner Lust freien Lauf gelassen, aber er mahnte sich, noch ein wenig länger durchzuhalten. „Später. Lass uns erst ein wenig spielen."

Während Beth ihre Finger in die Stoffhose seiner Uniform zwängte, küsste er ihr Ohrläppchen. Er saugte es zärtlich tief in seinen Mund ein, ließ es wieder los und übersäte ihre Ohrmuschel mit unzähligen Küssen. Dann schnupperte er an ihrer Halsbeuge. Wie gut sie duftete!

Noch besser allerdings roch sie zwischen ihren Schenkeln.

Bereitwillig ließ sich Beth von ihm Hotpants und Slip ausziehen. Dann drehte sie sich zu ihm um. Sie nahm sein Gesicht in ihre Hände und küsste ihn.

Ihr Kuss war butterweich. Er dauerte ewig, fast so, als wolle sie ihre Lippen nie wieder von den seinen lösen.

Als ihre Zunge in Aarons Mund glitt, zuckte sein Glied ein einziges Mal. Aaron zog Beth ganz nah an sich heran und hielt sie fest an seinen Körper gedrückt.

Sie küssten sich ausgiebig. Seine Hände fanden ihre runden Pohälften und begannen, sie sanft zu massieren, worauf Beth ihr Becken gegen seine Lenden drückte und es kreisen ließ.

Es kostete Aaron eine unbändige Kraft, Bethany nicht einfach auf die Heusäcke zu legen und ohne Umschweife tief in sie einzudringen.

Irgendwann löste sich Beth jedoch von ihm. Sie schaute

ihm tief in die Augen. „Was magst du an meinem Körper am liebsten?"

Aaron lächelte. Solch eine Frage konnte nur ein Teenager stellen. Aber so viel älter war er nun auch wieder nicht, was er deutlich an seiner eigenen Ungeduld spürte. Aaron grübelte und grübelte. Er überlegte wirklich! Aber er konnte sich einfach nicht entscheiden.

Schließlich stellte er den Beo-Käfig auf den Boden und klopfte mit der Handfläche auf die Kartons, die in der Mitte des Raums aufgestapelt waren. „Zeig dich doch mal her. Vielleicht fällt mir meine Entscheidung leichter, wenn ich alles an dir genauestens betrachten kann."

Grinsend tippte Bethany auf seine Nasenspitze. „Glaub ja nicht, dass ich so dumm bin und nicht weiß, was du vorhast. Du möchtest mich nur nackt auf dem Präsentierteller sehen."

Und vor der Kameralinse, fügte er in Gedanken hinzu, schwieg jedoch, denn dann wäre alles vorbei – das Spiel, die Nacht und auch ihre Beziehung.

Bevor er etwas erwidern konnte, stieg Bethany auf die Kartons. Diese gaben etwas nach, aber Beth schenkte dem keine Beachtung, sondern stellte sich auf alle viere und reckte stolz den Kopf nach oben wie der gekrönte Champion einer Hundeshow. Sie öffnete sogar ihre Beine ein wenig.

Diese Frau war einfach unglaublich!

Aaron staunte nicht schlecht. Durch ihre gespreizten Schenkel hindurch konnte er ihre gestutzten braunen Locken sehen. Zwischen dem Schamhaar klaffte ihr Spalt auf, der ihm das Wasser im Mund zusammenlaufen ließ.

Um nicht über sie herzufallen wie ein wildes Tier, schritt er um sie herum, aber der Anblick ihrer köstlichen kleinen Brüste, die frivol herabhingen, machte es nicht leichter für ihn, sich unter Kontrolle zu halten.

„Und?“ Beth hob fragend ihre Augenbrauen.

Aaron schüttelte den Kopf. „Es tut mir leid. Alles an dir ist einfach wundervoll. Vielleicht hilft es, wenn ich dich berühre.“

Sie lachte laut auf und nickte eifrig. „Eine gute Idee. Versuchen wir es.“

Gierig griffen seine Hände nach ihren Brüsten. Er streichelte sie sanft und zwirbelte ihre Brustspitzen zwischen Daumen und Zeigefinger. Sachte ließ er seine Fingerspitzen über ihren Rücken gleiten, schließlich tauchten sie zwischen ihre Pohälften ein.

Beth öffnete sich ihm weiter und Aaron drang mit der Handkante von hinten zwischen ihre Falten ein. Er rieb seine Hand an ihrer Mitte. Es dauerte nicht lange und Bethany bewegte unruhig ihren Unterleib. Sie seufzte und drückte sich stärker gegen seine Hand, sodass er diese nur noch hinhalten musste und Beth übernahm den Rest – sie benutzte ihn zur eigenen Befriedigung.

Mit seiner freien Hand knetete er ihr Gesäß. „Du benimmst dich wie eine läufige Hündin, das gefällt mir.“

Plötzlich hörte sie auf. Sie legte sich auf den Rücken und rekelte sich lasziv. „Ich wäre aber lieber eine Miezekatze.“

„Dann zeig mir dein Kätzchen.“ Er legte seine Hände an die Innenseite ihrer Oberschenkel und drückte diese weiter auseinander. „Komm, Kitty. Lass mich deine Milch schlürfen.“

Aarons Kopf verschwand zwischen Bethanys Beinen. Tief atmete er den Duft ihrer Weiblichkeit ein und Beths war besonders intensiv, weil sie die Lust mit jeder Faser ihres Körpers genoss.

Er küsste sie überall: an ihren wohlgeformten Waden, den strammen Oberschenkeln, auf die angeschwollenen

Schamlippen und den flachen Bauch, der sich aufgeregt hob und senkte, weil Beths Lust wuchs.

Er blies seinen heißen Atem gegen ihre empfindsamste Stelle und entlockte Bethany einen Seufzer. Mit den Lippen zupfte er an ihren gekürzten Locken, massierte ihre Mitte und arbeitete sich Stück für Stück vor, bis Beth schließlich bei jedem Kuss leise stöhnte.

Ihre Reaktion fachte seine Bemühungen an und so tauchte er mit der Zunge zwischen ihre Falten ein. Er züngelte durch ihre Schluchten und versenkte seine Zungenspitze in ihrer feuchten Öffnung. Wie ein Kätzchen Milch aufleckt, leckte er die Feuchtigkeit aus ihrem Kätzchen.

Dann verzierte er ihren Poansatz mit einem Knutschfleck und ließ sie seine Zähne spüren.

Beth zuckte zusammen. „Wenn du mich noch einmal beißt, zeigt diese Pussycat dir ihre Krallen." Blitzschnell hob sie den Oberkörper an, drang mit der Hand unter sein Uniformhemd und kratzte über seinen Rücken.

Aaron schrie auf. „Du Biest!" Dann lachte er. Bethany Hart machte einen engelsgleichen Eindruck, aber wenn man sie reizte, zeigte sie ihre feurige Seite.

„Und was ist mit mir?", fragte er und schmollte.

Da Beth sich lediglich auf den Bauch legte, den Kopf mit den Händen abstützte und seinen Hosenschlitz anstarrte, öffnete Aaron ihn eben selbst. Er holte sein erigiertes Glied heraus und präsentierte es. „Na, Kitty, willst du mit ihm spielen?"

Lächelnd schüttelte sie den Kopf.

„Nein?" Er runzelte die Stirn. Was hatte sie vor?

Weil er sich lächerlich vorkam und ihr eins auswischen wollte, begann er sein Glied zu massieren. Er schob die Vorhaut vor und zurück und konnte es selbst kaum glauben, dass er unmittelbar vor Beths Augen onanierte. Bisher hatte er das nur gemacht, wenn er alleine gewesen war – mit Ausnahme des Wettspritzens, das er mit seinen Freunden nachts im Boston Public Garden veranstaltet hatte. Aber das war lange her. Damals hatten sie gerade erst begonnen, ihre Sexualität zu erforschen.

„Schneller“, wisperte Beth. Sie hatte die Augen aufgerissen, ihre Lippen waren leicht geöffnet und ihre Wangen bekamen einen rosigen Schimmer.

Aaron hörte auf. „Ich kann nicht, sonst komme ich auf der Stelle und ich möchte gerne in dir kommen. Darf ich?“

Grinsend schaute Beth zu ihm auf. „Noch nicht.“

„Ist das jetzt deine Retourkutsche, weil ich eben –“

„Halt den Mund“, befahl sie und legte die Lippen um sein Glied. Sie schob die Vorhaut weiter zurück, drückte den Mund fest auf den Phallus und züngelte über die Penisspitze.

Mit einem Mal strömte das Blut in sein Geschlecht, als wäre es das einzige Körperteil, das durchblutet werden müsste. Aaron schloss die Augen und rang nach Atem. Dieses teuflische Frauenzimmer! Sie ging so sanft, so behutsam vor, dass ihn die Erregung fast von den Füßen holte.

„Ich … ich meinte … doch“, die Lust raubte ihm sekundenlang die Luft. Mühsam brachte er hervor: „… in deinem Kätzchen, Pussycat.“

Bethany ignorierte ihn. Er wusste, dass er sich nicht mehr lange würde zurückhalten können, deshalb zog er sein Glied aus ihrem Mund, bevor es zu spät war. Er musste sie ablenken, das war sein Plan.

Suchend schaute er sich in der Zoohandlung um und entdeckte an der Hakenwand, an der Utensilien für die Tierpflege hingen, einen speziellen Handschuh.

Aaron schlenderte zu der Wand, an der auch das Hundehalsband, das Beth trug, gehangen hatte, wobei sein Penis, der aus seinem Hosenschlitz hing, wippte. Belustigt nahm er es wahr, ignorierte es aber ansonsten und hob den Handschuh vom Haken. Er streifte ihn über seine Hand und begutachtete ihn. Der Handschuh war aus rauer Baumwolle gefertigt und besaß an der Handinnenfläche einen Einsatz aus Silikon, von dem Noppen abstanden.

„Was hast du da?“, fragte Beth neugierig.

Er sah im Augenwinkel, wie sie sich auf den Rücken drehte, den Oberkörper anhob und sich auf ihren Ellbogen abstützte.

„Etwas zum Verwöhnen.“ Aaron grinste, nahm noch eine Bürste mit Metallborsten von einem der Haken und kehrte zu Bethany zurück. „Leg dich flach auf den Rücken.“

Nachdem sie so lag, wie er sie haben wollte, begann er, ihren Körper sanft mit dem Handschuh zu streicheln. Er ließ seine Hand über ihre Brüste gleiten, reizte ihre Brustspitzen mit den Noppen und strich über ihren Bauch.

„Ah“, machte Beth und schloss ihre Augen.

Während er mit dem Handschuh an ihrem gestutzten Schamhaar zupfte, sagte er: „Er ist eigentlich dafür da, um die losen Haare aus einem Tierfell zu holen, aber deine Locken sind zu widerspenstig. Also, folgt Plan B.“

Er nahm die Bürste mit den Metallborsten und bürstete durch ihr Kraushaar. „Das geht schon besser.“

„Was machst du denn da?“, fragte sie schmunzelnd.

Anstatt zu antworten, strich er mit den Borsten sanft über ihren Schoß. Er entlockte ihr einen Seufzer. Bethany öffnete ihre Beine und Aaron zog die Bürste über ihre Oberschenkel, sodass rote Abdrücke zurückblieben. Aber es tat Beth offensichtlich nicht weh, weil sie sich lüstern auf den gestapelten Kisten aalte und ihr Becken der Bürste entgegenschob.

Das betrachtete Aaron als Aufforderung. Während er mit dem Noppenhandschuh ihren Busen massierte, bürstete er behutsam ihre Scham.

Sein Blick streifte kurz die Überwachungskamera und er jubelte innerlich. Was für ein Bild! Beth lag so, dass die Linse der Kamera genau auf ihre aufklaffende Spalte gerichtet war. Er freute sich darauf, die Aufnahme anzuschauen, wie sich ein pubertärer Junge darauf freute, endlich durch das Loch in der Sporthallenwand in die Mädchenumkleidekabine zu linsen, das er in der Nacht zuvor gebohrt hatte.

Aaron zwirbelte mit den Noppen ihre Brustspitzen und kitzelte ihren Schoß, bis Beth ihn anflehte: „Hab endlich Erbarmen, oder willst du, dass ich ohne dich komme?"

Das wollte er auf keinen Fall. Er warf die Bürste achtlos hinter sich, den Handschuh behielt er jedoch an. Eilig ging er um den Stapel Kartons herum, nahm Beths Beine und schwang sie herum, sodass sie seitlich zum Schaufenster lag.

Er wollte ja nicht mit seinem Rücken das Bild verdecken.

„Was soll das denn?" Beth runzelte die Stirn.

Aarons Lüge war fadenscheinig, aber das war ihm egal. „Falls jemand kommt, kann ich ihn rechtzeitig sehen."

Erschreckt richtete sie ihren Oberkörper auf und krallte die Finger in seine Oberarme. „Es könnte jemand kommen? Ich dachte, du hättest nur die Alarmanlage für die Tierhandlung ausgeschaltet."

„Nein, für den ganzen Block." Er gab ihr einen Nasenstupser und lächelte milde. „Das Alarmsystem fasst die Shops in Gruppen zusammen. Hast du eine Ahnung, wie teuer Anlagen sind, bei der jedes einzelne Geschäft eine eigene Sicherung erhält?"

Sie schüttelte den Kopf.

Zufrieden knetete er mit der Hand, die noch immer im Handschuh steckte, ihren kleinen, festen Busen. Mit dem anderen Arm zog er ihren Oberkörper näher an sich heran, suchte mit der Penisspitze ihren Eingang und drang langsam in sie ein.

Beths Widerstand erlahmte. Ihre Augenlider flatterten und sie legte den Kopf in den Nacken, als Aaron sie sanft zu stoßen begann. Er konnte sich kaum beherrschen. Hinter ihrem Rücken ballte er die Hand zur Faust, um nicht die Kontrolle zu verlieren und hemmungslos in sie hineinzustoßen. Er wollte nicht, dass ihr Zusammensein schon nach drei Sekunden beendet und Beth enttäuscht sein würde, weil er sich wie ein wildes Tier aufgeführt und sie nicht befriedigt hatte.

Er wollte ihr imponieren, aber Beth war nicht einfach zu beeindrucken, eben weil sie kein schüchternes Mäuschen war.

Er glitt nun schneller in sie hinein, weil auch ihre Erregung wuchs. Das spürte er, denn ihr Körper in seinen Armen spannte sich an und ihr Atem ging rascher. Sie hechelte sogar, als würde sie nicht genügend Luft bekommen, aber ein prüfender Blick in ihr Gesicht sagte ihm, dass es nur die Lust war, die ihr den Atem raubte.

Ihre köstlichen Brüste hoben und senkten sich. Ihr Kopf schwang berauscht hin und her, als wäre sie zu kraftlos, um ihn aufrecht zu halten. Daher packte Aaron die Hundeleine, drehte die Öse in Beths Nacken und wickelte die Leine um seine Hand, bis sie so kurz war, dass seine Faust in ihrem Nacken lag und ihren Kopf ein wenig stützte.

Dann öffnete Bethany ihren Mund und befeuchtete mit der Zungenspitze ihre Lippen. Es war eine unbewusste Geste, vermutete Aaron, aber sie brachte ihn fast um den Verstand. Er musste sie einfach küssen.

Fest drückte er seinen Mund auf den von Beth, drang mit der Zunge tief in ihre Mundhöhle ein und pumpte sein Glied schneller in ihre Mitte hinein. Während sie züngelten, nahm er sie immer ungestümer und an ihren feurigen Zungenschlägen erkannte er, dass es ihr gefiel.

Es dauerte nicht lange und Beth erbebte. Zuckend und zappelnd lag sie in seinen Armen. Sie erschauerte und als er sie streichelte, bemerkte er, dass sie eine Gänsehaut hatte.

Noch immer drang er in sie ein und nun endlich ließ er sich vollkommen gehen. Das Mädchen, das er liebte, war befriedigt. Ihr Atem beruhigte sich, sie schloss die Augen und legte den Kopf auf seine Schulter, während seine Hoden immer noch gegen ihr Becken schaukelten.

Dann kam auch Aaron. Er wollte seine Lust herausschreien, das Tier in sich entfesseln, ganz der wilde Hengst sein und sein brunftiges Röhren auf Film festhalten. Aber der animalische Schrei blieb ihm im Hals stecken und heraus kam nur ein kehliges Röcheln, das mehr nach Waschbär als nach Grizzly klang.

Er lachte über sich selbst, schmiegte sich an Bethany und küsste ihr Haar.

„Ich bin so froh, dich gefunden zu haben, Bethy", wisperte er und kraulte mit dem Noppenhandschuh ihren Nacken.

Sie antwortete nicht. Vermutlich war sie erschöpft.

Aaron war sich in diesem Moment sicher, dass sie füreinander bestimmt waren. Sie würden ganz sicher ewig zusammenbleiben, weil sie traumhaft gut harmonierten. Zur Bestätigung, dass sie zusammenpassten wie Nut und Feder, glitt er noch einmal aus ihrer Scham heraus und drang wieder ein.

Für immer, dachte er heroisch. Immerhin hatte er Beth an der Leine, stellte er lächelnd fest.

Er steckte den Daumen zwischen ihren Nacken und das

Hundehalsband, um das Leder zu fühlen, weil ihm das ein Gefühl von Macht verlieh, denn wie Hunde das Halsband ihrer Besitzer trugen, trug Beth es für ihn.

Drei Monate später trennten sie sich.

Ihr Vater hatte es am Ende doch geschafft, ihn zu vergraulen. Nachdem Mantis Hart auf Beths achtzehntem Geburtstag die Sticheleien auf die Spitze getrieben hatte, forderte Aaron ihre Stellungnahme und Unterstützung ein, aber sie war zu schwach, um sich gegen ihren Vater aufzulehnen, denn in Wahrheit war nicht Aaron derjenige, der Beth an der kurzen Leine hielt, sondern ihr Dad.

Aaron kam nicht gegen ihn an. Er war schließlich sogar davon überzeugt, dass niemand Mantis Hart die Stirn bieten konnte, denn Beths Vater war wie ein Pitbull, der seine Familie verteidigte und nur Personen in Bethanys Nähe akzeptierte, die er selbst gut riechen konnte.

Aber Aaron würde Beths Andenken – das Überwachungsvideo – für immer in Ehren halten.

* * *

Gegenwart

Das Spiel beginnt

Bethany Hart wäre am liebsten ausgezogen. Immerhin war sie schon 23 Jahre alt und verlobt.

Wäre es da nicht eine natürliche Sache, endlich flügge zu werden, fragte sie sich und schob träge ihren Einkaufswagen vom nachtdunklen Parkplatz hinein in die hell erleuchtete Wal-Mart-Filiale, in der sie eintönige Supermarktmusik über die Lautsprecher begrüßte.

Aber als sie vor einem Jahr den Wunsch geäußert hatte, war ihr Vater sofort losgezogen und hatte ein Zweifamilienhaus gekauft, in dessen Erdgeschoss er mit seiner Frau Blanche, Beths Mutter, wohnte, und Bethany hatte den ersten Stock bezogen.

Nun bewohnte sie eine ganze Etage alleine und musste nicht einmal Miete zahlen, sodass kein Job sie von ihrem Medizinstudium an der Boston University ablenkte.

Das war großzügig von ihrem Vater. Wirklich edel! Zumindest redete sie sich das ein, denn ihr Verlobter Daryl hatte nicht mit einziehen dürfen, weil sich das vor der Hochzeit nicht gehörte. Ihr Vater war eben sehr beschützend. Außerdem besaß sie zwar eine eigene Wohnung, fühlte sich aber dennoch nicht unabhängig.

Wenigstens hatte Beth ihre Mutter davon überzeugt, dass sie ihren Kühlschrank alleine füllen konnte. Sie legte schmunzelnd eine Packung Cheddar-Käse in den Wagen und steuerte das Regal mit den Konfitüren an. Ein Brot mit Erdnussbutter und Marmelade zum Abendbrot wäre genau das Richtige!

„Eines Tages werden du und Daryl das Haus erben“, hatte ihr Vater gesagt.

Sie hatte hochgerechnet, dass es noch dreißig bis vierzig Jahre dauern würde. Nicht dass sie ihren Eltern den Tod wünschte. Beth liebte sie! Aber bis dahin bekamen ihre Eltern trotz separater Wohnungseingänge immer mit, wann und mit wem sie wegging, um wie viel Uhr sie nach Hause kam und wann sie und Daryl Sex hatten; nicht, dass das oft gewesen wäre.

Beth hatte sich auf die Zunge gebissen, denn wenn sich ihr Dad etwas in den Kopf setzte, zog er es auch durch. Sie hatte nicht die Kraft, sich gegen ihn aufzulehnen, und wollte ihn auch nicht enttäuschen, wo er doch schon extra das große Haus gekauft hatte.

Außerdem war sie froh, überhaupt endlich einen Partner gefunden zu haben, den er akzeptierte. Daryl Veasey arbeitete, genauso wie ihr Vater, bei Maternity Help, einem Pharmaunternehmen, das auf Produkte mit Folsäure spezialisiert war. Über ihren Dad hatte sie Daryl kennengelernt.

Manchmal sehnte sich Beth nach Paterson, der zweitgrößten Stadt im Staate New Jersey, zurück, wo sie ihre ersten Lebensjahre verbracht hatte. Sie konnte sich nicht an viel erinnern, aber die wenigen Erinnerungen, die sie an die Zeit im ‚Garden State' hatte, leuchteten vor Harmonie und Liebe.

Seit sie jedoch nach Boston gezogen waren und Beth ihren eigenen Kopf entwickelt hatte, war das Verhältnis zu ihren Eltern schwieriger geworden.

Sie blieb vor dem Regal mit den Konfitüren stehen und knabberte an ihrer Unterlippe. Welche Sorte sollten sie nehmen? Auf jeden Fall eine mit dem Aufdruck ‚Home made', so viel war klar. Als sie die Cranberry-Marmelade entdeckte, lief ihr das Wasser im Mund zusammen und sie wusste im selben Augenblick, dass sie ihre Wahl getroffen hatte.

Sie streckte ihren Arm aus, um die Konfitüre aus dem Regal zu nehmen, als ein Mann ihr genau dieses Glas vor den Augen wegschnappte.

Fassungslos schaute sie ihn an. Das konnte nicht wahr sein! Es standen noch fünf weitere Gläser in Zweierreihen im Regal. „Von dem Spruch *Ladies first* haben Sie anscheinend noch nie etwas gehört, oder?"

Er lächelte sie unverschämt verführerisch mit strahlend weißen Zähnen an und stellte die Cranberry-Marmelade in Beths Einkaufswagen. „Bei mir kommt die Frau immer als Erste."

Bethany meinte sich verhört zu haben. Hätte er gesagt:

„Bei mir kommt die Frau immer an erster Stelle", wäre sie vermutlich nicht stutzig geworden. Oder interpretierte sie eine Doppeldeutigkeit in seinen Satz hinein, die gar nicht von ihm beabsichtigt gewesen war? War sein frivoles Grinsen der Auslöser? Oder seine Attraktivität?

Einen Moment lang verlor sie sich in seinen Augen, die schwarz waren wie ein tiefer Brunnen, dessen Grund im Dunkel verborgen lag. Sein braunes Haar glänzte, einige Strähnen seines Kurzhaarschnittes waren mit Gel gezupft worden und sein Teint besaß eine leichte Bräune, wie Bethany es von Latinos kannte.

Ob der Fremde hispanischer Herkunft war? Er sah so aus und auch wieder nicht, irgendwie seltsam.

Während Bethany beim Betreten des Wal-Marts lediglich ihren bunt gestreiften Strickschal gelockert, aber ihren Steppmantel zugeknöpft gelassen hatte, trug der Fremde trotz Märzkälte nur einen leichten Pullover mit Rollkragen, der durch seine beige Farbe den braunen Teint des Mannes unterstrich. Sie schätzte ihn auf Anfang dreißig.

Der Bund seines Pullovers schmiegte sich eng an seine Hüften und seine schwarze Jeans wölbte sich über dem Schritt. Offensichtlich war die Hose gut ausgefüllt.

Beschämt über ihre lüsternen Gedanken schaute Beth auf seine Lederboots und schließlich auf das Marmeladenglas in ihrem Einkaufswagen. Alles, was sie herausbrachte, war: „Danke"

„Immer wieder gerne", sprach er mit sanfter Stimme und schlängelte sich eng an ihrem Körper vorbei, als wäre der Gang nicht breit genug für sie beide, dabei hätten gut vier Personen nebeneinandergepasst.

Er riecht gut, stellte sie fest. Sein herbes Aftershave mischte sich mit dem männlichen Eigenduft seines Körpers. Bethany atmete das Odeur tief ein und sah ihm nach.

Sie ertappte sich dabei, dass sie sich wünschte, der Mann würde über die Schulter zurückblicken, um zu prüfen, ob sie ihm hinterherstarrte, aber das tat er nicht. Er bog nach links und verschwand aus ihrem Sichtfeld.

Bethany folgte ihm. Nicht absichtlich – zumindest redete sie sich das ein –, sondern weil die Erdnussbutter im Regal um die Ecke zu finden war. Betont lässig schlenderte sie aus dem Gang mit der Konfitüre heraus und stand direkt vor dem Obst- und Gemüsetisch, der sich mit einer langen Kühltheke den Raum vor der Wurst- und Käseausgabe teilte.

Sie tat so, als würde sie das Gemüse inspizieren, weil sie meinte, den Fremden im Augenwinkel zu sehen und nicht den Anschein erwecken wollte, als würde sie ihm hinterherlaufen. Vielleicht beobachtete er sie sogar, und sie wollte vermeiden, dass er bemerkte, wie durcheinander er sie gebracht hatte. Hatte er das?

Ja, hat er, gab sie zerknirscht zu, weil sie schon lange nicht mehr mit solch einer Begierde angeschaut worden war. Daryl war nett zu ihr, keine Frage, schon allein wegen Mantis, aber sie waren schon zu lange ein Paar und das Feuer der Leidenschaft züngelte nur noch träge vor sich hin.

Vielleicht sollte ich es wieder anheizen, grübelte Beth, nahm gedankenversunken eine Schlangengurke in die Hand und ertastete ihre Größe. Früher wäre sie so verrückt gewesen und hätte ihren Liebhaber mit diesem natürlichen Spielzeug überrascht, aber Daryl hasste Überraschungen. Er hatte lieber alles unter Kontrolle.

Plötzlich sagte eine dunkle Stimme hinter ihr: „Sie lassen sich nicht von der Größe erschrecken. Das gefällt mir." Es war der begehrliche Fremde.

Abrupt ließ Bethany die Schlangengurke fallen. Die

Gurke landete auf dem Boden und rollte ein Stück. Um ihre Nervosität zu überspielen, kramte Beth ihr Schlüsselbund aus der Manteltasche und spielte mit dem Anhänger.

Als der Mann die Gurke aufhob, präsentierte er Beth zufällig seine Kehrseite und sie genoss schmunzelnd den Anblick. Obwohl, war die Tatsache, dass sie einen Blick auf seinen knackigen Hintern in der engen Jeans werfen konnte, wirklich zufällig?

Nachdem der Fremde sich aufgerichtet hatte, die Gurke auf Höhe seiner Lenden hielt und vor ihren Augen lasziv darüberrieb, als würde er onanieren, war sie sich auf einmal gar nicht mehr sicher. Er schien zu wissen, was er tat. An Selbstbewusstsein mangelte es ihm jedenfalls nicht.

Schließlich nickte er. „Ich würde sie mit Salatöl einreiben, sonst könnte es schwierig werden. Dennoch eine gute Wahl. Sie scheinen Herausforderungen genauso zu mögen wie ich."

„Wollen Sie mich anmachen?", fragte Beth schnippisch, aber ihre Schnoddrigkeit war nur ein Abwehrmechanismus, denn ihr Schoß pochte aufgeregt beim Anblick seiner großen Hände, die kraftvoll über die Gurke strichen.

Er lachte. „Eine Vinaigrette passt am besten zu Gurkensalat. Das ist alles, was ich sagen wollte."

Bethany lief hochrot an. Hatte sie ihn falsch verstanden? Nein, das war unmöglich! Er zog sie nur auf. Misstrauisch kniff sie die Augen zusammen.

„Ein paar klein gehackte Schalotten ins Essig- und Ölgemisch, mit Salz und Pfeffer abschmecken, und ich gebe immer noch etwas Limettensaft hinzu. Köstlich! Kochen Sie gerne?"

„Nein", antwortete sie kühl.

„Wunderbar", rief er und schwang die Schlangengurke durch die Luft, „dann darf ich Sie also zum Essen einladen, ja? Ich bereite Ihnen den besten Gurkensalat zu, den Sie jemals gegessen haben. Natürlich gibt es noch mehr zu essen. Mein Name ist übrigens Kade. Ich finde, wenn ich schon für dich koche, sollten wir uns duzen, Bethany."

Augenblicklich verspannte sie sich. „Woher kennen Sie meinen Namen?"

Er lächelte triumphierend. Dann zeigte er stumm auf ihr Schlüsselbund.

Natürlich! Er hatte ihren Schlüsselanhänger bemerkt, mehr nicht. Kade war weder ein Stalker noch ein Hellseher. Bei dem Anhänger handelte es sich um eine Metallplatte, in die ihr Name eingraviert war und die sie von ihren Eltern zum achtzehnten Geburtstag samt Schlüssel für ihr erstes eigenes Auto, einen orangefarbenen Pontiac Firebird der zweiten Generation, geschenkt bekommen hatte.

Erleichtert atmete sie aus. Sie steckte den Schlüssel zurück in ihre Manteltasche und verschränkte ihre Arme vor dem Körper. „Danke, aber meine Mom hat mich immer davor gewarnt, mit fremden Männern mitzugehen."

„Deine Mutter ist eine kluge Frau", meinte er ernst und legte die Gurke zurück auf die Gemüsetheke, „aber sie verdirbt dir gerade den Spaß."

Er zwinkerte und ging weiter.

Beth war fassungslos, weil er sie einfach stehen ließ. Was hatte sie denn erwartet? Dass er geknickt war oder sie gar anflehte? Sie hatte ihm eine deutliche Abfuhr erteilt und sicherlich war er kein Mann, der von Frauen oft einen Korb bekam.

Ärger kochte in ihr hoch. Sie war wütend, weil sie keine drei Sekunden über seinen Vorschlag nachgedacht hatte. Es war doch nur ein unverbindliches Abendessen. Was war so falsch daran, einen Abend lang aus der Routine des Alltags auszubrechen und neue Leute kennenzulernen?

Sie seufzte, denn sie wusste sehr wohl, dass sie sich etwas vormachte. Kade gefiel ihr, das war die Wahrheit.

Er war der erste Mann, der ihre Aufmerksamkeit erregte, seit sie mit Daryl liiert war. Die meisten Männer ließen Bethany kalt. Besonders auf der Uni war sie umgeben von Langeweilern, bei denen die Karriere an erster Stelle stand und die dachten, sie brauchten nur mit dem Finger zu schnippen, wenn sie kurzfristig genug vom Medizinstudium hatten und in den Armen einer Frau Zerstreuung finden wollten.

Beth konnte diese Egomanen nicht ertragen. Das war der Typ von Mann, der dachte, er würde eine Frau befriedigt haben, wenn er selbst einen Höllenorgasmus bekam. Das hatte sie durch eine Affäre zu Beginn ihres Studiums am eigenen Leib erfahren, aber sie bemühte sich, Fehler nur ein einziges Mal zu machen, und hatte sich nie wieder mit einem Medizinstudenten eingelassen.

Beth fragte sich ernsthaft, wie jemand, der so egozentrisch war, es schaffen sollte, sich in Patienten hineinzuversetzen, um den zu Behandelnden nicht als Krankheit, sondern als Mensch zu sehen.

Kopfschüttelnd führte sie ihren Einkauf fort. Das Studium hatte diese jungen Männer verändert, weil sie sich zu etwas Großem, dem Dienst am Menschen, berufen fühlten, sich jedoch wie Götter in Weiß verhielten.

Aber Bethany selbst hatte sich genauso verändert. Auf dem Weg des Erwachsenwerdens hatte sie ihre Leichtigkeit verloren. Vor einigen Jahren hätte sie einem Mann wie Kade ihr schönstes Lächeln geschenkt und ihn gefragt, ob die Einladung noch für denselben Abend galt, weil sie einen Mordshunger hätte, was gar nicht mal gelogen gewesen wäre.

Zur Bestätigung knurrte ihr Magen und sie legte neben

dem Weißbrot auch noch eine Packung mit Schokoladenkeksen in ihren Einkaufswagen.

Während sie den Wagen in Richtung Kasse lenkte, fragte sie sich, was ihre Veränderung verursacht hatte.

Schlechte Erfahrungen mit Männern, die ihre Offenherzigkeit ausgenutzt hatten? Ihr beschützender Vater, der viele ihrer Freunde vertrieben hatte? Die Notwendigkeit, ernsthafter zu werden, um etwas aus ihrem Leben zu machen?

Wahrscheinlich eine Summe aus all dem, vermutete sie und bezahlte ihren Einkauf.

Als Bethany aus dem Wal-Mart auf den Parkplatz trat, zog sie den Schal enger um ihren Hals. Sie beeilte sich, zu ihrem Pontiac zu gehen, denn nachts fielen die Temperaturen empfindlich ab. In Windeseile räumte sie die wenigen Teile, die sie gekauft hatte, in ihr Auto.

Just in dem Moment, in dem sie den Einkaufswagen in die Station zurückschieben wollte, hielt neben ihr ein nachtblauer Lexus mit quietschenden Reifen. An der Frontscheibe klebte ein Sticker der Mietwagenfirma Alamo mit der Information, dass es sich um einen RX Hybrid 08 handelte. Die Scheibe an der Fahrerseite wurde heruntergefahren. Zum Vorschein kam Kades verschmitztes Lächeln.

Beths Herz schlug schneller. Würde er sie jetzt ein zweites Mal nach einem Date fragen? Nein, das war nicht korrekt. Er hatte sie nur zum Abendessen eingeladen, nicht zu einem Rendezvous.

Kade streckte seinen Arm aus dem Fenster und warf ihr etwas zu. Instinktiv fing sie es auf. Es war eine Schlangengurke.

„Die hattest du vergessen. Viel Spaß damit", meinte er, legte zum Gruß zwei Finger an die Schläfe und fuhr in seinem Lexus weiter.

Verdutzt spähte Beth ihm hinterher. Dann schaute sie auf die Schlangengurke in ihrer Hand und konnte nicht glauben, dass er die Gurke extra für sie gekauft hatte.

Einige Zeit stand sie einfach nur da und überlegte, was sie damit anfangen sollte. In den Mülleimer werfen, der an der Parkplatzausfahrt stand? Zurück in den Supermarkt gehen und Ranch Dressing holen?

Unschlüssig zuckte sie mit den Achseln und legte die Gurke zu ihrem Einkauf. Ihre Handfläche kribbelte, als hätte sie etwas Verbotenes berührt.

2. KAPITEL

Bethany fuhr nach Hause und schlüpfte als Erstes in ihr Nachthemd. Dann schmierte sie sich eine Scheibe Weißbrot mit Erdnussbutter und Cranberry-Marmelade und setzte sich mit einer Jumbotasse entkoffeiniertem Milchkaffee auf ihr Wohnzimmersofa. Die Schlangengurke lag vor ihr neben der Tasse auf dem Couchtisch.

Während sie in ihr Brot biss, zog Beth die Beine an und spreizte die Schenkel, um die Gurke zwischen ihre Beine hindurch sehen zu können. Als sie jedoch bemerkte, dass ein Ende der Gurke genau auf ihren Schoß gerichtet lag, setzte sie sich in den Schneidersitz.

Was sollte sie nun damit anfangen? Öl hatte sie zum Braten immer im Haus, aber keinen Essig und sie wollte ihre Mutter nicht darum bitten, denn sie wusste, dass Blanche um diese Zeit immer wie gebannt die Fernsehserie ‚Reich und schön' verfolgte.

Öl … das erinnerte Beth an Kades Worte.

„Ich würde sie mit Salatöl einreiben, sonst könnte es schwierig werden. Dennoch eine gute Wahl. Sie scheinen Herausforderungen genauso zu mögen wie ich."

Ihr wurde durch die Erinnerung heiß. Sie stand auf, ging zum Heizkörper und drehte die Temperatur herunter. Ihr Höschen rieb über ihren Schoß und sie spürte eine Erregung, die ihr bisher verborgen geblieben war.

Bethany legte ihr Brot auf den Tisch. Aufgewühlt nahm sie die Schlangengurke. Sie wog die Gurke in ihren Händen, betastete sie und rieb darüber, wie Kade es im Supermarkt getan hatte.

Frivole Tagträume erwachten. Sie hatte noch nie einen Liebhaber gehabt, dessen Ausstattung sie mit einer großen Gurke wie dieser hätte vergleichen können. Wie es sich wohl anfühlen mochte, derart ausgefüllt zu sein? Passte die Gurke überhaupt in sie hinein?

Ihr Brustkorb hob und senkte sich immer schneller. Ihre Aufregung wuchs. Sie rieb die Gurke gegen ihre Wange, schaute gedankenversunken in den Raum hinein und stellte sich vor, wie es wäre, einen Phallus dieser Größe zu halten, zu schmecken und zu riechen.

Wie mochte Kade ausgestattet sein?

Bei dem Gedanken an ihn beschleunigte sich ihr Puls. Sie legte die Gurke an ihre Mitte, die nur vom dünnen Stoff ihres Nachthemds bedeckt wurde, und rieb sie gegen ihre Spalte. Vor und zurück. Vor und zurück. Das Atmen fiel ihr schwer. Sie stellte sich vor, dass Kade auf dem Ohrensessel ihr gegenübersaß und ihr zuschaute.

Aber als sie zum Sessel sah, fiel ihr Blick auf ein Foto, das Daryl und sie zeigte. Der Schnappschuss war erst vor drei Monaten aufgenommen worden. Arm in Arm standen sie neben ihren Eltern vor dem Weihnachtsbaum im Wohnzimmer ihrer Familie. Ihre Mutter Blanche hatte Abzüge für alle machen lassen.

Beths schlechtes Gewissen löschte nicht nur augenblicklich ihre Lust aus, sondern auch ihren Appetit.

Rasch brachte sie die Gurke in die Küche, warf das Brot weg und trank ihren Milchkaffee, bevor sie sich schlafen legte.

Mit offenen Augen lag sie im Bett und starrte in die Dunkelheit. Was war sie nur für eine schlechte Verlobte! Tagträumte von einem Fremden, den sie im Supermarkt getroffen hatte, dabei gab es einen Mann an ihrer Seite, mit dem sie plante, ihr Leben zu teilen.

Sie schloss die Augen und dachte ganz fest an Daryl. Aber sein Gesicht zerfloss, formte sich erneut und bald war es doch wieder Kade, der sie in ihren Gedanken selbstsicher und unverschämt frivol angrinste.

Beth brauchte in dieser Nacht lange, um einzuschlafen, was nicht am Kaffee lag.

Als sie am nächsten Morgen erwachte, war sie feucht – unter den Achseln und zwischen den Schenkeln. Sie hatte einen erotischen Traum gehabt, wie sie ihn schon lange nicht mehr erlebt hatte. Kade und die vermaledeite Schlangengurke hatten darin die Hauptrollen gespielt. Zudem kamen mehr Statisten darin vor, als Beth recht gewesen war. Aber nicht ihr Verstand hatte den Traum gelenkt, sondern ihre Lust.

Sie hatte auf ihrem Wohnzimmersofa gesessen. Neben ihr auf der Couch und auf dem Boden zu ihren Füßen nahmen fremde Frauen und Männer Platz, die Beths Arme festhielten und ihre Beine spreizten. Kade schob den Tisch beiseite, stellte sich vor sie und schnippte, als wäre er ein Magier.

In der nächsten Sekunde war Beth nackt. Er hatte ihr Nachthemd einfach weggezaubert.

Erschrocken versuchte sie sich zu befreien, aber die Fremden drückten sie auf das Sofa nieder und betrachteten ihre Rundungen neugierig. Ihre Augen strahlten Begierde aus, aber die Männer und Frauen fassten Beth nicht intim an, sondern sie musterten lediglich die Landschaft ihres entblößten Körpers.

Allein durch ihre unverhohlen lüsternen Blicke und die bittersüße Machtlosigkeit pulsierte das Blut stärker durch Bethanys Spalte. Ihr Schoß war rasiert und alle Anwesenden konnten sehen, dass die Situation Beth erregte, weil ihre Schamlippen bereits ein wenig angeschwollen waren.

Wie von Zauberhand tauchte eine Schlangengurke in Kades Hand auf. Jemand goss aus einer Flasche reichlich Salatöl in seine Handflächen und er salbte die Gurke damit ein.

Bethany wurde immer unruhiger. Sie zerrte an den fremden Händen, die ihre Gliedmaßen festhielten, da sie ahnte, was folgen würde, und gleichzeitig konnte sie es kaum erwarten, das Stangengemüse endlich in sich zu spüren, weil es hart und dick und die Situation herrlich verrucht war.

Sie riss die Augen auf und versteifte sich, als Kade sich vor die Couch hockte und die Gurke zwischen ihre gespreizten Schenkel hielt.

Doch anstatt sie plump in Beth hineinzupressen, verteilte er das Öl, das an seinen Händen haftete, auf ihrem Geschlecht. Er cremte ihre Scham damit ein, ließ sich Zeit und sparte auch ihren Kitzler nicht aus, bis Beth vor Wonne stöhnte und ihre Spalte vor Öl und ihrer eigenen Feuchtigkeit glänzte.

Einige Male glitt Kade mit seinen glitschigen Fingern in sie hinein. Er dehnte sie sanft, indem er immer mehr Finger hinzunahm.

Erst als er spürte, dass Beths Lust größer war als ihre Bedenken, setzte er ein Ende der Gurke an ihren Eingang und drückte sie behutsam ein Stück weit in sie hinein.

Er verharrte, damit Beth sich an die Größe gewöhnen konnte. Dann presste er wieder … und somit verschwand die Gurke Stück für Stück in Bethanys Öffnung.

Nach einiger Zeit steckte ein Drittel der Gurke in ihr drin. Der Anblick war bizarr. Bethany meinte noch nie im Leben derart ausgefüllt gewesen zu sein. Es war wundervoll!

Dennoch wollte sie sich ungläubig die Augen reiben, doch die Männer und Frauen hielten ihre Arme fest. Alle starrten auf das grüne dicke Stangengemüse, das aus ihr herausragte.

Kade lächelte Bethany liebevoll an. Er zog die Schlangengurke aus ihr heraus und schob sie wieder in sie hinein, bevor sie vollends aus Beth herausgeglitten war. Während er die Gurke vor- und zurückbewegte, legte er zwei ölige Finger auf Beths empfindlichste Stelle und ließ sie langsam kreisen.

Berauscht legte Bethany den Kopf auf die Rückenlehne des Sofas und schloss die Augen. Sie spürte die Hände, die ihre Glieder festhielten, das Drängen der Gurke zwischen ihren Beinen und Kades ölige Finger, die sich quälend langsam über ihre Klitoris bewegten.

Das alles brachte sie fast um den Verstand! Sie wollte kommen – hier auf dem Sofa, jetzt sofort vor den Augen der Fremden und vor Kade.

Aber sie schaffte es nicht. Sie konzentrierte sich auf den Höhepunkt. Er war zum Greifen nah, aber er wollte nicht über sie hereinbrechen. Es war eine Qual!

Sie öffnete den Mund, um Kade zu bitten, sie schneller zu reiben, aber sie brachte keinen Ton heraus. Um zu prüfen, was los war, öffnete sie ihre Augen – und erschrak, denn sie lag in ihrem Bett. Alleine. Verschwitzt. Und mit feuchtem Schoß.

Frustriert hatte sie sich auf die Seite gerollt. Beth war nicht nur unbefriedigt, sondern auch betrübt, denn sie konnte sich nicht vorstellen, dass der Kade aus dem Supermarkt genauso großartig war wie der Kade aus ihrem Traum. Sie kannte ihn in Wirklichkeit gar nicht und hatte sich den perfekten Liebhaber erträumt.

Sie verwünschte ihn, weil er in ihr Leben getreten war. Er hatte sie mehr durcheinandergebracht, als sie gedacht hatte.

Bethanys Wecker klingelte. Sie stellte ihn aus und wusste, dass sie den ganzen Tag lang schlecht gelaunt sein würde, wenn sie sich keine Befriedigung verschaffte.

Daher drehte sie sich auf den Bauch und legte ein Kissen unter ihre Hüften, um ihren Unterleib ein wenig anzuheben. Ihre Hand glitt zwischen ihre Beine. Sie tauchte den Mittelfinger in ihre feuchte Spalte ein, um ihn anzufeuchten, und begann ihren Kitzler zu stimulieren.

Sie war schon zu erregt, um langsam anzufangen und ihre wachsende Lust auszukosten, daher rieb sie kräftig und schnell. Ihr Körper spannte sich an, alles in ihrem Unterleib zog sich zusammen und es dauerte nicht lange und der erlösende Orgasmus erfasste sie. Sie stöhnte in die Matratze hinein und ließ von ihrem Geschlecht ab.

Schwer atmend rollte sie sich auf den Rücken. Musste sie ein schlechtes Gewissen haben, weil sie von einem Fremden anstatt von ihrem Verlobten geträumt hatte?

Sie kam zu der Überzeugung, dass sie sich darüber keine Gedanken mehr machen sollte, denn sie war Daryl ja nicht fremdgegangen und würde Kade ohnehin nie wiedersehen.

3. KAPITEL

Warum trieb es Bethany dann in den nächsten Tagen wegen jeder Kleinigkeit in die Wal-Mart-Filiale, in der sie Kade getroffen hatte?

Sie redete sich ein, einen Heißhunger auf Nachos zu haben. Am nächsten Tag brauchte sie unbedingt dieses neue Shampoo, das sie auf einem Werbeplakat gesehen hatte und das ihr braunes Haar wie Seide glänzen lassen sollte. Ohnehin lag der Supermarkt auf dem Weg zur Universität, deshalb war es naheliegend, dass sie dort ihre Einkäufe tätigte.

Kade traf sie nicht wieder. Zumindest nicht in der darauf folgenden Woche.

Als sie ihn eines Abends an dem Kühlschrank, in dem die hochwertigere Eiscreme gelagert wurde, sah, machte ihr Herz einen Sprung. Doch seltsamerweise dachte sie an Flucht. Sie hatte ihn wiedergesehen. War damit nicht ihr Ziel erreicht? Wie hieß es so schön? Appetit darf man sich auswärts holen, aber gegessen wird zu Hause. Anstatt zu fliehen stand sie jedoch wie angewurzelt da.

Kade schlenderte an ihr vorüber, ohne sie eines Blickes zu würdigen.

Wütend schnalzte sie und ging zu dem Kühlschrank, vor dem er kurz zuvor gestanden hatte. Wer kaufte bei der kalten Jahreszeit schon Eiscreme? Welche Sorte mochte er ausgewählt haben?

„Spionierst du mir nach?"

Bethany flog erschrocken herum. Ihr Puls beschleunigte sich. Sie fühlte sich ertappt und spürte, wie Hitze in ihre Wangen stieg.

Lässig lehnte sich Kade mit der Schulter gegen die Glasscheibe des Kühlschranks und schmunzelte. Er hielt einen

Eisbecher von Ben & Jerry's hoch und fragte: „Hast du die Sorte Karamell Sutra schon einmal probiert?"

Sie schüttelte den Kopf. Irritiert beobachtete sie, wie er Deckel und Schutzfolie entfernte und seine Fingerspitze durch das Schokoladeneis, das einen weichen Kern aus Karamell besaß, zog. Bevor sie sich wehren konnte, schmierte er die Eiscreme auf ihre Lippen.

Verdutzt öffnete sie ihren Mund ein Stück weit.

„Magst du kein Karamell?" Er runzelte die Stirn.

Bethany bemerkte, dass die Verkäuferin hinter der Fleischtheke sie kritisch beäugte.

„Das Eis schmilzt. Du solltest es rasch kosten, bevor es von deinem Kinn tropft. Besonders köstlich sind die Fudge-Stücke darin."

Da sie keine Anstalten machte, seinem Rat zu folgen, neigte er sich zu ihr. Einen kurzen Moment war er ihr so nah, dass ihre Nasenspitzen sich fast berührten und sie seinen warmen Atem auf ihren kalten Lippen spürte. Er schaute ihr tief in die Augen. Ein verführerischer Blick, der ihre Beine weich werden ließ.

Als Kade plötzlich das Eis von ihrem Mund leckte, erstarrte sie für einige Sekunden. Sie hielt die Luft an und bekam eine Gänsehaut. Dieser Mann war unglaublich! Aber auch gefährlich.

Ja, Kade konnte ihr gefährlich werden, das ahnte sie.

Während er den Eisbecher wieder verschloss, lachte er. „Du kannst dich jetzt wieder bewegen."

Verärgert darüber, dass sie sich von ihm einschüchtern ließ, schüttelte sie sich, als wollte sie ihren Mantel von Schnee befreien, dabei hatte es schon seit Wochen nicht mehr geschneit. Sie zog ihren bunten Schal enger um ihren Hals, mehr als Schutz als vor Kälte.

Kade lehnte sich wieder gegen den Kühlschrank. „Hast

du dich nun endlich entschieden, ob du mit mir essen gehen wirst, wenn ich schon nicht für dich kochen darf?“

Nein, sie durfte nicht, nicht nach diesem Kuss. War es denn ein Kuss gewesen? Kein richtiger. Dennoch, sie durfte Kade nie wiedersehen! Das begriff sie nun. Sie hätte schon nach dem ersten Treffen den Supermarkt nicht mehr aufsuchen sollen, weil sie Kade interessant fand. Der arme Daryl! Er durfte nie etwas von ihrer gedanklichen Untreue erfahren.

„Ich kann nicht. Ich bin verlobt.“ Sie brachte den Satz kaum hervor, weil sich ihr Körper nach Kade sehnte, aber ihr Verstand war stärker.

Kade wurde ernst. „Das ist bedauerlich. Sehr schade! Hoffentlich weiß Daryl deine Treue zu schätzen, aber sie wird dir nichts nutzen.“ Er zuckte mit den Achseln und ging fort, ohne den Versuch, sie zu überreden.

Verblüfft blieb Beth zurück. Was sollte das schon wieder heißen? Und woher kannte er den Namen ihres Verlobten? Ein unwohles Gefühl breitete sich in ihrem Magen aus.

Sie war enttäuscht, dass sich Kade nicht intensiver um sie bemühte, denn er hätte eine reelle Chance gehabt, sie doch noch zu überzeugen. Aber er hatte sie immerhin zweimal gefragt und gehörte nicht zu der Sorte Mann, der eine Frau inständig bitten musste, damit sie mit ihm ausging. Vielleicht hatte ihn genau das verletzt. Er war es nicht gewohnt, einen Korb zu bekommen, und leckte bestimmt irgendwo seine Wunden.

Bethany fühlte sich fiebrig. Sie nahm einen Becher Karamell Sutra Eiscreme aus dem Kühlschrank, bezahlte an der Kasse und eilte zu ihrem Wagen. Ihr war danach, sich mit dem Eis auf die Couch zu setzen und zum hundertsten Mal „E-Mail für dich“ anzuschauen.

Als sie ihren Wagen aufschloss, fragte sie sich, warum sie ausgerechnet Kades Lieblingseis gekauft hatte. Hatte sie nicht eben noch gespöttelt, dass die Jahreszeit viel zu kalt war, um Eiscreme zu essen?

Sie legt den Ben & Jerry's-Becher auf den Rücksitz. Als sie sich aufrichtete, schaute sie geradewegs in Kades Gesicht. Er hielt einen Laptop in der Hand. Aufgrund des hellen Bildschirms wusste sie, dass das Notebook eingeschaltet war. Wollte Kade doch einen dritten Versuch wagen und ihr die Homepage seines Stammrestaurants zeigen, um sie umzustimmen?

Schweigend warf er die Fahrertür ihres Firebirds zu. Er drängte Beth rückwärts und stellte den Laptop auf die Motorhaube.

„Ich verstehe nicht", begann sie.

Beth erschrak, als Kade seinen Arm um ihre Hüften legte und sie herumdrehte. Er zwängte sie zwischen seinem Körper und ihrem Auto ein. Ängstlich wehrte sie sich, aber sie hatte keine Chance gegen ihn.

Er startete den Windows Mediaplayer auf seinem Rechner, schmiegte sich an Bethanys Rücken und raunte verführerisch: „Schau genau hin, Beth. Das wird dich überzeugen, doch noch auf meine Einladung einzugehen. Es tut mir leid, dass ich meine Waffen auffahre, aber es muss sein. Du wirst morgen Abend mit mir essen gehen und tun, was auch immer ich von dir verlange."

Das Video zeigte ein Zoogeschäft in irgendeiner Shopping-Mall. Es musste von einer Überwachungskamera gefilmt worden sein, denn die Perspektive war höher angelegt, als es bei einer normalen Aufnahme der Fall gewesen wäre, stellte Bethany fest.

Eine Frau und ein Mann, beide recht jung, betraten die Tierhandlung. Der Mann lächelte durch die Schaufensterscheibe direkt in die Kamera.

Beth erschrak. Sie kannte ihn oder, besser gesagt, sie hatte ihn gekannt. Es war Aaron Catlaw, ihr Exfreund.

Plötzlich strömten die Erinnerungen auf sie ein. Wie alt war sie damals gewesen? Sechzehn oder doch schon siebzehn. Ihre Haare hatten ihr damals fast bis zum Hintern gereicht, heutzutage trug Beth sie schulterlang. Mittlerweile waren ihre Hüften runder und ihre Brüste ein wenig voller. Sie rasierte nicht nur ihre Achsel- und Beinhaare, sondern auch ihre Scham, weil sie das als hygienischer, hübscher und moderner empfand.

Als sie ihrem jüngeren Ich ins Gesicht sah, wurde Beth melancholisch, denn sie entdeckte in den Augen des Mädchens, das sie einmal gewesen war, ein Feuer, eine Neugier und eine Lebenslust, die sie durch den Ernst des Alltags verloren hatte.

Damals hatte sie Aaron geliebt und er war in sie vernarrt gewesen. Gemeinsam hatten sie viele verrückte Dinge getan, Dinge, die niemals hätten gefilmt werden dürfen, weil sie intim und hemmungslos waren.

In dem Film legte Aaron ihr gerade ein rotes Hundehalsband an. Er zog ihr Nickioberteil und ihren Büstenhalter aus und drückte ihre kleinen, festen Brüste zusammen.

Beth wusste, es würde noch schlimmer kommen. Wenn sich ihr jüngeres Ich erst nackt auf den Kartons räkelte, damals vor Aaron und heute zusätzlich vor Kade, würde sie auf der Stelle vor Scham im Boden versinken.

Bethany verwünschte Aaron, der gewusst hatte, dass ihre triebhaften Spielchen aufgezeichnet wurden, denn er hatte machohaft in die Kamera gelächelt.

Ihr war der Film furchtbar peinlich. Sie zappelte und wollte sich losreißen, aber Kades Griff um ihre Hüften war unnachgiebig wie ein Stahlring.

„Ich will das nicht sehen“, schrie sie. „Und du hast kein Recht, das anzuschauen.“

Er verschloss ihren Mund mit seiner Hand. „Scht, kein Grund, sich aufzuregen. Ich kenne das Video bereits, es ist mein Ticket in dein Leben. Fangen wir mit einem Treffen an einem öffentlichen Ort an. Keine Sorge, ich werde dich nicht sexuell nötigen, aber ich kann dir auch nicht versprechen, nicht den Versuch zu wagen, dich zu verführen, denn dafür finde ich dich zu attraktiv.“

Jetzt wusste Beth, dass der echte Kade nur eine einzige Sache mit dem liebevollen Mann aus ihrem Traum gemeinsam hatte.

Seine Lüsternheit.

Und die konnte ihr genauso gefährlich werden wie das Video.

Bethany griff sein Handgelenk und zog seine Hand von ihrem Mund weg. Seltsamerweise sehnten sich ihre Lippen nach der Wärme seiner Haut. Ihre eigenen Gefühle verwirrten sie. Sie konnte kaum klar denken.

„Was hast du vor?“, brachte Bethany atemlos hervor. Sie war fassungslos! Seine Worte schockierten sie. Doch während ihr Herz vor Furcht aufgeregt pochte, prickelte ihr Schoß, weil sie die mächtige Wölbung in seiner Hose sogar bis durch ihren Steppmantel hindurch an ihrem Rücken spürte.

Er legte seine Hand an ihre Wange und drehte zärtlich ihren Kopf zur Seite, damit sie ihn über ihre Schulter hinweg ansah. „Ich spüre dein Zittern, aber du brauchst keine Angst vor mir zu haben. Alles, was ich möchte, ist die Chance, dich näher kennenzulernen –“

„Das hättest du auf andere Weise haben können“, unterbrach sie ihn empört.

„Ach, ja?“ Er hob spöttisch eine Augenbraue. „Ich habe

dich zweimal eingeladen und du hast mich jedes Mal zurückgewiesen. Wie oft soll ich noch fragen? Möchtest du, dass ein Mann wochenlang um dich herumbalzt oder gar bettelt? Da bist du an den Falschen geraten."

„Nein, so bin ich nicht. Du hast ein völlig falsches Bild von mir, du kennst mich doch gar nicht." Ihre Stimme wurde immer lauter.

Schmunzelnd deutete er auf den Laptop. Das Band der Videoüberwachung lief immer noch. Die junge Beth räkelte sich auf den aufgestapelten Kartons wie ein rolliges Kätzchen. „Ich kenne dich besser, als dir lieb ist."

Eine weißhaarige Frau im Pelzmantel stellte ihre Einkaufstasche auf die Ladefläche ihres Pick-ups, der neben dem Wagen von Beth parkte und überhaupt nicht zu ihrer Erscheinung passte. Neugierig spähte sie zum Bildschirm, während sie die Heckklappe schloss, und selbst ihr Zwergpinscher, den sie auf dem Arm trug, schaute herüber.

Eilig klappte Bethany das Notebook zu und spie zwischen zusammengekniffenen Lippen: „So freizügig bin ich nicht."

„Belüg dich nicht selbst." Kades Augen funkelten belustigt. „Das Video ist der Beweis."

Er ließ ihr genug Platz, damit sie sich zu ihm herumdrehen konnte, stützte sich jedoch rechts und links neben ihr auf der Motorhaube ab, um ihr eine Flucht unmöglich zu machen.

„Das … das war etwas anderes. Ich war jung und un…"

„Unschuldig?" Amüsiert lächelte er.

„Unbelastet, wollte ich sagen. Ich war zu locker und das wurde oft ausgenutzt, wie man sieht. Oder glaubst du allen Ernstes, ich hätte der Aufnahme zugestimmt?"

„Zutrauen würde ich es dir oder vielmehr der Frau, die in dem Video zu sehen ist, also deinem früheren Ich."

Plötzlich wurden ihre Augen feucht vor Wut und sie senkte den Blick, damit er ihre Schwäche nicht bemerkte. Wie hatte ihr das nur passieren können? Sie war damals so naiv gewesen, dass sie sich noch heute dafür ohrfeigen könnte.

„Entschuldigung", sagte die weißhaarige Frau und deutete auf die Beifahrertür.

Kade schmiegte sich eng an Bethany, damit die ältere Dame die Tür öffnen und ihren Pinscher auf den Beifahrersitz setzen konnte. Sie bedankte sich, warf noch einen raschen Blick auf den Laptop und ging enttäuscht zur Fahrertür, weil sie auf dem Bildschirm nichts hatte erkennen können.

Nachdem sie weggefahren war, legte Kade Zeige- und Mittelfinger unter Beths Kinn und hob es an. Er schaute ihr mitfühlend in die Augen.

„Animalischer Sex in einer Zoohandlung", begann er, stockte jedoch, als Beth den Blick abwandte und einen Laut von sich gab, der wie ein unterdrücktes Schluchzen klang.

Er griff ihr Kinn und zwang sie unnachgiebig, ihn anzusehen.

Bethany blinzelte, um nicht zu weinen. Ihr war es unbeschreiblich peinlich, dass solch ein Video von ihr existierte und vor ihr ein fremder Mann stand, der es sich vermutlich unzählige Male angeschaut und wer weiß was dabei gemacht hatte. Er kannte dadurch nicht nur ihre intimsten Körperstellen und ihre frühere Laszivität – sie fühlte sich in diesem Moment wie ein Flittchen –, sondern auch ihr Geheimnis.

Zur damaligen Zeit hatte sie sich willig und äußerst freizügig an außergewöhnlichen Orten verlustiert.

Niemals jedoch hätte ihre damalige Vorliebe an die Öffentlichkeit gelangen dürfen. Die lustvollen Momente gehörten ihr und ihren Liebhabern. Kade war in ihre Intimsphäre eingedrungen und besaß durch die Videoaufzeichnung eine mächtige Waffe gegen sie.

Erneut sprach er: „Animalischer Sex in einer Zoohandlung, das hat man nicht alle Tage. Es ist verrückt, zügellos, vielleicht ein wenig leichtsinnig und anrüchig, aber auf jeden Fall kreativ." Er machte eine kurze Pause und lächelte sanft. „Und es hat mir imponiert."

Ihre Tränen trockneten, bevor Beth sie geweint hatte.

„Welcher Mann wünscht sich nicht eine Frau, die selbstsicher genug ist, um sich vollkommen fallen zu lassen?", meinte er, ließ ihr Kinn los und legte die Hand an ihre Hüfte.

„Das war ich einmal, aber so bin ich nicht mehr." Um ihre Verlegenheit zu verstecken, zog sie ihren Strickschal höher, sodass er sogar ihr Kinn und ihren Mund verdeckte, denn am liebsten wäre sie vor Scham im Erdboden verschwunden.

Doch Kade griff ihr Handgelenk und schob mit der anderen Hand den Schal wieder nach unten. „Aber es steckt noch in dir, es muss nur geweckt werden."

„Und diese Aufgabe möchtest du übernehmen?" Beth errötete. Sie hatte die Frage ausgesprochen, ohne zu überlegen. „Ich kenne dich nicht. Du bist ein Fremder für mich."

„Das lässt sich ändern."

„Warum zwingst du mich, mit dir auszugehen?", wollte sie wissen. „Die Situation ist grotesk und du siehst nicht so aus, als hättest du ein Druckmittel nötig, um an ein Date zu kommen."

Er warf seinen Kopf in den Nacken und lachte. „Danke für das Kompliment. Das zeigt mir, dass du mich ebenfalls attraktiv findest."

Attraktiv und gefährlich, dachte Beth und spürte wieder dieses Kribbeln zwischen ihren Beinen, das sich zu einem

Zeitpunkt bemerkbar machte, der nicht unpassender hätte sein können. Denn irgendetwas stimmte nicht an der ganzen Situation.

Kade hatte diese Scharade nicht nötig. Sein Aussehen war irgendwie ... falsch. Sie konnte aber noch nicht sagen, was an seinem Aussehen sie störte.

Was sie jedoch am meisten irritierte, war seine Zielstrebigkeit. Was in aller Welt wollte er ausgerechnet von ihr? Sie war längst nicht mehr der Typ Frau, dem die Männer hinterherblickten oder gar hinterherpfiffen. Mittlerweile konzentrierte sie sich mehr auf ihr Medizinstudium als auf ihr Aussehen.

Wieso auch nicht? Daryl verlangte nicht, ein Modepüppchen an seiner Seite zu haben. Vielmehr wünschte er sich eine gediegene Ehefrau, die er überall vorzeigen konnte, ohne sich schämen zu müssen, weil sie ein dekolletiertes Oberteil trug, dessen Ausschnitt fast bis zu den Warzenhöfen reichte.

Aber wollte sie das überhaupt? Entwickelte sie sich langsam, aber stetig zu einer biederen Hausfrau? Sie war bestürzt über diesen Gedanken. Nachdem sie im Video gesehen hatte, zu welch einer Leidenschaft sie damals fähig gewesen war, wurde ihr diese Entwicklung erst bewusst.

„Ich habe keine Ahnung, was deine Absichten sind, Kade, aber du fängst das alles ganz falsch an."

Sie versuchte an ihm vorbeizukommen, doch er stellte seinen rechten Fuß auf den Reifen ihres Pontiacs. Nun befand sich sein Bein zwischen ihren Schenkeln. Sie brauchte nur einen Schritt nach vorne zu machen und ihr Schritt würde sein Knie berühren.

Ihr Mantel klaffte auf und Beth fiel das Atmen auf einmal schwer.

Kade schüttelte den Kopf. „Meinst du wirklich, du solltest einfach gehen? Man kann vor Problemen nicht fortlaufen. Dadurch lösen sie sich nicht in Luft auf. Ich habe das Originalüberwachungsvideo und eine Kopie auf meinem Notebook, vielleicht sogar noch weitere."

„Du bist ein Schuft!", spie sie ihm entgegen und ballte ihre rechte Hand zur Faust.

Unbeeindruckt legte er seine Hand über ihre Faust und schloss diese ein. „Ich habe es auf die behutsame Art versucht, aber du bist starrköpfig geblieben. Du kennst mich nicht, das hast du selbst gesagt und recht damit. Eben weil du mich nicht einschätzen kannst, solltest du ein wenig kooperativer sein."

„Und das heißt?", fragte sie barsch und riss ihre Hand los.

„Du wirst mich morgen Abend im Hideaway treffen, das ist ein hübsches, kleines Restaurant, das an der Mündung des Mystic Rivers in den Boston Harbor liegt."

„Das kann ich nicht. Wenn Daryl oder einer unserer Bekannten mich am Hafen mit einem fremden Mann sieht … nicht auszudenken!"

„Dann überleg dir halt eine Ausrede. Ich könnte ein Kommilitone sein."

„Nein, bestimmt nicht", entgegnete sie und konnte trotz Wut ein Lächeln nicht unterdrücken, aber es erstarb so schnell, wie es aufgeflackert war.

Er nahm seinen Fuß vom Reifen und schmiegte sich an sie. Verführerisch wisperte er: „Es ist mir völlig egal, wie du dich herausreden wirst, solltest du mit mir … erwischt werden. Das ist allein deine Sorge. Aber du wirst pünktlich um acht Uhr dort sein."

„Sonst was?" Ihre Kehle war wie zugeschnürt.

Kade neigte sich vor, sodass sein Mund neben ihrem Ohr war. „Wie würde es dir gefallen, dein Video im Internet zu finden? Ich bräuchte es nur auf Youtube.com oder einem ähnlichen Portal einzustellen, es mit den Suchbegriffen ‚Boston' und ‚Erotik' verlinken und ich wette, es würde großen Anklang finden, sich verbreiten und –"

„Genug!", sagte Bethany scharf. Sie legte die Hände an seinen Oberkörper und versuchte ihn wegzudrücken, aber er griff ihre Handgelenke, führte sie hinter ihren Rücken und hielt sie dort fest.

Sie fühlte sich schrecklich wehrlos. Sein Gesicht war dem ihren so nah, dass sie seine Körperwärme spürte. Sein Atem streifte ihre Stirn. Er schaute auf sie herunter und leckte mit der Zungenspitze über seine Unterlippe.

Beths Mund öffnete sich wie von selbst. Ein Kribbeln floss durch ihre Lippen und sie verspürte den Wunsch, ihn zu küssen, doch ihr Zorn gewann wieder die Oberhand. „Weshalb tust du mir das an?"

Verwundert runzelte er die Stirn. „Was tue ich denn?"

„Mir drohen, mich zwingen …"

„Ich möchte dich nur davon überzeugen, mit mir auszugehen, ein harmloses Treffen an einem öffentlichen Ort. Du tust ja gerade so, als würde ich von dir verlangen, mit mir zu schlafen."

Hitze stieg in ihre Wangen. „Woher weiß ich, dass du nach einem gemeinsamen Abendessen nicht noch mehr von mir verlangen wirst?"

„Das weißt du nicht. Du musst mir einfach vertrauen", sprach er sanft.

„Wie kann ich sicher sein, dass du nicht nach unserem Date das Video online stellen und mich damit demütigen wirst?"

„Ein Date?" Er schmunzelte. „Es ist kein Rendezvous, nur eine simple Verabredung zum Dinner. Nicht mehr und nicht weniger."

Kaum hörbar fragte sie: „Weshalb tust du das alles?"
Kade gab ihre Arme frei und legte beide Hände an ihre Wangen. Tief schaute er ihr in die Augen. „Weil du nie und nimmer freiwillig mit mir ausgehen würdest. Du bist mit Daryl Veasey verlobt, das sagtest du bereits –"
„Woher kennst du den vollen Namen meines Verlobten? Den hatte ich nämlich nicht erwähnt."
Plötzlich küsste er sie. Er brachte sie mit einem Kuss zum Schweigen, legte seine Lippen sanft auf die ihren, ohne seine Hände von ihrem Gesicht zu nehmen, und küsste sie so zärtlich, dass in Beth der Wunsch aufkeimte, er möge den Kuss verstärken.
Doch er löste sich von ihr. „Du stellst zu viele Fragen. Das ist nicht gut."
„Beantworte sie doch einfach."
„Die Antworten würden nur neue Fragen hervorbringen."
„Würdest du wirklich mein Leben zerstören, indem du das Video veröffentlichst?" Sie dachte dabei nicht nur an sich selbst.
Daryl wäre entsetzt und ihrer Mutter Blanche würde es das Herz brechen, aber viel tiefer würde es ihren Vater treffen. Mantis würde sich sofort in sein Auto setzen, zu Aaron fahren, und Beth vermochte nicht zu sagen, was dann geschehen würde.
„Lass es nicht darauf ankommen, nur um zu erfahren, ob ich tatsächlich so abgebrüht bin", warnte er sie.
„Woher hast du das Überwachungsvideo?"
„Das ist unschwer zu erraten", sagte er und strich mit dem Daumen über ihre Lippen.
Beth ahnte, wer die Quelle war. „Aaron Catlaw."
Kade nickte.
„Hat er es dir gegeben? Bist du ein Freund von ihm?

Habt ihr es euch gemeinsam angesehen und euch über mich lustig gemacht?"

Er legte die Hand auf ihren Mund, um sie zum Schweigen zu bringen. „Wie ich gesagt habe: Eine Antwort wirft unzählige neue Fragen auf. Das bringt niemandem etwas."

Aber Bethany wusste, von wem sie die Antworten erhalten würde. Von Aaron. Sie würde ihn in die Mangel nehmen, und zwar so bald wie möglich!

Kade nahm sein Laptop von der Motorhaube. „Ich erwarte dich also morgen um acht. Sei pünktlich. Ich hasse Unzuverlässigkeit und an deiner Stelle würde ich nichts tun, um mich gegen dich aufzubringen." Dann ging er davon.

Schnell stieg Beth in ihren Wagen ein, warf die Fahrertür zu und verriegelte sie. Sie legte die Stirn auf das Lenkrad und schloss die Augen. In was war sie da nur hineingeraten? Sie spürte die Angst in ihrem Brustkorb und das Prickeln in ihrem Schoß. Sie wollte zum Boston Police Department fahren und Kade anzeigen – Anzeige gegen Unbekannt, denn sie wusste rein gar nichts von ihm – und gleichzeitig freute sie sich auf das Treffen.

Bestürzt stellte sie fest, dass ein Teil von ihr froh darüber war, gezwungen zu werden, sich mit ihm zu treffen, weil sie durch die Erpressung von jeglicher Schuld befreit wurde. Sie traf sich nicht freiwillig hinter Daryls Rücken mit einem fremden Mann, der ihr durchaus gefiel, sondern wurde dazu genötigt.

„Du bist verrückt!", schimpfte sie mit ihrem Spiegelbild im Rückspiegel. Wie konnte sie solche Gedanken haben?

Sie presste die Hand auf ihren Schritt, aber das verteufelte Kribbeln wollte einfach nicht aufhören.

4. KAPITEL

Auf dem Heimweg konnte sich Bethany kaum auf den Verkehr konzentrieren, weil sie immer wieder Kade vor ihrem geistigen Auge sah. Sie hörte sein Wispern, spürte seine Hand an ihrer Wange und seine Lippen auf den ihren.

Um klarer denken zu können, kurbelte sie das Seitenfenster herunter und ließ kühle Nachtluft ins Wageninnere. Das Hupen der Autos lenkte sie ab. In der Ferne heulte eine Polizeisirene und Beth dachte an Aaron, den sie in der Luft zerreißen würde, wenn sie ihn in die Finger bekam.

Sie lenkte ihren Pontiac aus Downtown Boston heraus in den Stadtbezirk Roxbury, wo sie in die Siege Road fuhr, eine Nebenstraße, in der sich kleine, aber bezahlbare Häuschen aneinanderreihten.

Hier wohnten einfache, aber freundliche Menschen. Es war eine gute Nachbarschaft mit einem Kiosk an der Ecke und einem Kinderspielplatz. Beth führte Lazy immer im Highland Park Gassi. Der Park war einige Minuten entfernt und lag auf dem Fort Hill, dessen Mittelpunkt der Fort Hill Tower bot, ein Relikt der amerikanischen Revolution. Man hatte ihn als Erinnerung an die Belagerung stehen lassen.

„Es ist netter hier geworden", bemerkte Blanche hin und wieder.

Worauf Mantis zu antworten pflegte: „Das kommt durch das junge Volk: College-Stundenten der Northeastern University und des Wentworth Institute of Technology, Künstler und junge Berufstätige."

Das Bild von Roxbury war von Aufschwung geprägt. Wohn- und Geschäftsgebiete wurden renoviert oder abgerissen und neu gebaut. Aber in einigen Gebieten gab es immer noch Gewaltverbrechen, meist durch Bandenkriege und Drogenmissbrauch.

Bethany hatte keine Angst, in Roxbury zu leben. Es gab ihrer Meinung nach in Boston nicht mehr Kriminalität als in jeder anderen Großstadt auch.

Sie fand erfreulicherweise einen Parkplatz direkt vor ihrem Haus, stieg aus und nahm die Packung mit der halb geschmolzenen Eiscreme vom Rücksitz. Dann ging sie zur Eingangstür, schloss sie auf und trat in den kleinen Flur, in dem es immer nach Maiglöckchen roch, weil ihre Mutter regelmäßig Duftspender hinter die Haustür stellte.

Kaum hatte Beth die Tür geschlossen, lugte Blanche Hart aus ihrer Wohnung im Erdgeschoss und winkte eifrig. „Er ist hier. Komm."

„Wer?" Wusste Kade, wo sie wohnte? Hatte er ihre Eltern bereits um den Finger gewickelt? Beths Puls beschleunigte sich. Sie griff das Eis fester und blieb wie angewurzelt stehen.

Erst als Lazy schwanzwedelnd aus der Wohnung gelaufen kam, erwachte sie aus ihrer Erstarrung und bückte sich, um den schwarz-weißen Neufundländer zu streicheln.

Blanche hatte rosige Wangen und ihre Stirn glänzte. Beth vermutete, dass ihre Mutter schon wieder Rotwein getrunken hatte. Das tat sie in letzter Zeit leider öfter.

Alles hatte damit angefangen, dass sie im Boston Magazine einen kleinen Artikel gelesen hatte, in dem der Konsum von einem Glas Rotwein pro Tag empfohlen wurde, weil das angeblich gesund wäre.

Blanche glaubte alles, was im Boston Magazine stand, daher war sie dem Rat gefolgt. Alkohol war sie ohnehin nicht abgeneigt gewesen.

Aus einem Glas Wein wurden zwei. Bald trank sie sogar tagsüber, meist wenn etwas sie belastete, und natürlich, wenn es etwas zu feiern gab, und Gelegenheiten zum Feiern gab es oft, zumindest in den Augen von Blanche Hart.

„Daryl natürlich. Beeil dich.“ Schon verschwand Blanche in der Wohnung.

Beth entspannte sich. Es war nicht Kade, der auf sie wartete. Weshalb hatte sie sofort an ihn gedacht? Erleichterte atmete sie aus. Oder war es doch ein Seufzer der Enttäuschung?

Sie steckte ihr Schlüsselbund in ihre Jackentasche, trat gefolgt von Lazy in das Appartement ihrer Eltern ein und stand bereits im Wohnzimmer, da die Wohnung keine Diele besaß. Rechts gingen Küche und Schlafzimmer ab und geradeaus kam man ins Bad.

Als Daryl Bethany sah, sprang er von der Couch auf und eilte zu ihr. Er überragte sie um fast zwei Köpfe, besaß einen schlanken Körperbau, ohne bei der Größe schlaksig zu wirken, und trug stets Hemden mit gestärktem Kragen. Sein mittelblondes Haar gelte er zurück, was ihn adrett erscheinen ließ. Seine Nase war zu lang für sein schmales Gesicht. Aber da der Spruch ‚An der Nase eines Mannes erkennt man seinen Johannes‘ bei ihm zutraf, beschwerte sich Beth über diese Unregelmäßigkeit nicht.

Wenn sie sein Geschlecht nur öfter zu sehen und zu spüren bekäme.

Daryl reichte ihr die Hand und wollte sie auf die Lippen küssen, doch sie drehte erschrocken ihr Gesicht weg, sodass sein Mund ihre Wange traf.

Noch vor Kurzem hatte Kade sie geküsst, etwas, das nie hätte passieren dürfen. Zu allem Übel bereute sie den Kuss nicht einmal. Das bedeutete aber auch, sie konnte sich jetzt unmöglich von Daryl küssen lassen. Das war einfach falsch.

Sie nieste dreimal hintereinander und hoffte, man nahm ihr den plötzlichen Niesanfall ab. „Entschuldigung, meine Nase hat gekitzelt. Du weißt schon, wenn man von der Kälte, die draußen herrscht, in die warme Wohnung kommt … „

„Du hast einen ganz roten Kopf." Besorgt berührte Blanche mit dem Handrücken zuerst Beths Wange und dann ihre Stirn. „Hast du Fieber? Warte, ich hole ein Thermometer."

Beth hielt ihre Mutter zurück. „Unsinn. Das ist nur der Temperaturunterschied."

„Mach das Kind nicht verrückt", schaltete sich Mantis ein, der mit einer Flasche Budweiser auf dem Sofa saß. Er strich mit der freien Hand durch seine kurzen schwarzen Haare, die sich an den Schläfen zu lichten begannen. In wenigen Jahren würde er eine Glatze haben. Er ärgerte sich über seine Geheimratsecken und Beth hatte ihn schon zweimal dabei ertappt, wie er sich im Internet über Haartransplantationen informierte.

Lächelnd ging Beth zu ihrem Vater und küsste ihn auf die Wange. „Hallo, Dad."

„Hallo, Pumpkin, du kommst spät."

Wie sie diesen Kosenamen verabscheute! Sie war keine drei Jahre alt mehr, zudem wurde in den Staaten jedes zweite Kind ‚Pumpkin' genannt, aber zu versuchen ihrem Vater etwas auszureden, war wie die Niagarafälle hochschwimmen zu wollen: ein Ding der Unmöglichkeit.

„Ich war noch einkaufen." Bethany hielt die Packung Ben & Jerry's Eiscreme hoch und senkte sie rasch wieder, damit er den Namen Karamell Sutra nicht lesen konnte. „Ich bringe das Eis in mein Tiefkühlfach. Sonst kann ich es gleich trinken."

„Beeil dich", flüsterte Blanche, als Beth an ihr vorüberging. „Wir haben eine Überraschung für dich."

Bethany zwang sich zu lächeln, obwohl sie am liebsten

die Augen verdreht hätte. Die drei machten schon wieder Pläne hinter ihrem Rücken. Sie wurde erst in Kenntnis gesetzt, wenn etwas fertig besprochen und beschlossen war. Das ärgerte sie immer wieder aufs Neue.

Eigentlich kannst du froh sein, dass dein zukünftiger Ehemann sich mit deinen Eltern so gut versteht, sagte sie in Gedanken zu sich selbst, als sie die Wohnung ihrer Eltern verließ, um die Treppe zu ihrem Appartement hinaufzusteigen.

Ehemann. Über solche Themen konnte sie jetzt beim besten Willen nicht nachdenken. Kade saß ihr im Nacken. Er erpresste sie mit einer kompromittierenden Videoaufzeichnung und sie hatte keinen blassen Schimmer, was sie dagegen tun konnte.

Sollte Daryl von dem Video erfahren, wäre ihre Beziehung vermutlich beendet. Er war kein leidenschaftlicher Mann, der dem grenzenlosen Ausleben von Lust etwas abgewinnen konnte. Vermutlich hatte er sich als Teenager nie die Hörner abgestoßen. Daryl Veasey war grundsolide. Er putzte seine Schuhe jeden Morgen, bevor er aus dem Haus ging, und bügelte sogar seine Unterwäsche. Als Spießer konnte man ihn nicht bezeichnen, sondern er war einfach überdurchschnittlich korrekt.

Langweilig?

„Kade, ich verwünsche dich“, sagte Beth laut und warf den Eisbecher in das Gefrierfach ihres Kühlschranks. Der Becher kippte um, aber dank der Folie lief keine Eiscreme heraus. Trotzdem beeilte sich Beth, ihn aufrecht hinzustellen.

Sie knallte die Kühlschranktür zu. „Nein, ich wünsche alle Männer zum Teufel.“

Denn Aaron war keinen Deut besser. Weshalb hatte sie sich nur damals mit ihm abgegeben?

Weil er aufregend war? Weil er genauso verrückte Ideen hatte wie sie? Das traf alles zu. Außerdem war er sexuell aufgeschlossen, wie sie es früher ebenfalls gewesen war.

Aber die Zeit der Experimente war längst vorüber. Ein anständiger Mann war in ihr Leben getreten, einer, mit dem man zusammenleben konnte.

„Und warum?", fragte sich Beth, als sie die Heizungen im Wohnzimmer aufdrehte.

Weil es keine Höhen und Tiefen mit ihm gab. Mit Daryl zu leben war gleichbleibend … gut.

Mehr nicht? Nur gut? Sie wünschte, sie hätte sagen können, dass das Leben mit Daryl aufregend war, aber das war es nicht. Er räumte ihr mehr Freiheiten ein, als sie haben wollte, und sie beschäftigte sich mittlerweile mehr mit ihrem Studium als mit ihm.

„Was machst du dir nur für Gedanken? So hast du bisher nie gedacht." Die Erinnerung an alte Zeiten hatte Beth gehörig durcheinandergebracht.

Sie stellte sich vor den Ganzkörperspiegel, der im Schlafzimmer hing, und knöpfte ihren Mantel auf. Im Spiegel betrachtete sie ihr Gesicht. Betroffen bemerkte sie, dass ihre Augen nicht mehr so wie früher strahlten.

Ihre Hände glitten über ihren Körper, sie strichen über ihre Brüste und kneteten sie einige Male.

Ihr Busen war praller geworden, genauso wie ihre Hüften runder. Sie fand sich selbst nicht hässlich, aber sie gab sich keinem Mann mehr leichtfertig hin wie damals mit siebzehn Jahren, als sie kein Gramm Fett zu viel an ihrem Körper hatte und ihre Brüste klein und fest waren.

Das Liebesspiel mit Aaron in der Tierhandlung lag erst sechs Jahre zurück, aber es schien ihr wie ein anderes Leben.

„So unzufrieden bist du doch gar nicht mit dir", sprach

sie zu ihrem Spiegelbild. „Und Daryl akzeptiert dich so, wie du bist."

Das war auch nicht schwer, wenn man Liebe im Dunkeln machte und nicht zusammenwohnte.

Bethany nahm das Telefon und wählte die Nummer des Polizeireviers, weil Aaron Catlaw dort arbeitete, zumindest soweit sie wusste. Sie hatten den Kontakt verloren, nachdem sie sich getrennt hatten. Das war kurz nach ihrem achtzehnten Geburtstag gewesen. In den Jahren danach hatten sie sich noch einmal auf einer Collegeparty wiedergetroffen, aber Aaron war mit seiner damaligen Freundin dort gewesen, sodass Beth kaum ein Wort mit ihm hatte wechseln können.

Es dauerte eine Weile, bis die Telefonistin sie zu ihm durchstellte.

„Officer Catlaw. Was kann ich für Sie tun?"

„Bethany Hart."

Er verstummte am anderen Ende der Leitung. Beth hörte ein Radio im Hintergrund. Es lief gerade ein Jingle von WBZ News Radio 1030 Boston.

Da er weiterhin schwieg, fühlte Beth sich verpflichtet, etwas zu sagen. „Anscheinend fährst du nicht mehr Streife, sondern bist zu einem Schreibtischtäter geworden, genau das, was du nie wolltest."

„Ich hatte einen Unfall. Hab ein steifes Bein."

„Wurdest du verwundet?", schoss es aus ihr heraus. Sie hatte ihn zur Schnecke machen wollen und nun nahm ihr diese Schreckensnachricht den Wind aus den Segeln. Damit hatte sie nicht gerechnet.

„Nein, nein", Aaron klang schon entspannter, „es tut mir leid, wenn ich dich erschreckt habe. Ich hatte einen Autounfall, als ich Ende Januar am Martin Luther King Day mit Sadie und dem Kleinen meine Schwiegereltern in Milton besucht habe."

Er zögerte. „Sadie ist meine Frau. Ihr und Joey ist nichts passiert. Ich saß alleine im Wagen, als ein Truck auf der vereisten Fahrbahn schlitterte und mein Auto rammte. Jedenfalls steckt mein rechtes Bein seitdem in einem Gips, das meinte ich mit ‚steifem Bein'."

Peinlich berührt lachte er. „Ich musste zweimal operiert werden und habe schlechtes Heilfleisch, zu allem Übel bekam ich auch noch eine Entzündung im Knie. Bis ich wieder richtig gehen kann, hat man mich in den Innendienst versetzt. Du weißt doch noch, dass es immer mein Traum war, bei der Polizei zu arbeiten. Deshalb wollte ich unbedingt wieder aufs Revier und nicht zu Hause herumsitzen. Bist du noch dran?"

„Ja, sicher", antwortete Beth. Sie war verwundert, weil er zuerst überrascht geschwiegen hatte und jetzt vor Unsicherheit wie ein Wasserfall redete.

„Jedenfalls hat man mich ausgerechnet in die Administration gesteckt. Die Aufgaben sind tödlich langweilig, aber hier habe ich wenigstens etwas Ruhe und kann nebenbei für meine Prüfung zum Detective büffeln. Aber was erzähle ich da. Das interessiert dich bestimmt nicht."

„Doch, doch." Sie ärgerte sich, weil sie nicht wusste, wie sie ihn auf das Video ansprechen sollte.

Nun, da sie Aarons Stimme hörte, die ihr seltsamerweise immer noch vertraut vorkam, verflog ihr Zorn langsam. Aber noch war die Wut da. Und sie kehrte mit jeder

Sekunde, die sie darüber nachdachte, stärker zurück.

Nur konnte sie eins nicht machen: Aaron über das Telefon danach fragen. Sie musste ihn sehen, musste ihm ins Gesicht schauen, wenn sie ihn fragte, was zum Henker er sich dabei gedacht hatte, ihr enthemmtes Treiben in der Zoohandlung zu filmen, und wie um alles in der Welt das Video in Kades Hände gelangt war.

„Gibt es einen Grund, weshalb du anrufst?“ Er lachte verlegen. „Natürlich gibt es einen. Nun rück schon raus. Was kann ich für dich tun, Beth?“

„Ich muss dich sehen.“

„Das geht nicht. Wirklich.“

„Es ist dringend“, sagte sie eine Spur schärfer.

„Ich bin den ganzen Tag auf dem Revier und abends holt mich Sadie ab, weil ich nicht Auto fahren kann. Sadie würde nicht wollen, dass ich dich –“

Bethany fiel ihm ins Wort. „Sie muss es nicht erfahren.“

„Ich hintergehe meine Frau nicht, denn ich liebe sie.“

„Sag ihr einfach, du gehst noch mit deinen Kumpels auf einen Drink in eine Bar und sie bringen dich später nach Hause.“

„Ich kann sie nicht anlügen.“

„Bei mir hattest du kein Problem damit, Aaron.“

„Was soll das heißen?“

„Du hast mich hintergangen und mich belogen.“

„Wie meinst du das, Beth?“

„Das sag ich dir, wenn wir uns treffen.“ Sie hörte, wie er tief Luft holte und zum Protest ansetzte, deshalb fügte sie rasch hinzu: „Du wirst mich in einer Stunde am Fort Hill Tower treffen oder ich komme morgen früh aufs Revier!“

„Du willst mir eine Szene machen? Warum?“, wollte er betroffen wissen. „Seit wie vielen Jahren haben wir uns nicht mehr gesehen, vier oder fünf?“

„Es geht um ein Überwachungsvideo aus der Jamaica Plain Shopping-Mall. Erinnerst du dich? Du hast damals nachts als Wachmann gejobbt und tagsüber die Polizei-Akademie besucht. Nachts kann es dort sehr einsam sein, es sei denn, man hat eine aufgeschlossene Freundin, die auf Stippvisite kommt."

„Oh!", war alles, was er antwortete.

„Am Tower! In einer Stunde!" Sie legte auf.

Beth hatte ein schlechtes Gewissen. Das Liebesspiel war so lange her und sie beabsichtigte nicht, Aarons Ehe zu zerstören, aber er würde ihr helfen müssen, um das Video und sämtliche Kopien in ihren Besitz zu bringen und alles unwiderruflich zu löschen.

Sie ging wieder ins Erdgeschoss, zog ihren Mantel im Treppenhaus aus und legte ihn über das Geländer.

Als sie ins Wohnzimmer ihrer Eltern trat, stockte ihr der Atem. Blanche, Mantis und Daryl saßen auf der Couch und starrten gebannt auf den Bildschirm eines Laptops, der auf dem Wohnzimmertisch stand. Beth wagte nicht hinzuschauen.

Hatte Kade ihrer Familie das Video zukommen lassen, weil er nicht glaubte, dass Beth seiner Anweisung folgend ins Hideaway kommen würde? Oder hatte er ihnen einen Ausschnitt geschickt, in dem nicht ihr Gesicht, sehr wohl aber die schamlosen Handlungen zu sehen waren, um Druck auf Beth auszuüben?

Beunruhigt schaute sie in die Küche, deren Tür offen stand, aber sie war leer. War Kade wieder gegangen oder gerade im Bad?

„Da bist du ja endlich." Blanche winkte sie heran. „Setz dich. Möchtest du ein Glas Rotwein?" Sie rückte ein Stück von Daryl weg und klopfte auf den Platz, auf dem sie eben gesessen hatte.

„Nein, danke, Mom." Bethany nahm zwischen ihnen Platz. Ihr Herz pochte so aufgeregt, dass Beth schon meinte, es würde ihren Brustkorb sprengen.

Als Daryl seinen Arm um ihre Taille legte, zuckte sie zurück. Hoffentlich hatte er ihre abweisende Reaktion nicht bemerkt. Sie kuschelte sich rasch an ihn, damit er keinen Verdacht schöpfte.

Ihm schien nichts aufgefallen zu sein. Er lächelte sie an, drückte ihre Hand und schaute wieder auf den Bildschirm.

Lazy kam zu Beth und legte sich auf ihre Füße. Sie streichelte ihn und bemerkte, dass ihre Hand zitterte.

Ängstlich hielt sie die Luft an.

Sie wagte endlich, einen Blick auf den Bildschirm zu werfen. Es lief kein Video, auch waren keine obszönen Fotos – Standbilder aus dem Video – von ihr darauf zu sehen, sondern nur die Internetseite eines Reiseanbieters.

Erleichtert atmete sie aus.

„Wie gefällt dir Kanada, Pumpkin?", fragte Mantis. „Wir könnten in den Banff Nationalpark fahren. Das ist einer der berühmtesten Parks Kanadas."

Blanche trank einen Schluck Wein und begann zu schwärmen: „Die Rocky Mountains, Wälder, wohin du auch siehst, glasklare Bergseen, sogar Gletscher und Wasserfälle."

„Und natürliche heiße Quellen", fügte Daryl euphorisch hinzu.

Beth hob erstaunt die Augenbrauen. „Ihr plant einen Sommerurlaub? Dafür haben wir doch gar kein Geld."

„Lass das mal meine Sorge sein." Mantis zwinkerte. „Für meine Familie nur das Beste."

Daryl lehnte sich zurück. „Das haben wir uns verdient. Wir vier werden mal so richtig ausspannen, weit weg von Boston."

Bethany war nicht sicher, was sie von dem gemeinsamen

Urlaub halten sollte. Im Grunde war sie froh, dass Daryl sich ausgezeichnet mit ihren Eltern verstand, aber in letzter Zeit verbrachten sie kaum noch Zeit in trauter Zweisamkeit. Immer war mindestens ihr Vater dabei. Manchmal hatte sie sogar das Gefühl, dass Daryl lieber mit ihm zusammen war und sie nur als Anhängsel betrachtete.

Es ist unfair, so zu denken, rügte sich Bethany in Gedanken. Sie war undankbar.

Daryl und Mantis waren Arbeitskollegen bei Maternity Help. Sie hatten sich angefreundet und ein Recht darauf, ihre Freizeit miteinander zu verbringen.

„Freust du dich nicht?“, wollte ihre Mutter wissen.

Beth strich über Lazys Kopf, um Zeit für eine Antwort zu gewinnen. „Doch, sicher, nur das viele Geld.“

„Dein Vater verdient gut –“

Das war Beth neu. Laut Aussage ihres Vaters waren die Raten für das Haus so niedrig angesetzt, dass er und Blanche sie noch bis ins hohe Alter zahlen würden.

Mantis fuhr seiner Frau über den Mund. „Belaste sie nicht mit solchen Dingen, Blanche! Sonst kann sie den Urlaub nicht genießen. Daryl und ich, wir haben eine Sonderausschüttung von unserer Firma erhalten, eine Art Bonus. Aber kümmere dich nicht weiter darum, Liebes. Du bist eingeladen.“

Beth konnte in ihrer jetzigen Situation nicht an Urlaubsplanung denken. Kade, wer auch immer er war, zwang sie, sich schon morgen mit ihm zu treffen. Aber sie ahnte, dass das Dinner nur der Anfang sein würde.

Sein Spiel mit ihr hatte gerade erst begonnen.

Er war jedoch nicht der einzige Mann, mit dem sich Beth heimlich hinter Daryls Rücken traf. In wenigen Minuten musste sie losgehen, um Aaron am Fort Hill Tower zu treffen.

Das alles war nicht richtig. Ihr Alltag geriet aus den Fugen.

Und hier saß sie mit ihren Eltern und Daryl und sollte einen Urlaub zu viert planen. Familienidylle pur. Das brachte sie nicht fertig.

Als ihre Mutter dann auch noch flüsterte: „Dort kann man bestimmt herrliche Flitterwochen verbringen", sprang Bethany wie ein verschrecktes Huhn auf.

„Ich gehe mit Lazy spazieren, dann braucht ihr das nicht zu machen", meinte sie etwas zu schroff. „Guckt ihr nach Urlaubszielen. Ich bin mit allem einverstanden."

Ihr war schwindelig, doch sie versuchte sich nichts anmerken zu lassen und ging zur Garderobe, an der die Hundeleine hing. Der Neufundländer wusste genau, dass er Gassi geführt werden würde, aber er schien wenig begeistert zu sein. Erst als Beth seinen Namen rief, trabte er heran und ließ sich anleinen.

Beth hatte erwartet, dass Daryl ihr anbieten würde mitzugehen, immerhin war es draußen stockdunkel und Roxbury nicht der sicherste Bezirk Bostons, doch er hob zum Abschied nur die Hand und fing eine Diskussion mit Mantis an, ob sie sich in Kanada ein Wohnmobil mieten oder lieber in einer der Lodges übernachten sollten.

Eine Woche zusammen mit ihren Eltern und Daryl, eingepfercht in einen Wohnwagen. Das hätte Beth gerade noch gefehlt! Das war es nicht, was sie unter Urlaub verstand. Sie liebte ihre Eltern, aber ein wenig Abstand hätte ihrer Beziehung zu Daryl gutgetan.

„Bye", verabschiedete sie sich kurz angebunden und ging mit Lazy hinaus auf die Straße.

Wenn sie schon keinen Mann an ihrer Seite hatte, dann wenigstens einen Hund, dessen Beschützerinstinkt stark ausgeprägt war. Der Neufundländer besaß ein freundliches, ruhiges Wesen, aber wehe, jemand griff Beth an. Als Daryl einmal mit ihr herumgebalgt hatte, war Lazy bellend um sie herumgesprungen und kaum zu beruhigen gewesen.

Schon nach der dritten Straßenecke hing Lazy die Zunge aus dem Maul. Eigentlich waren Neufundländer bewegungsfreudige Hunde, aber Lazy schien aus der Art zu schlagen, denn er lag lieber faul auf dem Wohnzimmerteppich oder unter dem Küchentisch, als lange Spaziergänge zu machen. Er war zufrieden, wenn er draußen kurz sein Geschäft verrichten und dann schnell zurück ins Warme konnte.

Bethany erspähte den Fort Hill Tower schon aus der Ferne. Mit jedem Schritt, den sie dem Monument näher kam, wurde sie fahriger, dabei war Aaron es, der nervös sein sollte. Schließlich hatte er Mist gebaut.

Kurze Zeit später ragte der hohe weiße Turm mit der kleinen Kapelle vor ihr auf. Der Highland Park schien verwaist.

Unschlüssig blieb sie stehen und schaute sich um, aber Aaron war noch nicht eingetroffen. Vielleicht würde er gar nicht kommen. Er war nie besonders mutig gewesen, sondern lief gerne vor Problemen davon, anstatt sie aus der Welt zu schaffen. Zumindest damals hatte er nicht den Mumm gehabt, ihrem Vater die Stirn zu bieten, als Mantis Hart stichelte, dass ein Cop in Boston ohnehin nicht lange zu leben hätte und Beth sich lieber einen anderen Partner suchen sollte.

Aber wer konnte sich schon gegen Mantis Hart durchsetzen, wenn dieser erst einmal in Fahrt war? Nicht einmal sie selbst. Sonst würde sie längst in einem eigenen Appartement am anderen Ende von Boston leben. Es hieß immer, dass Töchter ihre Väter um den kleinen Finger wickeln können, aber das traf auf Mantis nicht zu. Er liebte seine

Tochter über alles, versuchte ihr Leben jedoch in die Bahnen zu lenken, die er für richtig hielt.

Das würde bei ihrem Studium nicht klappen. Er billigte zwar, dass sie Medizin studierte – immerhin arbeitete er selbst für eine Firma, die Medikamente mit Folsäure herstellte –, aber von ihrem Plan, sich auf forensische Pathologie zu spezialisieren, würde sie ihm erst erzählen, wenn das längst passiert war. Ihr Ziel war es, eines Tages als Rechtsmedizinerin tätig zu sein. Und eng mit der Polizei zusammenzuarbeiten.

„Was Mantis gehörig gegen den Strich gehen wird“, murmelte sie und setzte sich auf eine Parkbank.

„Weiß er von unserem Treffen?“, fragte eine männliche Stimme hinter ihr.

Lazy, der vor der Bank gelegen hatte, setzte sich auf und spitzte seine Ohren. Beth erschrak. Sie wandte sich um. Aaron humpelte auf zwei Krücken heran und schaute sich beunruhigt um, als fürchtete er, dass Mantis jeden Augenblick aus dem Nichts auftauchen und sich auf ihn stürzen könnte.

„Wenn mein Vater auch nur den Grund unseres Zusammentreffens wüsste“, Beth schmunzelte zwar, aber es lag ein Körnchen Wahrheit in dem, was sie sagte, „wärst du längst tot.“

6. *KAPITEL*

Wie ausgesprochen gut Aaron aussah! Das hatte Beth längst vergessen. Er war nicht länger der Junge aus ihrer Jugend – obwohl er damals schon 21 Jahre alt gewesen war, aber er hatte immer noch das Gemüt eines Teenagers besessen –, sondern vor ihr stand ein Mann. Er wirkte ruhiger, reifer, aber sein schelmisches Lächeln war immer noch dasselbe.

Beth schmunzelte. Aaron hatte das rechte Hosenbein abgeschnitten, damit er die Jeans über den Gips hatte ziehen können. Nun sah es so aus, als würde er links eine normale Hose und rechts Shorts tragen. Der Gips reichte von der Mitte seines Oberschenkels bis hinunter zu seinem Fußgelenk und trug einige Unterschriften, Sprüche und kindliche Zeichnungen, vermutlich von seinem Sohn Joey.

Er ging um die Sitzbank herum, lehnte seine Krücken gegen die Armlehne und strich seinen camelfarbenen Dufflecoat glatt, bevor er sich neben Bethany setzte. Lazy beschnupperte sein Gipsbein und Aaron streichelte über sein zotteliges Fell.

„Hör mal, Beth." Er zog seinen schwarzen Schal vom Hals weg, als wäre er ihm auf einmal zu eng. „Es tut mir aufrichtig leid, was passiert ist. Ich hätte dieses Überwachungsvideo niemals behalten dürfen."

„Du hättest es niemals *machen* dürfen", korrigierte sie ihn bissig. „Wie bist du nur auf die bescheuerte Idee gekommen, uns beim Sex zu filmen?"

Er schmunzelte und schaute ihr in die Augen. „Weil ich verliebt in dich war, sehr verliebt. Du warst die tollste Frau, die ich bis dahin getroffen hatte. Ich wusste, du würdest mich eines Tages verlassen, deshalb musste ich unsere schöne Zeit irgendwie festhalten."

„Du kannst solche Momente nur in Erinnerung behalten, nicht auf Video bannen."

Lazy wollte zwischen ihr und Aaron auf den Sitz springen, aber sie hinderte ihn daran. Beleidigt ging er hinter die Bank und legte sich auf den Rasen.

„Ich war jung." Entschuldigend zuckte Aaron mit den Schultern. „Es war das Dümmste, was ich in meinem Leben getan habe. Nein, das war es nicht. Das Dümmste war, dass ich das mit dir verbockt habe."

Sie wich seinem Blick aus, weil seine Worte sie berührten. Da war immer noch eine Vertrautheit zwischen ihnen und das unausgesprochene Was-wäre-wenn. Was wäre gewesen, wenn sie sich gemeinsam gegen Mantis aufgelehnt und zusammengeblieben wären? Wären sie heute noch ein Paar? Wäre Sadies und Aarons Sohn Joey nun ihr gemeinsames Kind?

Um Abstand zu gewinnen, stand Beth auf und stellte sich vor Aaron.

Sie keifte absichtlich, um nicht den romantischen Gefühlen nachzugeben, die in ihr aufkeimten, nun, da Aaron vor ihr saß. „Fragst du dich nicht, woher ich von der Aufzeichnung erfahren habe? Ich weiß nicht nur von ihr, sondern ich habe einen Ausschnitt daraus gesehen. Kannst du dir überhaupt vorstellen, wie peinlich mir das war? Es war demütigend. Ich wäre am liebsten auf der Stelle gestorben!"

„Beth." Er versuchte aufzustehen, doch sie stieß ihn an, sodass er zurück auf die Bank fiel. Verdutzt blickte er sie an. „Du bist außer dir, dazu hast du jedes Recht. Aber du hast nicht vor, mich in Stücke zu reißen, denn sonst wäre Mantis hier."

„Das kann ich ziemlich gut selbst", drohte sie, stellte einen Fuß auf die Bank und stützte sich auf ihrem Knie ab.

Mit Genugtuung beobachtete sie, wie er tiefer in den

Sitz sank. Sie hatte nicht vor, handgreiflich zu werden, aber sie musste ihm deutlich machen, wie wütend sie war. „Ich will das Original!"

„Ich hab es nicht mehr", gab er kleinlaut zu.

Sie glaubte ihm. Folglich hatte Kade die Wahrheit gesagt. Er hatte behauptet, die Originalvideoaufzeichnung zu besitzen und einige Kopien davon gemacht zu haben.

Aaron räusperte sich. „Soweit ich mich erinnere, hatte ich das Band – damals besaß die JP-Mall noch diese altmodischen Bänder, keine digitale Überwachungstechnik – in eine Schachtel mit den Fotos meiner Exfreundinnen gelegt und sie in einem Lagerraum deponiert. Ich habe eine Garage in einer Storage Unit angemietet, sie befindet sich in der Wary Road. Sadie ist manchmal recht eifersüchtig."

„Das Band ..."

„Nach deinem Anruf habe ich im Büro früher Schluss gemacht und mich von einem Kollegen zum Lagerraum fahren lassen. Ich habe ihn auf den Kopf gestellt, mir dann ein Taxi genommen und bin in den Park zu dir gehetzt."

„Aaron, was ist mit dem Band?"

„Es ist weg. Sorry." Abwehrend hob er seine Hände.

„Die ganze Schachtel?"

„Nur das Band."

„Könnte deine Frau es herausgeholt haben?"

Er nahm seine Arme herunter, legte die Hände in seinen Schoß und schlang die Finger ineinander. „Bestimmt nicht."

„Und wenn doch? Wäre es möglich, dass Sadie einen Privatdetektiv engagiert hat, um mich zu finden und mit mir abzurechnen, ohne dass du davon erfährst?"

„Sie hätte mir das Video um die Ohren geschlagen." Er lachte verlegen. „Sie ist genauso temperamentvoll wie du damals."

Bethany wollte die Möglichkeit, dass Kade ein Privatschnüffler war, trotzdem nicht ausschließen. Sie kannte Sadie nicht. Es war denkbar, dass Aaron sie nur in Schutz nahm und deshalb behauptete, sie hätte ihren Zorn nicht vor ihm verbergen können. Oder er hatte bei Sadie eine rosarote Brille auf und keine Ahnung, zu was Frauen fähig waren, um ihr Revier zu verteidigen.

„Wie kommst du auf einen Detektiv?"

Sie antwortete mit einer Gegenfrage. „Kennst du einen Kade?"

Aaron runzelte die Stirn. „Nein."

„Denk nach!", forderte sie ihn eindringlich auf und nahm wieder neben ihm Platz. „Vielleicht ist er ein Bekannter, der dich vor langer Zeit zu Hause besucht und herumgestöbert hat, möglicherweise hast du ihm deine Lagergarage gezeigt oder er durfte etwas bei dir unterstellen."

„Daran würde ich mich auf jeden Fall erinnern." Er schüttelte den Kopf. „Ein Mann mit dem Namen Kade ist mir noch nie begegnet. Hat *er* dir das Video gezeigt?"

Sie nickte.

„Dann hat er sicherlich einen Decknamen benutzt."

„So muss es sein", pflichtete sie ihm bei. Sie lehnte den Oberkörper nach vorne, stützte die Ellbogen auf den Knien ab und legte den Kopf in ihre Handflächen.

Welch bestürzende Erkenntnis! Daran hatte sie bisher nicht einmal gedacht, dabei lag es auf der Hand, dass er einen falschen Namen angab, um seine Identität zu schützen. Immerhin beging er ein Verbrechen. Erpressung und Nötigung waren keine Kavaliersdelikte.

Ihr wurde übel bei dem Gedanken, dass er das Video im Internet veröffentlichen könnte. Sie kannte ihn nicht, aber so, wie er sich ihr gegenüber verhalten hatte, würde sie es ihm zutrauen.

Aaron strich über ihren Rücken. „Wir stehen das gemeinsam durch. Ich bin schließlich schuld an der Misere."

„Ja, das bist du", antwortete sie brüsk und richtete ihren Oberkörper wieder auf.

Sein Arm lag auf der Rückenlehne und seine Hand ruhte auf Bethanys Schulter. Beth spürte seine Berührung durch den Mantelstoff hindurch, der Körperkontakt fühlte sich gut an. Warum war sie auf einmal so empfänglich für Zuneigung?

Seit Kade sich ihr auf dreiste Weise genähert und ihr das lebenslustige Mädchen vor Augen geführt hatte, das sie früher einmal gewesen war, empfand sie eine seltsame Flatterhaftigkeit, eine wachsende Empfänglichkeit für jegliche Aufmerksamkeit, die ein Mann ihr schenkte. Aber sie sollte ihre Begierde bei Daryl stillen. Weshalb zog es sie dann nicht heim?

Ihre Beziehung mit Aaron hatte eine komplett andere Basis gehabt als die mit Daryl. Während sie und Aaron damals eine aktive sexuelle Neugier verband, basierte ihre Verlobung mit Daryl vielmehr auf Freundschaft.

Beth seufzte.

„Wirst du diesen Kade wiedertreffen?", fragte Aaron. Seine Hand glitt höher. Er schob die Fingerspitzen unter ihren Schal und kraulte ihren Nacken.

„Das muss ich, wenn ich das Video irgendwann in die Finger bekommen möchte."

„Ich werde zu eurem nächsten Treffen mitkommen." Sein Kraulen ging in sanftes Massieren über.

Beth wehrte sich nicht, sondern genoss die Berührung. Für Sekunden schloss sie sogar die Augen, um die Massage noch intensiver wahrzunehmen. „Nein, das geht nicht. Es würde ihn nur wütend machen, und am nächsten Tag würde ganz Boston über unsere Eskapaden reden. Wir wären das Stadtgespräch."

Abrupt hörte er auf und zog seine Hand weg. „Ich könnte euch heimlich beobachten. Du wärst in Sicherheit, und ich könnte ihn nach eurem Treffen verfolgen."

Erheitert lachte Bethany laut auf. Sie klopfte behutsam auf seinen Gips. „Mit deinem steifen Bein?"

„Stimmt, das war dumm von mir", gab er zu und legte die Hand auf ihren Oberschenkel.

Ihr Mantel war aufgeklappt und er begann, mit der Naht ihrer Jeanshose zu spielen, etwas, das er früher immer gemacht hatte. Dort, wo er sie berührte, entstand ein Prickeln, das über ihre Schenkel zu ihrem Schoß floss und ihre Mitte entflammte.

Beth hätte seinen Arm wegschieben sollen, aber sie rührte sich nicht.

„Hast du irgendwem außer mir von Kade erzählt?" Seine Hand glitt höher.

„Bist du verrückt?" Sie sah ihn konsterniert an. „Wenn ich das tue, bin ich gezwungen, auch von der Aufzeichnung zu berichten. Nicht nur, dass es mir unendlich peinlich wäre, es hätte auch Konsequenzen für dich. Du müsstest untertauchen, damit Mantis dich nicht…"

Sie sprach den Satz nicht zu Ende, weil sie nicht wusste, was ihr Vater mit ihm machen würde. Aber egal, was es war, es würde unangenehm für Aaron werden.

„Sadie und Joey", begann er und hörte auf, an der Naht zu knibbeln. „Ich möchte sie nicht verlieren. Beth, bitte."

Sanftmütig schaute sie ihn an. „Mach dir keine Sorgen. Ich habe nicht vor, deine Ehe zu zerstören. Auch ich habe jemanden. Ich bin verlobt."

„Du wirst heiraten?" Er nahm seine Hand von ihrem Oberschenkel.

Schwang Enttäuschung in seiner Stimme mit? Was hatte er denn erwartet? Dass sie ihm ewig hinterhertrauern würde?

„Ich habe einen Verlobten“, wiederholte sie ausweichend, denn über die eigentliche Hochzeit hatten sie noch nicht gesprochen. Es gab keinen Termin, keine konkreten Pläne.

„Weiß er von Kade?“

„Ich sagte doch, dass ich niemandem etwas erzählt habe.“ Ihr Zorn kehrte zurück, weil Aaron ihr wenig hilfreich war und sie keine andere Wahl zu haben schien, als sich auf Kades Spiel einzulassen, um ihn am Ende zu schlagen. „Er ist ein Arbeitskollege und Freund meines Vaters.“

„Ah, deshalb akzeptiert Mantis ihn.“

„Spar dir deinen Sarkasmus.“

„Wäre er nicht gewesen, wer weiß …“ Aaron hob seinen Arm, wickelte eine von Beths braunen Haarsträhnen um seinen Zeigefinger und zog den Finger heraus, sodass die Strähne zurück auf ihre Schulter fiel. „Du trägst dein Haar kürzer als früher.“

„Ich war achtzehn, als wir uns getrennt haben.“

Als er die Handfläche an ihre Wange legte, schmiegte sie sich an seine Hand, als wäre sie ausgehungert nach Liebkosungen, so kam es ihr zumindest selbst vor.

Was war nur los mit ihr? Waren das verfrühte Frühlingsgefühle oder gar Angst vor der Hochzeit? Vielleicht brüteten Blanche, Mantis und Daryl nicht nur über einen gemeinsamen Urlaub, sondern auch über die Trauung, immerhin hatte ihre Mutter von Flitterwochen gesprochen. Womöglich war dies nicht nur ein Sticheln, sondern vielmehr ein Hinweis gewesen.

„Das ist nur fünf Jahre her, aber du hast dich sehr verändert“, stellte Aaron fest. „Nicht äußerlich verändert, sondern … ich weiß nicht, wie ich es ausdrücken soll. Du siehst nicht gerade glücklich aus.“

Sie hatte das Gefühl, sich verteidigen zu müssen. „Ist

das ein Wunder? Ich werde mit einem kompromittierenden Video, das mich ... uns bei tabulosem Sex in einer Tierhandlung zeigt, erpresst. Das stimmt mich gewiss nicht fröhlich."

„Was genau fordert dieser Kade von dir? Sadie verwaltet unsere Finanzen, aber ich könnte mir Geld von einem Freund leihen."

Beth drehte das Gesicht zur Seite, bis ihre Nase seine Handfläche berührte. Tief atmete sie seinen Körperduft ein. Er roch immer noch so gut wie damals, als sie seinen Körper so ausgiebig erforscht hatte, dass sie ihn besser kannte als ihren eigenen.

Sie hatte jeden Leberfleck auf der Landschaft seines Körpers gekannt, hatte gewusst, wie sein Geschlecht roch, hatte an seinen Zehen genuckelt und seinen After geküsst, wovon sie vorher nie gedacht hatte, dass sie das jemals bei einem anderen Menschen tun würde.

Plötzlich küsste sie die Innenfläche seiner Hand. Sie wurde sich dessen erst bewusst, nachdem sie es bereits getan hatte.

Erschrocken sprang sie auf. „Es tut mir leid. Ich weiß auch nicht, was mit mir los ist."

„Du bist durcheinander", beruhigte er sie und zog sie zwischen seinen gespreizten Beinen näher an sich heran. Er griff ihren Oberschenkel von hinten und knetete ihn. „Du bist ja ganz kalt."

Seine Hände waren so nah an ihrem Hintern, dass der Jeansstoff durch die Massage der Schenkel an ihrem Schritt rieb. Ihre Mitte kribbelte. Sie verfluchte ihre Libido, weil ihr Schoß zurzeit so leicht entflammbar war.

„Wir sollten das nicht tun", sagte sie leise.

Aaron hörte auf zu massieren, ließ seine Hände jedoch dort, wo sie waren. „Ich hatte das nicht geplant, das musst du mir glauben. Ich bin nicht gekommen, um dich –"

Sie unterbrach ihn. „Du bist hier, weil ich dich mit Nachdruck darum gebeten habe. Das Video ist der Grund."

Entschuldigend zuckte er mit den Achseln. „Als ich dich gesehen habe, wurden so viele Erinnerungen wach. Ich muss dir gestehen, dass ich dich einige Minuten lang beobachtet habe. Im Schutz der Kastanie dort drüben habe ich gestanden und konnte selbst kaum fassen, wie stark mein Körper auf dich reagiert."

„Du bist verrückt", entgegnete sie und lächelte verschämt, weil seine Worte ihr so guttaten, dass sie mehr davon hören wollte.

Er knöpfte seinen Kurzmantel auf, weil ihm offensichtlich warm war. Den Schal legte er neben sich auf den Sitz, worauf Lazy aufstand und daran schnupperte.

„Ich habe Sadie nie betrogen. Ganz ehrlich nicht."

„Aber du denkst gerade darüber nach." Vielleicht hätte sie das nicht sagen sollen, doch nun war es ohnehin zu spät.

Ihr Blick fiel auf die Ausbuchtung in seiner schwarzen Jeans und sie brauchte keine Antwort mehr zu hören.

„Möchtest du, dass ich gehe?", fragte Aaron.

Sie überlegte. Was hatte sie schon zu verlieren?

Daryl würde ihr bestimmt nicht zum Fort Hill Tower nachkommen, weil er lieber mit Mantis zusammensaß und Urlaubspläne schmiedete, anstatt seine zukünftige Ehefrau vor den Gefahren der nächtlichen Großstadt zu beschützen.

Und Aaron würde ihr kleines Tête-à-Tête keinesfalls publik machen, da für ihn selbst zu viel auf dem Spiel stand.

Seit sie Kade getroffen hatte und aufgrund des Videos in lustvollen Erinnerungen schwelgte, brannte ein Feuer in ihr, das nicht von alleine verglühen würde. Nun bot sich ihr die Chance, dass Aaron es löschte. War es so schlimm, sein Angebot anzunehmen? Sie taten niemandem weh und keiner würde davon erfahren, es sei denn …

Ängstlich schaute sie sich um. „Meinst du nicht, ein Spaziergänger könnte uns erwischen?"

„Erhöht das nicht den Reiz?" Er lachte und zog sie wieder zu sich heran. Zärtlich knetete er ihren Po. „Mach dir keine Sorgen. Um diese Uhrzeit ist kaum noch jemand unterwegs. Sieh dir die Wolken an, es könnte bald regnen. Die Leute bleiben lieber zu Hause."

„Und deinem Tiger wird es nicht zu kalt sein?", zog sie ihn auf. „Er wird sich in seinen Unterschlupf zurückziehen und nicht mehr herauskommen wollen."

„Dann musst du eben Überzeugungsarbeit leisten", flüsterte Aaron mit vor Erregung rauer Stimme.

7. KAPITEL

Aaron zog Beth an ihrem Steppmantel zu sich herunter und drückte seinen Mund leidenschaftlich auf ihren. Mit seiner Zunge teilte er ihre Lippen und drang forsch in sie ein, um wild mit ihr zu züngeln.

Beth schmunzelte. Der gute Aaron, er hatte sich nicht verändert.

Als er in seinem zugeknöpften Dufflecoat neben ihr gesessen und von der Treue zu seiner Ehefrau gesprochen hatte, hatte sie fast geglaubt, dass er kein Hallodri mehr war. Aber er war nie ein Kostverächter gewesen und würde es nie sein.

Sadie tat ihr leid, doch im Moment musste sich Beth um sich selbst kümmern. Sie konnte Kade nicht unter die Augen treten, wenn sie immer noch diese verwirrende Begierde in sich spürte. Denn unter diesen Umständen hätte sie bereits gegen ihn verloren.

Warum tat Sadie ihr leid, aber Daryl nicht? Bethany grübelte und kam zu dem Schluss, dass er selbst Schuld daran hatte, dass sie fremdging, aber damit versuchte sie nur ihr schlechtes Gewissen zu beruhigen.

Aaron war ihr trotz der vielen Jahre, die sie sich nicht gesehen hatten, vertraut geblieben. Deshalb fiel es ihr leicht zuzulassen, dass er ihre Jeans öffnete und über ihren Po herunterschob.

Beth bemühte sich, die Kälte zu ignorieren. Der Wunsch, durch Aaron von dieser bohrenden Lust geheilt zu werden, war stärker als die kühle Märzluft. Trotzdem erschauerte sie, als er mit dem Handrücken oberhalb ihres Slips entlangstrich. Sie bekam eine Gänsehaut. Beth wünschte sich, dass ihr Bauch flacher wäre, und zog ihn ein, damit Aaron die leichte Wölbung nicht wahrnahm.

Aber er durchschaute sie. „Fühlst du dich nicht wohl in deinem Körper?"

„Ich muss wohl eine Frühjahrsdiät einlegen."

„So ein Unsinn!" Seine Finger glitten unter ihr Höschen und streichelten ihren Venushügel unter dem Stoff. „Du bist kein Teenager mehr, sondern eine gestandene Frau mit Kurven, die einen Mann wahnsinnig machen."

Ach ja? Taten sie das? Daryl zeigte sich recht unbeeindruckt von ihrem Körper.

Verführerisch langsam zog Aaron ihren Slip nach unten, streifte beim Herunterziehen mit den Fingerspitzen ihre Mitte und ließ das Höschen los. Der Slip rutschte tiefer und lag schließlich gemeinsam mit der Jeans um Beths Fußgelenke.

Nun stand Bethany mit entblößtem Unterleib vor Aaron. Sie hatte noch nie Sex mit dem Ex gehabt, dies war eine Premiere und sie konnte dem, was allgemein darüber gesagt wurde, zupflichten: Die alte Vertrautheit machte es leicht, mit einem Expartner wieder intim zu werden.

Vielleicht *zu* leicht, denn sie ahnte, dass sie den Quickie schon am darauffolgenden Tag bereuen würde – eventuell sogar schon in einer Stunde, wenn sie Daryl wieder gegenüberstand.

Aber ihre aufkeimende Gegenwehr wurde von Aaron im Keim erstickt, als er seine Hand zwischen ihre Schenkel führte und mit seiner Handkante über ihre anschwellende Scham rieb.

Das Prickeln in ihrem Schoß wuchs rasch an. Die Innenseiten ihrer Schenkel kribbelten genauso wie ihre erblühende Mitte.

Bethany öffnete ihre Beine ein bisschen weiter und Aarons Handkante drückte sich zwischen ihre großen Schamlippen, sie rieb über die kleinen und stieß immer wieder an

Beths empfindsamste Stelle.

Die zunehmende Erregung raubte Beth die Luft zum Atmen, darum öffnete sie ihren Mund. Sie war es nicht mehr gewohnt, sich gehen zu lassen. Seit sie Daryl kannte, fand ihr Beischlaf nur in ihrem oder seinem Schlafzimmer statt. Experimenten stand er nicht offen gegenüber.

Aber nun vergnügte sie sich mit Aaron, der wie damals keine Scheu vor dem weiblichen Körper und der Lust seiner Partnerin besaß.

„Benässe deine Lippen mit der Zunge", wisperte er voller Verlangen.

Sie tat, um was er sie bat, doch sie schämte sich anfangs. Dann erinnerte sie sich all der erotischen Abenteuer, die sie gemeinsam erlebt hatten, und öffnete sich langsam.

Bethany streichelte seine Schultern. Ihre Hände folgten seinen Armen hinab bis zu seinen Handgelenken und liebkosten seine Hand, die immer wieder zwischen ihren Schamlippen vor- und zurückrieb. Sein Handrücken war nass von Beths Feuchtigkeit.

Er stoppte in seiner Bewegung und sie ertastete seine Finger, die von ihren prickelnden Falten seitlich umschlossen wurden. Welch ein seltsames Gefühl es doch war, eine Männerhand gleich neben dem eigenen, heißen Fleisch zu spüren! Das Ertasten seiner Hand an ihrer Spalte besaß etwas Inniges.

Aber sie war Beth nicht intim genug. Deshalb führte sie Aarons Mittelfinger in sich ein, zuerst nur seine Fingerkuppe, dann langsam den restlichen Finger, bis er tief in ihr steckte.

„Sie lebt noch immer in dir", sprach Aaron. Seine Stimme klang heiser vor Erregung.

Bethany sah ihm an, dass er Mühe hatte, sich zurückzuhalten und nicht einfach über sie herzufallen. „Wer?"

„Das Mädchen, das ich einst auf den gestapelten Tierfutter-Kartons in der Zoohandlung geliebt habe. Du bist immer noch bezaubernd lasziv."

„Ist das schlecht?", fragte sie unsicher, denn sie wollte kein Flittchen sein.

Sein leises Lachen erfüllte die Nachtluft. „Wäre ich nicht schon verheiratet, würde ich um dich buhlen."

„Lass uns jetzt nicht von Sadie oder Daryl reden …"

„Heißt dein Verlobter so?"

„… sondern bediene dich meines Körpers. Er gehört dir, zumindest in den nächsten Minuten." Sie kicherte.

„Die Zeit ist knapp. Ich werde sie nutzen."

Zärtlich küsste er ihr Handgelenk, griff es und zog es von ihrem Schoß weg an seine Nase. Er roch an ihren Fingern, auf denen ihre eigene Feuchtigkeit glänzte.

„Es existiert kein himmlischeres Parfüm auf diesem Erdball als der Intimduft einer Frau", säuselte Aaron.

Bethany verdrehte die Augen. Er hatte sich tatsächlich nicht verändert. Nun gut, er ging weniger stürmisch vor, aber er dachte wohl immer noch, dass er eine Frau mit seinem Gesäusel beeindrucken konnte. Doch Beth war keine siebzehn mehr.

Sie übte sich in Geduld und ließ ihn gewähren, damit er seine Zärtlichkeiten nicht einstellte.

Erstaunt beobachtete sie, wie er ihre Finger einzeln in seinen Mund nahm und ablutschte. Seine Hose spannte sich mittlerweile so hart über die Wölbung in seinem Schritt, dass Beth befürchtete, Aarons anschwellender Schaft könnte jeden Moment die Knöpfe seiner Jeans sprengen.

Doch das geschah nicht. Sie musste wohl nachhelfen, damit sie seinen Phallus, den sie damals spöttisch Hairy Willy genannt hatte, weil Aaron eine starke Intimbehaarung besaß, zu Gesicht bekam. Sie konnte es kaum erwarten, ihn in sich zu spüren. Aber Hairy Willy musste warten, denn sie wollte Aarons geschickte Berührungen erst auskosten.

Keck stellte sie einen Fuß auf die Bank. Ihr Spalt klaffte auf.

Aaron war überrascht und bekam Stielaugen. Sadie schien ihn offensichtlich nicht mit solchen Ansichten zu erfreuen. Genießerisch stieß er seinen Kopf zwischen Bethanys gespreizte Schenkel und schnupperte intensiv.

Beth hatte dieses Verhalten bei einigen ihrer Liebhaber erlebt, als wäre das Animalische in Männern noch wacher als in Frauen. Sie wunderte sich trotzdem immer wieder. Dieses Schnuppern war irgendwie wölfisch, fand sie.

Mit seiner Nasenspitze liebkoste er die Innenseiten ihrer Oberschenkel. Dann und wann leckte er über ihre zarte Haut. Er saugte sie ein und ließ sie los, bevor ein Mal als Beweis von Beths Untreue entstehen konnte. Ein anderer Mann hätte sich wahrscheinlich einen feuchten Kehricht darum geschert und ihre Beine mit Knutschflecken gezeichnet, aber nicht Aaron.

Dankbar vergrub Beth ihre Hand in seinen dunkelblonden Haaren und zog sein Gesicht näher an ihre Mitte heran.

Aaron lächelte glücklich, als er begann, ihren Schoß mit Küssen zu übersäen. Sanft legte er seinen Mund an ihre Schamlippen und küsste sie. Stück für Stück arbeitete er sich vor, so weit wie er kam.

Sein Kopf zwischen ihren Schenkeln war ein wunderschöner Anblick, fand Bethany.

Daryl befummelte sie unten herum nur ein wenig, oral befriedigt hatte er sie noch nie.

Wenn er sich dann auf sie legte und mit seinem wundervoll mächtigen Glied in sie eindrang, fragte er jedes Mal: „Tue ich dir weh, Beth?“

„Nein, mach weiter."
„Ganz bestimmt nicht?"
„Nein, Daryl, nun mach schon, verflixt!"
Aber man kann nicht alles haben, sagte sie sich, als Aarons Zunge in ihre Mitte stieß. Wenigstens ging Daryl nicht fremd, da war sie sich ziemlich sicher. Er war grundsolide und so etwas wie der sichere Hafen, in den Beth nach diesem Abenteuer zurückkehren würde.

Aaron züngelte über ihren G-Punkt. Er fand ihn nach all den Jahren immer noch mühelos, dabei tat sie sich selbst schwer damit, ihn zu ertasten, wenn sie eine zusätzliche Stimulierung beim Masturbieren haben wollte.

Sie stöhnte, legte den Kopf in den Nacken und schloss die Augen, um seine Zunge in ihrem Inneren intensiver wahrzunehmen. Längst hielt sie nicht mehr seine Haare fest, sondern stützte sich an seinen Schultern ab, um einen besseren Halt zu haben.

Seine Zunge in ihrer Scheide kitzelte. Aaron zog sie heraus, kramte ein Stofftaschentuch aus der Hosentasche und wischte sich damit die Feuchtigkeit vom Gesicht.

Bethany wollte ihren Fuß von der Parkbank nehmen, doch er sagte: „Nicht. Ich bin noch nicht fertig."

Er fasste ihre beiden äußeren Schamlippen und zog sie sanft auseinander, damit Bethanys Spalt noch weiter aufklaffte. Beth spürte die kühle Luft an ihrem feuchten Schoß.

Sie seufzte, als er ein einziges Mal ihre empfindlichste Stelle küsste. Dann saugte er ihre kleinen Schamlippen in seinen Mund ein und rieb sie mithilfe seiner Lippen gegeneinander. Durch diese Technik reizte er auch ihre Klitoris. Aber diese sehnte sich danach, direkt berührt zu werden.

Er stimulierte sie, aber nicht genug, damit Beth einen Orgasmus bekam.

Bethany genoss die bittersüße Erregung. Sie wollte ohnehin nicht sofort kommen, sondern das Liebesspiel so lange wie möglich herauszögern und genießen, weil es das letzte Zelebrieren von Lust für eine lange Zeit, vielleicht sogar für immer sein würde, denn in einer Ehe mit Daryl würde Sexualität eine Nebenrolle spielen.

Aaron ließ ihre Schamlippen los und kraulte mit seinen Fingerspitzen ihre Schenkel. Er strich von der Schlucht, die sich zwischen ihren Oberschenkeln und ihrer Scham befand, hinunter bis zu ihren Waden und wieder hinauf zu ihrem Schoß.

Lustvoll erbebte Beth. Ihr Schoß gierte danach, wieder berührt zu werden, doch Aaron legte seine Hände auf ihren Po und begann, ihren Venushügel zu küssen. Er massierte ihr Gesäß, mal sanft, mal kraftvoll, und ließ seine Lippen geschickt über ihren Schamhügel kreisen.

„Ich mag, dass du dich rasierst, anders als damals", murmelte er, ohne von ihr abzulassen. Er leckte mit der Breitseite seiner Zunge über ihren Kitzler.

Bethany erschauerte wohlig. Eine Welle der Lust brach über sie herein, doch sie verschwand so schnell, wie sie gekommen war. Ihre Hände fanden wieder Aarons Haar. Sie hielt seinen Kopf fest, damit er unter keinen Umständen aufhörte.

Als er ihren Kitzler mit seinen Lippen umschloss und zärtlich daran saugte, schwoll ihre Erregung erneut an. Sie raubte Beth die Kontrolle. Wie ein Fisch, der auf dem Trockenen liegt, schnappte sie nach Luft. Sie zitterte. Beth befürchtete, dass ihre Beine nachgaben und sie auf den schmutzigen Boden fallen würde. Verzweifelt riss sie sich zusammen.

Sie war dem Höhepunkt greifbar nah, doch bevor sie kam, riss sie Aarons Kopf an den Haaren zurück. Atemlos brachte sie hervor: „Noch nicht."

8. KAPITEL

Lächelnd nahm sie ihren Fuß von der Parkbank. Sie zog Hose und Slip aus und legte die Jeans vor Aaron auf den Boden. Dann kniete sie sich darauf. Lasziv öffnete sie die Knöpfe seiner Hose und schaute Aaron dabei keck an.

„Du bist unglaublich", wisperte er erstaunt.

Vermutlich hatte er nicht damit gerechnet, dass sie die Initiative ergreifen würde, sondern gedacht, dass er sie verführen musste, um sich schließlich mit ihr zu vereinen und auch auf seine Kosten zu kommen.

Bethany langte in seinen Hosenschlitz. Ihre Hand glitt unter seine Shorts und sie schmunzelte, da er, wie früher, immer noch bunte Unterhosen trug. Diese hatte ein Weihnachtsmotiv, lauter grinsende Schneemänner schauten Beth an.

Eine Sekunde lang flackerte der schreckliche Gedanke auf, dass Sadie sie ihm vor drei Monaten zu Weihnachten geschenkt haben könnte, aber Beth verdrängte ihr schlechtes Gewissen, indem sie Aarons Glied herausholte.

Es war schon recht steif und wuchs in ihrer Hand noch weiter.

Hairy Willy erschien ihr gar nicht mehr übermäßig haarig. An der Peniswurzel wuchs ein Kranz von dunklem Kraushaar, aber Aaron besaß nicht mehr Schambehaarung als andere Männer. War ihr das mit siebzehn nur so vorgekommen, weil er drei Jahre älter und weiter entwickelt gewesen war als die gleichaltrigen Liebhaber, die sie vor ihm gehabt hatte?

Seine Eichel stand hochrot hervor. Beth lief das Wasser im Mund zusammen. Sie neigte sich vor und küsste die Penisspitze ein einziges Mal. Lüstern umkreiste sie seinen Phallus mit ihren gespitzten Lippen, streichelte die samtigweiche Vorhaut mit ihrem Mund und ließ dann und wann ihre Zunge hervorschnellen, um über den Schaft zu lecken.

Aaron stöhnte und Beth schaute zu ihm auf. Es war ein wunderschöner Anblick, wie er dort auf der Bank saß. Seine Arme hatte er rechts und links auf die Rückenlehne gelegt, die Augen geschlossen, und genoss mit allen Sinnen ihre behutsame Stimulation. Er nahm bereitwillig an, was sie ihm zu geben hatte, und ließ sich fallen.

Zärtlich knabberte Bethany an seinem erigierten Penis. Sie ließ Aaron behutsam ihre Zähne spüren und nahm dann seine Eichel zwischen ihre Lippen. Lasziv lutschte sie daran und sah zu Aaron auf.

Er hatte seine Augen mittlerweile wieder geöffnet. Ihre Blicke begegneten sich. Ein frivoles Lächeln erschien auf seinem Gesicht.

„Du bist unglaublich." Er schüttelte den Kopf, als könne er es nicht fassen, sie zwischen seinen Beinen hocken und ihn oral befriedigen zu sehen.

Beth gab seine Penisspitze frei und frotzelte: „Du wiederholst dich. Hör auf, Süßholz zu raspeln."

„Und du hör auf zu reden und mach weiter." Er gab ihr einen Nasenstupser und griente.

Schamlos zog er seine Vorhaut zurück, schlang seine Finger um die Wurzel seines Glieds, drückte zu und bot Beth sein bestes Stück an, das senkrecht von seinen Lenden abstand.

Sein Penis war so prall, dass eine dicke Ader an der Seite hervortrat. Bethany zog ihren Verlauf mit ihrer Zungenspitze nach, doch sie sehnte sich danach, Aaron intensiver zu schmecken. Deshalb nahm sie seinen Phallus in ihren Mund auf. Sie schloss die Lippen um den harten Schaft und glitt auf und ab.

Es erstaunte sie zu sehen, dass Aaron begann, seine Vorhaut vor- und zurückzuschieben. Er reizte sich zusätzlich und stöhnte nun in kurzen Abständen.

Beth befürchtete, dass durch die verzückten Laute doch jemand auf sie aufmerksam werden könnte, und beschloss zum Ende zu kommen. Sie nahm nun ihre Zunge hinzu. Während ihre Lippen über das aufgerichtete Glied glitten, züngelte sie über die Penisspitze. Beth benässte sie mit ihrem Speichel, umkreiste sie und leckte den salzigen Tropfen ab, der aus dem kleinen Loch trat.

„Nicht." Aaron stieß sie von seinem Unterleib weg. „Nicht so schnell. Ich bin gleich schon so weit, aber ich möchte dich spüren. Du weißt schon."

Er lächelte verschämt und klopfte auf sein Gipsbein. „Ich habe nur keine Ahnung, wie wir das anstellen sollen. Mein Gott, wie gerne würde ich dich im Stehen nehmen. Ich würde deinen Rücken gegen den Fort Hill Tower lehnen und dich stoßen, als gäbe es kein Morgen."

„Dann musst du mir halt die Führung überlassen", antwortete sie und zwinkerte.

Sie stand auf, stieg mit dem Gesicht zu Aaron auf die Parkbank und ließ sich langsam auf seinen Schoß herab. Aber noch nahm sie seinen Phallus nicht in sich auf, sondern bog ihn herunter, bis er auf Aarons Oberschenkel lag, und setzte sich einfach auf ihn. Ihre Beine schob sie durch den Spalt zwischen Sitz und Rückenlehne und ließ sie baumeln.

Beth spürte den harten Schaft an ihrer Scham. Am liebsten hätte sie mit dem Unterleib über das erigierte Glied gerieben, um sich selbst zu stimulieren, doch vermutlich wäre Aaron sofort gekommen und das wollte sie verhindern.

Er schob seine Hände unter ihren Pullover und begann, ihre Brüste zu liebkosen. Ungeschickt befingerte er den Verschluss ihres Büstenhalters.

„Lass mich das machen“, schlug sie vor.

Er hielt ihre Handgelenke fest. „Das kann ich selbst.“

Kaum hatte er das ausgesprochen, zog er den Pulli von ihrem Körper weg und schlüpfte mit dem Kopf darunter.

Bethany riss verdutzt die Augen auf und betrachtete die Ausbuchtung ihres Pullovers, unter dem Aaron steckte und nicht nur ihren Verschluss öffnete, sondern sich auch gleich daran machte, ihre Brüste von dem störenden Stoff zu befreien und mit Tausenden von Küssen zu bedecken.

Als er ihren Busen seitlich, in der Nähe ihrer Achselhöhle, küsste, kitzelte es und Bethany lachte auf.

Sofort schlug sie die Hand auf den Mund. Sie sah sich um, aber weit und breit war niemand zu sehen. Das bedeutete allerdings nicht, dass sie nicht doch beobachtet wurden. Ein Voyeur konnte sich im Schutz der Bäume verstecken und sich von dem Szenario erregen lassen, ohne zu befürchten, entdeckt zu werden.

Aaron legte seine Hände seitlich an Bethanys Brüste und presste sie leicht zusammen. Zuerst hauchte er die rechte und dann die linke Brustspitze an. Euphorisch machte er sich daran, sie abwechselnd zu küssen. Aber er drückte ihnen nicht einfach nur einen Kuss auf, sondern öffnete seine gespitzten Lippen etwas, sodass sein Mund nur den Warzenhof berührte und die Brustwarze automatisch in seinen Mund stieß.

Als er zusätzlich über die empfindlichen Spitzen leckte, wenn sie zwischen seinen Lippen verschwanden und in seine Mundhöhle ragten, gurrte Bethany. Sie erkannte sich selbst kaum wieder.

Während sie sich noch wunderte, dass sie doch noch zu einer solchen Laszivität fähig war und sich langsam immer mehr gehen ließ, streckte sie Aaron ihren Busen entgegen.

Er fühlte sich wohl angespornt, denn er küsste nicht

mehr, sondern züngelte immer wilder über die angeschwollenen Brustwarzen, die mittlerweile durch seine Zungenfertigkeiten derart empfindlich waren, dass das Saugen, was nun folgte, Beth beinahe schmerzte. Aber es war ein bittersüßer Schmerz, eher ein starkes Ziehen, das ihre Lust anstachelte.

Jetzt begann sie, entgegen ihrer Vorsätze, doch auf dem harten Schaft vor- und zurückzugleiten. Es machte ihr Spaß, sich selbst zu stimulieren und Aaron trotzdem mit einzubeziehen.

Er ließ ihren Busen los und steckte sein Gesicht zwischen ihre Brüste, bis seine Nase ihr Brustbein berührte. Dort gab er einen tiefen Seufzer von sich.

Lächelnd nahm Bethany zur Kenntnis, dass er wieder zu schnüffeln angefangen hatte. Er roch zwischen ihren Brüsten und auch darunter, stupste mit der Nasenspitze gegen ihre Brustwarzen und drückte sein Gesicht immer wieder in ihr geschwollenes Fleisch.

Beth erhob sich. Sie griff zwischen ihre Schenkel und führte seinen Phallus in ihre feuchte Öffnung ein. Langsam ließ sie sich auf dem erigierten Glied nieder.

Aaron kam stöhnend unter ihrem Pullover hervor. Seine Wangen waren gerötet und Schweiß stand auf seiner Stirn. Mit verklärtem Blick schaute er sie an.

Plötzlich legte er die Hände an ihre Pobacken und küsste Beth leidenschaftlich.

Verzückt von der Gier, die sie in seinen Augen las, erwiderte sie seinen Kuss mit dem gleichen Enthusiasmus. Sie schob ihre Zunge in seinen Mund, gleichzeitig hob sie ihr Becken an und senkte es wieder ab.

Wie sehr sie sich auch bemühte, seinen Penis mit ihren Vaginalmuskeln zu melken, es gelang ihr nicht. Früher war sie eine Meisterin darin gewesen, doch enttäuscht musste sie feststellen, dass ihr die Übung fehlte.

Aaron bekam von ihren vergeblichen Bemühungen ohnehin nichts mit, da er zu berauscht von ihren Küssen und der Arbeit ihres Beckens war. Er knetete ihre Gesäßhälften, liebkoste ihre Pospalte mit seinem Mittelfinger und küsste nicht mehr, sondern stöhnte nur noch in ihren Mund. Seine Erregung war schon zu weit fortgeschritten und, so weit erinnerte sich Beth noch, wenn er kurz vor dem Orgasmus stand, versagte sein Mund jedes Mal seinen Dienst. Seine Lippen und seine Zunge waren in diesem Moment wie betäubt und er konzentrierte sich nur noch auf seinen Unterleib.

Bethany ritt ihn ungestümer. Sie hielt sich an der Rückenlehne fest und, begleitet von Aarons lustvollem Stöhnen, hob und senkte sie ihr Becken, als würde sie auf einem Hengst sitzen und traben.

Auf einmal sprang Lazy, der bis dahin brav hinter der Parkbank auf dem Rasen gelegen hatte, auf und fing an zu bellen. Er stellte seine Pfoten auf die Rückenlehne und kläffte, wie er es selten tat.

Sofort hielt Beth in ihrer Bewegung inne. Sie stieß ihn von der Lehne und legte den Zeigefinger an ihre Lippen: „Pst, Lazy, wirst du wohl still sein. Was ist denn nur in dich gefahren?“

„Ich befürchte, er denkt, ich würde dir wehtun.“ Aaron lachte. „Du gibst aber auch unanständige Laute von dir, die ich noch nie bei einer Frau gehört habe. Hört sich wie unterdrücktes Fauchen an, irgendwie bedrohlich.“

Verdutzt hob Beth die Augenbrauen. „Ich?“

Sie hatte gar nicht wahrgenommen, dass sie seltsame Geräusche von sich gab. Wahrscheinlich war sie selbst schon zu berauscht.

Lazy hatte sich wieder gefasst, aber er war immer noch

wachsam. Er saß hinter der Bank, spitzte die Ohren und ließ Beth nicht aus den Augen.

„Alles okay, Lazy“, sprach sie besänftigend und fuhr fort, sich auf Aarons Schaft auf und ab zu bewegen. „Wir werden beobachtet.“

Aaron blickte über seine Schulter nach hinten. „Ignoriere ihn. Er ist nur ein Hund. Oder sieh ihn als zusätzlichen Anreiz an.“ Sein Atem beschleunigte sich schon wieder.

Bethany bewegte sich heftiger. Sie sah Lazy an, schmunzelte und ritt Aaron immer schneller. Ihr Busen, den er aus dem BH befreit hatte, wippte auf und ab. Ihre sensibilisierten Brustspitzen rieben über den Stoff des Pullis. Sie vernahm das Schmatzen zwischen ihren Schenkeln, spürte die Feuchtigkeit, die Aaron aus ihr herausdrückte.

Ihre Erregung wuchs so rasch, dass sie sich schon bald kaum mehr auf ihre Beckenbewegung konzentrieren konnte. Daher ließ sie sich gehen und versuchte nicht länger sich zu konzentrieren, sondern überließ ihrem Körper die Kontrolle. Dieser fiel in einen natürlichen Rhythmus.

Beths Finger hielten sich an Aarons Schultern fest. Sie legte trunken den Kopf in den Nacken, schloss ihre Augen und spürte, wie sich alles in ihrem Unterleib zusammenzog.

Wie aus der Ferne nahm sie wahr, dass Aaron ein Stöhnen von sich gab, welches tief aus seinem Inneren zu kommen schien. Sein Körper unter Beth entspannte sich.

Sie jammerte leise, weil es anstrengend für sie war, den Takt beizubehalten und sich gleichzeitig fallen zu lassen. Aber es dauerte nicht lange und auch sie kam rechtzeitig, bevor Hairy Willy erschlaffte.

Der Orgasmus erfasste sie. Beth schüttelte sich, als wäre ihr kalt. Sie bekam eine Gänsehaut und hechelte. Erschöpft sankt sie gegen Aaron, der sie in seine Arme nahm und mit seinen Handflächen über ihren Rücken rieb, um sie zu wärmen und zu beruhigen.

So saßen sie eine Weile. Aarons Glied steckte immer noch in ihr, das Blut rauschte durch ihren Schoß und ihr hoher Pulsschlag verringerte sich langsam.

Beth genoss Aarons Umarmung, aber mit der Kälte, die ihre nackten Beine heraufkroch, kam auch der Moment, vor dem sie sich gefürchtet hatte.

Ihr schlechtes Gewissen kehrte zurück.

Es fühlte sich zwar gut an, von Aaron nach dem Sex gestreichelt zu werden, da diese Nähe ihr die Illusion schenkte, nicht nur ein One-Night-Stand für ihn zu sein, bei dem er seinen Druck abließ, sondern es zeigte, dass er sich ihr ebenso nah fühlte und sie respektierte.

Aber sie gehörte zu Daryl und er zu Sadie. Sie waren nicht füreinander bestimmt, damals nicht und heute nicht.

Zweifelnd schaute Bethany Aaron an.

Er legte seinen Zeigefinger an ihre Lippen und sprach sanft: „Sag es nicht."

„Was denn?"

Er nahm seinen Finger weg, legte die Hand an ihre Wange und liebkoste ihren Kiefer. „Ich mache so etwas nicht täglich, Bethy, aber ich habe dich so sehr begehrt, dass ich mich nicht zurückhalten konnte, und du hast genauso empfunden. Damals hatten wir etwas wirklich Besonderes. Und heute spüren wir es immer noch."

„Aber wir wissen auch, wohin wir gehören."

Seufzend nickte er. „Zerstöre die Erinnerung an diese Nacht nicht, indem du wünschst, es wäre nie passiert. Versprichst du mir das?"

„Ja", hauchte sie. Ihr Blick fiel auf ihre Armbanduhr. „Wir sollten gehen. Man wartet auf uns."

Als sie von Aarons Schoß aufstand, sah sie, dass seine Hose mit ihrer Feuchtigkeit und seinem Sperma besudelt waren. Auch sein Gips hatte einige Flecken.

Beth und Aaron zogen sich rasch an. Nun, da die Hitze der Leidenschaft erloschen war, empfanden sie die Märznacht wieder so, wie sie war: bitterkalt.

Lazy kam aufgeregt um die Sitzbank herum und stupste Bethany an.

„Mir geht es gut", sagte sie lächelnd und strich einige Male über sein weiches Fell. Dann hob sie seine Leine auf.

Nachdem Aaron seinen Dufflecoat zugeknöpft und den Schal umgebunden hatte, humpelte er zu Beth und richtete ihren Strickschal. „Was wirst du wegen diesem Kade unternehmen?"

Eigentlich war sie froh, nicht mehr über Daryl und Sadie sprechen zu müssen, doch bei der Erwähnung von Kades Namen zuckte sie unweigerlich zusammen. Sie dachte daran, dass sie ihn bereits am morgigen Abend wiedersehen würde, und errötete.

Entgegen ihrer Erwartung hatte sie nicht das Gefühl, durch das Liebesspiel mit Aaron von ihrer Lust, die Kade entfacht hatte, erlöst worden zu sein. Es war vielmehr so, dass sie wieder auf den Geschmack gekommen war.

Seufzend trat sie einen Schritt zurück, um Abstand von Aaron zu gewinnen. „Ich werde ihn morgen treffen und hören, was er von mir will. Mehr kann ich zurzeit nicht tun."

„Wo habt ihr euch verabredet?"

„Es ist besser, wenn du es nicht weißt."

„Ich könnte mich in der Nähe aufhalten und ein Auge auf dich werfen", schlug er vor und runzelte sorgenvoll seine Stirn.

Sie schüttelte den Kopf. „Ich bitte dich, mir nicht zu

folgen, nicht nur um meinetwillen, sondern auch, um dich selbst zu schützen."

„Das bereitet mir Kopfschmerzen." Aaron humpelte zur Sitzbank zurück und nahm seine Krücken. „Wenn du das so sagst, scheinst du ihn für gefährlich zu halten."

„Ich kann ihn nicht einschätzen, aber ich möchte kein Risiko eingehen", sprach Beth eindringlich. Sie legte die Handflächen zusammen und flehte: „Bitte, Aaron."

„Nun gut, aber ruf mich auf dem Revier an."

„Mach ich", versprach sie und hob als Abschiedsgruß die Hand.

Sie wusste in diesem Augenblick, dass sie nie wieder mit ihm schlafen würde. Der Sex auf der Parkbank war grandios gewesen, aber Aaron gehörte zu Sadie und seinem Sohn. Er hatte mehr zu verlieren als sie, da er bereits eine Familie besaß, die ihm offensichtlich viel bedeutete. Sie traute ihm zu, dass er noch einmal versuchen würde, sie zu verführen, doch sie würde kein zweites Mal nachgeben – um seinetwillen.

Mit gemischten Gefühlen eilte sie davon. Sie durchquerte mit Lazy an ihrer Seite rasch den Highland Park und betrat die Hill Road.

„Ihm hast du ja gehörig die Meinung gegeigt", meinte sie ironisch und rügte sich selbst.

Sie schlang die Arme um ihren Körper und rieb über ihre Oberarme, um sich zu wärmen. Die Feuchtigkeit, die noch immer aus ihr heraustropfte, durchnässte langsam ihren Slip, Beth spürte es mit jedem Schritt, den sie sich vom Fort Hill Tower entfernte. Ihr Büstenhalter war immer noch offen und hing schlaff über ihren Schultern und ihre Brustspitzen rieben gegen den Pullover.

In der Ferne hörte sie den Verkehr, aber im Bezirk um den Park war es ruhig. Die Bewohner von Roxbury hatten sich bereits schlafen gelegt oder lagen auf der Couch und zappten durch die Fernsehkanäle.

Lazy trottete brav neben ihr her. Ein Vogel flog über ihren Köpfen hinweg in Richtung Park und zwitscherte, sodass der Neufundländer stehen blieb und ihm nachschaute. Beth zog ihn weiter.

In diesem Moment erspähte sie Daryl.

Er eilte ihr entgegen. Ihr Körper versteifte sich, denn es kam ihr so vor, als würde sie den Stempel ‚Sünderin' auf der Stirn tragen.

Als Daryl sie sah, breitete er die Arme aus und lächelte erleichtert. „Da bist du ja."

Bethany spürte, wie Hitze in ihre Wangen stieg. Sie hatte gehofft, sie hätte sich wenigstens erst waschen können, bevor sie Daryl unter die Augen treten musste. Aber nun stand er vor ihr und sie konnte nicht anders, als sich in seine Arme zu schmiegen, damit er nicht durch ihr abweisendes Verhalten misstrauisch wurde.

Sie fühlte einen Stich im Herzen. Durch ihr schlechtes Gewissen verspürte sie eine leichte Übelkeit.

„Ich habe mir Sorgen gemacht, weil du so lange weg warst", sagte er und küsste sie auf den Kopf.

Seine Schafswolljacke kratzte an ihrer Wange. Beth räusperte sich, weil ihre Stimme mit einem Mal belegt war. „Lazy und mir war nach einer großen Runde, nicht wahr, Lazy? Die Luft ist so herrlich frisch."

Wäre Daryl auch nur eine Minute früher vom Haus der Harts aufgebrochen, hätte er sie womöglich mit Aaron im Highland Park erwischt.

„Aber du wusstest doch, dass wir auf dich warten, Bethany, um über unseren Urlaub zu sprechen."

„Ich gebe zu, ich habe die Zeit vergessen."

Beth schenkte ihm ihr schönstes Lächeln, doch sie erschrak, als er sie unvermittelt küsste. Gleich würde das Donnerwetter losbrechen! Er würde sie fortstoßen und zur Rede stellen, ihr vielleicht sogar eine Ohrfeige geben. Auf der Straße würde er ihr eine Szene machen, weil sie fremdgegangen war, während er mit ihren Eltern zusammengesessen und Urlaubs-, eventuell sogar Hochzeitspläne geschmiedet hatte. Die ganze Nachbarschaft würde es erfahren. Die Anwohner würden die Fenster öffnen und Zeugen sein, wenn er die Verlobung löste.

Aber nichts dergleichen geschah.

Daryl eiste sich von ihren Lippen los. Er schenkte ihr ein liebevolles Lächeln und streifte mit dem Handrücken ihr Kinn. „Ich habe mir Sorgen um dich gemacht, aber es ist ja nichts passiert. Gehen wir heim."

Dann hob er ihre Hand an seinen Mund, küsste ihre Fingerspitzen und schob ihre Hand in seine Jackentasche, in der er sie umschlungen hielt.

Beth war fassungslos. Sie ließ sich von ihm nach Hause in die Seige Road führen und konnte nicht glauben, dass er nichts, aber auch rein gar nichts merkte. Roch ihre Hand nicht nach ihrer Feuchtigkeit? Schmeckten ihre Lippen nicht nach Aarons Geschlecht? Bemerkte er nicht ihren schuldigen Blick und das leichte Zittern ihres Körpers?

War er sich ihrer derart sicher?

Aber es gab eine Frage, die Bethany weitaus mehr quälte: Wenn Daryl nicht einmal auffiel, dass sie sich Minuten vorher mit einem anderen Mann lustvoll vereint hatte, was bedeutete das für ihr Treffen mit dem gefährlich attraktiven Kade?

9. KAPITEL

Bethany stand vor dem Ganzkörperspiegel in ihrem Schlafzimmer und betrachtete ihre Kleidung. Sie hatte sich für das Treffen mit Kade schick gemacht, um ihn wohlwollend zu stimmen, aber ihre Garderobe nicht zu sexy gewählt, damit er ja nicht auf dumme Gedanken kam.

Sie strich den cremefarbenen Rock glatt und zupfte an den Rüschen ihrer taillierten Bluse, die Einsätze aus Chenille-Streifen und ein dezentes Blumenmuster besaß.

Den obersten Knopf ausgenommen hatte Beth die Bluse zugeknöpft, der Rock reichte bis zu ihren Knien. Sie zeigte nicht zu viel Haut, aber ihr Outfit wirkte durch die hellen Farben auch nicht bieder.

Zufrieden prüfte Beth ihre Hochsteckfrisur, fand sie dann aber doch ein wenig zu brav und zupfte einige Haarsträhnen heraus.

Sie schlüpfte in weiße Schuhe mit niedrigem Absatz, zog ihren Steppmantel an und verließ die Wohnung. Auf leisen Sohlen stieg sie die Treppe hinab und schlich an der Wohnung im Erdgeschoss vorbei, damit ihre Eltern sie nicht hörten, denn sie würden durch irgendeinen fadenscheinigen Grund herauskommen und fragen, wohin sie denn an diesem Freitagabend noch fahren wollte.

Was hätte sie darauf antworten sollen?

Beth lief zur Kreuzung, an der ihr Wagen geparkt stand, und stieg ein. Ihr Herz pochte aufgeregt, als sie den Zündschlüssel ins Schloss steckte und ihn herumdrehte.

Was würde im Hideaway geschehen? Was waren Kades wirkliche Pläne? Es war sehr seltsam, dass er nur verlangt hatte, sich mit ihr zu treffen. Keine Forderung nach Geld oder gar sexuellen Diensten, nur ein simples Dinner an einem öffentlichen Ort.

Das war ihr suspekt.

Bethany fuhr quer durch die Stadt und überquerte den Charles River, um von Roxbury in den Bezirk Cambridge zu gelangen und von dort aus weiter nach Charlestown zu fahren. Der Mystic River floss parallel zum Charles River und war durch Clint Eastwood bekannt geworden, der als Schauspieler und Regisseur den gleichnamigen Roman des Autors Dennis Lehane verfilmt hatte.

Die Heizung des alten Firebirds sprang erst an, als Bethany schon fast an ihrem Ziel angekommen war. Sie war halb durchgefroren und zitterte. Oder lag das Zittern daran, dass sich eine ängstliche Vorfreude in ihr ausbreitete?

Sie fand das Restaurant an der Mündung des Mystic Rivers in den Boston Harbor, wie Kade beschrieben hatte, und stellte ihr Auto auf dem Parkplatz des Restaurants ab.

Das Gebäude besaß einen altmodisch-gemütlichen Charme und machte einen einladenden Eindruck. Die weiße Farbe der Häuserfront war zwar etwas schmutzig und abgeblättert, aber die Fenster waren hell erleuchtet. Künstliche Gestecke standen von innen auf den Fensterbänken. Geschwungene, blütenweiße Baumwoll-Gardinen mit Strickbund wurden seitlich mit roten Schleifen festgehalten.

Das Restaurant hatte eine kleine Terrasse zum Hafen hin, auf der aufgrund der Jahreszeit jedoch keine Tische und Stühle standen, aber in lauen Sommernächten konnte man hier sicherlich gut bis spät in die Nacht sitzen, unter sternenklarem Himmel die Aussicht auf den Boston Harbor genießen und Wein trinken.

Aufgrund der am Eingang hängenden, überdimensionalen Karte mit der Überschrift „Weinlokal & Restaurant“ ging Bethany zumindest davon aus, dass es hier viele Sorten Wein gab. Was genau auf dem Menü stand, konnte sie allerdings aus der Entfernung nicht entziffern.

Nachdem sie ihre Handtasche vom Beifahrersitz genommen und ausgestiegen war, schaute sie sich nach Kades Mietwagen, dem nachtblauen Lexus, um, aber er war nicht da. Würde dieser Mistkerl sie warten lassen, um sie nervös zu machen? Das brauchte er nicht. Nervös war sie ohnehin schon.

Aber als sie das Weinlokal betrat, sah sie Kade am Fenster sitzen. Entweder war er mit einem Taxi oder einem anderen Wagen gekommen. Verträumt schaute er auf den Hafen hinaus, doch er musste ihr Spiegelbild in der Fensterscheibe gesehen haben, denn er drehte sich plötzlich um. Sein Gesicht erhellte sich. Er schob seinen Stuhl zurück, stand auf und eilte zu ihr.

Beths Herz schlug schneller. Warum war dieser Schuft nur so attraktiv? Er trug eine schwarze Stoffhose und ein helles Hemd, darunter lugte ein dunkles T-Shirt heraus. Selbstsicher kam er durch den Gang auf sie zu.

Die Restaurantleiterin, die hinter dem Stehpult am Eingang stand, lächelte Bethany freundlich an. „Kann ich Ihnen helfen?“

„Da bist du ja, Baby“, sagte Kade und küsste Beth unvermittelt auf den Mund. Dann wandte er sich an die Dame, die die Gäste platzierte: „Sie gehört zu mir.“

„Ach ja?“, murmelte Beth und wich seinem rügenden Blick aus, indem sie sich im Restaurant umsah.

Im Inneren des Hideaways herrschte pure Landhausromantik mit Häkeldecken auf dem Stehpult am Eingang, schweren Holzvitrinen, in denen ein Sammelsurium von Tee- und Kaffeekannen stand, und holzgetäfelten Wänden. Der Eingang duftete nach Buttercreme, den eine beigefarbene Yankee-Candle-Kerze verströmte. Die außergewöhnliche Kerze stand auf dem Stehpult und war ein richtiger kleiner Hingucker, denn sie besaß ein durchsichtiges Unterteil, in dem die eigentliche Kerze steckte, und einen kunstvoll verzierten Porzellanlampenschirm.

Bethany fühlte sich in den Oktober zurückversetzt, denn an der Decke klebte künstliches Herbstlaub. Der Besitzer musste sich entweder dem Indian Summer sehr verbunden fühlen oder griff lediglich eine Touristenattraktion auf. Das farbenfrohe Naturschauspiel ist neben Teilen von Kanada und Alaska auch in den Neu-England-Staaten, zu denen Connecticut, New Hampshire, Maine, Rhode Island, Vermont und Beths Heimat Massachusetts gehören, zu finden und zieht jedes Jahr viele Touristen an.

Kade führte Bethany an seinen Tisch, der unter einem Überwurf versteckt war, auf dem wiederum ein kleines rotweißkariertes Deckchen lag. Ganz Gentleman nahm er ihren Steppmantel und reichte ihn dem herbeieilenden Kellner, der den Mantel zur Garderobe brachte.

„Beizeiten werde ich dir einen anderen Mantel schenken", sagte Kade beiläufig und ignorierte Beths erstaunte Miene. „Deiner ist zwar zeitlos, aber eine hübsche Frau wie du sollte modische Kleidung tragen, die ihre Schönheit unterstreicht."

Bethany war sprachlos. Der Erpresser wollte seinem Opfer ein Geschenk machen? Das war bizarr. Außerdem störte sie das Wörtchen ‚beizeiten'. Das ließ nicht darauf schließen, dass dies ihr letztes Treffen sein würde.

Betreten schwieg sie.

Die Flammen der Teelichter, die auf den fünf Armen eines Miniatur-Kandelabers standen, flackerten, als Bethany Platz nahm. Ihre Handtasche hängte sie über die Rückenlehne ihres Stuhls.

„Hallo, mein Name ist Christian. Ich bin Ihr Kellner für den heutigen Abend. Was darf ich Ihnen bringen?", fragte die männliche Bedienung.

Während Kade ein Steak bestellte, orderte Beth nur einen gemischten Salat mit Putenstreifen. Mehr würde sie sowieso nicht herunterbekommen. Sie war viel zu aufgeregt.

„Zu Steak gehört unbedingt Rotwein, daher nehme ich ein Glas 93er Eloge Napa Valley, bitte", geräuschvoll klappte Kade die Weinkarte zu, „und einen 98er Chardonnay El Dorado für die Dame."

Der Kellner bedankte sich und ging.

„Gut siehst du aus", sagte Kade zu Beth und lächelte.

Hatte er denn nicht gemerkt, dass sie bei der Weinbestellung kreidebleich geworden war?

Beth war unfähig etwas zu erwidern. Die Weinsorte Chardonnay El Dorado kreiste in ihrem Kopf herum und ermöglichte kaum einen klaren Gedanken.

Ihr Vater hatte ihr zwei Flaschen dieser Sorte zu Weihnachten geschenkt. Sie lagen im untersten Fach ihres Kühlschranks, damit sie immer passend temperiert waren, sollte Beth den plötzlichen Wunsch verspüren, ein Glas davon zu genießen. Doch bisher hatte sie auf den richtigen Moment gewartet. Sie wollte den köstlichen Wein, der schon einige Jahre auf dem Buckel hatte, nicht einfach so verschwenden – denn auch ihre Flaschen stammten aus dem Jahr 1998.

War es ein Zufall, dass Kade ausgerechnet diesen Wein bestellt hatte? Er konnte unmöglich von Mantis' Geschenk wissen. Es sei denn ... Konnte er in ihre Wohnung eingebrochen sein?

Nachdem Christian den Wein gebracht hatte, hob Kade sein Glas, um mit Bethany anzustoßen, doch sie hob ihr Glas einfach an ihre Lippen und trank es hastig halb leer.

Kade runzelte erstaunt seine Stirn und Beth bereute ihre Eile. Der Alkohol entspannte zwar ihre Glieder, ihr Magen jedoch beschwerte sich. Sie war froh, als der Kellner etwas

Weißbrot und Butter servierte. Ungeniert griff sie zu, damit ihr nicht übel wurde.

„Du scheint einen großen Appetit zu haben." Kade stellte sein Glas ab und lehnte sich auf dem Stuhl zurück. „Und Durst noch dazu. Geben deine Eltern dir nicht genug zu essen?"

„Meine Eltern?"

„Blanche kocht doch für dich mit, ist es nicht so?"

„Woher weißt du das?" Völlig perplex legte Beth das Brotmesser hin. „Woher kennst du den Namen meiner Mutter?"

Er schmunzelte. „Ich weiß so einiges über dich, Beth."

„Spionierst du mir nach?"

„Es ist nicht schwer, etwas über einen Menschen in Erfahrung zu bringen, wenn man es wirklich will."

Sie hatte das Bedürfnis, sich zu rechtfertigen, um nicht wie ein unmündiges Kind zu wirken. „Meine Mom kocht nur ab und zu für mich, nicht täglich. Ich habe meinen eigenen Haushalt und esse sowieso oft in der Mensa."

Sie kniff die Lippen zusammen, denn sie wollte ihm nichts über sich erzählen, doch das brauchte sie offenbar auch gar nicht, denn er sprach nachdenklich: „Du studierst Medizin an der Boston University. Weil du Menschen helfen willst oder weil du denkst, dass Ärzte viel Geld verdienen oder gar wegen der Reputation?"

„Natürlich um zu helfen", antwortete sie empört. „Alles andere wäre Illusion."

Er fragte provokant. „Und das soll ich dir glauben?"

„Du kennst mich offensichtlich doch nicht so gut, wie du meinst", entgegnete sie spitz.

Kade lächelte anerkennend, da Beth diesen Schlagabtausch gewonnen hatte. Er lehnte sich nach vorne, legte die Unterarme auf dem Tisch ab und begann beinahe abwesend, den Stiel seines Weinglases zwischen seinen Fingern hin und her zu drehen.

„Verstehst du dich gut mit deinen Eltern?“, wollte er wissen, wobei er sie nicht ansah, sondern die in seinem Glas rotierende Flüssigkeit beobachtete.

Bethany fühlte sich unwohl. Sie verschränkte die Arme vor dem Oberkörper und sagte unwirsch: „Ist das ein Verhör?“

Abrupt schaute er vom Weinglas auf. Sein Blick verfinsterte sich. Er trank einen Schluck, während er Beth fixierte, und stellte das Glas wieder ab. „Du solltest besser meine Fragen beantworten.“

„Sollte ich das?“ Aufmüpfigkeit regte sich in ihr.

„Ich rate dir, ein wenig kooperativer zu sein, Beth. Denk an die Aufzeichnung aus der Überwachungskamera. Durch das Videoband habe ich ein machtvolles Druckmittel, das ich nicht scheue einzusetzen.“

Erschüttert über seine drastischen Worte öffnete sie den Mund, schwieg jedoch.

„Ich habe nichts zu verlieren, Beth, aber für dich steht viel auf dem Spiel.“

Sie hielt sich an der Tischkante fest, da sie befürchtete, vor Bestürzung von ihrem Stuhl zu kippen. „Deine Existenz ist genauso gefährdet wie meine. Es geht hier schließlich um Erpressung. Wenn die Polizei –“

„Meinst du Aaron damit?“, unterbrach Kade sie und schnaubte. Da sie nicht darauf einging, fuhr er mit gedämpfter Stimme fort: „Wage nicht die Cops einzuschalten. Wenn du das machst, wirst du Standbilder aus dem Video auf dem Cover der Zeitungen Boston Globe und Boston Herald vorfinden und Ausschnitte aus dem Video werden 24 Stunden tagein, tagaus auf allen Bezirks-Homepages, wie zum Beispiel Dorchester Reporter und Beacon Hill Online, laufen.“

„Das würdest du mir nicht antun", flüsterte sie entsetzt.

„Lass es nicht darauf ankommen, Babe." Seine Stimme klang mit einem Mal rau. „Du hast keinen blassen Schimmer, zu was ich fähig bin."

Bethany hatte einen Kloß im Hals, aber bekam ihn nicht heruntergeschluckt. Deshalb trank sie noch etwas Wein. „Du fährst scharfe Geschütze auf."

Das hatte sie nicht erwartet. Wie hatte sie nur so naiv sein können? Ein Teil von ihr hatte gehofft, glimpflich aus diesem Dilemma herauszukommen, doch nun bewegte sich ihre Hoffnung gen null.

„Du zwingst mich dazu." Er winkte dem Kellner, der herbeieilte. „Ein zweites Glas Chardonnay El Dorado für die Lady."

Beth hielt Christian auf, bevor er wieder verschwinden konnte. „Nein, ich nehme ein Mineralwasser."

Lächelnd beugte sich Kade über den Tisch und legte seine Hand auf die ihre. „Nein, Babe, ein wenig mehr Weißwein wird dir guttun. Er hilft dir, dich zu entspannen."

„Kommt sofort." Der Kellner deutete ein Nicken an und ging davon, ohne auf ihre Antwort zu warten.

Aufgebracht zog Beth ihre Hand weg.

Kade lachte amüsiert. „Ich habe nicht vor, dir wehzutun, Bethany, aber du wirst einige Zeit mit mir verbringen müssen und artig all meine Fragen beantworten. Es wäre nicht gut für dich, mich wütend zu machen."

Beth fühlte sich wie betäubt, zum einen aufgrund des Alkohols, denn ihr Glas Wein war fast leer und sie hatte viel zu schnell getrunken, und zum anderen wegen der Dreistigkeit, die Kade an den Tag legte. Er stellte beharrlich seine Forderungen und strotzte vor Selbstbewusstsein.

Und auf einmal wusste Bethany, dass Kade ein bestimmtes Ziel verfolgte.

Es war kein Spiel oder bloßer Zeitvertreib von ihm, sich mit ihr im Hideaway zu treffen, sondern er hatte konkrete Pläne mit ihr. Außerdem war er gut vorbereitet, weil er sie bespitzelt hatte. Es blieb nur noch die Frage, ob er sie schon vor ihrem ersten Treffen im Supermarkt ausspioniert oder ob dieses Treffen bereits zu seinem Plan gehört hatte.

Sie grübelte darüber, wie viel er über sie wusste, aber sie sah keinen Sinn darin, ihn danach zu fragen, denn er würde ihr ohnehin ausweichend antworten, um sich nicht in die Karten blicken zu lassen.

Kade hatte ihr den Kampf angesagt. Für Bethany bedeutete das, sie musste mitspielen, bis sich eine Möglichkeit bot, ihn schachmatt zu setzen. Das Problem war nur, dass sie beim Schachspiel immer verlor.

„Hadere nicht mit deinem Schicksal, sondern genieße den Abend“, versuchte er sie aufzumuntern.

Christian brachte den Wein und servierte kurz danach die Speisen. Nachdem Beth den letzten Rest aus ihrem ersten Glas getrunken hatte, damit nicht zwei Gläser vor ihr standen, räumte der Kellner es weg und zog sich zurück.

Während Kade ein Stück von seinem Steak abschnitt, sagte er: „Ich gebe dir eine zweite Chance. Nutze sie. Ich bin ein geduldiger Mensch, aber auch meine Geduld ist irgendwann zu Ende. Fangen wir von vorne an. Verstehst du dich gut mit Blanche und Mantis?“

Er kannte die Namen ihrer Eltern. Natürlich. Beth bemühte sich, ruhig zu bleiben, und stocherte in ihrem Salat herum.

„Sie sind die besten Eltern, die eine Tochter haben kann“, antwortete sie kühl.

„Es gibt keine Probleme? Immerhin lebt ihr zusammen unter einem Dach. Zwischen unterschiedlichen Generationen gibt es immer Missverständnisse, man hat andere Auffassungen … Die Tochter wird erwachsen, das müssen Mom und Dad erst einmal akzeptieren.“

Je kürzer und oberflächlicher ihre Antworten waren, desto weniger Informationen konnte er daraus entnehmen. „Ich lebe mein eigenes Leben.“

„Du wohnst aber doch mit deinen Eltern zusammen.“ Er legte das Steakmesser weg und spülte mit einem Schluck Rotwein nach.

„Wir haben getrennte Wohnungen.“

„Das hört sich ja nach einer Bilderbuchfamilie an“, meinte er sarkastisch, schnitt ein weiteres Stück Fleisch ab und aß es.

Bethany stopfte sich den Mund mit Putenfleisch und Salat voll, damit sie nichts entgegnen musste. Unverblümt grinste sie ihn an.

Nachdem Kade den Bissen heruntergeschluckt hatte, nahm er sein Glas in die Hand, trank jedoch nicht, sondern sah sie herausfordernd an. „Ich habe gehört, dass Mantis Hart ein richtiger Hitzkopf sein soll.“

„Das stimmt nicht“, platzte es aus ihr heraus. „Er ist sehr behütend, aber nur weil er mich liebt und das Beste für mich will. Möchte das nicht jeder Vater für seine Tochter? Ein Mann muss seine Familie beschützen und er ist ein außerordentlich guter Ehemann und Dad.“

Sie holte tief Luft und verwünschte sich selbst, denn der Zorn hatte ihre Zunge gelockert.

Kade nahm einen Schluck und stellte sein Weinglas ab. Eine Weile schaute er Beth an, als würde er versuchen, ihre Gedanken zu lesen. Er musterte ihr Erscheinungsbild.

Schließlich forderte er sie auf: „Öffne zwei weitere Knöpfe deiner Bluse.“

„Wie bitte?“ Sie glaubte sich verhört zu haben. „Ich soll was?“

„Du hast mich schon verstanden. Es ist nur eine kleine Bitte, die dir nicht viel abverlangt. Also, sei so nett.“ Mit der Messerspitze deutete er auf ihre Bluse.

Einen Moment lang keimte Trotz in ihr auf, doch sie wollte ihn nicht gegen sich aufbringen und es war tatsächlich nur ein kleiner Wunsch. Daher tat sie ihm widerstrebend den Gefallen.

Als sie jedoch in ihren Ausschnitt schaute, fiel ihr auf, dass man die Ansätze ihrer Brüste sehen konnte. Sie spürte, wie Hitze in ihre Wangen stieg, und betete, dass Kade die Röte auf den Wein zurückführte.

„Besser“, sagte er trocken. „Du hast einen schönen Körper und solltest ihn nicht verstecken.“

Mit Schrecken spürte sie, wie sich aufgrund seines Kompliments ihre Brustspitzen verhärteten. Kade fielen die beiden kleinen Wölbungen in ihrer Bluse bestimmt auf. Warum reagierte ihr Körper nur auf ihn, obwohl er ein Schurke war?

Er schickte sie durch ein Wechselbad der Gefühle, köderte sie mit Zuckerbrot und Peitsche. Noch während sie darüber nachdachte, wurde ihr seine Intention bewusst. Er wollte sie durcheinanderbringen und durch die Verwirrung schwächen.

„Warum wohnst du nicht mit Daryl zusammen?“, wollte Kade beiläufig wissen und spießte eine Kartoffelecke auf.

Beth suchte nach einer ausweichenden Antwort, fand aber keine plausible, daher entgegnete sie ehrlich und kleinlaut: „Mein Vater ist altmodisch. Daryl darf erst nach der Hochzeit einziehen.“

„Und dein Verlobter findet sich damit ab?“ Ungläubig schüttelte Kade den Kopf.

Sie zuckte mit den Schultern. „Er akzeptiert den Wunsch meines Dads, weil er mit ihm befreundet ist." Manchmal erschien es ihr fast so, als wäre es Daryl egal, aber das würde sie Kade nicht auf die Nase binden.

„Wenn du meine Freundin wärst, würde ich mir von niemandem etwas vorschreiben lassen, auch nicht von Mantis Hart." Er legte sein Besteck geräuschvoll auf den Teller. „Ich würde mich nicht zurückhalten, wenn ich dich in deinem Appartement hart rannähme. Es wäre mir egal, dass die ganze Nachbarschaft dein lustvolles Winseln hört, dein Vater verzweifelt gegen deine Wohnungstür klopft, da er sein Töchterchen nicht davor retten kann, Spaß zu haben, und deine Mutter jedes Mal drauf und dran ist, ohnmächtig zu werden, wenn sie mich sieht – denn alles, an was deine Eltern bei mir denken könnten, wäre Sex, da alles, an was du denken würdest, Sex wäre. Daryl ist kein richtiger Mann, wenn er sich von Mantis manipulieren lässt."

Welch eine Ansprache! Bethany bekam eine wohlige Gänsehaut. Ein lustvolles Prickeln durchströmte ihren Körper. Es erregte sie, wenn Kade sprach, wie er soeben gesprochen hatte, unverschämt fordernd und durch und durch lüstern.

Eigentlich hätte sie sich vor ihm fürchten sollen und der vernünftige Teil von ihr tat das auch, aber er sprach eine Seite in ihr an, die bisher kein anderer Mann, nicht einmal Aaron und erst recht nicht Daryl, berührt hatte.

Kade behauptete, der Typ Mann zu sein, der seine Frau beschützt. Wäre er der Erste, der Mantis die Stirn bieten könnte? Aber das war nur ein Wunschtraum, denn Kade erpresste sie und würde nie Einzug in ihr Leben halten dürfen.

Er betrachtete Beth als begehrenswerte Frau, der er große

Lust bereiten würde. Das gefiel ihr, aber erotische Ausschweifungen gehörten der Vergangenheit an. Sie war zwar immer noch jung, doch längst kein Teenager mehr, der in den Tag hinein lebte.

Durch seine eigene Ansprache war ein Feuer in Kades Augen aufgelodert, das Beth ängstigte, weil sie ahnte, dass es allzu leicht auf sie überspringen konnte.

Um die Situation zu entschärfen, wandte sie ein: „Aber ich bin nicht deine Freundin."

Christian kam an den Tisch und räumte Teller, Brot und Butter ab. „Möchten Sie einen Nachtisch haben? Ich könnte Ihnen die Dessertkarte bringen."

„Haben Sie Karamell Sutra?", fragte Kade und blickte Beth frivol an.

Der Kellner war irritiert. „Bitte was?"

„Das ist eine Eiscremesorte von Ben & Jerry's."

„Tut mir leid, das führen wir nicht."

„Dann bitte nur ein Glas Eloge Napa Valley für mich. Danke, Christian."

Die Bedienung entfernte sich.

Bethany wich Kades Blick aus, weil sie das in seinen Augen flackernde Verlangen nicht ertrug. Stattdessen schaute sie auf die vielen Lichter der Schiffe, Anleger, Werften und Lagerhallen, die den Boston Harbor in einen romantischen Glanz tauchten. In diesem Moment wünschte sie, aus einem anderen Grund ins Hideaway gekommen zu sein: ein Date.

Du darfst diese Gedanken nicht haben, rügte sie sich stumm. Vielleicht war das nur die natürliche Furcht vor der Hochzeit. Die Eheschließung stand zwar nicht unmittelbar bevor, aber Blanche brachte das Gespräch immer öfter auf das Thema.

Aber die Angst vor der Endgültigkeit machte sich erst

bemerkbar, seit Kade in ihr Leben getreten war. Angesäuert schaute sie ihn an.

„Hast du noch Kontakt zu Aaron?", fragte er unverblümt. Das Begehren, das sich eben noch auf seinem Gesicht widergespiegelt hatte, wich einem eifersüchtigen Ausdruck, den er mit fest aufeinandergepressten Lippen zu unterdrücken versuchte – was ihm aber nur mäßig gelang.

„Nein", log sie und spielte mit dem Häkeldeckchen, das auf dem Tischüberwurf lag.

Kade lehnte sich zurück. „Du hast ihn seit der Trennung nie wiedergesehen?"

„Doch", so viel konnte sie verraten, „wir haben uns vor Jahren zufällig auf einer Collegeparty getroffen, aber kaum ein Wort miteinander gewechselt."

Mit finsterer Miene verschränkte er die Arme vor dem Brustkorb und beäugte sie kritisch.

Bethany fühlte sich mit jeder einzelnen Sekunde, die er sie anstarrte, unwohler. Sah er ihr die Lüge an? War sie errötet oder hatte schuldbewusst den Blick gesenkt? Sie rutschte immer tiefer in den Sitz.

„Hhm", machte er. „Vermisst du ihn?"

„Er gehört in ein anderes Leben."

„Aber bestimmt sind durch das Überwachungsvideo alte Erinnerungen wach geworden und du fragst dich, was aus dem aufgeschlossenen Aaron geworden ist."

Sie ließ diese Behauptung unkommentiert im Raum stehen.

„Was habt ihr damals miteinander getrieben?", bohrte Kade weiter. „Erzähl mir von euren erotischen Eskapaden."

Abwehrend schüttelte sie den Kopf. „Nein, bitte, das möchte ich lieber nicht."

„Du wirst mir alles berichten", er betonte jede Silbe,

„weil ich darauf bestehe. Ich kann es mir leisten, Forderungen zu stellen, nicht wahr?“

Bethany massierte ihre Schläfen. Kamen die Kopfschmerzen vom Wein oder von Kades Verhör? „Es war nicht so aufregend, wie du möglicherweise glaubst.“

„Lass mich das beurteilen.“ Er blieb unnachgiebig.

Beth seufzte. Zögerlich begann sie: „Wir hatten damals einen Fetisch. Nein, das ist nicht der richtige Begriff. Fetisch hört sich nach Lack, Leder und Latex an, aber an so etwas haben wir damals noch gar nicht gedacht. Wir waren viel zu jung und unbedarft."

„Aber lebenslustig", knurrte Kade.

„Es war eher ein Faible, ja, so könnte man es bezeichnen, eine Vorliebe", fuhr sie fort und trank sich Mut an, indem sie den restlichen Wein hinunterkippte. „Es fing alles mit einem Ausflug auf der Highschool an. Es war üblich, dass alle elften Klassen einen Ausflug zum Hayden Planetarium machten, das an das Amerikanische Museum für Naturkunde angegliedert ist. Als ich ein Junior war, stand dieser Ausflug natürlich auch bei uns an, und zwar ausgerechnet an Aarons Geburtstag."

„Er war stinksauer, kann ich mir vorstellen."

„Nein, war er nicht." Bethany grinste. „Du kennst ihn nicht. Er hat aus allem etwas Gutes gewonnen."

„Beneidenswert", warf Kade spöttisch ein.

„Aaron hat sich einfach eine Eintrittskarte gekauft und ist meiner Klasse ins Erdgeschoss gefolgt. Im Guggenheim Space Theatre habe ich mich an den Rand gesetzt, etwas abseits meiner Schulkollegen. Aaron nahm neben mir Platz, legte die Hand auf mein Bein und schob sie an die Innenseite meines Oberschenkels, so wie er es immer tat. Es war eine laszive Geste, da seine Hand nah an meiner Mitte lag."

„Deiner Mitte?"

Beth runzelte die Stirn. „Ja."

„Wie hübsch umschrieben", spöttelte er. „Und? Hat er an diesem Tag deinen Schritt berührt?"

Plötzlich spürte Bethany etwas zwischen ihren Schenkeln. Die Tischdecke hatte sich ein Stück gehoben und schützte das, was vor sich ging, vor den Blicken der anderen Gäste.

Um sicherzugehen, dass sie richtig lag, steckte sie ihre Hand unter die Decke und ertastete … Kades Zehen. Er hatte doch tatsächlich die Schuhe ausgezogen und einen Fuß zwischen ihre Beine geschoben.

„Spreize die Schenkel, damit ich mein Ziel erreichen kann“, befahl er mit gedämpfter Stimme.

„Das kann nicht dein Ernst sein?“ Sie klang brüsk, aber ein Kribbeln entstand in ihrer Scham, das rasch intensiver wurde.

Er lachte leise. „In Filmen sieht man immer, wie Frauen füßeln, aber Männer können das genauso gut. Ich habe Spaß daran, dich ein wenig zu stimulieren, während du mir von deinen Abenteuern erzählst. Vielleicht lockert das deine Zunge und du bist weniger renitent.“

Bethany prustete. Aufbrausend sprang sie auf und stemmte die Hände in die Hüften.

„Ich bin kein Flittchen“, presste sie zwischen halb geschlossenen Zähnen hervor. „Vermutlich gehst du davon aus, dass ich leicht zu haben bin, weil du das Video gesehen hast, aber ich muss dich enttäuschen: Du liegst falsch!“

In Seelenruhe stand Kade auf. Er griff ihren Arm und zog sie zu sich. „Setz dich wieder hin, Beth.“

„Ich bin kein –“

Er erstickte ihre Gegenwehr mit einem Kuss. Diese Reaktion hatte sie nicht erwartet. Sie war so überrascht, dass sie sich nicht wehrte.

Nachdem er sich von ihr gelöst hatte, sprach er: „Nein, *du* liegst falsch. Ich denke nicht, dass du ein Flittchen bist, aber ich spüre deinen Hunger mit jeder Faser meines Körpers.“

„Meinen …?“

Er nickte. Noch immer war er ihr so nah, dass sein Atem ihr Gesicht streifte. „Du bist ausgehungert nach Aufmerksamkeit, nach Zuneigung und Sex. Und ich werde dir all dies schenken, wenn du nach meinen Regeln spielst.“

Das hörte sich so gut an, dass sie es glauben wollte, aber sie hütete sich, ihrer wachsenden Begeisterung zu erliegen, denn er war immer noch ein Krimineller. Kein Mann mit ehrenhaften Absichten musste eine Frau erpressen, um sie für sich zu gewinnen.

Alles an Kade stimmte nicht, angefangen bei seinem Aussehen, das zwar auf den ersten Blick hispanische Wurzeln vermuten ließ, doch sie nahm ihm trotzdem nicht ab, dass er lateinamerikanischer Herkunft war. Auch sein Verhalten und seine Aussagen waren suspekt.

„Wer bist du?“, hauchte sie atemlos.

„Der Mann, der dich zum Schreien bringen wird, weil du die Lust, die ich dir bereiten werde, kaum wirst ertragen können.“

Unerwartet tauchte Christian neben ihnen auf. „Möchten Sie zahlen?“

„Nein, noch nicht, aber Kaffee wäre jetzt nicht schlecht. Zwei Tassen, bitte“, sagte Kade und wandte sich an Beth. „Setz dich, fahr mit deinem Bericht fort und diesmal wirst du deine Schenkel freiwillig spreizen. Hast du mich verstanden?“

Bethany war erschöpft vom Alkohol und den vielen Wendungen, die dieser Abend nahm. Talfahrten wechselten sich mit Bergfahrten ab. Dieses Auf und Ab zerrte an ihrem Nervenkostüm. Sie wusste nicht, was sie von Kade halten sollte. Er erregte sie zweifelsohne, aber er bedeutete auch Gefahr. Unter keinen Umständen durfte sie sich auf ihn einlassen. Aber genau danach sehnte sie sich.

Seufzend nahm sie wieder auf ihrem Stuhl Platz, Kade ebenso. Der Kellner servierte den Kaffee und Beth gab einen Schuss Milch und ein Päckchen Sweet 'n low hinein, während Kade ihn schwarz trank.

„Im Guggenheim Space Theatre hat Aaron bestimmt nicht nur die Hand auf deine Jeans gelegt, oder?"

Aufgewühlt rührte sie die Milch und den Süßstoff in ihren Kaffee ein. „Es war Sommer und ich trug einen Minirock."

„Oh", machte er, aber sie sah ihn nicht an, sondern starrte in ihre Tasse.

„Er hat seine Hand unter den Rock geschoben. Zuerst war ich entsetzt." Sie bemühte sich, gleichgültig zu klingen, aber ihre Stimme zitterte leicht. „Es saß zwar niemand unmittelbar neben uns und es war dunkel, aber man konnte uns durchaus sehen."

„Bald jedoch hat dir dieser Hauch von Exhibitionismus gefallen, nicht wahr?"

Als Beth einen Schluck Kaffee trank, hätte sie sich fast die Lippen verbrannt, weil er noch zu heiß war. Sie stellte die Tasse ab. „Irgendwie schon. Aarons Hand war bald so nah, dass seine Fingerspitzen meinen Slip berührten. Er –"

Sie brach ab, denn Kade hatte wieder seinen Fuß zwischen ihre Schenkel geschoben. Ängstlich schaute sie sich im Lokal um, aber dank der Tischdecke schienen weder das Personal noch die anderen Gäste etwas zu bemerken.

Kades Zehen stießen an ihr Höschen wie damals Aarons Finger. „Fahr fort."

Beth stützte sich mit den Ellbogen auf dem Tisch ab, um die leichte Wölbung unter der Tischdecke – Kades Fuß – mit ihrem Körper zu verdecken, und bemühte sich, das Kribbeln ihrer Scham zu ignorieren. Sie würde kühl erzählen, was vorgefallen war, um am Ende zu triumphieren, weil sie sich nicht hatte aus der Fassung bringen lassen.

Sie räusperte sich. „Die Show ging los und der simulierte Sternenhimmel erschien auf den 22 Leinwänden, aber ich bekam von der 360-Grad-Projektion nichts mit, denn Aarons Finger rieben über mein Höschen –"

„Wurdest du feucht?", unterbrach er sie.

Bethany begann zu schwitzen. Das Hideaway war gut geheizt und der Alkohol tat sein Übriges, zumindest redete sie sich das ein. In Wahrheit war es Kades Unverschämtheit, die ihr einheizte. „Ja, der Stoff meines Slips war durchtränkt und Aaron amüsierte sich köstlich darüber. Er meinte, dass meine Lust sein Geburtstagsgeschenk wäre. Wir beide machten an diesem Tag eine neue Erfahrung."

„Ihr wart beide das erste Mal in einem Planetarium?", frotzelte er und lächelte.

„Nein, ich meinte den …" – Beth neigte sich über den Tisch und dämpfte ihre Stimme – „… Sex an einem öffentlichen Ort."

Sie zuckte zusammen, als Kades Zehen über ihren Slip rieben. Durch die Reizung schoss das Blut in ihre Mitte und sie erschauerte wohlig. Protestierend schloss sie ihre Schenkel, sein Fuß war gefangen.

Kade schnalzte und schüttelte den Kopf, worauf sie die Beine wieder leicht spreizte, sodass er sein schamloses Spiel fortsetzen konnte. Sie redete sich ein, dass er sie dazu zwang, doch in Wahrheit genoss sie sein Füßeln.

„Aarons Finger drangen irgendwann unter den Stoff." Zum hundertsten Mal rührte Bethany in ihrem Kaffee. Sie kämpfte gegen ihre eigene Erregung an, die sich in ihrem Unterleib ausbreitete. „Ich hielt mich an den Armlehnen fest, und obwohl meine Augen geöffnet waren, bekam ich rein gar nichts vom Sternenverlauf mit."

„Das kann ich mir gut vorstellen." Kade schob mit seinen Zehen geschickt den Stoff ihres Höschens beiseite. Zärtlich strichen sie über Beths anschwellende Scham.

„Bitte nicht", bat sie atemlos und schaute sich erneut verschämt um. Christian spähte zu ihnen herüber. Ob der Kellner wusste, was unter der Tischdecke vor sich ging, oder ob er nur auf ein Zeichen wartete, um die Rechnung zu bringen?

„Lass locker, Baby", forderte Kade sie sanft auf und griff ihre Hände. „Schalte deine Bedenken endlich aus und genieße es."

Anstatt sich loszureißen, hielt sie sich an seinen Händen fest, als würde sein Händedruck ihr Kraft geben, um weiterberichten zu können. „Seine Fingerspitzen wanderten über meine … meine Mitte."

„Ach ja, da wären wir wieder bei der Mitte." Er schmunzelte aufgrund ihrer dezenten Umschreibung.

„Er drang zwischen meine Falten ein."

Kaum hatte sie dies ausgesprochen, spürte sie Kades Zehen zwischen ihren prickelnden Schamlippen. Seine Socken würden feucht werden. Er füßelte über ihren Damm, drang mit dem großen Zeh ein kleines Stück in ihre Scheide ein und ließ ihn sodann über ihre empfindsamste Stelle kreisen.

Bethany wollte empört aufspringen, doch er hielt ihre Hände fest.

„Hör bitte auf!", flehte sie mit hochroten Wangen. „Ich halte das nicht aus."

„Musst du ja auch nicht." Er drückte aufmunternd ihre Hand.

Glaubte er tatsächlich, sie würde sich hier und jetzt so weit gehen lassen, dass er sie bis zum Orgasmus stimulieren konnte? Das war doch verrückt!

„Niemals!", spie sie hitzig. „Das Hideaway ist zu hell, es sind zu viele Gäste anwesend und ich sitze wie auf einem Präsentierteller. Es ist nicht wie im Hayden Planetarium, wo Dunkelheit uns umgab und die Besucher vom simulierten Sternenhimmel abgelenkt waren. Kade, bitte, ich kann das wirklich nicht. Du verlangst zu viel von mir."

Einige Sekunden starrte er sie einfach nur an. Sein Blick war undurchdringlich. Beth konnte nicht abschätzen, ob er jeden Moment toben oder nachgebend sich zwischen ihren Beinen zurückziehen würde.

Als er seinen Fuß von ihrem Stuhl nahm, atmete sie erleichtert aus. Die Lust in ihr jedoch schrie auf, weil sie sich betrogen fühlte.

„Nun gut", murrte Kade. „Aber du musst mir einen Gefallen tun."

Sie runzelte die Stirn. Ihr Puls beschleunigte sich.

Nachdem er an seinem Kaffee genippt hatte, deutete er auf das Damen-WC. „Zieh dein Höschen aus."

Verdutzt hob sie die Augenbrauen. „Ich soll …? Warum?"

„Weil es mich erregt zu wissen, dass du mit entblößtem Schoß vor mir sitzt und ich nur unter deinen Rock zu langen bräuchte, um zu prüfen, ob du rasiert bist oder nicht."

Hatte Beth eben noch gedacht, ihr Teint könnte nicht röter werden, so wusste sie nun, dass das ein Irrtum gewesen war, denn das Blut schoss in ihr Gesicht. Sie musste leuchten wie eine Signallampe.

„Keine Sorge, ich werde dich nicht mehr intim berühren. Aber am Ende des Abends wirst du enttäuscht sein, dass ich es nicht getan habe."

Beth entschied, vernünftig zu sein und nicht zu rebellieren. Sie glaubte ihm, denn er hatte keinen hinterhältig lüsternen Glanz in seinen Augen, sondern machte eine ernste Miene.

Folgsam stand sie auf, strich ihren Rock glatt und entschuldigte sich. Sie ging schnellen Schrittes in den Toilettenraum. Nachdem sie ihren Slip ausgezogen hatte, bemerkte sie erst, wie feucht sie war. Ihr Höschen war durchtränkt und ihre Feuchtigkeit klebte an ihrer Spalte. Sie befürchtete, die Feuchte könne ihre Beine hinablaufen, wenn sie zurück zum Tisch ging, daher trocknete sie ihren Schoß mit WC-Papier, was jedoch nur kurzfristig half.

Denn als sie wieder vor ihrem Kaffee saß, spürte sie, dass es erneut aus ihr herausfloss, weil Kade nicht nur von ihrer Nacktheit, sondern auch von ihrer Lust wusste.

Aufgewühlt trank sie ihren Kaffee, der mittlerweile nur noch lauwarm war.

„Du sagtest, das Erlebnis im Planetarium wäre der Beginn einer Vorliebe für öffentlichen Sex gewesen", sagte Kade. „Wo habt ihr es noch gemacht?"

War er enttäuscht, dass sie sich auf Aaron, aber nicht auf ihn einließ? Sie fühlte den Drang, sich zu rechtfertigen. „Es war gar nicht wirklich öffentlich, nicht wie hier im Weinlokal, sondern vielmehr an öffentlich zugänglichen Orten. Die Gefahr, jederzeit entdeckt werden zu können, gefiel uns, aber in Wahrheit suchten wir uns meist Plätze aus, an denen wir zwar unter freiem Himmel, aber ungestört waren."

Kade hatte seine Tasse bereits geleert und schob sie ein Stück von sich weg. „Zum Beispiel?"

Bei der Erinnerung an die alten Zeiten lächelte Beth in sich hinein, bemühte sich jedoch, sich nichts anmerken zu lassen. „Ich war damals vom John Hancock Tower fasziniert gewesen, dieses komplett mit blauem Spiegelglas verglaste Hochhaus, das nicht nur das höchste Gebäude in

Boston, sondern sogar in ganz Neu England ist. Allein schon so hoch über Boston zu sein, erregte mich. Es war Hochsommer, doch dort oben war es angenehm kühl und es wehte eine lauwarme Brise. Wir waren den Sternen so nah. Unter uns hupten Autos, bunt beleuchtete Ausflugsschiffe fuhren über den Charles River und die Menschen wirkten wie Ameisen. Die Stadt pulsierte noch, obwohl es schon Mitternacht war, aber es war Wochenende und alle genossen die Sommernacht."

„Wie seid ihr dort hochgekommen? Das Gebäude ist doch nicht öffentlich zugänglich."

„Aaron kannte den Wachmann." Sie zwinkerte.

Kade klang genervt. „Was sonst!"

„Ich habe mich auf die Brüstung gelegt, auf Boston heruntergeschaut und Aaron hat mich ... von hinten genommen." Die letzten drei Worte sprach sie so leise aus, dass Beth sie selbst kaum verstehen konnte.

Kade verschränkte die Arme vor dem Körper. „Dort seid ihr wahrlich nicht Gefahr gelaufen, entdeckt zu werden."

„Wie gesagt, es ging uns um den außergewöhnlichen Ort und den Spaß unter freiem Himmel", verteidigte sie sich und merkte, dass sie enttäuscht war, da er sich unbeeindruckt zeigte.

Weshalb war sie nur so scharf darauf? Es konnte ihr doch egal sein, was er von ihr dachte. Sollte sie sich nicht freuen, wenn er sich bei ihren Ausführungen langweilte? Vielleicht verlor er dann sein Interesse an ihr.

Aber noch gab er nicht auf. „Das Hayden Planetarium, den John Hancock Tower ... welches Gebäude habt ihr noch unsicher gemacht?"

„Den Fenway Park." Sie kippte den kalten Kaffee hinunter.

„Das Heimstadion der Red Sox?"

„Aaron ist Fan des Major-League-Baseball-Teams, wie wohl jeder in Suffolk County“, berichtete sie. „Und er hatte diesen Wunschtraum.“

„Einmal den Baseball zu fangen?“

Sie schüttelte den Kopf und schmunzelte. „Er wollte einmal im Leben auf dem Lone Red Seat kommen.“

„Was?“

Nun hatte Beth Kade wieder am Haken. Sein Interesse schien abermals geweckt. „Du weißt schon, dieser rote Sitz im Sitzblock hinter dem rechten Outfield.“

„Abschnitt 42, Reihe 37, Platz 21.“ Er lächelte. „Der Sitzplatz ist legendär. Wer in Massachusetts kennt ihn nicht? Er markiert die Stelle, an dem der längste Home Run, der jemals im Fenway Park geschlagen wurde, landete.“

Sie nickte und schwelgte in Erinnerungen. „Es war nach einem Spiel, das die Red Sox haushoch gewonnen hatten. Alle Zuschauer waren gegangen und feierten auf den Straßen Bostons. Nur einige Reinigungskräfte säuberten das Stadion. Aaron setzte sich auf den Lone Red Seat, ich habe mich vor ihn gekniet und seine Hose geöffnet.“

Kade hob abwehrend die Hände und brachte sie somit zum Schweigen. „Ich kann mir denken, was dann geschah.“

„Du hast doch von mir verlangt, dass ich dir alles erzählen soll“, meinte Bethany mit unschuldigem Augenaufschlag.

„Wir sollten langsam gehen“, sagte Kade, der sichtlich schlecht gelaunt war, und winkte Christian. „Zahlen.“

„Was ist denn auf einmal los?“

„Ich habe genug von Aaron gehört.“

„Du warst es, der wissen wollte, was ich damals mit ihm gemacht habe.“

„Meine Schuld“, antwortete er kurz angebunden.

Der Kellner kam an den Tisch und Kade beglich die Rechnung. Dann standen sie auf. Während Christian Bethany in den Mantel half, steckte Kade ihm ein Trinkgeld zu und reichte Beth ihre Handtasche, in der ihr feuchter Slip lag. Sie verabschiedeten sich und verließen das Hideaway.

Die Nachtluft war empfindlich kalt. Bethany presste die Oberschenkel aneinander, damit die Kühle nicht an ihren entblößten Schoß kam.

Kade brachte sie zu ihrem Pontiac. „Wenn du und Aaron so tolle Zeiten erlebt habt, wieso seid ihr dann auseinandergegangen?"

„Er hat sich nicht mit meinem Vater verstanden", antwortete sie offen.

„Ah, womit wir wieder bei Mantis Hart wären." Er schnaubte. „Du lässt dir ziemlich oft von deinem Vater in dein Leben reinreden. Er vergrault Aaron und verbietet Daryl, bei dir einzuziehen."

„Mein Dad will nur das Beste für mich."

„Und das ist Daryl Veasey?", spottete er.

Wütend schloss sie ihren Wagen auf, doch als sie die Fahrertür öffnete, um einzusteigen, warf er sie wieder zu.

„Du hast kein Recht, über meinen Vater zu urteilen", blaffte sie. „Du kennst ihn nicht einmal."

„Ach ja?", sprach er, aber bevor sie nachhaken konnte, schob er seine Hand unter ihren Rock. Er fasste ihre nackten Gesäßhälften und zog Beth an sich heran. „Und du hast Aaron Catlaw nach eurer Trennung nur einmal kurz auf einer Party wiedergesehen?"

Ihr Mund war plötzlich trocken. „Ja", brachte sie mühsam hervor und presste ihre Lippen fest aufeinander.

Eine Weile schaute er ihr tief in die Augen. Er massierte ihren Hintern und stachelte ihre Erregung erneut an. Fest knetete er ihren Po und war ihren Lippen so nah, doch er küsste Beth nicht.

„Warte", sagte er schließlich und ging zu einem schwarzen Toyota Camry, der zwei Plätze neben Beths Auto parkte.

Nun erkannte sie, dass er recht behalten hatte. Sie war tatsächlich enttäuscht, dass er sie nicht bis zum Höhepunkt gefüßelt oder sofort, nachdem sie aus dem Weinlokal getreten waren, auf dem Parkplatz genommen hatte. Ihr Schoß brannte lichterloh, aber sie würde sich nicht selbst streicheln, denn sie begehrte Kade.

Sie wollte durch ihn Lust erleben! Sehnte sich nach der Wärme seines Körpers, seinen fordernden, dennoch sanften Berührungen und seinen köstlichen Küssen.

Als sie ihm sehnsüchtig nachsah, fiel ihr Blick auf den Dollar-Aufkleber am Seitenfenster seines Camrys. Kade war von Alamo zur Mietwagenfirma Dollar gewechselt. War er unzufrieden gewesen oder versuchte er, seine Spuren zu verwischen?

Er kehrte mit einem braunen DIN-A4-Umschlag zurück und reichte ihn Bethany. Bevor sie ihn öffnen konnte, stützte sich Kade rechts und links neben ihrem Körper an ihrem Firebird ab. Er rümpfte die Nase und sah sie beschwörend an.

„Belüg mich nie wieder", mahnte er sie.

Beth blieb wie angewurzelt stehen. Sie schwieg und wagte kaum zu atmen, weil sie befürchtete, er könne jeden Moment ausrasten.

Das erotische Flirren, das eben noch zwischen ihnen geherrscht hatte, verpuffte.

„Es macht mich zornig, wenn du dich mir gegenüber verschließt, und wenn ich wütend werde, bin ich unberechenbar. Ich könnte Dinge tun, die mir leidtäten."

Seine Stimme bekam ein gefährliches Timbre, das Beth erschauern ließ.

„Ich rate dir, ab sofort ehrlich zu mir zu sein, denn ich werde nicht tolerieren, dass du mich belügst. Hast du mich verstanden?“

Obwohl sie keine Ahnung hatte, wovon er genau sprach, nickte sie.

„Gut.“ Er stieß sich von ihrem Wagen ab, legte Zeige- und Mittelfinger zum Gruß an die Schläfe und ging zu seinem Auto. Schwungvoll stieg er ein und brauste davon.

Verwirrt blieb Bethany alleine auf dem Parkplatz zurück. Die Kälte kroch unter ihren Mantel. Beth begann zu frieren. Schlotternd setzte sie sich in ihren Pontiac, startete den Motor und betete, dass die Heizung diesmal schneller ansprang.

Mit zittrigen Händen öffnete sie den Briefumschlag. Sie konnte sich nicht vorstellen, was sich darin befand.

„Vielleicht Standbilder aus dem Video?“, mutmaßte sie unsicher. Es konnte sein, dass Kade die Bilder ausgedruckt hatte, um Beth weiter unter Druck zu setzen.

Tatsächlich zog sie Fotos aus dem Umschlag heraus. Es waren sechs Stück an der Zahl, alle in großem Format, sodass jedes Detail zu sehen war. Die Schnappschüsse besaßen einen unnatürlichen Blaustich, und als Beth das Motiv erkannte, wusste sie auch, was der Grund dafür war.

Es waren Nachtaufnahmen.

Die Fotos zeigten den Highland Park. Im Hintergrund ragte der Fort Hill Tower auf. Im Mittelpunkt der Aufnahmen stand eine Parkbank. Auf der Bank saß ein Mann mit einem Gipsbein und auf dem Mann saß eine Frau.

Bei den Personen handelte es sich keineswegs um Fremde, sondern es waren Aaron und sie selbst.

Wie sie im Park die alten, freizügigen Zeiten hatten aufleben lassen.

Beth war so schockiert, dass sie die Kälte nicht mehr spürte. Sie hielt die Fotos in den Händen und wollte nicht wahrhaben, was sie sah! Nicht nur, dass sie sich unendlich für ihr verzücktes Gesicht, ihren entblößten Unterleib und ihre Hemmungslosigkeit schämte. Viel schlimmer war der Gedanke, dass Kade sie und Aaron bei ihrem tabulosen Treiben die ganze Zeit beobachtet hatte. Dass er sie sogar fotografiert hatte, setzte dem Ganzen die Krone auf.

Nicht auszudenken, was geschehen würde, wenn Sadie, Daryl und Mantis diese Fotos zugespielt bekämen!

Fassungslos steckte Beth die Bilder in den braunen Umschlag zurück und versteckte ihn unter der Fußmatte des Beifahrersitzes. Sie umschloss das Lenkrad so fest, dass ihre Finger schmerzten.

„Das darf nicht wahr sein", flüsterte sie entsetzt. „Jetzt besitzt Kade ein zweites Druckmittel."

Damit hatte er sie endgültig in seiner Hand.

11. KAPITEL

Wer war Kade? Ein Stalker? Ein Verrückter? Wie lange beobachtete er sie schon? Folgte er ihr überall hin? Bethany würde sich in nächster Zeit nirgendwo mehr sicher fühlen, außer in ihren eigenen vier Wänden.

Aber dass selbst das ein Trugschluss und Kade weitaus gefährlicher und unberechenbarer war, als sie bis dahin gedacht hatte, erfuhr sie schon am nächsten Morgen. Sie kroch vormittags aus ihrem Bett, weil sie ein Geräusch aus dem Wohnzimmer hörte. Als sie nachschaute, stand sie plötzlich Kade gegenüber.

„Hi, Babe.“ Er lächelte milde. „Eine hübsche Wohnung hast du, aber was viel wichtiger ist: Sie ist groß genug für zwei.“

Kade schloss die Tür des Sideboards. Sein Blick fiel auf das Familienfoto, das auf dem letzten Weihnachtsfest gemacht worden war und neben Beth, Blanche und Mantis auch Daryl zeigte. Er nahm den vergoldeten Bilderrahmen in die Hand, betrachtete den Schnappschuss und rümpfte die Nase. Mit angewiderter Miene legte er den Rahmen so hin, dass man das Foto nicht mehr sehen konnte.

Verschlafen rieb sich Bethany die Augen und meinte zu träumen. Kade inspizierte ihre Wohnung.

„Wie bist du hereingekommen?“, fragte sie schroff und nahm ihm eine CD ab.

Daryl hatte diese CD mit eigens ausgesuchten Liedern gebrannt, ‚Unsere Lovesongs‘ mit goldenem Stift auf die Hülle geschrieben und sie ihr geschenkt, als sie einen Monat zusammen gewesen waren. Das schien eine Ewigkeit her. Beth hatte diese CD bestimmt seit einem Jahr nicht mehr gehört.

Kade schmunzelte. „Ich habe einen Schlüssel für die

Haustür und einen für deine Wohnung."

„Was? Das kann nicht sein." Oder doch? Ihr kam ein schrecklicher Gedanke. „Du hast sie meinen Eltern gestohlen."

Bethany besaß ihre Schlüssel noch. Das wusste sie ganz genau, schließlich hatte sie sie benutzt, nachdem sie in der gestrigen Nacht vom Hideaway heimgekehrt war. Aber ihre Eltern bewahrten Ersatzschlüssel für Notfälle auf.

„Weshalb haben Blanche und Mantis einen Schlüssel von deiner Wohnung?", fragte er und runzelte die Stirn.

Beth fiel auf, dass er oft die Vornamen ihrer Eltern benutzte. Das wirkte so vertraut, als würde er sie kennen, doch das war unmöglich. Vermutlich wollte er Beth nur irritieren, indem er ihr Familienvertrautheit vorgaukelte. „Falls ich mich ausschließe oder meiner gestohlen wird."

„Hast du auch einen Schlüssel von ihrem Appartement?"

Sie zögerte und war auf der Hut. „Selbst wenn ich einen hätte, würde ich dir das niemals verraten."

„Du hast keinen." Es war eine Feststellung, keine Frage. Sein Blick verfinsterte sich. „Und wieso verwahrst du keinen Ersatzschlüssel von ihrem Appartement auf? Findest du das nicht seltsam?"

„Nein, warum sollte ich?"

„Aus dem gleichen Grund, weshalb sie deinen Schlüssel besitzen." Er seufzte. „Für Notfälle."

Nun, da er das Thema ansprach, kam es ihr schon irgendwie komisch vor. Ihre Eltern konnten sich genauso gut ausschließen. In diesem Fall hätte Beth keine Möglichkeit, ihnen zu helfen, außer den Schlüsselnotdienst anzurufen, der die Wohnungstür für viele unnötige Dollars öffnen müsste.

Sie zuckte mit den Schultern. „Sie haben sowieso zwei

Schlüssel, Mom trägt immer einen bei sich und mein Dad auch."

„Für mich sieht es eher so aus, als würden sie dir nicht vertrauen."

„Unsinn!" Aufgebracht zeigte sie mit dem Finger auf Kade. „Du bist derjenige, der nicht vertrauenswürdig ist. Du bist nicht nur ein Erpresser, sondern auch ein Einbrecher. Los, sag schon, woher hast du die Schlüssel zum Haus und zu meiner Wohnung?"

Kade griff ihre Hand, die sie auf ihn gerichtet hatte, und lenkte ihren Arm beiseite. „Erinnere dich. Du bist im Hideaway auf Toilette gegangen."

„Und? Ich besitze meine Schlüssel noch."

Er führte ihren Arm hinter ihren Rücken und zog sie zu sich heran. „Ich habe einen Abdruck von beiden Schlüsseln gemacht, als du auf dem WC warst."

Bethany war fassungslos.

Vor ihrem geistigen Auge sah sie Kade im Weinlokal sitzen und ihr hinterherschauen, als sie die Damentoilette aufsuchte. Er prüfte rasch, ob er unbeobachtet war, griff ihre Handtasche und fischte ihr Schlüsselbund heraus. Eilig drückte er wahrscheinlich alle Schlüssel nacheinander in die Abdruckform, legte das Bund zurück in die Tasche und hängte diese über den Stuhl, bevor Beth zurückkam.

War es so gewesen?

„Kein Schlüsseldienst der Welt würde dir Kopien machen, weil du nicht der Eigentümer dieses Hauses bist. Außerdem hattest du zu wenig Zeit, um Nachschlüssel machen zu lassen." Bethany schämte sich ihrer schwachen Gegenwehr, Verbrecher brauchen keinen Schlüsseldienst.

„60 Sekunden." Er machte eine Pause und lächelte erhaben. „Mehr braucht man heutzutage nicht mehr, um mit einem Schlüsselkopiersystem einen Nachschlüssel anzufertigen, der passgenau und fast so stabil wie das Original ist."

„Du bist wohl ein Profi, was?", fuhr sie ihn an.

Er schüttelte den Kopf. „Nein, leider kann jeder solch ein System problemlos im Internet bestellen. Es ist frei verkäuflich. Kaum zu glauben, nicht wahr?"

Zärtlich küsste er ihre Stirn. Er ließ ihren Arm los, trat einen Schritt beiseite und betrachtete sie von dem wirren braunen Haarschopf bis zu den nackten Zehen.

Bethany zog den Saum ihres grauen Baumwollnachthemds tiefer und wünschte sich, das champagnerfarbene Negligé zu tragen, das unter den Brüsten abgenäht war. Es sah fast wie ein Sommerkleid aus und war viel hübscher als das ausgewaschene Sleepshirt, das sie trug.

Sie schalt sich einen Narren, weil sie solche Gedanken hatte, denn Kade war ein Schuft. Je hässlicher sie aussah, desto eher würde er sie vermutlich in Ruhe lassen.

„Erinnerst du dich, weshalb du im Hideaway das WC aufgesucht hattest?", fragte er und streckte den Arm aus. Er wickelte eine ihrer braunen Haarsträhnen um seinen Zeigefinger.

Ihr Herz schlug einen Takt schneller. Ihr Höschen steckte immer noch in ihrer Handtasche. „Weil du mich dazu aufgefordert hattest."

Ihr wurde bewusst, dass sie unter ihrem Nachthemd nackt war, und sie eilte um das Wohnzimmersofa herum, um ins Schlafzimmer zu gehen und sich anzuziehen. Doch vorher fiel ihr Blick in die Küche.

Auf dem Küchentisch stand ihr Laptop. Der Screensaver lief, permanent schwammen Papageifische von einer Seite zur anderen.

„Hast du meine E-Mails gelesen?" Beth war bestürzt.

Sie wusste, dass sie ihr Notebook heruntergefahren

hatte, nachdem sie am gestrigen Morgen das Referat, das sie in der nächsten Woche in der Vorlesung halten sollte, zu Ende geschrieben hatte. Seitdem hatte sie es nicht benutzt. Folglich musste Kade sich an ihrem Laptop zu schaffen gemacht haben.

Beth stürzte zum Tisch und bewegte ihre Fingerspitze über das Touchpad, damit der Screensaver verschwand. Zum Vorschein kam das Onlinebanking-Portal ihrer Bank. Das Portal war zwar geschlossen, doch auf dem Bildschirm blinkten zwei Sätze: „Vielen Dank für die Nutzung unseres Internetbankings. Bitte schließen Sie das aktive Browserfenster."

Ihre Kehle war wie zugeschnürt. Sie bekam kaum Luft. Wütend drehte sie sich um und brachte mühsam hervor: „Du hast meine Konten ausspioniert, habe ich recht?"

„Mantis überweist dir wöchentlich einen Betrag, als wärst du seine Angestellte." Kade lehnte sich lässig gegen den Rahmen der Küchentür.

„Woher hast du meine Zugangsdaten?"

„Ich sagte doch schon im Hideaway, es ist heutzutage leicht an Informationen zu kommen, Babe. Du hast beispielsweise deine Bankdaten bei mehreren Internetshops hinterlegt. Man braucht nur die richtigen Freunde –"

„Ihr seid eine Verbrecherbande." Beth schlug ihre Hand vor den Mund. Sie kam sich schrecklich hilflos vor.

Kade schlenderte zu ihr und legte seine Handfläche an ihre Wange. „Du musst dich nur mit mir auseinandersetzen."

„Was willst du von mir?"

„Zum Beispiel dich vor Dummheiten bewahren", sagte er und strich über ihre Augenbrauen. „Du machst dich zu abhängig von deinem Vater."

Spielte er auf die regelmäßigen Überweisungen an? „Mein

Dad unterstützt mein Medizinstudium. Das ist alles! Er möchte nicht, dass ich mich mit Gelegenheitsjobs über Wasser halten muss und dadurch mein Studium leidet."

„Wie nobel", entgegnete Kade ironisch.

„Das ist es wirklich." Beth schlug seinen Arm fort. „Er verdient selbst nicht viel bei Maternity Help und muss das Haus noch abbezahlen. Trotzdem hilft er mir finanziell."

Er schnaubte. „Mantis Hart könnte zwei Häuser kaufen. Was sorgst du dich um ihn?"

Bethany stutzte. Unter anderen Umständen hätte sie dieser Bemerkung keinerlei Aufmerksamkeit geschenkt, sondern sie als reine Provokation abgetan. Aber sie erinnerte sich daran, dass ihre Mutter etwas Ähnliches erwähnt hatte, als sie über den Sommerurlaub gesprochen hatten.

„Freust du dich nicht, Bethy?"

„Doch, Mom, sicher, nur das viele Geld."

„Dein Vater verdient gut –"

Das war Beth neu gewesen. Aber dann erinnerte sie sich, dass ihr Dad eine Bonusausschüttung von Maternity Help erwähnt hatte, und war wieder besänftigt.

Vermutlich wollte Kade sie wirklich nur provozieren. Hatte er vor, sie gegen ihre Eltern aufzuhetzen, damit sie sich in seine Arme flüchtete? Beabsichtigte er, sie von allen zu distanzieren – denn Daryl kritisierte er auch ständig –, um ein leichtes Spiel mit ihr zu haben?

Gereizt stieß Beth Kade beiseite und eilte ins Badezimmer. Dort lagen noch ihre Jeans und ein Pullover, den sie am Tag zuvor in der Uni getragen hatte. Sie würde die Badezimmertür abschließen, sich anziehen und beten, dass Kade gegangen war, wenn sie wieder herauskam.

Doch bevor sie die Badezimmertür hinter sich schließen konnte, stemmte sich Kade dagegen und drückte sie auf.

„Was haben wir denn hier?" Er öffnete ihren Kosmetikschrank, schaute sich die einzelnen Produkte an und zog ein Pillendöschen hervor. Entgeistert starrte er Beth an. „Das ist Folsäure. Bist du schwanger?“

Sie ergötzte sich an seiner konsternierten Miene, musst aber zugeben: „Mein Dad bringt mir regelmäßig Tabletten mit Vitamin B9 mit. Es ist gut für den Körper, nicht nur bei Schwangerschaft, und er kann die Produkte durch Maternity Help zum Einkaufspreis erwerben.“

„Frauen, die vorhaben, in nächster Zeit ein Kind zu bekommen, nehmen präventiv Folsäure.“

Einen Moment lang überlegt sie, ob sie ihm endgültig die Laune verderben sollte, indem sie behauptete, sie und Daryl würden jetzt schon versuchen, ein Kind zu bekommen, weil ihre Hochzeit ohnehin geplant war, immerhin waren sie verlobt.

Doch irgendetwas in ihr sträubte sich dagegen und sie brachte es nicht fertig, Kade in diesem Fall zu belügen.

Beth verschränkte die Arme vor dem Körper. „Kinder kommen für mich frühestens nach dem Studium infrage, aber eigentlich möchte ich erst einmal eine Zeit lang arbeiten.“

Kade entspannte sich und hielt die Pillendose hoch. „Du brauchst das Zeug nicht. Wer weiß, was für Tabletten das wirklich sind.“

„Willst du etwa behaupten, dass mein Vater mir ein anderes Medikament unterjubelt?“ Diese Anschuldigung war ungeheuerlich.

Er zuckte mit den Achseln. „Du bist jung und gesund und isst genug Brot und Gebäck. Ich habe Schokoladenkekse und Vollkorntoast im Küchenschrank gefunden.“

Bethany wusste, wovon er sprach. In den Staaten war der Zusatz von Folsäure in Mehl gesetzlich vorgeschrieben. Dadurch dass jeder Amerikaner ohnehin täglich mehlhaltige Produkte aß, hatte sich die Versorgung mit Vitamin B9 stark verbessert und die Häufigkeit von Missbildungen bei Kindern wurde halbiert.

Konnte es sein, dass Kade sich ernsthaft Sorgen um sie machte? Sie selbst nahm nur Tabletten, wenn es unbedingt nötig war. „Die Dose steht schon eine Ewigkeit im Schrank. Ich vergesse sowieso immer, eine Pille zu nehmen."

Beth versuchte, ihm den Behälter aus der Hand zu nehmen, aber er steckte ihn in seine Hosentasche.

„Du wirst ab sofort nur noch Tabletten nehmen, die dir dein Arzt verschrieben hat", ordnete er an, verließ das Bad und ging ins Schlafzimmer.

„Und was ist mit Kopfschmerztabletten?", hakte Bethany bissig nach. Sie folgte ihm rasch, denn er fing an, auch ihr Schlafzimmer zu durchsuchen.

Kade zog die oberste Schublade ihres Wäscheschranks heraus und durchwühlte schamlos ihre Slips und Büstenhalter. Dann und wann hielt er ein Stück hoch, das entweder besonders freizügig war oder längst aussortiert gehörte. Jedes Mal nahm Bethany ihm das Wäschestück weg und warf es zurück in die Schublade.

Ihm schien das zu gefallen. Amüsiert beobachtete er, wie sie immer erboster wurde. Er nahm einen roséfarbenen Büstenhalter mit Spitzenborte und roch daran. Gereizt entriss Beth ihm den BH.

Sie legte ihn zurück in den Schrank und wollte die Schublade gerade zuschieben, als Kade etwas unter den Wäschestücken herauszog, das sie augenblicklich puterrot werden ließ.

Es war ein Vibrator. Ein Relikt aus ihrer lustvollen Vergangenheit.

Bethany hatte ihn vergessen. Sie hatte das giftgrüne Erotikspielzeug vor Urzeiten unter ihrer Wäsche versteckt und musste ihn mit den Jahren in die hinterste Ecke geschoben haben, ohne es zu merken. Jedenfalls war es ihr absolut entfallen, dass er noch in der Schublade lag.

„Der ist uralt“, stammelte sie verlegen. „Die Batterien sind bestimmt leer.“

„Wir werden sehen.“ Kade zwinkerte. Er drehte den Regler am Vibratorgriff, aber es tat sich nichts.

„Gib ihn mir. Er gehört in den Müll.“

Ablehnend schüttelte Kade den Kopf. „Es liegen Batterien im Wohnzimmer“, sagte er und war schon verschwunden.

Als er ins Schlafzimmer zurückkehrte, hielt er den Kunstpenis triumphierend hoch und drehte am Regler. Der Vibrator erwachte sofort zum Leben.

Aufgrund des sonoren Summens bekam Beth eine Gänsehaut. Sie griff nach dem Erotikspielzeug, aber Kade zog den Arm weg, bevor sie es berühren konnte.

Doch diesmal gab sie nicht so schnell auf.

Sie kitzelte Kade unter den Achseln, nutzte den Moment, in dem er auflachte, und schlug seinen Arm weg, um den anderen, der den Vibrator hielt, zu erwischen und festzuhalten.

Aber Kade fing sich schnell. Er drängte Beth gegen die Wäschekommode und hielt das Toy frech vor ihr Gesicht.

Verärgert versuchte sie, ihr Knie zu heben, um ihm halbherzig zwischen die Beine zu treten, was natürlich nicht funktionierte, da sie viel zu nah an ihm dran stand und sich kaum rühren konnte.

Hitzig schlang er den Arm um ihre Hüften. Er schleuderte sie herum und klemmte sie zwischen der Wand und seinem Körper ein.

Dann hielt er ihr den angeschalteten Vibrator an die Wange und knurrte: „Tu das nie wieder!“

„Los, gib ihn mir“, meinte Bethany kampfeslustig und konnte nicht leugnen, dass ihr das Balgen mit ihm gefiel. „Bitte, Kade, das Toy ist mir peinlich.“

Überrascht sah er auf sie herab. „Wo ist die frivole Beth, die ich im Video gesehen habe?“

„Wenn du gedacht hast, ich wäre leicht rumzukriegen, hast du dich getäuscht“, zischte sie.

Hatte sie es doch gewusst! Er hatte den Überwachungsfilm gesehen, gedacht, sie wäre ein Flittchen, und die Chance auf einige lustvolle Treffen nicht ungenutzt verstreichen lassen wollen.

Seine Stimme bekam einen samtig-weichen Klang. „So denke ich nicht von dir.“

„Ich steige nicht mit jedem dahergelaufenen Mann ins Bett, egal wie gut aussehend er ist.“

„So, so, du findest mich also anziehend.“ Bevor sie etwas erwidern konnte, legte er den Vibrator an ihre Lippen und brachte sie somit zum Schweigen.

Beth ballte die Hände zu Fäusten und konnte sich gerade noch zurückhalten, sie Kade in den Magen zu rammen.

Er rollte das Toy von ihrer Wange hinunter zu ihrer Halsbeuge. „Beruhige dich bitte wieder. Ja, es hat mich erregt zu sehen, wie du damals mit Aaron in der Zoohandlung herumgetollt hast, und ja, ich habe mich danach gesehnt, dich kennenzulernen, aber das alles ist nicht der Grund, weshalb ich hier bin.“

„Was ist es denn dann?“ Das Vibrieren des Sexspielzeugs drang bis unter ihre Haut, die wohlig zu prickeln begann.

„Das wirst du noch früh genug erfahren und es wird dir ganz und gar nicht gefallen“, prophezeite er und die Sanftheit seiner Stimme passte so gar nicht zu der Bedeutung seiner Worte.

12. KAPITEL

Kade rollte den giftgrünen Vibrator von Bethanys Halsbeuge weiter nach unten über ihren Busen und stimulierte ihre Brustspitzen, indem er immer wieder darüberrollte, aber nicht auf ihnen verweilte. Ihre Brustwarzen wurden immer härter.

Beth lockerte ihre zu Fäusten geballten Hände und wollte Kade von sich schieben, aber sie wagte nicht, ihn anzufassen, weil sie befürchtete, ihre Finger könnten ein Eigenleben entwickeln, sich in seinen Pullover krallen und ihn näher an ihren Körper heranziehen.

„Hör auf damit", flehte sie leise.

„Weswegen soll ich damit aufhören, wenn es dir gefällt?"

Er neigte sich vor, um sie zu küssen, doch Beth drehte das Gesicht weg. Wenn sie erst seine Lippen auf den ihren spürte, würde sie unter seinen Küssen dahinschmelzen und sie wollte nicht wie Wachs in seinen Händen sein. Sie durfte sich ihm nicht hingeben.

Aber Kade machte es ihr nicht leicht, ihre Gegenwehr aufrechtzuerhalten, denn er begann, an ihrem Ohr zu knabbern. Mit seiner Zungenspitze hinterließ er eine feuchte Spur auf ihrer Ohrmuschel. Er lutschte am Ohrläppchen und küsste sie auf der zarten Haut dahinter und bis hinunter zu ihrem Hals. Dort saugte er behutsam die dünne empfindliche Haut an ihrer Kehle ein, leckte ihren Hals hinauf und knabberte an ihrem Kinn.

Als Kade sie auf den Mund küsste, atmete Beth sehr schwer. Hatte sie tatsächlich seine Zärtlichkeiten widerstandslos über sich ergehen lassen? War sie durch die Liebkosung ihres Ohrs erschauert? Konnte es sein, dass sie den Kopf in den Nacken gelegt und die Augen sekundenlang geschlossen hatte?

Seine Zunge teilte ihre Lippen und drang in ihren Mund ein, während er die Vibratorspitze an ihre Brustwarze schmiegte. Die Vibration ließ Beth aufstöhnen. Automatisch öffnete sie ihren Mund weiter und Kade fing an, ihre Mundhöhle mit seiner Zunge zu erforschen.

Zuerst hielt Beth sich zurück, doch schon bald konnte sie ihre Begierde nicht länger beherrschen und erwiderte seinen Kuss mit großer Leidenschaft.

Sie genoss, dass Kade das vibrierende Toy mal an ihren rechten, mal an ihren linken Busen legte.

Irgendwann hielt er das Erotikspielzeug an ihr Brustbein, legte seine Hände an die Außenseiten ihrer Brüste und drückte sie zusammen, sodass der Vibrator von ihren fleischigen Hügeln gehalten wurde. Gleichzeitig strich er mit seinen Daumen über die anschwellenden Brustspitzen.

Erregt stöhnte Bethany auf. Die Vibrationen, die in ihre Brüste ausstrahlte, und das Reiben ihrer Brustwarzen machte sie verrückt.

Kade musste ihr Stöhnen wohl als Aufforderung betrachtet haben, denn er nahm das Sextoy und hielt es an ihren Bauch. Er rollte es tiefer und verweilte auf ihrem Venushügel. Die Vibration floss in ihren Kitzler.

Ohne von ihren Lippen abzulassen, führte er das Toy zwischen ihre Beine und legte es in das Tal, das ihre Scham mit ihrem Oberschenkel verband.

Das war zu viel für Beth. Ein Kuss war nur ein Kuss und durfte nicht überbewertet werden. Auch das Necken ihrer Brüste konnte sie noch akzeptieren. Aber das nun ging zu weit! Sie stand kurz davor, in den Armen eines zweiten Mannes schwach zu werden. Es war schon unverzeihlich, dass sie Daryl mit Aaron betrogen hatte. Nicht auch noch mit Kade!

Bethany kämpfte gegen ihre fortgeschrittene Erregung

und auch gegen Kade an. Beherzt schob sie ihn weg und drückte das Spielzeug von ihrer Spalte fort. „Ich kann nicht."

„Wegen Daryl?", fragte Kade, als könne er ihre Gedanken lesen.

Stumm nickte sie.

„Dann werde ich dir die Verantwortung abnehmen." Kaum hatte er dies ausgesprochen, legte er sie über seine Schulter. Er entnahm der dritten Kommodenschublade von oben zwei lange Seidenschals und wandte sich um.

Bethany war zu perplex, um sich zu wehren. Erst als er sie auf ihr Bett warf, über sie stieg und sie durch seinen Körper an einer Flucht hinderte, wehrte sie sich gegen ihn.

Doch er ließ das Toy los, nahm Beths Handgelenke und drückte sie neben ihrem Kopf in die Matratze. „Hör auf damit! Ich helfe dir nur."

„Helfen?", keifte sie.

„Indem ich dich zwinge, dich mir hinzugeben, entbinde ich dich von deiner Verantwortung", erklärte er geduldig. „Dich trifft keine Schuld. Du betrügst Daryl nicht. Ich bediene mich deines Körpers, und wenn du rein zufällig dabei ebenfalls erregt wirst, kannst du nichts dafür."

„Das … das ist …" Beth war verwirrt. Das, was er sagte, war unglaublich!

Er würde sie nehmen, egal, wie sehr sie gegen ihn ankämpfte, so viel stand fest. Doch er unterwarf sie nicht nur seinetwillen, sondern auch, weil sie sich ihm auf normalem Wege nicht hingeben durfte.

Sie spürte eine Erleichterung in ihrem Inneren, die sie verwunderte, und gab ihren Kampf auf.

Während Kade nun ihre beiden Handgelenke mit einer Hand hielt, schob er mit der freien Hand ihr Nachthemd bis über ihren Busen nach oben. Behutsam senkte er seinen Kopf und rieb mit seiner Nasenspitze über ihre Brustwarzen.

Dann ließ er seine Zunge flink über eine der Spitzen schnellen, hinterließ eine feuchte Spur und hauchte auf die hochrote Perle, die noch härter zu werden schien. Beth erschauerte wohlig und genoss es, seine warmen Lippen sodann an ihrer anderen Brustspitze zu spüren. Wie wundervoll es sich anfühlte, als er die Warze vorsichtig einsaugte und sofort wieder freigab! Wie herrlich das Kribbeln in ihrem Warzenhof war, wenn er darüberzüngelte!

Obwohl er ihre Hände unnachgiebig festhielt, waren seine Berührungen so unendlich sanft, dass Beth einen Seufzer nicht unterdrücken konnte.

Kade küsste sie zärtlich auf den leicht geöffneten Mund. Nachdem er sich wieder gelöst hatte, wisperte er: „Habe ich nicht vorausgesagt, wie entspannend es ist, die Verantwortung abzugeben?"

„Ja", hauchte sie und ließ es sich gefallen, dass er sein Knie zwischen ihre Beine drängte und ihre Schenkel spreizte.

„Lass dich fallen, Baby, ich fange dich auf", raunte er leise. „Und wenn du nach der Ekstase erwachst, wirst du dich befreit fühlen. Gibt es etwas Schöneres als Morgensex?"

Er hob ihren Körper an und zog sie ein Stück höher. Geschickt band er innerhalb weniger Sekunden einen der beiden Seidenschals um ihre Handgelenke und fesselte ihre Hände an das Gitter am Kopfende.

„Du wirst den Tag beschwingt beginnen und Daryl in die Augen schauen können, denn es ist meine Schuld und nur meine alleine, dass du schwach geworden bist."

„Ich will jetzt nicht über Daryl reden."

„Das kommt mir sehr entgegen", meinte er und lachte lüstern.

Kade nahm den Vibrator. Er streichelte mit der vibrierenden Spitze über Beths Brustwarzen, während er mit seinen Lippen an ihrem Venushügel knabberte.

Plötzlich hörte er auf. Er spreizte ihre Schenkel mithilfe seiner Knie ein Stück weiter und betrachtete ausgiebig ihre Spalte. „Ich mag, dass du dich rasierst. Sieht besser aus als in der Aufzeichnung der Überwachungskamera. Überhaupt bist du hübscher als früher."

Sie verdrehte die Augen. „Rund und gesund, meinst du wohl."

Mahnend biss er in die Innenseite ihres Oberschenkels. Sie schrie auf und er grinste zufrieden. „Du bist weiblicher geworden. An dir ist mehr dran, das ich liebkosen kann. So ein dünner Hungerhaken, wie du mit siebzehn warst, hätte mir nicht gefallen. Aber deine Laszivität hat mir imponiert und die werde ich aus dir herauskitzeln."

Spielerisch zog sie an ihren Fesseln. „Ich kann sowieso nichts dagegen machen."

„Doch, du kannst innerlich dagegen ankämpfen. Manchmal stehst du dir selbst im Weg, habe ich im Gefühl. Aber vielleicht kann ich dir auch dabei helfen." Der zweite Seidenschal tauchte in seiner Hand auf. Kade verband Beths Augen und streichelte beruhigend über ihre Haare. „Jetzt kannst du dich auf deine Lust konzentrieren. Denk nicht an deinen Verlobten, denk nicht einmal an mich, sondern zerfließe unter meinen Berührungen, als gäbe es kein Morgen."

Beth konnte nicht leugnen, dass sie sich fürchtete, immerhin war Kade keine zufällige Bekanntschaft, sondern er hatte sich dreist in ihr Leben gedrängt und verfolgte irgendeinen Plan.

Dennoch erregte sie die Furcht sogar ein wenig. Die Gefahr, die Kade verkörperte, sprach ihre Abenteuerlust an, die schon viel zu lange in ihrem Inneren vergraben gewesen war.

Kade tippte auf ihre Stirn. „Hör auf zu denken! Ich sehe, dass du grübelst, Babe, weil sich deine Stirn in Falten legt. Aber ich mache heute die Arbeit und du genießt nur. Hast du mich verstanden?“

Lächelnd nickte Beth. Konnte dieser Mann wirklich eine Bedrohung für sie darstellen? Er nahm sich selbst beim Liebesspiel zurück, damit sie es in vollen Zügen auskosten konnte. In diesem Moment vermochte sie sich nicht vorzustellen, dass er ihr etwas Böses wollte.

Bethany versuchte sich zu entspannen. Trotzdem zuckte sie zusammen, als sie den Vibrator an ihrem Oberschenkel spürte. Die Vibration näherte sich ihrem Schoß. Aber bevor das Erotiktoy ihre Spalte berührte, rollte Kade es wieder von ihr weg. Er spielte dieses Spiel so lange, bis Beth kurz davor stand, ihn anzuherrschen, sich endlich ihrer Mitte zu widmen.

Doch das brauchte sie nicht, denn genau in diesem Moment legte er das Sexspielzeug an ihre rechte äußere Schamlippe.

Die Vibration ging Beth durch und durch. Ihre Erregung schwoll an und sie keuchte, dabei ahnte sie, dass die Lust noch durchdringender würde, wenn Kade erst einmal ihre empfindsamste Stelle berührte.

Aber er schien alle Zeit der Welt zu haben. Alles, was er machte, war bedächtig. Er hielt das Toy an ihre linke Schamlippe und hauchte ihren Schoß an.

Bethany erschauerte. Sie war feucht und sein eigentlich warmer Atem fühlte sich dort, wo sich die Feuchtigkeit ihren Weg aus Beths Innerem bahnte, kühl an.

Aufgrund des Schals konnte sie rein gar nichts sehen und war froh darüber, denn der Anblick von Kades Kopf zwischen ihren weit gespreizten Beinen wäre zu viel für sie gewesen und sie hätte ganz bestimmt nach ihm getreten.

Kade schob den summenden Vibrator zwischen ihre kleinen Schamlippen. Dort ließ er ihn einige Zeit liegen und rieb sanft mit zwei Fingern über die großen Schamlippen.

Ein irrsinniges Prickeln entstand in Beths Schoß. Das Toy lag fast auf ihrer empfindsamsten Stelle, aber eben nur fast, jedoch reichten die Vibrationen bis in ihre Klitoris und sie brachten Beth fast um den Verstand.

Sie begann sich zu winden. Stöhnend bewegte sie ihr Becken.

Das nutzte Kade und schob seine Handflächen unter ihr Gesäß. Er massierte ihre Pobacken, während der Vibrator unentwegt ihre Mitte reizte, bis Beth merkte, dass ihre Feuchtigkeit zwischen ihren Gesäßhälften herablief.

Daryl stahl sich in ihre Gedanken und sie verwünschte ihn dafür. Wann hatte er sich das letzte Mal so eingehend mit ihrer Scham befasst? Hatte er das überhaupt jemals getan?

Sie kam zu dem Schluss, dass er die Lust nie so zelebriert hatte wie Kade. Daryl streichelte sie nur dort unten, er küsste sie auf den Mund und schon versenkte er sich in ihr. Das Ganze dauerte maximal eine halbe Stunde, wenn überhaupt. Er achtete zwar immer darauf, dass auch sie einen Höhepunkt hatte, aber so feucht, wie in diesem Augenblick, war Beth bei ihm noch nie gewesen.

Kade riss sie aus ihren Gedanken, indem er den Vibrator wegnahm und mit der Breitseite seiner Zunge von ihrem Scheideneingang bis hinauf zu ihrem Kitzler leckte. „Du schmeckst köstlich."

Hitze schoss in Beths Schritt, sie glaubte zu verglühen. Das Blut pulsierte durch ihre Spalte, doch ihre Hoffnung, Kade würde beginnen, ihre Klitoris zu umzüngeln und sie oral zu befriedigen, wurde nicht erfüllt.

Stattdessen spürte sie die Spitze des Kunstphallus an ihrem Eingang. Sachte drückte Kade ihn in Beth hinein. Er zog ihn heraus, umkreiste die feuchte Öffnung mit der vibrierenden Eichel und drang wieder ein, diesmal ein Stück tiefer.

So arbeitete er sich vor. Das Toy eroberte sie immer weiter. Es schmatzte jedes Mal, wenn Kade es herauszog, was Beth peinlich war, doch ihre Beschämtheit war leichter zu ignorieren, da Kade ihr nicht in die Augen schauen konnte.

Schließlich steckte der Vibrator tief in ihr drin. Obwohl er sie herrlich ausfüllte, hart und groß, war er trotzdem nicht das, was sie wollte. Sie sehnte sich nach etwas Lebendigem, etwas Warmem, nicht nach einem Objekt.

Kade drückte ihre Schamlippen auseinander und züngelte um das Toy herum. Einige Male saugte er die Falten ein und während er sie wieder losließ, lutschte er die Feuchtigkeit ab. Er schmatzte ungeniert und arbeitete sich langsam zu Beths empfindsamster Stelle hoch.

Berauscht drückte Bethany ihren Rücken durch. Die Erregung elektrisierte ihren ganzen Körper. Ihr war heiß und sie bekam Durst. Immer unruhiger lag sie auf dem Bett und war vor Lust kaum fähig stillzuhalten. Aber sie wollte kommen, alles in ihr gierte nach einem Orgasmus.

Beth hatte damit gerechnet, dass Kade vorher aufhören würde, um sie zu necken und ein wenig zu quälen. Aber das tat er wider Erwarten nicht.

Sondern er umkreiste mit seiner Zungenspitze ihre Klitoris und reizte sie von allen Seiten. Er klopfte dagegen, küsste sie zwischendurch immer wieder und saugte sie schließlich in seinen Mund.

Dort hielt er sie fest.

Er leckte unentwegt darüber und gab den Kitzler erst

wieder frei, als Bethany unter ihm zuckte und erzitterte, weil der Höhepunkt sie erfasst hatte und ihren Körper erschütterte.

Erschöpft rang sie nach Luft. Sie zog an ihren Fesseln, aber der Schal gab nicht nach. Ihr Schoß stand noch immer in Flammen. Warum nur? Sie war doch gerade erst gekommen und musste satt sein.

Ihre Spalte war heiß und feucht und so angeschwollen, dass es beinahe schmerzte. Ganz in ihrer Nähe strichen Kades Fingerspitzen über ihre Schenkel. Er schaltete den Vibrator aus und kraulte ihren Unterbauch.

Bethany hatte das Gefühl, ihm Dank zu schulden, aber kaum hatte sie den Mund geöffnet, verschloss er ihre Lippen mit seiner Hand. Nun war sie nicht nur gefesselt und blind, sondern auch stimmlos.

Sie hörte ein Geräusch. Ein Reißverschluss, der geöffnet wurde. Kurz darauf kitzelte Kades erigiertes Glied ihren Schritt. Er rieb sich an ihr, stöhnte enthemmt in ihr Ohr und knetete mit einer Hand ihren Busen. Ihre Brustspitzen reckten sich sofort wieder auf.

Beth befürchtete schon, er würde sich zum Orgasmus reiben, anstatt in ihr zu kommen. Doch ihre Sorge war umsonst, denn schon bald ging sein Atem rascher und er glitt in sie hinein.

Sekundenlang blieb er regungslos in ihr liegen. Bethany gewöhnte sich an seine Größe.

Lustvoll seufzte Kade, er zog sich ganz aus ihr zurück und drang wieder ein. Mehrere Male wiederholte er dies, bis er schließlich seinen Phallus nicht mehr ganz herauszog, sondern mit kleinen Pausen kurz und hart zustieß.

Aber seine Erregung war schon zu weit fortgeschritten und so pumpte er bald schneller in sie hinein. Es dauerte nicht lange und er ritt Beth stürmisch. Er nahm seine Hand von ihrem Mund und drückte seine Lippen fest auf die ihren.

Bethany zeigte ihm, dass der ungestüme Ritt ihr sehr einheizte, indem sie ihn wild küsste. Sie schnäbelten genauso stürmisch, wie sie sich liebten. Temperamentvoll drang er in sie ein. Kade ließ sich gehen und riss Beth mit sich.

Ihr verging Hören und Sehen. Die Welt trat in den Hintergrund, Beth konzentrierte sich auf ihren nahenden Höhepunkt, auf das Feuer in ihrem Schoß, das mittlerweile ihren ganzen Körper entflammt hatte.

Dann kam sie. Zum zweiten Mal an diesem Morgen.

Ihre Muskeln verkrampften sich. Beth hielt den Atem an. Im nächsten Augenblick fand sie sich zuckend in den Laken wieder. Sie japste nach Luft.

Da Kade noch seinem Orgasmus entgegenritt, penetrierte er sie weiterhin. Sein Phallus rieb über ihre Klitoris und ließ den Höhepunkt nicht abklingen.

Es war Himmel und Hölle zugleich.

Beth war entrückt. Sie bekam nur entfernt mit, wie Kade aufstöhnte und über ihr zusammenbrach.

Er hechelte. Dann bewegte er sich, aber sie konnte nicht sagen, was er tat. Vielleicht wischte er sich den Schweiß von der Stirn. Möglicherweise betrachtete er auch ihren wunden Schoß oder seinen beanspruchten Penis. Eventuell beobachtete er aber auch sein Sperma, das aus ihr herauslief und sich soeben mit ihrer Feuchtigkeit vermischt hatte, eine Art Blutsbrüderschaft, nur dass sie anstatt Blut andere Körperflüssigkeiten ausgetauscht hatten.

Es war Bethany egal. Sie lag einfach nur unter ihm und genoss die Wärme seines Körpers. Als er sein erschlaffendes Glied aus ihr entfernte, seufzte sie betrübt.

Er lachte leise, band ihre Handgelenke los und schob die

Augenbinde über ihren Kopf, aber sie hielt ihre Augen geschlossen und rührte sich nicht, weil sie zu erschöpft war.

Sie spürte gerade noch, wie Kade sie auf die rechte Seite rollte, sich an ihren Rücken schmiegte und die Daunendecke über sie legte.

Im nächsten Moment war sie eingeschlafen.

13. KAPITEL

Als Beth erwachte, spürte sie als Erstes das leichte Brennen zwischen ihren Schenkeln. Es war ihr keineswegs unangenehm, berichtete es doch von ihrem hemmungslosen Liebesspiel mit Kade. Sie hatte Muskelkater und das dringende Bedürfnis zu duschen.

Bethany spähte zum Wecker hinüber.

„Schon zwölf", sagte sie erschrocken.

Sie schob ihr Nachthemd, das immer noch bis über ihren Busen aufgerollt war, herunter und wollte aufstehen, doch Kade hinderte sie daran.

Sein Arm lag wie ein Stahlring um ihre Hüften. „Es ist Samstag. Du hast heute keine Vorlesungen."

„Wenn ich in die Uni müsste, wäre ich sowieso schon hoffnungslos zu spät. Aber ich habe trotzdem viel zu erledigen."

„Was denn?", fragte er und zog sie zurück ins Bett.

Beth legte sich auf den Rücken und versuchte erfolglos seinen Arm zu lockern. „Von dir loszukommen zum Beispiel."

„Für heute oder für immer?"

Sie bemerkte die ernste Miene, mit der er sie ansah, und wusste nicht, ob sich hinter seiner Fassade Regenwolken bildeten oder ein Orkan aufzog.

Wieso war Kade nicht der Klischee-Verbrecher, widerlich und brutal? Nach seiner Verführung am Morgen konnte sie nicht länger leugnen, dass sie sich zu ihm hingezogen fühlte. Er war fordernd und dennoch zärtlich. Die Lust war durch ihn in ihr Leben zurückgekehrt. Es würde von jetzt an schwerer werden, ihn loszuwerden, weil sie es in Wirklichkeit gar nicht wollte.

Da kam ihr eine Idee. Am leichtesten würde es ihr fallen, wenn sie seine schlechte Seite zum Vorschein brachte. Sie fasste den Entschluss, ihn rauszuekeln, indem sie ihn verärgerte. Wenn sie sich erst wie die Kesselflicker stritten, würde das positive Bild von ihm, das sich immer mehr in ihrem Hinterkopf formte, bröckeln und der Kampf konnte weitergehen.

Wie sie einen Streit anzetteln konnte, wusste sie auch schon. Sie musste nur über ihren Vater reden, denn Kade konnte ihn aus unerfindlichen Gründen nicht leiden. Mantis Hart war nicht einfach, das gab Beth gerne zu, aber er war der Typ ‚harte Schale – weicher Kern'. Man musste ihn nur näher kennenlernen.

Unvermittelt fragte sie: „Woher willst du wissen, dass mein Vater genug Geld hat, um zwei Häuser zu kaufen?"

„Möchtest du jetzt über deinen Vater sprechen?" Kade fuhr sich durch die Haare. Er lag angezogen im Bett, lediglich seine Hose hing ihm um die Knie.

„Du greifst andauernd meinen Dad an, dabei kannst du dir doch denken, dass mich das auf die Palme bringt." Absichtlich gab sie ihrer Stimme eine übertriebene Schärfe.

„Ich rede niemandem nach dem Mund, sondern sage immer offen meine ehrliche Meinung."

„Kennst du ihn? Es macht fast den Anschein."

„Ich habe ihn noch nie getroffen." Kade murrte. Es war offensichtlich, dass ihm das Gespräch nicht gefiel.

„Wie kannst du dann über ihn urteilen?"

Schwungvoll setzte sich Kade auf. Er zog seine Hose hoch und schloss den Reißverschluss. Mit um die Knie geschlungenen Armen blieb er sitzen. „Ich habe so einiges gehört."

„Er arbeitet sehr hart, um meiner Mutter und mir ein gutes Leben zu ermöglichen. Jahrelang sind meine Eltern nicht verreist, weil er sogar in seinem Urlaub als Aushilfe bei Maternity Help arbeitet, damit er unser Haus abbezahlen und mein Medizinstudium unterstützen kann."

„Oh, bitte." Kade winkte ab und stand auf. „Du tust gerade so, als würde er körperlich hart schuften, dabei sitzt Mantis Hart nur in seinem Chefsessel und delegiert."

„Chefsessel?", hakte sie nach. Irritiert runzelte sie die Stirn. „Er ist nur ein kleiner Verwaltungsangestellter."

Eigentlich hätte sie triumphieren können, denn sie hatte es zumindest schon einmal geschafft, Kade aus dem Bett zu vertreiben, doch es wollte keine rechte Freude bei ihr aufkommen.

Kopfschüttelnd stand er vor dem Bett und stemmte die Hände in die Hüften. „Du willst einen Narren aus mir machen, oder? Das glaubst du nicht wirklich."

„Was meinst du?"

„Dass dein Vater ein Angestellter ist."

„Natürlich. Was denn sonst?"

Eine Weile sah er sie abwägend an. Schließlich seufzte er und zuckte mit den Achseln. „Mantis Hart ist Gründer und Inhaber von Maternity Help."

„Niemals!" Sie sprang aus den Federn und stellte sich ihm gegenüber. „Er ist mein Vater. Ich müsste das doch wissen."

„Anscheinend nicht."

„Woher hast du diese Information?" Sie tippte ihn auffordernd an die Schulter.

„Aus dem Handelsregister. Überprüfe den Eintrag. Dort steht es schwarz auf weiß." Nachdenklich kratzte er sich am Kinn. „Ich weiß immer noch nicht, ob ich dir das abnehmen soll. Wie du schon sagtest, du bist seine Tochter und solltest wissen, dass dein geliebter Dad Eigentümer einer Firma ist."

„Ich zweifele an deinen Worten genauso wie du an

meinen." Aufmüpfig reckte sie ihr Kinn in die Höhe und stakste ins Badezimmer, wo sie ihre Pantoffeln und ihren weißen Baumwollbademantel anzog. Ihr Blick fiel auf ihren Kosmetikschrank. Sie erinnerte sich an das Döschen mit den Folsäuretabletten, das Kade herausgenommen hatte, und an die Worte ihres Vaters, als er ihr die Pillen überreichte.

„Als Mitarbeiter kann ich die Tabletten zum Einkaufspreis erwerben." Mantis hatte ihr über die Haare gestreichelt, wie einem Kind, dabei war sie genauso groß wie er.

„Du tust schon so viel für mich, Dad. Kauf Mom lieber mal einen Blumenstrauß."

„Mach dir keine Sorgen, Pumpkin. Ich habe kein Vermögen dafür ausgegeben. Du brauchst kein schlechtes Gewissen zu haben. Blumen sind vergänglich, aber die Tabletten sind eine Investition in deine Zukunft. Vielleicht steigst du irgendwann bei Maternity Help ein. Ich kann beizeiten mit meinem Chef reden."

Konnte es sein, dass Kade die Wahrheit sagte? War es möglich, dass ihr Vater ihr Medizinstudium finanziell unterstützte, weil er sie mit ins Boot holen wollte? Aber weshalb verschwieg er ihr, dass er der Besitzer der Firma war?

„Nein, das kann nicht sein! Du versuchst nur meine Familie und mich zu entzweien, um ein leichtes Spiel mit mir zu haben." Beth trat zu Kade ins Wohnzimmer und hielt die Hand auf. „Und nun gib mir deine Kopien meines Haus- und Wohnungsschlüssels."

„Das klingt wie ein Befehl", murrte er. „Meinst du, du kannst dir diesen Ton erlauben?"

„Ich will die Schlüssel!"

Suchend sah er sich um. „Wo sind die hübschen Fotos, die ich dir gestern überreicht habe?"

Bethany spürte einen Stich im Herzen. Die übergroßen

Schnappschüsse hatte sie bewusst in ihrem Firebird gelassen, weil ihre Eltern zwar einen Ersatzschlüssel für ihre Wohnung, aber nicht für ihr Auto besaßen. Im Wagen waren die Bilder am sichersten.

„Du darfst sie niemandem zeigen", flehte sie ihn an und entschied, ihre Beziehung zu Daryl außen vor zu lassen, damit Kade nicht wütend wurde und etwas Unüberlegtes tat. „Aaron hat eine Familie, die er sehr liebt."

„Wieso geht er dann fremd?", stichelte Kade.

Beth musste ihm recht geben, behielt das aber für sich. „Sadie und er haben einen kleinen Jungen. Joey würde seinen Dad verlieren, weil Sadie sehr eifersüchtig ist und ausflippen würde, sollte sie die Fotos jemals zu sehen bekommen. Kade, ich bitte dich, zerstöre diese junge Familie nicht. Aaron hat einen Fehler gemacht, aber ich bin trotzdem sicher, dass er ein guter Familienvater ist."

Kade verschränkte die Arme vor dem Oberkörper. „Tu, was ich dir sage, und niemand wird die Fotos je zu sehen bekommen."

„Was willst du von mir?"

„Das sagte ich doch bereits." Er seufzte gespielt, als würde er bald die Geduld verlieren. „Ich möchte nur ein wenig Zeit mit dir verbringen."

Beth konnte es immer noch nicht glauben. Das sollte seine einzige Forderung sein? Nein, das war unwahrscheinlich. Er hatte erwähnt, dass es einen Grund gab, weshalb er sich in ihr Leben drängte, und dass dieses Motiv ihr nicht gefallen würde.

„Wieso wiegelst du mich gegen alle auf? Du behauptest, Daryl wäre ein Schlappschwanz."

„So habe ich das nicht ausgedrückt", warf er ein und lachte laut auf. „Aber es trifft die Sache ganz gut."

Beth fuhr genervt fort: „Du greifst immer wieder meinen Dad an und bringst Aaron in eine prekäre Situation."

„Einwand, euer Ehren!" Er riss die Hände hoch. „Das habt ihr beide sehr gut selbst geschafft. Ich habe euch nicht gezwungen, am Fuße des Fort Hill Towers zu –"

„Stopp!", unterbrach sie ihn. „Ich will das nicht hören."

„Du scheinst ein Problem damit zu haben, der Wahrheit ins Auge zu blicken, Babe."

Er wollte ihre Wange streicheln, aber sie schlug seine Hand weg.

„Vielleicht hast auch du ein verzerrtes Bild der Realität", fauchte sie.

Seine Miene verfinsterte sich. Er griff ihr Handgelenk und hielt es fest. „Ich werde auf keinen Fall zulassen, dass sich irgendwer zwischen uns stellt. Nicht Aaron, nicht Daryl und auch nicht dein Vater. Hast du mich verstanden?"

„Soll das eine Drohung sein?" Ihr Herz setzte einen Schlag aus, um dann einen Takt schneller weiterzuschlagen.

„Ich beschütze dich vor ihnen, auch wenn du das nicht wahrhaben willst. Diese Männer verfolgen nur ihre eigenen Ziele, aber ich kümmere mich um dich, auch wenn ich dich zu deinem Glück zwingen und scharfe Geschütze auffahren muss." Kade ließ ihre Hand los und durchquerte das Wohnzimmer in Richtung Tür.

Bethany vermutete, dass Kade unter vollkommenem Realitätsverlust litt. Er stellte sich zwischen die Personen, denen sie vertraute, und behauptete auch noch dreist, es um ihretwillen zu tun. Dabei war er der Kriminelle!

An der Tür drehte er sich noch einmal um. „Deiner Mutter geht es nicht gut. Vielleicht solltest du nach dem Grund suchen."

„Was soll das schon wieder heißen?" Mittlerweile brauchte sie ihre Wut nicht mehr zu spielen.

„Ich habe den Brief gelesen, den du für deine Mom an ihre Krankenkasse geschrieben hast. Du solltest sensible Dateien auf deinem Laptop löschen oder, noch besser, sie überschreiben. Es könnte sich jemand am Notebook zu schaffen machen und Informationen erhalten, die ihn nichts angehen." Kade zwinkerte, öffnete die Tür und trat ins Treppenhaus.

Bethany erstarrte. Vor einigen Wochen hatte sie ein Schreiben für ihre Mutter aufgesetzt, in dem Blanche der Krankenkasse mitteilte, dass sie wegen nervlicher Belastung nicht mehr arbeiten konnte und dadurch ab sofort über ihren Mann versichert war.

Kade hatte den Brief gelesen und besaß nun Mantis' und Blanches SSN. Die neunstellige Social Security Number funktioniert wie ein Personenkennzeichen, denn nicht nur die Sozialversicherung und das Gesundheitswesen benutzten sie, sondern auch das Finanzamt und andere Behörden.

Durch diese Nummer kam Kade an alle Informationen, die er haben wollte.

Bethany begann zu zittern und schlang die Arme um ihren Körper. Es war eiskalt in ihrer Wohnung. Sie eilte hinter Kade her und drehte im Vorübergehen den Wohnzimmerheizkörper auf.

Dann stellte sie sich in den Türrahmen und schaute ihm nach.

Plötzlich wurde die Wohnungstür ihrer Eltern geöffnet. Ihr Vater tauchte im Türrahmen auf und beäugte Kade skeptisch. „Kann ich Ihnen helfen?"

„Nein, danke." Kade legte zum Gruß zwei Finger an seine Schläfe. Er wandte sich zu Beth um, schenkte ihr einen warnenden Blick und verließ das Haus, ohne etwas Weiteres zu ihr zu sagen.

Mantis kam zum Treppenabsatz. Er musterte den Aufzug seiner Tochter kritisch. „Wer war das?“

„Ein Student.“ Sie hätte sich für diese Antwort ohrfeigen können, aber es war ihr keine andere Ausrede eingefallen.

„Ist er nicht etwas zu alt, um noch zu studieren?“

„Er ist im letzten Semester“, log sie und zog den Gürtel ihres Bademantels enger. „Wir haben uns neulich in der Unibibliothek kennengelernt und er hat mir einige Fachbücher empfohlen, die er mir gerade vorbeigebracht hat.“

Mantis stützte sich am Geländer ab. „Wenn ihr doch sowieso in der Bibliothek wart, warum hast du die Bücher nicht gleich mitgenommen?“

Nervös zupfte sie an einigen losen Fäden ihres Morgenmantels. „Weil sie ausgeliehen waren.“

Sie dachte darüber nach, ob sie ihn nach Maternity Help fragen sollte, entschied aber, dass es der falsche Moment war. Ihr Dad war nicht dumm und würde von ihren seltsamen Fragen auf den Fremden schließen, der sich soeben von seiner leicht bekleideten Tochter verabschiedet hatte.

„Beim nächsten Mal machst du ihm nicht in dem Aufzug die Tür auf. Er kann die Sachbücher bei mir abgeben. Und jetzt zieh dich an und komm runter. Deine Mom hat Bohnen und Rippchen gekocht“, sagte er und verschwand in der Wohnung.

„Ich muss erst noch duschen“, rief sie ihm hinterher und schloss ihre Tür. Sie lehnte sich von innen dagegen und schloss die Augen. Was war das nur für ein Morgen!

Bethany schlenderte ins Schlafzimmer, um ihr Bett neu zu überziehen und frische Kleidung aus dem Schrank zu nehmen.

Einer der Seidenschals lugte unter dem Kopfkissen hervor und der andere lag neben dem Bett auf dem Boden. Bethany ließ sich auf ihr rechtes Knie nieder, um den Schal aufzuheben, als sie einen Schatten entdeckte. Etwas, das wie ein Knopf aussah, klebte unter ihrer Nachtkommode. Es war schwarz und klein, vermutlich sogar kleiner als ein Penny.

Um zu prüfen, was es war, ertastete sie den Knopf. Sie riss daran, um ihn von der Kommode loszubekommen, hielt ihn zwischen Zeigefinger und Daumen hoch und betrachtete das Objekt.

Plötzlich fuhr ihr der Schreck in die Glieder. Sie ahnte, was sie gerade in der Hand hielt.

Eine Wanze, schoss es ihr durch den Kopf.

Beth schlug die Hand auf ihren Mund, um nicht entsetzt aufzuschreien.

14. KAPITEL

Erschöpft ließ Beth sich auf ihr Sofa fallen. Nach dem gemeinsamen Mittagessen bei ihren Eltern hatte sie ihre Wohnung auf den Kopf gestellt und nach weiteren Abhörgeräten gesucht. Sie hatte noch nie im Leben eine Wanze gesehen, aber das Objekt, das unter ihrer Nachtkommode geklebt hatte, konnte nichts anderes sein.

Sie war auf ihren Balkon gegangen und hatte mit ihrem Handy versucht, Aaron auf dem Revier zu erreichen, aber er hatte am Wochenende frei und seine Mobilnummer durfte die Telefonistin in der Zentrale nicht herausgeben. Obwohl Beth Verständnis dafür hatte, war sie trotzdem sauer.

Bethany hatte drei Wanzen gefunden.

Eine klebte zwischen Kühlschrank und Wand in einem winzigen Spalt, eine weitere hatte Beth im Wohnzimmer entdeckt. Die Person, die das winzige Lauschgerät dort angebracht hatte, hatte die Tapete an der Naht hochgezogen, die Wanze auf den Putz geklebt und die Tapete wieder darübergelegt.

Bethany hatte alle drei Wanzen wutentbrannt in die Toilette geworfen und die Spülung betätigt. Nun überlegte sie, ob es vielleicht klüger gewesen wäre, sie an Ort und Stelle zu lassen, damit der Lauscher sich in Sicherheit wusste, und erst mit Aaron zu sprechen. Er konnte ihr bestimmt einen Tipp geben, wie sie sich verhalten sollte. Aber Beth hätte es keine Minute länger in ihrer Wohnung ausgehalten!

„Das kannst nur du gewesen sein, Kade“, spie sie übelgelaunt und schlüpfte aus den sepiabraunen Pantoffeln mit den Elchstickereien, die Blanche ihr letztes Jahr zu Weihnachten geschenkt hatte.

Kurz nach der Bescherung hatten sie mithilfe des Selbstauslösers das Foto gemacht, das nun mit dem Gesicht nach unten auf dem Wohnzimmerschrank lag.

Beth setzte sich im Schneidersitz auf die Couch.

Was sollte sie nur wegen Kade unternehmen? Wenn wirklich er es war, der die Wanzen in ihrem Appartement angebracht hatte, hatte sie ihn unterschätzt. Technische Hilfsmittel deuteten darauf hin, dass er nicht irgendein mehr oder minder harmloser Spinner war, dem das Video zufällig in den Schoß gefallen war und der die Gelegenheit nutzte, um eine lustvolle Zeit mit seinem Opfer zu verbringen, sondern dass sie es mit einem Profi zu tun hatte.

Vielleicht besaß Kade sogar eine Waffe.

Trug er ein Schulterholster? Hatte er ihre Hände gefesselt, um zu verhindern, dass sie ihn beim Liebesspiel berührte und seine Schuss- oder Stichwaffen entdeckte? Waren seine verständnisvollen Worte nur Schall und Rauch gewesen? Immerhin hatte er sich nicht entkleidet, sondern nur Hose und Slip heruntergeschoben.

„Du hast Wahnvorstellungen", sagte Bethany zu sich selbst und raufte sich die Haare. „Das ist das wahre Leben und kein Kriminalroman."

Es war später Nachmittag, als jemand an ihrer Wohnungstür klopfte.

„Wer ist da?", rief Beth, die gerade ihr Bett frisch überzogen hatte und die Schmutzwäsche in den Wäschekorb im Badezimmer warf.

„Ich bin's. Daryl."

Schmunzelnd schüttelte Beth den Kopf, weil er ihr Verlobter war, jedoch keinen Türschlüssel besaß, während Kade, ein wildfremder Mann, bei ihr ein- und ausgehen konnte, wann er wollte.

Sie kam aus dem Bad, durchquerte das Wohnzimmer und öffnete die Tür. Aber sie sah Daryl nicht. Sondern nur einen riesigen Strauß blutroter Rosen.

Schließlich senkte er den Strauß und sein lächelndes Gesicht kam zum Vorschein. Er überreichte ihr die Rosen. „Die sind für dich."

„Wofür?"

„Muss es immer einen Grund geben? Einfach nur so."

Bethany nahm den Blumenstrauß an und wusste sofort, was los war.

Daryl war noch nie unangekündigt vorbeigekommen und hatte ihr grundlos Blumen geschenkt. Ihr Vater musste ihn angerufen und ihm mitgeteilt haben, dass er einen Fremden im Treppenhaus gesehen und seine Tochter nur einen Bademantel getragen hatte. Er hatte zwar während des Mittagessens kein Sterbenswort darüber verloren, aber es musste in ihm gegärt haben, denn sonst hätte er Daryl nicht informiert. Vermutlich hatte er ihm nahegelegt, sich mehr um seine Tochter zu bemühen.

Nun stand Daryl vor ihr. Würde er sie auf Kade ansprechen?

„Herzlichen Dank." Sie stellte sich auf die Zehenspitzen und küsste ihn, aber ihre Lippen streiften seinen Mund lediglich. „Komm doch rein."

Schwungvoll drehte sie sich um und ging in die Küche, um eine Blumenvase aus dem Oberschrank zu holen. Die Rosen waren etwas zu lang für die Vase. Beth nahm ein Küchenmesser und hielt die Blumen über den Mülleimer.

Während sie die Stiele kürzte, legte Daryl seine Hände von hinten an ihre Hüften und schaute ihr über ihre Schulter hinweg zu.

„Was hast du den ganzen Tag gemacht?", wollte er wissen.

Schon wieder ein Verhör. Beth seufzte innerlich. Erst Kade und nun Daryl. Sie log: „Ich habe gelernt." Würde er sie jetzt nach Kade fragen, den sie bei ihrem Dad als Studienkollege ausgegeben hatte?

Aber er sagte nur: „Du verbringst viel Zeit mit Büffeln."

„Das klingt wie ein Vorwurf." Tadelnd blickte sie ihn an. „So etwas gibt es nicht. Man kann nie genug lernen. Außerdem bleibt mir nichts anderes übrig, wenn ich das Medizinstudium schaffen will."

„Und wie stellst du dir das später vor? Wenn du im Krankenhaus arbeitest oder sogar eine eigene Praxis hast." Er stockte. „Auf welche Fachrichtung möchtest du dich überhaupt spezialisieren?"

Beth zuckte mit den Achseln. „Weiß ich noch nicht. Es dauert noch einige Semester, bis ich mich entscheiden muss." Schon wieder eine Lüge.

Dass sie Rechtsmedizinerin werden wollte, stand für sie fest! Aber wenn Daryl es erfuhr, würde er es ihrem Vater erzählen und der würde versuchen, sie davon abzuhalten, weil er alles, was mit der Polizei zu tun hatte, nicht leiden konnte. Sie konnte sich nicht erinnern, seit wann er diese Vorbehalte hatte. Vielleicht seit ihrer Beziehung zu Aaron? Oder doch schon länger?

Daryl fuhr fort, gleichzeitig strich er ihr durch die braunen Haare. „Was ich sagen will, ist, dass du als Ärztin einen anstrengenden Beruf ausüben wirst, der dich vollkommen in Anspruch nimmt. Ich arbeite auch nicht gerade wenig. Ist dir bewusst, dass wir uns kaum noch sehen werden, wenn du erst berufstätig bist?"

„Und was soll mir das sagen?", entgegnete Beth unwirsch und stellte die Rosen in die Vase. Sie drehte sich zu ihm um. „Möchtest du, dass ich mein Studium aufgebe, damit wir heiraten können und ich dein Heimchen am Herd werde?"

„So war das nicht gemeint."

Daryl wollte sie küssen, um sie zu beruhigen, doch sie wandte sich vorher um und goss Wasser in die Blumenvase. „Vergiss es! Ich habe auch Ziele im Leben und mein Studium steht an erster Stelle."

Kaum hatte sie dies ausgesprochen, tat es ihr leid. „Entschuldige, ich wollte dir nicht wehtun." Sie stellte die Vase mit den Rosen auf den Küchentisch.

„Sondern nur deinen Standpunkt deutlich machen." Er nickte verständnisvoll, wenn auch geknickt. „Ich dachte nur … vielleicht wäre es für uns gut, wenn du halbtags arbeiten würdest. Maternity Help hat ein Labor. Wäre Forschung nichts für dich?"

„Ich habe nicht vor, auf Pharmazie umzuschwenken. Aber danke", sagte sie einlenkend und nahm seine Hände. „Das geht mir alles zu schnell. Du redest schon davon, wie unsere Ehe sein wird, dabei steht noch nicht einmal der Hochzeitstermin fest."

„Den könnten wir jetzt festlegen." Er deutete auf den Kalender, der über dem Küchentisch an der Wand hing.

„Jetzt sofort?"

Daryl zuckte mit den Achseln. „Wir sind schon lange genug verlobt."

Alles in Bethany sträubte sich. Was war nur los mit ihr? Sie fühlte sich mies, aber sie musste tun, was sie für richtig hielt. Kade spukte in ihren Gedanken herum. Seit er in ihr Leben getreten war, spielten nicht nur ihre Hormone verrückt, sondern ihr Leben geriet aus den geordneten Bahnen.

Die Erinnerung an den Morgensex mit ihm ließ Hitze in ihr aufsteigen und sie war froh, dass sie das Bett fertig überzogen hatte, bevor Daryl angeklopft hatte. Nicht auszudenken, welche Szene er ihr gemacht hätte, wenn er das zerwühlte Bett, die beiden Seidenschals und womöglich noch Flecken bemerkt hätte!

„Bitte, setz dich." Sie zeigte auf einen der beiden Küchenstühle und nahm auf der anderen Seite des Tischs Platz.

„Daryl –"

„Oh, oh, du klingst ernst." Er quälte sich ein Lächeln hervor und schlang die Finger ineinander.

Nervös nestelte Beth an den Rosenblättern herum. „Sie sind wirklich wunderschön", bemerkte sie und roch an den Blüten, doch die Rosen dufteten nicht. Sie waren lediglich schön anzusehen, nicht mehr und nicht weniger.

Bethany holte tief Luft und fasste sich ein Herz. „Ich will ehrlich zu dir sein."

„Ich hoffe doch, dass du das immer bist", warf er ein. „Ich kann die Wahrheit vertragen."

Sie betete, dass sie in diesem Moment nicht errötete, und beeilte sich zu sagen: „Meine Mutter macht in letzter Zeit ständig Andeutungen über unsere Hochzeit. Habt ihr über mich geredet?"

„Nein, wie kommst du darauf?" Daryl wirkte betroffen.

„Nun ja, ich habe das Gefühl, ihr drei habt euch gegen mich verschworen. Halt! Nein." Sie hob gleichsam abwehrend und entschuldigend beide Arme. „So war das nicht gemeint."

Er nickte. „Es geht um den geplanten Kanada-Urlaub, habe ich recht? Es sollen keine Flitterwochen werden, ganz bestimmt nicht. Oder glaubst du allen Ernstes, ich würde unsere Hochzeitsreise mit meinen Schwiegereltern verbringen wollen?"

Ja, das glaubte sie, aber sie antwortete diplomatisch: „Nein, natürlich nicht. Aber ich fühle mich gedrängt. Meine Mutter hätte am liebsten, dass wir morgen heiraten, mein Vater wäre dem auch nicht abgeneigt, und du thematisierst bereits meine Rolle in unserer Ehe."

Sie legte die Hände an ihren Hals. „Das alles raubt mir die Luft zum Atmen. So, nun ist es heraus. Es tut mir aufrichtig leid, aber ich fühle mich eingeengt."

Bethany sackte wie ein Häufchen Elend in sich zusammen, jedoch nur, um sein Mitleid zu erregen, denn in Wahrheit fühlte sie sich erleichtert.

„Dein Studium wird dir zu viel."

Ihre erste Reaktion war Empörung, aber dann nutzte sie seinen Erklärungsversuch für sich. „Es nimmt mich sehr in Anspruch, so sehr, dass ich mich um nichts anderes kümmern kann. Erst wenn ich mein Diplom in der Tasche habe, kann ich aufatmen und wieder anfangen zu leben." Das klang zu dramatisch, aber nun waren die Worte bereits ausgesprochen.

„Übertreibst du dein Engagement nicht ein wenig?" Daryl lehnte sich vor und stützte die Ellbogen auf dem Tisch ab. „Auch Studenten dürfen ein Leben haben."

„Du kennst mich doch. Wenn ich etwas mache, dann richtig. Keine halben Sachen."

„Kann es sein, dass du gerade mit mir Schluss gemacht hast?", fragte er geradeheraus. Seine Augen blitzten. Er sah nicht mehr bedrückt, sondern verärgert aus. Sein Verständnis für ihre Situation schmolz dahin.

„Nein! Um Himmels willen, wie kommst du denn darauf?"

Ihre Nerven flatterten. Daryl war doch der sichere Hafen, in dem sie ankerte. Aber die Leinen lösten sich gerade und sie begann, aufs offene Meer hinauszutreiben. Das machte ihr plötzlich Angst.

Aus diesem Grund lenkte sie rasch ein. „Ich möchte ein wenig mehr Freiheit und nicht mich ganz von dir lösen.

Das hast du völlig falsch verstanden.“

„Was bedeutet das genau?“, wollte er wissen und faltete seine Hände zusammen. „Wir sehen uns doch kaum. Ich frage dich nicht ständig, wo du hingehst und wer dich besuchen kommt.“

War das eine Anspielung auf Kade, den ihr Vater im Treppenhaus gesehen hatte? Sie nestelte so aufgeregt an einer Rose herum, dass die Blüte auseinanderfiel.

„Wie viel mehr Freiheit verlangst du, Beth?“

Die Zeit war gekommen, es auf den Punkt zu bringen. Sie sah ihn nicht an, sondern wischte mit der Handkante die Blätter zu einem Haufen zusammen. „Lass uns bitte mit der Trauung noch ein paar Jahre warten. Ich bin noch nicht bereit dazu. Es gibt erst noch andere Dinge, wie zum Beispiel mein Medizinstudium, auf das ich mich konzentrieren muss, bevor ich den Kopf für meine Hochzeit frei habe.“

„Dein Kopf muss nicht bereit dazu sein, sondern dein Herz“, korrigierte er sie und klopfte zweimal gegen seinen Brustkorb.

Bestürzt schaute sie auf. Wie recht er doch hatte!

Kade hatte bereits Einzug in ihr Herz gehalten und verdrängte Daryl langsam, dessen war sie sich auf einmal bewusst. Ihre Augen wurden feucht. Ihre Beziehung zu Daryl durfte nicht an einem trüben Nachmittag wie diesem zu Ende gehen, nur weil sie ein einziges Mal mit Kade geschlafen hatte.

So viel Veränderung auf einmal würde sie nicht verkraften. Das ging ihr alles zu schnell. Sie hatte das Gefühl in einem Strudel zu stecken, der sie unaufhörlich in die Tiefe riss.

Halt suchend umschloss sie Daryls Hände, die eiskalt waren. „Wir lösen nur die Verlobung, aber es wird sich nichts zwischen uns ändern.“ Belog sie sich nicht selbst?

Er nickte und klang verbittert, als er sprach: „Einen Schritt zurückgehen, das würden nicht viele Männer tun, sondern die Konsequenz ziehen und die Beziehung beenden. Hoffentlich weißt du das zu schätzen, Darling."

„Das tue ich, das tue ich wirklich." Nervös rieb sie seine Hände, um sie zu wärmen. Ihr Magen rebellierte aufgrund der emotionalen Achterbahnfahrt. „Möchtest du einen Kaffee?"

„Gerne."

Beth küsste seinen Handrücken und ließ ihn los.

Während er Kaffeepulver und Wasser in die Maschine gab, holte sie zwei Keramikbecher – beide blau-gelb, wie die Farben der Flagge Bostons – aus dem Hängeschrank. Als sie den Kühlschrank öffnete, um eine Packung Milch zu entnehmen, fiel ihr Blick auf die Flaschen Chardonnay El Dorado, die sie von ihrem Vater geschenkt bekommen hatte.

Dieser Anlass war wieder nicht der richtige, um eine der kostbaren Weinflaschen zu öffnen. Eine Entlobung war wahrlich kein Grund zu feiern. Hoffentlich würde Daryl ihren Eltern nicht sofort davon berichten.

Das Wasser lief gluckernd durch die Kaffeemaschine. Kaffeeduft breitete sich in der kleinen Küche aus. Daryl legte zwei kleine Löffel und einige Päckchen Sweet 'n low auf den Tisch, weil er wusste, dass Beth ihren Kaffee mit Süßstoff süßte.

Diese Vertrautheit ... Eigentlich hat es doch etwas Beruhigendes, den Partner gut zu kennen, dachte Beth. Weshalb zog es sie dann zu Kade? Ein lüsterner Mann wie er verhieß Abenteuer, aber Abenteuer waren immer nur von kurzer Dauer.

Doch Kade sprach immer wieder davon, dass sie eine längere Zeit miteinander verbringen würden. Er war angeblich nicht auf eine kurze Affäre aus.

Sie glaubte nicht an Zufälle, was ihn betraf. Das Schicksal hatte sie wohl kaum in der Wal-Mart-Filiale zusammengeführt, vermutete sie immer stärker, folglich war seine Weinauswahl im Hideaway auch nicht zufällig gewesen. Er hatte dieselbe Sorte Wein bestellt, die in ihrem Kühlschrank lag, vermutlich um sie zu verwirren und einzuschüchtern, vielleicht sogar um ihr seine Macht zu demonstrieren, denn er behielt die Oberhand bei diesem Spiel, das er selbst inszeniert hatte.

Blieb nur noch die Frage, ob er an diesem Morgen wirklich das erste Mal ihre Wohnung betreten hatte. Wenn sie an den Chardonnay dachte, musste die klare Antwort ‚nein' heißen, denn das Treffen im Hideaway hatte bereits am Tag zuvor stattgefunden.

Ein kalter Schauer lief ihr über den Rücken.

15. KAPITEL

Glücklicherweise war Daryl schon gegangen, als Aaron anrief, sodass es Bethany erspart blieb, sich weitere Ausflüchte ausdenken zu müssen.

Es gibt zu viele Lügen in meinem Leben und zu viele Männer, dachte sie, während sie Aaron zuhörte.

„Sadie ist mit Joey zum Indoor-Spielplatz gegangen. Du weißt schon, dieses scheußlich bunte Gebäude in Roslindale, bei dem der Eingang aussieht, als würde man in den weit aufgerissenen Schlund eines Clowns hineingehen“, erzählte er leise. „Mich wundert es, dass sich überhaupt ein Kind traut, durch diese Tür zu gehen. Gruselig, wenn du mich fragst. Die Fratze erinnert mich an Pogo, den Clown. Erinnerst du dich? Das war dieser Serienmörder John Wayne Gacy, der in den Siebzigern als Clown auftrat und 33 Jungen und junge Männer ermordete.“

„Weswegen flüsterst du, wenn deine Frau gar nicht zu Hause ist?“ Beth verdrehte die Augen, etwas, das sie nicht tun würde, wenn Aaron vor ihr gestanden hätte, aber er konnte sie ja nicht sehen.

„Weiß auch nicht“, antwortete er etwas lauter, aber immer noch nicht in normaler Lautstärke.

Beth kam zu dem Schluss, dass Beziehungen nicht einfach waren. Aaron fürchtete sich sogar noch vor der Eifersucht seiner Ehefrau, wenn diese gar nicht zugegen war, und sie selbst hatte ihre Verlobung gelöst, dabei dachten alle, die sie kannten, dass sie und Daryl bald ihren Hochzeitstermin bekannt geben würden.

Einen Moment lang dachte Bethany darüber nach, Aaron von ihrer Entscheidung zu erzählen, sagte aber stattdessen: „Ich habe drei Wanzen in meiner Wohnung gefunden.“

„Was?“ Hatte Aaron eben noch geflüstert, so schrie er

nun in den Hörer.

„Ich habe sie zufällig entdeckt und in der Toilette heruntergespült."

Aaron seufzte. „Das hättest du nicht tun sollen. Ich hätte sie mir ansehen und Typ und Reichweite feststellen können. Wenn es Billigware gewesen ist, hätte es gut sein können, dass dieser Kade mit einem Van ganz in der Nähe geparkt und mitgehört hat. Ich hätte ihn mir geschnappt, Bethy."

„Wie kommst du auf Kade?", fragte sie etwas zu empört, als müsste sie Kade verteidigen, dabei hatte sie ihn selbst sofort verdächtigt.

„Wer sollte denn sonst Interesse daran haben, dich abzuhören?"

Ihre Hand begann zu schwitzen. Sie wechselte den Hörer von der Rechten in die Linke und wischte ihre Handfläche am Hosenbein ab. „Ich hätte mich bei dem Gedanken, dass jeder meiner Handgriffe und Unterhaltungen belauscht wird, in meinem Zuhause, meinem Nest, nicht mehr wohlgefühlt. Keine Sekunde länger wollte ich die Wanzen hierhaben."

Sie hatte auf der Zunge liegen, dass sie Aaron nicht hatte erreichen können, da er ihr seine Mobilnummer nicht gegeben hatte, aber sie machte ihm keinen Vorwurf. Seine Familie kam selbstverständlich an erster Stelle und er musste sie schützen, auch vor Exfreundinnen mit einem außergewöhnlichen Problem.

„Das verstehe ich", sprach er verständnisvoll mit butterweicher Stimme. „Jetzt erzähl endlich, was gestern Abend passiert ist."

„Ich lebe noch", antwortete sie sarkastisch und hörte, wie er schnaubte.

Bevor er sie für diese Bemerkung rügen konnte, berichtete sie, was im Hideaway vorgefallen war. Selbstverständlich ließ sie die erotischen Details aus.

Eine Sache durfte sie ihm jedoch nicht verschweigen. „Kade hat uns fotografiert."

„Was meinst –", begann er, brach dann aber an, weil ihm plötzlich ein Licht aufging. Nun brüllte er beinahe in den Hörer hinein. „Am Fuße des Fort Hill Towers?"

„Beim Sex im Highland Park."

„Scht", machte er, obgleich sowohl er als auch sie alleine in ihren Wohnungen waren. Jetzt flüsterte er wieder: „Dann hat er auch mich in der Hand."

„Mach dir keine Sorgen. Kade will etwas von mir. Ich weiß noch nicht, was es ist, aber es hat nichts mit dir zu tun. Solange ich mich kooperativ zeige, passiert dir und deiner Familie nichts."

Beth erinnerte sich an Kades Drohung.

„Ich werde auf keinen Fall zulassen, dass sich irgendwer zwischen uns stellt. Nicht Aaron, nicht Daryl und auch nicht dein Vater. Hast du mich verstanden?"

„Aber irgendwann wird der Zeitpunkt kommen, an dem du dich entscheiden musst, Bethy, denn Überwachungsvideo, Fotos und Wanzen zeigen, wie hartnäckig er ist. Er wird nicht lockerlassen, und bald wirst du seine Forderungen nicht mehr erfüllen können, weil er mehr verlangt als ein unverfängliches Dinner. Dann geht die Bombe hoch."

Aaron hatte recht. Zuerst hatte Kade sie zum Essen eingeladen. Als sie nicht freiwillig einwilligte, hatte er sie zu einem Date gezwungen, sich ihr dabei sexuell genähert und ihren Körper am Morgen erobert. Er begehrte immer mehr.

Was hatte er auf dem Parkplatz des Wal-Marts gesagt?

„Das Video ist mein Ticket in dein Leben."

Genau das waren seine Worte gewesen. Und sie hatten sich bewahrheitet. Doch er war nicht nur in ihren Alltag eingedrungen, sondern auch in ihr Herz, was ihr viel mehr Angst machte, weil er mysteriös und kriminell war. Sie durfte sich unter keinen Umständen in ihn verlieben, denn dann hätte sie bereits verloren.

„Kann ich dir wirklich nicht helfen, Beth? Ich stecke schließlich mit drin." Er klang hilflos.

Bethany atmete hörbar aus. „Sei einfach für mich da, wenn ich dich brauche."

Sie hatte vermutet, dass er Einwände erheben würde, weil er Rücksicht auf Sadie und Joey nehmen musste, aber sie tat ihm unrecht, denn er gab ihr seine Handynummer durch.

„Ruf mich sofort an, sollte etwas passieren", bat er ernst. „Ob Sadie nun alles erfährt, weil Kade aus Rache unser Abenteuer im Park auffliegen lässt oder du wegen eines Notfalls anrufst, ist fast schon egal. Ich will nicht, dass dir etwas zustößt, nur weil ich zu feige bin."

„Das ist lieb von dir." Beth war ehrlich gerührt. „Ich verspreche nur anzurufen, wenn es brennt, und nicht nur wegen einer Lappalie."

„Danke, Bethy."

„Bye." Sie wartete seinen Abschiedsgruß ab und legte auf.

In den nächsten Wochen vermisste Bethany Aaron tatsächlich, aber nicht den Liebhaber, sondern den Freund. Das war eine komplett neue Erfahrung für sie.

Damals, als sie mit siebzehn seine Freundin gewesen war, hatte der Spaß an erotischer Hemmungslosigkeit sie verbunden, und auch, als sie ihn im Highland Park wiedertraf, hatte sie sich körperlich zu ihm hingezogen gefühlt.

Aber nun, da sie sich einmal mit ihm vergnügt hatte, war ihr Verlangen nach ihm gestillt. Lag es an ihrem Respekt vor seiner Familie? Oder hatte sich ihre Zuneigung einfach nur verlagert?

„Wieso denkst du an Aaron und nicht an Daryl?“, rügte sich Beth.

Mittlerweile war es April. Der Frühling ließ auf sich warten, aber immerhin war es einige Grad wärmer geworden, und wenn man genau hinguckte, konnte man endlich die Spitzen der Krokusse in den Vorgärten der Villen in Beacon Hill sehen.

Beth liebte diesen Bezirk – in dem sich der Regierungssitz des Staates Massachusetts befand – mit seinen Gaslampen, den Schatten spendenden Bäumen und den Bürgersteigen aus Ziegelstein. Im Frühjahr fuhr sie öfter mit ihrem alten Pontiac durch die Chestnut und Mount Vernon Road, die schönsten Straßen im Stadtgebiet, um mit Lazy im Louisburg-Square-Park Gassi zu gehen.

Genug Zeit hatte sie, denn Daryl hatte sich seit der Entlobung zurückgezogen. Angeblich, um ihr die versprochene Freiheit zu gewähren, wie er nicht müde wurde zu betonen. In Wahrheit war er gekränkt.

Hätte er gewusst, dass sie die gewonnene Freizeit mit Kade verbrachte, wäre er vermutlich ausgerastet. Dieses Versteckspiel zerrte an Beths Nerven.

Langsam, aber sicher entfernte sie sich immer weiter von Daryl und wuchs mehr und mehr mit Kade zusammen, der sie jedoch seit dem Fesselspiel am Morgen nach dem Dinner im Hideaway nicht mehr angerührt hatte.

Was Beth sehr bedauerte.

Er lud sie ins Harvard Stadium ein, wo sie ihr erstes Lacrosse-Spiel sah, den kanadischen Nationalsport, dem sich die Boston Cannons verschrieben haben und bei dem zwei Teams mit je zehn oder zwölf Spielern versuchen, mit einem Netzschläger den Ball in das gegnerische Tor zu befördern.

Sie besuchten gemeinsam das Museum of Fine Arts, eines der bedeutendsten Museen Neuenglands. Während Bethany sich die ägyptischen und nubischen Relikte anschaute, an den chinesischen Ausstellungsobjekten und den Gemälden von Rembrandt und van Gogh vorbeischlenderte, wünschte sie sich immer stärker, dass Kade endlich seinen Arm um ihre Schulter schlingen, die Hand auf ihr Dekolleté legen und dreist den Mittelfinger unter ihren weit ausgeschnittenen Pullover schieben würde, um nach ihrer Brustspitze zu tasten. Doch er hielt sich zurück und nahm Rücksicht, weil sie offiziell noch immer mit Daryl Veasey liiert war.

Beth genoss Kades Anwesenheit, als sie den Pinguinen und Seelöwen im New England Aquarium zuschaute. Sie ließ sich von ihm die verschiedenen Fischarten erklären, die im riesigen Salzwassertank in einem künstlichen Riff schwammen. Bis sie ihn dabei ertappte, wie er auf die Erklärungstafeln linste, die vor dem zylindrischen und von allen Seiten einsehbaren Tank angebracht waren, und sich herausstellte, dass er auch nicht mehr über das Meer wusste als sie.

Das machte ihn ihr nur sympathischer.

Doch dass dies ein trügerischer Waffenstillstand war, erkannte sie erst, als er eines Tages mit zu ihren Eltern zum Lunch kommen wollte.

„Auf keinen Fall!“ Beth schüttelte den Kopf. Sie stellte sich breitbeinig in ihr Wohnzimmer, als wollte sie ihm den Weg versperren.

„Ich finde, es wird Zeit, dass ich Blanche und Mantis kennenlerne.“

Sie straffte ihre Schultern, um Entschlossenheit zu signalisieren. „Ich werde auch nicht hingehen und das Essen absagen.“

„Aber du isst jeden Sonntag bei ihnen zu Mittag“, warf

er ein und amüsierte sich über ihre Gegenwehr. „Was willst du ihnen als Grund nennen? Männerbesuch?“

„Kopfschmerzen oder Übelkeit, ganz egal.“ Beth griff das kabellose Telefon, aber Kade packte ihr Handgelenk.

Er nahm ihr das Telefon aus der Hand und stellte es zurück in die Ladestation. „Du solltest endlich lockerer werden, was uns beide betrifft. Aber nun gut, lassen wir das Glück entscheiden und machen ein Spiel.“

„Ein Spiel?“ Sie traute ihm nicht über den Weg, verspürte jedoch ein aufgeregtes Kribbeln in ihrem Unterleib.

„Wahrheit oder Pflicht. Hast du ein Kartenspiel?“

Dass sie viel Zeit mit ihm verbrachte, er jedoch nicht einmal ansatzweise versucht hatte, sie zu verführen, weckte in ihr einen Hunger, der täglich größer wurde.

Diese Begierde wurde ihr nun zum Verhängnis, denn sie hörte sich sagen: „In Ordnung“, obwohl ihr Verstand alarmiert protestierte. Sie öffnete die unterste Schublade ihres Wohnzimmerschranks und holte ein Skip-Bo-Kartenspiel heraus, das aus 144 Zahlenkarten und 18 Jokern besteht.

Kade stand bereits hinter ihr. Er nahm es entgegen und zeigte auf den Sessel. „Nimm Platz.“

Während sie seiner Aufforderung folgte, setzte er sich auf das Sofa und mischte die Karten. „Da deine Eltern uns in dreißig Minuten erwarten –“

„Mich erwarten“, korrigierte sie ihn.

„Verkürzen wir das Spiel. Jeder von uns zieht drei Karten. Wir sind abwechselnd an der Reihe“, erklärte er die Regeln. „Zahl bedeutet Wahrheit, man darf dem anderen eine Frage stellen, auf die er ehrlich antworten muss. Zieht man einen Joker, stellt man eine Aufgabe, die der Spielpartner auszuführen hat.“

Sie nickte.

„Wer nach je drei Durchgängen die meisten Joker gesammelt hat, wird zum Gewinner erklärt und darf bestimmen, wo ich zu Mittag essen werde.“ Kade hielt ihr das Kartenspiel hin. „Fang an.“

Bethany bemühte sich, ruhig zu wirken, aber innerlich war sie aufgedreht. Zum einen, weil das Spiel mit Kade als Partner durchaus einen erotischen Verlauf haben könnte. Zum anderen, weil sie die Chance bekam, Fragen über seine Identität und Absichten zu stellen.

Beth zog eine Karte und hielt sie hoch: „Eine Zwölf.“

„Was möchtest du wissen?“, fragte er und lehnte sich auf der Couch zurück.

„Das ist nicht schwer zu erraten: Wer bist du?“ Es kribbelte in jeder Zelle ihres Körpers.

Lachend nahm er ihr die Karte aus der Hand und warf sie auf den Wohnzimmertisch. „Das weißt du doch längst. Ich bin und bleibe Kade.“

„So war das nicht gemeint“, protestierte sie.

„Das ist mein Name. Das ist, wer ich bin.“ Belustigt zuckte er mit den Achseln. „Wenn du etwas anderes hättest wissen wollen, hättest du deine Frage genauer formulieren sollen, Babe.“

War es möglich, dass er die Wahrheit sprach? Konnte Kade sein richtiger Name sein? „Das ist unfair!“

„So ist das Leben.“ Kade nahm die oberste Karte vom Kartenspiel und deckte sie auf. Es war ein Joker.

„So ein Zufall“, frotzelte Bethany, weil er nun einen Punkt führte. „Ich traue dir ohnehin nicht über den Weg und glaube, du betrügst.“

Seine Stimme bekam ein drohendes, tiefes Timbre. „Kannst du das beweisen?“

Verschnupft schüttelte sie den Kopf.

„Dann sei vorsichtig mit deinen Anschuldigungen.“ Er legte die Arme auf die Rückenlehne. „Und jetzt sei so gut und streichele dich.“

„Wie bitte?“

„Du hast mich schon verstanden.“ Er deutete mit einem Nicken auf ihren Schritt. „Joker bedeutet Pflicht und ich möchte, dass du dich entblößt und vor meinen Augen streichelst.“

Der Gedanke gefiel Bethany durchaus, nur hatte sie nicht den Mut, ihren braunen knielangen Cordrock und den Slip abzustreifen und vor Kade zu masturbieren. Aber noch während sie mit ihrer Courage rang, kam ihr eine Idee. Sie war eine gelehrige Schülerin und würde mit den gleichen, arglistigen Mitteln kämpfen.

Sie streifte ihren engen beigefarbenen Pullunder aus und knöpfte ihre weiße Bluse auf. Dann hob sie ihre Brüste aus den Büstenhalterkörbchen. Verführerisch lächelte sie Kade an und strich mit beiden Händen über ihren Busen.

„Ich meinte deinen Schoß“, stellte er klar.

Unschuldig blickte sie ihn an und spürte eine tiefe Genugtuung, weil sie ihn mit seinen eigenen Waffen schlug. „Das hast du nicht gesagt. Du hättest deine Anweisung genauer formulieren sollen, aber nun ist es zu spät dafür und du musst dich mit meinem Busen zufriedengeben.“

„Hinterlistige Schlange“, sagte er, aber es schwang Anerkennung in seiner Stimme mit. „Auch gut, dann sollen es eben deine schönen Brüste sein. Zwirbele die Spitzen.“

Tadelnd hob Bethany ihren Zeigefinger. „Nein, nein. Du hast mir bereits meine Pflicht mitgeteilt. Detaillierte Instruktionen sind laut Spielanleitung nicht möglich, das hättest du ansonsten vor Beginn erwähnen müssen.“

„Baby, du lernst schnell, aber gegen deinen Meister wirst du nicht gewinnen.“

Beth nahm die Herausforderungen an, aber jetzt war sie erst einmal am Zug.

Bedächtig streichelte sie ihren Busen. Ihre Hände glitten über ihre Brüste, die auf den Bügeln ihres Büstenhalters lagen und dadurch ein wenig angehoben wurden. Es machte fast den Anschein, als wollten sie sich Kade präsentieren. Die rosigen Spitzen reckten sich ihm entgegen und Kades Augen bekamen einen lüsternen Glanz. Angespornt durch seine Begierde, presste sie ihre Brüste am Ansatz leicht zusammen.

Sein Blick flackerte.

Bethany biss auf ihre Unterlippe und versuchte, die Lust, die sie selbst in sich weckte, zu unterdrücken, weil sie Kade noch ein wenig länger leiden lassen wollte, indem sie nicht tat, was er so gerne sehen wollte.

Doch sie litt ebenso sehr wie er, denn ihre Brustwarzen gierten nach Liebkosungen. Sie nicht anzufassen, war ein grausames Spiel, das ihr viel abverlangte.

Erregt legte Beth den Kopf in den Nacken und schloss sekundenlang ihre Augen. Ihre Hände glitten an ihrem Busen auf und ab, doch niemals berührten sie die Spitzen. Ihre Finger kraulten ihr Dekolleté, sie huschten über die beiden Wölbungen und begannen, die Brüste sanft zu massieren.

Bethany öffnete ihren Mund ein wenig, um besser Luft zu bekommen, denn die wachsende Lust raubte ihr den Atem.

Auf einmal war Beth ihre Darbietung peinlich. Es lag an ihrer Erregung. Eben hatte sie Kade nur ärgern wollen und es war in Ordnung gewesen, sich mit nacktem Oberkörper zu zeigen.

Doch nun, da sie Lust dabei empfand, ihre Brüste vor seinen Augen zu kosen, und sie langsam die Kontrolle über ihre Selbstbeherrschung verlor, befürchtete sie, sich zu sehr gehen zu lassen. Dieser Gedanke machte ihr Angst.

Warum eigentlich, fragte sie sich und die Antwort kam

sofort. Sie wollte vor Kade nicht schwach wirken. Denn dann hätte sie dieses Duell verloren.

Vermutlich spürte er ihr Unbehagen, denn er ließ sich vor ihrem Sessel auf sein rechtes Knie nieder und sprach sanft: „Halte deine Brüste einfach nur. Strecke sie mir hin. Ich zwirbele die Spitzen."

„Das ist regelwidrig", entgegnete sie atemlos. „Dass du mich berühren darfst, war nicht Teil deiner Anweisung."

„Regeln zu brechen kann befreiend sein." Zärtlich küsste er ihre Hände und führte sie unter ihren Busen.

Bethany legte sie wie Schalen unter ihre Brüste und hob sie noch ein Stück weiter an, als wolle sie ihren Busen Kade zum Geschenk machen. Als dieser sich vorneigte und auf ihre Brustwarzen hauchte, erschauerte sie. Sein Atem war warm, er tat gut.

„Schließe wieder deine Augen", bat er leise. „Konzentriere dich auf den Genuss."

Kaum war Beth seiner Bitte nachgekommen, spürte sie seinen Mund an ihren Brustspitzen und seufzte ungehemmt. Seine Lippen legten sich um ihre Warzen, sie saugten vorsichtig an ihnen, und im nächsten Moment war es seine Zunge, die die Stimulation übernahm.

Kade leckte über ihre Spitzen, mal mit der Breitseite seiner Zunge, mal mit der Zungenspitze. Er züngelte über ihre Vorhöfe und entlockte Bethany heißblütige Seufzer, die sie kurz zuvor, als sie sich selbst gestreichelt hatte, noch hatte unterdrücken können. Aber jetzt hatte Kade die Kontrolle übernommen und gegen ihn war sie machtlos, da er sich mit ihrer Lust verbündete.

Kade ersetzte seine Zunge durch seine Hände. Zuerst strich er liebevoll über die anschwellenden Erhebungen, doch bald fasste er immer kräftiger zu, bis er Beths Brüste schließlich leidenschaftlich knetete.

Noch immer hielt Bethany ihre Augen geschlossen. Sie gab sich seinen Berührungen hin und genoss, dass er sich ausgiebig ihrem Busen widmete, so hingebungsvoll, wie sie selbst es nie zustande gebracht hätte.

Endlich zwirbelte er ihre Brustwarzen. Obwohl sich Beth bewusst war, dass er wieder einmal bekam, was er wollte, schmolz sie dahin. Er drehte ihre Spitzen zwischen Daumen und Zeigefinger, zog beherzt daran und strich zwischendurch immer wieder sachte über die erigierten Kuppen.

Als sich Kade zurück auf die Couch setzte, öffnete Beth ihre Augen und blickte an sich herab.

Ihre Brustwarzen standen signalrot ab, ihre Haut war von der kraftvollen Massage leicht gerötet und ihr Brustkorb hob und senkte sich, weil sie gierig Luft in ihre Lungen saugte. Sie spürte, dass ihr Schritt feucht war.

„Wenn wir so weitermachen, werden wir länger als eine halbe Stunde für dieses Spiel benötigen", spöttelte sie.

Sie wollte gerade ihre Brüste zurück in den Büstenhalter packen, als er die Hand hob, um ihr Einhalt zu gewähren. „Nicht. Gestatte mir diesen wundervollen Anblick noch etwas länger."

„Aber du bist gar nicht am Zug und hast deine Pflichtkarte mir gegenüber bereits ausgespielt."

„Es ist auch keine Anweisung, sondern eine Bitte."

Ein Blick in seine Augen und sie konnte seinen Wunsch nicht ablehnen. Ein wenig verlegen saß sie nun mit aus der Bluse quellenden Brüsten im Sessel. Wie Kade sie anschaute! Voller Verlangen. Ihr entging auch nicht die Wölbung in seiner Hose.

Er hielt ihr die Karten hin. „Du bist dran", sprach er mit vor Erregung rauer Stimme.

16. KAPITEL

Bethany wählte eine Spielkarte, es war ebenfalls ein Joker. Schon wieder ‚Pflicht', aber diesmal war sie es, die einen Befehl erteilen durfte. Sie bedauerte zwar, Kade nicht weitere Fragen über seine Identität und seine Ziele stellen zu können, aber sie freute sich dennoch über die Macht, die sie durch das Spiel über ihn erlangte.

Mit der Karte deutete sie auf seinen Schritt. „Onaniere vor mir."

„Ich soll –?" Er riss erstaunt die Augen auf. „Eine so provokante Aufforderung hätte ich von dir gar nicht erwartet."

„Und wage ja nicht, dir ein Hintertürchen offen zu lassen und dein Glied versteckt unter der Hose zu reiben, damit ich nichts sehe."

Amüsiert hob er eine Augenbraue. „Du solltest mich besser kennen. Ich habe immer ein Hintertürchen."

Was sollte das heißen? Sie hatte ihren Befehl genau formuliert. Es gab kein Wenn und Aber. Onanieren hieß onanieren.

Endlich würde sie seinen Penis das erste Mal zu Gesicht bekommen. Bisher hatte sie ihn nur einmal gespürt. Das war an dem Morgen nach dem Dinner im Hideaway gewesen, und Kade hatte ihr die Augen verbunden, sodass sie keinen einzigen Blick auf seinen Phallus hatte werfen können. Das würde sie heute nachholen.

Zufrieden machte Beth es sich im Sessel bequem.

Kade öffnete in Seelenruhe die Knöpfe seiner Jeans. Er griff in den Hosenschlitz und holte sein Glied heraus. Halb erigiert stand es von seinen Lenden ab. Es hatte eine ansehnliche Größe, es fehlte ihm nicht an Breite und die Länge würde ohnehin noch zunehmen.

Dann legte Kade auch seine Hoden frei.

Erstaunt stellte Bethany fest, dass er rasiert war. Kein einziges Haar war auf seinem Geschlecht zu sehen. Beth war entzückt. Bei ihrem ersten Beischlaf hatte Kade sie in solche Ekstase versetzt, dass es ihr entgangen war. Sie hatte noch nie einen Liebhaber gehabt, der seinen Unterleib rasierte.

Ihr lief das Wasser im Mund zusammen.

Wie viel köstlicher musste es sein, einen glatten Phallus zu küssen?!

Aber sie hielt ihre Begierde im Zaum und beobachtete, wie Kade sanft über sein Glied strich, unzählige Male von der Wurzel bis zur Spitze. Er streichelte seinen Penis von allen Seiten, sodass dieser sich ein Stück weit mehr aufrichtete.

Dann begann Kade, die Vorhaut zu bewegen. Er schob sie zuerst nur ein wenig vor und wieder zurück, aber schon bald rieb er kräftiger über den anschwellenden Schaft. Sein Atem beschleunigte sich.

Sein Phallus wuchs zu seiner ganzen imposanten Größe an, er wurde praller und Kade musste die Vorhaut noch kräftiger hin und her schieben, um sie über den breiten Schaft zu bekommen.

Damit die Reibung leichter ging, benässte er seine Handfläche mit Speichel und cremte sein steifes Glied damit ein.

Er fuhr fort, sich zu stimulieren. Die Adern an seinem Hals traten hervor, weil es offensichtlich anstrengend für ihn war, so langsam zu onanieren und seine Erregung zurückzuhalten.

Beth war hingerissen von Kades Schamlosigkeit. Nichts ließ auch nur den leisesten Verdacht aufkommen, dass es ihm peinlich war, es sich vor ihren Augen selbst zu machen. Ab und zu schaute er zu ihr auf, als wolle er sich ihrer Aufmerksamkeit vergewissern oder prüfen, ob sie zufrieden war mit dem, was er ihr darbot.

Und wie die Darbietung Beth gefiel! Sie war fasziniert von Kade. Es war bemerkenswert, wie er die Kontrolle über sich behielt und trotzdem die Stimulation voll genoss.

Plötzlich rieb er seinen Phallus schneller. Er hechelte, rote Flecken traten vor Anstrengung an seinem Hals hervor.

„Hast du einen Eimer, eine Schüssel oder einen Blumentopf, irgendetwas?“, wollte er wissen und brachte die Worte nur gepresst heraus. „Ich würde ungern deinen Teppich besudeln.“

Alarmiert setzte sie sich auf. „Du willst doch nicht etwa …? He, ich hatte nichts von einem Höhepunkt gesagt!“

Kade hörte zwar auf, seine Vorhaut vor- und zurückzuschieben, aber er hielt seinen Schaft weiterhin fest. „Du hattest in deiner Anweisung einen Orgasmus aber auch nicht ausgeschlossen.“

„Das ist also das Hintertürchen“, stellte sie verstimmt fest. Er hatte sie schon wieder hereingelegt.

Am liebsten wäre sie aufgestanden und zu ihren Eltern gelaufen. Sie hätte sich einfach an den Mittagstisch gesetzt, als wäre nichts gewesen, und Kade hätte sein Spiel alleine fortsetzen können.

Aber ihr kam eine Idee, es ihm heimzuzahlen.

Sie lenkte ein: „Lass mich das übernehmen. Ich werde dich zum Höhepunkt bringen.“

„Du hast doch etwas vor“, knurrte er misstrauisch.

„Ich kann dir nicht das Wasser reichen.“ Mit unschuldigem Blick kniete sie sich zwischen seine Beine und spreizte seine Schenkel weiter, damit sie an sein Geschlecht herankam. „Du bist der Meister der Tücke, ich bin nur deine Schülerin."

„Nun gut." Er ließ seinen erigierten Penis los und legte die Arme auf die Rückenlehne der Couch.

Bethany kitzelte seine Hoden. Sie pochte rhythmisch gegen die Hodensäckchen und begann sie zärtlich zu massieren, während sie sein Glied mit Küssen übersäte. Er schmeckte himmlisch. Die enthaarte Haut war wundervoll glatt und geschmeidig, sodass Beth nicht genug davon bekam, mit ihren gespitzten Lippen darüberzugleiten.

Kades schwerem Atem lauschend schob sie seine Vorhaut zurück. Beth hielt sie dort fest, drückte ihre Hand um die Peniswurzel und nahm die Eichel in ihren Mund auf. Sie lutschte genüsslich daran. Zusätzlich knetete sie Kades Hoden.

Plötzlich hatte sie eine Idee und stand auf. Kades entgeisterter Gesichtsausdruck amüsierte sie.

Sie eilte in die Küche, holte eine Packung Brausepulver, die sie manchmal kaufte, weil es sie an ihre Kindheit erinnerte, und eine Flasche stilles Wasser.

Beth kniete sich wieder vor Kade. Sie riss die Packung auf und gab etwas vom Inhalt in ihre Wangentaschen. Schnell spülte sie mit Wasser nach, ohne das Gemisch hinunterzuschlucken.

Sobald das Brausepulver mit dem Wasser zusammentraf, begann es sich aufzulösen. Das Wasser sprudelte, die Brause schäumte und köstlicher Apfelgeschmack verwöhnte ihre Geschmacksnerven.

Sie beeilte sich, Kades Phallus in ihren Mund zu schieben, wobei sie ihre Lippen fest auf den harten Schaft presste, damit das Brausewasser nicht an ihren Mundwinkeln herunterlief.

Kade gab einen Laut von sich, der zwischen Stöhnen

und einem Aufschrei lag. „Das prickelt gewaltig. Es ist kaum auszuhalten. Aber so gut."

Lachend zappelte er auf der Couch herum. Es fiel ihm schwer, still sitzen zu bleiben. Das Blubbern der Brause erregte ihn sehr, aber seiner Miene nach zu urteilen kitzelte es ebenfalls.

Bethany nahm seinen Schaft tiefer in ihren Mund auf. Ihre Lippen massierten das steife Glied. Sie ließ ihn quälend langsam aus ihrem Mund herausgleiten, gab ihn aber erst frei, als die Brause sich aufgelöst hatte.

Grinsend schluckte sie die Flüssigkeit hinunter, was sehr unanständig aussah, beinahe so, als hätte sie Kades Sperma geschluckt.

Sie fuhr fort, seine Hoden zu kneten, drückte der Eichel einen festen feuchten Kuss auf und leckte den salzigen Tropfen ab, der aus der Öffnung der Penisspitze quoll.

Das war Beths Zeichen. Sie hörte auf, Kade zu reizen, nahm wieder im Sessel Platz und trank einige Schlucke Wasser, um den Apfelgeschmack hinunterzuspülen.

Verdutzt runzelte er die Stirn. „Mach weiter, Baby. Es ist noch Brausepulver in der Packung."

„Keine Lust." Gelangweilt betrachtete sie ihre Fingernägel, aber in Wahrheit sehnten sich ihre Lippen nach der samtig weichen Haut und dem Geschmack seines Geschlechts, aber der Wunsch, es Kade mit gleicher Hinterlist zurückzuzahlen, war größer.

„Ich verstehe", er kniff die Augen zusammen, „Das ist deine Retourkutsche. Gratulation, du hast mich gelinkt."

Er sah herrlich unbefriedigt aus, fand Beth und triumphierte.

Sie erklärte nasal: „Ich hatte nicht angekündigt, dass ich dich jetzt und sofort bis zum Orgasmus bringe. Vielleicht heute Abend, wenn wir uns wiedersehen, denn wir müssen uns gleich trennen, da ich eine Einladung zum Mittagessen habe und du nicht."

Murrend nahm er seinen Phallus in die Hand, und Beth befürchtete schon, er würde es gegen ihre Einwilligung zu Ende bringen, doch er machte sich daran, sein Geschlecht zurück in die Hose zu stecken.

„Sei so lieb", beeilte Beth sich zu sagen, „und lass mich diesen wundervollen Anblick noch etwas länger genießen."

Sie erfreute sich an seiner konsternierten Miene. Wie er dort saß – sein Phallus ragte aus seinem Hosenschlitz heraus und auch seine Hoden lagen über der Jeans –, war es gleichzeitig erheiternd und erregend.

„Du bist eine gelehrige Schülerin." Kade schnaubte. Er winkelte sein rechtes Bein an und legte sein Knie auf die Sitzfläche des Sofas. Sein von Stoff umgebenes Geschlecht wirkte durch die Haltung obszön, was er durchaus beabsichtigte.

Nun saßen sie sich gegenüber – er mit entblößtem Unterleib und sie mit nacktem Busen – und konnten beide ein Grinsen nicht unterdrücken.

„Du hast deinen Joker gespielt. Jetzt bin ich wieder an der Reihe." Kade zog eine Spielkarte. „Die Zwei. Diesmal geht es nicht darum, Mut zu beweisen, sondern aufrichtig zu sein."

„Es steht eins zu eins, jeder von uns hatte schon einen Joker. Der dritte Zug wird demzufolge darüber entscheiden, ob du meine Eltern kennenlernen wirst oder nicht."

„Wenn nicht heute, dann eben ein andermal." Kade zwinkerte und schob seine Hand zwischen Penis und Hoden, worauf sein Phallus mit einem Zucken reagierte. „Liebst du Daryl noch?"

Beth riss die Augen auf. Sie war ehrlich erschrocken

über diese Frage. Warum eigentlich? Sie brauchte doch nur mit einem klaren ‚Ja' zu antworten. Aber das wollte nicht über ihre Lippen kommen.

Verzweifelt suchte sie nach Ausflüchten. „Wir sind immer noch ein Paar."

„Das ist nicht, was ich wissen wollte", ermahnte Kade sie.

„Willst du jetzt wirklich über Daryl und mich reden? Das kann nicht dein Ernst sein! Schau nur, wie wir hier sitzen. Es war bisher ein lustvolles Spiel, aber du bist gerade dabei, die Stimmung kaputt zu machen."

„So, so und warum? Müsste nicht allein der Gedanke an deinen Freund dich entflammen?"

„Nicht in dieser Situation", entgegnete sie schroff. „Nicht, wenn ich halb nackt mit einem anderen Mann zusammensitze."

„Warum bist du auf einmal so hitzköpfig? Ich habe dir eine simple Frage gestellt, auf die es nur zwei Antworten gibt: ja oder nein."

„So einfach ist das nicht. Das Leben besteht nicht nur aus Schwarz und Weiß."

Beth wusste, dass sie schnippisch war und überreagierte, aber sie konnte nicht anders. Aufgebracht zog sie ihren Büstenhalter an, knöpfte ihre Bluse zu und streifte ihren Pullunder über.

Gereizt stand sie auf und wollte ins Bad gehen, nur um Zeit zu gewinnen und sich wieder zu fangen, als Kade sich ihr in den Weg stellte.

„Vermutlich habe ich die falsche Frage gestellt. Sie hätte heißen müssen: In wen bist du verliebt?" Seine Stimme klang auf einmal sanft. Er legte seine Hände an ihre Oberarme und sah sie eindringlich an. „Bitte, beruhige dich wieder. Es tut mir leid, wenn ich meinen Finger versehentlich in eine offene Wunde gesteckt habe."

„Deine Entschuldigung macht es nicht besser, sondern schlimmer."

Er zog sie an sich und küsste sie. Zärtlich drückte er seine Lippen auf die ihren und ließ sie kurz seine Zungenspitze spüren. Leidenschaftlich schlang er die Arme um ihre Taille und schmiegte sich eng an sie. Sein Glied drückte gegen ihren Unterbauch.

Bethany verlor sich sekundenlang in diesem Kuss.

Doch viel zu schnell löste sich Kade von ihr. Er ließ sich auf das Sofa fallen, ohne sie loszulassen, sodass sie sich ebenfalls auf der Couch sitzend wiederfand.

„Die Zeit drängt. Lunchtime rückt näher." Kade hielt ihr die Spielkarten hin.

Nachdem Beth ihre dritte Karte gezogen hatte, seufzte sie. „Natürlich eine Zahl. Um was sollen wir wetten, dass du gleich einen Joker aus dem Stapel herausfischen wirst?"

„Sollen wir nicht erst dieses Glücksspiel beenden, bevor wir ein Neues anfangen?", spaßte er. Kade nahm ihre Hand und legte sie auf seinen heißen Schaft.

Zustimmend nickte sie. „Was willst du von mir? Ich möchte die Wahrheit wissen." Sie hielt ihm die Karte vor das Gesicht, um ihn daran zu erinnern, dass das Spiel ihn dazu zwang, aufrichtig zu sein.

„Dich nehmen, jetzt gleich", antwortete er und drängte seine Lenden gegen ihre Hand.

Bethany wollte ihren Arm wegziehen, aber Kade hielt ihr Handgelenk fest.

„Du weißt ganz genau, dass ich nicht meine, was du in diesem Moment von mir möchtest", sagte sie scharf, „sondern ich verlange, den Grund für deine Erpressung zu erfahren."

„Schade!" Er seufzte. „Du hast so lange nicht von dem

Video und den Fotos gesprochen, dass ich gehofft habe, du hättest sie vergessen."

„Und ich wäre deinetwegen mit dir zusammen?"

Kade legte die Hände an ihre Kehle und drückte Beth mit sanfter Gewalt in die weichen Kissen des Sofas. „Sag nichts, was du bereuen würdest, Beth."

Er hatte ja recht, gestand sie sich ein. Die Zeit, die sie mit ihm verbracht hatte, war wunderschön gewesen und sie fühlte sich sehr zu ihm hingezogen, aber die Erpressung stand nun mal zwischen ihnen und das würde auch so bleiben, wenn er nicht endlich die Wahrheit offenbarte. Aber es machte nicht den Anschein, als wäre er dazu bereit.

„Kade, bitte, beantworte meine Frage."

„Das habe ich doch."

Während er sie eindringlich anschaute, glitt seine freie Hand an ihrem Körper herab und tauchte zwischen Beths Schenkeln ein. Zärtlich strich er mit den Fingerspitzen über ihren Slip.

„Er ist durchtränkt mit deiner Feuchtigkeit", wisperte Kade. „Du begehrst mich, genauso sehr wie ich dich."

Sein Zeigefinger drang unter den Stoff ihres Höschens. Er stieß einmal in sie hinein, strich dann über ihre Spalte hinauf bis zu ihrer empfindsamsten Stelle und entfernte sich wieder von ihrem Schoß.

Bethany erschauerte lustvoll. Sie versuchte aufzustehen, aber Kades Hand drückte sachte gegen ihren Hals, um sie an seine Überlegenheit zu erinnern. Selbst diese Geste erregte sie.

Ihre Mitte sehnte sich nach seinen Berührungen. Der Tag ihrer ersten Vereinigung war schon so lange her. Er hatte sie seitdem nach seinen Liebkosungen hungern lassen, und nun wünschte sich jede Faser ihres Körpers und jeder Winkel ihres Herzens, mit ihm zu schlafen.

„Es ist mir egal, ob du es zugibst oder nicht, Babe, denn ich brauche nur meine Karte auszuspielen und bekomme, was ich will.“ Kade nahm die unterste Spielkarte und präsentierte seinen Joker.

„Hab ich es doch geahnt!“, brachte sie gepresst hervor. Sie wusste, er hatte sie bei diesem Wahrheit-oder-Pflicht-Spiel betrogen, auch wenn sie es nicht beweisen konnte.

„Ich verlange von dir, dass du deinen Slip ausziehst, deinen Rock hochschiebst und dich über die Rückenlehne der Couch legst, damit ich von hinten in dich eindringen und dich nehmen kann“, raunte er mit Genugtuung. „Und dann werden wir gemeinsam zu deinen Eltern gehen, denn sie warten mit dem Lunch auf uns, Baby.“

„Schuft!“

„Genauso magst du mich doch.“ Kade küsste sie innig. „Ich gebe dir nur das, was du brauchst.“

Er zog Bethany hoch, drängte sie um die Couch herum und stellte sie so, dass sie mit ihrem Rücken zu ihm und mit dem Bauch zum Sofa stand.

Dann streckte er seinen Arm aus, mit der Handfläche nach oben. „Dein Höschen, bitte.“

Beth biss die Zähne zusammen und zog es aus. Ja, sie begehrte Kade ebenfalls, aber sie konnte unmöglich mit ihm bei ihren Eltern erscheinen.

Ungeduldig nahm Kade ihr den Slip ab und warf ihn achtlos auf den Boden.

Beth spürte seine Hand in ihrem Nacken. Sein Griff war fest und unnachgiebig. Er drückte ihren Kopf nach unten, bis sie mit dem Bauch über der Rückenlehne der Couch lag, gleichzeitig schob er ihren Rock hoch, sodass sich ihr entblößter Hintern ihm schamlos zeigte.

Zärtlich begann er ihn zu streicheln. Er tauchte mit der Handkante in ihren Pospalt ein und strich über ihren faltigen Ring, der lustvoll prickelte. Heißblütig knetete Kade ihre Gesäßhälften.

Er spreizte Bethanys Beine mithilfe seiner Knie weiter auseinander und rieb seinen heißen Phallus an ihrer Spalte.

Beth stöhnte und nahm den Tropfen ihrer Feuchtigkeit wahr, der an ihrem Schenkel herabrann.

Spielerisch wehrte sie sich. Sie versuchte sich loszureißen und Kades Hände wegzuschlagen, aber Kade verstärkte seinen Griff in ihrem Nacken und drückte ihren Oberkörper noch etwas weiter nach unten.

Impulsiv stieß er in sie hinein.

Hatte Beth gehofft, er würde sie nun ungestüm nehmen, hatte sie sich getäuscht, denn er blieb regungslos in ihr. Das machte sie wahnsinnig. Das Wahrheit-und-Pflicht-Spiel hatte sie mehr erregt, als sie gedacht hatte. Sie wollte von dieser quälenden Lust, die sich langsam, aber stetig in ihr aufgebaut hatte, erlöst werden.

Aufmunternd ließ sie ihr Becken kreisen, mit seinem Phallus in ihr.

„Ich weiß, dass du es willst", ließ er sie wissen und lachte leise. „Aber du musst mich erst darum bitten."

„Was soll ich?"

„Bitte mich darum, deinen Körper zu benutzen."

Aufgebracht protestierte sie. „Nein, das mache ich nicht."

„Du musst! Ich zwinge dich dazu. Denn nur so kann deine Schale aufbrechen, dein Schutz, den du dir seit Jahren aufgebaut hast. Du hast dich in dich selbst zurückgezogen und der Lust abgeschworen, dabei hast du die Gabe, sie mit jeder Zelle deines Körpers zu empfinden."

„Ich will auch meinen Spaß haben."

„Selbstverständlich." Kade kraulte ihren Rücken. „Ich

benutze dich, aber du wirst es genauso genießen wie ich. Also? Sag es."

„Ich kann nicht." Beth wollte ja, dass er fortfuhr, sie zu stoßen, aber die Worte kamen nicht über ihre Lippen.

„Streng dich an." Unerwartet schlug er ihr zweimal mit der flachen Hand auf ihren Hintern. „Ich weiß, es ist anstrengender gegen sich selbst anzukämpfen als gegen mich. Kämpfe!"

Sie stöhnte lustvoll auf. Ihre Reaktion auf das Versohlen ihres Pos kam jäh. Nun war sie dankbar über die Stellung, damit er nicht sah, wie krebsrot sie vor Verlegenheit geworden war.

„Das gefällt dir also", stellte er amüsiert fest und schlug noch einmal zu, nicht fest, aber es war auch kein spielerischer Klaps, sondern ein kurzer präziser Schlag, der sie abermals aufstöhnen ließ.

Im nächsten Moment spürte sie seinen Daumen, der zärtlich über ihren Anus rieb.

Wieder schlug er auf ihre Gesäßhälften. Bethany spürte ein leichtes Brennen, doch es war keinesfalls unangenehm, sondern fachte ihre Erregung an. Es fühlte sich so an, als würde die Wärme, die durch die Schläge auf ihren Po entstand, nach unten fließen und sich in ihrem Schoß sammeln, um dort das Feuer der Lust zu schüren.

Mittlerweile bewegte sich ihr Becken wie von selbst. Beth konnte einfach nicht mehr still stehen bleiben, da ihr Körper vor Wollust brannte.

Kade schlug dreimal hintereinander auf ihre linke Gesäßhälfte und streichelte sofort enorm sachte über die heiße Haut. Beth fühlte zuerst nur seine Fingerspitzen. Bald nahm er seine Handfläche hinzu und knetete ihren Hintern. Die Massage hatte ein wohliges Ziehen zufolge, dort, wo ihre Haut durch die Schläge gerötet war.

Bethany seufzte. Längst hatte sie ihre Augen geschlossen und ihre Hände in die Polster des Sofas gekrallt.

„Komm schon“, forderte Kade sie auf. „Ich will es hören, auch damit ich sicher sein kann, dich nicht gegen deinen Willen zu nehmen.“

War das wahr? Hatte er auf einmal Bedenken, dass er zu forsch vorgehen und sie nötigen könnte? Das war Unsinn, aber rücksichtsvoll von ihm.

Sie beruhigte ihn: „Das tust du ganz bestimmt nicht. Wie kannst du nur so etwas denken? Du siehst und spürst doch, wie ich auf dich reagiere.“

Kade machte sie wahnsinnig! Er wusste haargenau, wie er sie anfassen und was er sagen musste, um sie zu verführen. Aber das durfte sie ihm nicht gestehen, weil er sich sonst seiner Macht über sie allzu bewusst wurde.

Seine Stimme klang bedrohlich. „Bitte mich jetzt, dich zu nehmen, oder ich höre sofort auf.“

Er entfernte sich fast ganz aus ihr, lockerte jedoch nicht den Griff in ihrem Nacken.

Bethany spürte eine tiefe Sehnsucht nach seinem harten, heißen Schaft. Ihr Unterleib war so leer ohne ihn. Sie nahm nur noch seine Penisspitze wahr, die am Eingang ihrer Scheide auf ihre Entscheidung wartete.

Es fiel ihr nicht leicht, aber sie gab schließlich nach: „Bitte, Kade, nimm mich. Ich will es! Alles in mir verzehrt sich nach dir.“

Kaum hatte sie ausgesprochen, was er hatte hören wollen, stieß er mit der ganzen Länge seines erigierten Glieds in sie hinein, und diesmal war er es, der stöhnte. Seine Erregung war ebenso fortgeschritten wie Beths.

Am Anfang bemühte er sich noch, langsam in sie hineinzudrängen und sich wieder zurückzuziehen, aber schon bald wurden seine Bewegungen stürmischer, bis er

Beth schließlich heftig und enthemmt stieß.

Seine freie Hand lag auf ihrem Hintern und sein Daumen kreiste unentwegt über ihren faltigen Ring. Sein Reiben wurde immer stärker.

Während er Bethany wild ritt, drang seine Fingerspitze kurz in ihren After ein. Er zog seinen Daumen sofort wieder heraus, um ihn erneut in die enge Öffnung hineinzuzwängen. Das alles geschah, ohne dass sich der Rhythmus seiner Lenden verlangsamte.

Beth stöhnte immer lauter, sie konnte es nicht verhindern.

Wie aus weiter Ferne hörte sie Kades Warnung: „Deine Eltern könnten uns hören."

Er ließ ihren Nacken los, zog ihren Oberkörper hoch und legte seine Hand auf ihren Mund. Währenddessen nahm er sie weiter.

Beths Unterleib krampfte sich zusammen, der Orgasmus war nah. Es dauerte nur einige köstliche Sekunden, in denen sie Kades pumpenden Phallus, seinen Daumen, der immer tiefer in ihren Anus stieß, und seine Hand, die ihren Mund verschloss, am intensivsten spürte.

Dann kam Bethany.

Sie zuckte und zappelte, rang nach Atem und hielt sich an Kades Arm fest, um nicht den Boden unter den Füßen zu verlieren. Berauscht lauschte sie seinem Stöhnen.

Er drang immer noch in sie ein, aber seine Stöße wurden langsamer. Auch sein Körper spannte sich an, dann erfasste ihn der Höhepunkt und er presste seinen Mund in ihre Halsbeuge, damit sein Aufstöhnen etwas gedämpft wurde.

So standen sie eine Weile eng aneinandergeschmiegt.

Kades Glied erschlaffte langsam in ihr. Er zog seinen Daumen aus ihrem Anus, rieb noch einige Male über ihren Ringmuskel und schlang schließlich seinen Arm um Beths

Hüfte. Zärtlich knabberte er an ihrem Haaransatz und küsste sie auf die Wange.

„Wir sind schon zehn Minuten zu spät." Er zeigte auf die Wanduhr, eine einfache Konstruktion aus einer Pressholzplatte, auf die eine Folie mit kunstvollem Engelmotiv geklebt worden war und die über dem Schnappschuss vom letzten Weihnachtsfest hing.

Beschämt stellte Beth fest, dass das Foto im Rahmen immer noch mit der Glasfront nach unten lag, sodass man das Bild nicht sehen konnte. Seit Kade es so hingelegt hatte, hatte sie es nicht wieder aufrecht hingestellt.

Er löste sich von ihr, nahm ihre Hand und führte sie ins Badezimmer.

Als er den Wasserhahn aufdrehte, ihren Rock hochschob und sie waschen wollte, hielt sie ihn davon ab. „Besser nicht. Das Waschen würde nichts nutzen, sondern mich nur erneut erregen."

Auf diese Weise würde die Feuchtigkeit, die aus ihr herauslief, nie versiegen.

Kade lächelte sie an und es war ein gewinnendes Lächeln, sodass Beth nicht anders konnte, als ihn zu küssen.

17. KAPITEL

Alles Schimpfen und Betteln war umsonst gewesen.

„Gewonnen ist gewonnen", hatte Kade gesagt.

Bevor sich Bethany wieder ordentlich hergerichtet hatte, war er schon die Treppe hinunter ins Erdgeschoss geeilt und hatte an die Wohnungstür ihrer Eltern geklopft, ohne dass sie eine Chance gehabt hatte, ihn davon abzuhalten.

Nun stand Beth neben Kade im Wohnzimmer von Blanche und Mantis vor dem Esstisch, der gleich links neben der Tür stand und viel zu viel Platz in dem kleinen Raum einnahm. Aber ihr Dad wollte es so. Er fand Gefallen daran, am Kopf einer Tafel zu sitzen, seine Frau zu seiner Rechten und seine Tochter zu seiner Linken.

Lazy stand wie ein Porzellanhund vor Kade und starrte ihn an, ohne zu bellen oder mit seinem Schwanz zu wedeln. Beth hatte er zwar begrüßt, aber nur kurz, um sich dann dem Eindringling in den Weg zu setzen.

Mantis Hart stellte sich breitbeinig vor Kade hin und nippte an seiner Flasche Miller Genuine Draft. Offensichtlich hatte er nicht vor, dem Besucher ein Bier anzubieten. „Wer sind Sie noch gleich?"

Kade verschränkte die Arme vor dem Oberkörper. „Ich sagte gar nichts bisher."

Das kann ja heiter werden, dachte Bethany, zwei Sturköpfe auf engem Raum.

Sie schob sich zwischen die beiden Männer und vertrieb damit Lazy von seinem Platz. „Sein Name ist Kade. Er studiert ebenfalls Medizin an der BU." Mahnend sah sie Kade über ihre Schulter hinweg an.

Er hob blasiert eine Augenbraue, schwieg jedoch.

Beth fuhr rasch fort: „Er ist im letzten Semester und wir haben uns in der Unibibliothek kennengelernt. Du hast ihn doch gesehen, als er mir vor Kurzem die Fachbücher vorbeigebracht hat."

„Und heute ist er schon wieder hier", warf ihr Vater ein.

Mit Schrecken spürte Beth Kades Hand auf ihrem Hintern. Er strich nur einmal sachte darüber, als wäre er beiläufig an ihr Gesäß gestoßen, da sie so nah vor ihm stand, doch er brachte sie absichtlich in diese peinliche Situation.

Bethany schaute nach rechts in die Küche, um zu prüfen, ob ihre Mutter die Berührung bemerkt hatte, aber Blanche Hart rührte wie verrückt in einem Topf. Sie hatte Kade bisher nicht einmal begrüßt, sondern ignorierte ihn beharrlich.

Ihre Mutter hatte sich immer weiter zurückgezogen und ging fast nur noch zum Einkaufen aus dem Haus. Sie hatte eine Angst vor allem Fremden entwickelt. Daheim verhielt sie sich weitestgehend normal, aber Kade war ein Störfaktor in ihrer kleinen heilen Welt. Weil sie nicht wusste, wie sie sich verhalten sollte, tat sie so, als wäre er gar nicht da.

In diesem Moment fiel Bethanys Blick auf den Tisch. Er war für vier Personen gedeckt. Aber ihre Eltern hatten gar nicht wissen können, dass Beth Kade mitbringen würde. Das konnte nur bedeuten, dass ihre Eltern einen anderen Gast erwarteten.

Würde Daryl jeden Moment an der Haustür klingen?

Beth wurde auf einmal übel durch den intensiven würzigen Bratduft der Cajun-Hähnchenflügel, die ihre Mutter gerade aus dem Ofen holte.

Es war eins von Blanches Lieblingsrezepten, das sie vor Jahren von einer aus Louisiana stammenden Nachbarin bekommen hatte. Sie legte die Flügel über Nacht in einen Gefrierbeutel mit einer Marinade aus Kümmel, Thymian- und Oreganoblättern, Salz, Knoblauch, Schalotten, Paprikapulver, Cayennepfeffer, Ketchup, Honig und Olivenöl.

Erst kurz bevor das Hähnchen im Ofen gegrillt wurde, schnitt Blanche den Beutel auf, der nun auf der Arbeitsfläche in einer Plastikschüssel lag.

„Ich helfe Mom beim Auftischen“, schlug Bethany vor. Sie musste ihre Mutter dringend fragen, weshalb ein zusätzliches Gedeck auf dem Tisch lag.

Zu ihrer Verwunderung folgte Kade ihr. Er legte beide Handflächen an ihre Pohälften und schob sie in die Küche. Nur Lazy bekam diese anzügliche Geste mit.

„Du brauchst nicht zu helfen.“ Sie drehte sich zu Kade um, lächelte ihn an und schlug gleichzeitig diskret seine Hände weg. „Du bist doch unser Gast.“

„Dein Dad hat mich einfach stehen lassen und ist ins Schlafzimmer gegangen.“

Verwundert runzelte sie die Stirn. Was war denn nur heute mit allen los?

Bethany befürchtete, dass ihr Vater ins Schlafzimmer geeilt war, um Daryl anzurufen und Alarm zu schlagen. Vielleicht mahnte er ihn über Handy, dass er sich beeilen soll, weil ein fremder Kerl in sein Revier eindrang.

Wenn die beiden wüssten, feixte Beth in Gedanken und dachte an die ekstatische Vereinigung mit Kade am Ende des Kartenspiels.

Die Atmosphäre war angespannt, aber es konnte alles noch viel schlimmer kommen, daher musste sie Kade schleunigst aus dem Haus schaffen. Sie hatte nur keine Ahnung, wie sie dieses Wunder vollbringen sollte.

Während sie darüber nachdachte, warf sie den Beutel mit der Marinade in den Mülleimer, worauf der Neufundländer, angeregt durch den Duft, sofort zu ihr kam, doch sie schickte ihn wieder ins Wohnzimmer. Sie schob die Plastikschüssel in die Spülmaschine, holte drei Keramikschalen aus dem Schrank und stellte sie auf die Arbeitsfläche.

„Das Essen riecht köstlich.“ Kade hielt seine Nase über den Topf mit den Bohnen und fächelte sich den aufsteigenden Duft zu. „Ich wette, Sie können sehr gut kochen, Misses Hart.“

Bethany verdrehte die Augen, denn die Packungen ‚Bush's Best Baked Beans Bold & Spicy‘ lagen noch in der Spüle. Es war wahrlich keine Kunst, ein Fertiggericht zu erhitzen.

Aber bei ihrer Mutter kam das Süßholzraspeln sichtlich gut an, denn sie schaute das erste Mal zu Kade auf. Ihr Blick erhellte sich. Da ihr Mann mit Komplimenten eher geizte, saugte sie Kades Aufmerksamkeiten wie ein Schwamm auf.

Aber Beth ahnte, dass sich Kade nur bei ihr einschmeicheln wollte. Er durfte ihrer Mom nicht wehtun, sie war schon labil genug. Deshalb stieß Beth ihn warnend an und schüttelte kaum merkbar ihren Kopf.

Kade jedoch legte den Arm um ihre Hüften. Seine Hand glitt so weit unter ihre Achsel, dass seine Fingerspitzen gegen ihren Busen stießen.

Obwohl Beth sofort den Oberarm fest gegen ihren Körper drückte, war es zu spät. Kade streichelte unauffällig von der Seite ihren Brustansatz.

Ihre Mutter bemerkte Kades Umarmung, aber nicht die intime Berührung seiner Hände. Eifrig begann sie Bohnen in eine der Schüsseln zu schaufeln.

Kade zeigte mit der freien Hand auf die Weinflasche, die neben den Kochplatten stand. „Wie ich sehe, sind Sie eine Rotweintrinkerin. Ich liebe Eloge Napa Valley. Wenn ich das nächste Mal in Roxbury bin, bringe ich Ihnen ein oder zwei Flaschen vorbei.“

„Das würden Sie tun?“, fragte Blanche, die nun wieder lächelnd aufsah.

„Selbstverständlich.“

Auf einmal schmollte sie. „Niemand kauft mir Wein. Ich muss ihn mir immer selbst besorgen."

„Ich musste es mir auch immer selbst besorgen", sagte er zweideutig und drückte Beth an sich. „Aber jetzt habe ich ja Ihre Tochter."

Blanche verstand die Doppeldeutigkeit nicht oder wollte sie nicht verstehen, denn sie brachte die Bohnen ins Wohnzimmer und stellte die Schale auf den Esstisch. Verwundert schaute sie sich nach ihrem Mann um.

„Mantis", rief sie, wie ein unsicherer Welpe.

Seine Stimme klang dumpf. „Komme gleich."

Bethany versuchte sich aus Kades Umklammerung zu befreien, aber er drückte sie fest an sich. Seine Hand drang unter ihre Bluse, die locker über ihren Rock hing.

„Hör auf!", spie sie gedämpft. „Lass die Finger von mir."

„Eben hast du mich noch angebettelt, dass ich dich von hinten nehme."

„Nur weil du mich dazu genötigt hast."

„Hab ich das?", fragte er spöttisch. „Du hattest zwei Möglichkeiten. Ich habe dich lediglich lustvoll davon überzeugt, die richtige Wahl zu treffen."

„Schuft!"

Er küsste ihre Nasenspitze und gab Beth frei, bevor ihre Mutter in die Küche zurückkehrte.

Ganz Gentleman hielt er ihr die zweite Schüssel hin, damit Blanche sie mit Kartoffelpüree füllen konnte. „Beth erwähnte, dass Sie bis vor Kurzem sogar noch gearbeitet haben, dabei haben Sie doch einen Haushalt zu führen, und ich tippe, dass Sie auch Ihrer Tochter in ihrem Appartement hin und wieder helfen, oder? So sind Mütter eben." Er zwinkerte.

Vorwurfsvoll sah sie kurz zu Bethany und widmete sich

wieder dem Püree. Dann zuckte sie mit den Schultern. „Es wurde mir einfach zu viel, deshalb bleibe ich jetzt zu Hause. Ich werde alt."

„Sie sind doch nicht alt", protestierte er und Beth boxte ihn in die Seite, denn sie hatte das untrügliche Gefühl, dass er versuchte, etwas aus ihrer Mutter herauszukitzeln.

Blanche langte nach der Keramikschüssel in Kades Händen, aber er zog sie vorzeitig weg. „Die seelische Belastung war einfach zu groß", sagte sie entschuldigend und wirkte hilflos.

„Welchen Job haben Sie denn ausgeübt, Mrs. Hart?"

Blanche versuchte ihm die Schale abzunehmen, aber er ließ sie nicht los. „Ach, ich war nur bei Maternity Help tätig, wie mein Ehemann."

„Als Sekretärin?", bohrte er nach.

„So etwas in der Art."

Weil ihre Mom verzweifelt wirkte, entriss Bethany Kade die Schüssel und reichte sie ihrer Mutter, die sofort das Weite suchte und ins Wohnzimmer eilte. Vor Zerstreuung wäre sie beinahe über Lazy gestolpert, der sich vor dem Tisch ausgestreckt hatte.

Beth krallte ihre Finger fest in Kades Oberarm und flüsterte leise, aber erbost: „Was soll das? Hör sofort auf mit diesem Verhör. Du verunsicherst sie und das mag ich nicht."

„Ich mache nur Konversation", behauptete er. „Ich möchte deine Eltern kennenlernen. Wer weiß, was aus uns beiden noch wird."

„Aus uns?" Verdutzt über seine Antwort ließ sie ihn los und trat einen Schritt zurück. Ihre Mutter kam zurück und legte die Cajun-Hähnchenflügel in die dritte Schüssel.

In diesem Moment klingelte es an der Haustür. Bethany erschrak, als wäre eine Bombe neben ihr eingeschlagen.

Blanches Gesichtszüge entgleisten. Sie nahm die Schale und wollte aus der Küche stürmen, aber Kade stellte sich ihr in den Weg.

„Jetzt weiß ich, von wem Beth diese wunderschönen grünen Augen geerbt hat", sagte er und schaute sie eindringlich an.

Nun wurde Blanche auch noch kreidebleich. Sie ließ die Schüssel fallen und taumelte rückwärts in Beths Arme. Glücklicherweise fing Kade die Schale auf.

Bethany hatte nicht den blassesten Schimmer, was hier vor sich ging. Weshalb reagierte ihre Mom so absonderlich? Warum korrigierte sie Kade nicht einfach, denn Blanche hatte graue und keine grünen Augen wie Beth? Warum ließ Kade eine Bemerkung fallen, die schlichtweg falsch war? War er farbenblind?

Bethany kam zu dem Schluss, dass tatsächlich an diesem Tag alle verrückt waren, als ob ihnen der Wetterumschwung nicht bekommen würde.

Als dann auch noch ihr Dad die Tür öffnete und gemeinsam mit Daryl ins Wohnzimmer kam, sank ihre Stimmung auf den Nullpunkt.

Lazy begrüßte den Neuankömmling schwanzwedelnd.

Der Tag hatte dank Kades Verführungskünsten so schön angefangen. Nun stand ihr ein Donnerwetter bevor. Erst einmal von Daryl, später auch von ihrem Vater.

Blanche rappelte sich auf und ging schwankend ins Bad, vermutlich um sich kaltes Wasser ins Gesicht zu spritzen, denn Beth hörte, wie ihre Mutter den Wasserhahn aufdrehte.

Sie selbst stand wie versteinert in der Küche.

Es erschien ihr, als würde sich Daryl in Zeitlupe zu ihr umdrehen und in den Raum schauen. Seine Miene war ernst. Er wirkte nicht erstaunt, was Beths Vermutung bestätigte.

Wahrscheinlich war er schon auf dem Weg zu ihnen gewesen, und ihr Dad hatte ihn angerufen und informiert, dass eine böse Überraschung auf ihn wartete.

Dann starrte Daryl Kade an und sein Blick wurde eisig.

Kade dagegen blieb entspannt. Er drängte sich zwischen Daryl und Mantis hindurch und setzte die Schüssel mit dem Hähnchen auf den Esstisch. Er schien keine Bedenken wegen der Übermacht von Mantis und Daryl zu haben, was Beth imponierte, denn ihr selbst schlotterten die Knie.

Die Konfrontation stand unmittelbar bevor.

Während Mantis und Daryl miteinander tuschelten, kam Kade zurück zu Beth. Er stellte sich schützend vor sie und flüsterte: „Soll ich gehen?"

Bestürzt schüttelte sie den Kopf. „Lass mich ja nicht allein. Du hast mir die Suppe schließlich eingebrockt."

„Ich dachte nur, es wäre an der Zeit, mich zurückzuziehen." Er ergriff ihre Hände und rieb sie beruhigend. „Ernsthaft, Beth, ich habe dich schon in genug Schwierigkeiten gebracht, indem ich dich gezwungen habe, mich deinen Eltern vorzustellen."

„Auf einmal so rücksichtsvoll?", fragte sie sarkastisch.

Kade schnaubte und ließ ihre Hände los.

Da er gehen wollte, hielt sie ihn an den Gürtelschlaufen seiner Jeans zurück. „Du trägst Schuld an dem Chaos, also bleib gefälligst bei mir, denn ich schaffe das nicht allein." Leiser fügte sie hinzu: „Ich brauche dich."

Liebevoll lächelte er sie an und nickte.

Daryl kam näher und Beth ließ Kades Jeans los.

„Mantis schaut nach Blanche." Er deutete in Richtung Badezimmer.

Bethany seufzte, denn ihre Mutter ging wieder einmal Ärger aus dem Weg, indem sie sich zurückzog. Aber dadurch löste man keine Probleme.

Da Beth es besser wusste, schlug sie vor: „Ich muss mit dir reden. Können wir auf die Terrasse gehen?“

„Sicher, Bethy“, antwortete Daryl und schenkte Kade einen warnenden Blick, der signalisierte: Ein Mucks und ich zerfleische dich.

Aber Kade schwieg, hob nur abwehrend die Arme und verschränkte sie schließlich vor seinem Körper. Lässig lehnte er sich gegen die Arbeitsplatte der Küchenzeile und grinste siegessicher.

18. KAPITEL

Aufgewühlt folgte Bethany Daryl durch das Schlafzimmer hinaus auf die Terrasse. Lazy trottete hinter ihnen her und Beth war froh darüber. Sie ging in die Hocke, kuschelte sich an den Neufundländer und strich über das weiche schwarz-weiße Fell, um Kraft zu tanken und Zeit zu gewinnen.

Die Gartenmöbel – ein grüner Plastiktisch mit drei hochlehnigen Stühlen – waren mit einer durchsichtigen Folie abgedeckt. Noch machte der Garten einen trostlosen Eindruck, aber hie und da lugte bereits ein grünes Blättchen hervor, das den Frühling ankündigte. Die nächsten Wochen würden den großen Durchbruch bringen. Mit den steigenden Temperaturen würde die Natur erblühen und saftiggrün werden.

Bethany erhob sich und kam zu Daryl, der sie erwartungsvoll anschaute.

„Du hast einen anderen." Es war eine Feststellung, keine Frage. „Den da drin."

„Wir müssen reden und was ich dir zu sagen habe, hat nichts mit Kade zu tun."

Er rümpfte die Nase. „So heißt er also."

„Daryl, bitte, lass uns vernünftig miteinander sprechen", bat sie und legte die Hand auf seine Schulter.

„Ich habe dir alle Freiheiten zugestanden, die du dir gewünscht hast, und du hast sie ausgenutzt", warf er ihr vor und machte einen Schritt rückwärts, um ihre Hand abzuschütteln. „Du hast *mich* ausgenutzt."

„Das ist nicht wahr!", entgegnete sie betont scharf, worauf Lazy die Ohren spitzte, weil er diesen Tonfall von ihr nicht gewohnt war.

„Als du unsere Verlobung gelöst hast, hätte ich es schon

wissen müssen. Du hast dich schleichend von mir entfernt und ich war so dumm –"

Sie fiel ihm aufgebracht ins Wort. „Hör auf damit! Lass die Beschuldigungen und die Selbstzweifel. Ja, ich hatte meine Freiheit, aber vielleicht war genau das das Problem. Wir haben uns in den letzten Monaten kaum noch gesehen und wenn, dann bei meinen Eltern. Was ist von unserer Beziehung denn noch übrig geblieben?"

„Jetzt trage ich Schuld an dem Desaster?" Wütend kickte er einen Erdklumpen, der jedoch nicht wegrollte, sondern zerfiel.

„Nein, wir beide haben uns voneinander entfernt."

Daryl trat auf den zerfallenen Klumpen, als wolle er ihn restlos zerstören. „*Ich* habe keine neue Freundin."

„Kade ist nicht mein Freund."

„Was ist er dann?"

Gute Frage, Beth wusste es selbst nicht. Sie schlang die Arme um ihren Oberkörper, da sie zu frieren begann. Bluse und Pullunder wärmten nicht genug. Von Herzen wünschte sie sich diese Aussprache in Frieden zu beenden, denn sie wollte mit Daryl befreundet bleiben.

Plötzlich wurde ihr bewusst, dass sie gerade dabei war, mit ihm Schluss zu machen.

Als sie das Gespräch mit ihm gesucht hatte, hatte sie nur die Wogen glätten wollen, aber jetzt wusste sie, dass ihre Beziehung mit ihm beendet war. Sie sehnte sich nicht danach, sich in seine Arme zu schmiegen. Mit keinem Wort wollte sie ihn wegen Kade um Verzeihung bitten, sondern rasch sagen, was zu sagen übrig blieb, und den restlichen Tag mit Kade, der tapfer in der Höhle des Löwen auf sie wartete, verbringen.

Beobachtete Kade sie durch das Küchenfenster?

Lazy lehnte seinen Kopf gegen Bethanys Knie. Lächelnd streichelte sie seinen Kopf und wandte sich wieder an Daryl. „Es geht nicht um Kade, sondern um uns. Vom jetzigen Standpunkt aus betrachtet war es klar, dass es so kommen musste. Wir haben nur noch nebeneinanderher gelebt, haben uns in verschiedene Richtungen entwickelt."

„Das ist deine Betrachtung der Dinge, ich sehe das anders. Du hast die Verlobung gelöst, nicht ich."

Beth massierte ihre Schläfen, hinter denen es zu pochen anfing. „Wenn du seit dem Lösen der Verlobung geahnt hast, dass es mit uns bergab geht, warum hast du nicht um mich gekämpft?" Es klang wie ein Vorwurf, was ihr leidtat.

„Ich bin mit Rosen zu dir gekommen."

„Vor wie vielen Wochen war das? Und wie oft haben wir uns seitdem getroffen?"

„Ich habe dich in Ruhe gelassen, damit du über uns nachdenken kannst, aber du scheinst die Zeit anders genutzt zu haben."

„Du hättest um mich kämpfen können", wiederholte sie und rieb über ihre Oberarme. Aufgrund der Aprilfrische und der Auseinandersetzung zitterte sie am ganzen Körper. „Woher hätte ich wissen sollen, dass dir noch etwas an unserer Beziehung liegt, wenn du dich von mir zurückziehst? Du hättest klare Zeichen setzen können."

„Und dir hinterherlaufen? Ist es das, was du willst?" Daryl schlug mit der flachen Hand gegen den Stamm eines Apfelbaums, worauf eine Dohle schimpfend aus der Baumkrone aufflog.

Bethany bekam ein schlechtes Gewissen. Möglicherweise hatte er recht. Kade war sehr hartnäckig und erstaunlicherweise gefiel ihr seine Beharrlichkeit. Er drängte sich dreist in ihr Leben, zwang sie dazu, sich ihren unterdrückten erotischen Wünschen zu stellen, und war präsent, während Daryl in den letzten Wochen kaum mehr als ein Schatten ihrer Vergangenheit gewesen war.

Kade hatte sie mit Aufmerksamkeit verwöhnt, aber Beth mahnte sich, auf der Hut zu sein. Sie durfte sich nicht einlullen lassen und erst recht durfte sie ihm nicht sexuell hörig werden, denn etwas stimmte nicht mit ihm.

Aber egal, wie sich ihre Beziehung zu Kade entwickeln würde, zurück in Daryls Arme würde es sie unter keinen Umständen ziehen, denn er war nicht der Mann, der sie glücklich machen konnte.

„Jetzt ist es ohnehin zu spät." Resignierend ließ sie den Kopf hängen. „Wir passen einfach nicht zusammen. Unsere Lebenspläne sind zu verschieden."

Mit Grauen dachte sie daran, dass er sie in seinen Zukunftsvisionen als Heimchen am Herd sah. Wenn es nach ihm ginge, sollte sie als seine Ehefrau daheimbleiben oder höchstens stundenweise arbeiten und sich vollkommen um den Haushalt und um ihn kümmern.

Aber sie wollte nicht weiterhin von einem Mann abhängig sein. Schon zu viele Jahre war sie abhängig von ihrem Vater und würde es aufgrund des Studiums noch einige Jahre bleiben. Danach war Schluss! Sie würde auf eigenen Beinen stehen, das hatte sie sich fest vorgenommen.

„Wenn du meinst", murrte Daryl. „Du scheinst bereits eine endgültige Entscheidung getroffen zu haben."

Beth nickte. „Es fällt mir nicht leicht, das musst du mir glauben", betonte sie.

Er war doch immer ihr Anker gewesen. Von nun an war sie auf sich allein gestellt – bis auf ihre Eltern natürlich, aber Blanche und Mantis würden gewiss versuchen, sie umzustimmen, sobald die beiden erfuhren, was geschehen war.

Durch die Trennung nahm Bethany allerdings auch

Kade etwas Wind aus den Segeln, denn nun war es egal, ob Daryl das Überwachungsvideo und die Fotos vom Highland Park zusehen bekam – fast egal zumindest, denn Mantis durfte unter keinen Umständen davon erfahren, weil er sonst mit Aaron abrechnen würde.

„Du bist immer bei mir willkommen, als Freund, meine ich. Und jetzt lass uns wieder ins Haus zurückgehen. Mir ist bitterkalt." Sie zwang sich zu lächeln und beeilte sich durch die Terrassentür ins Schlafzimmer zu kommen.

Lazy folgte ihr auf dem Fuße.

Als die Wärme des Hauses sie wieder umschmeichelte, fiel ihr auf, dass Daryl kein einziges Mal von Liebe gesprochen hatte. Und sie auch nicht.

Bethany sah sich nach ihm um. Er stand mit dem Rücken zu ihr im Garten und starrte Löcher in die Luft. Offensichtlich brauchte er etwas Zeit, um seine Gedanken zu ordnen.

Die Tür zum Wohnzimmer stand offen. Kade und ihr Vater standen sich wie zwei Streithähne gegenüber, doch während Kade lässig seine Hände in die Hosentaschen gesteckt hatte, gestikulierte Mantis heftig.

„Ab sofort wirst du auf dem Campus einen großen Bogen um Bethany machen", grollte ihr Dad. „Du wirst sie nicht anrufen und ihre Anrufe nicht entgegennehmen. Habe ich mich klar ausgedrückt? Beth kommt auch ohne deine Hilfe durchs Studium. Sie braucht dich nicht, denn sie hat Daryl."

„Niemand kann mich von ihr fernhalten!"

„Gegen mich kannst du nicht gewinnen. Du weißt nicht, mit wem du es zu tun hast."

„Rein zufällig weiß ich das ganz genau." Kades Stimme klang ruhig, jedoch bestimmt. „Aber Sie haben nicht die leiseste Ahnung, wer ich bin, und ich kann Ihnen versichern, dass ich ebenfalls mit scharfer Munition schieße."

Bethany war auf der einen Seite erzürnt, weil die beiden Männer über sie bestimmen wollten. Auf der anderen Seite war sie von Kades Selbstsicherheit und Kampfgeist beeindruckt, etwas, das sie bei ihren Freunden, allen voran Aaron, immer vermisst hatte. Er bot ihrem Vater die Stirn.

„Wollen Sie mir drohen?" Mantis ballte seine Hand zur Faust und hielt sie ihm vors Gesicht.

Kade lächelte müde. „Das habe ich gar nicht nötig. Beth gehört von jetzt ab zu mir. Sie *will* zu mir gehören, was ich als Pluspunkt für mich verbuchen kann."

Nun wurde ihr, die lauschend im Schlafzimmer stand, mulmig. Das hörte sich ja beinahe so an, als hätte Kade sie nur umgarnt, um sie auf seine Seite zu ziehen. Aber vermutlich interpretierte sie zu viel in seine Aussage hinein. Es war ein anstrengender Tag gewesen.

Da Lazy keine Lust mehr hatte, auf Beth zu warten, lief er zu den beiden Männern, und Beth war gezwungen hinterherzueilen, damit nicht auffiel, dass sie die hitzige Diskussion heimlich mitgehört hatte.

In diesem Moment kam ihre Mutter aus dem Bad. Sie war in sich gekehrt und beachtete weder Beth, Mantis und Kade noch Lazy, der ihr mit heraushängender Zunge ins Schlafzimmer hinterherlief.

„Ich muss nach deiner Mom schauen. Sie steht wieder einmal völlig neben sich." Mantis eilte zu Blanche ins Schlafzimmer und schloss die Zimmertür bis auf einen Spalt.

Bethany ahnte, dass er sie und Kade beobachtete. „Was für ein Chaos!"

„Ist alles okay?", wollte Kade wissen und legte seine Hand an ihren Hals. Mit den Fingerspitzen kraulte er ihren Nacken.

„Ich habe die Beziehung mit Daryl beendet."

„Bist du sicher –"

Sie fuhr ihm über den Mund, denn sie konnte nicht zulassen, dass er sie durch Nachfragen verunsicherte und sie am Ende ihren Schritt vielleicht bereute. „Wir waren schon lange kein richtiges Paar mehr. Die Liebe ist auf der Strecke geblieben. Du hast nichts mit meiner Entscheidung zu tun."

Das war zwar gelogen, aber auch ohne Kade hätten sie und Daryl keine Chance mehr gehabt. Kade hatte ihr lediglich die Augen geöffnet.

Aber sie musste sich eingestehen, dass sie Gefühle für Kade entwickelt hatte, die ihr gefährlich werden konnten. Und dass er für sie immer noch ein einziges Mysterium war.

Er küsste sie auf die Stirn. „Ich benutze mal eben das Bad."

„Kannst du nicht oben bei mir aufs WC gehen? Ich muss hier raus."

„Es dauert nicht lange", versprach er und verschwand in der Toilette.

Bethany hörte ein gequältes Stöhnen. Kam es von ihrer Mutter? Ging es ihr nervlich so schlecht, dass sie körperlich litt?

Besorgt trat sie ins Schlafzimmer. Ihre Mom lag mit einem feuchten Waschlappen über ihren Augen auf dem Bett.

Doch gerade als sich Beth zu ihr setzen wollte, hörte sie gedämpfte Stimmen aus dem Garten.

Sie schlich zur Terrassentür, versteckte sich hinter dem Vorhang, einem Seidenschal aus blickdichtem Taft, und lauschte. Auch ohne etwas zu sehen, wusste sie, dass Daryl mit ihrem Vater heftig diskutierte.

„Bieg das wieder hin, Mantis."
„Ich mach das schon, hab Geduld."
„Ich meine es ernst. Beth und ich, wir gehören zusammen. Sie ist mein!"
„Beruhige dich, Daryl. Ich kann Bethany nicht zwingen, wieder mit dir zusammenzukommen –"
„Doch, das kannst du. Du bist ihr Vater."
„Was ich sagen will, ist, dass wir langsam vorgehen müssen. Gib ihr etwas Zeit, über alles nachzudenken, und sie wird sich für dich entscheiden. Um diesen Kade kümmere ich mich, verlass dich drauf."
„Ich will sie, Mantis."
„Wenn ich Beth das Messer auf die Brust setze, wird sie widerspenstig reagieren, damit zerstören wir unsere Pläne."
Daryl lachte laut und spöttisch auf. „Das hat sie von dir, dabei kann das gar nicht sein. Nicht wahr, *Daddy?*" Das letzte Wort betonte er abschätzig.
„Halt den Mund!"
„Bieg das gerade, Mantis. Du weißt, ich habe dich in der Hand."
„Drohe mir nicht. Du steckst genauso mit drin."
Bethany konnte nicht glauben, was sie da hörte. Wovon sprachen die beiden? Hatten sie gemeinsam ein krummes Ding gedreht?
Bestimmt war alles ganz harmlos, zumindest redete sich Beth das ein. Ihr Vater war ein rechtschaffener Mann, der viel arbeitete, damit es seiner Familie gut ging. Er wollte nur das Beste für sie, Beth, und das war in seinen Augen nun mal Daryl.
Aber seine Meinung zählte in diesem Fall nicht.
Daryl würde sich mit der Trennung abfinden. Nachdem er seine Wunden geleckt hatte, würde es ihm besser gehen,

und Beth hoffte, dass nach einer Weile, in der sie sich aus dem Weg gingen, eine Freundschaft doch noch möglich war.

Das erklärte aber nicht, weshalb die Männer sich gegenseitig drohten.

Bethany hörte Schritte auf der Terrasse. Rasch schlüpfte sie aus dem Schlafzimmer und lief geradewegs in Kades Arme.

„Du hast es ja eilig, die Wohnung deiner Eltern zu verlassen“, meinte er kopfschüttelnd und hielt ein Pillendöschen hoch. „Deine Mom hat Beruhigungstabletten genommen.“

„Hast du ihr Bad etwa auch durchstöbert?“

Pikiert hob er eine Augenbraue. „Nein, die Pillendose stand auf dem Rand des Waschbeckens, gleich neben dem Seifenspender.“

„Entschuldige.“ Sie atmete geräuschvoll aus.

Kade stellte die Dose auf das Sideboard. „Blanche hat Rotwein getrunken. Tabletten einzunehmen, wenn man Alkohol getrunken hat, ist lebensgefährlich. Du solltest morgen dringend mit ihr darüber sprechen. Meiner Meinung nach braucht sie psychologische Betreuung.“

„Einen Seelenflicker?“

„Einen Therapeuten, der für solche Fälle geschult ist“, korrigierte er sie. „Ich glaube, etwas bedrückt Blanche. Jedenfalls ist sie nicht sehr glücklich mit ihrem Leben.“

„Das weiß ich selbst, aber auch ich habe zurzeit genug Probleme.“ Sie konnte nicht verhindern, ihn vorwurfsvoll anzuschauen, weil er ihr Leben auf den Kopf gestellt hatte. „Ich werde ein ernstes Gespräch mit ihr führen, aber jetzt lass uns hier schleunigst verschwinden.“ Daryl und ihr Vater unterhielten sich im Schlafzimmer und Beth wollte ihnen heute nicht mehr begegnen, weil die Männer zu gereizt waren.

Aufgewühlt zog sie Kade aus dem Appartement. Sie holten ihre Mäntel aus Beths Wohnung und flüchteten aus dem Haus.

„Wohin?“, fragte Beth hilflos. In ihr tobte ein Gedanken- und Gefühlschaos und sie sehnte sich nach einem Ort, an dem sie abschalten konnte.

Kade schloss seinen Wagen auf, einen Pontiac, der dem von Beth ähnelte, nur dass es sich bei seinem um einen schnittigen schwarzen TransAm handelte. Eine grüne Infokarte von National Car Rental klemmte hinter der Frontscheibe.

„Das ist die dritte Mietwagenfirma, bei der du ein Auto angemietet hast, seit wir uns kennen“, stichelte sie.

„Ich habe hohe Ansprüche“, antwortete er, aber sie glaubte ihm kein Wort. Er öffnete die Beifahrertür. „Auf, auf, in den Franklin Zoo.“

„Wie kommst du denn auf dieses Ziel?“, wollte sie verwundert wissen und stieg ein.

Er warf die Tür zu, ging um den Wagen herum und setzte sich auf den Fahrersitz. „Du brauchst einen Tapetenwechsel. Die Tiere und Landschaften werden dich ablenken. Dich erwarten afrikanische Löwen der Kalahari Wüste, Masai-Giraffen, Tiefland-Gorillas aus dem tropischen Regenwald und viel, viel mehr.“

Ihr Blick erhellte sich. Sie strahlte vor Vorfreude. „Gab’s da nicht letztes Jahr Giraffennachwuchs?“

Kade nickte und startete den Wagen. „Sox haben sie die kleine Giraffe genannt, zu Ehren der Red Sox, weil die Mannschaft zum zweiten Mal die Major-League-Baseball-Weltmeisterschaft gewonnen hatte.“

Als Kade losfuhr und den Wagen aus der Seige Road herauslenkte, legte Beth ihre Hand auf seinen Oberschenkel.

Sie spürte, dass er sie ansah, aber sie wich seinem Blick

aus. Normalerweise war er derjenige, der sich ihr körperlich näherte, und sie reagierte nur auf seine Berührungen. Er war der Verführer, sie die Verführte.

Dies war das erste Mal, dass sie aus eigenem Antrieb heraus Körperkontakt zu ihm suchte.

19. KAPITEL

In den kommenden Tagen brodelte es in Bethany. Unterschwellig. Zuerst merkte sie es kaum. Es lief unbewusst ab. In ihrem Hinterkopf dachte sie immer wieder über das Streitgespräch zwischen Daryl und ihrem Vater nach.

„Ich kann Bethany nicht zwingen, wieder mit dir zusammenzukommen –"

„Doch, das kannst du. Du bist ihr Vater."

„Gib ihr etwas Zeit, über alles nachzudenken, und sie wird sich für dich entscheiden. Um diesen Kade kümmere ich mich, verlass dich drauf."

„Bieg das gerade, Mantis. Du weißt, ich habe dich in der Hand."

„Droh mir nicht. Du steckst genauso mit drin."

Was hatten sie damit gemeint? Beth liebte ihren Vater und der Gedanke, er könnte in irgendetwas Illegales verwickelt sein, machte ihr große Sorgen.

Noch etwas anderes bereitete ihr Kopfschmerzen. Was hatte ihr Dad mit Kade vor? Wollte er ihn aus dem Weg schaffen, wie damals Aaron und ihre anderen Freunde, die ihm nicht passten?

„Hoffentlich macht er keinen Unsinn", murmelte Beth, als sie ihre Tasche nahm und aus der Umkleidekabine trat.

Kade war ein harter Brocken und würde sich nicht ohne Gegenwehr aus ihrem Leben verdrängen lassen. Beth befürchtete eine Auseinandersetzung zwischen ihm und Mantis.

Wenn zwei Sturköpfe aufeinandertrafen, konnte es nur zur Katastrophe kommen.

Bethanys Muskeln schmerzten. Sie hatte schon lange keinen Sport mehr getrieben und gedacht, Pilates wäre ein sanfter Wiedereinstieg.

Man hüpft nicht zu Hip-Hop-Beats herum und muss auch keine Gewichte stemmen. Zudem wurde der Anfängerkurs von der Boston University für Studenten kostengünstig angeboten. Er fand in einer der Turnhallen auf dem Campus statt, sodass Beth gleich nach ihren Vorlesungen zum Training gehen konnte.

Aber sie hatte sich getäuscht. Pilates war anstrengend. Muskeln, von deren Existenz sie bisher nicht einmal gewusst hatte, taten weh. Doch die Schmerzen würden sich hoffentlich lohnen, denn die Dehn- und Kräftigungsübungen würden ihren Körper stärken und hoffentlich die kleinen Fettpölsterchen schmelzen lassen.

„Warum tue ich mir das nur an?" Bethany ließ ihre Tasche einfach fallen und kannte die Antwort ganz genau.

Kade. Sie wollte ihm gefallen.

Während sie sich reckte, schaute sie zum Himmel auf. Es dämmerte bereits. Der Tag war sonnig und wolkenlos gewesen. Doch die Sonne ging langsam unter und die Dämmerung hüllte Boston in ein gespenstisches Zwielicht.

Bethany öffnete das Seitenfach ihrer Sporttasche und holte ihr Mobiltelefon heraus.

Ob sich Aaron noch auf dem Polizeirevier aufhielt? Es war schon spät, und wenn er immer noch in der Administration arbeitete, machte er keine Schichtarbeit, sondern ausschließlich Tagdienst und hatte vielleicht längst Feierabend.

Aufgeregt wählte sie seine Nummer. Die Sekunden verstrichen langsam, der Wählton machte sie wahnsinnig.

„Hallo?", meldete er sich zaghaft.

Erleichtert atmete Beth geräuschvoll aus. „Ich bin's. Bethany."

„Ich weiß."

„Du hast meine Nummer eingespeichert?" Das Risiko

ging er ein, obwohl seine Ehefrau Sadie sehr eifersüchtig war? So, wie er sie beschrieben hatte, traute Beth ihr zu, dass sie Aarons Handy kontrollierte. Der Arme stand ganz schön unter dem Pantoffel.

Aaron lachte peinlich berührt. „Nein, ich habe sie auswendig gelernt."

„Oh." Beth grinste in sich hinein. Sie ging davon aus, dass er die Liste mit den angenommenen Anrufen sofort löschen würde, sobald sie das Telefonat beendet hatten, um alle Spuren zu beseitigen.

„Geht es dir gut, Bethy? Ich mache mir Sorgen um dich."

„Brauchst du nicht."

„Ist Kade noch da?"

Ja, und wir schlafen mittlerweile zusammen, antwortete Beth in Gedanken sarkastisch, aber das durfte sie Aaron keinesfalls beichten. Er würde sie für verrückt halten und möglicherweise sogar bitten, ihn nie wieder anzurufen.

„Momentan ist er friedlich, aber ich möchte dich trotzdem bitten, mal in eurer Strafdatenbank nach einem Mann mit hispanischem Aussehen und dem Vor- oder Decknamen ‚Kade' zu forschen", ersuchte Beth ihn. „Würdest du das für mich tun?"

„Im NCIC?", fragte er und klang fassungslos.

„Ich habe keine Ahnung, was das ist, aber du wirst schon wissen, wo du welche Information findest."

Aaron seufzte laut und ungehalten. „Das ist das National Crime Information Center, eine Computerdatenbank über Kriminelle, Flüchtige, gestohlenes Eigentum und vermisste und nicht identifizierte Personen."

„Bingo!" Beth nickte zwei Teilnehmerinnen aus ihrem Pilates-Kurs zu, die an ihr vorbei in Richtung Parkplatz gingen. „Vielleicht findest du da ja was über ihn."

„Das kann ich nicht.“

Nun war sie ehrlich enttäuscht. „Du meinst, du willst das nicht für mich tun.“

„Nein, nein, so ist es nicht.“ Sie hörte, wie er einen Schluck trank. „Du vergisst, dass ich momentan Dienst in der Administration schiebe und keinen Zugriff auf das NCIC habe.“

„Dann verschaff ihn dir. Geh an deinen alten Arbeitsplatz zurück und –“

Er fiel ihr ins Wort. „Das ist nicht so einfach. Es würde auffallen, schließlich arbeite ich an keinem Fall und habe somit keinen Anlass, die Datenbank zu bemühen.“

„Es gibt immer einen Weg. Du findest schon eine Ausrede. Sag einfach, dir wäre ein Gedanke zu einem zurückliegenden, unaufgeklärten Fall gekommen und du müsstest etwas überprüfen. Ihr Cops schaltet doch nie ab, sondern grübelt ständig über alte und laufende Fälle nach.“ Herrje, wieso war er so verbohrt? Bethany fing an, genervt zu sein.

„Du guckst du zu viele CSI und Cold Case“, warf er ein und lachte. „Natürlich bin ich engagiert, aber auch ich habe mal Feierabend. Außerdem sitze ich schon seit Wochen in diesem Büro und bekomme von der wichtigen Polizeiarbeit nichts mit.“

„Du lügst! Wenn du noch der Aaron bist, den ich damals gekannt habe, schaust du immer mal wieder bei deinen Kollegen vorbei und fragst sie, woran sie gerade arbeiten.“

„Bethy ...“

„Schon gut, Aaron! Vergiss es einfach. Es tut mir leid, dass ich dich belästigt habe. Bis irgendwann einmal.“

„Beruhige dich. Du hast gewonnen. Leg nicht auf, bitte. Du hast ja recht. Ich habe angeboten, dir zu helfen, und habe dir gesagt, ich wäre für dich da. Immerhin habe ich das mit dem Überwachungsvideo verbockt."

Es war still am anderen Ende der Leitung. Offenbar erwartete er, dass sie einlenkte, aber sie schwieg.

„Es wird nicht einfach werden, Beth, aber irgendwie werde ich mir Zugang zum NCIC verschaffen und abfragen, ob sich einen Kade in der Datenbank befindet, der etwas mit deinem Unbekannten zu tun haben könnte, zum Beispiel durch aktenkundige Erpressung. Kann etwas dauern, okay? Hab Geduld."

„Danke."

„Ich kann dir nicht versprechen, dass ich etwas finden werde. Wir haben einfach zu wenige Informationen über diesen Kerl."

„Ja, leider. Aber du kannst die Mietwagenfirmen Alamo, Dollar und National Car Rental überprüfen. Dort hat er Autos gemietet, zuletzt einen schwarzen Pontiac Firebird TransAm bei National."

„Das Kennzeichen?"

Sie nannte es ihm.

„Ich habe wenig Hoffnung, werde dem Hinweis jedoch nachgehen."

Beth schmunzelte. Jetzt klang er wieder wie ein Cop. „Könntest du mir bei der Gelegenheit noch einen Gefallen tun?"

„Kommt darauf an."

„Prüf doch bitte, ob mein Vater ein Geschäftsführer oder sogar Firmeninhaber ist."

„Ich soll was?", hakte Aaron erstaunt nach.

„Wenn ich dir seine Sozialversicherungsnummer gebe, kannst du diese Information doch abrufen, oder?"

Er prustete. „Du bist seine Tochter und musst so etwas doch wissen."

Bethany presste verärgert ihre Lippen aufeinander, aber

sie hatte kein Recht, wütend auf ihn zu sein, denn er sprach die Wahrheit. „Man hat mich verunsichert."

„Das war bestimmt dieser Kade."

„Nicht nur er. Auch mein Dad und meine Mom haben in letzter Zeit Dinge gesagt, die mich daran zweifeln lassen, dass sie beide einfache Angestellte von Maternity Help sind … waren, denn meine Mutter arbeitet nicht mehr."

„Ich werde beide überprüfen", sagte Aaron ernst und Beth hörte, wie er sich Notizen machte. „Du klingst bedrückt. Geht es Blanche nicht gut?"

„Nein, aber ich möchte jetzt nicht darüber reden." Um von ihrer Mutter abzulenken, erzählte sie: „Mein Vater hat behauptet, einen Kredit für unser Haus bei der HSBC Bank USA aufgenommen zu haben und die Raten noch bis ins hohe Alter abzahlen zu müssen."

„Ich prüfe das, versprochen. Du weißt, ich kann Mantis Hart nicht leiden, aber er vergöttert dich, und ich kann mir nicht vorstellen, dass er dich belügt. Kade hat dir einen Floh ins Ohr gesetzt, um dich gegen deine Eltern aufzubringen. Sei vorsichtig und glaube ihm kein Wort. Er ist nicht der Mann, der er behauptet zu sein. Er ist ein Krimineller, der alle Tricks kennt."

„Ja", brachte sie mühsam heraus.

„Du magst ihn." Es war eine Feststellung, keine Frage. Da sie nicht antwortete, fuhr er fort: „Bethy, er ist gefährlich. Lass dich nicht auf sein Spiel ein. Kade hat sich durch eine List in dein Leben gedrängt und beansprucht immer mehr Raum, weil er irgendeinen kranken Plan verfolgt."

„Ich weiß."

Aaron schnaubte. „Ich spüre sogar durchs Telefon, dass er dich langsam um seinen Finger wickelt. Wie schafft er das? Du bist doch eine intelligente Frau."

Durch Sex, hemmungslosen Sex. Kade brachte eine Saite

in ihr zum Klingen, die viel zu lange stumm gewesen war. Beth wurde sich dessen mit einem Mal bewusst. Aaron öffnete ihr die Augen.

Wie leicht sie zu manipulieren war! Sie konnte es selbst kaum fassen. Einige ausgefallene erotische Spielchen, dann wieder freundschaftliche Ausflüge und zwischendurch erinnerte Kade sie an das kompromittierende Video und die freizügigen Fotos – er köderte sie mit Zuckerbrot und Peitsche.

„Ich passe auf mich auf, Aaron." Sie klang nicht sehr überzeugend, denn sie fühlte sich zu Kade hingezogen. Es war nicht nur der Sex, sondern sie mochte ihn. Eventuell – aber nur eventuell – war sie sogar ein wenig verschossen in ihn, aber es war bestimmt nichts Ernsthaftes.

„Kade versucht, dich gegen deine Eltern aufzuhetzen, indem er behauptet, sie würden dich hintergehen", bemerkte Aaron, „aber ich bin mir sicher, dass sich seine Anschuldigungen als Lügen entpuppen werden."

„Warum sollte er das tun?"

„Um dich zu isolieren und danach ein leichtes Spiel mit dir zu haben."

Beth wollte Aarons Warnung in diesem Moment nicht hören, denn es handelte sich nur um wilde Spekulationen. Was sie brauchte, waren Fakten. „Ruf mich an, wenn du etwas in Erfahrung gebracht hast."

„Mache ich."

Bethany verabschiedete sich von Aaron und beendete die Verbindung. Sie packte ihr Handy zurück in die Sporttasche, griff die Tasche und schlenderte zum Parkplatz. Doch bevor sie bei ihrem Auto ankam, erspähte sie einen weiteren Pontiac Firebird – einen schwarzen.

Sie neigte den Oberkörper ein wenig nach unten, um in den Wagen zu linsen, als dessen Fahrertür plötzlich geöffnet wurde.

Erschrocken fuhr sie auf.

Kade stieg mit einem verklärten Lächeln aus. Er trug einen dünnen weißen Pullover unter einer braunen Cordjacke. Gut sah er aus, verführerisch gut! Aufgrund des hellen Pullis wirkte sein Teint, als käme Kade gerade von Hawaii – oder aus dem Solarium.

Er stichelte: „Du siehst nicht begeistert aus, mich zu treffen. Hast du ein schlechtes Gewissen?"

„Nein, wie kommst du darauf?", entgegnete sie und bemühte sich gefasst zu wirken.

Schwungvoll warf er die Tür zu und lehnte sich lässig dagegen. Er sah sie herausfordernd an. „Mit wem hast du gerade telefoniert?"

„Spionierst du mir nach?" Folgte er ihr auf Schritt und Tritt?

Er verschränkte die Arme vor dem Brustkorb. Sein Lächeln verschwand. „Beantworte meine Frage."

„Beantwortet du mir meine", sagte sie schnippisch. Sie ließ ihre Tasche fallen und stemmte die Hände in die Hüften.

Es fehlt nur noch, dass du wie ein bockiges Kind mit den Füßen auftrittst, feixte sie in Gedanken.

Unerwartet schossen seine Arme nach vorne. Seine Hände krallten sich in ihren Steppmantel. Kade zog Beth an seinen Körper heran. Er schlang die Arme um sie, vergrub eine Hand in ihren Haaren und zwang ihr einen Kuss auf.

Es war ein besitzergreifender Kuss, hart und unnachgiebig.

Beth versuchte sich gegen ihn zu wehren, war aber chancenlos. Fest drückte er seinen Mund auf den ihren. Er massierte ihre Lippen mit den seinen, schob seine Zunge derb in ihren Mund und züngelte so ungestüm, dass sie kaum Luft bekam.

Rasch wurde sein Kuss leidenschaftlicher. Er küsste nicht mehr ganz so grob und machte sogar eine kurze Pause, um nach Atem zu ringen, bevor er fortfuhr, nun jedoch unglaublich sachte und zärtlich.

Er liebkoste ihre Mundwinkel und leckte über ihre Lippen. Als er wieder zu züngeln begann, antwortete Bethany endlich auf seinen Kuss, und sie standen auf dem Parkplatz wie zwei turtelnde Studenten.

Nach einer halben Ewigkeit ließ er von ihr ab. Ihre Lippen fühlten sich wund an, aber es war kein unangenehmes Gefühl.

„Was sollte das?", fragte sie atemlos und trat einen Schritt zurück.

„Du gehörst mir." Er ging um seinen Wagen herum und schloss die Beifahrertür auf. „Steig ein."

Damit er ja nicht auf die Idee kam, sie hätte mit Aaron telefoniert, rief sie schnell aus: „Ich habe nicht mit Daryl telefoniert, falls es das ist, was du vermutest."

„Das werde ich später in Erfahrung bringen. Tu, was ich sage", befahl er und öffnete die Tür ein Stück weiter.

Ablehnend schüttelte Beth den Kopf. „Du machst mir Angst, Kade."

Er atmete geräuschvoll aus. Dann kam er zu ihr und legte eine Hand an ihre Wange. Liebevoll schaute er sie an und sprach sanft: „Das brauchst du nicht. Ich möchte dich lediglich davon überzeugen, dass ich der Mann bin, den du begehrst."

Ein frivoles Prickeln durchströmte ihren Körper. Natürlich fühlte sie sich zu ihm hingezogen, dennoch traute sie ihm nicht hundertprozentig.

Ihre Lust gewann die Oberhand.

Resignierend zuckte sie mit den Achseln, stellte ihre Sporttasche auf den Rücksitz des schwarzen Firebirds und stieg ein. „Was hast du vor? Wohin fahren wir?“

„Lass dich überraschen.“ Er zwinkerte schmunzelnd und warf die Autotür zu.

Nachdem auch er Platz genommen hatte, startete er seinen Wagen und fuhr los. Bethany schmollte, was er amüsiert zur Kenntnis nahm.

„Du hast immer noch den Pontiac von National“, ließ sie spöttisch fallen. „Bisher hast du deine Autos wie deine Unterwäsche gewechselt und plötzlich bleibst du einem Wagen treu.“

Er lachte auf. „Mach dir keine Mühe, die Mietwagenfirmen auszukundschaften. Ich habe die Autos mit gefälschten Papieren angemietet.“

Das werden wir ja sehen. Aufsässig dachte Beth an Aaron, der vielleicht sogar in diesem Augenblick bereits Nachforschungen anstellte.

„Wir werden nicht lange unterwegs sein, aber lass dich trotzdem ein wenig von mir einstimmen“, schlug Kade vor und schaltete den CD-Player ein.

Anstatt Musik erklang eine männliche Stimme, ein tiefer Bariton, der Beth einen wohligen Schauer über den Leib jagte: *„Der Maskierte hob den Samtbeutel vom Boden auf, führte ihn zwischen Teenas Schenkel und fasste ihn vor ihrem Venushügel und hinter ihrem Gesäß, sodass er sich an ihre Scham schmiegte. ‚Reibe dich an dem Stoff.‘*

Fassungslos hob sie die Augenbrauen.

‚Als Strafe werde ich dir keinen Orgasmus schenken‘, erklärte er. ‚Das hast du dir selbst zuzuschreiben. Aber du wirst es dir selbst besorgen, vor meinen Augen. Reibe dich an dem Beutel, bis du kommst. Vorher werde ich dich nicht losbinden.‘

Teena konnte nicht glauben, was sie hörte. Sie hätte sich gerne aus der Situation herausdiskutiert, doch der Knebel machte diesen Ausweg unmöglich.“

„Können wir nicht Radio hören?“, fragte Beth und rutschte unruhig in ihrem Sitz hin und her. Sie suchte nach Musik-CDs, aber im Auto befand sich kein persönlicher Gegenstand von Kade – außer der CD im Player.

Kade schaute Beth kurz an und konzentrierte sich dann wieder auf die Fahrbahn. „Magst du keine Hörbücher?“

„Doch, aber ich habe noch nie ein erotisches gehört.“

„Jetzt hast du die Chance dazu.“ Er drehte die Lautstärke höher. „Es wird dir gefallen. Dich erregt doch die Gefahr.“

„Ach ja?“ Sie runzelte die Stirn, aber Kade antwortete nur mit einem Schmunzeln.

„Der Maskierte zog den Samtbeutel einmal vor und zurück, um ihren Schoß zu reizen. ‚Du bist doch eine Prostituierte. Wieso so schüchtern?‘, antwortet er mit einem spöttischen Unterton.

Die Erregung, die er in Teena geweckt hatte, spürte sie in jeder Faser ihres Körpers. Ihre Zellen schienen zu vibrieren. Was hielt sie zurück, ihre Lust einfach auszuleben, an diesem abgelegenen Ort, mit einem Mann, den sie nie wieder sehen würde, zumal er dachte, sie wäre eine Hure? Wenn sie sich gehen ließ, würde das nicht auf sie zurückfallen. Prostitution als Freischein, war das verwerflich?

Sie schreckte aus ihren Gedanken auf, als er sprach: ‚Hör auf zu grübeln! Ich lasse dir eh keine Wahl.‘“

Bethany presste ihre Oberschenkel aneinander und starrte verkrampft aus dem Fenster auf die Skyline Bostons.

Es erregte sie, das Erotikhörbuch mit Kade gemeinsam im Auto anzuhören, aber sie wehrte sich gegen ihre aufkeimende Lust, denn sie wollte seinen Plan, sie mit Sex zu ködern, durchkreuzen, indem sie standhaft blieb – doch er gewann schon wieder. Kade ergötzte sich an ihrer Beschämung und Beth musste an Aaron denken, der gesagt hatte, dass Kade mit allen Wassern gewaschen war.

Kade nahm bewusst Einfluss auf sie. Auch jetzt.

Es dauerte nicht lange und er hatte sie wieder am Haken. Ihre Lust wuchs durch die gelesene Erotik, aber sie nahm sich vor, ihm diesmal zu widerstehen.

Der Sprecher fuhr fort: „*Ungläubig, fast ein wenig flehend sah Teena zu dem Maskierten auf. Sein Blick war kalt. Er würde keinen Widerstand dulden.*

Daher schloss sie die Augen und versuchte auszublenden, dass er vor ihr stand, was ihr natürlich nicht gelang. Tapfer riss sie sich zusammen und schob ihr Becken nach vorne. Der Samt strich sachte über ihre pulsierenden Schamlippen. Sie bekam eine Gänsehaut, weil die Berührung so sanft und dennoch durchdringend war, genauso wie die Situation an sich.

Der Maskierte fügte ihr kein Leid zu. Er blieb sanft in den Methoden, sein Opfer zu quälen, und dennoch war er erfolgreich.

Die Auswirkungen drangen in jede Faser. Teena fügte sich seinen Anweisungen. Sie wuchs über sich hinaus und anstatt sich schlecht zu fühlen, gewann sie Lust. Teena verstand das alles nicht. Nicht den Maskierten. Nicht seine Art zu lieben. Nicht ihre eigene Reaktion.“

Bethany schaltete den CD-Player aus. Ihr Slip war bereits feucht. „Ich will das nicht hören!“

„Warum nicht?“, wollte Kade wissen und lenkte den TransAm in Richtung Beacon Hill. „Erregt es dich? Hast du Angst davor, Lust zu empfinden?“

„Nein, du bist es, vor dem ich mich fürchte.“

„Furcht kann erregend sein, Babe“, sprach er lüstern. „Ein wenig davon hast du bereits damals mit Aaron gekostet und es hat dir gefallen. Sex an einem öffentlichen Ort ... die Angst, entdeckt zu werden ... allein die Erinnerung hat dich angemacht, als du mir im Hideaway von euren Erlebnissen berichtet hast.“

Beth entschied zu schweigen, weil sie sich durchschaut fühlte.

Kade lenkte sein Auto zwischen dem Quincy Markt und dem Finanzbezirk hindurch und parkte vor der Boston Long Wharf.

Bethany konnte bereits die Docks sehen. Über dem Eingang hing ein ovales dunkelbraunes Schild, in dessen Mitte ein Segelschiff zu sehen war. Über dem Schiff stand mit gelber geschwungener Schrift ‚Boston Waterboat‘ und darunter ‚Marina‘.

„Was willst du im Yachthafen?“ Erstaunt wandte sie sich zu ihm. „Eine nächtliche Bootstour?“

„Nicht ganz“, antwortete er geheimnisvoll und stieg aus.

20. KAPITEL

Während Bethany mit einem Ächzen aus dem Wagen stieg, da sich ihre Muskeln erneut schmerzhaft meldeten, dachte sie an den schönen Ausflug, den sie mit Kade ins New England Aquarium gemacht hatte.

Sie glaubte allerdings nicht, dass dieser Abend genauso harmonisch verlaufen würde.

Kade ergriff ihre Hand und sie spazierten Seite an Seite zum Anleger, wobei ihr die Ruhe im historischen Yachthafen auffiel.

Abends wurde in den Werften nicht gearbeitet. Das Marriott Hotel und die zahlreichen angrenzenden Restaurants waren zwar hell erleuchtet, aber aufgrund der kühlen Jahreszeit spielte sich alles im Inneren der Gebäude ab und es drang kein Laut nach draußen.

Die Stimmung wäre mit den vielen Lichtern, dem gegen die Docks schwappenden Wasser und der fortgeschrittenen Dämmerung romantisch gewesen, würde Beth nicht die Ungewissheit quälen, was Kade für sie geplant hatte.

Sie betraten den Hauptsteg, von dem die Docks abzweigten, und gingen weiter.

Beth wunderte sich, dass Kade sie bis zum hintersten Anlegesteg führte. Es war das Dock 35, das sogenannte Dingi Dock. Hier ankerten nur Nussschalen, wie Beth sie nannte: Ruder- und Paddelboote, ausrangierte Beiboote und Jollen, keine Segel- oder Motoryachten.

„Schau nicht so enttäuscht", sagte Kade und streifte mit seinen Fingern ihr Kinn. „Du hast keinen Grund dazu, denn ich werde dir einen Wunsch erfüllen."

Sie runzelte skeptisch ihre Stirn. „Einen Wunsch, mir?"

„Steig in dieses Boot ein, Baby."

„Das ist ja nicht viel größer als ein Fingerhut." Der Vergleich war übertrieben, aber es war wirklich nur ein kleines Ruderboot, bei dem die Sitzbänke abmontiert worden waren. Stattdessen lag ein Quillt in den Farben der Bostoner Flagge – kobaltblau und gelb – darin. In der Ecke war eine Flasche gegen die Seitenwand gelehnt.

„Was hast du vor?“, fragte Beth misstrauisch. „Wein? Das erotische Hörbuch?“

„Du magst es öffentlich und doch wieder nicht öffentlich.“

Sie wusste ganz genau, was er mit ‚es‘ meinte. „Du hast nicht ernsthaft vor, mich hier in der Marina zu verführen, oder?“

Er schaute gespielt unschuldig drein und zuckte mit den Achseln.

Kopfschüttelnd wandte sie sich zum Gehen, aber er versperrte ihr den Weg. Er drehte sie um, sodass sie mit dem Rücken zu ihm stand, legte seinen Arm um ihre Hüften und zog sie eng an seinen Körper heran.

Mit einer ausladenden Geste zeigte er auf den Yachthafen. „Gefällt es dir hier nicht?“

„Doch“, antwortete sie und versuchte sich freizukämpfen.

Aber er drückte sie noch fester an sich. „Mit Aaron hast du dich sogar im Hayden Planetarium vergnügt. Dort waren weitaus mehr Menschen als hier im Hafen.“

„Kade, sei vernünftig. Man kann uns vom Chart House Restaurant sehen. Ein wackelndes Dingi fällt sofort auf. Nicht auszudenken, wenn ein Nachtwächter nachschauen käme und uns splitterfasernackt und kopulierend erwischen würde.“

„Das hast du vor?“ Er lachte leise. „Bethany Hart, du bist triebhaft.“

Erbost schaute sie ihn über die Schulter hinweg an. „Das

ist *dein* Plan, nicht meiner.“

„Ich habe nie etwas Derartiges erwähnt“, amüsierte er sich und tippte mit dem Zeigefinger gegen ihre Schläfe. „Das ist deinem Kopf entsprungen. Deine Fantasie, dein Wunsch. Ich habe nur vom Betrachten des Sternenhimmels gesprochen.“

„Du drehst mir die Worte im Mund herum. Bring mich sofort zum Universitätsparkplatz zurück. Ich will in meinen Wagen steigen und heimfahren.“ Sie strafte ihn mit Ignoranz.

„Möchtest du das wirklich?“, hakte er nach und es lag ein unverkennbar laszives Timbre in seiner Stimme.

Bevor sie etwas entgegnen konnte, drang seine Hand unter ihren Mantel und zwischen ihre Schenkel. Seine Handkante rieb über ihren Schritt und Beth erschauerte wohlig.

„Dein Körper hat für dich geantwortet.“ Er schob ihre schulterlangen braunen Haare beiseite und küsste ihren Hals. „Und nun, bitte, steig in das Dingi, denn ich bin verrückt nach dir.“

Bethany war über sich selbst erstaunt, als sie tat, um was er sie gebeten hatte. Das Ruderboot wackelte, doch sie schaffte es, sich in die Nussschale zu setzen, ohne über Bord zu fallen.

Zu Beths Verwunderung nahm Kade hinter ihr Platz, sodass sie zwischen seinen gespreizten Beinen mit dem Rücken zu ihm saß.

„Soll ich dir die Flasche reichen?“, fragte sie, denn der Wein stand nun zu ihren Füßen.

„Möchtest du ein Glas?“

Alarmiert schaute sie Kade über ihre Schulter hinweg an. Diesen speziellen Unterton kannte sie mittlerweile. Sie kniff argwöhnisch die Augen zusammen. „Was muss ich dafür tun?“

Kade lachte. „Wie kommst du darauf, dass du etwas tun musst, um Wein trinken zu dürfen?“

„Ich spüre es.“

„Du kennst mich inzwischen zu gut“, meinte er und küsste sie auf ihre Schläfe. „Ich möchte, dass du dich entkleidest.“

Beth prustete. „Für jeden Schluck ein Kleidungsstück?“

„Nein“, er schüttelte den Kopf, „das würde mir heute Abend zu lange dauern. Du sollst dich ja nicht unterkühlen. Nun gut, ein wenig Kälte musst du heute schon ertragen.“

„Ich soll nackt hier sitzen? Das kann nicht dein Ernst sein!“

„Du darfst deinen Mantel wieder anziehen, aber darunter wirst du das Evaskostüm tragen.“ Langsam begann er ihren Mantel aufzuknöpfen.

Beth hielt seine Hände fest, obwohl sie nicht leugnen konnte, dass ihr der Gedanke gefiel. Ihre Haut war wie elektrisiert.

„Komm schon, Baby“, wisperte er ihr auffordernd ins Ohr. „So kühl ist diese Aprilnacht nicht. Du hast im Highland Park unter freiem Himmel Aaron mit dem Anblick deines nackten Unterleibs erfreut und das war im März. Dein Schritt war feucht, du hättest dir eine –“

„Schon gut“, unterbrach sie ihn. Sie schob seine Arme weg und zog den Mantel aus. „Halte ihn wenigstens hoch, damit mich niemand sieht.“

Kade tat ihr den Gefallen und Bethany entkleidete sich Stück für Stück. Sie musste verrückt sein!

Hier saß sie mitten in der Marina, in dem vermutlich kleinsten Boot im Dock, mit einem Fremden, von dem sie gerade mal den Vornamen kannte, und selbst der war höchstwahrscheinlich falsch. Sie konnte Kade nicht trauen, schlief jedoch mit ihm, und das Groteske war, dass er mittlerweile nicht einmal mehr das Überwachungsvideo erwähnen musste, damit sie sich ihm hingab, denn Beth begehrte ihn auch ohne Zwang.

Leichtsinniger kann eine Frau kaum sein, schimpfte sie mit sich und hüllte ihren nackten Körper wieder in ihren Steppmantel.

Sie kuschelte sich darin ein, doch Kade zog ihre Arme auseinander und öffnete den Mantel etwas. Über ihre Schulter hinweg betrachtete er ihren entblößten Körper.

„Wie wunderschön du bist!“, flüsterte er verzückt. „Diese bezaubernden Brüste, die zwischen meinen Fingern hervorquellen, wenn ich sie in meine Hände nehme. Die kleine Wölbung deines Unterbauchs, die so köstlich weiblich ist. Weißt du, ich mag keine flachen Bäuche, denn ich finde, sie sehen frigide aus.“

„Frigide?“ Ihr Busen prickelte aufgrund seiner Worte und ihr Bauch hob und senkte sich ruhelos.

„Eine leidenschaftliche Frau hat Kurven. Das Fleisch ist wollüstig, Knochen sind es nicht“, erklärte er und strich ein einziges Mal über Beths rechte Brustspitze, die sich noch stärker zusammenzog, als sie es aufgrund der kühlen Luft ohnehin schon tat. „Deine rasierte Scham mit den prallen Schamli…“

„Du musst nicht beschreiben, was du siehst. Ich habe selbst Augen im Kopf“, sagte sie spitz und war froh, dass sie frisch geduscht war.

Beth presste die Schenkel zusammen, als würde ihr das helfen, ihre Erregung im Zaum zu halten, und hüllte sich in ihren Mantel. Dann neigte sie sich vor, griff die Weinflasche und reichte sie Kade.

Er holte einen Korkenzieher aus seiner Jackentasche und Beth vermutete, dass er ihn gestohlen hatte, denn der Korkenzieher sah aus wie ein Miniaturkoch und auf dessen weißer Schürze stand der Schriftzug ‚The Cook – best Restaurant at Boston Harbor'.

Es konnte sich auch um ein Werbegeschenk handeln, aber Kade war ein Krimineller, da lag es auf der Hand, dass er jede Chance nutzte, egal, ob es um Diebstahl oder Nötigung von jungen, unschuldigen Frauen ging.

Unschuldig? Bethany dachte an ihre Nacktheit unter dem Mantel, ihre wachsende Lust und schüttelte über sich selbst den Kopf.

Kade hatte ihre Wollust geweckt, die mit den Jahren eingeschlafen war. Nun blieb Beth nichts anderes übrig als zu hoffen, dass er ihre Leidenschaft nicht eines Tages gegen sie verwenden würde.

„Night Harvest White Zinfandel Rosé", sprach er feierlich.

Bethany erwachte aus ihren Gedanken. „Wie bitte?"

„So heißt der Wein", antwortete er schmunzelnd und legte den außergewöhnlichen Korkenzieher, auf dem noch der Korken steckte, auf den Steg. „Jahrgang 2005. Er stammt vom kalifornischen Weingut R.H. Phillips, das östlich von Yolo County an der Grenze zu Napa Valley liegt. Du wirst ihn mögen."

„Ist er lieblich?"

„Dieser Rosé hat eine herausragende Balance von Säure und Fruchtigkeit, weil der Weinberg Dunnighan Hills in der Nähe von Sacramento liegt und vom kühlen Klima der Sacramento Bay profitiert. Heiße Tage und kühle Nächte machen ihn zu einer Köstlichkeit."

Beth wurde hellhörig. „Bist du in deinem wirklichen Leben Weinhändler?"

Sie hätte zu gerne gewusst, was Kade tat, wenn er nicht bei ihr war. Verdiente er seinen Lebensunterhalt tatsächlich durch kriminelle Machenschaften? Einen Korkenzieher, besonders wenn er so hübsch war wie der Miniaturkoch, ließ jeder irgendwo einmal mitgehen.

Oder war er vielleicht sogar im The Cook angestellt? Arbeitete er dort als Sommelier? Konnte es möglicherweise sein, dass Aaron mit einem Kollegen dort essen war und diesem machohaft von seiner Trophäe – dem Überwachungsvideo – erzählte hatte? Kade hätte das Gespräch belauschen oder rein zufällig mithören und neugierig nachforschen können, ob dieser Gast die Wahrheit gesprochen oder eine Lügengeschichte aufgetischt hatte, um seinem Kumpel zu imponieren.

Beth erwischte sich dabei, wie sie Ausreden für ihn erfand. Ein Teil von ihr wollte nicht wahrhaben, dass er ein Ganove war.

Kade setzte die Flaschenöffnung an Bethanys Lippen und hielt die Flasche leicht schräg, sodass Beth ihren Mund öffnen und trinken musste, um nicht mit Wein begossen zu werden.

Als Nächstes trank er selbst. Er nahm einen kräftigen Schluck und stellte die Flasche neben den Korkenzieher auf die Anlegebrücke. „Das hier ist mein wirkliches Leben, Beth."

„Nein, das stimmt nicht. Ich wette, du führst irgendwo eine Parallelexistenz."

Es dauerte eine Weile, bis er antwortete. „Es ist nicht so, dass ich in Worcester oder Springfield eine Ehefrau und zwei Kinder habe. Das ist es doch, was du wissen möchtest, oder?"

Eine Weile schaute Beth schweigend auf das ruhige Hafenwasser hinaus. Konnte sie ihm glauben? Sie war sich nicht sicher.

Kade nahm ihr Kinn und drehte ihren Kopf in seine Richtung, damit sie ihn ansah. „Das hier ist die Realität. Ich sitze mit dir in diesem Boot und möchte in diesem Moment nirgendwo anders sein."

Beth konnte sich nicht länger gegen ihre romantischen Gefühle erwehren. Ihr Herz pochte aufgeregt und sie spürte, dass sie eine Erregung ergriff, deren Ursache nicht Triebhaftigkeit, sondern ein tieferes Gefühl war.

Als Kade sie leidenschaftlich küsste, ließ sie sich in diesen Kuss hineinfallen. Sie drückte ihren Mund anschmiegsam auf den seinen, öffnete ihre Lippen und schob ihre Zungenspitze in seine Mundhöhle hinein.

Sie züngelten zärtlich, gefühlvoll und hingebungsvoll. Es war kein ungestümer Kuss, sie fielen nicht übereinander her, sondern ließen sich Zeit. Diese Nacht gehörte ihnen.

Da war niemand, der auf sie wartete. Daryl stand ihnen nicht mehr im Weg, Beths Eltern ahnten, dass mehr zwischen ihr und Kade war, als Beth zugab, und Kade war angeblich auch nicht liiert.

Achtung, ermahnte sie sich, er hatte nur von einer Ehefrau gesprochen.

Als sie den Kuss löste und gerade nachhaken wollte, ob er eine Freundin hatte oder überhaupt jemanden, mit dem er sein Bett teilte, legte er seinen Zeigefinger an ihre Lippen.

„Scht", machte er. „Ich sehe ein großes Fragezeichen in deinem Gesicht, aber ich werde dir nichts über mich erzählen. Der Zeitpunkt wird kommen, an dem du alles erfahren wirst, aber heute Nacht wollen wir uns amüsieren."

„Warum muss ich auf Antworten warten?"

Amüsiert lächelte er, weil sie doch wieder nachfragte. „Weil es nicht nur um dich geht."

Was meinte er damit? Ging es auch um ihn, um seine Gefühle für sie, oder waren weitere Menschen involviert,

Verbrecher oder gar Personen, die sie kannte?

Beth öffnete ihren Mund, um unnachgiebig weiterzubohren, doch bevor sie etwas sagen konnte, verschloss Kade ihre Lippen mit seiner Hand. Er brachte sie zum Schweigen, drückte ihren Hinterkopf sachte gegen seine Schulter und schob seine freie Hand unter ihren Mantel.

Bethany wusste sehr wohl, dass er versuchte sie abzulenken, und er war erfolgreich mit seinen Bemühungen, denn kaum hatte er ihren linken Busen umfasst, schloss sie die Augen und gab sich seiner Berührung hin.

Behutsam zwirbelte Kade ihre Brustspitze. Er rieb immer wieder mit der flachen Hand über die erigierte Warze und widmete sich dann der rechten, um sie nicht minder intensiv zu reizen.

Seine Hand glitt über Beths Bauch hinab. Er drang einige Male mit seinem Zeigefinger in ihren Bauchnabel ein und streichelte sogleich ihren Venushügel mit seinen Fingerspitzen. Ein Kitzeln entstand, das zu einem lustvollen Kribbeln heranwuchs und in Beths Mitte floss.

Während seine rechte Hand ausgiebig über ihre Oberschenkel strich, ohne ihren Schritt direkt zu berühren und ihre Lust gerade durch diese Abstinenz bis ins Unerträgliche zu steigern, nahm er seine linke von ihrem Mund und widmete sich mit ihr wieder Beths Busen. Er drückte ihre Brustspitzen, gleichzeitig liebkoste er ihre Innenschenkel und stimulierte sie so zärtlich wie nie zuvor.

Bethany seufzte. Es tat so gut, von Kade berührt zu werden.

In diesem Moment war es ihr egal, wer er war – ob nun sanfter Verführer, der eine Chance nutzte, oder Schurke, der einen Plan verfolgte. Die Hauptsache war, dass sie in seinen Armen liegen und seine Liebkosungen spüren durfte.

Ihr Schoß brannte bereits lichterloh, dabei hatte Kade

es bisher tunlichst vermieden, ihre Mitte anzufassen. Sie reckte ihr Becken seiner Hand entgegen, forderte ihn mit dieser Geste auf, sie dort zu berühren, wo ihre Erregung am größten war, als sie auf einmal einen Bootsmotor und Stimmen hörten.

Erschrocken riss sie die Augen auf.

Ein kleines, schneeweißes Motorboot mit jeweils zwei jungen Männern und Frauen fuhr am Dock 35 vorbei. Sie schwatzten laut, lachten und nahmen das Paar in dem mit einem Quillt ausgelegten Dingi kaum wahr. Offensichtlich hatten sie nicht vor, an einem der Docks anzulegen, denn sie drosselten die Geschwindigkeit ihres Bootes nicht.

Beth wickelte sich in ihren Mantel ein und schmiegte sich eng an Kade, als könnte sie sich in seinen Armen verstecken.

Kade lachte leise. „Wenn man sich an einem öffentlichen Ort vergnügt und mit der Gefahr spielt, entdeckt zu werden, kann es durchaus sein, dass man auch entdeckt wird."

„Sehr witzig", brachte sie gepresst hervor.

„Genieße es doch einfach, zeige deinen schönen Körper her und berausche dich an den bewundernden Blicken der Fremden", schlug er vor und öffnete wieder ihren Mantel.

Er musste sie mit sanfter Gewalt erst davon überzeugen, doch in Wahrheit gab Beth allzu bereitwillig nach.

Als das Motorboot an ihnen vorübergefahren war, hatte Beth eine erregende Welle erfasst. Diese Lustwoge war über sie hinweggeschwappt und das Boot hatte sie mitgenommen, da die zwei Pärchen weitergefahren waren, aber diese bittersüße Mischung aus Angst und Erregung hatte Beth gefallen.

Kade bat sie, bis in die entgegengesetzte Spitze des Dingis von ihm wegzurücken. Er stapelte Beths Kleidung in der

Mitte des Ruderboots. „Bitte, leg dich mit deinen Schulterblättern auf den Kleiderhügel."

„Was hast du vor?", fragte sie skeptisch.

Lächelnd holte er eine Flasche Cheese Zip aus seiner Jackentasche. „Ich möchte endlich den Cheddar genießen. Nichts passt besser zu Wein als Käse."

Beth lachte laut auf. „Sprühkäse? So etwas isst du?"

„Für gewöhnlich nicht", gab er zu und zwinkerte. „Aber für meine Zwecke hat er die beste Konsistenz."

Grüblerisch kniff Beth die Augen zusammen. Doch dann verstand sie und ihr Blick erhellte sich. Nur ihr Mut meldete wieder einmal Zweifel an. „Man wird mich von der Werft aus erblicken können."

„Na und?" Als sie ihn entsetzt ansah, beruhigte er sie: „Du wirst trotz der Kleidung tief im Boot liegen und von den Seitenwänden verdeckt werden. Man wird nur sehen können, wie ich mich über dich beuge, und jeder wird denken, ich küsse dich."

„Wirst du nicht?" Beth kicherte und legte sich auf den Rücken.

Dann beugte sich Kade über sie. „Doch, auch, aber nicht auf deinen Mund."

Er schob die Hälften ihres Mantels beiseite, sodass Bethany komplett entblößt vor ihm lag. Dann hauchte er auf ihre Brüste. Sein Atem war wie eine warme Brise, angenehm in der frischen Aprilnacht.

Eine Weile streichelte er ihre Brüste, überzog sie mit Tausenden von Küssen und saugte einmal kurz die Brustspitzen in seinen Mund ein, um sie behutsam wieder loszulassen und sich an dem Anblick der tiefroten, hart hervorstehenden Spitzen zu erfreuen.

Kade nahm den Käse und sprühte einen Ring um die Brustwarzen. Genüsslich leckte er die Warzenhöfe sauber, goss vorsichtig Rosé über Beths Busen und leckte ihn rasch ab, bevor der Wein herunterlaufen konnte.

Verzückt über seine Einfälle genoss Bethany seine Mund- und Zungenfertigkeiten. Sie streckte Kade ihren Busen hin, damit er ihn weiter verwöhnen konnte. Der Duft von würzigem Cheddarkäse und lieblichem Zinfandel stieg ihr in die Nase.

„Ich möchte einen Schluck trinken", bat sie und öffnete ihren Mund.

Zu ihrem Erstaunen sprühte Kade erst ein wenig Käse hinein, goss etwas Wein nach und presste rasch seine Lippen auf die ihren. Mit seiner Zunge vermischte er die beiden Zutaten, und während Bethany schluckte, strich er mit seiner Zungenspitze zärtlich über die Innenseiten ihrer Wangen.

Kade löste den delikaten Kuss. Konzentriert sprühte er Cheddar auf Beths Lippen, saugte den Käse Stück für Stück ab und leckte schließlich Beths Mundwinkel aus.

Schließlich gab er ihr wieder Rosé zu trinken und nahm selbst einige Schlucke.

„Mein Busen klebt", stellte sie fest und betastete ihren Oberkörper. „Liegt das nun am Cheese Zip oder am Zinfandel oder an beidem?"

Schmunzelnd stellte Kade Weinflasche und Sprühkäse auf den Steg. „Setz dich bitte wieder hin und neige deinen Oberkörper über den Bootsrand, damit ich dich abwaschen kann."

„Ich soll –" Beth blieb liegen und sah ihn von unten entgeistert an. „Du hast gesagt, niemand würde mich sehen."

Kade schob seine Hände unter ihren Rücken und stemmte sie hoch. „Wir müssen uns eben beeilen."

Bethanys Scham prickelte lustvoll, als sie sich hinkniete, ihre entblößten Brüste über Bord hielt und Kade begann, kaltes Hafenwasser über ihren Busen rinnen zu lassen und ihren Oberkörper von Wein und Käse zu reinigen.

Er erregte sie, indem er immer wieder an ihre erigierten Brustspitzen stieß, in einem Moment sachte mit dem Handrücken darüberstrich und im nächsten ihre Brüste rieb, als müsste er Teer von ihnen abschrubben.

Plötzlich lüftete er ihren Mantel und liebkoste ihre Gesäßhälften. Die Nachtluft fühlte sich kühl an ihrem nackten Hintern und ihrem feuchte Schoß an.

Kade küsste Beths Gesäß. Er stieß mit seiner Zunge von hinten in ihre Spalte und kostete ihre köstliche Feuchtigkeit. Seine warme Zungenspitze umkreiste ihren faltigen Ring und drang ein einziges Mal kurz in ihren Anus ein.

Berauscht stöhnte Bethany. Aber noch konnte sie ihre Angst nicht abschütteln.

Immer wieder schaute sie sich prüfend um, spähte zu den Werften und behielt das Marriott Long Wharf Hotel und das Chart House Restaurant im Auge. Sollte sie Gäste oder Spaziergänger sehen, würde sie sich sofort in ihren Mantel wickeln.

Doch Beth hatte den offenen Hafen vergessen.

Während sie das Werftgelände im Blick behielt, ruderte leise ein Pärchen mittleren Alters heran. Beth bemerkte die beiden erst, als der Mann und die Frau am Ende von Dock 36 anlegten, nur einige Boote entfernt von der Nussschale, in der sie selbst mit Kade hockte.

Das Ruderboot war in grasgrüner Farbe gestrichen. Auf dem Bug hatte jemand mit unsicheren Pinselstrichen ‚Back Bay Frog' geschrieben, es sah wie die Handschrift eines Kindes aus.

Beth vermutete, dass das Paar im Bezirk Back Bay wohnte, dem historischen Stadtzentrum von Boston, das sich am Charles River erstreckt.

Bevor Bethany sich rühren konnte, hatte Kade seine Hand in ihren Nacken gelegt und übte sanften Druck auf sie aus, um sie daran zu hindern, sich aufzusetzen und den Mantel anzuziehen.

„Beruhige dich, Babe", flüsterte er ihr zu. „Sie schauen interessiert und nicht pikiert. Kein Grund zur Sorge."

Obwohl sich Beth schämte, erfasste sie eine starke Lust,

weil sie ihre geschwollenen, nassen Brüste aus dem Dingi hielt. Sie präsentierte sich in einer liederlichen Pose. Wasser tröpfelte von den rosigen Spitzen und kitzelte sie.

Beths Verlegenheit verschwand auch nicht, als Kade ihr Gesäß wieder in ihren Mantel hüllte, denn sie stellte immer noch ihren nackten Busen zur Schau.

Mit Aaron hatte sie damals immer nur so getan, als wären sie Exhibitionisten, aber in Wahrheit war die Aussicht, erwischt zu werden, gering gewesen, und richtig hergezeigt hatten sie sich auch nicht.

Aber mit Kade war es kein Spiel, er meinte es ernst.

Wollte er testen, wie weit ihre exhibitionistische Neigung ging? Vielleicht sogar, ob sie ihn in Bezug auf ihr Sexualleben mit Aaron belogen hatte, um ihn zu beeindrucken?

„Schöne Nacht heute", rief der Fremde herüber – ein großer, leicht untersetzter Mittvierziger mit buschigen Augenbrauen und freundlichem Lächeln – und vertäute sein Boot. „So romantisch mit dem Sternenhimmel."

Kade tätschelte Beths Hintern. „Nur etwas frisch", sagte er unverholen lüstern.

Beth riss sich von ihm los, schloss ihren Mantel und drehte sich zu den Neuankömmlingen um.

Unerwartet drang Kades Hand von hinten zwischen ihre Schenkel. Es geschah so schnell, dass Beth ihre Beine nicht rechtzeitig schließen konnte. Noch immer kniete sie im Dingi. Sie spürte, wie sich Kade zwischen ihre leicht gespreizten Schenkel setzte, sie weiter auseinanderzwang und seine Hand an ihren Schritt legte.

Da es das erste Mal in dieser Nacht war, dass er sie dort unten direkt berührte, erschauerte Beth wohlig. Sie schüttelte sich und bekam eine Gänsehaut.

Dennoch drehte sie sich erbost zu Kade um. „Hör

sofort auf damit."

„Ich denke gar nicht daran", antwortete er gelassen und drückte seinen Mittelfinger in sie hinein. Unverfroren wandte er sich an den fremden Mann. „Ist das Ihr Ruderboot oder haben Sie es ausgeliehen?"

Leise schimpfte Beth: „Als ob dich das wirklich interessieren würde." Er beabsichtigte nur, diese peinliche Situation hinauszuzögern, um sich an ihrer Verschämtheit zu erregen.

Am meisten ärgerte sich Beth jedoch darüber, wie empfänglich sie auf Kades intime Berührung reagierte, denn sie zitterte vor Erregung am ganzen Körper, während er ihre Feuchtigkeit auf ihren Schamlippen verteilte, einige Male um ihre empfindsamste Stelle kreiste und durch ihre Spalte nach hinten glitt, um in ihren Anus einzutauchen.

Sein Mittelfinger steckte bis zur Wurzel in ihrem After, während Kade Konversation mit dem fremden Paar betrieb.

Bethany schüttelte fassungslos den Kopf.

„Es gehört meinem Sohn Jason. Er hat es vor zwei Jahren von seinen Großeltern geschenkt bekommen, in diesem Jahrhundertsommer. Erinnern Sie sich? Als es so schrecklich heiß und schwül war", erzählte der Mann bereitwillig und half seiner Frau beim Aussteigen. „Wir haben es uns ausgeliehen, um die Nacht auf dem Wasser zu genießen. Es ist zwar immer noch frisch, aber die Temperaturen sind merklich gestiegen."

„Genießen, das wollen wir auch." Kade zog seinen Finger halb aus ihr heraus und stieß ihn kraftvoll wieder hinein.

Bethanys Ringmuskel zog sich um den Eindringling zusammen und dennoch prickelte er lustvoll, da er sich nach weiterer Stimulation sehnte.

„Möchten Sie etwas Wein oder Käse?“ Während Kade mit dem Kopf auf die Weinflasche und den Sprühkäse deutete, rieb er mit seinem Daumen über Bethanys Anus, ohne den Mittelfinger aus ihr zu entfernen.

Sekundenlang hielt Beth die Luft an. Wenn das Pärchen jetzt zu ihnen herüberkäme, würde ihnen sofort auffallen, dass Kades Hand unter Beths Mantel verschwunden war, was das Paar momentan nicht sehen konnte, da Beth mit dem Gesicht zu ihm kniete.

„Nein, danke.“ Der Fremde winkte höflich ab.

Zu Beths Erstaunen nahmen er und seine Frau, die raspelkurze blonde Haare und viele Lachfalten hatte, auf dem Steg Platz. Sie sahen zwar auf den Hafen hinaus, brauchten aber nur den Kopf nach rechts zu drehen, um zu beobachten, was im Dingi vor sich ging.

Bethany schaute umso verdutzter, als ihr Mantel plötzlich wieder gelüftet wurde und sie Kades entblößten Phallus an ihrem nackten Hintern spürte.

„Das ist nicht dein Ernst“, flüsterte sie.

Ungeniert rieb er sein steif abstehendes Glied gegen ihre Gesäßhälften. „Wenn du dich zusammenreißt, werden die beiden nichts merken.“

„Wie kann ich das? Mich lässt deine Dreistigkeit nun mal nicht kalt.“

„Wenn das so ist, dann genieße die Situation doch einfach“, sprach er verführerisch, drückte seinen Penis längs zwischen ihre Pohälften und hob und senkte seine Lenden. „Tu so, als wären wir alleine.“

„Sind wir aber nicht.“ Sie ärgerte sich über sein Unverständnis, konnte aber nicht leugnen, dass es ihr gefiel, von Kade stimuliert zu werden und dabei Gefahr zu laufen, dass ihre öffentliche Unzucht aufflog. Sich zusammenreißen zu müssen heizte ihre Lust gehörig an.

Er stöhnte leise in ihr Ohr. Seine Hand drang unter ihren Mantel, griff ihre Hüften und hielt sie fest, um sich noch stärker an ihrem Hintern zu reiben.

Bethany rang mit ihrer Erregung, um nicht in Kades Stöhnen einzustimmen.

Seine Hände glitten über ihre Oberschenkel. Mit seinen Fingern strich er zärtlich über ihre großen Schamlippen, während er seine Lenden unaufhörlich hob und senkte. Er zog Beths Schamlippen auseinander und blies seinen warmen Atem in ihren Nacken, sodass sie erschauerte.

Hatte das Pärchen gerade kurz zu ihnen herübergeschaut? Bethany konnte es nicht mit Sicherheit sagen. Aber sie fühlte sich in ihrer Wahrnehmung bestätigt, denn die Frau legte die Hand auf den Schritt ihres Mannes.

„Kade, hör auf, bitte." Sie versuchte aufzustehen, doch er hielt sie fest.

Lediglich ihre Schamlippen ließ er los und schlang stattdessen die Arme um ihre Hüften. „Mach dir keine Sorgen wegen den beiden. Sie schauen nur ein wenig."

„Glaubst du, sie wussten von Anfang an, was wir hier treiben?"

Kade zupfte mit seinen Lippen an den Härchen in ihrem Nacken und küsste ihre Halsbeuge. Liebevoll züngelte er über ihre Ohrmuschel, saugte das Ohrläppchen behutsam in seinen Mund ein und legte seine Wange an die von Beth.

„Ja, das glaube ich."

„Und dir macht es nichts aus?", wollte sie erstaunt wissen.

„Im Gegenteil, es erregt mich, genauso wie dich." Zärtlich knabberte er an ihrer Schulter. „Hör auf, gegen deine Lust anzukämpfen. Du möchtest dich doch gerne vor ihren Augen gehen lassen, oder?"

Zögerlich gab sie zu: „Ja, schon, aber –“

„Aber was?“ Da sie nicht antwortete, fügte er hinzu: „Es sind nur harmlose Voyeure. Sie werden nicht zu uns herüberkommen und dich begrabschen, Baby. Ganz davon abgesehen, dass ich mich ihnen todesmutig in den Weg stellen und dich mit meinem Leben verteidigen würde, sind sie gar nicht daran interessiert.“

„Woher willst du das wissen?“

„Sie stimuliert ihn mit der Hand.“ Mit einem Kopfnicken deutete er auf das Paar. „Ab und an blicken sie verstohlen zu uns herüber, mehr nicht. Sie mögen es, uns zuzuschauen, sich an unserem Spiel zu erregen, möchten jedoch ihre Sexualität ausschließlich miteinander ausleben. Genauso wie ihre Blicke unsere Lust anstacheln, wir sie aber bei unserem Liebesspiel nicht dabeihaben wollen.“

„Klare Grenzen?“ Der Gedanke gefiel Beth. Diese Situation hatte nichts Peinliches oder gar Bedrohliches.

Mit einem Mal flirrte die Luft zwischen ihnen und dem fremden Paar vor unausgesprochener Wollust. Es war wie ein stummes Abkommen.

Anstatt ihr zu antworten, öffnete Kade Beths Mantel weit und stellte ihre Brüste wieder zur Schau.

Bethany ließ es widerstandslos geschehen und nun, da sie sich dazu entschieden hatte, sich auf Kades Spiel einzulassen, fiel es ihr leichter, sich ihm hinzugeben. Ihre Blockade war nicht vollkommen verschwunden, aber geschrumpft.

Sie streckte den Rücken durch und bog sich Kades Händen entgegen, die ihren Busen gekonnt reizten. Aber er massierte sie nur kurz, strich lieber durch ihre feuchte Spalte und rieb sich immer gieriger an ihrem Gesäß.

Mittlerweile stöhnte er lauter. Die fremde Frau und ihr Mann erlaubten sich immer öfter Blicke, was Beths Erregung anstachelte. Auch sie selbst konnte ihr Stöhnen nicht länger unterdrücken.

Einmal begegnete sie dem Blick der Frau und schaute beschämt auf das Wasser, auf dessen Oberfläche sich die Beleuchtung der Werft spiegelte.

Es war eine wirklich bezaubernde Nacht. Beth legte den Kopf in den Nacken und sah zum Sternenhimmel auf.

Alles in ihrem Unterleib zog sich zusammen. Der Orgasmus baute sich so rasch auf, dass Beth von ihren intensiven Gefühlen völlig überrumpelt wurde.

Sie war sich bewusst, dass sie das Spiel mit der Gefahr liebte, sonst hätte sie sich damals nicht mit Aaron im Hayden Planetarium, auf dem John Hancock Tower und im Fenway Park vergnügt und sich auch stärker gegen Kades Einzug in ihr Leben gewehrt.

Aber sie hätte nie geglaubt, dass sie eine wahrhaft exhibitionistische Neigung in sich trug. Bisher hatte sie die Abenteuer mit Aaron als Eskapaden von Heranwachsenden abgetan. Das Erforschen von Grenzen.

Nun lernte sie sich ein Stück weit besser kennen. Dank Kade.

Doch bevor der Höhepunkt über sie hereinbrach, nahm er seine Hand aus ihrem Schritt und entfernte sein Glied von ihrem Gesäß.

Enttäuscht atmete sie geräuschvoll aus.

„Leg dich auf den Rücken, mit dem Kopf zum Bug. Schnell, Babe, ich halte es nicht mehr lange aus.“

Nun kehrte die Angst zurück. Beth hielt die Hand vor den Mund und sprach, so leise sie konnte: „Du willst mich doch nicht hier und jetzt nehmen, nicht wahr?“

„Oh, doch, und wie ich das will!“ Seine Stimme klang rau vor Erregung.

Bethany drehte sich tatsächlich um, aber nur um sich

ihm gegenüber hinzusetzen und ihn bestürzt anzustarren. „Vor den Zuschauern? Geht das nicht ein wenig zu weit?“

„Eben hätte ich dich fast bis zum Orgasmus gestreichelt und du hattest nichts dagegen“, versuchte er sie umzustimmen. Kade kroch über sie, schob den Kleiderhaufen beiseite und drückte ihre Schultern auf den Quilt, sodass sie auf dem Rücken lag. „Mach jetzt keinen Rückzieher. Du würdest es bereuen. Eine Situation wie diese kommt nicht so schnell wieder. Betrachte es als Gelegenheit, eine neue Erfahrung zu machen.“

Abwehrend stemmte sie die Hände gegen seinen Oberkörper, aber ihre Gegenwehr war halbherzig. Sie schaute sehnsüchtig auf seinen Phallus, der aus seiner Hose herausragte.

Kade griff ihre Handgelenke und hielt sie über ihrem Kopf fest. Der darauf folgende Kuss war innig. „Sie werden nur deine Unterschenkel sehen, die aus dem Boot herausragen. Mehr nicht. Zumindest nicht von dir. Mich werden sie vollkommen ins Visier nehmen können, aber das macht mir nichts aus. Die beiden werden sehen, wie ich in dich hineinpumpe, weil mein Hintern sich hebt und senkt, und mich wird dieses Wissen zusätzlich erregen.“

„Meine Schenkel?“, fragte sie stirnrunzelnd.

„Spreize deine Beine so weit, dass deine Kniekehlen auf den Rändern des Ruderboots liegen und deine Unterschenkel über dem Wasser schweben.“

„Oh!“, machte sie. Wenn die beiden Zuschauer nur ihre Extremitäten sehen würden, war es für Beth in Ordnung.

Da das Dingi klein war, schaffte sie es, ihre Waden rechts und links auf den Bootseiten abzulegen, doch Kade war dies noch nicht genug. Er schob ihre Schenkel auseinander, bis ihr Schritt so weit geöffnet war wie noch nie zuvor in ihrem Leben.

Als er das erste Mal in sie hineinglitt, drückte er ihre Feuchtigkeit heraus, die zwischen ihren Gesäßhälften herunterlief und auf die Decke tropfte. Kades Phallus steckte bis zum Ansatz in ihr drin. Ihre Mitte hatte ihn problemlos komplett aufgenommen, da Beth entspannt und bereit für ihn war.

Am Anfang war Kade noch bemüht, sich langsam aus ihr zurückzuziehen und bedächtig wieder in sie hineinzugleiten. Aber auch seine Lust war groß, das Vorspiel hatte lange gedauert und war immer wieder von Diskussionen unterbrochen worden. Beth spürte, dass er es nicht mehr aushielt und sich ebenso nach Erlösung sehnte, wie sie selbst.

Kade steigerte das Tempo seiner Stöße stetig, bis er in einen schnellen Rhythmus verfiel. Er pumpte leidenschaftlich in sie hinein, seufzte, wenn sein Glied aus ihr herausglitt, und schaute ab und zu hinüber zu dem fremden Pärchen.

Das Dingi schaukelte, Hafenwasser schwappte von außen gegen die Bootswände.

Bethany befürchtete, dass der komplette Yachthafen hörte und sah, was im Dock 35 geschah. Aber sie war schon zu berauscht, um Kade zu stoppen, und eigentlich wollte sie das auch gar nicht, denn der Höhepunkt war zum zweiten Mal in dieser Nacht zum Greifen nah und diesmal hörte Kade nicht vorzeitig auf.

Enthemmt ritt er sie. Er hielt sich an den Bootsseiten fest und stieß mit seinem harten Kolben in Beths Mitte.

Der Orgasmus brach so heftig über Bethany herein, dass sie sich den Mund zuhalten musste, um nicht laut zu schreien. Sie drückte den Rücken durch, bäumte sich auf und fiel dann zurück auf den Quilt.

Zuckend lag sie im Dingi und war froh darüber, dass

das Pärchen sie in diesem Moment der Ekstase nicht sehen konnte, weil Beth nicht mehr sie selbst war.

Sie zerfloss vor Lust. Ihr Atem ging rasch. Es war ihr egal, wo sie sich befand. Es zählte nur, dass Kade bei ihr war.

Er drang noch einige Male in sie ein, gab einen kehligen Laut von sich und brach über Beth zusammen. Nach Luft japsend legte er sich neben sie.

Da das Boot klein war, mussten sie sich eng aneinanderkuscheln, um nebeneinander liegen zu können, und das war ihnen keineswegs unangenehm.

Arm in Arm ruhten sie sich aus. Während Kade die Augen geschlossen hatte, blickte Bethany zum Sternenhimmel auf und war unendlich glücklich.

Verträumt kraulte sie Kades Unterbauch, doch er hielt ihre Hand fest.

„Willst du *ihn* wieder zum Leben erwecken, mein kleiner Nimmersatt?“, fragte er und lachte.

„Unter anderen Umständen, ja.“ Beth richtete den Oberkörper auf und schaute nach dem fremden Paar. „Sie sind fort. Ich habe sie gar nicht weggehen hören.“

„Du warst ja auch zu abgelenkt.“ Schmunzelnd zog er sie enger an sich. „Und, war öffentlicher Sex – und diesmal war er tatsächlich öffentlich, nicht so ein Teeniekram wie damals mit Aaron – nun eine traumatische Erfahrung?“

„Nein“, antwortete sie aus vollem Herzen und freute sich über den Hauch von Eifersucht in seiner Stimme, als er Aarons Namen erwähnte. Sie war so satt, so befriedigt, dass sie am liebsten die ganze Nacht im Dingi geschlafen hätte, aber dafür war es noch zu kalt.

„Gut“, meinte er und knöpfte Beths Mantel zu. „Dann können wir es ja beim nächsten Mal in dem Wasserbett treiben, das bei J.C. Penney im Schaufenster steht."

„Von wegen!"

Beth wollte sein erschlafftes Glied greifen, um ihm spielerisch zu drohen, doch Kade rang sie nieder und küsste sie voller Gefühl.

Es war, als würden ihre Körper verschmelzen. Er schmiegte sich an sie, wodurch sein Penis zufällig durch ihren Mantelschlitz glitt und sich auf ihren nackten Oberschenkel legte.

Ihre Zungen spielten zärtlich miteinander und Kade führte seine Hände an ihre Wangen, um diese mit seinen Daumen zu streicheln, ohne den Kuss zu lösen.

Glücklich schlang Bethany die Arme um ihn.

Kades Glied zuckte schon wieder lustvoll. Bethany nahm es zwischen ihre Schenkel und begann, den Penis mit beiden Beinen zu reiben.

Kade stöhnte in ihren Mund hinein.

In diesem Moment hätte Bethany ihr Leben gegeben, um zu erfahren, wer Kade wirklich war, denn sie merkte, dass sie sich längst in ihn verliebt hatte.

22. *KAPITEL*

Als sie wieder im schwarzen Pontiac saßen und Kade Beth zum Parkplatz der Universitätssporthalle zurückfuhr, gärte es gewaltig in ihr. Immer wieder sah sie ihn kurz von der Seite an, doch er bemerkte ihre nachdenklichen Blicke nicht oder wollte sie nicht bemerken.

Nun, da sie sich endlich eingestand, verliebt in ihn zu sein, wollte sie umso mehr wissen, wem sie ihr Herz schenkte.

Das Überwachungsvideo und die Fotos hatte er längere Zeit nicht erwähnt. Druckmittel hatte er gar nicht mehr nötig, denn sie war gerne mit ihm zusammen und ließ sich von ihm verführen – wider besseres Wissen.

Sie durfte ihm nicht vertrauen, aber genau danach sehnte sie sich.

Ihr Wunsch, mehr über ihn zu erfahren, war so groß, dass sie eine Entscheidung traf.

Nachdem sich Beth von Kade verabschiedet hatte, stellte sie ihre Sporttasche auf den Rücksitz ihres Wagens und stieg ein. Sie winkte Kade und verließ den Parkplatz. Doch anstatt heimzufahren, scherte sie unauffällig in die nächste Parklücke am Straßenrand ein, wartete, bis er an ihr vorüber war, und folgte ihm.

Er steuerte seinen schwarzen Firebird in den Bezirk Beacon Hill, der nicht weit von der Boston Waterboat Marina entfernt lag, und stellte sein Auto in der Parallelstraße zur Mount Vernon Road vor einem kleinen Café ab. ‚Kassandra's Kitchen' stand in roten Lettern auf der gläsernen Eingangstür.

Bethany parkte in der Nähe und beobachtete, wie Kade das Café betrat und sich an eins der hell erleuchteten Fenster setzte. Sie war enttäuscht, hatte sie doch gehofft, dass er nach Hause fahren würde und sie endlich herausfand, wo er wohnte.

Stattdessen bekam er nun von einer Kellnerin einen Espresso serviert – einer attraktiven Kellnerin mit hüftlangen weizenblonden Haaren und einem Mund, so groß wie der von Julia Roberts. Die junge Frau lächelte Kade an und wechselte einige Worte mit ihm. Flirtete sie vielleicht sogar? Um den Umsatz zu steigern oder um mit Kade anzubandeln?

Beth spürte, wie Eifersucht in ihr erwachte, und sie blickte zum Louisburg-Square-Park hinüber, dessen Lichter erahnen ließen, wo die Gehwege entlangführten.

Als sie wieder zu Kade spähte, war er allein und schlug gerade den Boston Herald auf. Doch er legte seine Tageszeitung so schnell wieder weg, wie er sie genommen hatte, und blickte gedankenversunken aus dem Fenster.

Beth hätte zu gerne gewusst, worüber er nachdachte. Seine Miene war ernst. Etwas schien ihn so sehr zu beschäftigen, dass er sich nicht aufs Lesen konzentrieren konnte.

Zumindest schaute er nicht auf den Hintern der Kellnerin. Sie stand an der Theke und plauderte mit ihrem bärtigen Kollegen, der hinter dem Tresen Gläser polierte, wobei sie sich etwas nach vorne lehnte und Kade ihre pralle Kehrseite präsentierte.

Wie schamlos, dachte Beth, erinnerte sich dann jedoch verlegen daran, dass sie vor wenigen Minuten Sex in einem im Yachthafen ankernden Dingi gehabt hatte und dabei sogar von einem fremden Pärchen beobachtet worden war.

Aber sie wollte nicht, dass die Kellnerin Kade schöne Augen machte. Die Frau war schlanker als Beth, sie hatte sehr lange Haare, was Männer sexy finden, und sie war sich ihrer Attraktivität bewusst. Das spürte Beth sogar aus der Ferne. Die Frau bewegte sich selbstbewusst und kokettierte. Oder gehörte das nur zu ihrem Job? War sie möglicherweise Kassandra, die Besitzerin?

Bethany strich mit ihren Handflächen über ihr Gesicht, als könne sie die Eifersucht mit dieser Geste vertreiben, aber sie saß tief in ihr drin.

Im Café spülte Kade seinen Espresso so hastig hinunter, dass es den Anschein hatte, als hätte er einen Entschluss gefasst. Er wandte sich an die Kellnerin und zahlte.

Bevor er vom Tisch aufstand, holte sie etwas aus ihrer Rocktasche und reichte es ihm. Sie zwinkerte ihm zu und Kade schenkte ihr ein Lächeln. Er steckte das, was auch immer er erhalten hatte, in seine linke Jackentasche und gab der Bedienung Trinkgeld. Die Blondine nahm den Schein, hielt ihn straff zwischen beiden Händen und hob ihn ans Licht, als wolle sie seine Echtheit prüfen.

Hatte er ihr gerade einen Zehn-Dollar-Schein gegeben? Beth hatte es aus der Entfernung nicht genau erkennen können, meinte aber, die Ziffer zehn ausgemacht zu haben.

Hatte die Fremde ihm ihre Telefonnummer zugesteckt? Was sollte es sonst gewesen sein? Über eine Visitenkarte des Cafés hätte er sich bestimmt nicht so sehr gefreut, dass er ihr ein völlig überzogenes Trinkgeld gab.

Obwohl es im Wagen kühl war, begann Beth zu schwitzen. Sie hatte sich mit ihrem Höschen nur notdürftig zwischen den Schenkeln abgetrocknet, nachdem sie den Yachthafen verlassen hatte, und trug nun keinen Slip unter ihrer Hose.

Während sie noch Kades Berührungen auf ihrem Körper spürte, knüpfte er bereits Kontakte zu fremden Frauen.

Sie konnte es kaum glauben! Am liebsten wäre sie aus ihrem Wagen gesprungen, wie eine Furie ins Café gestürmt und hätte Kade und der Kellnerin die Augen ausgekratzt.

Aber sie beherrschte sich, weil Kade ‚Kassandra's Kitchen‘ verließ. Er eilte zu seinem Wagen und fuhr sofort los.

Beth wollte ihn weiterverfolgen, auch wenn die Observierung die ganze Nacht dauern würde. Sie würde endlich erfahren, wo er lebte, und hoffentlich bald auf seinem Klingelschild seinen Nachnamen lesen.

Die Eifersucht rumorte so stark in Bethany, dass sie sich nur schwer auf den Verkehr konzentrieren konnte und einmal vor einer Ampel direkt hinter Kade stand. Aber er bemerkte sie nicht. Sie ließ sich zurückfallen und hielt nach diesem Fauxpas mehr Abstand.

Als er seinen Wagen jedoch nach Roxbury lenkte und ihn in die Seige Road steuerte, wurde Beth flau im Magen. Überrascht beobachtete sie, wie er direkt vor dem Haus der Familie Hart parkte.

Beth musste sich beeilen, sie hätte vor ihm zu Hause sein müssen. Mit zitternden Händen stellte sie ihren alten Firebird in einer Parklücke am Straßenanfang ab. Sie sprang aus dem Auto, griff ihre Sporttasche und ging zügig auf Kade zu.

Verwundert hob er seine Augenbrauen. „Woher kommst du denn noch?“

„Das Erlebnis im Yachthafen hat mich so aufgewühlt, dass ich ein wenig durch Boston gekurvt bin.“ Die Ausrede schoss wie von selbst aus ihr heraus.

Er legte die Hand an ihre Hüfte und küsste sie auf die Wange. „Hat wohl nicht viel genutzt. Du bist immer noch aufgeregt.“

Das liegt wohl eher an ‚Kassandra’s Kitchen‘, dachte sie giftig, schwieg jedoch. Unter keinen Umständen wollte sie zugeben, dass sie ihm hinterherspioniert hatte.

Stattdessen fragte sie: „Was machst du hier?“ Sie konnte nicht verhindern, dass ihre Stimme schnippisch klang, und in Gedanken fügte sie hinzu: ‚Und warum bist du nicht bei ihr?'

Ganz Kavalier nahm Kade ihr die Sporttasche ab. „Ich möchte die Nacht mit dir verbringen."

„Hast du immer noch nicht genug?"

„So meinte ich das nicht", antwortete er und schüttelte den Kopf, weil er anscheinend den Aufruhr in ihrem Inneren spürte.

Er holte sein Schlüsselbund aus der Hosentasche und schloss die Haustür auf. Dann schwang er die Tür weit auf und deutete mit einer ausladenden Geste an, dass er Beth wie ein Gentleman den Vortritt ließ.

Fassungslos darüber, wie selbstverständlich Kade die Schlüsselkopien, die er sich ergaunert hatte, benutzte, trat Beth ein. Sie folgte ihm die Treppe hinauf. Auch ihr Appartement öffnete er mit seinem eigenen Schlüssel, als wäre es das Normalste der Welt.

Erst nachdem er die Tür geschlossen hatte, sagte er: „Ich bin nicht gekommen, um mit dir, sondern bei dir zu schlafen."

„Soll das heißen, du wirst mich nicht anfassen?" Beth nahm ihm ihre Sporttasche aus der Hand und brachte sie ins Bad.

„Nein, ich werde dich sehr wohl berühren. Ich würde mich gerne an deinen Rücken schmiegen, die Hand um dich legen und mit dir im Arm einschlafen."

Verdutzt blickte sie ihn an. Diese Romantik hatte sie von ihm nicht erwartet. Hatte er im Café darüber nachgedacht, ob er zu ihr anstatt nach Hause fahren sollte?

Weshalb war er nur so bezaubernd? Sie stand kurz davor, ihm eine Szene zu machen, obwohl sie dazu weder einen Grund noch eine Rechtfertigung besaß, und er wünschte sich nichts sehnlicher, als die Nacht über bei ihr zu bleiben.

Nicht bei einer anderen Frau, nicht bei Kassandra oder wer auch immer diese Kellnerin war. Sondern bei ihr.

Er tauchte im Türrahmen des Badezimmers auf und versperrte ihr den Weg. „Aber wenn du das nicht möchtest, wenn du lieber alleine wärst, gehe ich wieder. Ich habe weder vor, dich mithilfe des Videos zu zwingen, noch dich mit einem Kartenspiel umzustimmen. Entweder du möchtest, dass ich bleibe, oder ich werde auf der Stelle gehen."

Die Vorstellung, er könne sich umdrehen, die Wohnung verlassen und sie mit dem Ticken der Engeluhr im Wohnzimmer alleine lassen, versetzte ihr einen Stich ins Herz.

Sie ging auf ihn zu, schob die Hände unter seine braune Cordjacke und lehnte sich an ihn, worauf er die Arme um sie schlang. „Bitte, bleib bei mir."

„Danke", wisperte er gefühlvoll und drückte ihrem Haar einen zärtlichen Kuss auf.

Ihr schlechtes Gewissen plagte sie, denn sie wollte nicht nur aufgrund ihrer Verliebtheit, dass er bei ihr übernachtete, sondern auch wegen dem, was in seiner Jackentasche steckte. Noch in dieser Nacht, das schwor sie sich, würde sie herausfinden, was die Kellnerin ihm gegeben hatte, und Beth hoffte inständig, dass es nur die Rechnung für den Espresso war.

Nachdem Beth und Kade gemeinsam geduscht hatten, gingen sie ins Bett. Es dauerte nicht lange und Kade atmete ruhiger. Beth vermutete, dass er bereits eingeschlafen war.

Doch als sie sich aus seiner Umarmung schälte, um aufzustehen, murmelte er: „Wohin gehst du?" Seine Augen blieben geschlossen.

„Frauenblase." Sie küsste ihn auf die Wange und stand auf.

Zuerst ging sie ins Bad, schaltete das Licht an und zog

die Tür bis auf einen schmalen Spalt von außen zu, damit sie im Wohnzimmer sehen konnte. Kades Cordjacke lag auf der Rückenlehne der Couch.

Beth schlich auf leisen Sohlen zum Sofa und durchsuchte seine Jackentaschen. Sie fand das Schlüsselbund, an dem die beiden Kopien hingen, und den Autoschlüssel der Mietwagenfirma National. Beides steckte sie, so langsam und vorsichtig wie möglich, zurück in die Taschen.

Sie lugte ins Schlafzimmer, aber Kade rührte sich nicht.

Enttäuscht stellte sie fest, dass er weder seinen Personalausweis noch seinen Führerschein bei sich trug.

Als sie in die linke Tasche griff, pochte ihr Herz aufgeregt. Sie ertastete keinen Zettel, sondern eine kleine Schachtel. Unruhig verlagerte sie ihr Gewicht von einem Fuß auf den anderen und zog ihre Hand heraus. Irritiert schaute sie auf die Packung, die sie nun ins Licht der Badlampe hielt.

Im ersten Moment glaubte sie, es würde sich um Tabletten handeln, aber dann las sie, was in blauer Schrift auf weißem Untergrund geschrieben stand: Nike's MaxSight Sport-Tinted Contact Lenses.

Gefärbte Kontaktlinsen? Irritiert runzelte Beth die Stirn und drehte die Schachtel um. Auf der Rückseite war ein Auge mit dunkelbrauner Iris aufgedruckt. Dieser außergewöhnliche, fast schwarze Braunton war identisch mit Kades Augenfarbe.

Welcher Mann benutzte gefärbte Kontaktlinsen? Ein Model vielleicht, aber kein kerniger Mann wie Kade. Nein, sie konnte sich keinen Grund vorstellen, weshalb er das tun sollte. Er achtete auf sein Äußeres, war aber keineswegs eitel.

Sie sah, dass es sich um Monatslinsen handelte. Beth grübelte. Konnte es sein, dass Kade vor einem Monat in ihr

Leben getreten war? Das mochte bis auf ein paar Tage hinkommen.

Hatte er die Linsen der Kellnerin abgekauft? Nein, das war unmöglich. Welche Kellnerin verkaufte schon Kontaktlinsen?

Das war alles zu verwirrend. Beth konnte sich die Zusammenhänge nicht erklären.

Zumindest hatte sie keine Telefonnummer gefunden, deshalb spürte sie eine gewisse Erleichterung.

„Wo bleibst du?", hörte sie Kade rufen.

Beth schrak zusammen. Die Packung fiel ihr aus der Hand. „Komme gleich."

„Ich vermisse dich und kann ohne dich nicht einschlafen."

Hatte er längst mitbekommen, dass sie seine Jacke durchsuchte? War er nur nicht aufgestanden, weil er wusste, sie würde ohnehin keine Hinweise auf seine Identität finden?

Rasch bückte sie sich und hob die Schachtel auf. Beth öffnete sie, um einen kurzen Blick hineinzuwerfen, und zog nicht nur die Kontaktlinsen, sondern auch ein zusammengefaltetes Stück Papier heraus.

Beth war so perplex, dass sie es eine Weile einfach nur anstarrte. Es fühlte sich in ihrer Handfläche wie glühende Lava an.

Also hatte die Kellnerin oder Besitzerin, wer auch immer die fremde Schönheit war, Kade doch ihre Telefonnummer gegeben. Vermutlich hatte er im Auto den Zettel in seine Kontaktlinsenschachtel gelegt, damit Beth ihn nicht fand, sollte sie seine Taschen durchsuchen.

Nein, nein, das war unlogisch. Er hätte die Packung samt Zettel im Wagen lassen können.

Bethany war schwindelig vor Kopfzerbrechen. Sie stand

auf und setzte sich auf die Rückenlehne des Sofas. Leise faltete sie das Blatt auseinander und las stumm:

Sheraton 948, morgen ab 3 pm.

Eine Verabredung. In einem Hotel. Das war ja weitaus schlimmer als eine Telefonnummer.

Aber Kade wird nicht hingehen, redete sie sich ein, doch eine innere Stimme schalt sie eine Närrin, denn wenn er nicht vorhatte, das Date wahrzunehmen, hätte er den Zettel sofort weggeworfen.

Ihr war auf einmal speiübel. Sie faltete das Blättchen wieder zusammen, steckte es zu den Kontaktlinsen in die Schachtel und schob die Packung zurück in Kades Jackentasche.

Sie schlich ins Badezimmer und hielt ihren Kopf über die Toilettenschüssel. Doch sie musste sich nicht übergeben. Nachdem sie die Spülung betätigt und sich kühles Wasser ins Gesicht gespritzt hatte, kehrte sie ins Bett zurück.

Als Kade seinen Arm um sie legte, blieb sie stocksteif liegen. Warum war er bei ihr und nicht bei dieser Kellnerin? Hatte er die Notiz nicht entsorgt, um sich die Möglichkeit offenzuhalten, falls es Ärger mit ihr gab?

Oder war es nur wieder einmal eine Chance, die sich Kade zufällig bot und die er nicht ungenutzt verstreichen lassen wollte, um an ein Schäferstündchen zu kommen – so wie bei ihr und dem Überwachungsvideo, das ihm vermutlich durch einen Zufall in die Hände gefallen war?

Bethany lag stundenlang wach, erst weit nach Mitternacht schlief sie endlich ein.

Am liebsten wäre sie Kade am nächsten Morgen erneut gefolgt, doch sie musste an einigen Vorlesungen teilnehmen, die sie keinesfalls schwänzen durfte.

Erst am späten Nachmittag fand sie Zeit, weitere Nachforschungen in Beacon Hill anzustellen.

Sie verdrängte den quälenden Gedanken, dass sich Kade vielleicht entgegen den Angaben auf dem Notizzettel bereits am Vormittag mit dieser Kellnerin getroffen hatte. Nach dem Aufstehen war sie recht kühl zu ihm gewesen. Nun fragte sie sich, ob es nicht besser gewesen wäre, wenn sie ihn mit Zuwendung überschüttet hätte, damit er erst gar nicht den Wunsch verspürte, das Hotel aufzusuchen.

Ihre Nervosität stieg mit jeder Straßenecke, die Bethany dem Café näher kam. Sie fürchtete die Konfrontation, aber sie musste die Kellnerin einfach zur Rede stellen.

Beschämt stellte sie fest, dass sie sich wie eine krankhaft eifersüchtige Ehefrau aufführte, dabei wusste sie nicht einmal mit Sicherheit, ob sie und Kade überhaupt ein Paar waren.

Konnte man eine ernsthafte Beziehung führen, wenn man rein gar nichts über die Identität des Partners wusste? Sie hatten im Grunde nur ein wenig Spaß miteinander gehabt, hatten Restaurants oder Attraktionen wie das New England Aquarium und den Franklin Zoo besucht und lustvolle Stunden miteinander verbracht.

Aber das reichte Bethany nicht mehr. Sie wollte mehr von Kade.

Sie musste an Sadie Catlaw denken. Ob Aarons Ehefrau ihm doch zum Highland Park gefolgt war und gesehen hatte, wie er mit ihr, Beth, geschlafen hatte? Möglicherweise war Kade doch ein von Sadie engagierter Detektiv, der sich in Bethany verliebt und deshalb den Auftrag, den Sadie ihm erteilte, erst einmal auf Eis gelegt hatte.

Bevor Beth es sich anders überlegen konnte, parkte sie in der Nähe des Louisburg-Square-Parks, stieg aus und lief die zwei Straßen zum Café, als würde es in Strömen gießen und sie hätte keinen Regenschirm dabei, dabei zeigte sich der Himmel strahlend blau und wolkenfrei.

Es saß nur eine ältere Dame im Kassandra's Kitchen, die Beth beim Eintreten freundlich zulächelte, bevor sie sich wieder in ihr Buch, einen dicken Wälzer mit bonbonfarbenem Einband, vertiefte.

Der bärtige Mann, den Beth schon am Vorabend hinter der Theke hatte stehen sehen, kam auf sie zu. „Suchen Sie sich einen Platz aus. Wir werden heute nicht gerade überrannt." Er lachte warm.

„Eigentlich suche ich nur jemanden", begann Beth zaghaft.

Hinter dem Tresen gab es eine Durchreiche und Beth erspähte dahinter einen Gasherd. Sie versuchte einen genaueren Blick in die Küche zu werfen, weil sie vermutete, dass sich die Blondine dort aufhielt.

Der Mann strich mehrmals über die blütenweiße Schürze, die sich über seinen Bauch spannte. „Wir haben nur diesen einen Gast und die Dame scheint es nicht zu sein, nach der Sie Ausschau halten."

Beth schüttelte den Kopf. „Ist Ihre Frau da?"

„Wer?"

„Kassandra."

Der Mann lachte erneut, diesmal lauter, und schlug sich mehrfach auf den Wanst. „Kindchen, es gibt keine Kassandra."

Beth meinte sich verhört zu haben. „Aber der Name des Cafés …"

„Ich bin Konditor und hatte immer den Traum, ein eigenes Café zu besitzen, in dem ich meine Kuchen, Eclairs, Donuts, mein Gebäck und andere süße Kreationen anbiete. Aber wer würde schon zu einem Mann kommen, um Kuchen zu essen?" Nachdenklich kraulte er seinen Bart. „Deshalb habe ich Kassandra erfunden."

„Erfunden?", echote Beth.

Er nickte. „Wissen Sie, am Anfang war ich idealistisch und euphorisch. Mein Café nannte ich deshalb ‚Alfies Cakes & Cookies', aber die Gäste blieben aus. Seitdem ich den Namen geändert habe, verdiene ich ganz gut, besonders an den Ausflüglern, die am Wochenende im Louisburg-Square-Park spazieren gehen. In der Woche ist es natürlich ruhiger."

„Aber man denkt sich doch keine Person aus."

„Es gab nur die Möglichkeit, den Laden dichtzumachen oder den Namen zu ändern. Da ich nie vorschnell aufgebe, habe ich die gute Kassandra eben erfunden." Alfie zuckte mit den Achseln. „Ich denke, die Gäste stellen sich vor, dass eine nette alte Dame mit diesem Namen in der Küche steht und die Köstlichkeiten nach alten Rezepten backt, so etwas wie eine Kuchenoma."

Bethany dachte eher an eine Blondine, die nur allzu gerne den Gästen ihren wohlgeformten Hintern zeigte.

„Aber Sie haben doch eine Bedienung ...", fragte sie behutsam, damit er nicht misstrauisch wurde.

„Sie dachten, die Kellnerin wäre Kassandra?" Er grinste, doch sein Grinsen verschwand so schnell, wie es aufgetaucht war. Plötzlich wirkte er grimmig und winkte ab. „Ach die. Sie ist nur einen Tag geblieben."

Beth war bemüht, sich ihre Enttäuschung nicht anmerken zu lassen. „Nur einen Tag? Das ist erschreckend kurz."

Entschuldigend hob er beide Arme. „Wir haben uns sehr gut verstanden und ich zahle nicht schlecht. Sie war nett, aber sie ist heute einfach nicht zu ihrer Schicht erschienen, und ich glaube auch nicht, dass ich sie jemals wiedersehen werde."

Bethany ärgerte sich. Das durfte alles nicht wahr sein! Jetzt konnte sie diese Frau nicht einmal zur Rede stellen und ihr Revier – Kade – verteidigen oder fragen, was es mit den Kontaktlinsen auf sich hatte.

Ihr kam eine Idee.

Sie schaute Alfie so unschuldig wie möglich an und legte flehentlich ihre Handflächen aneinander. „Hätten Sie vielleicht ihre Adresse für mich oder eine Telefonnummer? Mir ist gestern Morgen auf der Straße meine Geldbörse aus der Handtasche gefallen, als ich mein Taschentuch herauszog, und Ihre Angestellte hat sie gefunden. Sie hat das Portemonnaie aufgehoben und ist mir hinterhergelaufen, um es mir wiederzugeben. Das fand ich so reizend, dass ich ihr nun ein kleines Geschenk als Dank überreichen möchte." Hastig fügte sie hinzu: „Sie hatte erwähnt, dass sie hier arbeitet."

Argwöhnisch beäugte Alfie sie. Schließlich sprach er: „Tut mir leid, aber sie hat eine Telefonnummer hinterlassen, die gar nicht existiert."

„Wie bitte?"

„Als sie heute Morgen nicht erschien, habe ich versucht sie anzurufen, aber es kam nur: kein Anschluss unter dieser Nummer."

Diese Information zerstörte endgültig Bethanys Plan, die Frau auszufragen. Geknickt verabschiedete sie sich von Alfie. „Da kann man wohl nichts machen. Trotzdem vielen Dank und alles Gute für Ihr Café."

Beth schlenderte zu ihrem Pontiac zurück und nahm resigniert hinter dem Steuer Platz. War es nun besorgniserregend oder purer Zufall, dass alles, was mit Kade zu tun hatte, rätselhaft war? Welche Kellnerin schmiss schon ihren Job hin, wenn sie gleich am ersten Tag ein Zehn-Dollar-Trinkgeld erhielt? Nur jemand, der noch mehr Geld witterte.

Eine Sekunde lang dachte sie darüber nach, Kade einfach auf die gefärbten Kontaktlinsen und den Zettel anzusprechen, aber sie wusste, dass er eine Ausrede finden oder ihr drohen würde, weil sie ihn bespitzelte.

Ihn zu fragen hatte daher keinen Sinn. Die offene Konfrontation würde sie der Wahrheit kein bisschen näherbringen, und sie wollte den Frieden, der zwischen ihnen herrschte, zum jetzigen Zeitpunkt nicht zerstören.

Also beschloss Bethany, weiterzuforschen. Auf direktem Weg fuhr sie in den Hafen und suchte das Restaurant The Cook auf.

Das zweite Mal log es sich schon ungenierter, stellte sie fest, als sie dem Personal, wie zuvor Alfie, eine Lügengeschichte auftischte und nach Kade fragte. Es gab jedoch keinen Angestellten mit diesem Namen und auch keinen Gast, zumindest keinen, an den sich irgendjemand erinnerte.

Beth beschrieb Kade als einen gut aussehenden Latino, doch das brachte sie ebenfalls nicht weiter. Das Restaurant hatte nicht einmal einen Sommelier, die Weinberatung übernahmen die Ober persönlich.

Auch diese Fährte erwies sich als kalt.

Wahrscheinlich kannte sich Kade nur mit Wein aus, weil er selbst gerne Wein trank, oder er hatte sich das Wissen angelesen, um Beth zu beeindrucken. Den außergewöhnlichen Korkenzieher konnte er von einem Freund geschenkt bekommen, gefunden oder gestohlen haben. Beth würde es niemals erfahren.

Aber noch gab sie nicht auf! Es existierte eine letzte Spur, der sie folgen konnte, um etwas über Kade herauszufinden: *Sheraton 948, ab 3 pm.*

Bethany würde dort sein. Pünktlich.

23. KAPITEL

Das Sheraton Boston Hotel liegt im historischen Back Bay Viertel an der belebten Dalton Street, nur wenige Kilometer vom Logan Flughafen, vom Charles River, dem Finanzbezirk und dem Fenway Park entfernt.

Bethany hatte es noch nie mit eigenen Augen gesehen und war nun, da sie davorstand, schwer beeindruckt, weil das Hotel durch überdachte Zugänge gleich mit zwei weiteren imposanten Gebäuden verbunden war: der Copley Place Mall und dem Hynes Convention Center.

Da sie vermutet hatte, dass der hoteleigene Parkplatz zu teuer für ihr Studentenbudget war, hatte sie ihren Pontiac vorsorglich am Christian Science Church Park abgestellt und war die Dalton Street hoch zum Hotel gestöckelt.

Sie hatte sich herausgeputzt, ein helles Etuikleid und hohe cremefarbene Schuhe angezogen, Abend-Make-up aufgelegt und ihre Haare hochgesteckt, und trotzdem kam sie sich in der prächtigen Lobby mit dem Marmorboden, den goldschimmernden Bilderrahmen und den gewaltigen Blumenbuketts deplatziert vor.

Beth gehörte nicht an diesen Ort. Sie war ein Eindringling, der sich Zugang zu einem Zimmer erschleichen wollte.

Empfangstheke reihte sich an Empfangstheke, sodass Beth gar nicht wusste, an welchen der vielen Mitarbeiter sie sich wenden musste.

Unsicher blickte sie sich um, sah Hinweisschilder auf den Swimmingpool inklusive Information, dass sein Glasdach geöffnet und geschlossen werden konnte, den hoteleigenen Starbucks Coffeeshop, die SideBar & Grill, die SideBar Lounge, das SideBar Restaurant, das Café Apropos, die Ballsäle und Konferenzräume … und war so erschlagen von den ganzen Eindrücken, dass sie wie angewurzelt im Eingang stehen blieb.

„Kann ich Ihnen helfen?“, rief ein gekünstelt lächelnder Rezeptionist, der hinter einer der Empfangstheken stand, mit einem französischen Akzent.

Seine Haare hatte er mit derart viel Gel an seine Kopfhaut geklebt, dass sie wie der Marmorboden glänzten. Er strich mit den Fingerspitzen über seinen gestärkten weißen Hemdkragen und richtete seine gelbe Krawatte, dabei gab es nichts zu richten, denn seine gesamte Erscheinung war äußerst akkurat.

Als Bethany zu ihm ging und die Arme auf die Theke legte, bemerkte sie das Namensschild auf der Brusttasche seines blauen Jacketts. Es wies ihn als Serge Clémence aus.

„Mister Clemens –“

„Clémence“, korrigierte er sie höflich. „Aber bitte nennen Sie mich Serge.“

„Sind Sie Frankokanadier?“ Es interessierte Bethany nicht wirklich, denn eigentlich war sie viel zu nervös, um Konversation zu machen. Doch sie wusste, dass vorgeheucheltes Interesse Sympathien einbrachte.

„Non, Madame, ich bin Belgier und justement vor einer Woche in Boston eingetroffen.“ Er neigte sich ein wenig vor und sprach verschwörerisch, als würde er ihr ein Geheimnis verraten: „Ich habe für das Four Points by Sheraton Brussels gearbeitet und einen Versetzungsantrag innerhalb der Starwood-Hotelgruppe gestellt. Niemand war mehr überrascht als ich, dass er tatsächlich angenommen und ich in die USA versetzt wurde.“

Er richtete sich wieder auf und machte eine ausladende Geste. „Et voilà, nun bin ich hier, für ein ganzes Jahr.“

„Das freut mich für Sie, Serge.“ Beth quälte sich ein Lächeln hervor. „Herzlich willkommen in Massachusetts.“

„Merci, was kann ich für Sie tun?“

Beth blickte beiläufig auf die große Uhr, die über dem Empfang hing. So charmant sie den Empfangsmitarbeiter auch fand, er raubte ihr die Zeit.

Es war zwanzig nach zwei, Kade würde voraussichtlich in vierzig Minuten eintreffen. Sie musste sich beeilen, damit er sie nicht dabei erwischte, wie sie die Blondine – die bestimmt früher eintraf, um vor seiner Ankunft zu duschen und ihr Negligé anzuziehen – zur Rede stellten. Sie hatte keinen blassen Schimmer, was bei ihrem Zusammentreffen geschehen würde, doch sie war gewappnet. Zumindest redete sie sich das ein.

Was machte sie hier eigentlich? Bethany hielt sich selbst für völlig verrückt! Aber sie musste das durchziehen und vielleicht erfuhr sie etwas über die Person, die Kade war, wenn er nicht mit ihr zusammen war.

Denn seit der suspekten Szene zwischen der Kellnerin und Kade in ‚Kassandra’s Kitchen‘ hatte sie ein ungutes Gefühl in ihrer Magengegend.

Etwas stimmte nicht, und sie musste herausfinden, was.

Kannten sich die beiden eventuell schon länger?

Bethany fasste sich ein Herz und sagte: „Mein Ehemann hat ein Zimmer für uns reserviert. Wären Sie wohl so freundlich und würden mir den Schlüssel für 948 geben? Ich möchte mich ein wenig zurechtmachen und ihn überraschen.“ Sie zwinkerte.

„Würden Sie mir bitte Ihren Namen sagen?“, bat Serge und drehte den Bildschirm seines Computers ein Stück weiter zu sich.

„Hören Sie, Serge“, begann Bethany und bemühte sich, so freundlich wie möglich zu klingen. „Mein Mann und ich, wir haben zwei kleine Kinder und ihre Grandma passt heute auf sie auf. Da Granny jedoch in einem Trailer-park wohnt, bringen wir die Kinder nicht zu ihr, sondern sie kommt zu uns. Zu Hause hat ein Ehepaar einfach keine Zeit für sich, wenn Sie wissen, was ich meine."

Serge runzelte seine Stirn, weil er nicht verstand, worauf sie hinauswollte.

Beth seufzte theatralisch. Konspirativ blickte sie in alle Richtungen und erklärte leise: „Mein Mann und ich haben da so ein Spiel, das wir an den Tagen spielen, an denen Grandma auf unsere Kinder aufpasst. Er bucht irgendwo ein Hotel und schickt mir nur den Hotelnamen, die Zimmernummer und eine Uhrzeit."

„Aber Madame, ich muss Ihren Namen wissen, damit ich die Reservierung prüfen und bestätigen kann."

Beth gab sich verschnupft, wie ein Luxusweibchen, das seinen Willen nicht bekam. „Er gibt immer irgendeinen Codenamen an, den ich nicht kenne. Das ist Teil des Spiels, Geheimnisse machen es aufregender."

„Check-in ist immer erst ab drei Uhr", wandte er ein, zog ein weißes Stofftaschentuch aus der Hose und tupfte damit über seine Stirn.

Bethany dämmerte es. Das konnte der Grund dafür sein, dass die Blondine Kade für drei Uhr ins Hotel bestellt hatte. „Noch nie hat ein Hotelangestellter mir solche Probleme bereitet. Sie verderben mir den ganzen Spaß, Serge Clemens."

„Clémence", stellte er richtig und zeigte auf ihre linke Hand. „Sie tragen keinen Ehering."

Verlegen, weil sie einen Fehler gemacht hatte, errötete Beth, aber dann spann sie ihre Lügengeschichte weiter: „Das gehört alles mit zum Spiel. Ich treffe mich mit meinem Ehemann, als wäre ich seine Geliebte. Wir gehen sozusagen miteinander fremd und dennoch bleiben wir uns treu."

„Ein Schäferstündchen im Sheraton?" Serge stopfte aufgebracht sein Taschentuch zurück in seine Hosentasche. „Mon dieu!“

„Ein Luxusschäferstündchen unter Eheleuten“, betonte sie und amüsierte sich über sein entsetztes Gesicht.

„Welche Zimmernummer hatte Ihr Mann Ihnen noch gleich mitgeteilt?“

„948.“

Bethany hatte das Gefühl, dass er sie nur nach der Nummer fragte, weil er die Hoffnung hegte, dass das Zimmer nicht als Anreise vermerkt war und er sie mit der Begründung wegschicken konnte, es müsse sich um ein anderes Hotel handeln.

Er rief das Front-Office-Programm auf, tippte die Zahl ein und runzelte verwundert die Stirn.

Kopfschüttelnd löschte er die Eingabe und schrieb die drei Ziffern erneut, offenbar mit demselben Ergebnis, denn seine Miene verfinsterte sich und blieb finster. Wieder löschte er alles.

Beim dritten Mal tippte er die Zimmernummer so langsam ein, dass ein Kollege aufmerksam wurde und herüberkam. Gemeinsam starrten sie auf den Bildschirm. Serge zeigte beunruhigt auf irgendeine Information.

„948, sind Sie sicher?“, fragte Serge.

Bethany nickte und schaute zum Eingang. Sollte sie flüchten? Ihr war flau im Magen. „Stimmt etwas nicht?“

Der zweite Mitarbeiter ging zurück zu seinem Platz. Er nahm den Telefonhörer und drückte eine Kurzwahltaste. Es dauerte keine dreißig Sekunden und ein breitschultriger Farbiger mit kahl rasiertem Kopf tauchte hinter ihr auf.

Er strich über das Jackett seines schwarzen Anzugs. „Darf ich Sie bitten, mir unauffällig zu folgen?“

„Wie bitte?“ Beths Blick schweifte von Serge zu dem Fremden und wieder zurück.

„Ich bin Vaughn McCormick von der Security“, stellte er sich vor und packte ihren Oberarm. „Bitte, kommen Sie mit. Es wäre für alle Beteiligten besser, wenn wir die Sache nicht an die große Glocke hängen würden.“

Beth versuchte sich loszureißen. „Ich denke gar nicht daran. Sie haben kein Recht –“

„In diesem Fall schon“, fiel er ihr ins Wort. „Wir haben nur ein paar Fragen an Sie. Es wird sich bestimmt alles gleich aufklären.“

Bethany sah Serge giftig an, der daraufhin entschuldigend mit den Achseln zuckte, und ließ sich gezwungenermaßen von McCormick in den Aufzug geleiten.

Sie fuhren in die erste Etage und gingen durch die Verwaltung zum Büro des Hotelmanagers. Der Security-Mitarbeiter klopfte an der Tür.

Ein dynamischer Mann mit schütterem Haar öffnete ihnen. Er knöpfte sein Jackett über seinem Bäuchlein zu und reichte Beth seine Hand. „Guten Tag, ich bin Zachary Bradcock, der General Manager des Sheratons. Treten Sie ein.“

Nachdem Beth seine Hand geschüttelt hatte, machte er einen Schritt beiseite und sie und Vaughn McCormick traten in das Eckbüro ein. Mit den zwei riesigen Fensterfronten, die einen atemberaubenden Blick auf die Skyline Bostons boten, wirkte das Zimmer viel größer, als es in Wirklichkeit war. McCormick drängte sie, auf einem der zwei Stühle vor dem Schreibtisch Platz zu nehmen, während er selbst sich auf die Tischkante setzte, die Arme verschränkte und mit unheilvollem Gesichtsausdruck auf sie herabsah.

Bethany war sich durchaus bewusst, dass er das tat, um sie einzuschüchtern. Tapfer kämpfte sie gegen ihre aufkeimende Furcht an, doch sie war nicht sehr erfolgreich darin. Was erwartete sie in diesem Büro? Wieso hatte man sie nicht einfach weggeschickt, sondern stattdessen zum Verhör gebeten?

Bradcock setzte sich hinter seinen großen Mahagonischreibtisch und lächelte freundlich. „Sie haben mir gar nicht Ihren Namen genannt."

„Nein, habe ich nicht", antwortete Beth brüsk.

„Würden Sie ihn mir sagen?" Er lehnte sich vor, stützte die Ellbogen auf dem Schreibtisch ab, auf dem eine lederne Unterlage zwei Drittel der Oberfläche bedeckte. Es lagen keine Papiere herum, im ganzen Büro war es bemerkenswert aufgeräumt. „Bitte."

Kleinlaut sagte sie: „Bethany Hart."

„Prüfen Sie das bitte, Mister McCormick."

Der Security-Mitarbeiter riss ihr die Tasche aus der Hand, öffnete sie und suchte nach ihrem Ausweis. Das alles geschah so schnell, dass Beth ihn nicht daran hindern konnte. Er schien geschult in solchen Dingen und trat sehr selbstbewusst auf.

Als Beth ihm ihre Tasche abnehmen wollte, entstand ein kurzes Gerangel. Er drückte sie zurück auf ihren Stuhl, las, was auf ihrem Führerschein stand, und nickte dem Hotelmanager zu.

„Muss das sein?", wandte sich Bradcock an ihn. „Können wir das nicht wie zivilisierte Menschen regeln?"

„Solange Miss Hart kooperiert, ist das kein Problem." McCormick reichte Beth ihre Handtasche.

Bethany hielt sie krampfhaft fest und wunderte sich, dass der farbige Hüne nicht vor seinem Chef buckelte. Obwohl er beim Hotel angestellt war, ordnete er sich den Wünschen von Bradcock nicht unter. Planten die beiden Männer einfach nur, ‚Guter Cop – böser Cop' mit ihr zu spielen, oder war das Machtgefälle zwischen ihnen nicht das, was es zu sein schien?

Seufzend massierte Beth kurz ihre Schläfen. Sie sah schon überall böse Geister und Geheimnisse.

Sie entschied, sich an den Manager zu wenden, da er umgänglicher war. „Mister Bradcock –“

„Ich heiße Zachary.“ Bradcock lehnte sich entspannt in seinem Bürostuhl zurück. „Aber bitte nennen Sie mich Zach.“

Diese professionelle Freundlichkeit begann Beth zu nerven und ihr Puls raste vor Aufregung, aber sie versuchte, die Fassung zu wahren. „Ich hatte ehrlich nicht vor, Ihrem Hotel zu schaden.“

„Aber vielleicht dem Herrn in 948“, gab er zu bedenken.

Beth schüttelte den Kopf und fragte sich, warum er von einem männlichen Gast sprach, obwohl die Blondine doch das Zimmer gebucht hatte und Kade erst in dreißig Minuten erscheinen würde. Wie konnte sich eine Kellnerin überhaupt ein Zimmer im Sheraton leisten oder ging sie davon aus, dass Kade zahlte, weil er ihr ein hohes Trinkgeld gegeben hatte?

„Kennen Sie den Gast aus 948?“, fragte Vaughn McCormick.

Beth zögerte. War es besser zu leugnen oder zuzugeben, dass Kade kein Unbekannter für sie war? Woher sollte sie eigentlich wissen, dass tatsächlich Kade der Gast in dem Zimmer war? Sie konnte jedoch nicht nachhaken, weil sie seinen richtigen Namen nicht kannte, daher nickte sie.

McCormick bekam einen stechenden Blick. „Weshalb weiß er dann nicht, dass Sie kommen?“

„Woher wissen Sie, dass er es nicht weiß?“, antwortete sie schnippisch.

„Weil er Sie sonst angekündigt hätte.“

„Kündigt jeder Gast, der ein Zimmer mietet, seine Besucher an?“ Beth erinnerte sich an das Hörbuch, das sie in Kades Wagen auf dem Weg zum Yachthafen gehört hatte. „Vielleicht bin ich eine Hure und er hat mich bestellt? Wäre ihm in diesem Fall nicht Diskretion wichtiger?“

McCormick grinste herablassend. „Glauben Sie uns, er hätte Sie auf jeden Fall angekündigt.“

Das klang ja fast so, als ob Kade die Anweisung gegeben hätte, ihn zu bewachen. Oder als wäre er dem Security-Mann gegenüber verpflichtet, ihn über seine Aktivitäten aufzuklären. Beth verstand das alles nicht. Möglicherweise war Kade einfach nur ein schwieriger Gast, der hundertprozentige Privatsphäre verlangte. Das würde zu ihm passen.

Beth fiel eine andere Ausrede ein. „Ich wollte ihn überraschen.“

„Er hasst Überraschungen.“

„Sie scheinen ihn gut zu kennen“, meinte sie scharfzüngig und wischte ihre feuchten Handflächen an ihrem Etuikleid ab, das ihr auf einmal viel enger erschien als noch wenige Minuten zuvor.

„Ziemlich gut sogar.“ In seiner Stimme schwang Genugtuung mit, als wäre er sich seiner Überlegenheit sehr bewusst.

Konnte Kade ein Stammgast sein? Welche Rolle spielte die Kellnerin, die offensichtlich das Zimmer gebucht hatte? Das alles passte nicht zusammen. Beth ärgerte sich, weil ihr zu viele Puzzleteile fehlten, um sich ein Bild von dem machen zu können, was hier vor sich ging.

Bradcock räusperte sich, um Beths Aufmerksamkeit zu erlangen. „Möchten Sie ein Glas Wasser?“

Dankbar nickte sie, auch wenn er ihr nur etwas anbot, um sich bei ihr einzuschmeicheln. Mit der gleichen falschen Freundlichkeit sagte sie: „Danke, Zachary.“

Der Hotelmanager stand auf, ging zum Sideboard, auf

dem zwei Halbliterflaschen Ice Mountain Mineralwasser und Gläser standen. Er öffnete eine der Plastikflaschen, goss ein Glas halb voll und kam zu Beth. Nachdem er ihr das Glas gereicht hatte, stellte er die Flasche mit dem restlichen Wasser auf den Tisch vor ihr.

McCormick fragte er nicht.

„Was wollen Sie von unserem Gast, Miss Hart?" Der General Manager nahm auf dem Stuhl neben ihr Platz und Beth kannte den Grund: Er wollte wie ihr Verbündeter wirken.

Sie trank einen Schluck und gab sich höflich, aber kühl. „Mit ihm sprechen, mehr nicht. Wie Sie sehen, trage ich weder eine Waffe in meiner Handtasche noch eine Bombe am Körper." Das enge Kleid ließ keinen Zweifel aufkommen.

„Worüber möchten Sie mit ihm reden?"

Bethany wollte unter keinen Umständen die Kellnerin erwähnen, um ihre wahren Beweggründe für sich zu behalten und nicht als krankhaft eifersüchtig dazustehen. Das wäre ihr peinlich gewesen.

Einen kurzen Moment dachte sie darüber nach, den beiden Männern zu gestehen, dass sie von Kade erpresst wurde, damit sie ihn festhielten und die Polizei riefen, aber sie verwarf den Gedanken sogleich. Sie brachte es nicht übers Herz, Kade ans Messer zu liefern, dafür hatte sie ihn bereits zu lieb gewonnen. Außerdem befürchtete sie, dass die Situation eskalieren könnte.

Daher entgegnete sie: „Das geht nur uns beide etwas an."

McCormick nahm die Wasserflasche und füllte ihr Glas auf. „Sie haben Serge Clémence belogen, nicht wahr? Sie sind nicht verheiratet, erst recht nicht mit dem Gast aus 948."

„Nein", gab sie zu und fragte sich, weshalb die Männer ein Geheimnis um den Namen des Zimmergasts machten und ihn nie aussprachen. „Aber ich bin mit ihm befreundet.“

„Dann haben Sie sicher nichts dagegen, wenn wir ihn jetzt von Ihrer Anwesenheit in Kenntnis setzen.“ Gierig trank er die Ice-Mountain-Flasche leer, ohne sie ein einziges Mal abzusetzen, und warf sie in den Papierkorb, der neben dem Schreibtisch stand.

Bradcock stand kopfschüttelnd auf, holte die Plastikflasche aus dem Mülleimer und stellte sie zurück aufs Sideboard. „Wir sind ein fortschrittliches amerikanisches Hotel und recyceln.“

Wieder einmal war Beth verwundert. Vaughn McCormick musste als Angestellter doch die Regeln kennen. Oder war er genauso neu im Sheraton Boston wie Serge Clémence? Vielleicht war er auch Mitarbeiter einer externen Sicherheitsfirma, die das Hotel engagiert hatte, weil Outsourcing kostengünstiger war als ein eigenes Securityteam zu unterhalten.

Oder Kade persönlich hatte ihn angeworben.

„Natürlich nicht“, beantwortete Beth kleinlaut McCormicks Frage und wurde immer nervöser. Sie wollte wissen, ob der Gast im Zimmer 948 tatsächlich Kade war, doch sie scheute die Gegenüberstellung.

„Er ist Ihr Mann.“ Bradcock baute sich breitbeinig vor McCormick auf und verschränkte die Arme vor dem Oberkörper. „Holen Sie ihn.“

McCormick nickte und verließ das Büro, während der General Manager Beth bewachte.

Tausend Gedanken schossen ihr durch den Kopf.

Alle in diesem Hotel verhielten sich, als wäre Kade der Kaiser von China. Selbstverständlich musste ein erstklassiges Hotel wie das Sheraton seinen Gästen Diskretion garantieren, aber dieses Verhör war absolut überspitzt.

Zudem hatten Beth das Gefühl, dass sie und die beiden Männer sich gegenseitig belauerten. Die Befragung war nicht ins Detail gegangen und Beths Antworten waren knapp und oberflächlich ausgefallen, weil keiner zu viele Informationen preisgeben wollte.

Bethany kannte ihre Beweggründe. Aber weshalb hielten die Männer sich derart bedeckt? Stuften Bradcock und McCormick sie ernsthaft als gefährlich ein?

Wer soll ich schon sein, dachte Beth und nippte an ihrem Mineralwasser. Was soll ich schon von Kade wollen? Sie konnte sich keinen Reim aus dem übertrieben vorsichtigen Verhalten der Hotelmitarbeiter machen.

Blieb nur noch die Frage, ob die Männer Kade bewachten, damit ihm nichts geschah, oder ihn im Auge behielten, damit sie sich in Sicherheit wussten.

Kurz darauf wurde die Tür aufgerissen und McCormick trat ein. Kade folgte ihm auf dem Fuße. Er sah Bethany mit einem Blick an, der zwischen Enttäuschung und Wut schwankte.

24. KAPITEL

„Kennen Sie diese Frau, Sir?“ Der General Manager erhob sich und wirkte auf einmal so stocksteif und förmlich, als hätte ein Staatsmann sein Büro betreten.

Kade nickte grimmig. „Es war nicht geplant, dass Miss Hart herkommen würde. Bitte entschuldigen Sie, Mister Bradcock. Selbstverständlich hätte ich Sie rechtzeitig informiert.“

Verdutzt schaute sie Kade an. Er verhielt sich genau so, wie McCormick gesagt hatte. Sie mussten sich tatsächlich kennen oder ein Abkommen miteinander haben.

„Ich übernehme die Lady.“ Mit festem Griff umfasste Kade Beths Oberarm und zerrte sie aus dem Büro, den Gang entlang in Richtung der Aufzüge.

„Weshalb solltest du deinen Besuch ankündigen?“, fragte sie scharf. „Das hier ist kein Gefängnis, sondern ein Hotel, in dem jeder ein- und ausgehen darf.“

Er sah sie nicht einmal an. „In wie vielen Luxushotels hast du schon übernachtet?“

„Das konnte meine Familie sich nie leisten“, zischte sie und ging langsamer.

„Zieh keine voreiligen Schlüsse, wenn du keine Ahnung von den Dingen hast“, knurrte er und zog sie weiter. „In einer Großstadt wie Boston braucht ein 5-Sterne-Hotel nun mal Sicherheitskräfte und lässt nicht wildfremde Menschen durch die Räumlichkeiten laufen.“

„Willst du mir sagen, dass das Sheraton eine kleine Festung ist? Hast du dich deshalb hierher zurückgezogen, um –“

Vor den Aufzügen blieb er endlich stehen, fasste nun auch ihren anderen Arm und zog sie zu sich heran. „Um was?“

Beth kniff die Lippen zusammen, denn sie würde ihm

nicht beichten, dass sie ihm bis in ‚Kassandra's Kitchen' gefolgt und eifersüchtig seine Taschen durchwühlt hatte.

„Was hast du dir dabei gedacht, mich hier aufzusuchen?" Er ließ nur ihren rechten Arm los, um den Aufzugschalter zu drücken.

„Ich bin dir hinterhergefahren", log sie und versuchte sich erfolglos aus seinem schmerzhaften Griff zu befreien, „weil ich sehen wollte, wo du wohnst."

Kade lachte abfällig. „Hier jedenfalls nicht. Ich bin auf der Durchreise sozusagen. So ein Pech für dich!"

Es lag Beth auf der Zunge, ihn zu fragen, ob der Zwischenstopp im Sheraton beinhaltete, über eine fremde Frau zu rutschen, aber der Aufzug kam, die Türen glitten auf und Kade schob sie in den Lift.

Wider Erwarten drückte er den Schalter für die neunte Etage. Er brachte sie nicht ins Erdgeschoss zurück, um sie zum Hotelausgang zu eskortieren. Ihr schwante Böses. Er war zornig, und sie würde von Bradcock und McCormick keine Hilfe erwarten können. „Was hast du mit mir vor?"

„Du bist mir eine Genugtuung schuldig. Ich werde dich in meinem Zimmer nehmen, ohne dich auf mein Eindringen vorzubereiten, sodass du keinen Spaß daran haben wirst."

Da war Beth anderer Meinung, denn allein seine Ankündigung ließ ihren Schoß erwachen. Es prickelte plötzlich in ihrer Spalte, Hitze schoss in ihre Wangen und ihr Puls stieg mit jedem Stockwerk, das der Lift erklomm.

Noch immer schaute Kade wütend an ihr vorbei, als wäre sie gar nicht da. Sein Griff tat weh, aber Beth wehrte sich nicht länger.

Sie war sauer auf sich selbst, denn kaum erwähnte er, dass er mit ihr schlafen würde, wurde sie schwach. Und wieso fand sie nicht den Mut, ihn auf die Kellnerin anzusprechen?

Weil er ihr ohnehin keine zufriedenstellende Antwort geben würde oder weil die Wahrheit ihre Hoffnung, dass alles bestimmt ganz harmlos war, zunichtemachen würde?

Der Aufzug erreichte das neunte Obergeschoss. Mit einem Ruck kam er zum Stehen und die Tür glitt auf.

Kades Zimmer lag gleich rechts. Nachdem er die Tür mit seiner Schlüsselkarte geöffnet hatte, schob er Beth hinein und schloss die Tür hinter sich.

Nun waren sie allein. Was würde passieren? Ein erwartungsvolles Kribbeln erfasste Bethany.

Sie befand sich im Wohnbereich der Suite. In der Mitte stand ein Zweisitzer aus edlem Kirschbaumholz mit vanillefarbener Polsterung, ihm gegenüber ein mit dem gleichen Stoff bezogener Sessel und in der Mitte ein dezenter Kirschholztisch.

Hinter der Sitzkombination gab ein Panoramafenster den Blick über Boston und den Charles Rivers frei.

Beth sah zwei Türen, die vom Wohnbereich abgingen. Die Linke führte ins Schlafzimmer, Beth erspähte einige Kleidungsstücke, die verstreut auf dem Bett lagen. Durch die rechte Tür kam man ins Bad. Auf der Ablagefläche standen einige Utensilien und Beth freute sich schon darauf, Kades Sachen in einem günstigen Moment zu untersuchen und zu durchstöbern.

Bevor sie wusste, wie ihr geschah, hatte Kade sie schon gegen die Wand gedrängt. Er fasste unter ihr Kleid und schob seine Finger unter ihren Slip. Hatte sie im ersten Moment noch gehofft, er wäre seiner eigenen Ankündigung untreu geworden, so war sie im nächsten Moment sicher, dass dies nicht der Fall war, denn er riss ihr das Höschen vom Leib.

Unwirsch hob er ihr rechtes Bein an, sodass der Stoff ihres Kleides hochrutschte. Er öffnete hektisch seine Hose und holte sein Glied heraus, das bereits halb erigiert von seinen Lenden abstand. Gierig rieb er sich an ihrem nackten Oberschenkel und küsste derb ihren Hals. Als er sie seine Zähne spüren ließ, schrie sie auf.

Er lachte leise und raunte in ihr Ohr: „Ich werde dich nicht zum Orgasmus bringen, Baby, das hast du dir selbst zuzuschreiben."

Dann vergrub er seine Hand in ihren Haaren, ruinierte ihre Hochsteckfrisur und zwang ihr einen Kuss auf, der grob war und ihr die Luft raubte.

Atemlos war sie gezwungen, sich seinen Berührungen hinzugeben.

Sie wehrte ihn nicht ab, sondern hielt sich an der Wand fest, da ihr linkes Bein zittere und ihre Standfestigkeit ohnehin immer wieder durch Kades ungestümes Verhalten erschüttert wurde.

Ohne Vorwarnung oder Berührung ihres Schritts drang Kade in sie ein. Sein Glied hatte sich gerade erst zu seiner vollen Größe aufgebaut und schon war es komplett in ihr versenkt. Während er es wieder ein Stück herauszog und erneut forsch in sie eindrang, spürte sie bereits, dass es noch härter wurde.

Kades Stöße wurden rasch stürmischer. Er achtete nicht darauf, dass Beth schwankte, da sie nur auf einem Fuß stand, er nahm sich nicht die Zeit, ihren Körper ausgiebig zu streicheln, sondern stillte einfach seine Lust an ihr.

Erstaunlicherweise genoss Beth sein rücksichtsloses Eindringen. Es erregte sie, dass er sie und nicht die attraktive Blondine begehrte. Seine Wollust sprang auf sie über, jeder Stoß fachte ihre Leidenschaft an. Kade hatte nicht vor, ihr einen Höhepunkt zu schenken, aber womöglich passierte es unbeabsichtigt.

Nie zuvor hatte ein Mann sie derart grob genommen.

Es gefiel ihr immer mehr, nicht wie ein Porzellanpüppchen behandelt zu werden, sondern animalische Lüsternheit zu erleben, denn Kade fiel wie ein triebgesteuertes Tier über sie her.

Kades Hand krallte sich immer noch in ihren Haaren fest. Er zog ihren Kopf zurück und küsste ihren Hals, ihr Dekolleté und ihr Kinn. Ohne Unterlass pumpte er in sie hinein. Seine prallen Hoden schlugen gegen ihre Spalte und Beth stöhnte im Rhythmus seiner Stöße.

Auf einmal hörte er auf. Er rang nach Atem und grollte: „Dich mag mein Drängen erregen, aber deine Lust wird trotzdem heute auf der Strecke bleiben. Du bist mir etwas schuldig. Dies ist das Opfer, das ich von dir fordere."

Beth hoffte, dass dies nur eine leere Drohung war, aber er war nicht der Typ Mann, der sein Wort brach.

Im nächsten Moment verlor sie den Halt, denn Kade hob sie hoch und drückte ihren Rücken gegen die Wand. Automatisch schlang sie die Beine um seinen Körper, um nicht wie ein Stein zu Boden zu fallen.

Sie sorgte sich jedoch umsonst, denn Kade hielt sie an den Hüften fest und fuhr fort, heftig in sie einzudringen. Mit jedem Stoß wurde Beth an die Wand gedrückt. Es gefiel ihr, auf Kades Phallus aufgespießt zu sein und von ihm hemmungslos genommen zu werden, aber die Stellung war anstrengend, jeder Muskel ihres Körpers war angespannt.

Kade begann zu schwitzen. Schweißperlen traten auf seine Stirn. Beth wusste nicht, ob er vor Leidenschaft oder vor Anstrengung stöhnte. Mittlerweile hatte er seine Augen geschlossen. Er konzentrierte sich ganz auf seine eigene Erregung und benutzte Beth – ein Gedanke, der ihr gefiel.

Es dauerte nicht lange und er kam. Während sein Glied tief in ihr steckte, ergoss er sich aufstöhnend in sie.

Kade selbst drückte sich gegen Beth, damit sie ihm nicht

im Rausch der Ekstase aus den Händen glitt, und lehnte den Kopf an ihre Schulter.

Sie spürte seinen heißen Atem an ihrem Dekolleté und konnte nicht leugnen, enttäuscht zu sein, weil sie nicht auf ihre Kosten gekommen war. Im Gegenteil, ihr ganzer Körper tat ihr weh. „Kannst du mich bitte absetzen?“, bat sie.

Erschöpft schaute er sie an. „Wie fühlt es sich an, nur ein Spielzeug zu sein? Für mich warst du lediglich eine Puppe, die ich zu meiner Befriedigung benutzt habe.“ Er stellte sie auf ihre Füße.

Beth schwankte und hielt sich an ihm fest. Hatte sie eben noch denselben obszönen Gedanken gehabt und sich an ihm erregt, so verletzten Kades Worte sie nun, weil er sie naserümpfend ansah und seine Stimme hart klang. Er hatte offensichtlich nicht vor, ihr jetzt schon zu vergeben, obwohl er seine Genugtuung erhalten hatte.

Bethany vermisste den sanft fordernden Verführer, der Kade sonst war. „Wenn du wirklich derart sauer auf mich bist, warum hast du dann mit mir geschlafen, anstatt mich wegzuschicken?“

„Rache.“ Er lächelte herablassend und strich mit seinem Handrücken über ihre Wange, als würde er sie durch seine Zärtlichkeit zu einer Närrin machen. „Du wirst mich nie wieder verfolgen, hast du mich verstanden? Dieses Mal habe ich dich nur im Stehen genommen. Wer weiß, was ich das nächste Mal mit dir anstelle.“

„Sag so etwas nicht“, wisperte sie betrübt.

Das hörte sich ja an, als würde er ihr beim nächsten Vergehen seinen Namen in die Haut ritzen, damit sie sich allzeit an seine Warnung erinnerte. Zeigte Kade nun sein wahres Gesicht? War er doch ein brutaler Krimineller?

„Kann ich jetzt gehen?“, fragte sie kühl und spürte, wie sein Sperma aus ihr herauslief. „Du hast, was du wolltest.“

„Hab ich das?“ Er tat so, als würde er nachdenken. „Nein, das sehe ich anders. Du musst mir noch einen Gefallen tun.“

Eilig steckte er sein Glied zurück in die Hose und schloss die Knöpfe. Er griff Beths Arm, zerrte sie zum Tisch und zwang sie, darauf Platz zu nehmen, während er den Sessel heranzog und sich vor sie setzte.

„Spreize deine Schenkel und präsentiere dich mir“, befahl er.

Sie glaubte sich verhört zu haben. „Wie bitte?“

Er lehnte sich zurück. Dann stützte er seinen Ellbogen auf der Armlehne ab, ballte seine Hand zur Faust und legte sein Kinn darauf ab. Selbstgefällig sprach er: „Über diese kleine Bitte regst du dich schon auf? Dabei kommt es noch viel besser. Ich verlange, dass du vor mir masturbierst. Das wollte ich schon beim Wahrheit-oder-Pflicht-Spiel, aber du hattest einen Weg gefunden, meine Anweisung zu umgehen. Das wird dir heute nicht gelingen.“

Bethany war sprachlos. Mit offenem Mund saß sie vor ihm und starrte ihn an, nahm jedoch mit Schrecken wahr, dass das Blut verstärkt durch ihre Mitte strömte.

„Du wirst dieses Hotelzimmer nicht eher verlassen, bis ich zufrieden und befriedigt bin, also fang an.“ Er saß in dem Sessel und machte eine auffordernde Geste wie ein Gebieter auf seinem Thron. „Wer weiß, was ich mir noch alles ausdenke, wenn du mich warten lässt. Zu viel Zeit zum Nachdenken ist nicht gut, wie man an dir sieht.“

Wäre er nicht wütend auf sie gewesen, hätte Beth die Situation sicherlich genießen können. Die Vorstellung, ihre Scham zu streicheln, während Kades Blick auf sie gerichtet war, klang reizvoll. Aber in diesem Moment war es keine Bitte, sondern ein Befehl von ihm, und sie fühlte sich erniedrigt.

Das ist nur deine Angst vor der eigenen Courage, redete sie sich ein. Höchstwahrscheinlich suchte sie nach Ausflüchten, um nicht über ihren Schatten springen zu müssen, denn es fiel ihr, trotz ihres Verlangens nach diesem neuen Spiel, nicht leicht, sich zu öffnen und sich Kade auf schamlose Art und Weise zu präsentieren.

Ihr fehlten seine liebevolle Aufmunterung, sein laszives Lächeln und seine beruhigenden Worte. Anstatt Beth ihre Furcht zu nehmen, stachelte er sie an, indem er Distanz wahrte und schwieg.

„Ich helfe dir", sagte er unerwartet.

Doch er nahm sie nicht in seine Arme, sondern stieß seine Füße zwischen ihre Beine und spreizte ihre Schenkel mit sanfter Gewalt. Da ihr Kleid immer noch um ihre Hüften hing, saß sie nun mit entblößtem Unterleib weit geöffnet vor ihm. Sie konnte ihre Beine nicht mehr schließen, weil seine sie daran hinderten.

Bethany sah ihn fassungslos an. Im nächsten Moment bemerkte sie die Wölbung in seiner Hose und wusste, dass er schon wieder erregt war.

Er verhielt sich kühl, aber sie ließ ihn keineswegs kalt. Sein Gesicht mochte Arroganz und seine Haltung Überheblichkeit ausstrahlen, doch seine Lenden sprachen eine andere, ehrlichere Sprache, und sein Glied teilte ihr stumm mit, dass Kade kein gefühlskalter Rächer war.

Zumindest hoffte sie das. Sie redete es sich ein, denn diese Zuversicht war ihr letzter Strohhalm.

Zögerlich strich Beth über die Innenseiten ihrer Schenkel. Als sie beiläufig ihre Schamlippen berührte, prickelte es unter ihren Fingerspitzen. Es begann in ihrer Spalte zu pochen. Eine starke Sehnsucht nach Kades Händen erwachte, eine Sehnsucht, die wahrscheinlich unerfüllt bleiben würde.

Wehmütig sah sie ihn an, aber er blieb unnahbar. Zumindest grinste er nicht mehr so widerlich, sondern seine Miene war zu einer unergründlichen Maske geworden.

Beth schaute weg, weil sie den Anblick nicht länger ertrug. Sie tauchte ihren Mittelfinger in ihre feuchte Öffnung ein und verteilte ihre Feuchtigkeit auf ihrer Scham. Es kribbelte zwar wohlig, aber mit der Erregung wuchs auch das Verlangen nach Kade.

In diesem Moment wusste sie, dass sie tatsächlich keinen Spaß haben würde.

Bethany konnte sich nicht gehen lassen, wenn er wütend auf sie war. Sie spürte zwar eine gewisse Lust, die jedoch nur von Kade gesteigert werden konnte. Alles Reiben und Streicheln und Liebkosen durch ihre eigenen Hände würde nichts nutzen, weil Kade ihr das Gefühl gab, dass er beabsichtigte, sie durch die Aufforderung zur Masturbation zu demütigen, und es nicht von ihr verlangte, weil er sie begehrte.

Die Wölbung in seiner Hose konnte Beth nicht besänftigen, wenn der restliche Kade wie ein finsterer Racheengel vor ihr saß.

Entschlossen nahm sie die Hände von ihrer Spalte und straffte die Schultern. „Ich mache das nicht!"

„Oh, doch, das wirst du."

„Auf keinen Fall!" Sie hob blitzschnell ihre Beine an, rutschte mit dem Hintern über die glatte Tischoberfläche zur Seite und sprang auf. „Du kannst mich nicht dazu zwingen."

„Sei dir da mal nicht so sicher", knurrte er und erhob sich.

Bevor sie die Zimmertür erreichen konnte, hatte er sich ihr in den Weg gestellt.

Aufmüpfig stemmte sie ihre Hände in die Hüften und

reckte ihr Kinn. Sie signalisierte Kampfgeist, doch in ihrem Inneren weinte sie bereits. „Was willst du machen? Mich schlagen?“

„Mein Gott, Beth, wie kannst du nur so etwas sagen? Das würde ich niemals machen.“

„Ich habe mich anscheinend gründlich in dir getäuscht. Wie kannst du mir das alles nur antun? Ich bin dir gefolgt. Na, und? Es hat mir nichts als Ärger eingebracht.“

Kade kniff seine Augen zusammen. „Du bist starrköpfig, Bethany Hart. Wir haben schon so viele lustvolle Stunden miteinander verbracht. Was ist so schlimm daran, sich ein wenig zwischen den Schenkeln zu streicheln?“

Ihre Augen wurden feucht. Sie antwortete nicht, weil sie befürchtete, in Tränen auszubrechen, und sie wollte um nichts in der Welt vor Kade weinen.

„Gib es zu! Du willst es doch auch. Vor mir masturbieren, meine ich.“

„Ja, aber nicht heute, nicht hier. Du bist so … so … anders.“ Sie suchte nach den richtigen Worten, aber sie war zu durcheinander, um klar denken zu können. „Kaltherzig, grausam und gemein.“ Nun schniefte sie. Weil ihre Tränen jeden Moment über ihre Wangen kullern würden, versuchte sie, sich an ihm vorbeizudrängen.

Aber er fasste ihre Oberarme und schüttelte sie behutsam. „Red keinen Unsinn. Was ist nur los mit dir? Du bist doch sonst immer offen für meine erotischen Ideen.“

„Deine Aufforderung zu masturbieren hatte nichts mit Lust zu tun.“ Ganz undamenhaft zog sie die Nase hoch. „Deine Anweisung hatte nur einen Zweck: Demütigung.“

25. KAPITEL

„Du glaubst, ich will dich demütigen?“, fragte er erschüttert.

Eifrig nickte sie. „Natürlich. Du bringst mich in eine peinliche Situation und nötigst mich dazu, mich wie ein Flittchen aufzuführen, das du zum krönenden Schluss erregt, aber unbefriedigt vor deine Tür setzt. Aber ich pfeife auf deine Genugtuung. Mach, was du willst. Ruf Bradcock oder deinen Lakaien McCormick, damit er die Drecksarbeit für dich macht, oder die Polizei, um mich abführen und verhaften zu lassen.“

„Meinen Lakai?“ Kade runzelte die Stirn und grinste verschmitzt. „Wenn Vaughn das gehört hätte, wäre er außer sich.“

„Mir doch egal.“ Erneut fiel Bethany die Vertrautheit auf, die zwischen Kade und dem Sicherheitsmann herrschte. In welcher Beziehung standen die beiden wohl zueinander?

„Scht“, machte Kade und zog sie in seine Arme. Er hielt sie ganz fest, strich immer wieder über ihren Rücken und küsste ihr wirres Haar. „Hör auf, dich in Rage zu reden. Es tut mir leid, wenn ich mein Spiel mit dir zu weit getrieben habe. Das war nicht meine Absicht. Natürlich wollte ich dich bestrafen, aber auf lustvolle Art und Weise. Niemals, bitte, glaube mir das, hatte ich vor, dich zu erniedrigen. Nichts liegt mir ferner.“

Beth öffnete den Mund, um Einwand zu erheben, aber es kam nur ein Schluchzen heraus. Verzagt schmiegte sie sich an Kade, weil er nun wieder der gefühlvolle Mann war, der ihr Herz erobert hatte, und sie saugte seine zärtlichen Worte und Gesten wie ein Schwamm auf.

Mit sanfter Stimme fuhr er fort: „Ich wollte dir nur eine

Lektion erteilen, damit du mir nie wieder hinterherspionierst."

„Damit warst du erfolgreich", brachte sie mühsam heraus. „Darf ich jetzt gehen?"

„Auf keinen Fall!"

Beth sah ihn entgeistert an. Sie hatte damit gerechnet, dass er sie zur Tür bringen würde, um nicht alles noch schlimmer zu machen.

Kade strich mit den Daumen über ihre Wangen, als hätte sie geweint, dabei war noch keine einzige Träne heruntergelaufen. „Wenn ich dich jetzt ziehen lassen würde, wärst du mir auf immer böse und das zwischen uns wäre vorbei. Das will ich nicht. Ich möchte, dass du dieses Zimmer satt und befriedigt verlässt und voller Sehnsucht an mich denkst, wenn ich nicht bei dir bin."

„Aber du hast doch gesagt, du würdest mir keinen Orgasmus verschaffen, und ich werde mich ganz bestimmt nicht bis zum Höhepunkt streicheln." Nie im Leben hätte sie gedacht, dass er seine Ankündigung widerrufen würde.

Aber das hatte er auch nicht vor. „Weder du noch ich werden dich glücklich machen, sondern die Couch." Er zwinkerte und gab ihr einen butterweichen Kuss auf den Mund.

Bethany hatte keine Ahnung, wovon er redete. Ihr Pulsschlag, der sich gerade erst ein wenig beruhigt hatte, beschleunigte sich schon wieder. Sie sah Kade hinterher, der ins Badezimmer schritt und mit einem Badetuch zurückkehrte. Er legte den weißen Frotteestoff auf die Rückenlehne des Sofas und winkte Beth zu sich.

Eine Sekunde lang zögerte sie. Eben noch war sie am Boden zerstört gewesen. Aber ihr Schoß war immer noch heiß und sie fühlte den Wunsch, sich mit Kade zu vereinen, um ihm so nah wie möglich zu sein. Daher ging sie zu ihm.

„Setz dich obendrauf.“ Er klopfte auf das Badetuch.

Unsicher blickte sie aus dem Fenster. Man konnte sie durchaus vom Nachbargebäude aus erspähen, aber nur mit einem Fernglas. Und welcher Angestellte nahm schon einen Feldstecher mit ins Büro? Wieder einmal war die Chance, dass ein Fremder sie beim Liebesspiel beobachtete, zwar vorhanden, aber dennoch gering.

Also nahm sie auf der Rückenlehne des Sofas Platz, wie ein Reiter auf seinem Pferd.

Kade zog Jeans und Unterhose aus. Er setzte sich hinter Beth, legte seine Hand in ihren Nacken und drückte ihren Oberkörper weit nach vorne.

Sie spürte seinen heißen Penis, der schon wieder hart war, an ihrem Gesäß. Vorsichtig drang er von hinten in sie ein. Er begann, sich langsam vor- und zurückzubewegen.

Als Beth sich mit den Händen auf der Sofalehne abstützte, ließ Kade ihren Nacken los und fasste um ihren Körper herum. Zärtlich knetete er ihre Brüste. Er zwirbelte ihre Brustspitzen und legte seine Hände schließlich schützend auf sie, denn nun konzentrierte er sich vollkommen auf die Bewegung seiner Lenden.

Kade drang kraftvoller in sie ein, wodurch er ihr Becken leicht erschütterte und ihr Unterleib über den Stoff des Badetuchs rieb. Somit reizte er indirekt ihre Spalte.

Er stieß immer härter zu, aber nicht so ungestüm wie vor einer halben Stunde, als er sie im Stehen genommen hatte. Sondern diesmal ging er besonnener vor.

Es dauerte nicht lange und er fiel in einen langsamen Rhythmus. Beth war froh, dass er behutsam war, denn sie befürchtete, dass sich ihre Klitoris, trotz des weichen Frotteestoffs, wund scheuerte.

Ihre Lust steigerte sich stetig. Bald spürte sie, wie ihre Feuchtigkeit das Tuch durchtränkte. Aber Kade ließ ihr keine Zeit, um sich Gedanken über die Hotelcouch zu machen. Es war ihr schlichtweg egal, ob ein Fleck zurückbleiben würde oder nicht. Momentan zählte nur die Erregung, die Kade mithilfe des Sofas in ihr weckte.

Er heizte ihr ein, indem er durch seine Stöße ihren Unterleib über die Lehne rieb und hin und wieder ihren Busen massierte. Zwischendurch ruhten seine Hände auf ihren Brüsten.

Bethany genoss dieses Vor- und Zurückwiegen, Kades sanftes und doch forderndes Drängen. Lächelnd schloss sie ihre Augen und verlor sich in dem berauschenden Gefühl der Ekstase.

Alles in ihr konzentrierte sich auf ihre steigende Begierde. Für sie gab es in diesem Moment nur noch Kades Phallus, der ohne Unterlass in sie eindrang, seine warmen Hände auf ihrem Busen und das Frottee, das ihren Kitzler stimulierte, bis sich ihr Unterleib verkrampfte und den Orgasmus ankündigte.

Kade ritt sie und sie ritt die Sofalehne.

Als der Höhepunkt sie schließlich erfasste, schaukelte sie immer noch vor und zurück, weil Kade nicht von ihr abließ, aber auch vor Berauschtheit. Es war eine überwältigende Art und Weise zu kommen. Sie fühlte sich wie ein Reiter auf seinem Pferd, vogelfrei und verzückt.

Auch Kade kam. Er stöhnte leise auf und blieb dann einfach sitzen. Sein rascher Atem streifte Beths Rücken.

Um seine Nähe und Wärme zu spüren, wollte sie sich aufrichten und an ihn lehnen, aber Kade legte schnell seine Hand an ihre Wirbelsäule und drückte sie wieder nach vorne.

„Willst du mir meinen Penis brechen?“ Er zog sein Glied aus ihr heraus, küsste ihr Schulterblatt und stand auf. Lächelnd hielt er ihr seine Hand hin. „Zeit für ein Bad, findest du nicht auch?“

Sinnestrunken nickte sie. „So kann ich kaum unter die Leute treten, zumal ich keinen Slip mehr habe, den ich anziehen kann.“

„Ich könnte den Concierge bitten, dir ein Höschen zu kaufen und hochzubringen.“

„Wehe“, warnte sie ihn und boxte ihn sachte in den Bauch.

Sie hob ihren Slip vom Boden auf, nahm seine Hand und folgte ihm ins Badezimmer, einen kleinen Raum mit hellem Marmor, in den gerade mal auf der rechten Seite eine Wanne und auf der linken zwei Waschbecken passten. Toilette und Bidet befanden sich am Kopfende in einer winzigen Nische.

Während Kade Wasser in die Badewanne einlaufen ließ, schaute Beth sich in der Hoffnung um, mehr über Kade herauszufinden. Es ging ihr dabei nicht nur um seine Identität, sondern sie wollte auch wissen, ob er sich nass oder elektrisch rasierte und welches After-Shave er benutzte. Wie jede verliebte Frau wollte sie mehr über den Mann in ihrem Leben erfahren.

Schließlich suchte Beth die Toilette auf und warf ihr zerrissenes Höschen in den Mülleimer, der neben dem WC stand. Dabei sah sie zufällig eine aufgerissene Packung im Eimer liegen.

Sie lugte verstohlen aus der Nische, um zu prüfen, ob Kade sie beobachtete, aber er gab gerade einen Strang Waschgel in das Wasser und verteilte es mit seiner Hand.

So leise wie möglich holte Beth die Schachtel aus dem Mülleimer und stellte fest, dass es sich um ein braunes Haarfärbemittel handelte.

Verdutzt linste sie um die Ecke und musterte Kades Haare. Färbte er sie braun? Beabsichtigte er die ersten grauen Haare zu überdecken oder besaß er einen ganz anderen Naturton? Da er viel zu jung für graue Haare war, kam nur die zweite Möglichkeit in Betracht.

Konnte er doch eitler sein, als Beth glaubte? Oder lag nicht vielmehr die Vermutung nah, dass jemand, der sich die Haare kolorierte und farbige Kontaktlinsen trug, damit sein Erscheinungsbild verändern wollte?

Beth bekam eine Gänsehaut. Etwas an Kades Aussehen war ihr schon bei ihrem ersten Aufeinandertreffen im Wal-Mart seltsam erschienen, ohne dass sie damals hatte benennen können, was genau sie irritierte. Sein brauner Teint war ihr als Erstes aufgefallen. Nun, nachdem sie von den Kontaktlinsen und dem Haarfärbemittel wusste, ahnte sie, dass seine Bräune nicht natürlich war und er ins Solarium ging.

Sie legte die Packung zurück in den Mülleimer, erledigte ihre Toilette und zog ab.

Verunsichert kehrte sie zu Kade zurück. Er hatte sich bereits ausgezogen und stieg nun in die Badewanne. Lächelnd zeigte er auf den Platz zwischen seinen gespreizten Beinen.

Sie entkleidete sich, steckte ihre Haare wieder hoch und setzte sich zu Kade in die Wanne. Eigentlich hätte sie glücklich sein müssen, weil er am Ende doch nicht der kaltherzige Racheengel war, den er anfänglich vorgegeben hatte zu sein. Aber sie musste ständig an die Packung denken, die unweit von ihnen im Mülleimer lag.

Er hatte früher als drei Uhr im Hotel eingecheckt, als hätte er irgendwelche Sonderrechte, und hatte sich anscheinend als Erstes die Haare gefärbt. Hatte er kein Zuhause? Vielleicht wechselte er seine Unterkünfte, wie er seine Autos wechselte. Aber weshalb sollte er das tun? Verschleierung seiner Identität? Möglicherweise hatte er damit gerechnet, dass Beth ihm eines Tages folgen würde.

Bethany hielt ihre Hand unter den Wasserstrahl, der hart auf die Oberfläche traf und das duschgelgeschwängerte Wasser aufschäumte.

Sie konnte sich beim besten Willen nicht vorstellen, dass Kade diese Scharade ausschließlich für sie inszenierte. Es musste einfach mehr hinter seinem seltsamen Verhalten stecken. Wahrscheinlich führte er nicht nur sie hinters Licht, sondern andere Personen ebenfalls.

Kade begann, warmes Wasser über ihre Brüste rinnen zu lassen.

Als Beth genießerisch ihre Augen schloss, sah sie die Kellnerin von ‚Kassandra's Kitchen' vor ihrem geistigen Auge. Wenn er sich auf eine Verabredung mit ihr vorbereitet und sich deshalb sofort nach seiner Ankunft die Haare gefärbt hatte, weshalb saß er dann in Seelenruhe mit ihr hier in der Wanne, wo die Blondine jeden Moment hereinschneien konnte?

Das ergab alles keinen Sinn.

Bethany gab einen spitzen Schrei von sich und riss ihre Augen auf, denn Kade hatte die Handdusche genommen und die Brause auf ihr Dekolleté gerichtet. Er ließ den Strahl über ihren Busen kreisen, reizte ihre Brustspitzen, die heftig anfingen zu prickeln, und glitt über ihren Bauch tiefer.

Ein sehnsüchtiges Pochen erwachte erneut in ihrer Mitte.

Der Wasserspiegel war jedoch schon zu hoch und ihre Scham bereits bedeckt, sodass er sie mit dem Strahl nicht erreichen konnte.

Kade schlang die Arme um Beths Hüften und hob sie soweit hoch, dass er seine Beine unter ihrem Hintern ausstrecken konnte. Als er sie wieder herunterließ, saß sie auf seinem Glied und ihre Beine rutschten von selbst nach rechts und links.

„So gefällt es mir“, raunte er von hinten in ihr Ohr. „Weit geöffnet und zugänglich.“

Da ihr Schoß nun über dem Wasserspiegel war, konnte er ihn problemlos erreichen, doch er fasste ihn nicht an, sondern richtete den Strahl der Handbrause auf ihre Oberschenkel. Kade brauste die Innenseiten ab, er heizte ihre Begierde an, indem er immer wieder um ihre Spalte kreiste, sie jedoch nicht abbrauste.

Aber der Wasserspiegel stieg immer höher. Als er bereits Bethanys Gesäßhälften umspülte, richtete Kade endlich den Wasserstrahl auf ihre Mitte.

Er brauste geschickt zuerst ihre rechte und dann ihre linke Schamlippe ab. Langsam führte er den Strahl von ihrer feuchten Öffnung nach oben bis zu ihrer Klitoris, wo er aber nicht verweilte.

Bethany seufzte wohlig. Erregt hob sie ihr Becken dem Duschstrahl entgegen, aber Kade richtete ihn auf ihre Beine.

Unzufrieden wandte sie das Gesicht zu ihm um. „Meine Knie?“

„Sie wollen auch erregt werden.“

„Nein, glaub mir, sie haben kein Interesse daran“, spaßte sie. „Ganz im Gegenteil zu meinem –“

Weiter kam sie nicht, denn Kade brauste jäh ihre empfindlichste Stelle ab.

Diesmal nahm er die Handdusche nicht weg, sondern reizte den Kitzler aufs Heftigste, sodass Beth sich aufbäumte. Um sie an sich gedrückt zu halten, schlang Kade seinen freien Arm um ihren Hals. Er übte keinen Druck aus, sondern fixierte sie lediglich.

Bethany erzitterte. Der Wasserstrahl blieb auf ihre Klitoris gerichtet, wodurch sich ihre Lust so rasch aufbaute, dass sie ihr den Atem raubte. Sie hielt die Luft an, drückte den Rücken durch und hielt sich mit beiden Händen an Kades Arm, der immer noch um ihren Hals lag, fest.

Dann kam sie auch schon.

Sie zuckte auf Kades Schoß, wie ein Fisch, der auf dem Trockenen lag. Gierig saugte sie Luft in ihre Lungen ein. Noch immer trafen die Wasserstrahlen auf ihren Kitzler, der so sehr gereizt war, dass die Stimulation langsam schmerzhaft wurde.

Daher schob sie Kades Hand, die die Brause hielt, weg. Er öffnete seine Beine und Beth sank ab. Nun saß sie wieder zwischen seinen Schenkeln. Ermattet lehnte sie sich an seinen Oberkörper, angenehm warmes Wasser umspülte ihren Kitzler und sie war glücklich, dass der Nachmittag solch eine Wendung genommen hatte.

Kade war nicht mehr sauer auf sie und die Kellnerin war auch nicht aufgetaucht. Stattdessen saß sie befriedigt in der Wanne mit dem Mann, den sie begehrte.

Doch die Erinnerung an das Haarfärbemittel stahl sich wieder in ihre Gedanken. Vielleicht gehörte die Packung gar nicht Kade, sondern der Kellnerin, die das Hotel als Blondine betreten und es als Brünette verlassen haben mochte.

Obwohl das Wasser gerade bis zu ihrem Bauchnabel reichte, stand Beth auf und stieg aus der Wanne. „Ich möchte nicht, dass meine Haare nass werden, entschuldige bitte."

„Du kannst sie doch waschen." Kade hängte die Handdusche in die Halterung und zeigte auf die beiden Spender, die über der Armatur angebracht waren. „In jedem Zimmer gibt es neben Duschgel auch Shampoo, und der Fön hängt hinter dir neben dem Spiegel. Sie haben fast alles hier, man muss nur noch Zahnbürste und Zahnpasta mitbringen und selbst die kann man an der Rezeption kaufen."

Sie zuckte entschuldigend mit ihren Achseln. „Das ist so

eine Frauensache, nicht böse sein, ja?“

Damit er nicht weiterhin versuchen würde, sie zu überreden, wieder zu ihm in die Badewanne zu steigen, nahm sie ihre Kleidung und ein Handtuch und ging in den Wohnbereich. Sie trocknete sich eilig ab, zog ihren BH an, und noch während sie ihr Etuikleid überstreifte, schlich sie auf leisen Sohlen ins Schlafzimmer.

Hastig durchwühlte sie seine Kleidung, die auf dem Bett lag, fand jedoch kein Portemonnaie oder irgendwelche Papiere, die Aufschluss über Kades Identität lieferten. Sie öffnete den Kleiderschrank und erschrak, als die Furniere knarrten.

Erschrocken spähte Beth hinüber zum Bad, aber Kade blieb in der Wanne sitzen.

Im Schrank befand sich Garderobe für eine Woche, schätzte Beth. Würde er dann weiterziehen? Hatte er sein restliches Hab und Gut eingelagert, wie Aaron die Gegenstände seiner Exfreundinnen? War die Storage Unit in der Wary Road die Verbindung zwischen Kade und Aaron?

Enttäuscht, dass sie nicht mehr entdeckt hatte und ihr wieder einmal nur vage Vermutungen blieben, schloss sie die Türen des Kleiderschranks.

Als sie gerade das Schlafzimmer verlassen wollte, fiel ihr ein Gegenstand ins Auge. Er war recht klein und lag auf dem rechten Nachttisch.

Aufgeregt schaute Beth nach, was es war, und hielt schließlich einen Ring aus Weißgold in der Hand. Sie drehte sich zum Fenster, um sich nicht mit ihrem Körper das Licht zu nehmen.

Eine schlimme Vorahnung quälte sie. Konnte es sich um einen Ehering handeln?

Sie nahm ihn zwischen Daumen und Zeigefinger und prüfte, ob eine Gravur vorhanden war. Tatsächlich fand sie eine. Ihr Herz pochte so heftig in ihrem Brustkorb, dass sie befürchtete, er könne bersten.

Stumm las sie, was in den Ring eingraviert war: „Für K.N., in Liebe M.a.D."

Das Schmuckstück wäre ihr vor Schreck beinahe aus der Hand gefallen. Sie betrachtete die Gravur noch einmal und legte den Ring auf den Nachttisch zurück.

Beth empfand keine Erleichterung, weil es kein Ehering war, denn es handelte sich offensichtlich um das Geschenk einer Frau. Wer sonst würde ‚in Liebe' eingravieren lassen? War sie Kades feste Freundin oder nur eine Liebhaberin, mit der er die gleichen tabulosen Spiele spielte wie mit ihr?

Was bedeuteten die Initialen ‚M.a.D.'? Aufgrund des seltsamen ‚a.' kam Beth der Gedanke, ob die Frau, die ihm den Schmuck gegeben hatte, eine Adelige sein könnte. War sie wohlhabend und bezahlte die Übernachtung in diesem Zimmer?

War Kade tatsächlich sein richtiger Name oder hatte er seine Gönnerin ebenfalls belogen? Welche Nachnamen begannen mit ‚N'?

Da Bethany hörte, wie Kade das Wasser aus der Wanne ließ, eilte sie ins Wohnzimmer zurück. Sie war schrecklich durcheinander und wollte nur noch alleine sein, um über all das nachzudenken, was im Sheraton geschehen war.

Immer wieder schickte Kade sie auf eine Achterbahn der Gefühle. Das war zu viel für sie. Wie lange würde sie das noch aushalten?

Bethany zog ihre Schuhe an, griff ihre Handtasche und hastete aus dem Hotelzimmer, ohne sich von Kade zu verabschieden.

26. *KAPITEL*

Kade rief Beth am Abend an und wollte wissen, weshalb sie das Hotel so fluchtartig verlassen hatte.

Er reagierte unerwartet gefasst und gelassen, als sie ihm sagte, dass sie einige Zeit für sich brauchte, weil dieser ständige Wechsel von Nähe und Distanz an ihren Nerven zerrte, zumal sie sich erst vor Kurzem von ihrem Verlobten getrennt hatte und sich zudem auch um ihr Studium kümmern wollte.

Möglicherweise hatte er ein schlechtes Gewissen, weil er zu hart mit ihr umgegangen war. Das Überwachungsvideo erwähnte er mit keinem Ton. Er nötigte sie nicht, sich mit ihm zu treffen, sondern gestand ihr eine Auszeit zu.

Nachdem das Telefonat beendet war, fühlte sich Beth keineswegs besser. Sie sehnte sich nach Kade. Aber Tatsache war, dass es keine Zukunft für sie gab.

Als Nächstes schickte Bethany Aaron eine SMS und bat ihn, die Storage Unit in der Wary Road zu überprüfen.

Sie verabredete sich mit ihm für den kommenden Donnerstag in der Starbucks-Filiale neben dem Polizeirevier, auf dem Aaron Dienst schob, damit er sie kurz in seiner Mittagspause treffen konnte und sich für Sadie keine Ausrede ausdenken musste.

Beth traf als Erste ein und wählte einen Tisch, der in einer hinteren Ecke und nicht am Fenster stand. Als Aaron hereinkam, stand sie sofort auf und winkte ihm.

Er sah glücklich aus. Seine Augen strahlten und er trug wieder seine Polizeiuniform.

Aaron kam zu ihr und schlug auf sein rechtes Bein. „Der Gips ist seit einigen Wochen ab, aber ich hinke immer noch. Kannst du das glauben?"

Lächelnd umarmte sie ihn. Sie nahmen Platz.

„Der Gips steht jetzt in meinem Büro. Ich konnte ihn einfach nicht wegwerfen. All die schönen Unterschriften und Zeichnungen!“

„Arbeitest du nicht mehr in der Administration?“, fragte sie und zeigte auf seine Uniform. Geräuschvoll sog sie herrlich süßen Karamell Macchiato durch ihren Strohhalm.

„Gott bewahre!“ Er riss die Arme hoch. „Weil sie unterbesetzt sind, wollten sie mich bis zum Sommer dort behalten, aber ich habe mich mit Händen und Füßen gewehrt. Seit vierzehn Tagen fahre ich wieder Streife.“

„Soll ich dir, alter Mann, einen Kaffee holen?“

Aaron sprang von seinem Stuhl auf, als wolle er ihr damit zeigen, wie agil er nach seiner vollkommenen Genesung war. „Nein, danke.“

Er reihte sich in die Warteschlange vor der Theke ein und Beth hatte etwas Zeit, ihn genauer zu betrachten.

Seine dunkelblonden Haare standen wirr von seinem Kopf ab, aber seine Uniform war adrett. Aaron war eben ein Cop durch und durch und Beth spürte, wie glücklich er war, wieder Streife zu fahren. Er sah aus wie der freundliche Polizist von nebenan und genau das war er auch. Boston konnte froh sein, einen Mitarbeiter wie ihn zu haben, der seinen Job als Berufung verstand.

Nach einer Weile kehrte er zurück. „Jedes Mal nehme ich mir vor, ein anderes Getränk auszuprobieren, und trotzdem hole ich dann doch wieder einen White Caffé Mocha mit Sahne.“

Bethany war zu aufgewühlt, um Small Talk zu treiben, deshalb brachte sie es auf den Punkt, sobald er sich gesetzt hatte. „Hast du etwas herausgefunden?“

„Ja und doch wieder nein“, antwortete er und nippte an seinem mit flüssiger weißer Schokolade verfeinerten und mit Milch aufgegossenen Espresso. Er wischte sich den

Schnurbart aus Schlagsahne von der Oberlippe.

„Was soll das heißen?“

„Keine Informationen über diesen Kade.“ Er zuckte mit den Achseln, schob seinen Plastikbecher ein Stück weiter vom Rand weg und verschränkte die Arme vor dem Oberkörper. „Sein Vorname ist selten und ich habe im National Crime Information Center nur einen einzigen Kade gefunden.“

Ihr Herz schlug einen Takt schneller. „Und?“

„Er sitzt im Knast.“

„Im Gefängnis?“ Aufgeregt saugte sie an ihrem Strohhalm. Sie verschluckte sich und musste husten. Als sie sich wieder gefangen hatte, fragte sie: „Hast du ein Foto mitgebracht?“

Er schüttelte den Kopf. „Das brauchte ich nicht.“

„Doch, sicher“, wandte sie ein und konnte nicht fassen, dass er kein Bild dabeihatte. „Du weißt doch gar nicht, wie er aussieht.“

„Der Kade, der hinter Gittern sitzt, ist ein Farbiger, und du hattest mir erzählt, dass dein mysteriöser Erpresser hispanischer Herkunft ist.“

„Da bin ich mir mittlerweile nicht mehr sicher“, gab sie kleinlaut zu und berichtete von den dunkelbraunen Kontaktlinsen, dem Haarfärbemittel und dem Verdacht, dass Kades Teint dank Solarium leicht gebräunt war.

„Wie auch immer, den inhaftierten Kade können wir auf jeden Fall ausschließen.“ Aaron legte seine Hand auf die von Beth und runzelte besorgt seine Stirn. „Bist du dir ganz sicher, dass du nicht die Polizei einschalten möchtest?“

„Das habe ich doch“, entgegnete sie augenzwinkernd.

„Offiziell, meine ich.“

„Nein.“ Damit er ihre Entscheidung nicht hinterfragte

oder versuchte, sie umzustimmen, wollte sie wissen: „Was ist mit der Storage Unit?“

Seufzend ließ er ihre Hand los und nahm seine Espressotasse. Er hob sie an seinen Mund, hielt jedoch in der Bewegung inne: „Nichts, niemand mit dem Namen Kade hat einen der Lagerräume angemietet.“

„Wieder eine Sackgasse.“

„Sei vernünftig, Bethy“, begann Aaron, trank einen Schluck und verrührte die Schlagsahnehaube mit dem Strohhalm. „Dieser Mann ist gefährlich. Du weißt rein gar nichts über ihn. Er erpresst dich, mit ihm auszugehen, und nötigt dich auch zu anderen Dingen, die du mir nicht verrätst, das spüre ich doch.“

Vorwurfsvoll sah sie ihn an, schwieg allerdings, weil er recht hatte.

„Irgendwann eskaliert die Situation“, sagte er mit Nachdruck. „Er ist gefährlich, das ist meine Meinung!“

Wieder einmal hatte sie das Bedürfnis, Kade zu verteidigen. „Woher willst du das wissen?“

Aaron schlug die Hände über dem Kopf zusammen. „Himmel, Bethy, weil ich herausgefunden habe, dass er seine Autos bei den Mietwagenfirmen unter den Namen verstorbener Männer anmietet.“

„Was?“ Sie erschauerte.

„Ich hatte darüber nachgedacht, dir die Wahrheit vorzuenthalten, um dich nicht zu schockieren, aber ich muss dich einfach warnen.“ Verschwörerisch neigte er sich über den Tisch zu ihr herüber und dämpfte seine Stimme. „Collin Semor, Jack Hurst und Rick Sanchez sind nicht nur tot, sondern sie wurden ermordet.“

„Das sind die Namen, die Kade benutzt hat?“

Aaron nickte und setzte sich wieder aufrecht hin.

Bethany konnte nicht klar denken. Das war alles so

grauenhaft. Einen Moment lang wünschte sie sich, Aaron nicht um Nachforschungen gebeten zu haben oder nicht zu diesem Treffen erschienen zu sein.

Es fiel ihr schwer, die Information zu verdauen.

Ihr Karamell Macchiato schmeckte auf einmal widerlich süß, sodass ihr beinahe übel wurde. Sie stand auf und warf den halb vollen Plastikbecher in den Mülleimer, der neben der Theke stand.

Als sie an den Tisch zurückkehrte, kam sie am Garderobenspiegel vorbei und sah, dass sie aschfahl im Gesicht war.

„Kade hat diese Männer nicht getötet", sprach sie mit zittriger Stimme. „Dazu wäre er nicht fähig."

Verzweifelt raufte sich Aaron die Haare. „Bethy, du musst in Betracht ziehen, dass er kein Gelegenheitsganove, sondern ein Berufskrimineller ist, der über Leichen geht."

Beth grübelte. Es konnte durchaus möglich sein, dass Kade der Kopf einer kriminellen Bande war und das Hotelzimmer im Sheraton doch selbst bezahlt hatte. Zum einen, weil die vermeintliche Kellnerin nicht aufgetaucht war, obwohl sie ihm die Notiz in ‚Kassandra's Kitchen' zugesteckt hatte. Zum anderen, weil Vaughn McCormick in irgendeiner Beziehung zu ihm stand.

Kade schien ein mächtiger Mann zu sein, wenn er sogar den Hotelmanager dazu bringen konnte, ihn abzuschotten.

Arbeiteten die Blondine und der Security-Mann für ihn?

„Der Gedanke ist so lächerlich!" Alles in ihr wehrte sich dagegen, Kade als erbarmungslosen Mafioso zu sehen. „Er ist nicht wie Don Vito Corleone im Film ‚Der Pate'."

„Du glaubst gar nicht, wie viele gefährliche organisierte Straftätergruppen es in den USA gibt, die national und international operieren." Er hob seine Hand und zählte an seinen

Fingern ab. „Die italienischen Gruppen Mafia, N'drangheta, Camorra und Sacra Corona Unita, die amerikanische La Cosa Nostra, chinesische Triaden und Tongs, japanische Borykudan und vietnamesische Gangs, die Russenmafia und süd- und mittelamerikanische Drogenkartelle, wie das Kali- und das Medellinkartell."

„Weshalb sollte ein Mitglied einer solchen Bande ausgerechnet mich erpressen?", fragte Beth außer sich. „Das ist völlig verrückt. Du übertreibst maßlos!"

„Ich behaupte ja nicht, dass er zu den großen Clans gehört. Aber mach du nicht den Fehler, Kades Erpressung als Bagatelle darzustellen."

„Du kennst ihn nicht." Ihre Stimme wurde immer lauter.

„Du auch nicht! Du glaubst ihn zu kennen, aber das ist ein Irrtum", brachte Aaron zwischen zusammengepressten Lippen heraus. Er ballte die Hand zur Faust. „Wahrscheinlich umgarnt Kade dich, ja, so muss es sein. Er umschmeichelt dich und weckt Gefühle in dir, sonst würdest du ihn nicht verteidigen. Er wickelt dich um den Finger, aber das gehört zu seiner Masche. Seine Freundlichkeit ist vorgetäuscht. Er macht dir etwas vor, Bethy. Fall nicht auf ihn herein."

„Warum sollte er das tun?", fragte sie. Ihre Stimme klang mit einem Mal weinerlich. „Ich bin nicht reich, bei mir gibt es nichts zu holen."

Aaron zuckte mit den Schultern. „Vielleicht einfach nur als Zeitvertreib, weil es ihm Spaß macht, eine schöne junge Frau zu zerstören. Es gibt viele kranke Menschen dort draußen, ich habe als Polizist täglich mit ihnen zu tun."

Bethany stellte die Ellbogen auf den Tisch und vergrub ihr Gesicht in ihren Händen.

Aaron hatte ihr gründlich den Kopf gewaschen, dabei

kannte er nur die halbe Wahrheit. Er wusste nicht einmal, dass sie mit Kade schlief.

Hatte Kade sie mit Sex geködert? War es ein Ziel von ihm gewesen, sie verliebt in sich zu machen, oder ein unbeabsichtigter Nebeneffekt?

Auf einmal fühlte sich Beth als ein Opfer ihrer Lust und das gefiel ihr ganz und gar nicht.

Aaron wollte etwas sagen, doch Bethany hob ihre Hand und brachte ihn mit dieser Geste zum Schweigen. „Ich muss das erst verarbeiten. Gib mir etwas Zeit."

„In Ordnung, aber es kommt noch schlimmer." Er leerte seinen Becher und verzog sein Gesicht. „Kalter Kaffee ist widerlich."

„Was kann noch schlimmer sein als das, was du mir eben erzählt hast?", fragte sie und lehnte sich zurück. Wie ein Häufchen Elend saß sie dort.

Aaron lächelte gezwungen und deutete zur Theke. „Möchtest du noch etwas trinken?"

„Lieber nicht." Sie rieb mit der flachen Hand über ihren Bauch. „Deine Informationen sind mir auf den Magen geschlagen."

„Das tut mir leid, aber du hattest mich gebeten –"

„Schon gut. Auch wenn ich die Ergebnisse deines Freundschaftsdienstes ... deiner Ermittlungen nicht hören möchte, so muss ich mich doch den Tatsachen stellen." Das Wissen über Kade konnte ihr das Leben retten. Sie forderte Aaron auf, fortzufahren.

„Du hattest mich nach Maternity Help gefragt", begann er zögerlich.

„Und?" Ungeduldig trommelte sie mit den Fingerspitzen auf den Bistrotisch.

„Mantis Hart, also, dein Vater ...", nun geriet er ins Stottern, als würde allein der Name ihn einschüchtern, „er ist tatsächlich der Eigentümer der Firma."

„Das darf doch wohl nicht wahr sein!", zischte Bethany aufbrausend.

„Er hat Maternity Help 1986 gegründet."

„Das war das Jahr, in dem wir von New Jersey nach

Boston gezogen sind."

Aaron fuhr fort: „Geschäftsführer ist ein gewisser Daryl Veasey."

„Daryl?" Mit aufgerissenen Augen und offenem Mund sah sie ihn fassungslos an.

„Veasey kam vor drei Jahren zu Maternity Help und hat mittlerweile den Status eines Prokuristen."

„Daryl", murmelte sie ein zweites Mal und wollte es nicht wahrhaben.

Aaron hob erstaunt die Augenbrauen. „Kennst du ihn?"

„Ich war mit ihm verlobt."

In ihrer Erinnerung sah sie ihren Dad mit Daryl im Garten ihres Elternhauses stehen.

„Bieg das gerade, Mantis. Du weißt, ich habe dich in der Hand."

„Drohe mir nicht. Du steckst genauso mit drin."

Hatten die beiden von Maternity Help gesprochen?

Aarons Handfläche klatschte auf den Tisch und riss Beth aus ihren Gedanken.

„Mit Veasey? Und du wusstest bisher nicht, dass dein Dad Inhaber und dein Verlobter der Geschäftsführer von Maternity Help sind?" Ungläubig breitete er die Arme aus. „Wie kann das sein?"

„Frag mich nicht, Aaron. Momentan bricht die Welt um mich herum zusammen und ich kenne den Grund dafür nicht. Alle scheinen ihre Geheimnisse zu haben, selbst meine Eltern." Unruhig verlagerte sie ihr Gewicht von einer Gesäßhälfte auf die andere.

Schließlich sagte sie: „Ich muss jetzt los."

Bethany war sich bewusst, dass sie zu flüchten versuchte, dabei würden ihre Sorgen nicht verschwinden, nur weil sie einige Meilen zwischen sich und Aaron, den Überbringer der schlechten Nachrichten, brachte.

Aber sie fühlte das starke Bedürfnis, die Starbucks-Filiale zu verlassen. Es wurde immer voller, da sich viele Geschäftsleute in der Mittagspause einen Kaffee und einen Muffin oder Brownie kauften. Die Luft wurde immer stickiger, die Warteschlange an der Theke immer länger.

Hastig stand sie auf, doch Aaron griff ihre Hand, bevor sie sich entfernen konnte.

„Da ist noch etwas", deutete er an und machte eine besorgte Miene.

„Noch mehr Hiobsbotschaften?"

Als er nickte, ließ sie sich zurück auf den Stuhl fallen.

„Deine Eltern haben keinen Kredit bei der HSBC Bank USA laufen." Eindringlich musterte er sie. „Bist du in Ordnung? Du siehst schlecht aus."

„Ist das ein Wunder?"

Noch immer hielt er ihre Hand. Er streichelte sie sanft. „Maternity Help ist nicht verschuldet. Mantis hat euer Haus cash bezahlt, ich habe den Vorbesitzer gefragt. Dank meiner Polizeimarke hat er die Informationen bereitwillig herausgerückt."

„Bar? Woher sollte mein Dad so viel Geld haben?"

„Das konnte ich nicht nachvollziehen. Es scheint, als wäre die Summe aus dem Nichts aufgetaucht." Aaron atmete tief durch. „Wenn du mich fragst, hat dein Dad ein geheimes Konto, vielleicht sogar im Ausland."

Bethany prustete und riss ihre Hand los. „Du scheinst die Polizisten-Krankheit zu haben und überall nur noch Verbrecher zu sehen."

Sie erhob sich ein zweites Mal, um das Café zu verlassen, und erneut sagte Aaron: „Da ist noch etwas", sodass sich Beth wie in einem Krimi mit Columbo oder Monk vorkam.

Wieder nahm sie Platz und wurde immer genervter. Aaron konnte nichts dafür, trotzdem projizierte sie ihre Wut und Enttäuschung unfairerweise auf ihn.

„Während ich die Daten von Mantis und Blanche anhand ihrer Sozialversicherungsnummern geprüft habe, bin ich zufällig auf etwas gestoßen, nach dem du mich nicht gefragt hattest. Vielleicht weißt du es ja sogar und hast es mir gegenüber nur nie erwähnt."

„Leg schon los. Ich will endlich hier raus."

Aaron schlang die Finger ineinander. „Dann will ich dich nicht auf die Folter spannen. Ich habe gelesen, dass Blanche Hart nie entbunden hat."

„Wie bitte? Du willst mich auf den Arm nehmen, oder? Aber das geht wirklich zu weit –"

Er fiel ihr ins Wort: „Deine Mutter hat nie ein Kind bekommen. Wusstest du das nicht?"

Überrascht schüttelte Bethany den Kopf.

„Ich konnte keine Adoptionsakten von dir auftreiben. Es ist mir ein Rätsel, wie das möglich sein kann."

Beth ließ die Informationen einen Moment sacken. Dann schaute sie zu Aaron auf. „Was hältst du davon?", wollte sie wissen. „Bin ich adoptiert worden oder hat man die Entbindungsakten nur verbummelt?"

Aaron zuckte mit den Achseln. „Ich habe ehrlich keine Ahnung. Alles, was ich dir sagen kann ist, dass deine Mutter das erste Mal mit dir bei Dr. Bone, einem Kinderarzt aus Paterson, war, als du bereits anderthalb Jahre alt warst."

„Damals wohnten wir noch in New Jersey."

„Aber eine Mutter geht mit ihrem Kind doch in den ersten Monaten öfter zum Kinderarzt, es sei denn, das Kind wuchs in einer anderen Familie auf." Aaron wartete auf Beths Reaktion, aber sie schwieg betroffen. Daher fuhr er fort: „Sie hat Dr. Bone nur ein einziges Mal aufgesucht, danach einen Arzt in Boston – ich habe seinen Namen vergessen, kann ihn aber nachschauen – vermutlich kurz nach eurem Umzug."

Bethany war fassungslos. Entsetzt schüttelte sie den Kopf. „Nein, nein, das glaube ich alles nicht. Es muss eine einfache Erklärung dafür geben."

„Und die wäre?"

„Ich weiß es nicht", meinte sie patzig und gestikulierte heftig. „Meine Eltern hatten damals wenig Geld und konnten sich Arztbesuche nicht leisten. Es kann sein, dass meine Mom den Kinderarzt nur aufgesucht hat, wenn es dringend notwendig war."

„Sind Kinder nicht immer krank?" Aaron holte sein Portemonnaie aus seiner Gesäßtasche, klappte es auf und zeigte ihr stolz ein Foto von seinem Sohn. „Joey litt als Säugling an Drei-Monats-Koliken und Sadie war ständig mit ihm beim Kinderarzt, weil er fortwährend schrie und einen geschwollenen Bauch und Schlafstörungen hatte. Sie machte sich große Sorgen, weil er nicht richtig essen wollte und –"

Beth fiel ihm gereizt ins Wort. „Ich wette, deine Ehefrau hat andauernd den Kinderarzt gewechselt, weil sie die Ärzte für unfähig hielt, da sie Joeys Koliken nicht wegzaubern konnten, nicht wahr?"

Verärgert klappte er seine Geldbörse zu und steckte sie wieder in die Hosentasche. Er erhob sich. „Ich habe Verständnis dafür, dass du aufgebracht bist, weil es scheint, als haben deine Eltern Geheimnisse vor dir, aber ich lasse nicht zu, dass du Sadie angreifst."

„Es tut mir leid", sagte sie kleinlaut und legte die Handflächen aneinander.

Er nickte. „Denk über alles nach, aber sei vorsichtig, auch was Kade betrifft. Ruf mich an."

Ohne ihre Antwort abzuwarten, ließ Aaron sie sitzen.

28. KAPITEL

Den kompletten Freitag verbrachte Bethany im Bett und sie hatte ausnahmsweise nicht einmal ein schlechtes Gewissen, weil sie die Uni-Vorlesungen schwänzte. Ihren Eltern gegenüber behauptete sie, Migräne zu haben.

Beth lag den ganzen Tag in ihrem verdunkelten Schlafzimmer, ernährte sich von Fitness Flakes mit Milch, denn mehr hatte sie nicht im Haus, und grübelte, bis sie am Abend tatsächlich Kopfschmerzen bekam.

Erst am Samstagmorgen zog sie sich an und ging einkaufen. Geistesabwesend füllte sie ihren Einkaufswagen und staunte an der Kasse, was sie alles gekauft hatte.

Mittags aß sie einen Mikrowellen-Burrito, aber die vielen Fragen, die ungeklärt im Raum standen, raubten ihr noch immer den Appetit, sodass sie die Hälfte des Burritos im Mülleimer entsorgte.

Als sie am frühen Nachmittag ihren Vater wegfahren hörte und sah, dass ihre Mutter die Beete mit einer Harke bearbeitete, fasste sie sich ein Herz und ging in den Garten. Lazy war weit und breit nicht zu sehen. Nur sein gelbes Spielzeughuhn, das quietschte, wenn der Neufundländer darauf herumbiss, lag auf der Terrasse. Mantis musste den Hund mitgenommen haben.

Schwere graue Wolken hingen über den Dächern von Roxbury und die Luft war frisch, aber durch die Sonnenstrahlen der vergangenen Wochen waren die Pflänzchen durch den Erdboden gestoßen. Mittlerweile war es Ende April.

Bethany trug eine graue Trainingshose und eine Kapuzenjacke. Im Haus hatte ein roséfarbenes T-Shirt genügt, aber nun wünschte sie sich, stattdessen einen Pullover angezogen zu haben.

Sie zog die Jacke enger um ihren Körper und schritt zu ihrer Mom. „Was machst du gerade?"

Blanche Hart schaute überrascht auf, offenbar hatte sie ihre Tochter nicht kommen hören. „Ich habe die Tulpenzwiebeln ausgegraben. Sie sind nichts geworden."

Sie trug eine dunkelgrüne Gartenschürze, auf die eine hölzerne Schubkarre mit blühenden Margariten gestickt war, darunter ausgewaschene Jeans und einen violetten Strickpulli. Ihre Haare hatte sie zu einem Dutt hochgesteckt, doch einige Strähnen hatten sich gelöst. Blanche wischte sie mit dem Handrücken aus der Stirn, aber sie fielen ihr immer wieder ins Gesicht.

„Vielleicht hättest du ihnen nur etwas mehr Zeit geben sollen."

„Sie sind vertrocknet." Blanche zeigte auf einen Haufen Blumenzwiebeln, der mitten auf dem Weg lag. „Kannst du dir das vorstellen?"

Bethany lächelte glücklich, weil sie merkte, dass ihre Mutter nüchtern war.

„Normalerweise ist der April launisch", fuhr Blanche fort. „Aber dieses Jahr hatten wir zwar Sonnenschein, jedoch der Regen fehlte. Die Natur braucht Wasser. Meine Buschwindröschen und Amaryllis haben sich trotzdem durchgekämpft und gedeihen gut, nur die Tulpen …" Sie seufzte.

Beth fragte nicht nach, weshalb ihre Mutter nicht einfach den Gartenschlauch genommen und ihre Beete gegossen hatte, sondern blickte zu den Wolken. „Es wird bestimmt heute noch regnen."

„Hoffentlich", murmelte Blanche und zog ihre Harke immer wieder über die Rabatte, obwohl man die Löcher, in denen die Zwiebeln gesteckt hatten, längst nicht mehr sah und die Oberfläche glatt war.

Bethany wusste nicht, wie sie das Gespräch auf ihre Kindheit und Maternity Help lenken sollte, daher stand sie eine Weile unsicher herum und schaute ihrer Mutter bei der Gartenarbeit zu.

„Mom?", begann sie schließlich zaghaft. „Wie war ich als Baby?"

„Bist du schwanger?" Blanche riss ihre Augen auf und starrte sie an. „Von einem anderen Kerl, vielleicht diesem Kade? Ist das der Grund, weshalb du Daryl verlassen hast?"

Rasch schüttelte Beth den Kopf und strich über ihren Bauch, um zu prüfen, ob sie dicker geworden war. Ein Kind von Kade, das hätte ihr gerade noch gefehlt.

„Eine Studienfreundin bekommt ein Kind", log sie verlegen.

Nun lächelte Blanche. „Du bist ein wundervoller Säugling gewesen, hast sehr früh nachts durchgeschlafen und kaum geschrien. Du warst alles, was ich mir gewünscht habe."

Bethany fühlte eine gewisse Erleichterung, weil ihre Mom gerade bestätigte, dass es keine Notwendigkeit gegeben hatte, ständig den Kinderarzt aufzusuchen. „Hatte ich Drei-Monats-Koliken?"

Auf einmal verschwand Blanches Lächeln. Als hätte man einen Schalter umgedreht, wirkte sie plötzlich in sich gekehrt. Sie ließ die Harke einfach fallen und ging zum Apfelbaum, um dessen Knospen kritisch zu betrachten. „Hoffentlich werden wenigstens die Äpfel dieses Jahr etwas, wenn schon nicht die Tulpen."

„Ganz bestimmt", sagte Beth sanft, ging zu ihr und legte die Hand auf den Arm ihrer Mutter. „Komm, lass uns ins Haus gehen und Babyfotos ansehen. Ich kann mich gar nicht mehr an die Fotos erinnern, die von mir gemacht wurden, als ich ein Säugling war."

Blanche ließ den Zweig, den sie zu sich gezogen hatte, los und er schnellte zurück. „Keine Zeit."

„Aber es gibt im Garten nichts mehr zu tun. Ich könnte uns einen Kaffee machen –"

„Ich habe nach dem Mittagessen erst eine Tasse getrunken."

„Dann einen Tee", schlug Beth vor und wurde langsam ärgerlich, weil ihre Mutter sich sträubte. Wollte sie die Fotos nicht mit ihr anschauen oder gab es womöglich gar keine, weil Beth adoptiert worden war?

Blanche schüttelte den Kopf, dann erhellte sich ihr Blick. „Vielleicht ein Gläschen Wein."

„Nein, ganz bestimmt nicht", antwortete Beth nachdrücklich. Doch sie war gleichzeitig froh, weil ihre Mutter anscheinend doch Säuglingsfotos von ihr besaß. Ihre Mom brauchte nur den richtigen Anreiz, um sie herauszuholen. „Dafür ist es noch viel zu früh. Außerdem solltest du weniger Alkohol trinken."

„Rotwein ist doch kein Alkohol", wandte Blanche vorwurfsvoll ein.

Bethany hielt ihre Mutter, die sich gerade umdrehen wollte, um dem Gespräch aus dem Weg zu gehen, an den Schultern fest und sah sie eindringlich an. „Rotwein hat durchschnittlich dreizehn Prozent Alkohol."

„Ein Gläschen täglich soll das Herzinfarktrisiko senken, habe ich gelesen."

„Aber du trinkst mehr als ein Glas am Tag und das ist schädlich, unter Umständen kann es sogar tödlich sein, wenn man beispielsweise gleichzeitig Beruhigungstabletten zu sich nimmt."

Betreten blickte Blanche ihre Tochter an.

Bethany wurde es schwer ums Herz. Sie riss ihre Mutter in ihre Arme und drückte sie ganz fest an sich. Selbstverständlich wollte sie wissen, ob sie adoptiert worden war oder nicht. Aber egal, ob Blanche Hart ihre leibliche oder ihre Adoptivmutter war, sie liebte diese Frau und sie war und blieb ihre Mom.

„Mach so etwas Dummes nie wieder“, sprach sie inbrünstig. „Versprich mir das. Keine Tabletten, wenn du Wein getrunken hast.“

„Ich versuche es“, wisperte Blanche. Sie umarmte Beth nicht, sondern ließ ihre Arme kraftlos an ihren Seiten herabhängen.

Beth spürte, dass sich ihre Mutter wieder Stück für Stück in sich selbst zurückzog, weil ihr die Konfrontation unangenehm war, aber da musste sie dieses Mal einfach durch.

Beth löste sich von ihr. „Du trinkst zu viel Rotwein. Tu mir den Gefallen und reduziere deinen Alkoholkonsum. Bitte.“

Als Blanche zum Beet ging und ihre Harke aufhob, wirkte es, als wäre jeder Schritt eine Qual für sie. Sie schleppte sich zum Geräteschuppen, den Mantis selbst zusammengebaut hatte, und ging hinein, um die Harke wegzuräumen.

Bethany wartete, aber ihre Mutter kehrte nicht zurück. Daher betrat sie den Bretterverschlag ebenfalls und beobachtete, wie ihre Mom die Gartengeräte von einer Seite auf die andere legte, als würde sie etwas suchen.

„Kann ich dir helfen?“, wollte Beth wissen.

Blanche winkte ab. „Ich ordne die Geräte nur ein wenig. Im Herbst habe ich sie einfach in den Schuppen geworfen und finde kaum etwas wieder. Mantis schimpft deshalb ständig mit mir. Daher habe ich mir vorgenommen, im Frühjahr Ordnung in die Hütte zu bringen. Aber jetzt ist es schon fast Mai und ich habe es immer noch nicht geschafft."

Beth nahm eine Handschaufel, um sie an einen Wandhaken zu hängen, aber ihre Mutter nahm sie ihr ab und legte sie auf den mit Schachteln und losen Nägeln überhäuften Arbeitstisch. Offensichtlich hatte ihre Mutter begonnen, Nägel zu sortieren, aber die Arbeit nicht beendet.

„Mom", sagte Beth, um die Aufmerksamkeit ihrer Mutter zu erlangen, „weshalb möchtest du nicht mehr für Maternity Help arbeiten?"

Blanche nahm den Besen und fegte den Boden, obwohl viel zu viele Geräte herumstanden, um in die Ecken zu kommen. „Wer sagt, dass ich nicht mehr für die Firma arbeiten möchte? Ich kann einfach nicht mehr. Mir geht es immer schlechter."

„Ich weiß." Beruhigend legte Beth die Hand auf den Rücken ihrer Mom. Sie spürte, dass ihre Mutter absichtlich geschäftig tat, um abzulenken und Beth nicht ansehen zu müssen. „Bedrückt dich etwas?"

„So ein Unsinn!" Blanches Stimme klang dünn. Fahrig stellte sie den Besen weg und strich ihre Gartenschürze zigmal glatt. Sie stand mit dem Rücken zu ihrer Tochter.

„Ich merke doch, dass du Sorgen hast, Mom, und ich würde dir so gerne helfen, aber du lässt mich nicht."

Nervös nestelte Blanche an ihrem Dutt herum. „Dein Vater regelt alles."

„In welcher Abteilung arbeitet Dad eigentlich bei Maternity Help?" Beth bemühte sich, ihre Frage beiläufig klingen zu lassen.

Ihre Mutter drehte sich herum und blickte sie konsterniert an. Sie brauchte einen Moment, um zu antworten, als würde sie nach den richtigen Worten – oder einer Ausrede – suchen. „Das erklärt er dir besser selbst. Ich war nur als Schreibkraft angestellt und kenne mich mit den anderen Tätigkeitsfeldern nicht aus."

„Ach, Mom, du stellst dein Licht immer unter den Scheffel."

Beth fragte sich, was mit ihrer Mutter geschehen war, dass sie sich in den letzten Jahren derart verändert hatte. Ihr Selbstbewusstsein war gleich null, weshalb sie kaum noch aus dem Haus ging und alles Wichtige, wie beispielsweise Behördengänge, ihren Mann erledigen ließ.

Blanche hatte sich schleichend verändert. Es hatte kein einschlagendes Ereignis gegeben, das die Veränderung über Nacht ausgelöst hatte – oder diese Begebenheit lag so lange zurück, dass Beth sich nicht daran erinnern konnte.

Dass ihr Vater nicht gerade eine Hilfe war, ahnte Beth. Er besaß wenig Geduld und nörgelte oft, was Blanche nur noch mehr verunsicherte und zur Folge hatte, dass sie sich immer mehr einigelte.

Bethany fühlte sich hilflos. Sie wusste nicht, wie sie ihre Mutter unterstützen konnte. Dennoch bohrte sie weiter. „Dad hat einen verantwortungsvollen Posten, habe ich recht?"

Stumm nickte Blanche.

„Kann es sein, dass er rein zufällig der Gründer und Eigentümer ist?", fragte sie geradeheraus und etwas zu laut.

Blanche wurde kreidebleich. „Woher weißt du das?"

„Ich weiß es eben." Es tat Beth leid, dass ihre Mutter zusammengezuckt war, weil sie ihre Stimme erhoben hatte. „Wieso habt ihr mich angelogen und behauptet, ihr wärt beide nur Angestellte? Warum habt ihr mir erzählt, ihr hättet einen Bankkredit aufgenommen, um unser Haus kaufen zu können, obwohl es bereits abbezahlt ist?"

„Wir wollten dich lehren, dass man hart arbeiten muss, um sich etwas im Leben leisten zu können."

Das hörte sich auswendig gelernt an, fand Beth. „Hat Dad dir eingetrichtert, mir das zu sagen, sollte ich jemals hinter euer Geheimnis kommen?"

„Geheimnis?" Blanche wich einen Schritt zurück. „Du übertreibst."

„In Ordnung, du willst nicht mit der Wahrheit herausrücken", blaffte Beth. „Dann werde ich eben Dad fragen, sobald er zurück ist."

Entsetzt riss ihre Mutter die Augen auf. Sie krallte sich so fest in Beths Arme, dass sie Beths Jacke von den Schultern zerrte. „Das darfst du nicht."

„Aus welchem Grund nicht? Was ist so schlimm daran, eine Firma zu besitzen?"

„Lass Mantis sein kleines Geheimnis", flehte ihre Mom sie an.

Beth hob die Augenbrauen. „Nun ist es auf einmal doch eins?"

„Er möchte auf keinen Fall, dass es jemand erfährt, damit niemand Fragen stellt." Blanche beschwor sie: „Du weißt doch, wie dein Vater ist. Er mag keine Fragen und reagiert überaus empfindlich, wenn jemand nachbohrt. Bitte, Liebes, sprich ihn nicht auf Maternity Help an. Das musst du mir versprechen."

„Ich verstehe das alles nicht …" Beth bedauerte es, ihre Mutter derart aufgelöst zu sehen und Schuld an ihrem Zustand zu haben. Der Gedanke, sie könnte heute zum Rotwein greifen, weil Beth sie unter Druck gesetzt hatte, versetzte ihr einen Stich im Herzen.

„Schwöre mir, dass du deinen Vater mit alldem in Ruhe lässt." Unnachgiebig bestand Blanche darauf.

Bethany konnte nicht anders, als ihr zu versprechen, ihren Dad nicht mit diesem Thema zu behelligen, damit sich ihre Mutter nicht noch mehr aufregte. Mittlerweile war

Blanches Teint nicht mehr schneeweiß, sondern sie hatte gerötete Wangen.

„Du siehst fiebrig aus“, meinte Beth besorgt und zog ihre Jacke wieder ordentlich an.

„Jetzt, wo ich weiß, dass du ebenso schweigen wirst wie ich, geht es mir sicher gleich wieder besser.“ Blanche richtete ihre Haare. Sie zog die Gartenschürze aus und hängte sie an einen Haken. „Du wirst doch schweigen, oder?“

„Wie oft soll ich es noch schwören, Mom?“

Blanche lächelte gezwungen und ging aus dem Geräteschuppen. Sie holte eine Plastiktüte aus ihrer Hosentasche, entfaltete sie und hockte sich auf den Weg, um die vertrockneten Tulpenzwiebeln aufzusammeln.

Bethany ging neben ihrer Mutter in die Hocke und half ihr. „Und warum hat Daryl mir nie erzählt, dass er Geschäftsführer ist?“

Überrascht ließ Blanche die Tüte fallen, worauf alle Zwiebeln herausrollten und sich auf dem Weg und dem angrenzenden Beet verstreuten. „Auch ihn darfst du unter keinen Umständen auf Maternity Help ansprechen. Er hat mit Mantis ein Abkommen.“

Schuldete ihr Vater ihm etwas? Wenn ja, dann erklärte das immer noch nicht, weshalb Daryl von Mantis abhängig war.

Bethany konnte sich noch immer keinen Reim auf das Streitgespräch zwischen den beiden Männern machen. Nun ärgerte sie sich, dass sie Daryl erwähnt hatte, anstatt den Mund zu halten und ihn ohne das Wissen ihrer Eltern auszuhorchen.

Blanche legte die Plastiktüte auf den Boden und nahm Beths Hände in die ihren. „Ich kann nicht glauben, dass du Daryl nicht mehr liebst. Ihr gehört doch zusammen. In meinen Augen seid ihr das perfekte Paar. Und wir, dein

Vater und ich, können ihn auch gut leiden. Alles war so wundervoll. Denk noch einmal über deine Entscheidung nach."

„Das brauche ich nicht", entgegnete Bethany und seufzte. „Ich liebe ihn nicht mehr. Es ist, wie es ist."

„Aber ihr habt so viel zusammen erlebt, so viele Gemeinsamkeiten und wolltet euer Leben miteinander verbringen." Eindringlich sah Blanche sie an. „So etwas wirft man nicht einfach weg."

Angesäuert, weil ihre Mutter sich einmischte, riss Bethany ihre Hände los. Sie griff nach der Plastiktüte und hielt sie auf. „Das habe ich nicht. Ich habe lange darüber nachgedacht und meine Entscheidung ist endgültig."

„Dieser Mann ist schuld an der Tragödie." Blanche warf die Zwiebeln in die Tüte, als würde sie auf jemanden zielen. „Er ist es nicht wert. Eine Affäre verblasst sehr schnell."

Vielleicht war Kade es tatsächlich nicht wert, aber ihre Beziehung zu Daryl wäre ohnehin in die Brüche gegangen.

„Er hat nichts damit zu tun", log Beth. „Daryl und ich, wir haben nicht die gleichen Zukunftsvisionen. Auch wenn es für dich erscheint, als wären wir ein Traumpaar, glaube mir, wir passen nicht zusammen."

„Nicht nur wir sehen das anders als du, sondern auch Daryl. Er ist am Boden zerstört. Rede wenigstens noch einmal mit ihm."

„Wozu?", fragte Bethany und wusste, dass Blanche darauf spekulierte, wenn Beth Daryl wiedersah, würde sie erweichen, aber das würde nicht der Fall sein. Nicht, nachdem sie wusste, dass er ein Heimchen am Herd aus ihr machen wollte. Nicht nach dem tollen Sex mit Kade.

Blanche nahm ihr die Tüte ab und machte einen Knoten ins obere Drittel. Ächzend erhob sie sich. „Tu deiner alten Mutter den Gefallen. Sprich mit ihm und bau ihn auf, damit er nicht auf irgendwelche verrückten Gedanken kommt."

„Was willst du denn damit andeuten?"

„Man weiß nie. Männer sind zu dummen Taten fähig."

Bethany stand auf und streckte sich, während ihre Mutter zur Mülltonne, die am Haus links neben dem Küchenfenster stand, ging und die Tüte hineinwarf.

War Daryl derart fertig, dass er suizidgefährdet war? Selbstmord passte so gar nicht zu ihm. Sie könnte sich eher vorstellen, dass er sich Kade gerne vorknöpfen würde. Manchmal war er ebenso ein Heißsporn wie ihr Dad.

Aber sie fürchtete sich nicht vor ihm. Er hatte sie immer höflich und rücksichtsvoll behandelt und empfand den gleichen Respekt vor ihr wie vor ihrem Vater.

Plötzlich trat Kade auf den Balkon. Bethany traute ihren Augen kaum. Er machte ein grimmiges Gesicht und verschränkte die Arme vor dem Körper.

Was machte er in ihrer Wohnung? Hatte er das Gespräch zwischen ihr und ihrer Mutter belauscht? Immerhin war ihr Schlafzimmerfenster gekippt.

Blanche stand nun genau unter dem Balkon. Noch hatte sie Kade nicht bemerkt und Beth hoffte, dass es auch dabei bleiben würde.

„Ich bitte dich nur darum, mit ihm zu sprechen, mehr nicht", bat Blanche. „Ihr müsst ja kein Paar mehr werden, aber im Streit dürft ihr nicht auseinandergehen. Du magst ihn doch noch, oder?"

Beth schluckte den Kloß hinunter, der in ihrem Hals entstand, weil Kades Miene immer finsterer wurde, und drängte ihre Mutter, ins Haus zurückzugehen.

„Ich tu es", flüsterte sie im Schlafzimmer ihrer Eltern, als könnte Kade sie eine Etage höher hören. „Aber nur wenn du mir versprichst, weniger Wein zu trinken."

Zögerlich nickte Blanche. Dieses Zugeständnis war ein wirkliches Opfer für sie.

„Ich muss jetzt gehen." Bethany verabschiedete sich von ihrer Mutter und atmete tief durch.

Es war Zeit, nach oben zu gehen, in die Höhle des Löwen.

29. KAPITEL

Als Bethany die Wohnungstür ihrer Eltern hinter sich zuzog, ärgerte sie sich, weil sie das Thema Adoption nicht direkt angesprochen hatte. Allzu leicht hatte sie sich ablenken und erweichen lassen und auch nichts über die Gründe erfahren, weshalb ihr Dad und Daryl solch ein Geheimnis um ihre beruflichen Positionen machten.

Schuld war Blanches labiler Zustand.

Beth brachte es nicht fertig, ihre Mutter unter Druck zu setzen, weil diese allzu schnell einknickte und Zuflucht im Alkohol suchte. Zu allem Übel hatte sie ihr versprochen, die beiden Männer nicht mit Fragen zu behelligen.

Weshalb war Blanche so erpicht darauf? Fürchtete sie sich vor Daryl und Mantis? Der Gedanke, diese unbegründete Angst könnte das erste Anzeichen einer beginnenden Psychose sein, zermürbte sie.

Bethany bekam ein schlechtes Gewissen, weil sie darüber nachdachte, das erste Mal in ihrem Leben ein Versprechen zu brechen. Denn da Blanche sie schon einmal dazu nötigte, sich mit ihrem Exverlobten zu treffen, konnte sie ihn auch gleich aushorchen, was Maternity Help betraf.

„Auf einen Versuch lasse ich es ankommen", sprach Beth sich Mut zu und straffte die Schultern.

Aber jetzt musste sie erst einmal mit einem anderen Mann fertig werden. Kade wartete in ihrem Appartement auf sie und er schien nicht gerade gut gelaunt zu sein.

Sie erklomm die Stufen so schleppend, als würde sie den Mount McKinley besteigen, auf dessen Gipfel Kade sie bereits erwartete.

„Was machst du hier?", wollte sie wissen und legte bewusst einen Hauch von Empörung in ihre Stimme – nicht zu viel, damit ihre Patzigkeit das Fass nicht zum Überlaufen brachte, aber gerade genug, um ihm zu signalisieren, dass sie nicht vorhatte, vor ihm zu buckeln. „Ich hatte dich doch um Zeit gebeten."

„Die hast du auch bekommen. Aber ich bin nicht so dumm wie Daryl und warte darauf, bis du dich von mir gelöst hast." Kade zog sie in seine Arme und küsste sie leidenschaftlich.

Nachdem er sich von ihr gelöst hatte, musterte er sie eindringlich. „Ich wollte nach dir sehen, weil unsere letzte Begegnung im Sheraton schlecht verlaufen ist und das Telefonat danach recht kühl gewesen war. Wie mir scheint, bin ich zum richtigen Zeitpunkt in dein Leben zurückgekehrt."

„Wie meinst du das?"

Er neigte den Kopf zur Seite und rümpfte seine Nase. „Du wirst dich nicht mit Daryl treffen, das verbiete ich dir."

Nun hatte Beth Gewissheit, dass er das Gespräch mit ihrer Mutter belauscht hatte. „Du hast mir gar nichts zu untersagen."

„Und ob! Denk an das kompromittierende Video und die freizügigen Fotos. Ich könnte das ganze Material veröffentlichen und dir und Aaron empfindlich schaden." Kade presste sie an seinen Körper. „Ich will dich nur vor Daryl schützen."

Beth prustete. „Du bist der Kriminelle, nicht er", schoss es aus ihr heraus, doch im nächsten Moment bereute sie ihre impulsiven Worte.

Mit Schrecken erinnerte sie sich an Aarons Ausführung über organisierte Kriminalität. Selbst falls Kade nur der Kopf einer kleinen, lokal operierenden Bande war, so war er dadurch nicht weniger gefährlich.

Er hatte sich dazu entschlossen, sie in Besitz zu nehmen, und Beth wollte nicht herausfinden, wie weit er gehen würde, um sein Eigentum zu verteidigen. Grundsätzlich war sie durch das peinliche Video an ihn gebunden – bis sie sich dazu durchringen konnte, mit der Beschämung der Veröffentlichung zu leben, doch sie glaubte nicht, dass das jemals der Fall sein würde.

„Es ist mein Ernst, Babe.“ Kade legte die Hand unter ihr Kinn und hob es an, damit sie ihm in die Augen sah. „Deine Beziehung zu Daryl ist beendet. Verschwende keinen Gedanken daran, sie wieder aufleben zu lassen.“

„Das habe ich gar nicht vor.“

„Gut.“ Er nickte, wirkte jedoch immer noch angespannt. „Dann gibt es auch keinen Grund, ihn wiederzusehen.“

„Unsere Trennung hat ihn ganz schön mitgenommen.“ Wenn Beth auf Mitleid gehofft hatte, so hatte sie sich getäuscht.

„Oh, bitte! Daryl kann nur nicht verwinden, dass du ihn abserviert hast.“ Kade schnaubte. „Sein Ego ist angekratzt, da eine Frau es gewagt hat, ihn zu verlassen. Darum geht es ihm, nicht um Gefühle wie Liebe.“

Beth fühlte sich verpflichtet, Daryl zu verteidigen, immerhin war sie mit ihm verlobt gewesen. „Du hast keine Ahnung, wovon du redest. Er hat sich mir gegenüber nie hochmütig verhalten.“

„Weil du dich artig seinen Wünschen untergeordnet hast“, bemerkte er spitz und drängte sie gegen die Wand. „Bis ich in dein Leben trat und dich wachgerüttelt habe. Du hast etwas Besseres verdient als Daryl Veasey.“

„Wie dich zum Beispiel?“

Unvermittelt glitt Kades Hand zwischen ihre Schenkel und legte sich auf die Jogginghose, genau über ihre empfindlichste Stelle. „Jemand, der dich liebt und begehrt, jemand, der dein Bestreben, Ärztin zu werden, unterstützt und stolz auf dich ist, wenn du irgendwann im Tufts New England Medical Center, Massachussetts General Hospital oder Spaulding Rehabilitation Hospital arbeitest."

„Kade ...", begann sie zögerlich, da sie bisher niemandem von ihren beruflichen Plänen erzählt hatte. Sie wollte ihm nicht noch ein Geheimnis mehr verraten, das er gegen sie verwenden konnte, denn ihr Dad durfte noch nichts von ihrer Zukunftsplanung erfahren, damit er ihr nicht dazwischenfunkte.

Zärtlich rieb Kade über ihren Schritt. „Oder im Children's Hospital Boston."

„Wohl eher nicht."

„Du könntest auch in einem privaten Krankenhaus, wie dem Boston Medical Center, arbeiten", fuhr er fort. „Sie erwirtschaften keinen Profit –"

„Ich kenne es", fiel sie ihm ins Wort und hielt sein Handgelenk fest, damit er sie nicht weiter stimulieren konnte. Das Reiben seiner Hand erregte sie und sie musste einen klaren Kopf bewahren. „Es ist ein Lehrkrankenhaus für Medizinstudenten."

Er stemmte seine Hände rechts und links neben ihrem Kopf an der Wand ab. „Träumst du davon, eine eigene Arztpraxis zu führen? Dazu brauchst du viel Geld. Du könntest eine Praxis übernehmen oder in eine vorhandene einsteigen. Ganze Ärztegruppen tun sich heutzutage zusammen –"

Erneut unterbrach sie ihn. „Hör auf. Ich habe weder vor in einem Krankenhaus noch als niedergelassener Arzt zu arbeiten."

„Was sind dann deine Pläne?" Er runzelte die Stirn. Da sie genervt seufzte, sagte er: „Es interessiert mich ernsthaft."

„Wirklich?"

„Natürlich", antwortete er und es klang glaubhaft.

Bethany fasste sich ein Herz. „Ich möchte nach dem

medizinischen Grundstudium das Aufbaustudium Forensische Pathologie belegen. Mein Ziel ist es, später als Rechtsmedizinerin tätig zu sein."

Erstaunt öffnete er den Mund, schwieg jedoch.

„Versuch gar nicht erst, es mir auszureden", fuhr sie ihn an. Ihr scharfer Ton war reiner Selbstschutz, weil sie befürchtete, er würde ihre Pläne nicht gutheißen. „Ich weiß, es ist ein unappetitlicher Job. Es kostet Überwindung, Tote zu sezieren. Aber ich kann den Anblick und den Gestank ertragen! Ich möchte Todesursachen, Todesarten und die Identität von unbekannten Leichen feststellen, um bei der Tätersuche zu helfen." Sie sah ihm fest in die Augen. „Es ist mir klar, dass du jetzt nicht mehr so überschwänglich begeistert von meinem Medizinstudium bist, schließlich bist du ein Krimineller."

„Ich?" Kade legte seinen Kopf in den Nacken und lachte herzhaft.

„Was ist so witzig daran?"

Als er sich wieder beruhigt hatte, fragte er: „Wie denken deine Eltern darüber?"

„Sie wissen nichts davon." Beth legte beide Handflächen an seinen Oberkörper und bat: „Du darfst es ihnen nicht verraten. Mein Dad würde meine Entscheidung nicht tolerieren, sondern alles daransetzen, mich umzustimmen, denn er hat eine Abneigung gegen alles, was mit der Polizei zu tun hat."

„Hat er etwas zu verbergen?"

„Unsinn. Ich könnte mir vorstellen, dass meine offenherzige Beziehung zu Aaron der Auslöser für seine Aversion war. Vielleicht hatte er damals mitbekommen, wie bunt wir es getrieben haben und seine Wut, die eigentlich nur Aaron betraf, auf alle Cops projiziert." Bethany zuckte mit den Achseln. „So sind Väter. Sie verlangen von einem jungen Mann, dass er ihre Tochter auf Händen trägt, aber die Finger von ihr lässt."

„Ich dachte, du würdest Medizin studieren, um bei Maternity Help einzusteigen." Kade griff ihre Handgelenke und drückte sie über ihrem Kopf gegen die Wand.

„Das war nie geplant." Zumindest nicht von ihr.

Eng schmiegte sich Kade an ihren Körper. Er drang mit einem Bein zwischen ihre Schenkel und rieb sein Knie gegen ihren Schritt. „Ich finde deine Entscheidung mutig, zumal du es in Kauf nimmst, dass deine Eltern wenig begeistert davon sein werden. Die Arbeit in der Gerichtsmedizin ist eine interessante, aber anstrengende und oft unangenehme Tätigkeit."

Als er an ihrem Hals knabberte, erschauerte sie wohlig. „Belohnst du mich gerade für meinen Mut?"

„Man könnte es als Belohnung betrachten", sprach er sanft und leckte über ihre Ohrmuschel. „Aber nicht für deinen Berufswunsch, sondern dafür, dass du die Bitte deiner Mutter ignorieren wirst."

Beths aufkeimende Lust erstarb. „Du verführst mich nur, um mich in jeder Hinsicht willig zu machen. Du verbündest dich mit meiner Begierde, um deine Ziele durchzusetzen. Aber diesmal wird es nicht funktionieren. Ich habe es meiner Mom versprochen."

Kade hörte mit seinen Liebkosungen auf. Grimmig schaute er sie an. „Ich kann nicht von dir lassen, weil ich ein starkes Verlangen nach dir verspüre, Babe. Doch es scheint fast so, als wärst du es nicht mehr gewohnt, begehrt zu werden, da Daryl dich zu oft in Ruhe gelassen hat, was ihm schließlich zum Verhängnis wurde. Ich mache diesen Fehler nicht."

„Willst du mich zwingen?", fragte sie grantig und sah das erste Mal die Ränder seiner farbigen Kontaktlinsen. Sie wusste, dass ihre Reaktion übertrieben war, und sie gestand sich ein, gereizt zu sein. Die letzten Wochen hatten an ihrem Nervenkostüm gezerrt.

„Du brauchst nur ein Wort zu sagen und ich werde auf der Stelle gehen."

Unschlüssig wich Beth seinem Blick aus. Sie wollte mit ihm zusammen sein, sie verzehrte sich nach ihm, aber sie konnte nicht zulassen, dass er sie mithilfe ihrer Lust manipulierte. Auf keinen Fall wollte sie ihm hörig werden.

Ihre Stimme zitterte, als sie sagte: „Wenn wir zusammen sind, lieben oder streiten wir uns. Etwas dazwischen gibt es nicht."

„Das ist gelogen", widersprach er. „Denk an unsere Besuche im Harvard Stadium und dem Museum of Fine Arts. Ich habe dich nicht angerührt. Wir haben interessante Gespräche geführt und zusammen gelacht, wie Freunde."

„Wir sind keine Freunde, vergiss das nicht", zischte sie schnippisch. „Du bist ein Erpresser und ich dein Opfer."

Er blinzelte. „Soll das heißen, du schläfst nur mit mir, weil du dich genötigt fühlst?"

Bethany blieb stur und antwortete nicht, obwohl seine Worte nicht der Wahrheit entsprachen.

„Ich verstehe." Mit verbitterter Miene stemmte sich Kade von der Wand ab und verließ die Wohnung.

Beth blieb allein zurück. Kades heftige Reaktion hatte sie völlig überrascht.

Sie hatte etwas rundweg anderes erwartet, das sie nun in einem Tagtraum durchspielte: Er hob sie einfach auf seine Schulter, schritt entschlossen ins Schlafzimmer und warf sie aufs Bett. Vielleicht fesselte er sie wieder mit dem Seidenschal und verführte sie sanft-fordernd. Selbstverständlich wehrte sich Beth, mehr spielerisch als ernsthaft. Sie kämpfte gegen Kade an, er rang sie nieder und am Ende ergab sie sich ihm. Welch herrliche Vorstellung! Der Kampf wurde zu Leidenschaft und sie liebten sich stundenlang hemmungslos. Danach schlief Beth in Kades liebevoller Umarmung ein.

Doch so war es nicht gekommen!

„Du bist so dumm“, schimpfte sie mit sich selbst, „dumm und starrköpfig.“

Bethany setzte sich auf den Boden und lehnte sich gegen die Wand. Was war nur los mit ihr?

Sie hatte mit Kade, Aaron und Daryl Streit, Mantis gab ihr oft zu verstehen, dass er Kade nicht leiden konnte und sie ihn schnellstmöglich abfertigen sollte, und ihre Mutter würde spätestens dann verärgert sein, wenn sie erfuhr, dass Beth, entgegen ihrer Abmachung, Daryl auf Maternity Help angesprochen hatte.

Am nächsten Wochenende fuhr Bethany die Küste entlang in Richtung Norden.

Sie hatte sich mit Daryl absichtlich nicht in Boston, sondern auf neutralem Boden verabredet, um Abstand von den gemeinsamen Erinnerungen, die sie an die Großstadt knüpften, zu bekommen. In Lynn würden sie offen reden können. Nichts verband sie mit der Kleinstadt. Sie würden auf ihre Beziehung blicken, die ausschließlich in Boston stattgefunden hatte, und ihre verblasste Liebe mit Distanz betrachten.

„Und dann wird auch Daryl erkennen, dass wir nicht zusammenpassen“, murmelte Beth und kurbelte das Fenster herunter, um die salzige Meeresluft ins Wageninnere zu lassen.

Tief atmete Beth durch. Sie sah auf den Atlantik hinaus, dessen Oberfläche vollkommen ruhig war und den Sonnenschein reflektierte.

Hoffentlich ist das nicht die Ruhe vor dem Sturm, dachte Beth, als sie in Lynn ankam.

Es war der zweite Sonntag im Mai, die Familien strömten aus den Großstädten an die Küste, und für einen Moment bereute es Beth, eine Küstenstadt für das Treffen ausgewählt zu haben.

Sie brauchte fast eine halbe Stunde, um einen Parkplatz am Straßenrand zu finden. Etwas genervt eilte sie durch die Nebenstraßen, um rechtzeitig zum vereinbarten Zeitpunkt am Phillips Point einzutreffen.

Daryl hatte einen Fuß auf die niedrige Kaimauer gestellt und spähte auf das Meer hinaus. Wieder einmal dachte Beth, dass er wie ein Fels in der Brandung war, denn um ihn herum tobten ausgelassen Kinder, doch er ließ sich nicht von ihnen irritieren, sondern er schien in sich selbst zu ruhen und genoss den Ausblick.

Er wirkte ausgeglichen und sie hoffte, dass dies auch so bleiben würde. Bei ihrem letzten Zusammentreffen – als sie die Beziehung beendet hatte – war er furchtbar wütend gewesen. So hatte sie ihn bis dahin nicht gekannt. Aber war seine heftige Reaktion wirklich so verwunderlich gewesen? Schließlich hatte sie ihn verletzt.

In den letzten Wochen hatte er Zeit gehabt, seine Wunden zu lecken. Sie war guter Dinge, dass sie sich vernünftig würden unterhalten können.

Bethany verdrängte den Gedanken, dass Kade sie gewarnt hatte, sich mit Daryl zu treffen, und schritt auf ihn zu.

„Hallo", begrüßte sie ihn und lächelte freundschaftlich. „Schönes Wetter, wir haben Glück."

„Wie man es nimmt." Daryl lachte und wich zwei Jungen aus, die Fangen spielten. Er küsste Beth auf die Wange. „Ich habe vorsorglich einen Tisch für uns im Seahorse bestellt, weil ich mir schon dachte, dass es heute voll wird. Es liegt gleich um die Ecke. Sie hatten aber nur noch einen Tisch für vier Uhr dreißig, wir müssen also sofort hingehen. Glaubt man der Werbung, die an der Eingangstür hängt, servieren sie das beste Seafood an der Ostküste."

„Bestimmt", sagte Beth ironisch.

Er hielt ihr seinen Arm hin und sie hakte sich bei ihm ein.

Nun, da er durch seine lockere Art das Wiedersehen erleichterte, fragte sie sich ernsthaft, wieso sie ihn nicht mehr liebte. Daryl war ein guter Mann. Am heutigen Tag wirkte er wieder gefasst. Er sorgte immer vor, er kümmerte sich um sie und verhielt sich wie ein Gentleman.

Im Seahorse hängte er ihren Trenchcoat auf, schob ihren Stuhl heran und übernahm nach dem Essen wie selbstverständlich die Rechnung. Bedauerlicherweise war seine aalglatte Fassade langweilig, ihm haftete nicht die Abenteuerlust an, die sie an Kade faszinierte.

Wie hieß es jedoch so schön? Wer mit dem Feuer spielt, wird darin umkommen.

Der Satz hallte in Beth wider, als sie das Restaurant verließen. Bisher hatten sie mit keinem Wort ihre Trennung erwähnt. Da die Auseinandersetzung mit diesem sensiblen Thema jedoch unmittelbar bevorstand, vermied sie es, sich bei Daryl einzuhaken.

Sie zog den Kragen ihres Trenchcoats hoch, weil die Sonne langsam unterging und es merklich abkühlte. Die Brise, die vom Atlantik aufs Festland wehte, empfand sie nun nicht mehr als angenehme Abkühlung, sondern schlichtweg als kalt.

Während sie von der Gale Road aus in Richtung Süden an der Küste entlangspazierten, taten sie sich schwer, über ihre gescheiterte Beziehung zu sprechen.

„Geht es dir gut?“, fragte Beth absichtlich oberflächlich, um das Gespräch behutsam einzuleiten.

Daryls Miene verhärtete sich. „Ich schlage mich so durch.“

„Hast du über uns nachgedacht?“

„Das brauche ich nicht, schließlich hast du mich vor vollendete Tatsachen gestellt.“

Sie war auf der Hut. Würden nun Vorwürfe folgen? „Wir wären ohnehin irgendwann getrennte Wege gegangen, weil wir andere Auffassungen von der Zukunft haben.“

„Differenzen hat jedes Paar, man kann über Probleme sprechen.“ Seine Bemühung, locker zu klingen, wirkte aufgesetzt. „Aber jetzt bist du ja hier.“

Beths Alarmglocken schrillten auf. Dachte er, sie wäre gekommen, um sich mit ihm zu versöhnen?

Sie kamen am Phillips Point vorbei, an dem nur noch ein älteres Pärchen stand und mit einem Fernglas aufs Meer schaute. Die Familien und Ausflügler waren längst heimgefahren. Es kehrte wieder Ruhe in Lynn ein.

„Daryl, mit deiner Prognose hast du leider recht. Wenn ich als Ärztin arbeite, werde ich wenig Zeit haben, eine Tatsache, mit der sich mein späterer Ehemann abfinden muss.“

Tadelnd hob er seinen Zeigefinger. „Beide Partner müssen in einer Beziehung Kompromisse eingehen.“

„Und ehrlich zueinander sein“, rutschte Beth heraus, just als sie am Johnson Park vorbeischlenderten. Um die Situation zu überspielen, deutete sie rasch mit einem Kopfwink zu der Parkanlage: „Diese kleine Grünfläche hat die Bezeichnung Park gar nicht verdient.“

Daryl blieb stehen und hielt sie am Arm fest. „Was hast du mit deiner Anspielung gemeint?“

Einen Moment lang überlegte sie, ob sie sich herausreden sollte, doch dann entschied sie, die Chance am Schopf zu packen. „Ich habe herausgefunden, dass du Geschäftsführer von Maternity Help bist.“

„Woher weißt du das?“, fragte er verblüfft, umfasste auch ihren zweiten Arm und schüttelte sie sanft.

„Hör auf, du tust mir weh!“

Er entschuldigte sich betreten und ließ sie los. „Hat Mantis es dir verraten?“

„Dad hat nichts damit zu tun. Es spielt keine Rolle, woher ich es weiß. Es ist nur wichtig, dass ich es weiß. Und zu erfahren, dass du die ganze Zeit ein Geheimnis vor mir hattest, hat mich wirklich getroffen. Ich bin wirklich enttäuscht von dir.“

„Hast du aus diesem Grund Schluss gemacht?“

Sie schüttelte den Kopf.

„Dann wegen diesem Kerl.“

Bethany hatte keine Lust auf eine Eifersuchtsszene und lenkte das Gespräch von Kade weg. „Du bist sogar Prokurist. Warum bist du nicht stolz auf deinen Titel und genießt dein sicherlich hohes Einkommen, sondern tust so, als wärst du ein kleiner Angestellter?“

„Frag doch Mantis“, entgegnete er bissig. „Er macht es genauso und versteckt sich hinter einer spießigen Kleinbürgerfassade.“

Daryl lachte zynisch, ging weiter und schritt immer schneller aus.

Bethany folgte ihm. Es ärgerte sie, dass sie nichts über Maternity Help herausfinden konnte. Falls Daryl genauso dichthielt wie ihre Mutter, blieb ihr wohl nichts anderes übrig, als ihren Vater anzusprechen. Aber sie hatte ihrer Mutter hoch und heilig versprochen, genau das nicht zu tun. Und dieses Mal musste sie ihr Versprechen halten.

Denn wenn Mantis erst erfuhr, dass Blanche das Familiengeheimnis in einem schwachen Moment ausgeplaudert hatte, würde er sie seine Missbilligung spüren lassen.

Die Ehe ihrer Eltern kränkelte. Mantis war unzufrieden, weil Blanche immer labiler wurde, und Blanche wurde immer labiler, weil Mantis mit seiner Unzufriedenheit nicht hinter dem Berg hielt. Es war ein Teufelskreis.

„Könntest du bitte langsamer gehen", bat Beth außer Atem. Mittlerweile befanden sie sich auf der Puritan Road. „Ich kann kaum noch mit dir Schritt halten."

Daryl verlangsamte sein Tempo. Nun lächelte er sie wieder milde an und nahm ihre Hand. Entweder merkte er nicht, dass sie sich dezent gegen seine Berührung wehrte, oder er wollte es nicht bemerken. Jedenfalls bogen sie Hand in Hand nach rechts in die Humphrey Street ein, um im Bogen zurück zum Phillips Point zu spazieren.

Daryl schlug vor, durch den Phillips Park zu gehen, um den Weg abzukürzen, und Bethany willigte ein, obwohl die Dämmerung fortschritt und der Park verlassen war.

Doch kaum hatten sie die Grünanlage betreten, bereute sie ihre Einwilligung auch schon. Mit jedem Schritt fühlte sie sich unwohler. Die länger werdenden Schatten der Bäume und Sträucher machten ihr Angst, genau wie Daryls immer stärker werdender Händedruck.

Plötzlich blieb Daryl mitten auf dem Pfad stehen. Er strich über Bethanys Handrücken, küsste ihn und schaute ihr tief in die Augen. „Du kannst mir nicht weismachen, dass dir nichts mehr an mir liegt, sonst wärst du nicht gekommen, um mich zu sehen."

„Ich wollte noch einmal mit dir sprechen, damit wir Freunde bleiben können."

„Freunde?" Er legte seinen Kopf schräg und kniff seine Augen zusammen.

Jetzt verstand Beth. Daryl war bisher nur so höflich und

ruhig gewesen, weil er eine Versöhnung erwartete, hatte.

„Um ehrlich zu sein, hat meine Mom mich darum gebeten, mich mit dir zu treffen“, gestand sie ihm endlich und entriss ihm ihre Hand. „Sie meinte, du wärst am Boden zerstört. Aber auf mich machst du keinen niedergeschlagenen Eindruck, sondern eher einen wütenden. Du bist noch nicht über unsere Trennung hinweg.“

Sie bedauerte es zutiefst, der Bitte ihrer Mutter nachgegeben zu haben, und noch mehr bereute sie es, Daryls Vorschlag, eine Abkürzung durch den Park zu nehmen, zugestimmt zu haben. Denn nun stand sie mit einem Mann, der nahezu zwei Köpfe größer war als sie und dessen Gesicht vor Zorn und Eifersucht verzerrt war, allein in der Dunkelheit.

Ängstlich blickte sie sich um, aber es war niemand da, der ihr helfen konnte, sollte Daryl die Kontrolle über sich verlieren.

„Daryl, versteh doch“, entschuldigend zuckte sie mit den Achseln, „ich liebe dich nicht mehr. So etwas passiert. Ich empfinde freundschaftliche Zuneigung für –“

Er fiel ihr aufgebracht ins Wort. „Du bist verwirrt. Ich bin nicht dumm und weiß sehr wohl, dass du eine Affäre mit diesem Kade hast. Aber er benutzt dich nur. Er befriedigt sich an deinem Körper, bis er genug von dir hat und zu einer anderen Frau weiterzieht.“

Sie wollte sich verteidigen, aber er brachte sie mit einer Geste zum Schweigen. „Männer wie er sind Schweine! Er nutzt dich aus, rutscht über dich drüber –“

„Das muss ich mir nicht anhören.“ Beth drehte sich einfach um und wollte gehen, aber Daryl riss sie zu sich herum und drückte sie an sich.

„Sex ist keine Basis für eine ernsthafte Beziehung“, wandte er ein.

Bethany wehrte sich gegen seine Umarmung, war jedoch chancenlos. Sie musste sich eingestehen, dass seine Worte sie verletzten, denn er hatte recht. Sex war das Einzige, was sie und Kade verband.

Was wusste sie schon über ihn? Rein gar nichts.

War es nicht die Kenntnis über die alltäglichen Gewohnheiten des anderen, die zwei Menschen miteinander verbanden? Ob der Partner seinen Kaffee mit Milch oder Zucker trank, ob er schnarchte, mit Socken oder vollkommen nackt schlief, von welchem Urlaubsziel er träumte und über welche Witze er lachte.

Sie kannte Daryl zwar gut, doch alles wusste sie auch nicht von ihm, weil sie nicht mit ihm zusammengewohnt hatte. Jetzt war sie froh darüber, denn wenn sie sich eine Wohnung geteilt hätten, wäre eine Trennung schwieriger gewesen.

„Dein Verhalten macht alles noch schlimmer", sagte sie betont scharf, damit er merkte, dass er sie nicht einschüchtern konnte. „Ich liebe dich nicht mehr, nur darauf kommt es an. Das ist der einzig wahre Grund, weshalb ich nicht zu dir zurückkommen werde. Und so, wie du dich jetzt verhältst, stößt du mich ab."

Sie kämpfte gegen ihn an, aber sein Arm lag wie Stahl um ihre Taille. Als er begann, ihren Hals zu küssen, versuchte sie ihr Handy zu erreichen, aber es steckte in der Innentasche ihres Trenchcoats und war zwischen ihrem und Daryls Körper eingeklemmt.

„Lass das!", herrschte sie ihn an. „Hör sofort auf."

„Vielleicht habe ich dich einfach nicht hart und oft genug rangenommen. Ich werde dir zeigen, welch ein ausgezeichneter Liebhaber ich sein kann."

Beth spürte seine Hand, die sich unter ihren Mantel schob und nach ihrem Jeansknopf tastete. „Wage es ja nicht!"

„Du bist selbst schuld“, raunte er in ihr Ohr. „Durch deine Triebhaftigkeit mit Kade hast du das Tier in mir entfesselt. Du willst Sex? Du kriegst Sex – und zwar von mir.“

Verzweifelt schaute sie sich um, aber es war kein einziger Spaziergänger weit und breit zu sehen. Der Park war verwaist und dunkel. Sie fröstelte.

Wie eine Furie schlug Beth um sich, versuchte Daryls Gesicht zu zerkratzen und ihm in die Weichteile zu treten, aber er war ihr durch seine Körpergröße und Kraft haushoch überlegen. Sie fühlte sich wie in einem Schraubstock.

Daryl vergrub seine Finger in ihren Haaren und fixierte ihren Kopf. „Ich werde dir geben, was du brauchst. So gut werde ich es dir besorgen, dass du zu mir zurückkommst und nie wieder einen anderen Mann begehrst.“

Ängstlich krampfte sich Beths Herz zusammen. Sie wollte lustvolle Momente erleben, so hemmungslos wie früher, aber keinesfalls mit Daryl und erst recht nicht gewaltsam.

Langsam senkte er seinen Mund auf den ihren. Beth sah sein Gesicht wie in Zeitlupe näher kommen und wollte schreien, aber kein Laut kam aus ihrem Mund. Ihre Stimmbänder versagten.

Wie hatte sie Daryl nur jemals lieben können? Er widerte sie an!

Plötzlich wurde Daryl zurückgerissen. Beth taumelte vorwärts, weil er sie festgehalten hatte. Doch da er zu fallen drohte und mit den Armen ruderte, um sein Gleichgewicht zu behalten, ließ er sie los.

Jemand zerrte sie beiseite. Erst im zweiten Augenblick erkannte sie Kade, der vor Zorn kochte. Sein Gesicht war gerötet, er sah wild und entschlossen aus. Er öffnete seinen Mund, doch bevor er etwas sagen konnte, stand Daryl schon hinter ihm.

Daryl versuchte ihn an den Schultern zu packen, doch Kade drehte sich blitzschnell um und duckte sich, sodass Daryls Hände ins Leere fassten.

Wutentbrannt schrie Daryl auf. Kade nutzte die Zeit, huschte um seinen Kontrahenten herum und trat ihm in die Kniekehlen. Daryl jaulte vor Schmerz auf und ging zu Boden. Aber er rappelte sich genauso schnell auf, wie er gefallen war.

Anstatt sich auf Kade zu stürzen, machte er einen Schritt auf Bethany zu, die erschrocken zurückwich. Aber er kam nicht dazu, sie zu ergreifen, denn Kade drehte sich um seine eigene Achse, streckte sein Bein aus und trat ihm in den Bauch.

Daryl knickte zusammen. Diesmal ließ Kade ihm keine Zeit, um sich zu erholen, sondern schlug mit seiner Handkante in Daryls Genick. Sein Widersacher stöhnte auf. Benommen kippte er zur Seite und blieb liegen.

„Ist er bewusstlos?“, fragte Beth bestürzt.

„Nein, und er wird sich schnell erholen. Darum komm, falls du verhindern möchtest, dass ich ihn mit dem nächsten Schlag nachhaltig niederstrecke.“ Kade griff ihr Handgelenk und zerrte sie hinter sich her. „Was machst du dir Sorgen um ihn? Er hat dich –“

Sie fiel ihm ins Wort, weil sie die Wahrheit nicht hören wollte: „Ich weiß, was er vorhatte. War das eben Karate oder so?“

„Ich habe eine Kampfsport-Ausbildung, also, lass dich nicht so ziehen, sonst wirst du meine K.-o.-Technik zu spüren bekommen“, drohte er.

War sie vom Regen in die Traufe geraten? „Würdest du das wirklich tun?“

Abrupt blieb Kade stehen. Er hob ihr Kinn an und schaute ihr ernst in die Augen. „Natürlich nicht, aber ich hatte dir verboten, Daryl zu treffen. Das hatte seinen Grund. Nun weißt du ihn."

„Wie kommt es, dass du Daryl besser kennst als ich?"

„Mir ist nur sein Profil bekannt." Er schnalzte. „Dir hat er ausschließlich seine gute Seite gezeigt, aber ich habe einen Blick für die dunkle Seite der Menschen, und Daryl hat eine sehr finstere."

„Weil du selbst eine dunkle Seite hast?", bemerkte sie, um Informationen über seine Identität aus ihm herauszukitzeln, und dachte an die organisierten Verbrecherbanden, die Aaron erwähnt hatte.

„Genauso wie du." Er tippte ihre Nasenspitze an. „Deine ist voller dunkler Begierde."

Sie errötete.

„Und die werde ich jetzt gegen dich einsetzen, um dich zu lehren, meinen Befehlen Folge zu leisten", verkündete er herrisch und zerrte sie weiter. „Ich meine es nur gut mit dir, aber du bleibst widerspenstig. Folglich muss ich mir etwas ausdenken, damit du dir einprägst, dass du Anweisungen zu folgen hast."

Obwohl Bethany froh war, den nächtlichen Philipps Park zu verlassen, spürte sie eine aufkeimende Unruhe und Unsicherheit. Sie konnte nicht einmal deuten, ob es Angst oder Vorfreude war, vielmehr ein bittersüßes Gemisch aus beidem, das sie gehörig durcheinanderbrachte.

„Wie hast du mich überhaupt gefunden, Kade?"

Er brachte sie zu seinem schwarzen TransAm, der am Straßenrand parkte, holte seinen Autoschlüssel aus der Hosentasche und schloss die hintere Tür auf. „Ich habe dein Handy orten lassen."

„Das kann man?" Sie hatte schon gehört, dass so etwas möglich war, hatte aber keine Ahnung, ob und wie es funktionierte.

„Ich kann es“, meinte er trocken und öffnete die Tür weit.

Sollte sie ihm glauben? Womöglich hatte er ihr Haus observiert und war ihr gefolgt.

Doch bevor sie nachhaken konnte, drängte er sie mit dem Bauch gegen den Wagen. Wie ein Cop, der einen Verbrecher festnimmt, drückte er ihren Oberkörper auf die Motorhaube und legte ihr blitzschnell Handschellen an.

„Was soll das?“ Ihre Gegenwehr war lächerlich. Sie war Kade ausgeliefert, denn ihre Hände waren hinter dem Rücken gefesselt. „Du behandelst mich wie einen Straftäter.“

Er lachte leise. „Das bist du in meinen Augen auch. Du hast gegen meine Regeln verstoßen und dich mit Daryl getroffen.“

„Deine Regeln?“ Sie prustete aufgebracht.

Kade zog ihren Oberkörper hoch und verband ihr die Augen. Dann führte er sie zur Tür. „Steig ein und leg dich auf den Rücksitz. Während der ganzen Fahrt wirst du liegen bleiben.“

„Was hast du mit mir vor?“

„Dich läutern, so, wie man es mit Ganoven macht.“

Obwohl ihr die Lüsternheit in seiner Stimme nicht entging, gab Beth zu: „Ich habe Angst.“ Es war die Wahrheit. Sie begann zu zittern.

Er bemerkte es und rieb über ihre Oberarme, als wäre ihr kalt. „Das ist okay. Furcht kann erregend sein. Ich bin bei dir und werde dich gleichzeitig bestrafen und beschützen.“

Wie war das nun schon wieder gemeint? Bethany wollte etwas erwidern, doch Kade schob sie in den Wagen hinein und band ihr eine Augenbinde um. Da sie ihn nicht noch wütender machen wollte, tat sie, was er befohlen hatte, nahm sich aber vor zu flüchten, sobald sich ihr die Möglichkeit dazu bot.

Als der Pontiac losfuhr, machte sie Atemübungen, um sich zu beruhigen, und fügte sich vorerst in ihr Schicksal. Ihr Herz pochte aufgeregt, ebenso sehr pochte es kurioserweise in ihrem Schoß. Sie bemühte sich, entspannt zu bleiben, und zuckte dennoch bei jedem Ruckeln zusammen. Wann immer Kade vor einer Ampel halten musste, lauschte sie angestrengt, weil sie befürchtete, dass die Fahrt zu Ende war.

Es dauerte jedoch eine ganze Weile, bis Kade das Auto parkte. Sie mussten bereits meilenweit von Lynn entfernt sein. Hatte er sie zurück nach Boston gebracht?

Er schaltete den Motor aus und Beth spürte, dass er sie eine Weile ansah. Erregte er sich an ihrer Hilflosigkeit? Oder sorgte er sich um sie und prüfte, ob es ihr gut ging?

Bis auf ein Flugzeug, das über sie hinwegflog, war kein Laut zu hören. Kein Verkehr. Keine Stimmen. Nicht einmal Blätterrauschen.

„Setz dich auf", befahl Kade sanft.

Kaum dass Beth saß, nahm er ihr die Augenbinde ab. Neugierig schaute sie sich um.

Nun wusste sie, warum sie nichts gehört hatte. Sie waren weder in einer Stadt noch im Wald, sondern standen auf einem Parkplatz im Nirgendwo. Die Umgebung war in rabenschwarze Nacht getaucht, aber Beth meinte, Wiesen und Felder zu erkennen. Keine Menschenseele war zu sehen, lediglich um die zwanzig geparkte, verlassene Autos.

„Wo sind wir?", fragte Beth aufgewühlt und rutschte bis auf die Kante des Rücksitzes vor, um besser durch die Frontscheibe spähen zu können.

Kade schaltete das Fernlicht seines Firebirds an und erhellte ein Gebäude, das unmittelbar vor ihnen im Dunkeln lag. Es handelte sich um ein einstöckiges Haus aus rotem Backstein. Die Fensterläden waren geschlossen, sodass man nicht ins Innere sehen konnte.

Erst jetzt fiel Bethany der rote Schriftzug auf, der über der Tür auf einem einfachen schneeweißen Schild geschrieben stand: Night Owl – niveauvoller Pärchenklub. Rechts daneben war eine Eule abgebildet.

„Das ist ein Swingerklub!“ Entsetzt ließ sich Beth zurück in den Sitz fallen.

„Du magst es doch öffentlich und doch wieder nicht öffentlich“, spöttelte Kade. „Noch heute Nacht wirst du dich vor einer Menge Leute verlustieren, aber in einem abgegrenzten Raum.“

„Ich mache das auf keinen Fall!“, protestierte sie lautstark. „Ich habe weder eine voyeuristische Neigung noch das Verlangen, beim Sex unmittelbar beobachtet zu werden. Das in der Waterboat Marina war das Maximum an Offenheit, das du von mir erwarten kannst. Erst recht möchte ich nicht mit Fremden schlafen. Nein!“

„Tut mir leid, Babe.“ Er verschränkte die Arme vor dem Brustkorb und grinste selbstzufrieden. „Aber du hast keine Wahl, denn heute Nacht werde ich dich dazu zwingen. Das ist meine Strafe.“

„Du bist nicht besser als Daryl", rief Bethany. Kade begehrte tatsächlich nur ihren Körper. Aber dann sagte er etwas, das sie erstaunte.

„Ich lasse nur deine lustvollen Träume real werden. Eigentlich solltest du mir sogar dankbar sein, Babe." Er öffnete die Fahrertür und stieg aus. Dann stützte er sich auf dem Autodach ab und schaute noch einmal ins Wageninnere. „Ich zwinge dich zu deinem Glück, das ist deine Sühne."

„Du bist unglaublich", brachte sie gepresst hervor. Er stellte seine Strafe als eine Art Befreiungsschlag ihrer Lust dar.

„Versuch erst gar nicht, dich zu befreien. Ich habe den Wagen umrüsten lassen. Er besitzt eine spezielle Sicherung, die nur ich lösen kann." Er hielt ein kleines Gerät hoch, das nicht größer als ein Handy war.

Hatte er vor, sie allein im Auto zurückzulassen? Der Gedanke gefiel ihr noch weniger, als in seiner Gewalt zu sein. „Wohin gehst du?"

„Im Night Owl gibt es eine kleine Boutique. Ich werde uns etwas Schönes zum Anziehen kaufen und bin in zehn Minuten zurück. Dann kann es losgehen." Zwinkernd warf er die Fahrertür zu, drückte auf den elektronischen Schlüssel in seiner Hand und ging in Richtung Swingerklub.

Bethany verwünschte ihren Körper, der erregt prickelte, weil in dem Gebäude mit der urigen Backsteinfassade eine ganze neue Erfahrung auf sie wartete. Ihr Verstand rang mit ihrer Lust. Beth sehnte sich nach der Lasterhaftigkeit, die im Klub zügellos ausgelebt wurde, und fürchtete sich gleichzeitig davor.

Wovor hast du Angst, fragte sie sich. Kade hatte nicht

vor, sie einzusperren oder gar sie zu schlagen, sondern er förderte ihre Wollust. Was war so schlimm daran?

Beth grübelte und kam gleich zu mehreren Ergebnissen. Zum einen fand sie sich zu dick, um sich vor anderen Menschen zu zeigen, zum anderen wollte sie vor den Augen Fremder nicht die Kontrolle über sich verlieren. Sie hatte nicht das Bedürfnis, andere beim Sex zu beobachten, und befürchtete, dass Kade sie in eine peinliche Situation bringen würde.

„Ich muss hier raus." Aufgekratzt drehte sie sich mit dem Rücken zur Autotür und tastete nach dem Griff. Sie musste den Oberkörper aufgrund der Handschellen ein wenig nach vorne neigen, damit sie am Türgriff ziehen konnte.

Aber nichts geschah.

Sie probierte es erneut. Nichts. Die Wagentür blieb verschlossen. Also hatte Kade die Wahrheit erzählt. Die Türen waren gesichert, was eine Flucht unmöglich machte.

Resignierend setzte sie sich gerade hin und lehnte den Hinterkopf an die Lehne des Rücksitzes. Beth rang mit ihrer Verzweiflung. Sie wollte nicht zum Gespött werden.

Die Furcht vor Kades Racheplänen stieg mit jeder Minute, die er fernblieb.

Was würde er einkaufen? Ein transparentes Negligé, das mehr zeigte als verhüllte? Eine Lederkorsage, die ihren Busen obszön hochdrückte? Oder gar ein hautenges Latexkostüm, auf dem sich ihre Rundungen abzeichneten, sodass sich ihre Brüste und ihr Bauch, der trotz Pilates nicht flacher geworden war, dem Blick jedes Besuchers aufdrängten?

Sie begann zu schwitzen, obwohl es kühl im Pontiac war.

Als Kade die Wagentür öffnete, schrak sie zusammen. Vorwurfsvoll sah sie ihn an und riss im nächsten Moment verblüfft ihre Augen auf. Sie konnte nicht glauben, was sie sah.

Er trug enge lederne Hot Pants und seine Schuhe. Mehr nicht. Ansonsten war er splitterfasernackt.

Beth musste zugeben, dass er appetitlich aussah und gut gebaut war, nicht muskelbepackt, sondern durchtrainiert, vermutlich weil er regelmäßig Kampfsport betrieb. Da sie Zeit hatte, ihn zu betrachten, fiel ihr auf, dass er kein Tattoo besaß, das ihn als Mitglied einer bestimmten Gang auswies. Da waren lediglich zwei kleine Narben unter dem rechten Rippenbogen.

„Nett", rutschte ihr heraus. Sie konnte ein Grinsen nicht verhindern.

„Warte erst ab, bis du siehst, was ich dir mitgebracht habe."

Ihr Grinsen verschwand. Erst jetzt bemerkte sie, dass er seine rechte Hand hinter seinem Rücken versteckt hatte. Sie rutschte tiefer in den Sitz hinein.

Kade hob seine rechte Hand hoch und präsentierte ihr sein Mitbringsel. „Erinnert dich das an etwas?"

„Das ist ja gar kein Kleidungsstück", brach es überrascht aus ihr heraus.

Fassungslos betrachtete sie das schwarze Halsband, das er vor ihr Gesicht hielt. Es war aus dem feinsten Leder hergestellt, dünn und geschmeidig. Vorne hatte es einen Metallring, an dem eine Leine eingehakt war, und neben der Öse waren jeweils vier rote Jaspis-Steine eingearbeitet worden.

„Es ist nicht mit dem aus dem Überwachungsvideo zu vergleichen, aber viel hübscher, wie ich finde." Er schwenkte das Lederhalsband, sodass die Leine hin und her baumelte.

„Das ist alles?"

Lächelnd nickte er. „Es wäre doch unsinnig, wenn du

dich anziehen würdest, weil du ohnehin gleich wieder nackt sein wirst."

Sie kniff ihre Augen zusammen und schaute ihn böse an. „Niemals! Du wirst es nicht schaffen, mich in diesem Aufzug in den Swingerklub, den ich sowieso nicht betreten will, zu bringen."

„Wetten?" Herausfordernd hob er eine Augenbraue.

Kaum, dass Beth den Plan gefasst hatte, aus dem Wagen zu springen und um Hilfe zu rufen, stürzte sich Kade auf sie. Er rang sie nieder, sodass sie wieder auf dem Rücksitz zu liegen kam. Mit geschickten Fingern knöpfte er ihre Jeans auf und zog sie mit sanfter Gewalt herunter.

Alles Zappeln und Treten nutzte nichts. Wenige Sekunden nach seiner Herausforderung lag sie mit entblößtem Unterleib vor ihm. Er streifte ihr die Schuhe ab und rollte ihre Netzstrümpfe herunter.

Eine Weile musterte er sie lüstern, doch Bethany setzte sich hin, zog die Knie an und stellte die Füße auf den Sitz, damit er ihren Hintern nicht sehen konnte. Verärgert schnalzte er und zerrte sie aus dem Wagen.

Dann geschah alles so schnell, dass Beth Hören und Sehen verging.

Kade öffnete ihre Handschellen. Geschwind riss er ihr den Trenchcoat von den Schultern, ließ ihn jedoch um ihre Arme hängen, damit sie in ihrer Bewegungsfreiheit eingeschränkt war. Er fasste den Saum ihres Sweaters und zog den Pullover über ihren Kopf. Nun zerrte Kade gleichzeitig an Mantel und Pulli und im Nu stand Bethany nackt vor ihm.

Er drückte sie mit dem Oberkörper gegen das Auto und fesselte mit den Handschellen ihre Hände wieder hinter ihrem Rücken.

„Nun bist du mir ausgeliefert", raunte er von hinten in ihr Ohr.

Bethany erschauerte gleichsam vor Lust und Furcht. Sie senkte ihren Blick, als er sie herumdrehte, denn sie wollte sein erhabenes Grinsen nicht sehen. Doch er legte die Hand unter ihr Kinn und hob ihr Gesicht an.

Er küsste ihre Nasenspitze. „Es wird dir gefallen, vertrau mir, und in wenigen Stunden wirst du über meine Strafe lachen, weil du sie schon bald nicht mehr als Bestrafung empfinden wirst."

Das konnte sich Beth beim besten Willen nicht vorstellen, aber sie erkannte, dass seine Besänftigung ein Zugeständnis von ihm war und seine Ehrlichkeit seine Rache schmälerte, weil er bemüht war, ihr die Angst zu nehmen, anstatt sich an ihrer Verzweiflung zu weiden.

Sie war erregt, das gestand sie sich ein, aber dennoch stellte das Betreten des Swingerklubs für sie eine unüberwindbare Hürde dar.

Kade legte ihr das Halsband an und hob sie auf seine Arme. Er trug sie zum Gebäude, damit sie den Parkplatz nicht barfuß überqueren musste. Vor dem Eingang setzte er sie behutsam ab. Er öffnete die Tür, trat ein und zog Beth an der Leine hinter sich her.

Bethany war erstaunt, wie hell es im Eingangsbereich, einem kleinen schmalen Korridor, war. Sie hatte schwül-erotisches Rotlicht und eine schmuddelige Einrichtung erwartet, doch was sie vorfand, war ein uriges Häuschen mit weißem Anstrich und schwarzen Stützbalken, ganz anders als die typische Leichtbauweise der meisten amerikanischen Häuser.

„So staunen alle, wenn sie das erste Mal zu uns kommen", sagte der ältere, aber gut gebaute Mann hinter dem Empfangstresen. Er hatte graue Schläfen, die ihn jedoch nur attraktiver machten. „Wir haben das Haus von Grund auf renoviert, den Charakter aber beibehalten."

„Herzlich willkommen." Eine Frau mittleren Alters mit

rotblond gefärbten, kurzen Locken kam aus einem Raum hinter dem Empfang, in dem Beth Kleidung erspähte. Vermutlich wurde dort die Garderobe der Gäste aufbewahrt. „Wir sind Anne und Clarke und leiten den Night Owl Klub."

Beth war ehrlich erstaunt. Sie hatte mit anzüglichen Blicken und zotigen Witzen gerechnet, aber nicht mit einem freundlichen Paar, das in ihrer Nachbarschaft in Roxbury hätte wohnen können.

Kade bezahlte den Eintritt bei Clarke, und Beth riss die Augen auf, als er 150 Dollar auf den Tresen legte.

Anne bemerkte ihre Entrüstung und erklärte freundlich: „Das Buffet habe ich selbst zubereitet, es besteht nur aus hochwertigen Zutaten. Ein Cocktail ist inklusive, die Garderobe selbstverständlich ebenfalls, und Duschen haben wir auch."

„Außerdem ist es hier sehr sauber, worauf ich großen Wert lege", warf Kade ein.

Clarke lächelte breit und warmherzig. „Viel Spaß. Unser SM-Bereich ist übrigens im Keller."

Bethany tat es leid, dass Kade so viel Geld bezahlt hatte, dabei würde der Aufenthalt garantiert nicht lange dauern. Entweder würde sie flüchten, indem sie Gäste auf ihre missliche Lage aufmerksam machte, oder sie würde ihm den Besuch im Swingerklub gehörig versalzen.

Er zog sie am Arm hinter sich her durch den Korridor.

Nach wenigen Sekunden standen sie in einem großen, hellen Raum, der die gesamte Fläche des Erdgeschosses einnahm. Auf der linken Seite befand sich eine Bar, gegenüber dem Eingang standen einige Gäste am Büfett an, während andere Besucher sich an die Bistrotische in der Mitte des Raums setzten.

Alle Anwesenden trugen Kleidung, auch wenn es durchsichtige Negligés, Lackkorsagen, die die Brustspitzen freiließen, Lederbikinis und Latexslips waren, aber immerhin waren sie nicht vollständig nackt – so wie Beth.

Bethany drehte auf der Stelle um und wollte aus dem Gebäude fliehen. Vor Bestürzung und Verschämtheit hatte sie das Halsband vergessen. Doch bevor sich die Leine straffen konnte, hatte Kade auch schon den Arm um ihre Hüfte gelegt und hielt sie zurück.

„Hier geblieben!“, murrte er.

Sie zappelte in seinem Griff. „Ich bin die Einzige im Evaskostüm.“

Schwungvoll drehte er sie zur Seite, sodass sie am Treppenabsatz standen. „Dann werden wir eben in den SM-Keller gehen. Dort fällst du vermutlich weniger auf.“ Er drängte Beth die Treppe hinunter.

„Ich werde schreien und laut um Hilfe rufen.“ Panik ergriff sie.

Amüsiert lachte Kade. „Alle werden denken, dass deine Gegenwehr zu unserem Spiel dazugehört. Mit dem Lederhalsband und den Handschellen siehst du aus wie eine Sklavin.“

„Das werde ich dir heimzahlen“, zischte sie.

Er blieb auf einer Stufe stehen, vergrub seine Hand in Beths Haaren und zog ihren Kopf zurück. „Nur an deinem devoten Verhalten müssen wir noch arbeiten“, rügte er sie spielerisch und verschloss ihre Lippen mit einem samtig weichen Kuss.

Doch der Kuss dauerte Beth nicht lange genug. Kade löste sich viel zu schnell von ihr. Er schob sich an ihr vorbei, griff das Halsband und führte sie ins Untergeschoss.

Im ersten Moment war Bethany erleichtert, da es hier unten nicht so fürchterlich hell wie im Parterre war. Das Licht war gedämpft. Leider nicht gedämpft genug, fand

Beth, denn man konnte immer noch zu gut sehen, was vor sich ging.

Alle Wände waren schwarz gestrichen. Aus dem Mauerwerk ragten unzählige Metallringe, an die man die Sklaven fesseln konnte. Bethany sah viele Geräte, deren Zweck sie nicht einmal kannte. Nur das Andreaskreuz zu ihrer Rechten hatte sie schon einmal gesehen.

Ein hochgewachsener Mann, der nur eine Lederhose trug, fesselte gerade seine Sklavin, eine schwarzhaarige Frau mit schmalen Hüften und kleinem, festem Busen, auf einen mit schwarzem Leder bezogenen Bock. Sie lag auf dem Rücken, ihr Kopf hing ein wenig herab.

Drei Paare schauten fasziniert zu und auch Beth konnte ihren Blick nicht abwenden. „Müsste sie nicht auf dem Bauch liegen?"

„Weshalb?" Kade schmiegte sich von hinten eng an Bethanys Körper.

„Um sie … um … na, damit er ihr den Po versohlen kann", flüsterte sie verlegen.

Sinnlich lachte er in ihr Ohr. „Vielleicht hat er etwas anderes mit ihr vor. Eventuell möchte er nicht ihre Kehrseite züchtigen –"

„Sondern ihre Vorderseite?", fiel Beth Kade empört ins Wort und schaute ihn kurz über die Schulter hinweg an.

„Du wirst es erleben. Offensichtlich möchtest du nicht mehr flüchten."

„Nur für den Moment."

Zärtlich biss er in ihren Nacken, worauf sie zusammenzuckte und ihm auf den Fuß trat, was er jedoch kaum spürte, da er im Gegensatz zu ihr noch Schuhe trug.

Der Hüne fixierte die Arme und Beine seiner Sklavin seitlich mit Schlaufen an dem Bock, sodass ihr Geschlecht aufklaffte. Schutzlos lag sie vor ihm und den Zuschauern.

Die Situation und ihre zarte Statur weckten Beschützerinstinkte in Bethany, aber sie spürte auch, wie eine unbekannte Erregung sie ergriff, da sie noch keinerlei Berührung mit SM gehabt hatte.

Der Dominus stellte sich hinter den Kopf seiner Liebesdienerin und holte zwei kleine Gegenstände aus seinen Gesäßtaschen hervor. Drohend ließ er sie auf- und zuschnappen.

„Bitte, nicht die Nippelklemmen, Herr!“, jammerte die zierliche Frau und wand sich in ihren Fesseln.

„Ich werde sie benutzen, egal, wie sehr du winselst.“ Ihr Spielpartner legte die Klammern auf ihren Bauch. „Wehe, sie fallen herunter!“

Dann begann er, ihre Brustspitzen zu zwirbeln. Zuerst ganz sachte, doch stetig kräftiger, bis die Frau schwer atmete und die Klemmen herunterzukullern drohten. Sie bemühte sich, ruhig zu bleiben, doch es fiel ihr sichtlich schwer.

„Das ist so gemein!“, empörte sich Beth. „Sie kann sich nicht wehren und er verlängert ihre Qual auch noch, indem er das Unvermeidliche hinauszögert.“

„Aber genau dieses Spiel erregt sie doch.“

„Für mich wäre das nichts.“

„Unsinn. Ich habe dich auch schon mit einem Schal gefesselt, du hast dich mir ausgeliefert und es hat dir gefallen. Ich hätte alles, wirklich alles, mit dir tun können.“

So lüstern, wie er das sagte, fachte es Beths Lust an. Sie bemühte sich, standhaft zu bleiben, aber sie verlagerte dennoch ihr Gewicht ständig von einem Fuß auf den anderen. „SM … Schmerz … das alles ist nicht meine Welt.“

„Es heißt eigentlich BDSM und es geht um Lustschmerz, nicht vergleichbar mit einer Wurzelbehandlung beim Zahnarzt.“ Kaum hatte er das ausgesprochen, zerrte er Bethany zu einer Wand, schlang eine dünne Metallkette um ihre Handgelenke und fesselte sie an einen Haken. „Auch Dominanz und Unterwerfung gehören dazu. Im Grunde hast du das erste Mal BDSM ausgelebt, als ich dich mit den Seidenschals an dein Bett gefesselt und dir die Augen verbunden habe."

Beth versuchte, den Haken aus der Wand zu reißen, aber er saß bombenfest. „Das war doch nur ein harmloses Fesselspiel."

„Und Teil von BDSM", erklärte er und stützte sich rechts und links neben ihrem Kopf an der Wand ab. „Bei einem SM-Spiel geht es nicht ums Auspeitschen bis aufs Blut oder darum, den Willen des Sklaven zu brechen, sondern um Lustgewinn."

„Damit habe ich nichts am Hut", sagte sie schnippisch. „Und jetzt mach mich endlich los."

„Meinst du wirklich, du bist in der Position, um Forderungen zu stellen?" Kade legte den Kopf schief und musterte sie eindringlich. „Solltest du nicht vielmehr etwas Demut zeigen, damit ich dich nicht auf den Bock binde, sobald das Paar mit seiner Vorführung fertig ist, oder um zu verhindern, dass ich dich an einen Dominus ausleihe."

Entsetzt hielt sie in ihren Bemühungen, sich von den Fesseln zu befreien, inne. „Das würdest du nicht tun."

Kade hob herablassend die Augenbrauen. Dann schaute er sich im Raum um, als würde er nach einem geeigneten Kandidaten suchen.

„Bitte." Beth ärgerte sich über den flehenden Unterton, aber sie traute es ihm zu, dass er sie in dieser Nacht an ihre Grenzen brachte, weil er sie für ihr Treffen mit Daryl bestrafen wollte. „Bitte, tu mir das nicht an."

„In Ordnung, aber du musst mir deine Kooperationsbereitschaft zeigen", meinte Kade gönnerhaft und ließ sich auf sein rechtes Knie nieder. Er fasste ihr Fußgelenk, deutete auf die Schnalle ein Stück weiter rechts und blickte mahnend zu ihr auf.

Obwohl das Essen im Seahorse einige Stunden zurücklag, bereute Bethany nun, etwas zu sich genommen zu haben, denn ihr Magen rumorte vor Aufregung, weil sie ihre Beine spreizte und Kade ihre Fußgelenke mit Lederschlaufen an den Wandhaken fesselte.

Sie standen etwas abseits, dennoch sahen einige Gäste neugierig zu ihnen herüber. Vor Scham wäre Beth am liebsten im Erdboden versunken. Die Blicke der Besucher brannten auf Bethanys nacktem, ausgeliefertem Körper. Erstaunlicherweise erregte es Beth, sich nackt zu präsentieren, angestarrt zu werden, und das an einem Ort, der etwas Verruchtes an sich hatte, der Gefahr ausstrahlte, ohne wirklich gefährlich zu sein, und den sie ohne Kade nie betreten hätte: den SM-Keller in einem Swingerklub.

„Lass nicht zu, dass sie mich anfassen“, wisperte Beth.

„Werde ich nicht.“ Kade erhob sich und strich über die Leine, die zwischen ihren Brüsten herabhing, wie vor sechs Jahren in der Jamaica Plain Shopping Mall.

Als der Dominus seiner Sklavin die Nippelklemmen anlegte und die fragile Frau einen heiseren Schrei von sich gab, der in ein wollüstiges Stöhnen überging, begann Kade, Beths Brustspitzen zu reiben. Er nahm sie zwischen Daumen und Zeigefinger und rollte sie hin und her. Während Bethany die Sklavin beobachtete, die vor Lustschmerz in ihren Fesseln zappelte, zwirbelte Kade ihre Spitzen so unendlich sanft, dass sie einen Seufzer kaum unterdrücken konnte.

Der hünenhafte Mann bewegte die Klammern hin und her, bog sie mal nach vorne, mal nach hinten, drehte sie ein wenig und zog sie nach oben, bis die Brüste wie zwei Zelte aussahen, und ließ sie plötzlich los, während Kade Beths Brustspitzen weiterhin zärtlich massierte.

Es erregte Bethany, behutsam stimuliert zu werden, während sie die lustvollen Qualen der Fremden beobachtete. Das war eine völlig neue Erfahrung für sie.

Der Dominus ging um seine Sklavin herum. Er stellte sich zwischen ihre gespreizten Beine und streichelte sie sanft.

Auch Kade liebkoste Beth, aber er berührte zuerst nur ihre Oberschenkel, was sie verrückt machte, denn sie wollte, dass seine Hand dorthin vordrang, wo ihre Lust am größten war.

Erst als die Sklavin sich schon unter den Streicheleinheiten ihres Partners aufbäumte, strich Kade über Beths Schamlippen. Seine Berührungen waren elektrisierend. Noch nie zuvor hatte Bethany ohne ausgiebiges Vorspiel eine derart starke Erregung empfunden. Sie bekam eine Gänsehaut und gab sich Kades Liebkosungen hin, nicht weil sie sich ohnehin nicht dagegen wehren konnte, sondern weil sie es wollte.

„Jetzt bist du schon viel devoter", hauchte er in ihr Ohr.

Verärgert schaute sie ihn an, aber sie biss sich auf die Unterlippe, denn sie wollte vermeiden, ihn durch eine kesse Bemerkung davon abzubringen, sie zu streicheln, bis sie endlich kam.

Die Sklavin zuckte auf dem Bock wie ein Aal. Zufrieden trat der Mann zurück und betrachtete ihr feuchtes, geschwollenes Geschlecht, während die Frau selig die Augen schloss und nach Atem rang.

Auch Kade machte einen Schritt rückwärts und ergötzte sich an Beths Verblüffung. Er zuckte mit den Achseln. „Die Sklavin war schneller als du. Hättest dich eben beeilen müssen. Aber vielleicht klappt es ja beim nächsten Mal."

„Beim nächsten Mal?“ Sie hatte Mühe, ihren Zorn zu unterdrücken, weil sie unbefriedigt war.

Er lächelte. „Das Spiel hat gerade erst begonnen. Das ist das Schöne an BDSM: Man lässt sich Zeit. Kein schnelles Rein und Raus.“

„Wie oft muss ich es noch sagen?“ Beth versuchte, ihre Füße aus den Schlaufen zu ziehen, und sah nach kurzer Zeit ein, dass es unmöglich war. „Ich mag kein SM.“

„Das, was wir beide gerade machen, ist ein Teil von BDSM: Dominanz und Unterwerfung, und es ist offensichtlich, dass es dich heißmacht.“

Er drückte seine Handkante zwischen ihre Schamlippen und zog sie von hinten nach vorne und es machte Beth wahnsinnig, dass sie ihre Beine nicht schließen konnte. Als er über ihre empfindsamste Stelle rieb, erschauerte Beth wohlig. Triumphierend hielt er seine Hand hoch und präsentierte ihre Feuchtigkeit.

Die anderen Gäste spähten lächelnd zu ihnen und stimulierten sich oder ihren Partner ungeniert. Hände massierten Brüste und tauchten in Hosen ein. Die Atmosphäre kochte hoch. Niemand machte sich über das Treiben der anderen Besucher lustig, sondern sie ließen sich mitreißen und erregen. Der Keller war wie ein Kokon, der alle schützte.

Und Bethany wurde auf einmal bewusst, dass sie sich gehen lassen konnte, weil das, was hier unten geschah, niemand erfahren würde. Der Klub garantierte Diskretion. Trotzdem stand ihr noch ihre Verlegenheit im Weg, die natürliche Schamgrenze, die jedes Kind von den Eltern anerzogen und von der westlichen Gesellschaft eingeimpft bekam.

Plötzlich tauchte eine Peitsche in der Hand des Dominus auf, aber es war keine, wie Beth sie aus dem Fernsehen kannte, mit einem langen Lederriemen, den man durch die Luft zischen lassen konnte, sondern diese besaß zirka zehn kurze breite Streifen, vermutlich aus Nappaleder, war breit gefächert und hatte einen Griff, der mit roten Lederriemen umwickelt war.

„Also hat er doch vor, die Arme auszupeitschen." Geräuschvoll stieß Beth ihren Atem aus.

„Das ist ein Flogger, er hat breite, weiche Riemen und wird zum Aufwärmen benutzt. Es gibt viele Abstufungen des Schmerzes, und Auspeitschen ist nicht gleich Auspeitschen", klärte Kade sie auf und griff in eine schwarze Glasschale, die auf einem Eckregal stand. Unter dem Regal befand sich ein Mülleimer, der noch leer war.

Hatte Beth im ersten Moment gedacht, er hätte sich ein Kondom genommen – denn Schalen mit Verhütungsgummis standen überall –, so sah sie nun, dass es ein handtellergroßer Pom-Pom aus künstlichen Eulenfedern war.

Als Beth das leise Stöhnen der Sklavin hörte, flog ihr Kopf zum Bock herum. Zu ihrem Erstaunen streichelte der Mann mit den Lederriemen über den Körper seiner Sub. Er rieb mit dem Griff über ihre Brustspitzen, die er von den Klammern befreit hatte, und kitzelte ihren Schritt.

Kade strich mit dem Federbüschel zwischen Bethanys Brüsten hindurch. Sie erschauerte. Ihre Brustspitzen wurden noch härter und leuchteten in einem satten Rot. Ihr Brustkorb hob und senkte sich, sie spürte die bittersüße Erregung bis in jede Pore.

Beths Blick glitt von Kade zur Sklavin und wieder zurück.

Der Dominus fing an, den Körper seiner Liebesdienerin mit sanften Peitschenschlägen, die anfangs mehr einem festen Streicheln glichen, zu verwöhnen. Je härter die Schläge wurden, desto lauter stöhnte die Frau.

Er peitschte sanft ihren Busen, schlug kräftiger zu, als er über ihren Bauch tiefer wanderte, und widmete sich dann ausgiebig ihren Oberschenkeln. Der Flogger kam ihrem Schoß immer näher. Ihre blasse Haut war bereits gerötet.

Ängstlich hob sie ihren Kopf, um etwas sehen zu können, aber sie konnte ihn nicht lange oben halten. Sie legte ihren Nacken wieder auf dem Bock ab und ließ ihren Kopf herunterhängen.

Bethany konnte die Furcht der Sklavin nachvollziehen. Sie erschauerte, wann immer Kade ihre Brustspitzen mit den Eulenfedern kitzelte, und ihre Gänsehaut war so intensiv, als würde sie nackt im Schnee stehen.

Erschrocken hielt sie die Luft an, denn nun peitschte der Herr den Schritt seiner Sklavin. Auch wenn es offensichtlich war, dass er seine Schläge behutsam ausführte, um die Frau nicht zu verletzen und ihr eine wohldosierte Portion Lustschmerz zu verschaffen, so ängstigten Beth die Schreie der Frau.

Kade streichelte unterdessen mit dem Federpuschel ihre Schamlippen. „Mach dir keine Sorgen. Sie genießt es in vollen Zügen."

„Woher weißt du das?" Beth seufzte, weil er nun über ihren Kitzler strich, so unendlich sanft, dass es beinahe eine Qual für sie war.

„Schau genauer hin", ermahnte er sie, führte den Pom-Pom zu ihrem Hintern und drückte ihn zwischen ihre Pohälften. „Die Sklavin streckt ihr Becken dem Flogger entgegen."

Jetzt, wo Kade sie darauf aufmerksam machte, nahm Beth es erst wahr. Genauso, wie sie sich nach der Berührung des Federbüschels sehnte, gierte die Sklavin nach der Berührung der Peitsche.

Langsam verstand sie. War der Dominus nicht eher der Diener der Sklavin? Immerhin bereitete er ihr die köstlichsten Lustschauer.

Auf einmal warf der Mann die Peitsche weg. Er hockte sich zwischen die Schenkel seiner Sub und küsste liebevoll die roten Striemen, die er ihr zugefügt hatte. Dann leckte er mit der Breitseite seiner Zunge durch ihre feuchten Falten. Durch schnelle Zungenschläge entlockte er ihr ein Stöhnen, das Beth noch nie bei einer Frau oder gar bei sich selbst gehört hatte. Es war brünstig, durchdrungen von Wolllust und Ekstase.

Auch Kade ließ sich auf ein Knie nieder und versenkte sein Gesicht zwischen Bethanys Beinen. Er schnupperte an ihrer Scham und versenkte seine Zunge in ihrer feuchten Öffnung.

Beth lehnte berauscht den Hinterkopf gegen die Wand. Sie spürte seine Zunge in ihrem Inneren, gab sich seinen Zungenküssen hin und seufzte.

Genüsslich saugte er ihre Schamlippen ein. Er leckte durch das Tal zwischen den kleinen Schamlippen, umkreiste ihre Öffnung und zupfte mit den Lippen an ihrem Kitzler, bis Beth den Orgasmus bereits spürte.

Da trat ein junges Pärchen, das in durchsichtige Latexanzüge gekleidet war, heran und Beth wurde sich wieder der Blicke bewusst, die auf ihr hafteten. Fremde Menschen starrten sie an, beobachteten sie, nahmen jede Regung ihres Körpers wahr und erregten sich an dem Anblick.

Mit einem Mal war sie wieder gehemmt. Sie versuchte ihre Beherrschung wiederzuerlangen. Das machte es für sie unmöglich zu kommen.

Die Sklavin auf dem Bock schrie ihre Lust heraus. Sie zuckte unter den gekonnten, fleißigen Zungenschlägen ihres Herrn und kam zum zweiten Mal in dieser Nacht. Erschöpft lag sie in ihren Fesseln und lächelte glücklich.

Kade stand auf. „Sie war schon wieder etwas schneller als du, Babe."

„Das ist kein Wettbewerb“, bemerkte Beth spitz.

Ihr Schritt war beinahe schmerzhaft geschwollen. Warum erlöste er sie nicht endlich von dieser Qual? Sie war kurz davor, ihn anzubetteln, es ihr zu besorgen, doch seine anmaßende Miene hielt sie davon ab.

„Zumindest kein offizieller.“ Er zwinkerte. „Wir spielen aber das gleiche Spiel. Man nennt es Orgasmuskontrolle.“

Vehement schüttelte sie den Kopf. „Das kann nicht sein. Die Liebesdienerin hatte zwei Höhepunkte und ich gar keinen.“

Kade schmunzelte. „Wie gesagt, du hast noch viel zu lernen, was BDSM angeht. Genauso wie der Dominus bestimmt, ob und wann seine Sklavin einen Orgasmus hat, bestimme auch ich über deine Höhenflüge.“

„Soll das heißen, du hast mich absichtlich nicht kommen lassen?“, fragte sie außer sich.

Er nickte. „Egal, wie sehr du dich bemüht und entspannt hättest, ich hätte sowieso kurz vorher mit der Stimulation aufgehört.“

Beth war erzürnt. „Wie kannst du mir so etwas antun? Der Dominus verwöhnt seine Sklavin, während du mich quälst?“

„Schon wieder machst du einen Denkfehler, weil dir die Erfahrung fehlt, denn dieser Meister quält seine Sklavin ebenfalls, indem er sie zwingt zu kommen, auch wenn sie längst satt ist. Aber jetzt bin ich ja da, um dich all das zu lehren, was deine bisherigen Liebhaber versäumt haben.“

„Du meinst …“ Beth sah zu dem Paar hinüber, das seine Sexualität so offen auslebte. „Er ist noch nicht fertig mit ihr?“

„Genauso wenig wie ich mit dir“, kündigte er bedrohlich an.

31. KAPITEL

„Wag es ja nicht, mich dort unten noch einmal anzufassen!"

Aber bevor sie ihre lächerliche Warnung ausgesprochen hatte, war Kade bereits mit seinem Mittelfinger in sie eingedrungen.

„Du Schuft!" Sie zerrte an ihren Fesseln, die Ketten klirrten leise, aber mehr geschah nicht.

Kade ließ seinen Finger in ihr ruhen und schaute zum Bock hinüber.

Der Dominus stellte sich hinter den Kopf seiner Sub und führte seinen Phallus an ihre Lippen. Artig öffnete sie ihren Mund und nahm das erigierte Glied auf, doch anstatt ihn zu stimulieren, presste sie nur ihre Lippen fest um den Penis. Die eigentliche Stimulation übernahm ihr Herr selbst, denn er begann, seine Lenden langsam vor und zurück zu bewegen. Behutsam stieß er in den Mund seiner Sklavin hinein. Er benutzte sie und sie schien Gefallen daran zu finden, denn sie hatte die Augen geschlossen und stöhnte leise.

Als der Phallus noch steifer wurde und sein Atem sich beschleunigte, zog der Mann ihn aus dem Mund seiner Lustdienerin heraus und ging um sie herum. Er trat zwischen ihre gespreizten Schenkel und drang ohne Umschweife in sie ein. Schmatzend nahm die feuchte Öffnung der Frau das Glied auf.

„Ihr Gebieter hat sie wahrlich gut geölt", säuselte Kade und zog seinen Finger aus Beth zurück.

Doch noch bevor sie etwas erwidern konnte, stieß er ihn wieder hinein, ließ ihn dann erneut herausgleiten, um sofort wieder in sie einzudringen. Nach und nach nahm er immer mehr Finger hinzu, bis schließlich Zeige-, Mittel- und Ringfinger in ihr versenkt waren. Auch er hatte Beth gut vorbereitet. Problemlos nahm sie die Finger in sich auf.

Als Kade jedoch den kleinen Finger hinzunahm, schüttelte sie den Kopf. „Das passt nicht."

„Keine Sorge", sprach er hinterhältig. „Ich mache es passend."

Hatte Beth einen Augenblick lang gehofft, er würde einen Finger durch den kleinen Finger ersetzen, so zerplatzte ihre Hoffnung im nächsten, weil Kade alle vier Finger stärker in sie hineinzwängte. Stück für Stück arbeitete er sich vor. Er dehnte sie sanft, ließ seine Finger in ihr ruhen, damit Beth sich an die Dehnung gewöhnte, und drückte sie erneut ein Stück tiefer in die feuchte Öffnung hinein.

Bethany befürchtete, dort unten zu zerreißen. Aber Kade ging behutsam vor. Er räumte ihr die Zeit ein, die sie brauchte, damit ihr Widerstand erlahmte, und achtete auf jede Reaktion ihres Körpers.

Dann und wann strich er zärtlich mit dem Daumen über ihren Kitzler, was ihre Entspannung förderte und sie erneut erregte, ebenso wie die Tatsache, herrlich ausgefüllt zu sein.

Die Dehnung ihrer Vagina tat nicht weh, stellte sie irgendwann erleichtert fest und wünschte sich, endlich von Kade genommen zu werden. Sie würde sich sogar mit seiner Hand zufriedengeben, wenn er nur endlich Erbarmen mit ihr hätte.

Tatsächlich fiel er in den gleichen Rhythmus wie der Dominus bei seiner Sklavin, nur dass dieser seine Sub mit seinen Lenden bearbeitete und Kade Beth mit der Hand nahm.

Während die Dienerin hemmungslos stöhnte, versuchte Beth immer noch, ihre Lust geheim zu halten und ihr Stöhnen zu unterdrücken. Sie kam sich lächerlich vor und beneidete die andere Frau. Allzu gerne hätte sie sich ebenfalls gehen lassen. Wahrscheinlich wäre ihre Lust innerhalb von Sekunden explodiert.

Stattdessen war es wie bei den beiden Malen zuvor. Die Sklavin hatte einen Orgasmus, den sie herausschrie. Ihr Schrei hallte durch den SM-Keller, er klang gequält und berauscht zugleich. Der Körper der Sub zuckte ekstatisch, als hätte sie einen epileptischen Anfall. Doch ihr Herr nahm keine Notiz von ihr, sondern stieß weiterhin ungestüm zu, bis auch er einen Orgasmus hatte, einen kehligen Laut von sich gab und mit geschlossenen Augen stehen blieb. Er rang nach Atem. Noch immer steckte sein Glied in der Sklavin.

Kade jedoch strich ein letztes Mal über Bethanys Klitoris, sodass sich alles in ihrem Unterleib in Erwartung des nahenden Höhepunkts zusammenzog, und ließ dann seine Finger aus ihr herausgleiten.

Beth entfuhr ein Schluchzen, das tief aus ihrem Inneren kam. Ihre Augen waren feucht, doch sie weinte nicht, worauf sie stolz war. Trotzdem fühlte sie sich nicht heroisch, sondern vielmehr wie ein Häufchen Elend. Jede Pore ihres Körpers sehnte sich nach Erlösung.

Doch sie hatte nicht einmal mehr genug Energie, um wütend auf Kade zu sein. Sie hing in ihren Fesseln, kämpfte gegen ihre Tränen an und ließ sich ohne Gegenwehr von Kade umarmen. Er drückte ihre Wange gegen seine Schulter und hielt sie fest. Besänftigend streichelte er ihren Rücken und küsste ihr Haar.

„Weshalb durfte ich schon wieder nicht kommen?“, fragte Bethany, weil sie sah, dass der Dominus seine Sklavin losband und innig küsste. Die Vorführung war offensichtlich vorbei. „Wirst du mich erregen, bis es schmerzt, um mich dann unbefriedigt wegzuschicken? Ist das meine Strafe, weil ich mich heimlich mit Daryl getroffen habe?“

„Nein.“ Kade hob ihr Kinn an, damit sie ihn ansah. „Ich

möchte, dass du neugierig und erregt bleibst, damit du den Wunsch zu fliehen aufgibst und die anderen Etagen mit mir erkunden möchtest. Nur im Night Owl wirst du die Befriedigung finden, die du dir wünschst."

Hatte Beth das richtig verstanden? Er wollte sie nicht erniedrigen und mit fortwährender Stimulation quälen, sondern ihren Fluchtgedanken mithilfe ihrer Lust niederringen? Sie fühlte sich matt. „Du kannst mich ruhig losbinden. Um wegzulaufen oder zu rebellieren, bin ich viel zu erschöpft."

Er löste die Metallkette, die ihre Hände an den Wandhaken fesselte, und schloss zu Beths Überraschung sogar die Handschellen auf, die er daraufhin an eine Gürtelschlaufe seiner Hot Pants befestigte. Dann griff er die Leine, die mit Bethanys Lederhalsband verbunden war, und führte Beth die Treppe hinauf ins Erdgeschoss.

Jeder Schritt war eine Folter für Beth, weil ihre geschwollenen Schamlippen aneinanderrieben und ihre Lust erneut anfachten. Ihr Schoß pochte, er war heiß, und als wäre das nicht schlimm genug, sahen alle Besucher des Night Owls ihre Erregung, weil sie immer noch nackt war. Die Männer und Frauen, die sich am Büfett labten, brauchten ihr nur zwischen die Beine zu sehen.

Als hätte Kade ihre Gedanken erraten, flüsterte er: „Bemühe dich nicht, deinen Schritt mit den Händen zu bedecken."

Er hatte recht. Es hätte keinen Sinn gemacht. Ihre rosigen Wangen waren verräterisch, ihre erigierten Brustspitzen verrieten sie und ihr Verlangen spiegelte sich in ihrem glasigen Blick. Beschämt schaute sie zu Boden.

Bethany folgte Kade in die erste Etage, die man vom Erdgeschoss aus einsehen konnte, da das Haus wie eine Loggia gebaut worden war. Das erhöhte den Reiz.

Die Besucher, die im Erdgeschoss an den Tischen saßen und speisten, konnten erspähen, was oberhalb geschah, während die Gäste auf der Empore sich der vielen Blicke bewusst waren und sich daran erregten, beobachtet zu werden.

Als Bethany in der oberen Etage angekommen war, stand sie vor einer dunkelroten Wand, die einige bullaugenähnliche Öffnungen auf unterschiedlicher Höhe besaß. Es gab keinen richtigen Eingang, lediglich einen Tunnel, durch den man in die Liebeshöhle kriechen konnte. Hinter der Wand war es schummrig, das Dunkel wurde lediglich von einigen wenigen Lichtern erhellt, deren gedämpftes rotes Licht die Höhle spärlich beleuchtete. Der Darkroom war mit Matratzen ausgelegt und auf diesen räkelten sich einige Körper. Ob es Frauen oder Männer waren und wie viele Gäste sich dort verlustierten, war in der Dunkelheit unmöglich auszumachen.

„Möchtest du die Französische Wand ausprobieren, Babe?"

Er ließ die Leine los und schmiegte sich von hinten an Beth, legte jedoch nicht seinen Arm um ihre Hüften, vermutlich um sie nicht daran zu hindern, ihren Wünschen nachzugeben.

Bethany spürte seine harte Wölbung und das kleine Biest in ihr hoffte, dass der Besuch im SM-Keller ihn genauso gequält hatte wie er sie, immerhin war auch er nicht aus seine Kosten gekommen.

Sie schüttelte den Kopf, konnte ihren Blick jedoch nicht von einem farbigen Mann nehmen, der so unheimlich gut gebaut war. Er war hochgewachsen, hatte kurzes Kraushaar und trug Netzshorts und ein Nasenpiercing, eine winzige, silberne Kreole. Kleine Locken kräuselten sich auf seinem Brustkorb.

Der Mann trat unmittelbar vor die Wand. Eins der Bullaugen befand sich genau auf Höhe seines Schritts. Der Farbige öffnete seine Shorts. Heraus sprang sein halb erigierter Penis, ein wundervoll großes hellbraunes Exemplar.

Beth lief das Wasser im Mund zusammen. Unruhig verlagerte sie ihr Gewicht von einem Fuß auf den anderen und sie starrte zu ihm hinüber.

Der Mann steckte sein Glied durch das Loch. Sofort streckten sich Hände nach ihm.

Bethany konnte nicht erkennen, zu wem diese Hände gehörten, und dem Farbigen war es egal, denn er schloss die Augen, stemmte die Handflächen gegen die Wand und lehnte die Stirn dagegen. Bedenkenlos genoss er die Liebkosungen.

Während Kade seine Wölbung gegen Beths Kehrseite drückte und mit der Nase über ihren Nacken rieb, strichen die filigranen Hände immer wieder von der Wurzel bis zur Spitze über den Penis. Die Hände waren so zart und weiß wie Elfenbein und stellten einen harten Kontrast zum großen, farbigen Glied dar.

Der Phallus wurde rasch härter. Er wuchs den fremden Fingern entgegen, die sich so geschickt an ihm zu schaffen machten.

Behutsam, als würden sie eine Kostbarkeit in Händen halten, hielten zwei Finger das Glied an der Eichel hoch, um an die Hoden zu gelangen. Die Finger kneteten die Säckchen, massierten sie kräftig und liebkosten dann wieder sanft.

Eine Hand hielt die Penisspitze, die andere schob die Vorhaut sanft zurück. Als der Farbige zusammenzuckte, ließ die fremde Hand seine Vorhaut los. Sie zog sich in die Dunkelheit zurück, um bald wieder zu erscheinen. Feuchtigkeit glänzte auf der Innenfläche.

Amüsiert grübelte Bethany darüber nach, ob die Frau

hinter der Französischen Wand ihre Hand mit ihrer Feuchtigkeit oder ihrem Speichel benässt hatte.

Wieder wurde die Vorhaut zurückgeschoben. Rasch cremte die weiße Hand den farbigen Schaft mit der Feuchtigkeit ein und bewegte die Vorhaut erneut.

Doch auch diesmal zuckte der Mann zusammen, als würde die Stimulation ihm Schmerzen bereiten, weil ihm die Feuchtigkeit einer Vagina fehlte. Oder hatte er doch Bedenken, sich von einer fremden Person berühren zu lassen? War er innerlich verkrampft?

Die Hände verschwanden in der Finsternis der Liebeshöhle und Beth dachte schon, die Frau wäre enttäuscht verschwunden, als plötzlich ein Gesicht am Bullauge erschien.

Es war ein Mann! Ein junger Kerl mit raspelkurzem U.S.-Army-Haarschnitt und verklärtem Blick.

Er öffnete seinen Mund weit und nahm das Glied des Farbigen in seinen Mund auf. Fest presste er seine Lippen auf den dunklen Schaft. Er glitt immer wieder darüber, benässte den Penis und stimulierte ihn.

Bethany fragte sich, ob der Farbige wusste, dass er von einem Mann oral befriedigt wurde. Hätte es einen Unterschied für ihn gemacht? Machte es nicht gerade den Reiz der Französischen Wand aus, eben nicht zu wissen, mit wem man gerade Spaß hatte? Aussehen war nicht länger wichtig, sondern Finger- und Zungenfertigkeit.

Der Mann im Darkroom schob die Vorhaut des unbekannten Gespielen mit seinen Lippen zurück und diesmal zuckte dieser nicht zusammen, sondern seufzte wohlig. Als der Jüngere ihm ein Kondom überzog, legte der Mann vor der Wand seinen Kopf in den Nacken. Automatisch öffnete sich sein Mund.

Es brauchte nicht mehr viel Stimulation mit Händen und Mund und er kam. Seine Gesäßmuskulatur war angespannt und seine Lenden zitterten. Er ergoss sich in das Verhütungsgummi und blieb einen Moment regungslos stehen.

Dann trat er zurück, warf das benutzte Kondom in den Mülleimer, der in der Ecke stand, und schloss seine Netzshorts. Er ging an Beth vorbei, als würden sie sich zufällig in der Fußgängerpassage über den Weg laufen. Der junge Mann hinter der Wand war längst wieder in der Liebeshöhle verschwunden.

„Möchtest du es nicht doch ausprobieren?“, fragte Kade und küsste ihre Schulter. „Jetzt hast du die Gelegenheit dazu.“

Verlegen stammelte sie: „Ich … ich weiß nicht … hmm.“

Es reizte sie schon, am eigenen Leib zu erfahren, was für ein Gefühl das war, von fremden Händen, Lippen und Zungen berührt zu werden, aber sie hatte Angst vor der eigenen Courage. Außerdem würde Kade sie beobachten. Das hemmte sie.

„Es ist unverfänglich, das hast du soeben gesehen“, meint er. „Du trittst an die Wand, stellst deinen schönen Körper zur Verfügung, genießt und gehst einfach wieder.“

„Wer weiß, wer sich an mir zu schaffen macht“, wandte sie ein.

Er winkte ab. „Das ist völlig egal. Die Hauptsache ist, du hast deinen Spaß.“

Auf einmal kam ihr ein Gedanke. Da Kade sie sogar aufmunterte, witterte sie die Chance, endlich ihren lang ersehnten Höhepunkt zu bekommen. Wenn er schon nicht bereit dazu war, ihr einen Orgasmus zu schenken, besorgte das halt jemand anderes. Sie würde nicht wissen, wer, ging keine Verpflichtungen ein und musste nicht einmal eine Gegenleistung erbringen, sondern konnte sich ganz auf ihre eigene Lust konzentrieren. Was gab es Schöneres?

Zögerlich machte sie einen Schritt vor den anderen. Je

näher sie der Französischen Wand kam, desto besser konnte sie sehen und hören, was im Darkroom dahinter vor sich ging.

Stöhnen und Seufzen drang zu ihr, zuckende Leiber rieben sich aneinander und feuchte Haut klatschte auf feuchte Haut. Ganz in der Nähe des Bullauges, durch das der Farbige seinen Phallus gesteckt hatte, lagen zwei Frauen in 69-Stellung aufeinander. Sie hatten die Köpfe zwischen den gespreizten Schenkeln der anderen und leckten, als wären sie kurz vor dem Verdursten.

Unsicher suchte sie sich ein anderes Fenster aus, eins, das in der Höhe ihrer Brüste war, denn sie hatte beschlossen, erst einmal vorsichtig zu beginnen und ihren Busen verwöhnen zu lassen.

Ihre Brustspitzen standen hart und rosig ab, vor Vorfreude oder vor Furcht, Bethany wusste es nicht. Sie war versucht, sich zu Kade umzudrehen, aber sie verbot sich, ihn anzusehen, weil sie dann sofort einen Rückzieher gemacht hätte.

Aber das tat sie ohnehin, denn kaum streckte sich eine Hand nach ihrem rechten Busen aus, schreckte Beth zurück. Sie taumelte rückwärts, geradewegs in Kades Arme, der sie auffing. Kopfschüttelnd wandte sie sich um.

„Ist alles in Ordnung?“, wollte er besorgt wissen.

Sie schmiegte sich an seine Brust und vermied es, ihm ins Gesicht zu sehen. „Ja.“

„Warum hast du die Berührung nicht zugelassen?“ Als sie schwieg, hakte er nach: „Niemand tut dir hier etwas. Keiner zwingt dich zu irgendwelchen Handlungen. Du brauchst keine Bedenken zu haben.“

„Die habe ich auch nicht.“

„Was war es dann?“ Er drückte sie an sich.

Zuerst wollte sie ihm nicht die Wahrheit sagen, aber

dann sprach sie es aus, weil sie ihre Gefühle nicht länger für sich behalten konnte. „Ich möchte nur von dir angefasst werden."

Kade zwang sie, ihn anzusehen, aber er schwieg.

„Ich gebe ja zu, dass es mich erregt, andere beim Sex zu beobachten, das ist mir im Keller bewusst geworden", Beths Stimme zitterte, „aber ich möchte dich nicht mit jemand anderem teilen und mich auch nicht anderen hingeben. In der Fantasie mag das reizvoll sein, aber in der Realität will ich das einfach nicht."

Nun lächelte er, aber es war kein spöttisches Lächeln, sondern ein warmes und es ging Beth durch und durch.

„Das entspricht auch meinem Wunsch, aber ich wollte dir die Erfahrung nicht verbieten", gab er leise zu und küsste sie. Zärtlich kraulte er ihren Nacken, während er ihre Lippen mit den seinen massierte, seine Zunge einmal durch ihren Mund wandern ließ und sich dann wieder von ihr löste. „Lass uns nach oben gehen."

„Nach oben?" Beth runzelte die Stirn. „Ich dachte, das Haus hätte nur eine Etage."

„Auf dem Speicher gibt es noch einen Raum, in dem sich die Paare nur miteinander beschäftigen dürfen", erklärte Kade und deutete zur Liebeshöhle. „Im Darkroom dagegen fällt jeder über jeden her. Klar getrennte Räume machen es einfacher für die Gäste, die Spielregeln einzuhalten."

Plötzlich durchzuckte Bethany ein schrecklicher Gedanke wie ein stechender Kopfschmerz. Ob Kade jemals mit einer anderen Geliebten den Swingerklub besucht hatte? So musste es sein. Er kannte sich im Night Owl aus und hatte schon auf dem Parkplatz gewusst, dass es im Inneren eine Boutique gab.

Bethany biss sich auf die Unterlippe. War er mit der Blondine aus dem Café ‚Kassandra's Kitchen' hier gewesen? Eine so selbstbewusste Frau wie die ominöse Kellnerin hätte sich bestimmt nicht so schüchtern verhalten, sondern mit Kades Lust gespielt, wie er mit Beths Erregung gespielt hatte.

War es nicht nur eine Frage der Zeit, bis Kade das Interesse an ihr verlor? Ihr Kampfgeist erwachte.

Sie kam sich mit einem Mal verklemmt vor. Noch vor wenigen Jahren hätte sie sich die Kleidung freiwillig vom Leib gerissen und mit ihrer Nacktheit kokettiert. Sie hatte sich verändert und hielt sich mittlerweile bedeckt, doch die kesse Beth von damals steckte noch in ihr.

Ihr Blick fiel auf eine Schale mit M&Ms, die auf einem Beistelltisch stand. Bevor sie weiter darüber nachdenken konnte, ging sie zu dem Tisch und steckte eine Handvoll Schokolinsen in den Mund.

Dann kehrte sie zur Kade zurück. Verdutzt beobachtete er, was sie tat.

Bethany kniete sich vor ihn hin und bemühte sich zu ignorieren, dass sowohl die Gäste im Erdgeschoss als auch die Besucher auf der ersten Etage ihnen zusahen.

Rasch öffnete sie seine ledernen Hot Pants. Sie brauchte seinen Phallus nicht herauszuholen, denn er sprang aus der Hosenöffnung, als wäre er glücklich, endlich befreit zu werden.

Beth umschloss die Penisspitze mit den Lippen. Mithilfe ihrer Zunge ließ sie die Schokolinsen in ihrem Mund rotieren, sodass sie die Eichel wie ein sanftes Mahlwerk bearbeiteten. Dann und wann veränderte Beth die Rotationsrichtung.

Kade vergrub seine Hände in ihren Haaren und sie dachte schon, er wolle sie hindern, mit der Stimulation fortzufahren, doch das tat er nicht.

Sein Phallus richtete sich weiter auf und Beth nahm den

Penis tiefer in ihren Mund auf. Sie drückte die Schokolinsen gegen den heißen Schaft, gab ihn wieder ein Stück frei und ließ ihn erneut tief eindringen.

Es bereitete Beth Probleme, den Speichel, der durch das Naschwerk reichlich floss, herunterzuschlucken, ohne aufzuhören, Kade oral zu befriedigen. Aber sie gab ihr Bestes, um ihn zu verwöhnen, damit er alte Liebschaften vergaß und an sexuellen Abenteuern außerhalb ihrer Zweisamkeit kein Interesse bekam, was nicht leicht war, da die Versuchung in einem Swingerklub an jeder Ecke wartete.

Die süße Ummantelung der M&Ms begann sich aufzulösen, der Schokoladengeschmack wurde immer intensiver.

Noch immer rotierten sie in Beths Mund und verfeinerten den Oralsex. So etwas hatte Kade gewiss noch nicht erlebt, da war Beth sicher. Die sich bewegenden Linsen, der immense Speichelfluss, Beths kräftige Lippen und ihre Zungenschläge – dies alles entlockte Kade ekstatische Laute, die wie die schönste Musik in Bethanys Ohren klangen und sie ebenfalls erregten.

Sanft, aber bestimmt schob Kade sie von seinen Lenden fort. „Ich möchte in dir kommen, aber nicht in deinem Mund. Lass uns nach oben gehen, damit ich dich vor den Augen aller zum Schreien bringen kann."

Vor Schreck zerbiss Bethany die Schokolinsen und schluckte sie hinunter. Doch die Angst wich endgültig der Vorfreude.

Sie erhob sich, Kade nahm ihre Hand und führte sie eine steile Wendeltreppe hinauf in den kleinen Dachstuhl des Swingerklubs.

Ebenso wie der Darkroom war auch dieser Raum mit Matratzen ausgelegt, allerdings war er hell erleuchtet. Die Deckenlampen und schrägen Wände waren mit goldfädendurchwirkten orangeroten Tüchern verhängt worden, was das Ambiente exotisch anmuten ließ und im weitesten Sinne an einen Harem erinnerte.

Überall lagen oder saßen Pärchen, die sich entweder miteinander vergnügten oder den anderen Paaren beim Liebesspiel zusahen.

Kade zog Bethany in die Mitte des Dachzimmers.

Schüchtern folgte sie ihm. Nun bekam sie doch Muffensausen. „Können wir nicht an den Rand –"

„Nein", sagte er mit einer Stimme, die keinen Widerstand duldete. Er drückte sie auf den Boden.

Beth konzentrierte sich auf ihn in der Hoffnung, die fremden Menschen zu vergessen, die die Neuankömmlinge neugierig beäugten. Die Blicke machten sie nervös, aber sie machten Beth ebenfalls an. Sie sagte sich, dass es schlimmer als im SM-Keller nicht kommen konnte.

Kade zog seine Hotpants aus. Er stieg über Bethany, kniete sich zwischen ihre gespreizten Schenkel, und sie legte sich flach auf den Rücken. Liebevoll küsste er sie auf den Mund. Er strich seitlich an ihrem Körper entlang und betrachtete verzückt ihre Brüste.

Bethany atmete schwer. Ihr Brustkorb hob und senkte sich vor Aufregung und ihre Brustwarzen waren erigiert, ohne dass Kade sie bisher berührt hatte.

Das holte er nun nach. Während er seinen Phallus an ihrer Spalte rieb, massierte er ihren Busen vom Ansatz bis zu den Spitzen und zwirbelte diese zum Abschluss betörend sanft. Das Zwirbeln wurde stetig intensiver und er hörte immer dann auf, wenn Beths Atem rascher ging, um sich der anderen Brust zu widmen. Er wechselte ständig von einer Seite zur anderen, bis Bethany wie ein zufriedenes Kätzchen schnurrte.

Irgendwann griff Beth seinen Arm, um ihn daran zu hindern, fortzufahren. Sie sah ihm tief in die Augen. „Das

Vorspiel dauert schon den ganzen Abend. Lass uns endlich zum Finale kommen."

Kade lachte leise. Aber er sonnte sich nicht in seinem Triumph, weil er über sie und ihre Lust gesiegt hatte, sondern hob ihre Beine an, sodass ihre Füße zum Spitzdach zeigten, und lehnte ihre Waden gegen seine Schultern. Dann nahm er sein steifes Glied mit einer Hand. Er führte seine Penisspitze an Beths Öffnung und drang ohne Umschweife in sie ein.

Lasziv stöhnte Beth auf. Im ersten Moment war sie erschrocken über ihre heftige Reaktion, immerhin waren sie nicht alleine im Dachstuhl. Aber als Kade begann, behutsam in sie hineinzustoßen, war ihr dieser Umstand auf einmal egal.

Die fremden Frauen und Männer, die Zeugen waren, wie Beth vor Wollust zerfloss, waren ebenso freizügig. Der Night Owl Klub war ein lasterhafter Ort. Hier zeigte niemand mit dem Finger auf sie, sondern sie erntete sogar bewundernde Blicke. Außerdem war sie stolz, mit Kade zusammen zu sein. Er begehrte sie und keine der anderen Frauen.

Kraftvoll drang Kade in sie ein und drückte dabei ihre Oberschenkel gegen ihren Bauch. Nun war sie froh, den Pilateskurs zu besuchen, weil der Sport sie beweglicher machte.

Kade entlockte ihr Seufzer der Glückseligkeit. Er schlang seine Finger in die ihren und drückte ihre Hände über ihrem Kopf in die Matratze. Spielerisch kämpfte sie gegen ihn an, was ihn ermunterte, sie härter zu reiten. Seine Hoden schaukelten kräftig gegen ihr Becken, schmatzend drückte sein Phallus die Feuchtigkeit aus ihr heraus. Sein Drängen wurde leidenschaftlicher, er fiel in einen schnellen Rhythmus, der Beth den Atem raubte.

Sie keuchte und hörte, wie einer der Anwesenden einen Reisverschluss öffnete. Im Augenwinkel bemerkte sie ein Paar, das ein Stück näher heranrückte, um sie und Kade besser beobachten zu können.

Dann hörte und sah Bethany gar nichts mehr.

Ihre Erregung war so heftig, dass sich alles in ihr auf den nahenden Orgasmus konzentrierte, auf den sie lange hatte warten müssen. Aber das Warten hatte sich gelohnt, denn der Höhepunkt kam so schnell und heftig, wie Beth es noch nie erlebt hatte.

Der Orgasmus fegte wie ein Orkan durch ihren Körper und erschütterte sie vom Kopf bis zu den Zehenspitzen.

Vor den Augen der Anwesenden zuckte sie ekstatisch unter Kade, der sie weiterhin wie ein Wahnsinniger ritt. Sie stöhnte animalisch, krallte ihre Finger in die von Kade und drückte ihren Rücken durch. Verzweifelt japste sie nach Luft, als wäre sie von Sinnen oder vom Teufel besessen. Aber es war nur ein Orgasmus, der sie durchdringend erschütterte, weil Kade ihre Lust stundenlang angeregt hatte und sie das erste Mal wahrhaftig öffentlichen Sex hatte.

Dann versteifte sich Kade. Er gab einen kehligen Schrei von sich und brach über ihr zusammen.

Nun öffnete Bethany wieder ihre Augen und genoss den Anblick, der sich ihr bot.

Kade hatte sich auf seine Unterarme gestützt, um sie nicht mit seinem Gewicht zu belasten. Schweißperlen glänzten auf seiner Stirn. Sein Kopf hing erschöpft herab. Er schnaufte. Sein Glied war noch in ihr und erschlaffte langsam.

Dann legte er sich neben sie und zog sie in seine Arme.

Bethany verlor durch das Nachglühen jegliches Zeitgefühl. Sie konnte nicht sagen, wie lange sie einfach nur so lagen und die Nähe des anderen genossen. Zuerst kosteten sie die Glückseligkeit des Postkoitus aus, irgendwann nickten sie kurz ein und standen erst auf, als sie sich wieder einigermaßen frisch fühlten.

„Ich muss dringend etwas trinken“, meinte Beth und stemmte sich hoch. „Der Geschmack der Schokolinsen liegt mir immer noch auf der Zunge.“

Hand in Hand gingen sie ins Erdgeschoss. Während Beth Getränke besorgte, füllte Kade zwei Teller mit Köstlichkeiten vom Büfett. Bethany nahm an einem der Bistrotische Platz und sah zu ihm hinüber. Grübelnd drehte sie ihr Wasserglas in der Hand immer ein Stück weiter.

Nein, sie konnte sich beim besten Willen nicht vorstellen, dass Kade ein brutaler, skrupelloser Gangster war. Der Gedanke, er könnte zum organisierten Verbrechen gehören, war absurd! Es musste einen anderen Grund für seine Erpressung geben. Aber welchen?

Konnte er im Zeugenschutzprogramm sein und änderte deshalb sein Aussehen und trug seinen Ring nicht? Wie mochte sein Nachname lauten: Newman, Nightingale oder Neville?

Als Kade sich zu ihr an den Tisch setzte, schob Beth ihm lächelnd sein Glas hin und traf eine Entscheidung: Es war endlich an der Zeit zu handeln.

32. KAPITEL

Zwei Tage später traf sich Bethany mit Aaron im Public Garden.

Die 97.000 Quadratmeter des öffentlichen Gartens im Herzen von Boston waren aufgrund des sonnigen Maiwetters stark bevölkert. Angestellte verbrachten ihre Mittagspause in der grünen Oase, Mütter gingen mit ihren Kindern spazieren und Verliebte fuhren mit den Schwanenbooten, für die der Boston Public Garden berühmt war. Das Frühjahr zog die Menschen nach draußen.

Doch Bethany und Aaron waren nicht gekommen, um den Sonnenschein zu genießen.

Skeptisch sah sie zu, wie er aus einer abgegriffenen Plastikflasche einen dicken Strang Mayonnaise auf seinen Hot Dog presste. Er gab auch noch Relish, Senf, Pickles und Röstzwiebeln darauf. „Du schmeckst das Würstchen ja gar nicht mehr."

„Bist du sicher, dass du keinen Hot Dog möchtest?" Er stellte die Flasche zurück in die Vorrichtung des mobilen Hot-Dog-Verkaufstands. „Ich gebe einen aus."

„Sehr großzügig, aber ich bleibe bei meiner Cherry Dr. Pepper." Sie zwinkerte und hielt die 0,5-l-Flasche hoch.

Angewidert verzog er sein Gesicht. „Wie kann man nur so etwas trinken?"

„Wie kann man nur so etwas essen?" Beth zeigte auf den Hot Dog.

Aaron grinste und biss genüsslich hinein. Zwiebeln rieselten auf seine Uniform, aber er ignorierte es einfach. Immer wieder schaute er sich prüfend um, als befürchtete er, Sadie könnte ausgerechnet an diesem Tag mit Joey den Kinderspielplatz des Parks aufsuchen.

Sie verließen den Hot-Dog-Stand, gingen zu einer Parkbank und setzten sich.

„Danke, dass du in deiner Mittagspause Zeit für mich gefunden hast“, sagte Beth und stellte die Plastiktüte auf ihren Schoß. Sie hielt sie fest, als hätte sie eine Million Dollar darin versteckt. „Es tut mir leid wegen der hitzigen Diskussion bei unserem letzten Treffen.“

Aaron schluckte den Bissen hinunter. „Schwamm drüber. Was gibt's?“ Genüsslich leckte er die Würzsauce aus seinen Mundwinkeln.

„Wie kann man ein Handy orten?“, fragte sie ohne Umschweife.

Er wollte gerade ein zweites Mal in seinen Hot Dog beißen, hielt aber nun in seiner Bewegung inne. „Willst du Kades Handy lokalisieren lassen?“

Sie schüttelte den Kopf. Eigentlich hätte sie ihm die Wahrheit lieber vorenthalten, aber es gab keine andere Möglichkeit. Daher berichtete sie ihm davon, wie Kade sie vor Daryls körperlichem Übergriff in Lynn gerettet hatte.

„Er hat behauptet, er hätte mich gefunden, weil er mein Handy hat orten lassen“, endete sie.

„Das geht nicht so einfach, es sei denn, du gehörst zum FBI oder zur CIA, hast eine Sondergenehmigung und es liegt ein dringender Tatverdacht vor. Selbst die Polizei benötigt einen Beschluss von der Staatsanwaltschaft.“ Aaron biss von seinem Hot Dog ab. Gedankenversunken kaute er. Als er den Bissen herunterschluckte, hüpfte sein Kehlkopf. „Dein Provider könnte es selbstverständlich, darf es aber nicht. Aber selbst wenn er es tut, kann er nur einen Radius ausmachen, in dem sich das Handy befindet, und nicht deine genauen Koordinaten bestimmen.“

„Kann sich Kade als Mitarbeiter bei meinem Provider eingeschlichen haben?“

Er fing mit der Zungenspitze etwas Mayonnaise auf, die

von der Wurst tropfte. „Oder er hat sich in deren System eingehackt."

„Er macht mir nicht den Eindruck eines Hackers", wandte Beth ein. Eine Affinität zu Computern oder technischen Geräten generell hatte sie bei Kade noch nicht festgestellt.

Aaron zuckte mit den Achseln. „Vielleicht hat er auch seine Männer dafür."

„Hör auf, ihn als Kopf einer Verbrecherbande zu sehen", mahnte sie ihn und nahm einen Schluck Dr. Pepper. „Das ist einfach zu lächerlich. Du übertreibst maßlos!"

„Mag sein, dass ich als Cop überall Gangster sehe, aber erinnere dich an die falschen Namen, die er bei den Mietwagenfirmen benutzt hat. Semor, Hurst und Sanchez sind ermord…"

Sie unterbrach ihn scharf und umfasste die Plastiktüte fester. „Ich weiß. Aber gehen wir doch mal einen Moment davon aus, dass er ein Mensch ist, wie du und ich. Ein Normalo, dem zufällig das Überwachungsvideo aus der Jamaica Plain Shopping Mall in die Hände gefallen ist und der die Gunst der Stunde genutzt hat, weil … weil ich ihm gefallen habe."

Aaron schnalzte und aß weiter. Erst nach zwei weiteren Bissen murmelte er: „Es gibt da solche Firmen."

„Wovon redest du?", wollte Bethany wissen und setzte sich aufrechter hin.

„Sie bieten an, ein Handy mittels Standortbestimmung zu lokalisieren."

Sie riss erstaunt die Augen auf. „Und das ist legal?"

Aaron nickte und dämpfte seine Stimme, weil ein älterer Mann mit einer Gehhilfe an ihnen vorüberschlurfte. „Leider ja. Ich persönlich finde diesen Service bedenklich. Aber wenn du jetzt glaubst, du darfst jedes Mobiltelefon in den

Staaten, das dir beliebt, ausfindig machen lassen, hast du dich getäuscht. So einfach geht es nicht."

„Diese Firmen sichern sich irgendwie ab", mutmaßte sie.

„Diese Sicherheit ist ein Witz." Er schnaubte. „Man meldet sich an, macht einige wenige Angaben und bestätigt, dass die Person, die man orten lassen möchte, damit einverstanden ist."

„Das kann doch jeder behaupten."

„Genau", pflichtete er ihr bei. „Die Firma schickt zwar eine SMS an den Besitzer des zu lokalisierenden Handys, die er bestätigen muss –"

„Aber wenn jemand anderes, zum Beispiel ein eifersüchtiger Ehepartner, an besagtes Telefon herankommt, kann er auf die SMS antworten, ohne dass der Besitzer etwas davon weiß", führte sie Aarons Satz zu Ende.

Er nickte und lächelte verächtlich. „Und der Handyeigentümer wird über die Ortung auf Schritt und Tritt verfolgt, ohne einen blassen Schimmer davon zu haben."

„Wie ist das überhaupt technisch möglich?"

„Jedes Handy besitzt eine sogenannte International Mobile Equipment Identity, kurz IMEI. Der Provider kann über diese 15-stellige Seriennummer nachvollziehen, welches Handy sich in welchen Sendemast einwählt. Die IMEI ist so etwas wie der Fingerabdruck deines Handys."

„Fingerabdruck?" Bethany wurde hellhörig.

Sie öffnete die Plastiktüte und holte ein Sektglas heraus, wobei sie darauf achtete, es nur am Stil anzufassen. Am Tag zuvor hatte sie Kade zu sich nach Hause eingeladen und mit ihm eine Flasche Sekt geköpft. Behauptet hatte sie zwar, dass sie auf ihr Erlebnis im Swingerklub anstoßen wollte, weil sie den Besuch im Night Owl angeblich als einen Befreiungsschlag empfunden hatte, doch die Wahrheit sah anders aus.

Sie hielt Aaron das Glas hin. „Darauf wirst du neben meinen Fingerabdrücken auch Kades finden.“

Verdutzt lehnte sich Aaron gegen die Rückenlehne der Bank. Er bemerkte erst, dass er seinen Hot Dog schief hielt, als das Relish heruntertropfte, geradewegs auf sein Uniformhemd.

„Mist!“, schimpfte er und stand auf.

Er eilte zum Hot-Dog-Stand, riss drei Servietten aus der Box und tupfte über sein Hemd. Das machte es jedoch nur noch schlimmer.

Murrend kehrte er zur Parkbank zurück, warf die benutzten Servietten und den Rest seines Hot Dogs in den Mülleimer neben der Bank und nahm seufzend Platz. „Ich werde Kades Fingerabdrücke durch das AFIS jagen.“

„Unser Alltag ist voller Abkürzungen, nicht wahr?“, bemerkte Beth spitz.

Aaron lachte auf. „Und voller technischer Hilfsmittel. Ich spreche vom Automatisierten Fingerabdruckidentifizierungssystem, kurz AFIS, das es uns ermöglicht, Fingerabdrücke effektiv digital zu speichern und zu vergleichen.“ Er zeigte auf die Plastiktüte in Beths Hand. „Kann ich die zum Transport haben, damit ich Kades Abdrücke nicht zerstöre?“

Bethany reichte sie ihm. „Mein Mobiltelefon ist auch in der Tüte.“

Er nahm die Plastiktüte, öffnete sie und schaute stirnrunzelnd hinein.

„Hast du die Möglichkeit, das Handy auf Wanzen oder Ähnliches zu testen?“, fragte sie.

Erstaunt sah er auf. Dann erinnerte er sich offensichtlich wieder an das Telefonat, das sie im März geführt hatten. „Du meinst, wenn Kade Wanzen in deiner Wohnung versteckt hat, könnte er auch ebenso dein Telefon mit einem

Sender ausgestattet haben.“

„Ich weiß ja bisher nicht einmal, ob es tatsächlich Kade war, der mein Appartement verwanzt hat.“

„Sprich ihn vorerst nicht darauf an, sondern warte die Ergebnisse meiner Untersuchungen ab“, bat Aaron und legte das Sektglas vorsichtig in die Plastiktüte. „Eine Konfrontation wäre gefährlich. Er könnte aggressiv reagieren.“

Sie wollte gerade trotzig erwidern, dass er sich ihr gegenüber noch nie aggressiv verhalten hatte, als ihr einfiel, dass er sie sehr wohl schon mehrfach verbal bedroht hatte.

Das Liebesspiel im Sheraton Hotel war ungestüm gewesen, ohne ein Vorspiel hatte er sie genommen und hart gegen die Wand gehämmert. Und obwohl die Nacht im Night Owl lustvoll geendet hatte, konnte sie nicht leugnen, dass er sie gegen ihren Willen nackt und gefesselt dorthin verschleppt hatte. Sie vermochte nur nicht eindeutig zu sagen, ob er sie lustvoll verführt oder zur Leidenschaft genötigt hatte.

Bei Kade schienen die Grenzen von Gut und Böse zu verschwimmen.

33. KAPITEL

Die Situation war bizarr! Bethany fühlte sich, als wäre sie die tragische Hauptfigur eines Stephen-King-Romans. Kings Geschichten begannen stets idyllisch und entwickelten sich mit hundertprozentiger Sicherheit zu einem Albtraum.

„Herzlich willkommen", sagte Mantis lächelnd und reichte Kade die Hand. Er zog ihn förmlich in die Wohnung hinein, in der Blanche bereits wartete, um Beths Begleitung ein Glas Rotwein in die Hand zu drücken.

„Trinken Sie", munterte sie Kade auf. Als sie Beths vorwurfsvollem Blick begegnete, hob sie abwehrend beide Hände. „Ich habe noch keinen Schluck getrunken."

Bethany schloss die Eingangstür hinter sich. Ihre Mutter wirkte ungewohnt gelassen und sie befürchtete, dass Blanche zur Vorbereitung auf den Lunch Beruhigungstabletten genommen hatte. Normalerweise brauchte sie einige Zeit, um aufzutauen, wenn Besuch kam, was ohnehin selten war.

Als Lazy Beths Stimme hörte, kam er aus dem Schlafzimmer gelaufen. Er winselte und setzte sich erwartungsvoll vor sie hin. Bethany kraulte ihn ausgiebig hinter seinen Ohren, was er besonders gern mochte. Zufrieden legte er sich unter den Tisch in der Essecke.

„Wollt ihr wirklich grillen?" Skeptisch schaute Beth aus dem Wohnzimmerfenster. Dicke Regentropfen trommelten gegen die Glasscheibe. Schwere graue Wolken verhängten den Himmel und ließen erahnen, dass das Wetter an diesem Sonntag nicht aufklaren würde.

„Wir haben euch zum Barbecue eingeladen, also ziehen wir das auch durch." Freundschaftlich klopfte ihr Dad Kade auf die Schulter, sodass beinahe der Rotwein aus Kades Weinglas geschwappt wäre. „Grillen ist Männersache. Kommen Sie. Ich habe den Grill unter den Balkon gestellt. Dort steht er trocken und wir auch.“

Kade hob argwöhnisch seine Augenbrauen und sah Bethany an. Sie zuckte mit den Achseln. Widerwillig folgte er Mantis hinaus in den Garten.

Lazy hob kurz den Kopf und sah den beiden Männern nach. Doch er machte seinem Namen alle Ehre, legte sich wieder hin und döste faul weiter.

Während Beth mit ihrer Mom den Tisch deckte, fragte sie: „Was habt ihr vor?“

„Wir möchten nur deinen neuen Freund kennenlernen.“ Blanche wich ihrem Blick aus.

Wenn Beth die Chance dazu gehabt hätte, hätte sie dieses Barbecue auf jeden Fall verhindert. Aber ihr Dad hatte sie Anfang der Woche im Hausflur abgefangen und Kade persönlich eingeladen. Noch immer grübelte sie darüber nach, weshalb Kade die Einladung angenommen hatte. Er konnte ihren Vater nicht leiden, das hatte er mehr als einmal deutlich gemacht. Und auch ihren Eltern nahm sie die 180-Grad-Wendung nicht ab.

Sie sollte recht behalten. Während des Essens belauerten sich Kade und Mantis. Blanche wurde nicht müde, Kade Rotwein nachzuschenken, obwohl er mittlerweile hauptsächlich auf Mineralwasser umgestiegen war und lediglich hin und wieder aus Höflichkeit am Wein nippte. Auf der anderen Seite war Beth froh, denn wenn Kade die Flasche leer trank, konnte ihre Mutter den Rest nicht durch ihre Kehle entsorgen.

„Was sagten Sie, machen Sie beruflich?“, fragte Mantis beiläufig, als sie alle am Tisch saßen, und biss herzhaft in seinen Burger.

Kade nahm einen Schluck Wein und leerte gleich danach

sein Wasserglas zur Hälfte. „Erinnern Sie sich nicht? Ich studiere Medizin im letzten Semester."

„Ach ja, natürlich", sagte Mantis wenig glaubhaft.

Bethany verdrehte die Augen, aber ihr Vater ignorierte es einfach. Sie ärgerte sich über ihre Eltern. Ihr Dad führte offensichtlich unter dem Deckmantel einer Einladung zum Lunch ein Verhör durch und ihre Mom versuchte, Kade mit Wein abzufüllen, um seine Zunge zu lockern. Doch so leicht ließ sich ein gewitzter Mann wie er nicht aufs Glatteis führen.

„Auf welches Gebiet möchten Sie sich spezialisieren?", wollte Mantis wissen.

Aufgewühlt legte Beth ihre Hand auf Kades Oberschenkel, da sie befürchtete, er könnte das Thema ‚Gerichtsmedizin' ins Spiel bringen und sie zwingen, ihren Eltern ihre Ziele zu erläutern, wodurch Streit vorprogrammiert gewesen wäre.

Doch er antwortete: „Pädiatrie", worauf sie ihre Hand erleichtert wegnahm.

„Kinderheilkunde?" Blanche riss erstaunt ihre Augen auf. Hatte sie eben noch die Weinflasche angehoben, um Kade einzuschenken, so stellte sie die Flasche nun geräuschvoll auf den Tisch.

Auch Beth sah Kade verdutzt an. Wie kam er denn auf die Idee zu behaupten, er wolle Kinderarzt werden? War ihm das spontan eingefallen? Möglicherweise wollte er mit dieser Behauptung Sympathiepunkte sammeln.

Und er war erfolgreich damit, denn Blanches Gesicht strahlte mit einem Mal. „Ein wirklich toller Job. Was gibt es Schöneres als lachende Kinderaugen? Wenn ich noch einmal jung wäre, würde ich einen Beruf ausüben wollen, der etwas mit Kindern zu tun hat, denn sie sind das Kostbarste auf unserer Welt. Vielleicht Sozialarbeiterin und Familien betreuen. So viele Eltern kümmern sich nicht um ihren Nachwuchs. Sie lassen ihn unbeaufsichtigt und plötzlich ist er versch…“

„Du bist aber nicht mehr jung und wirst es auch nie wieder sein“, fiel Mantis ihr mit einer wegwerfenden Geste ins Wort.

„Man sollte seine Kinder hüten wie einen Schatz.“ Kade nahm sein Weinglas, prostete Blanche zu, als wolle er sich mit ihr verbrüdern, und trank. „Sie haben eben das Herz einer Mutter.“

Blanche wurde puterrot und wirkte mit einem Mal verunsichert. Sie klappte ihren Burger auf und entfernte die Gurkenscheiben, um sie gleich darauf separat zu essen.

„Von wem hat Beth ihren wundervollen braunen Teint geerbt?“ Kade schaute abwechselnd von Blanche zu Mantis. „Sie sind beide eher hellere Typen.“

Schwungvoll schob Bethany ihren Teller mit dem angeknabberten Rippchen von sich fort. Das Gespräch nahm eine Wendung, die ihr den Appetit raubte. Dennoch horchte sie wachsam.

„Von ihrer Grandma“, entgegnete Mantis mit vollem Mund und wischte sich mit einer Serviette den Ketchup vom Kinn. „Ich kann Ihnen Fotos von Granny zeigen, aber sie sind leider nur schwarz-weiß. Als sie die ersten Falten bekam, durfte niemand mehr ein Bild von ihr machen. Sie war sehr eitel.“

„Wie schade!“, gab Kade zerknirscht von sich.

Mantis grinste selbstgefällig. „Nicht wahr? Sie haben doch auch eine dunkle Hautfarbe. Haben Sie lateinamerikanische Vorfahren? Verzeihen Sie mir meine vielen Fragen, aber ich will schließlich wissen, mit wem meine Tochter ausgeht. Nicht, dass Sie Mitglied eines Drogenkartells sind.“

„Dad!“, brachte Bethany empört hervor und schlug mit der flachen Hand auf den Tisch. „Wie kannst du so etwas sagen?“

Aber in Wahrheit gingen ihr die Worte ihres Vaters durch Mark und Bein, da Aaron die gleichen Vermutungen geäußert hatte. Konnte es sein, dass die Liebe sie blind machte und sie deshalb nicht sah, was für alle anderen offensichtlich war?

„Meine Familie stammt nicht aus Lateinamerika“, antwortete Kade gelassen, „sondern aus Spanien.“

„Spanien?“, echote Blanche und fuhr auf. Sie hatte alle Gurkenscheiben gegessen, ihren Burger jedoch nicht angerührt. Das Fleisch musste mittlerweile kalt sein.

Bethany starrte Kade an, als könnte sie in seinen Kopf hineinsehen und seine Gedanken lesen, wenn sie sich nur genug anstrengte. Sagte er die Wahrheit oder spielte er seine Scharade bis zur Perfektion? Immerhin hatte er nicht einmal mit der Wimper gezuckt, als er Mantis bezüglich seines Berufs angelogen hatte. Er war abgebrüht genug, nicht nur sein Aussehen zu verändern, sondern auch eine Lügengeschichte um seine Identität zu weben.

„Wie und wann kam Ihre Familie in die Staaten?“ Mantis' Stimme gewann an Schärfe. Er legte seine Hand auf Blanches Rücken, als wolle er sie ermahnen, sich zusammenzureißen, worauf sich seine Frau versteifte und die Lippen fest aufeinanderpresste.

Kade verschränkte die Arme vor dem Oberkörper und überlegte. „Meine Eltern kamen vor 30 Jahren in die USA, um mit einem Mietwagen von der Ost- zur Westküste zu fahren. Damals war ich etwas älter als ein Jahr und schon auf meiner ersten großen Reise. Amerika hat uns einfach nicht wieder hergeben wollen.“

Blanche schaute Bethany an, obwohl sich ihre Frage

an Kade richtete. „Sie sind in Spanien geboren und in den Staaten aufgewachsen?“

„Das sagte er doch bereits“, fuhr Mantis sie an, woraufhin sie zusammenzuckte. Dann fixierte er Kade wie ein Adler seine Beute. „Wie heißen Sie eigentlich mit Nachnamen?“

Kade lehnte sich vor, stützte sich mit den Unterarmen auf dem Tisch ab und begegnete dem stoischen Blick seines Gegenübers mit der gleichen Intensität. „Velázquez, Kade Velázquez.“

Ein seltsames Schweigen legte sich über die Anwesenden. Die Atmosphäre war mit einem Mal eisig. Der Regen peitschte von außen gegen die Fenster. Es war so dunkel, als würde bereits die Dämmerung einsetzen.

Blanche, die plötzlich so blass war, als würde sie an Blutarmut leiden, griff die Weinflasche und goss ihr Wasserglas bis zum Rand mit Rotwein voll. Sie nahm das Glas und trank es in einem Zug leer, bevor irgendjemand sie davon abhalten konnte. „Danach habe ich mich schon die ganze Zeit gesehnt.“

„Mom!“ Bethany hoffte, dass sie mit ihrer Vermutung, ihre Mutter könnte Beruhigungstabletten genommen haben, falschlag. Beth machte sich ernsthafte Sorgen um sie, wollte die Situation aber nicht noch unangenehmer machen, als sie ohnehin schon war.

Das brauchte sie auch nicht, denn ihr Vater erledigte das schon. Wütend stand er auf und schob dabei den Stuhl so kraftvoll zurück, dass dieser umfiel. Lazy fuhr erschrocken auf und lief verängstigt ins Wohnzimmer. Während Mantis die Weinflasche nahm und in die Küche stapfte, um sie aufgebracht in den Mülleimer zu werfen, hob Blanche seinen Stuhl auf.

Nachdem sie sich wieder aufgerichtet hatte, hielt sie sich

den Bauch. „Mir ist übel."

„Geh ins Badezimmer! Du machst mit deinem Verhalten die Familie kaputt, merkst du das nicht?" Mantis kehrte aus der Küche zurück und riss sie auf die Füße. Er drängte sie in Richtung Bad und rief über die Schulter hinweg: „Es ist besser, wenn ihr jetzt geht. Deine Mutter hat mal wieder die Kontrolle über sich verloren."

„Soll ich einen Arzt rufen?" Bethany stand auf und wollte zum Telefon gehen, doch ihr Vater winkte ab.

„Ich regele das, wie ich immer alles geregelt habe", grollte Mantis und zeigte auf Kade. „Bring ihn hier raus."

Ihr Dad tat ja gerade so, als hätte sie das gemeinsame Barbecue initiiert, dabei hatte Beth nie und nimmer gewollt, dass Kade noch einmal mit Blanche und Mantis zusammentraf. Aber wie konnte sie auf Dauer mit einem Mann liiert sein, den ihre Eltern nicht akzeptierten?

Kade erhob sich und hielt sie am Oberarm fest. „Lass uns gehen, bevor die Emotionen deines Vaters explodieren."

„Du willst mich vor meinem Vater beschützen? Muss er mich nicht viel eher vor dir in Schutz nehmen?" Beth schnaubte abfällig.

„Ich befürchte, dass dein Vater seine Aggression mir gegenüber nicht mehr lange wird beherrschen können." Unnachgiebig verstärkte er seinen Griff. „Bevor die Situation eskaliert, möchte ich dich in Sicherheit bringen."

„Du hättest ja auch ein wenig freundlicher zu ihm sein können", wandte Bethany ein. Aufgebracht riss sie sich von ihm los.

„Jetzt bin ich schuld, dass deine Mutter alkoholabhängig ist und dein Dad sie wie Dreck behandelt?"

Beth ging ins Treppenhaus, damit ihre Eltern den Streit nicht mitanhörten. „Er reagiert nur so hitzig, weil er sich hilflos gegenüber Moms Sucht fühlt."

„Nein, Mantis hasst Blanche dafür, dass sie labil ist, weil sie eine Gefahr für ihn und seine inszenierte Welt darstellt."

„Wag es ja nicht, so über meine Eltern zu reden!", rief Bethany und rannte die Treppe hoch. Sie warf die Wohnungstür hinter sich zu und steckte ihren Schlüssel ins Schloss, damit Kade ihr nicht folgen konnte. Aber er versuchte es nicht einmal, sondern verließ das Haus.

Bethany fragte sich, wie sie mit der Tatsache umgehen sollte, dass Kade sie ständig anlog. Denn dass er schon wieder geflunkert hatte, lag klar auf der Hand. In seinem Ring, den sie auf dem Nachttisch im Sheraton Hotel gefunden hatte, standen die Initialen K.N. und nicht K.V.

Alles an Kade war mysteriös, aber auch ihre Eltern verhielten sich immer merkwürdiger. Hatte das seltsame Verhalten womöglich etwas mit Bethanys Geburt zu tun? Hatte Kade zufällig in eine offene Wunde gestoßen oder wusste er womöglich mehr? Nein, das konnte unmöglich der Fall sein! Oder doch?

In den kommenden Tagen ging Beth ihren Eltern aus dem Weg, und Kade meldete sich ohnehin nicht, sodass sie sich erst gar keine Ausrede für ihn auszudenken brauchte.

Da man ihr auf dem Amt mit großem Bedauern mitteilte, dass ihre Geburtsurkunde verschwunden sei – „Das ist uns noch nie passiert. Ein absoluter Einzelfall. Wir werden sofort Nachforschungen anstellen, können Ihnen aber nichts versprechen." – und sie weder ihre Mutter noch ihren Vater auf eine Kopie ansprechen wollte, suchte sie die Bibliothek der Boston University auf, um heimlich zu recherchieren.

An ihrem heimischen Laptop wollte sie nicht arbeiten, weil es gut möglich war, dass Kade das Notebook regelmäßig überprüfte. Sollte er tatsächlich ihr Mobiltelefon gehackt haben, hatte er sehr wahrscheinlich auch ihr Laptop präpariert.

Aaron wollte sie nicht mit ihren Fragen belästigen, denn er untersuchte ja bereits ihr Handy und Kades Fingerabdrücke auf dem Sektglas.

Außerdem war es an der Zeit, die Dinge selbst in die Hand zu nehmen. Sie wusste nicht mehr, wem sie noch trauen konnte, wenn selbst ihre Eltern ihr immer suspekter wurden und sich Daryl vor Eifersucht und Kränkung in ein Monster verwandelt hatte.

Bethany blickte sich in der Bibliothek um, als befürchte sie, Kade könnte ihr gefolgt sein, plötzlich hinter ihrem Rücken auftauchen und sehen, welche Begriffe sie in diverse Suchmaschinen eingab. Aber das geschah nicht.

„Los geht's", murmelte Beth aufmunternd. Sie holte einen Notizblock und einen Kugelschreiber aus ihrer Aktentasche und legte beides neben die Tastatur, obwohl sie natürlich auch Ausdrucke machen konnte. Ihre Finger fühlten sich wie elektrisiert an. „Fangen wir mit Maternity Help an."

Es würde leicht werden, Informationen über den Betrieb zu sammeln, hatte sie gedacht. Umso erstaunter war sie, dass Google keinen einzigen Eintrag fand. Sie benutzte Accoona, Ansearch USA und andere nationale Suchmaschinen, aber das war genauso ergebnislos. Weder in Web-Telefonbüchern noch in Online-Branchenverzeichnissen war ein Firmeneintrag hinterlegt worden.

„Das kann doch wohl nicht wahr sein!", zischte Bethany und raufte sich die Haare. War sie zu unfähig für eine Internetrecherche?

Ein junger Mann, der am Nebenplatz saß, sah sie vorwurfsvoll an, weil sie die Bibliotheksruhe und seine Konzentration störte. Er hatte rostbraunes Haar, sein Gesicht war übersät mit Sommersprossen und er trug ein rosafarbenes Poloshirt, das bis auf den letzten Knopf geschlossen war.

Anstatt sich zu entschuldigen oder verlegen zu schweigen, fragte sie: „Was ist das für eine Firma, die sich nicht im Internet präsentiert?"

„Eine, die nicht gefunden werden will", antwortete er im Scherz und lachte lautlos.

Bethanys Frage war eher rhetorisch gemeint gewesen, sie hatte nur laut nachgedacht. Aber nun brachte die Antwort des Studenten sie ins Grübeln.

Entweder war ihr Vater, der Gründer und Inhaber von Maternity Help, der unfähigste Manager, den es gab – was allerdings nicht zu der Tatsache passte, dass der Betrieb bereits mehr als zwanzig Jahre existierte –, oder er hielt den Firmennamen absichtlich aus dem World Wide Web fern.

Beth nahm den Kugelschreiber und kratzte sich gedankenversunken mit dem oberen Ende an der Schläfe. „Aber weshalb sollte sie das tun?"

„Illegale Machenschaften oder ein fester Kundenstamm", flüsterte ihr Tischnachbar und legte den Zeigefinger an seine dünnen Lippen, um Beth zu ermahnen, endlich still zu sein.

Säuerlich schaute sie ihn an, aber er war längst wieder in seine Arbeit vertieft. Es war gut, dass er sich wieder um seine eigenen Dinge kümmerte, denn er brachte Beth mit seinen Kommentaren gehörig durcheinander.

„Illegale Machenschaften, so ein Unsinn", brummte sie aufsässig, schwieg dann jedoch, um keinen Ärger zu bekommen und aus der Unibibliothek hinausgeworfen zu werden.

Ihr Vater war immer ein rechtschaffener Mann gewesen. Er arbeitete tagein, tagaus, um seiner Familie ein gutes

Leben bieten zu können. Obwohl sie sich nie einen Urlaub in Übersee hatten leisten können, waren sie doch hin und wieder weggefahren. Sollte man nicht ohnehin erst das eigene Land kennenlernen, bevor man andere Länder besucht?

Außerdem unterstützte er Bethany, wo immer er konnte. Er hatte extra ein Haus gekauft und überwies ihr regelmäßig einen kleinen Geldbetrag, damit sie nicht jobben musste und sich vollkommen auf ihr Medizinstudium konzentrieren konnte.

Im nächsten Moment plagten sie Zweifel. Warum hatte ihr Vater behauptet, einen Kredit aufgenommen zu haben, obwohl er das Haus bereits beim Kauf komplett bezahlt hatte? Müsste er nicht als Firmeninhaber genügend Geld verdienen, dass er Blanches Traum, einmal in ihrem Leben eine kleine Europarundreise zu machen, erfüllen konnte? Oder hatte er gar für die Reise gespart, die Summe dann aber in das Haus investiert?

Bestimmt gab es für diese Ungereimtheiten eine simple Lösung. Ihr Dad war ein verschwiegener Typ und versuchte, Beth vor allem Negativen abzuschirmen.

‚Maternity Help?', notierte Beth auf ihrem Schreibblock und unterstrich den Firmennamen mehrfach.

Als Nächstes durchsuchte sie das Internet nach ‚Mantis Hart'. Wenn schon nichts über die Firma zu finden war, dann vielleicht über den Inhaber. Wieder stimmten alle Suchmaschinen überein: „Es wurden keine mit Ihrer Suchanfrage übereinstimmenden Dokumente gefunden."

Dasselbe Ergebnis bekam Bethany, als sie ‚Blanche Hart' in die Suchzeile eingab.

Verzweifelt wandte sie sich an den Rothaarigen, der sie an Prinz Harry von England in jungen Jahren erinnerte. „Ist es nicht heutzutage so, dass über absolut jede Person etwas im Internet zu finden ist?“

Er schüttelte den Kopf. „Viele Surfer benutzen Nicknames, also Decknamen.“

„Decknamen“, wiederholte Beth und schluckte den Kloß in ihrem Hals herunter.

Wenn nichts über ihre Eltern im Internet stand und ihre Mutter das erste Mal mit ihr einen Kinderarzt besucht hatte, als Beth bereits anderthalb Jahre alt war, könnten sie bei Bethanys Geburt andere Namen getragen haben.

Plötzlich schoss ihr ein Gedanke durch den Kopf. War es möglich, dass nicht Kade sich in einem Zeugenschutzprogramm befand, sondern Blanche und Mantis Hart? Gaben sie sich deshalb so bedeckt? Verhielt sich ihr Vater Kade gegenüber so aggressiv, weil er Angst um seine Familie hatte und vermutete, dass ein Schatten aus der Vergangenheit Kade geschickt hat, um die Familie Hart auszuspionieren?

„Geht es dir nicht gut?“, fragte der junge Mann am Nachbartisch und schob ihr eine Packung Bonbons zu. „Vielleicht in dein Zuckerspiegel im Keller.“

„Alles in Ordnung.“ Zumindest körperlich, fügte Beth in Gedanken hinzu. Sie nahm sich ein Bonbon mit Melonengeschmack, steckte es in den Mund und reichte ihm die Packung. „Danke.“

Sie gab zerknirscht zu, dass sie die Gefahr, die von Kade ausging, unterschätzt hatte. Wie konnte sie sich ein Bild von einem Mann machen, von dem sie rein gar nichts wusste?

Die Leidenschaft und ja, auch die Liebe, die er in ihr geweckt hatte, hatten sie blind und taub gemacht, doch diese Zeit war nun vorbei. Sie war immer noch voller Sehnsucht nach ihm, würde sich aber von nun an nicht mehr von ihm und seinen Verführungskünsten einlullen lassen.

Bethany gab den Namen ‚Kade Velázquez' in die Suchmaske ein.

„Natürlich nichts." Sie seufzte, lehnte sich zurück und verschränkte die Arme vor dem Oberkörper. Die Suchmaschine hatte zwar zahlreiche Personen mit dem Nachnamen Velázquez gefunden, aber keinen Kade.

Viele der Verweise führten auf spanische und südamerikanische Homepages. Aus diesem Grund stach Beth ein englischsprachiger Link ins Auge, der zur Website einer Online-Zeitung führte und mit den Worten begann: „Spanische Familie im USA-Urlaub verunglückt ..."

Sofort musste Bethany an Kade denken.

„Meine Eltern kamen in die USA, um mit einem Mietwagen von der Ost- zur Westküste zu fahren. Damals war ich etwas älter als ein Jahr. Amerika hat uns einfach nicht wieder hergeben wollen."

Allerdings bezog der Artikel sich nicht auf ein Unglück, das Ende der siebziger Jahre, sondern im November 1985 geschehen war. Zeitlich passte der Bericht nicht zu Kade.

Trotzdem folgte Bethany dem Link aufgeregt. Sie konnte kaum ruhig sitzen bleiben. Ihre Hand zitterte leicht, als sie die Maus benutzte. Nachdem sie den Artikel aufgerufen hatte, schob sie beide Hände unter ihre Oberschenkel, weil sie eiskalt waren. Stumm las sie den Bericht:

Traumreise endet für Familie tragisch
Das spanische Ehepaar Lucia und Ruben Velázquez aus der Provinz Pontevedra in Galicien hatte sich einen lang gehegten Traum erfüllt. Anderthalb Jahre nach der Geburt ihrer Tochter Ana flogen sie nach New York, um die USA mit einem gemieteten Wohnmobil auf eigene Faust zu erkunden.

Doch die Reise wurde zum Albtraum für die junge

Familie. Bereits in New Jersey fand das Ehepaar auf ungeklärte Weise den Tod.

Die Kriminaltechnik des Newark Police Departments hat grüne Lackspuren an der Seite des Wohnmobils der Familie gefunden und geht zum jetzigen Zeitpunkt der Ermittlungen davon aus, dass es von einem grünen Fahrzeug gestreift wurde, worauf der Camper auf spiegelglatter Fahrbahn ins Schleudern geriet und von der Straße abkam. Die Fahrt endete im eiskalten Passaic River.

Der Unfallverursacher beging Fahrerflucht. Zeugen sind nicht bekannt. Lucia und Ruben Velázquez konnten nur noch tot geborgen werden. Von der kleinen Ana fehlt weiterhin jede Spur. Es wird vermutet, dass der Passaic sie mitgerissen hat.

Für sachdienliche Hinweise melden Sie sich bitte bei ihrer örtlichen Polizeidienststelle.

Vor Schreck verschluckte Bethany das Bonbon. Sie würgte und musste husten. Ihre Augen wurden feucht. Ob vom Husten oder vor Entsetzen über den Zeitungsartikel, vermochte sie nicht zu sagen.

Der junge Mann am Nachbartisch bot ihr ein Papiertaschentuch an, das sie dankbar annahm. Dann stand er auf und ging fort. Vermutlich hatte er genug von Beths Ruhestörungen.

Sie tupfte sich die Feuchtigkeit aus den Augenwinkeln und putzte sich die Nase. Während sie das Taschentuch in die Hosentasche steckte, las sie den Bericht ein zweites Mal. Beinahe bei jeder Zeile schüttelte sie ihren Kopf.

Als Kind hatte sie am Passaic River gespielt, denn er floss auch an Paterson vorbei, wo sie die ersten Jahre mit ihren Eltern gewohnt hatte. Sie konnte sich nicht an viel erinnern, da sie damals zu jung gewesen war, aber sie sah ihre Mutter vor ihrem geistigen Auge. Blanche holte sie vom Ufer weg, weil sie befürchtete, die kleine Beth könnte in den Fluss fallen.

„New Jersey“, sprach Beth atemlos.

In diesem Staat hatte sie ihre ersten Lebensjahre verbracht … und das Ehepaar Velázquez den Tod gefunden. Aber Lucia und Ruben hatten keinen Sohn gehabt, der Kade hätte sein können, sondern eine anderthalbjährige Tochter. Als Beth anderthalb Jahre alt gewesen war, hatte Blanche sie das erste Mal bei Dr. Bone, dem Kinderarzt in Paterson, vorgestellt. War das ein Zufall?

Was hatte das zu bedeuten?

Beth quälten böse Vorahnungen. Zuerst wagte sie nicht, den Gedanken zu Ende zu bringen, doch dann zwang sie sich dazu. Egal, wie schmerzhaft die Realität war, sie musste ihr endlich ins Auge blicken und Gewissheit haben.

Kaum hörbar flüsterte Bethany: „Bin ich dieses Mädchen? Wurde ich als Ana Velázquez in Spanien geboren?“

Konnte es sein, dass die Familiengeschichte der Harts eine Lüge war und sie vor 21 Jahren einen tödlichen Unfall verursacht hatten? Oder hatte der Passaic River ihnen die kleine Ana in die Hände gespült und sie hatten sie einfach behalten? War Kade ein Bekannter, oder schlimmer, ein Verwandter der Eheleute Velázquez – was ihre Liebesspiele in ein anderes Licht rücken würde –, der sich auf die Suche nach der verschollenen Ana gemacht hatte?

Oder waren Blanche und Mantis in Wahrheit Lucia und Ruben und hatten sich mithilfe der Polizei eine neue Identität zugelegt, weil sie sich im Zeugenschutzprogramm befanden? War ihr Tod nur vorgetäuscht worden? Hatten sie damals in einem Gerichtsprozess gegen jemanden aussagen müssen, der nun nach all den Jahren Kade geschickt hat, um Rache zu üben?

„Zu viele Fragen“, stellte Beth fest. Aber sie würde bald ihre Antworten erhalten. Es war an der Zeit, ihre Eltern und auch Kade mit ihrem Wissen zu konfrontieren und sie zu zwingen, ihr die Wahrheit zu offenbaren – mit allen Konsequenzen.

Nur eine Sache musste sie vorher noch erledigen.

34. KAPITEL

„Wenn ich im Internet nichts über Maternity Help erfahre“, murmelte Bethany halblaut vor sich hin, während sie ihre Turnschuhe zuband, „dann muss ich eben vor Ort ermitteln.“

Sie richtete sich auf und ging an Lazy, der an zentraler Stelle im Wohnbereich lag, um alles im Blick zu haben, ohne sich bewegen zu müssen, vorbei ins Schlafzimmer, um sich im Ganzkörperspiegel zu betrachten. Alles, was sie trug, war schwarz: das langärmelige T-Shirt, die Cargohose und die Schuhe. Sie sah aus wie eine Einbrecherin.

Das entsprach der Realität, zumindest bald. „Fehlt nur noch die schwarze Sturmmaske“, witzelte sie.

Bethany suchte das Bad auf und band ihre Haare mit einem Haargummi zusammen. Nachdem sie sich noch einmal vorsorglich erleichtert hatte, ließ sie die Jalousien in ihrem Appartement herunter, aber nur so weit, dass noch etwas Licht von innen nach außen drang. Alles sollte so erscheinen, als wäre sie zu Hause.

Plötzlich klingelte das Telefon. Lazy richtete sich alarmiert auf, bellte jedoch nicht.

Bethany schrak zusammen. Sie fühlte sich bereits jetzt schuldig, dabei hatte sie noch gar nichts Unrechtes getan.

Mit klopfendem Herzen eilte sie zum Telefon, das auf dem Wohnzimmertisch lag. „Bethany Hart“, meldete sie sich und ließ sich auf das Sofa fallen.

„Aaron hier.“ Er sprach sehr leise und es hörte sich so an, als würde er die Hand über Mund und Mikrofon halten, damit seine Stimme nicht durch die Wohnung schallte. „Ich muss mich kurz fassen, da ich von zu Hause anrufe. Vom Büro aus habe ich dich nicht erreichen können. Zigmal habe ich tagsüber durchgeklingelt. Bethy, du musst dir dringend einen Anrufbeantworter anschaffen."

„Brauche ich nicht", widersprach sie. „Ich habe doch ein Handy, auf dem man mich so gut wie immer erreichen kann."

„Es sei denn, ein alter Bekannter, der zufällig ein Cop ist, trägt es mit sich herum."

Sie lachte nervös. „Ja, natürlich."

„Sadie sitzt vor dem Fernseher, aber sie könnte jeden Moment ins Obergeschoss kommen, um zu prüfen, ob Joey ausnahmsweise einmal schläft, und mich erwischen", sprach er gehetzt.

„Ich habe Verständnis dafür. Du gehst meinetwegen ein großes Risiko ein." Bethany fand die Situation grotesk. Sie verhielten sich, als würden sie miteinander fremdgehen, dabei waren die Fronten seit dem One-Night-Stand im Highland Park geklärt.

„Lass uns gleich zum Wesentlichen kommen", bat er. „Dein Mobiltelefon ist sauber."

„Keine Wanze? Kein Chip, der nachträglich eingebaut wurde und meine Daten an einen Fremden übermittelt?"

„Definitiv nicht. Dein Handy wurde nicht verändert, was bedeutet, dass Kade es über einen Sendemast hat lokalisieren lassen", schlussfolgerte er. „Das schließt zwar eine Möglichkeit aus, hilft uns aber auch nicht wirklich weiter."

„Wir müssen den Provider befragen oder die Firmen, die Handyortungen durchführen –"

Ungeduldig unterbrach Aaron sie. „Nein, besser nicht. Dazu haben wir nicht die Autorität, das geht zu weit. Womit wir beim zweiten Gegenstand wären, den du mir gegeben hattest."

„Das Sektglas mit Kades Fingerabdrücken." Bethany horchte auf. „Nun sag schon. Spann mich nicht länger auf die Folter."

„Sie sind tatsächlich in unserer Datenbank registriert."

„Nein!", entfuhr es ihr. Beth setzte sich aufrecht auf der Couch hin. Lazy kam zu ihr, aber sie streichelte ihn nicht. Enttäuscht legte er sich hin und bettete seinen Kopf auf ihre Schuhe. „Und?"

„Nichts."

„Das verstehe ich nicht."

„Die Datenbank rückt keine Informationen heraus", erklärte er gereizt. „Die Datei ist passwortgeschützt und kann nur von ganz oben eingesehen werden. Ich bin nur ein einfacher Officer. Bethy, es tut mir leid, aber ich habe keine Möglichkeit, mir Zugang zu verschaffen."

Das konnte sie absolut nicht nachvollziehen. Für sie machte es eher den Eindruck, als hätte er die Nase gestrichen voll von der privaten Ermittlung für seine Exfreundin; einer Ermittlung, die seinen Job und seine Ehe gefährdete. „Du kennst doch eine Menge Leute, hast ein gutes Verhältnis zu deinen Kollegen. Könntest du nicht –?"

„Nein!", antworte er nachdrücklich. „Man würde mir Fragen stellen. Meine Beförderung zum Detective könnte ich vergessen."

„Hast du die Prüfung schon gemacht?"

„Sie ist in einer Woche." Aaron atmete geräuschvoll aus. „Ich weiß nicht, was da vor sich geht, aber du solltest die Polizei offiziell einschalten. Wenn Kades Akte unter Verschluss ist, bedeutet das nichts Gutes. Eine höhere Abteilung beschäftigt sich mit ihm. Das ist zu heiß für mich. Ehrlich. Und für dich erst recht."

Bethany wollte ihn fragen, ob das ein Hinweis darauf war, dass Kade zum organisierten Verbrechen gehörte, aber sie hörte im Hintergrund, wie Sadie nach ihm rief. Was immer der Grund war, es musste eine schwerwiegende laufende Ermittlung gegen Kade geben.

„Ich muss Schluss machen. Joey geistert durchs Haus, weil er mal wieder nicht schlafen kann“, sagte Aaron eilig. „Das Glas und dein Mobiltelefon schicke ich dir morgen per Kurier. Bis bald.“

„Bye“, konnte Beth gerade noch sagen, bevor er aufgelegt hatte.

Tausend Gedanken schwirrten durch ihren Kopf, aber sie verbot sich, darüber nachzudenken. Erst wenn sie alle Puzzleteile zusammenhatte, würde sie das Gesamtbild erkennen können. Und sie ahnte, wo sie das nächste Teil erhalten würde: bei Maternity Help.

Bethany nahm ihre MiniMaglite und das Schlüsselbund ihres Vaters und steckte beides in die Oberschenkeltaschen ihrer Cargohose.

Als sie durch das Treppenhaus ins Erdgeschoss und an der Wohnungstür ihrer Eltern vorbeischlich, dachte sie daran, wie sie nach dem Besuch in der Unibibliothek zum Wal-Mart gefahren und eingekauft hatte. Das war sechs Stunden her.

Mit einem Sixpack Ale und einer Packung Kekse hatte Beth bei ihren Eltern angeklopft, um angeblich Versöhnung mit ihnen zu feiern. Ihr Dad hatte sie bereitwillig hereingelassen. Er war sichtlich erleichtert, dass Beth ohne Kade kam.

„Wo ist Mom?“, fragte sie und schaute ihrem Vater nach.

Er ging in die Küche und kramte in der Besteckschublade nach einem Flaschenöffner. „Sie liegt schon im Bett.“

„Hat sie wieder getrunken?“ Beth stellte sich in den Türrahmen und streichelte über Lazys Kopf. Der Neufundländer war plötzlich neben ihr aufgetaucht. Sein Fell war feucht, er musste gerade erst von einem Spaziergang zurück sein.

Geräuschvoll schob Mantis eine Schublade zu und durchsuchte die nächste. „Nein, sie ist mittlerweile auch ohne Wein durch den Wind. Sie hat sich verändert, das ist nicht gut für unsere kleine Familie."

„Ich schau mal nach ihr", sagte Bethany und ging ins Schlafzimmer ihrer Eltern.

Blanche lag im Bett, das Gesicht zum Fenster gewandt.

„Mom?" Bethany sprach leise. Wenn ihre Mutter schon schlief, wollte Beth sie nicht aufwecken.

Aber Blanche war noch wach und drehte sich auf den Rücken. Als sie ihre Tochter erkannte, lächelte sie. „Bethy."

„Ich habe dir deine Lieblingskekse mitgebracht."

„Danke, aber heute bin ich zu erschöpft, um sie genießen zu können. Ich werde sie morgen Nachmittag bei einer Tasse frisch gemahlenem und aufgebrühtem Kaffee essen und dich, mein Schatz, lade ich ein, mir Gesellschaft zu leisten. Nur wir beiden Frauen. Wir müssen miteinander reden."

Wollte Blanche sich von Mantis trennen? Bethany legte die Keksschachtel auf den Nachttisch und setzte sich auf den Bettrand. „Geht es dir gut? Dad meinte –"

„Dein Vater meint so vieles. Ich bin in Ordnung", antwortete ihre Mutter und tätschelte ihren Unterarm.

Fest drückte Beth ihre rechte Hand. „Lass dich nicht von ihm unterkriegen."

„Ganz bestimmt nicht. Ich habe Mantis heute Morgen das erste Mal seit zwanzig Jahren meine Meinung gesagt. Seitdem spricht er nicht mehr mit mir. Aber er kriegt sich schon wieder ein." Sie streichelte Bethanys Handrücken und steckte ihre Arme unter die Decke. „Jetzt lass mich bitte schlafen. Ich bin müde, so unendlich müde."

Bethany küsste sie auf die Wange, bevor sich ihre Mutter wieder auf die Seite drehte, und ging zu ihrem Vater, um das Versöhnungsbier mit ihm zu trinken. Dies war nicht der richtige Zeitpunkt, um ein ernstes Wort mit ihm zu sprechen, damit er ihre Mutter besser behandelte. Das musste bis morgen warten.

Für heute Abend hatte sie andere Pläne.

Sie wartete, bis ihr Vater, der fünf der sechs Flaschen Bier trank, das Badezimmer aufsuchen musste, und stahl sein Schlüsselbund aus der Tasche seiner Jacke, die über einem Stuhl in der Essecke hing. Vor dem Morgengrauen würde sie es zurückbringen, er würde den kurzfristigen Verlust gar nicht merken.

Beth nahm Lazy mit, damit er die Nacht in ihrer Wohnung verbrachte und sie später nicht stören würde, wenn sie sich in das Appartement ihrer Eltern stahl. Nun wartete er in ihrer Wohnung darauf, dass sie zurückkehrte, aber das würde noch einige Stunden dauern.

Auf leisen Sohlen verließ sie das Haus. Sie sprintete eine kleine Gasse entlang, die sich zwischen dem Haus ihrer Familie und dem Nachbarhaus befand und zur Fountain Road führte, die parallel zu Seige Road verlief. Dort hatte Beth vorsorglich ihren Wagen abgestellt.

Sie stieg in ihren orangefarbenen Pontiac. Hoffentlich hatten ihre Eltern nicht bemerkt, dass sie zu später Stunde noch wegging. Sie wollte sich keine Lügengeschichten einfallen lassen müssen.

Außerdem befürchtete Beth, dass Kade sie beobachten könnte. Während sie den Firebird startete und in niedrigem Gang aus der Fountain Road fuhr, schaute sie sich immer wieder um, aber niemand folgte ihr.

Die Anwohner schienen alle zu schlafen. Die Straßen in Roxbury waren leer. Nur hin und wieder begegnete Bethany einem anderen Auto. Hier und da riss das Band aus Regenwolken auf und gab den Blick auf vereinzelte Sterne frei.

Sie lenkte ihren Pontiac aus Boston heraus nach Braintree. Im Industriegebiet der Vorstadt befand sich das zweistöckige Gebäude von Maternity Help. Damit der Wachmann sie nicht bemerkte, parkte sie in der Nähe der Kreuzung und lief die Vellum Street entlang, um im Schutz einer Eiche zum Pförtnerhäuschen zu spähen.

Der alte Carl Pickman arbeitete seit beinahe zehn Jahren für Maternity Help und besserte mit dem Job seine Rente auf. Er übernahm freiwillig die Nachtschicht, um die Nachtzulage zu kassieren. Außerdem sagte er, die Stundenuhr würde für ihn ablaufen und er wolle seine Zeit nicht mit Schlafen vergeuden.

Obwohl er an die siebzig Jahre alt war, entging ihm nichts. Er hatte Augen wie ein Adler, hörte einen Wagen kommen, bevor er in die Vellum Street einbog, und trug eine Remington bei sich.

Der Revolver machte ihn gefährlich. Pickman war nicht zu unterschätzen. Wie ein Bullterrier war er bereit, sich auf alles zu stürzen, das ihm suspekt erschien. Für seinen Einsatz steckte ihm Mantis gerne mal ein paar Dollar extra zu.

Bethany verdrängte den Gedanken an die Pistole. Ihr Magen rebellierte vor Aufregung, als sie beobachtete, wie Pickman die Pförtnerloge abschloss, um sich auf seinen Rundgang zu machen, und sie wünschte, sie hätte das Bier nicht getrunken.

Er kam auf den kleinen Parkplatz vor dem Gebäude, auf dem gerade mal vier Fahrzeuge abgestellt werden konnten, und reckte sich. Sein Blick ging zu den Wolken, hinter denen dann und wann die Halbmondsichel hervorlugte.

Beth kauerte nur wenige Schritte von ihm entfernt. Sie konnte das Gürtelholster sehen, weil sich seine Uniformjacke durch das Strecken seiner Arme gehoben hatte. Die Uniform hatte Mantis ihm zu seinem 5-jährigen Jubiläum gekauft und Carl war so stolz auf sie, dass er seitdem nichts anderes mehr zum Dienst getragen hatte, was man dem dunkelblauen Anzug inzwischen auch ansah.

Carl schlenderte zur linken Seite des Gebäudes, leuchtete mit seiner Taschenlampe die Fenster ab und verschwand hinter dem Haus.

Bethany nutzte die Gelegenheit. Sie sprang hinter der Eiche hervor und rannte über den Parkplatz, als wäre der Teufel persönlich hinter ihr her. Mit dem Rücken drängte sie sich eng an die Wand, die sich gegenüber dem Wachhäuschen im zurückgelagerten Eingang des Baus befand. Am hinteren Ende sah Beth eine Glastür, die ins Treppenhaus führte.

Prüfend schaute sie sich um. Maternity Help hatte immer noch kein Alarmsystem eingebaut. Es gab keine Kameras und keine modernen Schlüsselkarten, sondern lediglich eine normale Schlüsselanlage, als hätte die Firma nichts zu verstecken.

Aber das musste nicht der Wahrheit entsprechen, denn ihr Dad hatte einmal gesagt: „Je aufwendiger ein Haus gesichert ist, desto eher weckt es das Interesse von Einbrechern, weil sie vermuten, dass der Eigentümer etwas Wertvolles zu beschützen versucht."

Vielleicht hatte ihr Vater eine Vorliebe dafür, tiefzustapeln.

Plötzlich hörte Bethany Schritte. Auf dem Parkplatz flackerte immer wieder ein Licht auf. Sie hörte Carl Pickman fluchen, weil die Batterien seiner Taschenlampe fast leer waren. Er kam offensichtlich zurück zur Pförtnerloge, um neue Batterien zu holen.

Beths Herz pochte so heftig, dass das Blut in ihren Ohren rauschte. Nervös kramte sie das Schlüsselbund ihres Vaters aus der Cargohose. Die Schlüssel rasselten, das Geräusch klang erschreckend laut in der Stille der Nacht.

Sie musste sich beeilen. Pickman durfte sie nicht entdecken, weil sonst ihr Vater erfuhr, dass sie Maternity Help ausspionierte. Bei dem Gedanken bekam sie eine Gänsehaut.

„So weit ist es schon gekommen", murmelte Beth betrübt und probierte den ersten Schlüssel aus.

Einige Schlüssel waren ihr durchaus bekannt, wie beispielsweise der von der Haustür und vom Wagen ihrer Eltern, aber es gab auch drei, von denen sie nicht wusste, zu welchen Türen sie gehörten.

Dieser ließ sich nicht einmal ins Schloss stecken.

Beth schaute fahrig über ihre Schulter. Ihr Atem ging rascher, als sie den nächsten Schlüssel testete. Er passte zwar ins Schloss, ließ sich jedoch nicht herumdrehen. Sie seufzte leise.

Die Schritte kamen immer näher. Dann hielt Pickman an und schlug die Taschenlampe gegen die Fassade, was Bethany nicht sehen, aber hören konnte, denn er stand gleich um die Ecke. Sie war sich nicht sicher, ob er das tat, weil er wütend war oder weil er vermutete, dass die Lampe einen Wackelkontakt hatte.

Beth versuchte den Schlüssel aus dem Türschloss zu ziehen, doch er hatte sich verhakt. Fest riss sie daran, aber er steckte fest. Erst nachdem sie ihn einige Male wütend hin und her gedreht hatte und grob daran riss, konnte sie ihn endlich aus dem Schloss entfernen.

Ihre Hände zitterten mittlerweile. Sie gestand sich ein, dass sie nicht abgebrüht genug war, um als Einbrecherin bestehen zu können.

Reiß dich zusammen, dachte sie und probierte den dritten Schlüssel aus. Er glitt problemlos ins Schloss und ließ sich drehen. Geschmeidig ging die Tür auf.

Kurz bevor Pickman um die Ecke bog, huschte Beth ins Treppenhaus. Durch das Glas der Tür konnte sie den flackernden Lichtkegel seiner Lampe sehen.

Bebend stand sie stocksteif da, presste ihren Rücken an die Wand und horchte, ob der Wachmann zur Pförtnerloge ging oder in ihre Richtung kam.

Dabei fiel ihr Blick auf die Tür. Wie in Zeitlupe fiel sie zu. Beth befürchtete, dass Pickman durch das Klacken auf sie aufmerksam werden würde, und löste sich aus ihrer Erstarrung. Gerade noch rechtzeitig stellte sie ihren linken Fuß in den Türspalt.

Nun stand sie ein Stück weit offen. Das könnte seine Aufmerksamkeit ebenso erregen. Daher neigte sich Bethany vor und spähte vorsichtig zur Loge. Pickman stand zwar mit dem Rücken zu ihr und tauschte die Batterien seiner Taschenlampe aus, aber die Tür des Pförtnerhäuschens stand offen.

Beth blieb nichts anderes übrig, als zu handeln. Sie musste das Risiko eingehen, dass er sie hören könnte, denn er konnte genauso gut die offen stehende Eingangstür bemerken oder seinen Rundgang durch das Treppenhaus fortsetzen.

So leise wie möglich machte sie die Tür zu. Als Beth sie ins Schloss gleiten ließ, hielt sie die Luft an. Es klackte kaum hörbar. Dann war es still.

Erleichtert atmete Bethany aus. Sie öffnete die Tür im Erdgeschoss, schlüpfte hindurch und schob sie sofort wieder hinter sich zu. Hatte eben noch das Licht von Pickmans Loge durch die Glastür das Treppenhaus erhellt, so stand Beth nun im Dunkeln.

Sie schaltete ihre MiniMaglite an und leuchtete auf den Linoleumboden. Alle Türen standen offen, aber als sie den Gang entlangschritt, sah sie, dass die Jalousien heruntergelassen waren.

„Alle Büros sehen unbenutzt aus“, sprach sie zu sich selbst. Sie sah weder Computer noch Akten oder Schreibmaterial.

Verwundert schritt sie weiter und kam zu einer Art Lager, in der Pillendosen palettenweise gestapelt waren. In der Mitte stand ein massiger Tisch, unter ihm entdeckte Beth Verpackungsmaterial. Sie vermutete, dass hier die Folsäuretabletten verpackt und verschickt wurden. Als sie die Wand ableuchtete, erkannte sie eine Jalousie, die von der Decke bis zum Boden reichte. Dahinter musste sich die Anlieferung befinden.

Aber was war mit anderen Darreichungsformen, beispielsweise Folsäurezusatz im Essen und wässriger Lösung für Injektionen? Bethany sah ausnahmslos Pillendöschen.

Im Erdgeschoss befand sich auch nicht das Labor, das Daryl erwähnt hatte. Vielleicht würde sie es im ersten Stock finden, denn einen Keller besaß das Gebäude nicht.

Bethany lief auf leisen Sohlen durch den Flur zurück zur Eingangstür, immer bemüht, den Lichtstrahl ihrer Maglite von den Fenstern fernzuhalten. Es konnte durchaus möglich sein, dass das Licht durch Ritzen in den Jalousien nach außen drang.

Als sie ins Obergeschoss hastete, schaltete sie ihre Lampe aus und nahm zwei Treppenstufen auf einmal. Erst in den oberen Büroräumen brauchte sie ihr Licht wieder, denn wie in der unteren Etage war es auch hier stockfinster.

Endlich fand sie Büros, die tatsächlich genutzt wurden, und spürte eine gewisse Erleichterung. Aber das Gebäude schien nicht ausgelastet zu sein, es gab genügend Raum für betriebliches Wachstum. Weshalb machte Maternity Help dann keine Internetwerbung? Wollte ihr Vater nicht mehr Gewinn erzielen? Er dachte doch daheim sehr wirtschaftlich. Bethany konnte sich nicht vorstellen, dass er als

Firmenchef versagte.

Ein Labor entdeckte sie jedoch nicht. Wollte Daryl sie nur ködern, damit sie ihn heiratete? Was hätte er gemacht, wenn sie auf sein Angebot eingegangen wäre? Sie traute ihm zu, dass er ein Labor einrichtete, nur damit sie in seiner Nähe war und er sie im Auge behalten konnte, wenn sie schon nicht sein Heimchen am Herd werden wollte.

Welch eine Horrorvorstellung!

Beth betrat das Büro am Ende des Gangs. Es war nur das Vorzimmer eines weiteren, größeren Büros.

Sie ging an einer offen stehenden Tür vorbei und leuchtete im Vorübergehen hinein. In dem fensterlosen Kämmerchen standen nur ein Kopierer und Büromaterial, nichts Aufregendes, daher schenkte sie dem kleinen Lager keine Beachtung und schritt geradewegs in den zweiten Raum.

Auf dem großen Eichentisch bemerkte sie einen Bilderrahmen aus schwarz glänzendem Metall. Sie drehte ihn um. Es handelte sich um die gleiche Fotografie, die seit der Trennung von Daryl in der untersten Schublade ihres Wohnzimmerschranks lag. Das an Weihnachten gemachte Foto von Blanche, Bethany, Daryl und Mantis.

„Vor fünfeinhalb Monaten war die Welt noch in Ordnung", sagte Beth zu sich selbst und korrigierte sich zähneknirschend: „Nein, schon damals lag einiges im Argen. Ich wusste nur nichts davon."

Sie vermutete, dass dies das Büro ihres Vaters und nicht Daryls war, weil Daryl das Erinnerungsfoto bestimmt nicht mehr auf seinem Schreibtisch stehen hatte.

Zielstrebig ging Beth zum Aktenschrank, öffnete die oberste Schublade und leuchtete hinein. Sie nahm einige Unterlagen heraus, fand aber nur Rechnungen über den Verkauf kleinerer Mengen Folsäuretabletten.

Dann nahm sie sich den Schreibtisch vor. Sie durchforstete den Schriftverkehr und fand sogar einige Verträge, die von Mantis Hart unterschrieben waren. Er hatte Anteile an einem pharmazeutischen Betrieb in La Crosse, Wisconsin, gekauft. Dafür belieferten sie ihn mit Folsäurepillen und druckten sogar den Namen Maternity Help auf die Verpackung.

„Maternity Help ist trotz der Anteile nicht viel mehr als ein Distributor", murmelte sie. „Und nicht einmal ein guter, weil sie sich nicht um den Vertrieb kümmern."

Wo verbrachte ihr Vater seine Zeit, wenn er behauptete, Zusatzschichten machen zu müssen? In diesem Gebäude bestimmt nicht.

Hier gab es nicht viel zu tun, auch brauchte ein solcher Kleinbetrieb keinen Geschäftsführer, wenn der Besitzer selbst mit im Betrieb arbeitete. Wenn Daryl in diesem Unternehmen überflüssig war, wofür hatte Mantis ihn dann eingestellt?

Nichts sah nach Aufschwung aus, sondern eher als würde die Firma vor sich hinvegetieren. Das passte so gar nicht zu ihrem Dad. Hatte er kein Interesse an Maternity Help? Worin investierte er dann seine Zeit und Energie?

Bethany hoffte inständig, dass er kein Verhältnis mit einer anderen Frau hatte und bei ihr war, wenn er vorgab, arbeiten zu müssen.

Dann entdeckte sie ein weiteres Schriftstück. Es lag unter der Schreibtischauflage, nur eine Ecke lugte hervor. Beth zog es raus und leuchtete es an.

„Ein E-Mail-Ausdruck." Sie überflog ihn. „Dear Mary und Jasper Cardigan, ich weiß, dass Mr. Easey sich für Sie ausgesprochen hat und wir bereits die Auswahlkriterien besprochen hatten, aber widrige Umstände zwingen mich dazu, das Geschäft zu annullieren. Es tut mir leid, aber Sie werden bestimmt einen anderen Weg finden, Ihren Kinderwunsch zu realisieren. In Hochachtung, Michael Humphrey."

Mr. Easey? Konnte es ein Tippfehler sein und Veasey heißen? Und wer mochte dieser Humphrey sein? Die Initialen des Unterzeichners beschworen eine böse Vorahnung herauf. Beths Magen krampfte sich zusammen.

Plötzlich hörte sie, wie die Etagentür aufgeschoben wurde. „Merkwürdig, ich hatte sie beim letzten Rundgang doch wieder abgeschlossen." Es war Carl Pickmans kratzige Stimme.

Sofort schaltete Beth ihre Maglite aus. Sie beeilte sich, die Unterlagen wieder in den Schubfächern zu verstauen und die Läden leise zu schließen. Beunruhigt sprang sie auf. Sie schob den Stuhl an den Schreibtisch heran, stellte den Bilderrahmen wieder mit dem Foto zum Bürosessel und schlich aus dem großen Büro in das Vorzimmer, das anscheinend das Reich von Mantis' Sekretärin war.

Im Korridor tanzte der Lichtstrahl von Pickmans Taschenlampe. Entsetzen breitete sich in Beth aus. Sie suchte verzweifelt nach einer Fluchtmöglichkeit, aber es gab keine. Durch eins der Fenster konnte sie nicht entkommen, weil sie befürchtete, sich beim Sprung die Beine zu brechen oder bei der Flucht über den erleuchteten Parkplatz von Pickman erkannt zu werden, denn sie hatten sich schon einige Male getroffen.

Bethany saß in der Falle.

Als sich von hinten eine Hand auf ihren Mund legte, ließ sie ihre MiniMaglite fallen und schrie erschrocken auf.

Ihr Aufschrei wurde von der Hand gedämpft, trotzdem hörte sie den Wachmann sagen: „Was war das für ein Geräusch? Wer immer da ist, komm raus. Ich habe eine Knarre und was für eine! Mit meinem Revolver schieße ich dir zusätzliche Atemlöcher in den Schädel, wie im Wilden

Westen früher. Peng! Peng!"

Jemand drückte Beth fest an sich und zerrte sie vom Büroeingang fort. Nur ein Mann konnte so kräftig sein. Beth kämpfte gegen ihn an und zappelte, konnte sich aber nicht losreißen. Im Gegenteil, sein Griff wurde noch stärker. Er zog Beth in einen Raum hinein und schloss eine Tür. Pickmans Zetern klang nun weit entfernt.

Als Bethany gegen den Kopierer stieß, wusste sie, dass sie sich im Kämmerchen befand, in dem die Sekretärin das Büromaterial lagerte.

War Daryl noch einmal in die Firma gekommen, weil er etwas zu erledigen hatte, und fiel nun ein zweites Mal über sie her?

35. KAPITEL

„Hör endlich auf, dich zu wehren“, flüsterte der Mann, der sie festhielt, „oder möchtest du dich Carl Pickman freiwillig stellen, du Amateureinbrecherin?“

Kade! Augenblicklich erlahmte ihre Gegenwehr. Dass er in dieser Nacht ebenfalls bei Maternity Help eingestiegen war, konnte kein Zufall sein. Er musste sie beschattet haben und ihr gefolgt sein. Aber wieso kannte er den Namen des alten Pförtners? Angst breitete sich in ihr aus.

„Wenn du versprichst, still zu sein, nehme ich die Hand von deinem Mund“, flüsterte er.

Als sie nickte, stieß sie mit dem Hinterkopf gegen etwas Hartes. Sie betastete Kades Gesicht.

„Eine binokulare Nachtsichtbrille“, erklärte er und fügte lüstern hinzu: „Damit ich meine Hände frei habe.“

„Im Gegensatz zu mir bist du offensichtlich ein Vollprofi.“

„Sprich leiser“, ermahnte er sie eindringlich. „Es wäre nicht gut für den alten Kauz, wenn er uns entdecken würde.“

Beth schluckte schwer. Trotz der Lüsternheit war da eine Schärfe in Kades Stimme, die ihr nicht entging. Sie bekam eine Gänsehaut, obwohl es in dem kleinen, fensterlosen Raum stickig und warm war. „Pickman hat eine Waffe.“

Kade schnaubte. „Die habe ich auch, eine Springfield XD-9 mit Schalldämpfer.“ Zum Beweis drückte er sein Achselholster gegen ihre Seite.

Er schlang seinen rechten Arm um ihren Hals. Ihre Knie stießen gegen den Kopierer und sie verzog vor Schmerz das Gesicht.

Kade hatte anscheinend nicht mitbekommen, dass sie sich wehgetan hatte, oder er ignorierte es schlichtweg, denn er umfasste ihren Busen mit seiner freien Hand und sprach leise in ihr Ohr: „Ich habe deine dummen Aktionen satt! Erst tauchst du im Sheraton Hotel auf, dann triffst du dich gegen meinen Willen mit Daryl und jetzt steigst du in ein Gebäude ein, obwohl du gar keine Ahnung von Einbrüchen hast. Aber der Einbruch war deine letzte Dummheit!“

„Drohst du mir?“

„Damit liegst du verdammt richtig“, knurrte er und drückte seinen Arm gegen ihre Kehle, während seine andere ihre Brüste hart massierte. „Du streitest dich mit mir, obwohl ich nur das Beste für dich will. Du bleibst renitent und lehnst dich gegen mich auf, anstatt mir endlich zu vertrauen. Aber jetzt ist Schluss mit deiner Bockigkeit. Von jetzt ab wirst du tun, was ich dir sage, ohne Wenn und Aber.“

Ängstlich griff sie seinen Arm, damit er nicht zudrückte. „Niemals!“

Trotz Wut und Angst reagierte ihr Körper auf seine intime Berührung wie immer. Er hatte sie gut konditioniert. Ihre Brustspitzen reckten sich Kades Fingern entgegen, die sie beherzt zu zwirbeln begannen.

„Das werden wir ja sehen. Du legst dich mit dem Falschen an. Ich bin nicht dein Feind, Babe, dafür aber ein Profi, wie du schon sagtest. Gegen mich kannst du nicht gewinnen. Ab sofort wird nach meinen Regeln gespielt.“

Sie würde nicht nach seiner Pfeife tanzen. Alles in Beth wehrte sich gegen seine Warnung, aber sie war nicht in der Position zu rebellieren, denn Pickman hatte das Büro von Mantis’ Sekretärin betreten. Bethany sah den Lichtstrahl seiner Taschenlampe durch den Türspalt und sie ahnte, dass er nicht zögern würde zu schießen.

Doch auch Kade hatte eine Waffe und war in Rage. Eine falsche Entscheidung war wie ein Funke, der die Explosion auslösen würde.

Deshalb hielt sie still, als er ihre Cargohose öffnete und über ihren Hintern schob, sodass sie zu Boden fiel. Seine Hand legte sich auf ihren Slip. Während er über den Stoff rieb, hielt sie die Luft an, bis sie nicht mehr einhalten konnte und atmen musste. Ihr Schritt prickelte.

Im Nachbarraum leuchtete Pickman die Ecken und Winkel aus. Dann ging er weiter in Mantis' Büro.

Hatten sie bei ihren letzten Liebesspielen förmlich Zuschauer gesucht, so entsprach diese Nacht dem genauen Gegenteil. Sie standen in der Dunkelheit, niemand durfte sie sehen. Dessen war sich Bethany bewusst und sie stellte fest, dass diese Heimlichkeit ebenfalls ihren Reiz besaß. Nur waren es der falsche Ort und der falsche Liebhaber.

Kade zeigte endlich sein wahres Gesicht. Er war es gewohnt zu bekommen, was er wollte, und hatte ihr bisher ihre Freiheiten gelassen, doch die guten Zeiten waren endgültig vorbei.

Diesmal ließ sie sich nicht von seinen erotischen Fingerfertigkeiten einlullen. Die Lust erwachte in Bethanys Schoß, aber sie stieg ihr nicht zu Kopf. Ein Gefühl des Triumphes erfüllte sie.

Kades Finger schoben sich unter ihr Höschen. Er streichelte mit seinen Fingerspitzen über ihre Schamlippen, in denen es betörend kribbelte. Doch er begehrte mehr.

Er drängte Beth zur Ecke des Kopierers und spreizte ihre Schenkel, indem er mit seinem Knie zwischen ihre Beine stieß. Endlich nahm er seinen Arm von ihrem Hals, aber nur um mit seiner Hand ihren Nacken zu packen und ihren Oberkörper nach vorne zu beugen.

Nun lag Beth mit ihrem Bauch auf dem Kopiergerät und ihr Hintern präsentierte sich Kade auf frivole Art und Weise. Und er konnte ihn ausgiebig und genüsslich betrachten, da er die Nachtsichtbrille trug.

Bethany dagegen sah nichts als Schwärze. Sie lauschte angestrengt. Pickman öffnete eins der Fenster im Nachbarbüro, er kurbelte die Jalousie hoch und spähte vermutlich prüfend auf den Parkplatz hinaus.

Als Kade von hinten zwischen ihre Beine griff und ihren Slip entzweiriss, zuckte sie erschrocken zusammen. Sie entspannte sich jedoch sofort wieder, da er sie beruhigend streichelte. Er drang mit zwei Fingern in ihre Mitte ein und verteilte ihre Feuchtigkeit auf ihrem Ringmuskel.

Ihr Anus erwachte mit einem Prickeln.

Kade strich immer wieder mit seiner Handkante durch das Tal zwischen ihren Pohälften, wobei er nicht nur über ihren After rieb, sondern auch von hinten an ihre Schamlippen stieß, die augenblicklich anschwollen.

Das Blut floss stärker durch Bethanys Schritt. Sie wusste, sie hätte Kade abwehren müssen, aber sie ließ seine intimen Berührungen einfach geschehen, denn sie brauchte ihre Kraft, um unerkannt aus dem Gebäude zu fliehen und Kade später die Stirn zu bieten.

Außerdem betrachtete sie diese Vereinigung als letzten Akt einer *liaison dangereuse.* Das stimmte sie traurig. Trotz allem.

Kade benässte seinen Daumen mit ihrer Feuchtigkeit. Er legte seine Hand auf ihre Gesäßhälfte und umkreiste mit seinem Finger ihren Anus, so lange, bis dieser reagierte. Bethany entspannte sich durch die sanfte Stimulation und ihr Ringmuskel öffnete sich leicht.

Diesen Moment nutzte Kade aus und drängte seinen feuchten Daumen in sie hinein. Obwohl Beth ihn bereits mehrfach anal gespürt hatte, berauschte sie das Gefühl, ihn an diesem verruchten Ort zu spüren.

Sie hatte schon oft Analverkehr gehabt, aber das lag viele Jahre zurück. Ihre Sturm- und Drangzeit war lange vorüber und die Analfreuden waren auf der Strecke geblieben.

Nun erwachten sie dank Kade. Er zog seinen Daumen aus ihr zurück und stieß ihn behutsam wieder hinein. Sein Finger reizte ihr Inneres. Die anfängliche Gegenwehr flaute ab, der Druck ließ nach. Langsam gewöhnte sie sich an das Eindringen. Das Prickeln in ihrem Ringmuskel wurde intensiver. Das Drängen des Daumens heizte ihre Lust an, eine Lust, die auch auf ihre Scham überschwappte und Beth ein wohliges Seufzen entrang.

Blitzschnell vergrub Kade seine Hand in ihrem Haar, wodurch sich das Haargummi löste, und zog Beth zu sich, sodass sie wieder aufrecht vor ihm stand. Noch immer war sein Daumen in ihr.

„Wirst du wohl still sein“, ermahnte er sie. Sein warmer Atem kitzelte ihre Ohrmuschel.

Erregt zischte Beth: „Das kann ich nur, wenn du mich in Ruhe lässt.“

„Das ist dein Problem.“ Er lachte leise, aber er klang verbittert. „Heute Nacht werde ich dir zeigen, dass ich über dich bestimme. Von jetzt ab wirst du dich meinen Anweisungen fügen. Ich werde dir deine Flausen endgültig austreiben.“

Bethany presste die Lippen aufeinander, um nicht laut zu schreien. Was bildete er sich ein? Er sprach wie ein Mann, der es gewohnt war, Befehle zu erteilen, aber nicht mit ihr! Aaron hatte recht gehabt, es war an der Zeit, die Polizei offiziell einzuschalten.

Gleich morgen würde sie zum Boston Police Department gehen – sollte sie diese Nacht heil überstehen.

Sie hörte Stoff rascheln. Im nächsten Augenblick spürte sie Kades Penis an ihrem Hintern. Kade zog ihre Pohälften auseinander, legte sein halb erigiertes Glied in das Tal und ließ ihr Gesäß los.

Eng schmiegte er sich an sie. Durch sein Drängen wurde sie gegen den Kopierer gedrückt. Während sich Kade an ihrer Kehrseite rieb, rieb sie automatisch gegen die Ecke des Geräts, was sie keineswegs kaltließ.

Kade umschlang ihren Oberkörper, als wolle er sie nie wieder loslassen. Seine Lenden hoben und senkten sich und sein Atem ging rascher, während sein Glied immer härter wurde. Und Beth genoss die innige Umarmung, obwohl sie auf der Hut war.

Sie hörte, dass Carl Pickman das Büro verließ und durch den Gang geisterte, immer noch auf der Suche nach Einbrechern. Er durchsuchte jedes Zimmer und stieß dabei die Türen geräuschvoll auf, als wolle er durch sein Poltern jemanden aufschrecken.

Unterdessen stöhnte Bethany in wachsender Erregung auf.

Sofort legte sich wieder Kades Hand auf ihren Mund. Er riss sie derb nach rechts und drängte sie heftig gegen die Wand.

Bevor sie sich versah, hatte er bereits seine Penisspitze in ihren Anus eingeführt. Bethany verspürte keinen Schmerz, lediglich den Drang, die Eichel herauspressen zu wollen, doch sie kämpfte erfolgreich dagegen an und entspannte sich. Kade gab ihr glücklicherweise genug Zeit. Er führte sein steifes Glied nicht tiefer ein, sondern wartete, bis sich ihr Atem verlangsamte.

Erst dann glitt er ein Stück weiter in sie hinein. Wieder verharrte er regungslos in ihr. Bethanys Ringmuskel pochte. Hitze strömte von ihm aus, eine Glut, die ihre Wollust entfesselte. Sie nickte, um Kade zu zeigen, dass sie bereit war fortzufahren.

Diesmal stieß er bis zur Peniswurzel in sie hinein. Beth spürte sein Zittern, die Enge ihrer Öffnung musste ihn sehr erregen. Aber er ließ sich nicht gehen, sondern räumte ihr wieder Zeit ein, damit sie sich an die Dehnung gewöhnen konnte.

Es gefiel ihr, mehr als nur gut ausgefüllt zu sein. Sie schloss ihre Augen, da sie ohnehin nichts sehen konnte, und gab sich dem Genuss hin: dem harten Penis, der sie dehnte, den prallen Hoden, die sich an ihre Kehrseite drückten … Für sie besaß die anale Penetration noch immer einen sündigen Reiz. Besonders nach jahrelanger Abstinenz empfand sie es wieder als kleinen Tabubruch.

Kade riss Beth aus ihren Gedanken, denn er zog sich behutsam aus ihr zurück, um langsam wieder in sie hineinzugleiten. Während seine rechte Hand immer noch auf ihren Lippen lag, schob sich seine linke zu ihrem Venushügel. Er legte Zeige- und Mittelfinger auf ihre empfindsamste Stelle und ließ sie bedächtig kreisen.

Nun stieß sein Phallus kraftvoller in sie hinein, aber Beth merkte immer noch, dass er sich zurückhielt, damit er ihr nicht wehtat und nicht sofort kam. Er heizte ihr gehörig ein. Die gleichzeitige Stimulation von Klitoris und After fachte ihre Wollust an.

Gierig streckte sie Kade ihren Hintern entgegen, damit er noch tiefer in sie eindringen konnte. Sie war froh, dass er ihren Mund mit seiner Hand verschloss, denn sie stöhnte mittlerweile genauso rhythmisch, wie er in sie eindrang.

Kade ließ sich nicht zweimal bitten, er hatte die Aufforderung sofort verstanden, und nahm sie nun leidenschaftlicher.

Mein analer Reiter, dachte Bethany und schmunzelte.

Auch seine Hand rieb ungestümer über ihren Kitzler und es dauerte nicht lange und Beth wurde von einem Höhepunkt erfasst, der ihren Körper erschütterte. Durch die orgastischen Krämpfe zog sich automatisch ihr Anus zusammen. Kade kam unmittelbar nach ihr, da ihr Anus ihn förmlich melkte.

Gemeinsam lehnten sie gegen die Wand, in einer innigen Umarmung, und gaben sich dem Nachglühen hin.

Nach einer Weile zog er sein erschlaffendes Glied zurück und verpackte es wieder in seiner Hose.

Bethany richtete ihre Kleidung ebenfalls wieder her. Ihren Slip konnte sie vergessen, aber mitnehmen musste sie ihn trotzdem, um keine Hinweise auf ihren Einbruch zu hinterlassen. „Mein Höschen …"

„Hab ich eingesteckt, auch dein Haargummi." Er griff ihren Oberarm. „Pickman hat die Etage verlassen. Wir sollten machen, dass wir hier herauskommen. Der alte Knabe kommt bestimmt wieder, um das Obergeschoss ein zweites Mal zu durchsuchen."

Leise öffnete Kade das Kämmerchen und führte Bethany durch die Finsternis aus dem Raum heraus. Er duckte sich und steckte einen Gegenstand in die Beintasche ihrer Cargohose. „Deine Taschenlampe."

Bethany wollte sie aus der Tasche nehmen, um nicht mehr ganz so hilflos zu sein, doch er hinderte sie daran. „Kein Licht."

„Du mit deinem Nachtsichtgerät hast leicht reden."

Er zog sie näher zu sich heran. „Dann kannst du schon mal üben, dich auf meine Führung einzulassen, denn so wie jetzt wird es ab sofort immer sein: Ich gebe den Weg vor und du folgst blind."

„Ganz bestimmt nicht!", spie sie leise, aber giftig.

„Ich warne dich, Bethany", knurrte er unnachgiebig und legte den Arm wie einen Stahlring fest um ihre Hüften. „Keine Ermittlungen auf eigene Faust mehr, ich sage es dir ein letztes Mal im Guten. Du bringst dich und andere in Gefahr. Dein eigenmächtiges Handeln könnte lebensgefährlich sein."

Sie wusste, dass er es ernst meinte, denn er hatte sie noch nie mit ihrem kompletten Vornamen angesprochen. Sie spürte, wie er sie in der Dunkelheit ansah. Weil sie klug genug war, ihn in dieser Situation nicht zu reizen, biss sie die Zähne zusammen und schwieg.

„*Du bringst dich und andere in Gefahr. Dein eigenmächtiges Handeln könnte lebensgefährlich sein.*" Kade drohte nicht nur ihr, sondern auch ihren Eltern – Beth konnte es nicht fassen. Aaron hatte es vorausgesagt: Irgendwann würde Kade sich nicht mehr zurückhalten, sondern sich rücksichtslos nehmen, was er begehrte.

Auf einmal verspürte Bethany den starken Wunsch, nicht nur schnellstmöglich das Maternity-Help-Gebäude zu verlassen, sondern so viele Kilometer wie möglich zwischen sich und Kade zu bringen und nach Hause zu fahren, um im Schutze ihrer Familie zu sein.

Wie hatte sie nur an ihren Eltern zweifeln können? Das war alles nur Kades Schuld. Er hatte versucht, sie auseinanderzubringen, aber sein Plan würde nicht aufgehen.

Beth schaffte es gerade noch, sich zusammenzureißen, bis Kade sie über die Feuertreppe an der Rückseite des Hauses nach unten gebracht hatte. Dann ließ sie ihn einfach stehen und rannte so schnell sie konnte über den Parkplatz, die Vellum Street hinauf zu ihrem Wagen. Mit zittrigen Fingern startete sie ihren Pontiac und raste zurück nach Roxbury.

Sie würde ihren Eltern alles erzählen: vom Überwachungsvideo aus der Jamaica Plain Shopping Mall über Aarons private Ermittlungen bis hin zu Kade. Bei der Gelegenheit würde sie auch fragen, was es mit Maternity Help auf sich hatte.

Bethany würde reinen Tisch machen. Die Flucht nach vorne war die einzige Möglichkeit, gegen Kade zu siegen.

Doch wenn Beth meinte, sie wäre dem Teufel gerade entkommen, so hatte sie sich getäuscht, denn die Hölle wartete zu Hause auf sie.

„Aaron." Beth sah ihn erstaunt an. Sie schloss ihren Pontiac ab und ging zu ihm. „Was machst du denn hier?"

Er stand lässig gegen das Polizeiauto gelehnt, das unmittelbar vor dem Haus ihrer Familie parkte. Nun kam er ihr entgegen und nahm Beth in seine Arme. „Mantis hat mich aus dem Haus geworfen. Er kann mich nicht leiden, daran wird sich nie etwas ändern."

„Doch! Einiges wird sich ändern. Er wird lernen müssen, dass ich mir meine Freunde selbst aussuche."

„Freunde?", echote Aaron zögerlich. „Ich weiß nicht, wie Sadie darauf reagieren wird."

Aufgebracht riss sie sich aus seiner Umarmung los. „Entschuldige, wenn ich dachte, dass uns Freundschaft verbindet. Ich bin in deinen Augen eben nur eine Ex, die der Vergangenheit angehört."

„So war das nicht gemeint", versuchte er sie zu beschwichtigen.

Aber sie trat einen Schritt zurück. „Ich danke dir aufrichtig für deine Hilfe, aber nun brauche ich dich nicht mehr. Deine Familie steht bei dir an Nummer eins, dafür habe ich vollstes Verständnis. Und wenn Sadie keine andere Frau in deinem Leben akzeptiert, ist das mein Pech."

„Bethy –", begann er, aber sie ließ ihn nicht zu Wort kommen.

„Nein, ist schon gut." Abwehrend hob sie ihre Hände. „Ich mag dich sehr, Aaron, aber wir scheinen nicht zusammenzugehören, weder als Paar noch als Freunde. Machen wir einen Schlussstrich. Es ist besser –"

Auf einmal erhob er seine Stimme und fiel ihr ins Wort: „Beth, halt mal die Luft an. Es ist etwas passiert."

Fragend hob sie ihre Augenbrauen und schwieg.

Aarons Kollege kam gerade aus dem Haus. Als er sie erkannte, ließ er die Haustür einen Spaltbreit offen stehen. Er ging an ihr vorüber, grüßte sie mit einem tonlosen „Hallo“ und nickte Aaron zu. Weil er merkte, dass sein Partner noch mit Beth reden wollte, stieg er in den Wagen und wartete.

Aaron strich besänftigend über Beths Oberarme, als wäre ihr kalt und er wolle sie wärmen, dabei war die Nachtluft lauwarm. „Du musst jetzt tapfer sein. Ich weiß, du hast die Stärke, um das durchzustehen. Dein Dad braucht dich jetzt, und wenn du eine Schulter zum Anlehnen suchst, kannst du mich jederzeit auf meinem Mobiltelefon anrufen.“

„Und du kommst hinter Sadies Rücken zu mir geeilt.“ Sie schüttelte den Kopf. „Das möchte ich nicht mehr. Bestimmt hat sie das nicht verdient. Wenn du sie geheiratet hast, muss sie eine tolle Frau sein.“

„Nur ein wenig zu eifersüchtig“, gab er kleinlaut zu und lächelte verlegen.

„Jeder hat Fehler.“

Eindringlich sah er sie an. „Ich möchte nur nicht, dass du zu diesem Kade gehst.“

„Ganz bestimmt nicht. Gleich morgen werde ich auf dem Polizeirevier Anzeige gegen ihn erstatten, auch wenn ich dann das Video erwähnen muss. Ich werde mein Bestes versuchen, um die Fotos, die im Highland Park von uns gemacht wurden, aus dem Spiel zu halten.“

„Das ist heute Nacht nicht wichtig. Die Anzeige kann einige Tage warten.“ Seine Stimme war butterweich.

„Du machst mir Angst, Aaron.“ Ihr Blick schweifte zum Haus hinüber. Sie war unsicher, ob sie hören wollte, was er zu sagen hatte, aber sie hatte keine Wahl. „Was ist passiert?“

Er holte tief Luft. Das Licht der Straßenlaterne warf

dunkle Schatten auf sein Gesicht, was ihn älter und vergrämt wirken ließ. „Blanche …“

„Was ist mit meiner Mom?“, entfuhr es ihr. Der Schreck fuhr ihr in die Glieder. Auf einmal konnte sie nicht schnell genug erfahren, was los war. „Erzähl endlich.“

„Sie hatte einen Unfall und …“ Seine Stimme brach ab. Er schluckte schwer. Sein Brustkorb hob und senkte sich.

„Ist sie im Krankenhaus?“

Beth wollte zu ihrem Wagen gehen, doch Aaron hielt sie zurück. „Nein.“

„Was dann?“

Sie verlagerte ungeduldig ihr Gewicht von einem Fuß auf den anderen. Wieso rückte er nicht mit der Sprache heraus? Sie musste dringend mit ihrem Vater sprechen. „Ist mein Dad im Haus?“

Er nickte und sie meinte, Tränen in seinen Augen funkeln zu sehen, doch das konnte auch das Licht der Laterne bewirken.

„Dann ist Mom bei ihm, ja? Der Unfall war nicht so schlimm, sodass die Ärzte sie gleich nach Hause geschickt haben“, mutmaßte sie.

„Bethy, es tut mir so schrecklich leid. Ich bin am Boden zerstört, aber ich muss dir mitteilen, dass der Unfall –“ Seine Stimme versagte. Er musste sich räuspern, um fortfahren zu können. „Blanches Wagen ist aus noch ungeklärten Gründen durch die Kaimauer der Paul’s Bridge gerast und in den Neponset River gefallen. Der Fluss ist nicht tief, aber Blanche war nicht angeschnallt und wurde durch die Frontscheibe geschleudert. Sie lag im Wasser, vermutlich bewusstlos, mit dem Kopf unter der Oberfläche.“ Er brach ab.

Eine starke Übelkeit stieg so heftig in Beth auf, dass sie würgen musste. Aber sie fing sich wieder. Ihre Augen wurden feucht und schon bald rannen Tränen über ihre Wangen. „Mom ist tot?"

„Es tut mir so leid", wiederholte er hilflos und wollte ihre Wange streicheln, doch sie schlug seine Hände weg und rannte ins Haus.

„Dad? Wo bist du?", rief sie schon im Treppenhaus.

Mantis öffnete die Wohnungstür und sie fiel ihm in die Arme. Liebevoll strich er über ihr Haar. „Ich bin hier, Pumpkin."

Wie sie diesen Kosenamen hasste! Aber das spielte jetzt keine Rolle. Nichts spielte mehr eine Rolle, nicht einmal, ob Blanche ihre leibliche oder ihre Adoptivmutter war. „Sie kommt nicht wieder heim, nie wieder." Ihre Worte waren kaum zu verstehen, weil sie heftig schluchzte.

Zärtlich küsste er ihre Stirn. „Ich bin ja noch da. Wir müssen jetzt zusammenhalten, Kleines. Wir beide sind die ganze Familie Hart. Mehr Familienmitglieder gibt es nicht."

„Ich kann das alles nicht glauben", sagte sie verzweifelt. „Wie konnte das nur passieren?"

Mantis zog sie seufzend in die Wohnung und schloss die Tür. „Deine Mom hat immer mehr Alkohol getrunken. Zuerst war es ein Glas Rotwein täglich, dann eine ganze Flasche. Was du vielleicht nicht weißt, ist, dass sie auch hin und wieder Beruhigungstabletten genommen hat. Die Cops waren eben hier und haben die Pillendöschen als Beweis mitgenommen."

Bethany ließ sich erschöpft auf das Sofa fallen. Der Wunsch, Kade wäre jetzt bei ihr, überraschte sie, doch sie verdrängte ihn. Sie musste ihn vergessen.

Ihr Vater kam zu ihr, reichte ihr eine Packung Papiertaschentücher und setzte sich neben sie. „Es ist alles meine Schuld. Ich habe Blanches Sucht erkannt, aber nichts dagegen unternommen."

„Oh, nein, Dad, so darfst du nicht denken.“ Sie trocknete mit einem Taschentuch ihre Tränen und legte die andere Hand auf seinen Rücken.

Er neigte sich vor, stützte die Ellbogen auf den Oberschenkeln ab und rieb die Handflächen aneinander. „Blanches Alkoholsucht war mir bewusst, aber nicht, dass sie depressiv war.“

Verdutzt nahm Beth ihre Hand fort. „Nein, das kann ich mir nicht vorstellen. Mom hatte Kummer und konnte ihn nicht verarbeiten.“ Sie vermied es zu erwähnen, dass ihr Vater durchaus Mitschuld am Seelenzustand ihrer Mutter trug. Vorwürfe brachten niemandem etwas. Sie mussten zusammenhalten, jetzt mehr denn je.

„Wein und Tabletten, warum, glaubst du, hat sie das Zeug zu sich genommen?“ Zerknirscht sah er seine Tochter an. „Um ihre Depressionen zu betäuben.“

Hatte dieser Cocktail in Wahrheit ihre Mom umgebracht? Konnte es sein, dass sie in der Nacht depressiv war, beides zu sich genommen hatte und mit dem Auto durch Boston gefahren war? Ihr kam ein fürchterlicher Verdacht. „Meinst du, sie ist absichtlich gegen die Kaimauer gefahren?“

„Das liegt doch auf der Hand, es war Selbstmord. Ich wünschte, ich könnte all das von dir fernhalten, Pumpkin, aber ich bin machtlos.“

Beth strich einige Haarsträhnen aus ihrem Gesicht. Sie konnte kaum klar denken. So viel war in dieser Nacht passiert, lauter schreckliche Dinge.

Sie erinnerte sich daran, wie der Abend angefangen hatte. Voller Tatendrang war sie zu ihren Eltern gegangen und hatte Versöhnung mit ihnen gefeiert, um Mantis' Schlüsselbund zu entwenden, das noch immer in ihrer Hosentasche steckte und mit einem Mal so schwer wie Blei wog. Ihre Mutter hatte erschöpft im Bett gelegen.

Hätte Bethany die Anzeichen erkennen müssen? Immerhin hatte ihre Mom gesagt, sie sei unendlich müde. Hatte sie lebensmüde damit gemeint?

„Aber jemand, den Suizidgedanken quälen, schmiedete keine Pläne", grübelte sie laut.

Das Gesicht ihres Vaters verfinsterte sich. Er richtete den Oberkörper auf und starrte sie an. „Wieso? Was hat sie dir erzählt?"

„Als ich vor ein paar Stunden bei ihr war, hat sie mich für morgen auf einen Kaffee eingeladen." Absichtlich erwähnte sie nicht, dass Blanche ein Gespräch unter Frauen mit ihr führen wollte.

Er machte eine abfällige Geste. „Ihre Laune schwankte von einer Minute zur anderen. Darauf gebe ich nichts."

Bethany missfiel, wie ihr Vater über ihre Mutter sprach, aber sie konnte nachvollziehen, dass es nicht immer einfach gewesen war, mit ihr zusammenzuleben, besonders in den letzten Jahren.

Was hatte Blanche mit Beth besprechen wollen? Irgendetwas hatte auf ihrer Seele gelastet. Was es war, würde Bethany nie erfahren. Sie konnte nur Vermutungen anstellen.

Vielleicht wollte Blanche sich tatsächlich von Mantis trennen, grübelte Bethany und verwarf den Gedanken sogleich, denn sie erinnerte sich an die Worte ihrer Mutter: *„Er kriegt sich schon wieder ein."* Ließ das nicht darauf schließen, dass sie ihre Ehe noch nicht aufgegeben hatte?

Alkohol hatte sie nicht getrunken, aber Beth konnte nicht mit Bestimmtheit ausschließen, dass ihre Mom Schlaftabletten genommen hatte. Möglicherweise hätte sie sich aus dem Neponset River retten können, wenn sie bei klarem Verstand gewesen wäre.

Wieder weinte Bethany. Der Tod ihrer Mutter war unerträglich. Sie schnäuzte in ihr Taschentuch und schüttelte stumm ihren Kopf.

„Tragödien passieren, Kind“, sagte Mantis und erhob sich. Er ging zum Badezimmer, öffnete die Tür und prustete abfällig. „Ich musste ihn einsperren, weil einer der Cops Angst hatte, angefallen zu werden.“

Lazy kam schwanzwedelnd heraus. Als er Mantis sah, wich er zurück. Er machte einen Bogen um ihn, lief um die Couch herum und kam zu Bethany, um sie zu begrüßen.

Beth war erstaunt, da der Neufundländer normalerweise immer den kürzesten Weg wählte, um ja keinen Schritt zu viel zu machen. Sie kuschelte sich an ihn und sah ihren Vater grimmig an. „Tragödien passieren? Wie kannst du nur so kaltherzig sein?“

Er winkte ab. „Ich habe schon zu viel erlebt.“

„Trauerst du deshalb nicht oder weil du ihrer überdrüssig geworden bist?“ Die Worte sprudelten aus ihr heraus, bevor sie es verhindern konnte. Aber es entsprach der Wahrheit. Ihr Vater wirkte geknickt, aber seine Augen waren nicht getrübt vor Trauer.

„Pass auf, was du sagst.“ Drohend hob er eine Hand. „Besonders wenn du mit den Bullen redest.“

„Was hat die Polizei denn damit zu tun?“, fragte sie stirnrunzelnd und richtete sich auf.

Lazy sprang auf das Sofa. Normalerweise durfte er nicht auf der Couch oder im Bett liegen, aber in der heutigen Nacht machte Beth eine Ausnahme.

„Sonst kommen diese Kerle nachher noch auf dumme Ideen.“ Er ging in die Küche, holte sich ein Budweiser aus dem Kühlschrank und öffnete die Flasche. Dann blieb er im Türrahmen stehen und nahm einen kräftigen Schluck.

„Lassen wir die Scharade, Dad. Ich habe doch gemerkt, dass es zwischen euch gekriselt hat“, gestand sie und konnte es nicht fassen, dass sie solch eine Unterhaltung führte, wo der tote Körper ihrer Mutter noch warm war. Tränen nahmen ihr die Sicht. Sie klimperte mit den Lidern, um besser sehen zu können. „Wolltet ihr euch scheiden lassen?“

Er trank die Flasche halb leer und machte eine säuerliche Miene, als würde ihm der Alkohol aufstoßen. „Es band uns mehr als das Ehegelübe aneinander.“

Bis dass der Tod uns scheidet, kam ihr in den Sinn. „Warum hast du sie nicht daran gehindert, den Wagen zu nehmen? Du musst doch bemerkt haben, dass sie Wein getrunken hatte, und zwar sehr viel innerhalb kurzer Zeit, denn als ich abends bei ihr war, war sie noch stocknüchtern.“

Mantis rümpfte die Nase. „Deine Mom sagte und tat neuerdings, was sie wollte. Wie man sieht, ist ihr das nicht gut bekommen.“

Die Übelkeit kehrte zurück. Die Kaltschnäuzigkeit ihres Vaters schockierte Bethany. Sie erinnerte sich daran, dass ihre Mutter erwähnt hatte, sie wolle sich nichts mehr von Mantis gefallen lassen. Sie hatte sich das erste Mal gegen ihn aufgelehnt, bevor sie verunglückt war. Konnte das ein Zufall sein? Es musste ein Zufall sein!

Schniefend sah sie ihrem Vater hinterher, der das Bad aufsuchte, um sich zu erleichtern. Die Chance musste sie nutzen.

Sie erhob sich und eilte auf leisen Sohlen zum Stuhl am Kopf des Esstischs. Ihr wurde schwindelig. Der Tod ihrer Mutter nahm sie sehr mit. Sie stützte sich auf dem Tisch ab, holte Mantis’ Schlüsselbund langsam aus ihrer Hosentasche und steckte es in seine Jacke, die immer noch über der Stuhllehne hing.

Etwas raschelte. Neugierig griff Beth in die Innentasche und holte ein Blatt Papier heraus. Sie faltete es auseinander. Immer wieder linste sie zur Badezimmertür. Lazy beobachtete sie vom Sofa aus. Sie legte den Zeigefinger an ihre Lippen, als könne er diese Geste verstehen.

Bethany hielt einen Ausdruck in der Hand. Es handelte sich um ein Flugticket, das online gebucht worden war. Auf den Namen Michael Humphrey. Die gleichen Initialen, wie ihr Vater: M. H. Sie dachte mit Bestürzung an die ausgedruckte E-Mail, die sie bei Maternity Help gefunden hatte.

Entsetzt ließ sie sich auf den Stuhl fallen. Sie war wie vom Donner gerührt, denn sie hielt ein One-Way-Ticket nach Namibia in der Hand – für eine Person.

Als sie das Buchungsdatum sah, schlug sie ihre Hand vor den Mund. Der Flugschein war heute Mittag ausgestellt worden. Morgens hatte Blanche ihrem Mann das erste Mal seit Langem die Meinung gesagt.

Hatte ihr Vater vor, unter falschem Namen nach Afrika auszureisen? Wenn das wahr war, lag die Vermutung nah, dass er etwas mit dem Tod von Blanche zu tun hatte. Ein Unfall, der dem Unglück der Familie Velázquez ähnelte. Die spanische Familie war mit ihrem Wohnmobil ebenfalls von der Fahrbahn abgekommen, in einen Fluss gestürzt und dabei gestorben.

Die Gedanken stürzten auf Bethany ein und verursachten einen starken Kopfschmerz.

Aufgrund des Grauens, das von ihr Besitz nahm, hatte sie nicht gehört, wie ihr Vater aus dem Bad zurückgekehrt war. Er stand einige Schritte von ihr entfernt und stemmte die Hände in die Hüften. „Herumspionieren birgt eine gewisse Gefahr, Bethy …“

Das hatte Kade auch zu ihr gesagt. *„Dein eigenmächtiges Handeln könnte lebensgefährlich sein.“* Sie hielt das Flugticket so fest in der Hand, dass es zerknüllte.

„… Wenn man dabei erwischt wird, muss man mit den Konsequenzen leben.“ In gespielter Verzweiflung schüttelte Mantis den Kopf. „Das hättest du nicht tun sollen. Was soll ich nur mit dir machen?“

„Was war los mit dir und Mom?“ Ihre Stimme klang brüchig.

Er zuckte mit den Schultern. „Ein Zusammenleben mit ihr war nicht mehr möglich.“

„Weil sie ihren eigenen Kopf entwickelt hatte?“

Mantis verzog seinen Mund zu einem spöttischen Grinsen. „Früher dachte ich, wenn ihr Kinderwunsch erst befriedigt ist, würde diese Tatsache uns auf ewig zusammenschweißen, aber es hat sich herausgestellt, dass dies ein Trugschluss war.“

„Und ich dachte immer, du liebst mich.“ Aufgebracht stand sie auf und warf das Ticket auf den Boden. Es brach ihr das Herz zu hören, dass sie die Ehe ihrer Eltern belastet hatte, aber ihre Wut überwog.

„Das tue ich, genauso wie ich Blanche geliebt habe.“ Sein Grinsen verschwand. „Doch am Ende ist sich jeder selbst der Nächste.“

„Ich war also ein Fluch und kein Segen, willst du das sagen?“

„Nur deine Geburt, Pumpkin.“

„Nenn mich nie wieder so!“, blaffte Beth. Die Zeit der Wahrheit war gekommen. Sie zitterte am ganzen Leib, als sie wissen wollte: „Ihr seid nicht meine leiblichen Eltern, habe ich recht? Mom hat mich nicht auf die Welt gebracht.“

„Dieser Kade ...“, murrte Mantis. „Was hat er dir erzählt?“

„Gar nichts. Ich habe eigenhändig nachgeforscht.“ Anstatt ihm ihre Ergebnisse zu verraten, sagte sie nur einen Namen: „Ana Velázquez.“

Jegliche Farbe wich aus seinem Gesicht. Mürrisch starrte

er ins Nichts, als würden vor seinem geistigen Auge Erinnerungen vorbeiziehen. Schließlich klärte sich sein Blick. Er zog seine Hose am Bund ein Stück höher und starrte Bethany an. „Zuerst dachte ich, Ana wäre das große Glück, unser Sechser im Lotto, doch der Gewinn war trügerisch."

Sprach er von ihr? Konnte ihr Vater so herzlos sein und sie als Fehler betrachten? „Bin … bin ich …", begann sie zögerlich und spürte, wie ihre Augen schon wieder feucht wurden. Sie räusperte sich und atmete einmal tief durch: „Bin ich Ana Velázquez?"

Es dauerte eine Weile, bis er antwortete, als würde er überlegen, ob er sie anlügen oder ihr die Wahrheit sagen sollte. „Ja. Vermutlich weißt du mehr als nur deinen wahren Namen."

Tränen strömten über ihre Wangen. Sie nickte stumm.

„Jetzt kann ich dir auch alles erzählen. Das macht keinen Unterschied mehr", murrte er und hob den Flugschein vom Boden auf. „Der Kinderwunsch von Blanche hatte damals fast unsere Ehe zerstört. Also habe ich ihr ein Kind besorgt, auf meine Art und Weise, ohne Bürokratie und horrende Summen zahlen zu müssen. Danach war sie glücklich und ich hatte eine Marktlücke entdeckt."

Beth erschauerte. Wie abgebrüht er darüber sprach! Er hatte ein Ehepaar getötet, um dessen Kind zu stehlen. Plötzlich sah sie nicht mehr den Vater in ihm, sondern einen Mörder.

„Lucia und Ruben", sprach sie atemlos. Da er die Stirn runzelte, wusste sie, dass er keine Ahnung hatte, wovon sie redete. „Du hast ihre Namen längst vergessen. Lucia und Ruben Velázquez, so hieß das Paar, das du umgebracht hast – meine Eltern."

„Womöglich hätten sie dich geschlagen oder Schlimmeres. Bei uns hast du es immer gut gehabt. Also, was beschwerst du dich?“ Er zuckte mit den Achseln. Dann ging er in die Essecke, glättete das Ticket und legte es auf den Tisch.

Ängstlich wich Beth ins Wohnzimmer zurück.

„Habe ich nicht alles für dich getan?“ Er breitete seine Arme zu einer selbstgefälligen Geste aus. „Ich habe ein Haus gekauft, dir regelmäßig Geld überwiesen, damit du nicht jobben musst und dich vollkommen auf dein Medizinstudium konzentrieren kannst ...“

„Hättest du auch für mich ein Labor bei Maternity Help eingerichtet, um mich langsam auf eure Seite zu ziehen, damit ich irgendwann ein Mitglied eures Teams geworden wäre? Oder war das Daryls Vorschlag?“ Sie erschrak, weil Lazy sich irritiert aufrichtete, ohne vom Sofa zu springen. Er spürte die Anspannung und richtete alarmiert seine Ohren auf.

„Daryl ist ein Dummkopf. Aber ich brauchte einen Partner. Blanche hätte ich wohl kaum dafür einspannen können.“ Er lachte zynisch.

„Was ist seine Aufgabe bei Maternity Help?“

„Kundenakquise“, erklärte er und schnalzte. „Und noch einige andere Dinge. Er war so etwas wie mein Handlanger.“

„Von Mantis Hart oder Michael Humphrey?“

„Du weißt erstaunlich viel, Liebes.“

Es entging ihr nicht, dass er von Daryl als seinem Handlanger in der Vergangenheitsform gesprochen hat. Hatte er ihn beseitigt? „Wo ist Daryl?“

Langsam schritt er auf sie zu. „Ich habe den Idioten nach Phoenix geschickt, damit er mir nicht in die Quere kommt. Wenn er nach Boston zurückkehrt, fahre ich längst durch Namibia, um mir einen Ort zu suchen, wo ich meinen Lebensabend genießen kann. Ein Häuschen an der Küste wäre ganz nett, vielleicht in Swakopmund, Lüderitz oder in der Walvis Bay."

Bethany flüchtete rückwärts in Richtung Bad.

Sie war erleichtert, dass Daryl noch lebte. Auch wenn er Dreck am Stecken hatte, so wünschte sie ihm dennoch nicht den Tod.

Doch im nächsten Moment wurde ihr bewusst, dass sie das einzige Hindernis war, das zwischen ihrem Vater und Namibia stand. Die Einzige, die ihn daran hindern konnte, unbehelligt auszuwandern und einer Verhaftung zu entgehen.

Sie eilte um das Sofa herum, sodass es sich zwischen ihnen befand. „Was genau geschieht bei Maternity Help?"

„Wir verkaufen Folsäuretabletten. Alles ist legal", antwortete er gelassen und blieb stehen.

Hinter dem Rücken ballte sie die Hände zu Fäusten, um die Kontrolle über sich zu behalten. Ihr Blick glitt unauffällig zur Wohnungstür. „Du hast gesagt, dass du durch Ana – mich – eine Marktlücke entdeckt hast. Ihr stehlt Babys, oder?"

Wieder grinste er schmierig. Er verschränkte die Arme vor dem Oberkörper und schenkte Lazy, der von der Couch sprang und ängstlich unter den Esstisch flüchtete, keinerlei Beachtung. „Alles weißt du offenbar doch nicht. Aber du hast gut geraten. Wir haben schon sehr viele Paare glücklich gemacht."

„Wieso dann das Theater mit dem Unternehmen für Folsäuretabletten?" Sie wollte einen Schritt näher zum Ausgang machen, doch Mantis schlenderte zurück in die Essecke und versperrte ihr somit den Weg.

„Maternity Help ist nur eine Alibifirma", sagte er und nahm sein Schlüsselbund aus der Jackentasche, worauf Lazy in die Küche floh. Dann schloss er die Wohnungstür ab und steckte den Schlüssel in seine Hosentasche. Er tat all dies gemächlich, als hätte er alle Zeit der Welt.

„Damit du ein Einkommen nachweisen kannst. Deine ganze biedere Existenz ist nur Schein, um nicht aufzufallen und ins Visier der Polizei zu geraten. Das ist der wahre Grund, weshalb du Aaron nicht leiden konntest. Als mein Freund wäre er bei uns ein- und ausgegangen. Er war ein Risiko für dein ehrliches Geschäft."

„Genau wie Blanche." Mantis seufzte und schloss die Küchentür. Lazy, der nun eingeschlossen war, winselte und kratzte mit seiner Pfote an der Tür. „Ich habe das Geld aus dem Babyhandel fleißig gespart, um mit euch beiden auszuwandern. Weißt du, Namibia hat kein Auslieferungsabkommen mit den Vereinigten Staaten. Aber Blanche musste alles zerstören, weil sie zu labil war und ein schlechtes Gewissen wegen der anderen Babys bekam. Sie hat nur geschwiegen, weil sie befürchtete, dich zu verlieren."

In Beth tobte ein Gefühlschaos. Sie ging unter in einem Strudel der Verwirrung. In einem Moment wollte sie wegen Blanche weinen, im Nächsten schluckte sie die Tränen hinunter, weil ihre Pflegemutter sie ebenso belogen hatte wie Mantis. Wollte Blanche ihr alles am nächsten Tag beichten, während sie zusammensaßen, Kaffee tranken und Gebäck aßen, als würden sie über neue Schuhe oder den Sommerurlaub reden? Das war alles so absurd!

Mantis stützte sich auf der Rückenlehne eines Stuhls ab und fuhr fort. „Ich hatte gehofft, dass du irgendwann in das Geschäft mit einsteigen würdest."

„Und damit meinst du nicht den Vertrieb von Folsäure, nicht wahr?", erwiderte Beth spöttisch. Ihre Stimme wurde mit jedem Satz lauter. „Hast du deshalb mein Medizinstudium unterstützt? Sollte ich später einmal die Babys ärztlich untersuchen, nachdem du sie von ihren leiblichen Eltern geraubt hast? Du hast nicht allen Ernstes geglaubt, ich würde bei deinen kriminellen Machenschaften mitmachen, oder?"

Plötzlich schleuderte er den Stuhl so heftig gegen die Wand, dass dieser in seine Einzelteile zerbrach. Mantis hielt nur noch ein Holzbein in der Hand.

„Du bist eben nicht mein Fleisch und Blut. Aber ich hätte dich schon noch so hingebogen, wie ich dich haben wollte", schrie er und zeigte mit dem Stuhlbein auf Beth. „Verdammt! Ich hätte Blanche deine Erziehung nicht überlassen sollen, aber es war die einzige Möglichkeit, sie zum Schweigen zu bringen – bis heute."

„Du hast sie auf dem Gewissen. Ihr Tod war kein Unfall." Auf einmal war Bethany klar, weshalb er ihr offen und ehrlich die Wahrheit berichtete: weil sie ohnehin nicht mehr lange leben würde. Sie würde nicht mehr die Chance bekommen, ihn bei der Polizei anzuzeigen oder die Geschichte auch nur den Nachbarn zu erzählen.

Denn wenn es nach Mantis ging, würde Bethany dieses Haus nie wieder auf eigenen Füßen verlassen.

37. KAPITEL

Plötzlich stürmte Mantis auf sie los. Er hob das Stuhlbein weit über seinen Kopf, bereit, in wenigen Sekunden damit ihren Schädel zu zertrümmern, um sie mit ihren leiblichen Eltern wieder zu vereinen.

Erschrocken taumelte Beth rückwärts. Sein Gesicht war hochrot. Er starrte sie an, fixierte das Ziel seines Schlags. Doch bevor das Holzstück auf sie heruntersausen konnte, floh sie mit einem Aufschrei ins Schlafzimmer. Das Stuhlbein krachte gegen den Türrahmen. Mantis war unmittelbar hinter ihr.

Blitzschnell drehte sich Bethany um und warf die Zimmertür zu, vergeblich, denn Mantis hatte längst seinen Fuß in den Spalt gesetzt. Die Tür prallte von seinem Schuh ab.

Beth versuchte mit aller Kraft die Tür zuzudrücken. Der Versuch scheiterte jedoch jämmerlich. Gegen die Kraft eines bulligen Mannes, wie er einer war, kam sie nicht an. Er schob die Tür mit einer erschreckenden Leichtigkeit auf und Beth musste aufgeben.

Sie warf alles nach ihm, was sie in die Hände bekam. Bilderrahmen, ein Usambaraveilchen, eine Maulwurffigur aus Ton …

Wieder schlug er nach ihr. Sie duckte sich jedoch gerade noch rechtzeitig. Das Stuhlbein traf das Sideboard. Holzsplitter regneten auf Bethany herab. Ihr Puls raste. Panik breitete sich in ihr aus. Sie wollte nicht sterben, erst recht nicht durch die Hand eines Mannes, der ihr 23 Jahre lang vorgegaukelt hatte, sie zu lieben. Aber Mantis Hart, oder wie auch immer sein richtiger Name lautete, liebte nur sich selbst.

Sie richtete sich auf und lief zur Terrassentür. Wenn sie erst im Garten war, würde sie um Hilfe schreien und darauf hoffen, dass ihr Verfolger aufgab und flüchtete, bevor die Nachbarn die Polizei riefen.

Aber sie kam erst gar nicht dazu, die Tür zu öffnen. Als sie ihre Hand nach dem Griff ausstreckte, sah sie im Spiegelbild der Fensterscheibe, wie Mantis erneut ausholte. Lähmende Furcht übermannte sie, doch sie kämpfte dagegen an, weil Angst sie schwächte und sie sich Schwäche in dieser Situation nicht erlauben durfte.

Sie kniff sich selbst in den Arm. Der Schmerz löste die Erstarrung.

Bethany machte einen Schritt zur Seite und der Schlag traf ins Leere. Doch bevor sie an Mantis vorbeilaufen konnte, hatte er auch schon seine Hand in ihren Haaren vergraben. Er riss sie grob zurück und dann wieder nach vorne, sodass sie aufs Bett fiel.

Sie wusste, wenn sie erst auf dem Bauch lag und er sich auf ihren Rücken gesetzt hatte, wäre sie ihm hilflos ausgeliefert. Daher drehte sie sich so schnell wie möglich auf den Rücken. Sie zog die Beine an und trat nach ihm.

Ein wilder Kampf entbrannte. Mantis wehrte ihre Tritte ab und langte gleichzeitig nach ihren Armen, um sie in die Matratze zu drücken. Aber Beth konnte sich immer wieder losreißen, weil sie wie eine Furie kämpfte.

Dann hob er seine Hand, die das Stuhlbein hielt, und Bethany erschien die Bewegung, als würde sie in Zeitlupe geschehen. Er holte weit aus. An seinem Blick erkannte sie, dass er bereits triumphierte. Doch sie gab nicht auf. Noch war sie nicht tot.

Sie mochte ein Opfer der Lust sein, aber sie würde kein Mordopfer werden.

Wütend hob sie ihr Knie und rammte es in seine Weichteile. Mantis jaulte auf. Schmerztrunken ließ er das Stück Holz fallen und krümmte sich. Sie nutzte die Gelegenheit und robbte zum anderen Bettende.

Da griff Mantis auch schon nach ihr. Er packte ihre Fußgelenke und riss sie zurück. Nun, da er beide Hände frei hatte, hatte sie kaum eine Chance. Beth zappelte, um von ihm loszukommen, aber er zog sie Stück für Stück näher an sich heran. Er setzte sich auf ihre Füße und lachte boshaft.

„Du bist nicht derselbe Mann, den ich noch vor wenigen Stunden Vater genannt habe“, keifte sie und schlug nach ihm, doch er wehrte ihre Schläge mit Leichtigkeit ab.

„Glaub es mir oder glaub es mir nicht, es tut mir aufrichtig leid, dich zum Schweigen bringen zu müssen.“

Er legte eine Hand auf sein Herz. Die Geste wirkte zu theatralisch, aber Bethany nahm ihm aus irgendeinem Grund ab, dass er es ernst meinte. „Ich hätte nur folgsam und willig sein müssen und schon wäre ich dein Partner gewesen.“

„Viel mehr als das. Du wärst mein Erbe gewesen und hättest mein Geschäft weiterführen können“, sprach er und klang fast melancholisch. „Aber wie ich schon sagte, am Ende ist sich jeder selbst der Nächste.“

Als er sich nach dem Stuhlbein streckte, das auf dem Kopfkissen lag, schaute sich Bethany suchend um. Sie brauchte eine Waffe, irgendetwas, das sie gegen Mantis verwenden konnte.

Ihr Blick schweifte durch das Schlafzimmer und fiel auf die Nachttischlampe. Aber sie würde nicht an sie herankommen, weil Mantis auf ihren Beinen saß. Da hatte sie eine Idee.

Während er das Holzbein nahm, holte sie ihre Mini-Maglite aus der Beintasche ihrer Cargohose. Sie schaltete sie mit zittrigen Händen an und leuchtete ihm in die Augen. Da das Schlafzimmer nur von einem durch den Türspalt fallenden Lichtschein aus dem Wohnbereich erhellt wurde, war er geblendet. Schützend hielt er die Hände vor die Augen.

In diesem Moment riss Beth ihre Beine unter ihm weg. Sie krabbelte zum Nachttisch und nahm die Lampe. Als sie sich herumdrehte, hatte sich Mantis schon wieder gefangen. Sie holte aus und schlug zu, doch sie traf nur seine Arme, die er abwehrend über seinen Kopf hielt. Glassplitter regneten auf ihn herab. Sie riss ihm das Stuhlbein aus der Hand und sprang vom Bett.

Bethany wollte schnellstmöglich ins Freie, aber Mantis stürzte sich auf sie. Er warf sie zu Boden, schaffte es jedoch nicht, sie festzuhalten. Panisch kroch sie auf allen vieren aus dem Schlafzimmer. Dort stand sie auf, aber Mantis hatte sich ebenfalls aufgerappelt und packte derb ihren Arm. Er schubste sie ins Badezimmer hinein. Im letzten Moment konnte sie ihren Fall durch das Waschbecken abfangen.

Entsetzt wandte sie sich zu ihm um. Er stand im Türrahmen und versperrte ihr den Weg, den einzigen Fluchtweg, da das Bad kein Fenster besaß.

„Mit mir hast du mehr Probleme, mich aus dem Weg zu schaffen, als mit Blanche, was?“, höhnte sie und bemühte sich, ihre Verzweiflung zu verstecken, aber ihre Stimme klang schrill. War ihr Ende nun gekommen? Würde ihr eigener Ziehvater ihr den Garaus machen?

„Ich verliere langsam die Geduld.“ Mantis knackte mit den Fingerknöcheln. Dann langte er in seine Hosentasche und holte einen Würgedraht heraus. Er zog die beiden Griffe auseinander und spannte den Draht, als wolle er die Stabilität der einfachen, aber effektiven Waffe prüfen. „Ich wünschte, du könntest sanft entschlafen, aber du wirst wohl kaum die Schlaftabletten deiner Mutter schlucken, oder?“

Aufgewühlt öffnete Beth den Medikamentenschrank, aber der Polizist hatte alle Packungen mitgenommen. Daher bewarf sie Mantis mit Zahnpasta und Zahnbürste. „Blanche war nicht meine Mutter.“

Als Mantis gerade einen Schritt in ihre Richtung machte, gab es einen ohrenbetäubenden Krach. Holz splitterte, Verankerungen barsten. Dreimal polterte es, dann ertönte ein einzelner Schrei und die Wohnungstür wurde endgültig aus ihren Angeln gerissen. Sie kippte nach vorne und fiel krachend auf den Boden zwischen Küche und Essecke im Wohnzimmer. Staub wirbelte auf.

Kade stürmte in das Appartement. „Ich hätte mir Kopien von allen Schlüsseln im Haus machen sollen und nicht nur von der Haustür und deiner Wohnung.“

Überrascht schaute Mantis ihn an. Er hatte den Mund vor Erstaunen leicht geöffnet und rang um Fassung. Bethany war so unendlich glücklich, Kade zu sehen, dass es ihr egal war, ob er ein Verbrecher war und ihr noch vor einer Stunde gedroht hatte. In diesem Augenblick war er ihr rettender Engel. Ihr einsamer Kampf gegen Mantis war vorüber. Kade würde sie heil aus dem Haus bringen, daran glaubte sie fest, und durch den Glauben an ihn schöpfte sie neue Hoffnung.

„Hallo, Babe“, sagte Kade. Seine Wangenknochen traten hervor, ein Zeichen, dass es ihn viel Anstrengung kostete, sich zu beherrschen. „Bist du in Ordnung?“ Er stellte sich breitbeinig hin und zielte mit seiner Springfield auf Mantis.

Doch dieser war schneller. Er hatte Beth längst geschnappt und legte ihr den Draht von vorne an die Kehle. „Noch, aber nicht mehr lange. Und dich werde ich danach zur Strecke bringen.“

„Ziemlich überheblich für jemanden, der in die Mündung einer 9-Millimeter blickt.“

Mantis kreuzte die Griffe in Beths Nacken. Der Draht

schlang sich um ihren Hals und drückte leicht auf ihre Kehle.

Angstschweiß rann von Bethanys Stirn. Sie blickte Kade flehentlich an. Obwohl er entschlossen wirkte, sie aus Mantis' Klauen zu befreien, zögerte er zu schießen, da die Gefahr bestand, Beth zu treffen. Aber Mantis brauchte nur kräftig an dem Würgedraht zu ziehen, um seinen Plan zu vollenden. Würde Kade dann immer noch warten oder seine Pistole benutzen, auch wenn er sie anschießen könnte?

Beth wurde fast verrückt bei dem Gedanken, wie die Nacht für sie enden würde. Innerlich bebte sie, doch sie ermahnte sich, ruhiger zu atmen. Die Morgendämmerung hatte nicht einmal eingesetzt, die Nacht war noch nicht vorbei und sie war nicht bereit zu sterben, denn sie wusste bisher immer noch nicht, wer Kade wirklich war.

Mantis zog den Draht enger um ihren Hals. Panisch riss Beth die Augen auf und bemerkte, wie Kades Hände schwankten, als würde er überlegen, auf welches Körperteil von Mantis er am besten zielen sollte, um ihr nicht zu schaden. Doch Mantis benutzte sie als Schutzschild. Es war zu gefährlich für Kade abzudrücken.

Beth versuchte den Würgedraht zu greifen, brachte es aber nicht fertig, die Finger unter den Draht zu schieben. Sie konnte ihn nicht fassen. Er grub sich immer tiefer in ihre Haut ein, doch noch konnte sie frei atmen. Es erschien fast so, als würde Mantis die Situation auskosten und die Macht genießen, die er in diesem Moment empfand.

Vielleicht überlegte er aber auch, wie er aus dem Haus fliehen konnte, nachdem Beth zusammengebrochen war. Kade und seine Handfeuerwaffe stellten dann immer noch eine große Hürde für ihn dar.

Auf einmal fiel Beths Blick auf das WC-Spray, das auf dem Waschbecken neben ihr stand. Sie überlegte nicht lange, da ihr Hals zu schmerzen begann. Blitzschnell griff sie das Spray, hielt es über ihren Kopf und drückte auf den Verschluss, der zischend nachgab. Maiglöckchenduft breitete sich im Badezimmer aus.

Mantis gab einen gequälten Laut von sich und ließ den Draht los, um sein Gesicht mit den Händen abzuschirmen.

Beth ließ das WC-Spray einfach fallen und lief los, doch Mantis hatte sich zu schnell erholt und war direkt hinter ihr. Anstatt sie zurückzuhalten, stieß er sie an. Mit einem Aufschrei fiel Beth nach vorne. Kade fing sie instinktiv auf. Sie fand sich auf Knien wieder, die Arme hatte sie in seine Hose gekrallt, um den Aufprall abzufangen.

Dann war es sekundenlang still. Sie hörte nur ihren eigenen Atem und ein Geräusch, das sie nicht zuordnen konnte. Es hörte sich an, als würde ein Klettverschluss geöffnet werden. Als sie über ihre Schulter zurückschaute, erkannte sie, was dieses Geräusch gewesen war.

Mantis stand mit einer Browning in der Hand einige Schritte von ihnen entfernt. Die Klebestreifen warf er vor Bethanys Füße. Er musste die Pistole an die Rückwand des Wohnzimmerschranks, der gleich neben der Badezimmertür stand, geklebt haben. Nun zielte er damit auf seine beiden Opfer.

„Niemals seine Deckung aufgeben", sagte er und lachte abfällig. Dann schoss er.

Die Kugel traf Kade. Da Mantis so nah vor ihnen stand, warf der heftige Aufprall Kade sofort zu Boden. Die Waffe entglitt seiner Hand, und regungslos blieb er mit geschlossenen Augen auf dem Rücken liegen.

„Kade!", schrie Beth entsetzt und neigte sich über ihn.

Sie bemerkte das Loch in seinem Hemd, direkt oberhalb der Brusttasche. Das durfte alles nicht wirklich geschehen! Kade durfte nicht tot sein. Tränen liefen ihre Wangen hinab und sie machte sich nicht einmal die Mühe, sie abzuwischen. Sie tropften ungehindert auf Kades Oberkörper.

Plötzlich brach ein Inferno los. Die Terrassentür wurde eingetreten, fast im selben Moment stürmten bewaffnete Männer und Frauen durch die eingetretene Wohnungstür in das Appartement. Sie trugen schwarze Westen mit den Initialen FBI auf der Brust und hatten ihre Waffen gezückt.

Eine blonde Frau trat vor. Sie hielt ihre Pistole auf Mantis gerichtet und sagte emotionslos: „Lassen Sie die Waffe fallen, Mister Hart. Das Spiel ist vorbei."

Beth hatte sie schon einmal gesehen, es war die attraktive Kellnerin aus ‚Kassandra's Kitchen'. Doch heute war sie nicht das zuckersüße Frauchen wie damals, als Beth sie heimlich beobachtet hatte, sondern sie hatte die Haare streng zurückgebunden und ihr Blick strahlte eine Entschlossenheit aus, die Beth erschauern ließ. Keine Sekunde ließ sie Mantis aus den Augen.

Beth schaute ins Schlafzimmer hinein. Sie konnte niemanden sehen, lediglich Pistolenläufe. Einige Personen mussten im Garten hocken und auf der Terrasse lauern. Die Scheibe der Terrassentür war zerschlagen, Glasscherben lagen vor dem Ehebett.

Weil sie sich hilflos vorkam und die einzige Person ohne Waffe war, tastete sie unauffällig nach Kades 9-Millimeter.

Sie sah Mantis förmlich an, wie er grübelte, doch es gab keinen Ausweg für ihn. Unruhig wanderte sein Blick von dem weiblichen Special Agent über Bethany zum Schlafzimmer. Er spähte hinaus, runzelte die Stirn und rümpfte die Nase. Vergeblich bemühte er sich, weiterhin gefasst zu wirken, aber sein Kiefer war in ständiger Bewegung und seine Nasenflügel bebten.

Plötzlich erhellte sich sein Blick, als hätte er eine Entscheidung getroffen. Er hob seinen Arm und zielte mit seiner Browning auf Beth.

„Nein!“, schrie sie und hob die Springfield an, obwohl sie wusste, dass er schneller schießen würde als sie.

Doch dazu kam es nicht, denn im Schlafzimmer fiel ein Schuss. Mantis’ Waffe flog im hohen Bogen fort. Jemand hatte sie ihm aus der Hand geschossen. Er schaute ihr überrascht hinterher und hielt sein Handgelenk umklammert.

Im nächsten Augenblick trat ein bulliger Farbiger, der ebenfalls eine FBI-Weste trug, vom Garten ins Schlafzimmer. Er hielt seine Handfeuerwaffe immer noch im Anschlag. Zu Beths Überraschung war es Vaughn McCormick, der angebliche Security-Mitarbeiter des Boston Sheraton Hotels.

Beth erinnerte sich, dass der Hotelmanager Zachary Bradcock zu ihm gesagt hatte: „Er ist Ihr Mann“ und damit Kade gemeint hatte. War Kade ebenfalls ein Special Agent?

Sie weinte nicht mehr, aber ihre Wangen waren noch immer feucht von ihren Tränen, weil sie den Mann verloren hatte, den sie liebte.

„Ich hasse dich!“, spie Bethany und zielte mit der Springfield auf Mantis.

McCormick richtete plötzlich seine Waffe auf Beth. „Nehmen Sie die Waffe runter, Miss Hart.“

„Ich denke gar nicht daran“, entgegnete sie schroff. Sie hätte von sich selbst niemals gedacht, dass sie so eiskalt sein konnte, aber sie wünschte ihrem Ziehvater den Tod. Er verdiente es nicht zu leben, weil er so viele Leben zerstört hatte.

„Mein Name ist Melinda Phraser“, stellte sich die Blonde vor, die um die Couch herumgegangen war, damit Beth sie sehen konnte. „Tun Sie das nicht. Wir müssten Sie ebenfalls verhaften und Sie würden wegen Mordes viele, viele Jahre im Gefängnis sitzen. Das ist er nicht wert."

Beth war hin- und hergerissen. Sie brauchte nur den Abzug zu drücken und würde Mantis ins Jenseits schicken, so wie er es mit ihr vorgehabt hatte. Aber dann wäre sie nicht besser als Mantis.

Bethany schluchzte und warf die Pistole auf das Sofa. Miss Phraser nahm sie sofort an sich und sicherte sie.

Dann geschah alles rasend schnell. Bevor Vaughn ihn packen konnte, attackierte Mantis Beth. Er stürzte sich wie von Sinnen auf sie. Mit seinem ganzen Gewicht lag er auf ihr und umfasste ihren Hals, der immer noch vom Würgedraht brannte, mit seinen Händen. Beth hatte vermutet, dass er sich endlich ergeben würde, aber er kämpfte offensichtlich bis zum bitteren Ende, anstatt einzusehen, dass er endgültig verloren hatte. Sie kämpfte gegen ihn an, aber er war zu stark, als dass sie seine Hände von ihrer Kehle hätte losreißen können.

Plötzlich zog jemand ihn gewaltsam von ihr herunter. Beth sah, dass es Kade war, der sich neben ihr aufgerichtet hatte. Wutentbrannt fasste er Mantis am Kragen, schleuderte ihn gegen die Wand und schlug ihm mit der Faust ins Gesicht. Dann war auch schon McCormick zur Stelle, der Mantis herumdrehte, sodass er mit dem Bauch auf den Boden lag. Er las ihm seine Rechte vor und fesselte seine Handgelenke mit Handschellen hinter dem Rücken.

„Es war die richtige Entscheidung, nicht zu schießen, Babe", sagte Kade und streifte mit dem Handrücken Beths glühende Wange.

Sie schmiegte sich an seine Hand, wie ein Kätzchen, das nach Zuneigung dürstet. Ihr Herz klopfte so stark, dass sie befürchtete, es könnte ihren Brustkorb sprengen. Ihr Lächeln reichte von einem Ohr bis zum anderen. Am liebsten wäre sie ihm um den Hals gefallen, aber sie befürchtete, ihm aufgrund seiner Wunde wehzutun.

Kade hatte bemerkt, dass sie das Einschussloch anstarrte. „Ich trage ein Flak Jacket aus Kevlar", erklärte er und knöpfte sein Hemd auf. Darunter kam eine ballistische Schutzweste zum Vorschein, auf der ebenfalls die Buchstaben FBI standen. „Es tat weh, aber die Kugel steckt noch in der Weste. Sie ist glücklicherweise nicht durchgegangen, obwohl Mantis bedrohlich nah vor mir stand." Dann rieb er sich über den Schädel. „Aber ich bin auf den Hinterkopf gefallen. Das hat mich kurz ausgeknockt."

„Wir haben den Aufschrei von Miss Hart gehört und wollten nicht länger auf dein Zeichen warten", warf die Blondine ein. Sie schaute McCormick hinterher, der den tobenden Mantis unsanft aus der Wohnung zerrte. Die restlichen Special Agents folgten ihnen. Hier gab es nichts mehr für sie zu tun.

Kade nickt ihr zu. „Richtige Entscheidung. Ich nehme das Protokoll auf."

„Ich verstehe", sagte Melinda Phraser zwinkernd und ging.

Bethany blieb mit Kade allein zurück. Die zertrümmerte Wohnungs- und Terrassentür waren ihr egal, sie würde ohnehin keine Minute länger in diesem Haus wohnen bleiben.

Kade setzte sich auf den Boden, lehnte sich gegen die Wand gegenüber der Couch und zog Beth in seine Arme. „Ich entschuldige mich aufrichtig, dass ich dich die ganze Zeit belogen habe, aber meine Gefühle für dich waren echt."

„Du bist FBI-Agent?"

Zärtlich küsste er ihr Haar. Er streichelte ihren Oberarm und strich mit seinem Zeigefinger entlang der Würgemale an ihrem Hals. „Wir wissen schon seit Längerem, dass Mantis Hart einen Menschenhandel betreibt, aber uns fehlten die Beweise. Wir ahnten, dass er sich bald absetzen würde und wir dann keine Chance mehr gehabt hätten, ihn zu überführen und zu verhaften. Deshalb mussten wir dringend handeln."

Das erklärte, weshalb seine Fingerabdrücke in der Polizeidatenbank unter Verschluss waren. Beth hatte ebenfalls wie Aaron vermutet, dass er ein Verdächtiger in einem brisanten Fall war, doch es verhielt sich alles ganz anders.

Er fuhr fort: „Wir dachten, du würdest Medizin studieren und Daryl heiraten, um ins Familiengeschäft einzusteigen."

„So hatte sich Mantis meine Zukunft wohl auch vorgestellt." Beth sah ihn an. „Aber ich wusste bis vor Kurzem von alldem nichts. Das musst du mir glauben."

Lächelnd tippte er ihre Nasenspitze an. „Das ahnte ich, als du mir deinen heimlichen Berufswunsch anvertraut hattest."

„Rechtsmedizinerin." Sie nickte. „Daryl … er ist in Phoenix."

„Wir haben ihn auf dem Flughafen verhaftet und er hat bereits ausgesagt, dass Mantis ihn eingeschüchtert hat, indem er prahlte, Collin Semor, Jack Hurst und Rick Sanchez umgebracht zu haben, weil seine Handlanger zu gierig wurden."

Verdutzt richtete sie sich auf. „Das sind die Namen, unter denen du deine Autos angemietet hattest."

„Du hast mir hinterhergeschnüffelt, aber ich war über jeden deiner Schritte informiert", meinte er.

Triumphierend lächelte sie ihn an und behielt für sich, dass sie ihn im ‚Kassandra's Kitchen' beobachtet hatte. Er wusste offensichtlich doch nicht alles. Hätte sie sich nur nicht im Sheraton Hotel so dumm angestellt. Vielleicht hätte sie schon viel früher herausgefunden, dass er ein Special Agent war.

Ihr Wissensdurst war noch nicht gestillt. „Und woher hattet ihr das Überwachungsvideo?"

„Meine FBI-Kollegen haben Mantis' Konten überprüft, zumindest die offiziellen, denn er muss noch Konten im Ausland haben. Sie fanden heraus, dass er vor fünf Jahren Aaron Catlaw eintausend Dollar überwiesen hatte, und wir vermuteten, dass es Schweigegeld war, weil Aaron etwas über Mantis' Machenschaften herausgefunden hatte."

„Mantis hat ihn geschmiert?"

„Aaron sitzt gerade bei meinen Kollegen und steht ihnen Rede und Antwort. Er hat uns gesagt, dass es sich bei der Summe nicht um Schweigegeld handelte, sondern Mantis dich sozusagen von ihm freikaufen wollte."

Sie glaubte, sich verhört zu haben. „Und Aaron hat das Geld angenommen und unsere Beziehung beendet ... Das lief alles hinter meinem Rücken ab."

Auf einmal fröstelte es Beth. Kühle Nachtluft wehte vom Garten in das Appartement. Es regnete ins Schlafzimmer hinein, der Teppich war bereits durchnässt.

Kade zog sie wieder zu sich und rieb ihre Oberarme kräftig, um sie zu wärmen. „Nein, so war es nicht. Er hat das Geld von seinem Konto abgeholt, ist zu Mantis gefahren und hat es ihm vor die Füße geworfen. Jedenfalls haben wir aufgrund dieser Überweisung eine Verbindung von Mantis Hart zu Aaron Catlaw aufgetan und ihn verdeckt auf Herz und Nieren überprüft. In der Storage Unit in der Wary Road haben wir das Überwachungsvideo aus der JP Shopping Mall gefunden."

„Und ich bin in euer Visier geraten."

„Wir hatten auf einmal einen Ansatzpunkt für einen Undercover-Einsatz."

„Meine Lust, ihr habt sie gegen mich eingesetzt."

Er küsste sie sinnlich auf den Mund. Nachdem er sich

von ihr gelöst hatte, sagte er: „Wie ich anfangs zu dir gesagt habe: Das Video war mein Ticket in dein Leben. Ich wollte dir Informationen entlocken und Mantis nervös machen." Er fuhr mit der Handkante zwischen ihren Brüsten hindurch. „Der Rest war nicht geplant, auch nicht, dass ich mich in dich verliebe."

„Hast du das ernsthaft?", fragte sie und schaute ihm tief in die Augen. „Wie kann ich dir glauben?"

„Schau dich doch um." Er machte eine ausladende Geste. „Der Einsatz ist vorbei, aber ich bin noch hier, bei dir."

Bethany lächelte. Sie war müde und ihr Leben lag in Trümmern, jedoch spürte sie keine Leere in sich. Der Grund war Kade. Er hielt sie fest in seinen Armen und gab ihr Halt. Sie hatte keine Ahnung, wie es mit ihnen weitergehen würde. Erst einmal mussten sie sich richtig kennenlernen. Sie kannte ja nicht einmal seinen Nachnamen.

„Wie heißt du wirklich?"

„Kade Newcombe, Ma'am", antwortete er und legte zwei Finger an seine Schläfe, als würde er salutieren.

„Und was bedeutet die Gravur in deinem Ring? In Liebe, M.a.D." Ängstlich hielt sie die Luft an.

Er lachte laut auf. „Also hattest du ihn doch im Hotelzimmer entdeckt, wie ich befürchtet habe. Meine Eltern hatten ihn mir damals zur bestandenen FBI-Prüfung geschenkt und eingraviert: In Liebe, Mom and Dad."

Bethany errötete, weil sie sich für ihre Eifersucht schämte. Sie neigte sich vor und küsste ihn. Besitzergreifend presste sie ihren Mund auf seinen, als wolle sie ihm mithilfe ihrer Lippen ihren Stempel aufdrücken. Denn von nun an gehörten sie zusammen.

Das erste Mal in ihrem Leben hatte sie das Gefühl, angekommen zu sein. Sie spürte eine starke Verbindung zu Kade, der genauso zum Opfer der Lust geworden war wie sie, weil er sich in eine Verdächtige verliebt hatte.

Doch glücklicherweise war er kein Erpresser und sie vom Verdacht der Mittäterschaft entlastet. Ließ das nicht auf eine gemeinsame Zukunft hoffen? Oder konnte eine Beziehung, die auf solch skurrile Weise begonnen hatte, unmöglich ein gutes Ende finden?

EPILOG

„Himmel, ich habe das Geschenk vergessen!“ Schwungvoll drehte sich Bethany im Korridor auf dem Fuße um. Sie drückte Kade den Strauß weißer Calla-Lilien in die Hand und lief zurück ins Zimmer Nummer 948.

War es tatsächlich schon mehr als einen Monat her, seit sie zu Kade ins Sheraton Boston Hotel gezogen war?

Es kam ihr wie eine Ewigkeit vor, dass Mantis Hart verhaftet worden war, dabei lag die schicksalhafte Nacht erst wenige Wochen zurück. Mittlerweile war es Mitte Juli. In einer Woche würden die Gerichtsverhandlungen von Mantis und Daryl Veasey beginnen. Eine Verurteilung wegen Mordes und Menschenhandel war ihnen sicher. Die beiden Männer, die Beth auf einmal wie Fremde vorkamen, würden den Rest ihres Lebens hinter Gitter verbringen, und Beth war heilfroh darüber.

Bethany stand im Wohnbereich und schüttelte sich, als könne sie sich dadurch von den Dämonen der Vergangenheit befreien, dabei würde sie die Erinnerungen an ihre falsche Familie nie ganz abstreifen können.

„Ich habe dich aufrichtig geliebt“, sagte sie und dachte voller Schmerz an Mantis, den Mann, der ihre Eltern getötet, sie als Baby geraubt und als seine eigene Tochter aufgezogen hatte, weil seine Frau keine Kinder bekommen konnte.

In den ersten Jahren von Beths Kindheit war es für Blanche die Erfüllung gewesen und sie war in ihrer Mutterrolle aufgegangen. Doch das Verbrechen hatte an ihrer Psyche genagt, und je mehr Zeit ins Land zog, desto schwerer wog ihr schlechtes Gewissen. Mantis verabscheute sie für ihre Schwäche, sodass auch dieser Halt für Blanche wegbrach. Sie flüchtete sich in den Alkohol und wurde ein Risiko für das illegale Adoptionsgeschäft.

Bethanys Augen wurden feucht. Um nicht schon wieder in Tränen auszubrechen, nahm sie die Geschenkbox vom Sideboard und lief zurück zu Kade.

Während sie nebeneinander zum Aufzug schlenderten, sah sie ihn verliebt von der Seite an. Sie freute sich auf Washington, D.C. Nach der Gerichtsverhandlung würden sie in die Hauptstadt ziehen, da sich dort die FBI-Zentrale befand und Kade eine Wohnung am Stadtrand besaß. Beth wollte schnellstmöglich aus Boston weg. Sie mochte die Stadt zwar immer noch, doch diese war mit zu vielen schmerzhaften Erinnerungen behaftet.

Sie fuhren mit dem Aufzug ins Erdgeschoss und gingen durch die Lobby.

„Danke für den Flieder, Serge." Beth legte den Zimmerschlüssel auf den Empfangstresen.

Serge Clémence lehnte sich über den Tresen zu ihr und sprach leise mit französischem Akzent: „Normalement kann man ihn nur im Mai und Juni kaufen, aber ich habe noch welchen für Sie beschaffen können, Madame." Er zwinkerte.

„Ein wunderschönes Lila." Sie schenkte dem Belgier ein dankbares Lächeln und eilte zu Kade, der vor der gläsernen Drehtür auf sie wartete.

Seitdem sie ins Sheraton gezogen war, ließ der Hotelmanager Zachary Bradcock ihr regelmäßig Schnittblumen aufs Zimmer stellen, und Serge bemühte sich jedes Mal aufs Neue, die prachtvollsten Sträuße zu besorgen. Alle Angestellten hatten vom Federal Bureau of Investigation den Auftrag erhalten, Kades Zimmer wie ihren Augapfel zu bewachen. Vermutlich kannte das ganze Hotel, vielleicht sogar halb Boston, dank der Presse Beths tragische Familiengeschichte.

Mittlerweile war Bethany die Presse zuwider, da die Journalisten sie auf Schritt und Tritt verfolgten und mit bohrenden Fragen quälten. Kade hatte sein Bestes getan, um sie abzuschirmen, aber eine Person allein war gegen die Medienmeute machtlos gewesen.

Erst Melinda Phraser und Vaughn McCormick, die vorübergehend als Beths Bodyguards abgestellt wurden und inzwischen zu Freunden für Bethany geworden waren, brachten eine Besserung. Während Mel die Reporter mit ihrem Charme von Beth ablenkte, war Vaughn wie ein zähnefletschender Pitbull.

Inzwischen hatte Beth auch erfahren, was es mit dem geheimen Treffen von Kade und Melinda in ‚Kassandra's Kitchen' auf sich hatte. Melinda war dafür zuständig gewesen, Kades Unterkünfte zu organisieren und sie ihm unauffällig mitzuteilen, denn während der Undercover-Aktion durfte er keinerlei offiziellen Kontakt zum FBI haben. Außerdem musste er seine Wohnsitze und seine Mietwagen regelmäßig wechseln, um unerkannt zu bleiben. Melinda war es auch, die ihn mit Hinweisen versorgt hatte, wie beispielsweise den Namen von Mantis' Mordopfern. Er hatte diese Namen für die Anmietung der Autos genutzt, um die Familie Hart aus der Reserve zu locken und in einen Fehler zu treiben, damit sie überführt werden konnten.

„Bitte schön, Sir." Der Portier hatte den schnittigen schwarzen Firebird aus der Tiefgarage geholt und überreichte Kade den Wagenschlüssel.

Beth legte das Geschenk auf den Rücksitz, stieg auf der Beifahrerseite ein und lächelte in sich hinein, weil sie nun wusste, dass das FBI den Wagen der Mietwagenfirma abgekauft und umgerüstet hatte. Er war durch schusssicherere Fensterscheiben und Spezialschlösser nicht nur einbruch-, sondern auch ausbruchsicher, wie Beth auf dem Parkplatz vor dem Swingerklub Night Owl am eigenen Leib hatte erfahren müssen. Kade benutzte ihn als Firmenwagen, worüber sich seine Kollegen lustig machten, da er ihn gegen einen BMW eingetauscht hatte, aber es erwärmte Beths Herz, weil sie den ideellen Grund für seine Entscheidung kannte.

Kade stieg ein, startete den Motor und schaute sie an. „Bist du bereit?“

„Ich befürchte, ich bekomme Kopfschmerzen“, antwortete sie und massierte ihre Schläfen.

Er fuhr los und steuerte den Pontiac durch das Back Bay Viertel. „Du siehst auch ganz verspannt aus.“

Es war ein herrlicher Sommertag. Die Sonne stand hoch am blauen Himmel, die Parks standen in sattem Grün und die Großstadt brodelte. Aufgrund des schönen Wetters verstopften zahlreiche Ausflügler die Straßen, sodass der Firebird nur langsam vorwärtskam.

„Wir kommen bestimmt zu spät“, sagte Beth zerknirscht. „Das macht keinen guten Eindruck.“

„Bleib locker. Sie wird dich mögen.“ Kade strich über ihre nackten Beine. Seine Hand glitt höher, tauchte unter ihren Rock und knetete sanft ihre Oberschenkel.

„Eigentlich tut mein Kopf weh“, meinte Beth ironisch.

„Ich habe meine eigenen Entspannungsmethoden. Glaub mir, Babe, gleich wirst du dich besser fühlen.“

Er streichelte über den Stoff ihres Slips und Beth bemerkte beunruhigt, dass ihre Schamlippen anschwollen. Es war immer wieder dasselbe. Kade brauchte sie nur mit dem kleinen Finger zu berühren und schon war sie Wachs in seinen Händen.

Aber wenn er erwartet hatte, dass sie ihn davon abhielt fortzufahren, da sie im Auto durch das belebte Boston fuhren, hatte er sich getäuscht. Die Zeit der Zurückhaltung war vorbei. Er selbst hatte die lüsterne Beth wiederbelebt.

Sie hob keck ihr Höschen an. Kade lachte und drang mit den Fingerspitzen unter den Stoff. Zärtlich strich er über ihren Schritt. Sein Mittelfinger drang in sie ein, bis er tief in ihr steckte.

Eine Weile ließ Kade ihn, wo er war. Beth spürte, wenn er zuckte. Er weckte ihre Gier und sie begehrte nach mehr!

Längst war sie im Sitz tiefer gerutscht und hatte ihre Schenkel gespreizt. Sie schaute aus dem Fenster und begegnete den Blicken der Autofahrer und Spaziergänger. Ob sie ahnten, was im Wagen vor sich ging? Bemerkten sie Beths entrückte Miene, ihren geöffneten Mund und Kades Hand, die Bethanys Schritt bearbeitete? Allein die Vorstellungen steigerte ihre Lust.

Sie drängte sich gegen Kades Hand. Immer wieder glitt er mit dem Mittelfinger in sie hinein, nahm den Zeige- und Ringfinger mit hinzu und verteilte ihre Feuchtigkeit auf ihrem Schoß.

Während Kade den Automatikwagen mit der linken Hand durch das historische Viertel lenkte, stieß er Beth mit seiner rechten. Er spreizte den Daumen ab und begann geschickt, mit ihm über Beths empfindsamste Stelle zu reiben, wobei er sie weiterhin mit seinen drei anderen Fingern nahm.

Bethany verschwendete keinen Gedanken mehr daran, dass ihr Slip mit ihrer Feuchtigkeit durchtränkt und sie auf dem Weg zu einer wichtigen Verabredung war, die ihr viel bedeutete. Denn wenn sie entspannt dort ankommen würde, würde das Dinner bestimmt besser laufen.

Sie stützte sich am Sitz ab. Als sie den Höhepunkt nahen spürte, legte sie den Kopf in den Nacken und war einen Moment versucht, die Augen zu schließen. Doch sie verbot es sich, denn sie wollte den Reiz der Gefahr, entdeckt zu werden, genießen.

Es war ein berauschendes Gefühl, während der Fahrt durch Boston stimuliert zu werden.

Als sie an einer Ampel halten mussten, begegnete sie dem Blick eines Fahrradkuriers und lächelte ihn an, als sich alles in ihrem Unterleib verkrampfte. Wenn der arme Kerl schon am Sonntag arbeiten musste, so wollte sie ihm wenigstens ein besonderes Erlebnis schenken.

Er war ein drahtiger junger Bursche, der ein markantes griechisches Profil mit Charakternase besaß und in einem engen, kanariengelben Radleranzug mit dem Schriftzug ‚Ich komme immer schnell' über der Brust steckte. Darunter stand der Firmenname des Kurierdienstes, aber Beth kam nicht dazu, ihn zu lesen, denn die Gefühle übermannten sie.

Sie hielt berauscht die Luft an, ihre Muskeln krampften und sie bemühte sich, den Orgasmus hinauszuzögern, um die Vorfreude auszukosten und den Höhenflug noch zu steigern.

Schließlich kam sie. Zuckend saß sie im Wagen, ohne ihren Blick von dem Fahrradkurier zu nehmen. Sie lachte und stöhnte abwechselnd.

Die Ampel schaltete auf Grün und Kade fuhr los. Nur der Kurier blieb staunend stehen, weil er nicht glauben konnte, was er soeben gesehen hatte.

Bethany kurbelte grinsend das Seitenfenster herunter und hielt ihr Gesicht in den Fahrtwind.

„Und? Hat meine Therapie gewirkt?", fragte Kade, wischte seine Finger an ihrem Höschen ab und zog ihren Rock über ihre Oberschenkel.

Ihre Kopfschmerzen waren tatsächlich weg. „Mir geht es besser."

Bethany bestaunte den Mattapan Square, die Vergnügungsmeile des Stadtviertels Mattapan mit ihren zahlreichen

Restaurants und Läden, aber auch Banken und Behörden. Hier trafen die Blue Hill Avenue, die River Street und der Cummins Highway aufeinander und das Leben pulsierte.

Als sie Downtown Boston erreicht hatten und fast am Ziel waren, wurde Beth wieder nervös.

„Hör auf, auf deiner Unterlippe zu kauen, Babe", ermahnte Kade sie. „Sie wird dich schon nicht zerfleischen."

„Woher willst du das wissen?" Beth mochte das Viertel, weil es eine bezaubernde Mischung aus kleinen Appartementhäusern, Häuser für ein, zwei oder maximal drei Familien und öffentlichen Gebäuden beherbergte.

Kade lenkte den Wagen in eine Seitenstraße mit Einfamilienhäusern und parkte in der Einfahrt von Nummer sieben.

Nachdem sie ausgestiegen waren, das Geschenk und die Lilien vom Rücksitz genommen hatten, gingen sie zur Vordertür.

Kade klingelte und Bethany verlagerte ihr Gewicht unruhig von einem Fuß auf den anderen.

Sie hatte absichtlich ihre cremefarbene Bluse bis zum letzten Knopf zugeknöpft und einen einfachen Leinenrock gewählt, der ihr bis zu den Knien reichte. Die Mokassins hatte sie Ewigkeiten nicht mehr angehabt, weil sie in flachen Schuhen aufgrund der Gewohnheit schlechter gehen konnte. Für ihren Geschmack sah ihre Erscheinung viel zu gediegen für eine 23-Jährige aus, aber sie wollte so wenig Sexappeal wie möglich ausstrahlen, ohne jedoch zu aufgesetzt brav zu wirken.

Aaron öffnete die Haustür und lächelte freundlich. „Hallo, ihr beiden. Schön, dass ihr gekommen seid. Das ist meine Frau Sadie." Er trat beiseite.

Hinter ihm trat eine Amerikanerin asiatischer Abstammung vor. Sadie hatte ihre pechschwarzen Haare zu einem kinnlangen Bob schneiden lassen, unter dem große Kreolen hervorlugten. Sie trug ein dunkelrotes Kleid, das einem Kimono ähnelte, und schwarze Lackpumps. Ihr Gesicht war dezent geschminkt, lediglich ihre Lippen leuchteten im gleichen warmen Rotton wie ihr Kleid.

Bethany hatte sich Sadie Catlaw ganz anders vorgestellt, eher wie eine biedere Hausfrau mit misstrauisch zusammengekniffenen Augen, aber Aarons Ehefrau stürzte sich nicht auf sie, um ihr die Augen auszukratzen, sondern reichte ihr freundlich die Hand.

„Es freut mich, dich kennenzulernen", begrüßte Sadie sie. „Wir duzen uns, einverstanden?"

Erleichtert schüttelte Beth ihre Hand. „Gerne."

„Calla für die bezaubernde Dame des Hauses." Kade überreichte Sadie den Blumenstrauß und küsste Bethany demonstrativ auf die Wange.

Beth errötete, nicht weil ihr der Kuss peinlich war, sondern weil sie und Kade verabredet hatten, sich wie Turteltauben zu verhalten, damit Sadie keine Konkurrenz in ihr sah, denn Aaron hatte doch behauptet, seine Frau wäre sehr eifersüchtig. Diese Scharade schien ihr aber gar nicht nötig. Sadie machte einen äußerst sympathischen Eindruck und Beth freute sich darauf, sie näher kennenzulernen.

„Herzlichen Glückwunsch", sagte Beth und gab Aaron das Geschenk. „Es freut mich sehr für dich, dass du die Prüfung zum Detective bestanden hast."

„Und falls du dich irgendwann mal beim Federal Bureau of Investigation bewerben möchtest, weißt du ja, an wen du dich wenden kannst." Kade nickte ihm kameradschaftlich zu. „Ich kann keine Türen öffnen, aber Kontakte herstellen."

„Danke. Kommt rein." Aufgeregt wiederholte Aaron seine einladende Geste mehrfach und wandte sich an Beth.

„Wie heißt du jetzt eigentlich?“

„Den Familiennamen Hart möchte ich keinesfalls weiter tragen, weil Blanche und Mantis sich ohnehin Decknamen zugelegt hatten. Alles an ihnen war falsch“, antwortete Beth bedrückt.

Sie verabscheute Mantis, aber um ihre Ziehmutter trauerte sie trotz allem. Blanche traf keine Schuld. Ihr Kinderwunsch war quälend stark gewesen, und sie hatte nur aus Angst vor ihrem Mann geschwiegen. Blanche war nur eine Mitläuferin gewesen.

„Velázquez klingt so fremd“, fuhr sie nachdenklich fort und trat, gefolgt von Kade, ins Haus ein. „Wahrscheinlich werde ich trotzdem meinen Pass in Ana Velázquez ändern lassen, möchte aber Bethany als Rufnamen behalten. Wo ist Joey?“

„Er ist bei Dustin, seinem besten Freund“, antwortete Aaron und fügte leiser hinzu: „Damit wir in Ruhe reden können.“

Während Sadie die Tür schloss und in die Küche ging, fragte sie: „Wie habt ihr beiden, du und Aaron, euch nach all den Jahren eigentlich wiedergetroffen?“

„Das ist eine lange Geschichte.“ Hilfe suchend ergriff Bethany Kades Hand und hielt ihn davon ab, Aaron ins Wohnzimmer zu folgen und sie mit Sadie und ihrer brisanten Frage allein zu lassen.

Den ungewöhnlichen Undercover-Einsatz des FBIs und sowohl das Überwachungsvideo aus der Jamaica Plain Shopping Mall als auch die Fotos, die Kade von ihr und Aaron vor dem Fort Hill Tower geschossen hatte, hatten alle Beteiligten glücklicherweise aus den Medien fernhalten können.

Es war nur publik geworden, dass Mantis Hart und Daryl Veasey unter dem Deckmantel von Maternity Help einen Babyhandel betrieben hatten und Mantis einen Säugling – Ana alias Bethany – für seine Frau geraubt hatte, weil Blanche unfruchtbar gewesen war und der unerfüllte Kinderwunsch sie belastete. Sie hatte Gebärmutterkrebs bekommen, war jedoch nach dem Entfernen der Gebärmutter geheilt, zumindest vom körperlichen Leiden. Ihr seelisches hatte damit erst begonnen.

Das adoptierte Kind, Bethany, hatte Blanche Hart zwar über die Angst, der Krebs könnte zurückkehren, hinweggeholfen und sie kurzfristig aus ihrer selbst gewählten Isolation herausgeholt, doch die sexuellen Probleme mit Mantis nahmen zu und das schlechte Gewissen, eine spanische Familie getötet und ihr Baby einfach mitgenommen zu haben, lastete schwer auf ihrer Seele, obwohl es Mantis' Tat gewesen war. Ihr Verbrechen war zu schweigen. Das brachte ihre Ängste zurück, die sie wieder in die Isolation führten.

„Dinner ist für sechs Uhr eingeplant. Bis dahin haben wir noch zwei Stunden Zeit", meinte Sadie und holte eine Blumenvase aus dem Unterschrank. „Soll ich Kaffee kochen?"

Beth und Kade betraten hinter ihr das Wohnzimmer, wo Sadie die Vase mit dem Strauß auf den Tisch stellte. Aaron beobachtet sie dabei nervös.

Sie hatten abgesprochen, seiner Frau nichts von den Highland-Park-Fotos zu erzählen, da die Bilder für die Ermittlung und die Zusammenhänge nicht wichtig gewesen waren, aber das Video musste zur Sprache gebracht werden. Alle hofften, dass Sadie nicht eifersüchtig reagieren würde, da es vor sechs Jahren aufgenommen worden war und Beth nun eine glückliche Partnerschaft mit Kade führte. Zu sehen würde Sadie die Aufzeichnung aber keinesfalls bekommen, da waren sich alle einig.

„Gerne", antwortete Beth und nahm neben Kade auf der Couch Platz.

Sie kuschelte sich in seine Arme, denn er gab ihr Halt.

Aber sie brauchte sich ohnehin keine Sorgen zu machen, denn er hatte sich dazu bereit erklärt, die Berichterstattung zu übernehmen.

Von nun an würde er immer für sie da sein. Er hatte versprochen, sie nie wieder anzulügen und zu hintergehen und ihr bei der Suche nach ihrer Familie zu helfen. Sobald das Urteil über Mantis Hart und Daryl Veasey gefällt war und sie den Umzug nach Washington D.C., wo sie endlich seine Eltern, Mary und Russel Newcombe, kennenlernen würde, hinter sich gebracht hatten, planten sie nach Spanien zu fliegen und Nachforschungen anzustellen.

Glücklich musterte Beth ihn. Er hatte grüne Augen, denn er trug keine braunen Kontaktlinsen mehr. Die Haare färbte er sich nicht mehr braun, sodass sie mittlerweile dunkelblond waren, und um Solarien machte er einen großen Bogen. Er sah so noch besser aus, fand Beth, denn er besaß eine natürliche Frische und Vitalität.

Sie spürte, wie ihr Herz einen Takt schneller schlug, als er ihren Blick bemerkte.

Bethany küsste ihn leidenschaftlich, diesmal nicht, um Sadie zu beruhigen, sondern weil dieser Kuss ein tiefes Bedürfnis für Beth war, denn sie liebte Kade wie keinen Mann zuvor.

Nachdem sie sich voneinander gelöst hatten, wischte er mit dem Zeigefinger die Feuchtigkeit von ihren Lippen.

Verliebt schaute sie ihn an.

„Ich dich auch“, flüsterte er, als könne er ihre Gedanken lesen, und strich über ihren Ringfinger, wie ein stummes Versprechen.

– ENDE –

Sandra Henke
Loge der Lust
Band-Nr. 35011
8,95 € (D)
ISBN: 978-3-89941-391-5
432 Seiten

Sandra Henke / Kerstin Dirks
Begierde des Blutes
Band-Nr. 35006
8,95 € (D)
ISBN: 978-3-89941-355-7
304 Seiten

Kerstin Dirks
Die Wildkirsche
Band-Nr. 35010
8,95 € (D)
ISBN: 978-3-89941-384-7
336 Seiten

Anna Zabel
Die Liebesdienerin
Band-Nr. 35017
8,95 € (D)
ISBN: 978-3-89941-422-6
304 Seiten

Tanja Albers
Die Mondperle
Band-Nr. 35016
8,95 € (D)
ISBN: 978-3-89941-439-4
448 Seiten

Tanja Albers
Unter dem Jademond
Band-Nr. 35008
8,95 € (D)
ISBN: 978-3-89941-381-6
528 Seiten

Ria Wallmann
Blutrote Rosen
Band-Nr. 35005
8,95 € (D)
ISBN: 978-3-89941-354-0
496 Seiten

Mona Vara
Versuchung
Band-Nr. 35003
8,95 € (D)
ISBN: 978-3-89941-321-2
464 Seiten

Sharon Page
Der Reiz des Verbotenen
Band-Nr. 35020
8,95 € (D)
ISBN: 978-3-89941-488-2
432 Seiten

Sahara Kelly
Madame Charlie
Band-Nr. 35015
8,95 € (D)
ISBN: 978-3-89941-433-2
304 Seiten

Bertrice Small
Der Teufel in meinem Bett
Band-Nr. 35007
8,95 € (D)
ISBN: 978-3-89941-380-9
304 Seiten

Megan Hart
Beichte eines Verführers
Band-Nr. 35019
8,95 € (D)
ISBN: 978-3-89941-469-1
416 Seiten